SV

# Hermann Hesse
# Sämtliche Werke

Herausgegeben
von Volker Michels

Band 6
Die Erzählungen

# Hermann Hesse
# Die Erzählungen
# 1900-1906

Suhrkamp Verlag

Zweite Auflage 2003

Satz: pagina GmbH, Tübingen
Druck: Friedrich Pustet, Regensburg
Printed in Germany

ISBN 3-518-41106-3

# Erzählungen
I

# Erwin

## I

Wie ein dunkler Grenzturm liegt zwischen den Spielplätzen meiner Kindheit und den Gärten und Wildnissen meiner Jünglingszeit das alte Kloster.
Ich sehe seine Mauern und Säulen trotzig stehen und lange Schatten in mein Jugendleben werfen, und muß doch lächeln und kann mich des schnelleren Herzschlags nicht erwehren, wenn mein inneres Auge die festen Mauern des »Paradieses« und die Wölbungen der gotischen Kreuzgänge erblickt. Oft hatte ich Sehnsucht, den Ort meiner ersten Nöte und Träume wieder zu sehen, die Geburtsstätte meines Heimwehs und meiner ersten Lieder.
Das Kloster liegt zwischen mehreren Hügeln im Tal, schwer, von romantischen Schatten umgeben. Ich stand oft am Gitter des Parlatoriums, welches den Mönchen karge beaufsichtigte Gespräche mit besuchenden Anverwandten gestattete, und hatte das Herz voll von Freundschaft und Heimweh, und hatte keinen, dem ich davon reden durfte. Ich schritt oft mit beklommenem Sinn durch die steinernen Dormente, und war allein, und hörte nur den Klang und Widerhall meiner Schritte und aus der Brunnenkapelle den singenden Laut des fallenden Wassers.
In einem der großen Schlafsäle verbrachte ich manche halbe Nacht heiß und wachend, in Zukunftgedanken, in Dichterphantasien, und allen Nöten meiner ratlosen Jugend. Alle Romantik, die ein Knabenherz erfüllen und beschweren kann, war in mir lebendig, ich war erfüllt von allen einander widerstrebenden Idealen der ersten Jugend. Die Helden Homers und die Helden Klopstocks, die Wunder Athens und Altdeutschlands stritten um meine Verehrung. Meine Stimmungen waren im Bann der mondbeschienenen Einsamkeit, der ich viele Abende in den hohen, gewölbten Räumen des Oratoriums und der Dormente mich hingab. Tage lang schlug mein leidenschaftliches Herz den verheißenen Tempeln der Wissenschaft warm entgegen, zu jedem Fleiß und zu jeder Entsagung bereit, und wurde wieder des Nachts von Verachtung und Sehnsucht gequält. Dann träumte

ich von Höhen und glänzenden Möglichkeiten, und schmachtete gefangen, und lernte früh die Sehnsucht nach Freiheit.
Wenn ich in der freien Mittagsstunde den nächsten Hügel erstieg, sah ich die weiten Gebäude des Klosters unter Schieferdächern stattlich beieinander gelagert. Zwei Kirchen mit langen, kreuzförmigen Dächern und festen, steinernen Vorhallen, zwei Refektorien, Oratorium, Hörsaal und Dormente, im Innern die gotischen Kreuzgänge. Dort wartete Livius, Xenophon und der göttliche Homer auf mich, dort war mein Pult und Bett, beide Zeugen ernster und schwärmerischer Gedanken und Phantasien, dort war der Ort unsrer Spiele, Kämpfe und Enttäuschungen. Umschauend sah ich auf der anderen Hügelseite den tiefen See gebreitet, dahinter Feld und Gebirg und Weite. Dort war das Unbekannte, das Größere, die Ferne, die Welt, die Freiheit. Dort lag die helle Bahn, mit anderen in die Weite zu laufen, dort lagen verborgene Ziele, Größe und Untergang, für alle Freien. Dort waren die Freunde, deren ich bedurfte, dort waren Berater und Mitwisser meiner Heimlichkeiten, Genesung und freie Luft für meine stummen Sorgen und Bedrängnisse.
Vielemal bin ich den kurzen Weg mit schwerem Herzen und wunder Seele hinabgestiegen. Wenn ich den Klosterplatz betrat, traf ich die Kameraden bei Turnen und Ballspiel oder lachend und ruhend auf den Bänken im Schatten des Ahorn. Ich suchte oft, und ich fand nirgends den Blick, der mich verstand. Dann griff ich selber zum Ball und sprang allen voraus über den Platz, mit Hallo und heißen Wangen, der Rascheste und Wildeste von allen. Abends, wenn der Weg ins Freie versagt war, führte die Einförmigkeit des Lebens und die Verschiedenheit der vielen Schüler zu vielerlei Zeitvertreib und Spiel. Häufig fanden Raufhändel statt, bei denen ich oft mit Ekel zuschaute und noch öfter mit Ruf und Faust mich beteiligte. Ich führte ein großes Heft, in welches ich die Helden, die uns täglich aus Livius und aus dem Geschichtsunterricht bekannt wurden, mit Bleistift und Wasserfarben nach Art der Moritatenbilder karikierte, dieselben Helden, unter denen ich Freunde, Tröster und Vorbilder verehrte. Ich errichtete ein delphisches Orakel im Verein mit drei Helfern. Von diesem herab gab einer von uns, vermummt und gefeit, den zudrängenden Fragern, in Ratschläge eingewickelt, kräftige Grobheiten zu hören. Von diesen Spässen hielt keiner

länger als einige Tage vor, aber ich warf mich auf jeden mit der Leidenschaft meines unbefriedigten Knabensinnes. Die Vornehmeren unter den Mitschülern, denen ich durch Art und Erziehung näher stand, wurden durch meine lauten, ungezähmten Einfälle abgestoßen und liebten mich nicht; der Durchschnitt der übrigen war von Hause aus zu ungeschlacht, um mich anzuziehen oder zu verstehen. Mit diesen verband mich aber die erfinderische Langeweile. Ein literarischer Verein, von einigen Lesern und beginnenden Ästhetikern gegründet, schloß mich aus, der ich in ihren Büchern heimischer war als sie. Alle Neigungen und Bedürfnisse, welche über dem täglichen Spiel und Umgang standen, pflegte ich allein und hielt sie als uneingestandene Liebhabereien geheim. Denn ich fürchtete nichts so sehr als die Roheit und den Spott der andern. Schiller und Shakespeare wurden früh meine Freunde. Ich erinnere mich der Stürme, welche mich erfaßten, als ich Schillers Jugendleben las. *Die Räuber* gewannen Macht über mich, so wenig ich im Grunde an übertriebenen Worten und an Derbheiten Genüge fand. Verse, die ich damals schrieb, zeigen alle Nüancen des Stils und der Stimmung, welche zwischen den Höhepunkten revolutionärer Freiheitsliebe und der uferlosen Sentimentalität Ossians liegen.
In diese Zeit zurückschauend, sehe ich meine wilde, im Vaterhaus verwöhnte Seele voll Ungeduld und Ungenügen nach Fernen und unbekannten Freuden suchen, ich sehe sie eingesperrt im Glashause des Unterrichts und des streng förmlichen Lebens ihre Schmetterlingsflügel regen und sich verzweifelnd an den Wänden müde flattern. Du reiche, unverstandene Jugend! Ein älterer Freund, ein Stückchen Freiheit, ein Winkel Heimat hätte dir genügt, und du sehntest dich krank zwischen roheren Genossen und nüchternen Lehrmeistern! In diesen Schranken verlor ich bald meine lustige Kindlichkeit und lernte den Durst nach Wissen und Genuß, ich lernte zugleich den Weltschmerz, das Sichandersfühlen und die gefährlichste Seelenkrankheit, das Mitleid mit mir selber.

Am Sonntag waren uns mehrere Stunden zu beliebiger Verwendung in unsern Stuben vergönnt, zum Lesen, Schachspielen, Zeichnen, Briefschreiben. Diese Zeit der »stillen Beschäftigung« ersehnte ich die ganze Woche hindurch. Dann saß ich über

Shakespeare, über Schiller, Klopstock, Ossian und Schubart und sog mich satt aus den Bechern der Phantasie, der Sehnsucht und des Heimwehs. Diese Stunden lagen wie ein heimliches Asyl in der Reihe unglücklicher Tage, von den Sternen der Dichter und den unbewachten Träumen meines Herzens überglänzt, reich an Empfängnis und Trost.
Dazu gesellte sich die alte Freundin der Sehnsüchtigen und Heimatlosen, die Musik, die mich bis zur Verzückung erregte. Meine Geige am Kinn, allein im kalten Musikzimmer, fühlte ich manchesmal alles Harte und Häßliche sich von meinem Leben lösen und meinen Sinn verwirrt und beglückt von neuen Schönheitsgedanken. Was an frommer Empfindung in mir war, gewann Leben und Macht und trug mich über das Kleine und Widerliche hinüber. Meine Liebe und mein Verlangen nach Freundschaft und Blicken in gütige Augen wuchs an diesen tröstlichen Stunden; ich rettete mich an der Musik und Dichtung mit umklammernden Händen empor aus der Kühle meines kargen Tages.

Unser Kloster war von mehreren kleinen Seen umgeben. Unter diesen war der kleinste, ein brauner, verschilfter Waldweiher, mein Liebling. Eingefaßt von Buchen, Eichen und Erlen lag er unbewegt in ewiger Windstille dunkel im breiten Schilfgürtel, überhängende Äste und ein rundes Stück Himmel spiegelnd. Ein verwildernder Weg war das halbe Jahr von braunem Eichlaub bedeckt.
Dort lag ich an einem Sonntag allein in der Nachmittagssonne. Der Blätterfall hatte begonnen. Die dürren Binsen klirrten zitternd, über der ferneren Waldecke hing der dunkle Habicht. Zuweilen flog ein einzelnes welkes Blatt, sich im Falle drehend, lautlos in den schmalen Wasserspiegel. Zuweilen flog eines neben mir ins fahle Moos. Das sumpfige Ufer atmete in der Sonne einen leichten Geruch von Moder und Fäulnis aus. Lange, verdorrte Gräser standen in den tiefen Radgleisen des verfallenden Uferwegs.
Ich lag müde ausgestreckt, das Kinn auf den Händen, im Auge und im Herzen die Stille und Wildnis dieses Herbstes. Ich wünschte so abseits und ungekannt lange zu liegen und mich in der schwermütigen Müdigkeit des Waldes und Schilfes mit auf-

zulösen. Ungelesen lag der aufgeschlagene Homer neben mir, er hatte in dieser Todesstille keine Macht über mich.
Ich hörte nicht, wie einer meiner Mitschüler sich leise näherte. Plötzlich stand er neben mir, die grüne Mütze in der Hand tragend. Er war schlank, schön gebaut und hatte ein blasses, feines, veränderliches Gesicht. Er hieß Erwin.
»Was machst du hier?«
»Du siehst doch. Homer lesen.«
Er schlug das Buch mit dem Fuße zu.
»Glaub ich nicht.«
»Ist mir einerlei. Warum fragst du dann?«
»Aus Gewohnheit, Kamelchen. Aber du liegst im Feuchten.«
»Gar nicht. Ist auch meine Sache.«
»Freilich, Grobian.«
»Laß mich in Ruh, sonst erinnere ich dich an den Komment.«
»Wie nett! Du meinst Euern Prügelkomment vom untern Dorment? Ich danke!«
Ich wurde vor Scham und Ärger rot.
»Bist du eigentlich bloß da heraufgestiegen, um mich zu ärgern?«
»Bist du eigentlich bloß da heraufgestiegen, um Homer zu lesen?«
Ich schwieg steif und blieb liegen. Erwin setzte sich neben mich. Lange Zeit blickten wir über den Weiher und horchten auf die kleinen Waldgeräusche. Die Blätter fielen langsam weiter, sonst war keine Bewegung in der engen, mit allen Nüancen von Braun gefärbten Landschaft. Wir Jungen vergaßen unsre Verstimmung und Neckerei. Nach einer langen Stille hörte ich Erwins veränderte und gedämpfte Stimme.
»Hier ist's trist –!«
Wieder nach einem Schweigen fragte er:
»Du hast gedichtet?«
»Nein.«
»Ehrlich?«
»Nein. Wie kommst du drauf?«
»Ach, ich dachte mir's eben. Das heißt, ich weiß, daß du Gedichte machst.«
»Woher weißt du's?«
»Frag nicht viel. Ich weiß eben. Oder ist's anders?«

»Nein. – – Nein.«
Erwin legte sich nun auch lang zu Boden. Er lag auf dem Rücken und sah himmelan, ich blickte vor mich über die aufgestützten Arme. An einem Grashalm kauend begann er wieder: »Gelt, wenn wir jetzt Steine oder Muscheln wären und lägen dort im Wasser drunten!«
»Was dann?«
»Dann? Dann wären wir träg und ruhig und hätten vielerlei nicht nötig, als: Spazierengehen, Händelhaben, Sterngucken und so fort.«
»Freilich. Aber was hätten wir davon, dort zu liegen?«
»Auch nicht viel. Du bist ein Denker. Aber stell dir vor – so eine helle Wolke, die immer weiter reist und die Sonne auf dem Rükken hat und unter sich die Städte und Oberämter und Länder und Erdteile.«
»Das wäre besser. Also eine Wolke.«
»Oder, du – ein Schiff! Oder ein Boot. Ich hab nichts so lieb wie ein Schiff. Weißt du, ein Festschiff, mit Musik auf Deck, am Sonntag. Abends werden die farbigen Lampen an Schnüren aufgehängt und die Mädchen haben weiße Sonntagskleider an. Die Lampen sind alle im Wasser noch einmal zu sehen.«
»Hast du so was schon gesehen?«
»Mehrmals. Es ist das Allerschönste zum Ansehen, besonders wenn man zuhaus ist und Ferien hat.«
Ich schloß die Augen. Er sprach nicht weiter. Durch unsre Knabenseelen zog das laternenbeglänzte Schiff der Zukunft, bekränzt, mit Musik und Mädchen in weißen Sonntagskleidern.
Als wir miteinander durch den lichten Wald zurück schritten und die langen Dächer des Klosters sichtbar wurden, fiel uns beiden die Rückkehr in die lärmerfüllten Stuben und Spielplätze schwer. Erwin fragte noch:
»Du, hilft es dir was?«
»Was denn?«
»Das Dichten. – Ich meine – ist's schön?«
»Je nachdem.«
»Warum tust du's?«
»Ich weiß selber nicht. Es ist so – es kommt so, wie das Pfeifen, wenn man alleine geht.«

»Ich hab's nie getan. Aber gepfiffen schon oft. Das tut mir gut. Ich denke dann immer gleich an etwas viel Schöneres – –«

»Als was?«

»Als alles. Als da drinnen.«

Er deutete auf die erreichte Pforte. Lachen und lautes Gespräch klang innen in den Gängen wider.

Am nächsten Sonntag kam Erwin abends in das Zimmer, in welchem mein Pult neben acht andern Pulten stand. Er ging die Reihe der Pulte entlang, da und dort grüßend und bei Plaudernden oder Schachspielern stehen bleibend. Hinter meinem Platz hielt er wieder an und sah mir über die Schulter.

»Stör ich dich?«

»Du bist's? Nein. Was tust du heute abend?«

»Weiß noch nicht. Wo bist du in der Ausgangszeit gewesen?«

»Zu einem Kaffee eingeladen. Warum willst du's wissen?«

»Ich war am Weiher. Ich dachte, du wärst vielleicht wieder dort.«

Er nahm mich mit in seine Stube. Auf seinem Stuhl stand eine halb ausgepackte Wäschekiste.

»Hilf mir ein bißchen einräumen!«

Ich half gerne. Unsre Kästen standen unter Aufsicht und alle Unordnung darin wurde bestraft.

»Da sind zuviel Göttinger für Einen mitgekommen«.

Erwin suchte ein Pärchen der delikaten kleinen Würste heraus und bot sie mir an.

»Wir können gleich Vesper halten«, meinte er, als wir die Kiste geleert und den Inhalt in die Fächer des Kastens verteilt hatten.

»Hast du nichts zu trinken? Die Würste sind gesalzen.«

»Wasser, wenn du willst.«

Ich erinnerte mich einer halben Flasche Bier, die ich vom Nachmittag übrig hatte. Ich holte sie herbei und wir bewirteten einander fröhlich, bis es zum Prezieren läutete.

Von diesem Sonntag an waren wir befreundet und unzertrennlich. Er suchte bei mir Bücher und allerlei Rat. Ich liebte an ihm eine feine und oft humorvolle Art abgesonderter Lebensführung. Er war sehr begabt, aber weniger als ich ein Freund des Viellesens und Philosophierens. Aus einem reichen Hause brachte er mehrere weltmännische Gewohnheiten mit, war aber gut und sogar streng erzogen. Ich erinnere mich, daß er gerne kleine Geschenke machte. Dagegen fiel mir auf, daß er niemals Geld borgte oder auslieh, was unter uns andern täglich geschah.

Während meine Unzufriedenheit wuchs und meine Stimmung oft zur Schwermut neigte, genoß ich die erste Freundschaft mit der stürmischen Leidenschaft, welche ich sonst für Träume und dichterische Ideale besaß. Ihr stummen Wildwanderungen! Ihr Mittage, die wir in den hohen Ästen der Felseneiche verbrachten! Ihr Mondabende unter den hohen Bogenfenstern des Oratoriums!

Uns beide trieb dasselbe Ungenügen von der Arbeit zum Walde, von da zu unsern Dichtern, von diesen zur Musik und zu eigenem Dichten. Dann eines Tages brachte mir Erwin ein beschriebenes Blatt. Er hatte sich in Hexametern versucht. Ich erstaunte vor seinen sicher und sehr sorgfältig gegossenen Versen und mußte beim Austausch solcher Formversuche mich bald bequemen, mehr der Nehmende als der Geber zu sein. In späteren Jahren fand ich bei meinem Freund ein Gedicht in Hexametern, welches auf unsre Waldgänge und auf Verse, die er damals schrieb, zurückging. Unser Weiher war darin gemalt –

– Furchtsam rauscht aus dem Busch das Reh und bückt sich zu trinken,
Oft belauscht' ich dich dort! Und oftmals neigt' ich das eigen
Haupt zum Weiher und schaute mein Bild in ruhigem Wasser
Bleich und verträumt, und trank, und trank ein süßes Vergessen –

Damals fand Erwin eines Tages bei mir jenes Karikaturenheft. Er blätterte darin.

»Soll das der Caeso sein?«

»Freilich. Ist er nicht sehr ähnlich?«

»Wer weiß! – Aber hör, die Dinger sind scheußlich gezeichnet. Darf ich das Heft verbrennen?«

»Warum? Wir haben viel Spaß davon gehabt.«

»Mir gefällt's nicht. Es ist eine frevelhafte Malerei. Gib mirs.«
Ich überließ ihm das Heft, das er wirklich verbrannte. In ihm regte sich damals die erste Liebe zur bildenden Kunst, er begann sich für die Ornamente der Klosterkirche und für die Kupferstiche der Bibliothek zu interessieren. Und ihm war alles, was er liebte und studierte, heilig und unantastbar. Er lehrte mich zuerst den Kult der Schönheit und eine religiöse Verehrung der Kunst.

Wir lasen Preller's Mythologie und einige historische Werke miteinander, welche Lektüre ich ohne seine ruhige Teilnahme nicht bezwungen hätte. Ich las nach wie vor im Stillen Ossian, Schubart, Schiller, mit heißer Stirne und lüstern nach Sensationen.

Den langen, harten Winter hindurch wurde mir das klösterliche Leben täglich mehr verleidet. Ich vermißte immer schwerer, besonders nach dem kurzen Weihnachtsbesuch in der Heimat, alle gefälligen Lebensformen, allerlei Freiheiten und kleine Freuden. Besonders schien es mir immer unerträglicher, zu Schlaf und Arbeit mit andern zusammengesperrt zu sein.

Erwin, dem eine liebenswürdige Resignation eigen war, blieb ruhig in seiner stetigen Arbeit, während ich die Studien über der Lektüre versäumte und mich mit trotziger Genugtuung von den Lehrern getadelt oder vernachlässigt fand. Die Spiele und der ganze Ton unsrer Geselligkeit wurden allmählich ruhiger und ernster, alles Jungenhafte wurde verpönt – wir begannen uns zu erziehen. Es gab anerkannte Lichter und Tugendhelden, es gab dauernde Freundschaften und Feindschaften, die allgemeine ehrliche Ausgelassenheit und Grobheit verschwand. Dagegen wurde ein mathematischer und ein hebräischer Verein gegründet. Zwischen Einzelnen und ganzen Stuben und Gruppen wuchsen Spannungen, welche sich nur noch in witzig scharfer Weise Luft machen durften. Da kam irgendein Erfinder auf eine neue, zündende Idee.

Eines Morgens fanden wir an der Türe des Waschsaals einen Bogen Papier angeheftet, auf welchem mit verstellter Handschrift mehrere »Xenien« geschrieben standen. Eines davon lautete:

Hermann und Erwin, ihr passet zusammen
wie Essig und Honig;
Wäre der Essig nur scharf!
wäre der Honig nur süß!

Fünfzig Köpfe waren vor dem Papier zusammengedrängt; man las, man schalt, man spottete und lachte, die Getroffenen waren wohlbekannte Unbekannte. Am nächsten Morgen war die Türe von oben bis unten mit Xenien beklebt, kaum einer war verschont oder hatte geschwiegen. Ich glaube, mein Essig war damals scharf.
Der Scherz dauerte einige Tage und hinterließ in mir eine erregte Bitterkeit, die ich vorher nie gekannt hatte. Ich war von mehreren empfindlich verletzt, von den Feinsten am tiefsten. Da der Xenienkrieg nicht lange dauern konnte, setzte sich der stumme Ärger in mir fest und verbitterte mir Arbeit, Tisch und Bett. Erwin hatte vor Ärger und Zorn geweint, war aber bald beruhigt, denn er genoß die Achtung der meisten. Mir leistete er mit rührender Treue Gesellschaft. Er ertrug meine Verschlossenheit so still wie die Ausbrüche meiner Wut; er gab sich sogar Mühe, die Gegner und Lacher zu besänftigen und von mir fernzuhalten.
Für mich begann eine unerquickliche Zeit. Meine Verstimmung schlug völlig in Weltschmerz und Angstgefühl um und verdarb mir vollends allen Fleiß und Erfolg. Ich wurde Nächte lang von Fiebergedanken gequält oder lag wach mit schmerzender Stirne. Erwin tröstete, gab kleine Arzneien, er schlug sogar vor, für mich beim Ephorus um Erleichterung oder Urlaub zu bitten. Manchmal, wenn ich mit ihm in den Ästen der alten Eiche saß, überwältigte mich meine Liebe und Herzensnot. Dann schwieg er freundlich und legte seinen Kopf an meinen und umfaßte mich fest. An jenem verborgenen Ort, nach einem erlösenden Geständnis, gab er mir die feine Hand und schwur mir feierlich Freundschaft für jede Zukunft.
An einem sonnigen Nachmittag stand ich mit ihm in der herrlichen Brunnenkapelle. Das Gärtchen lag mit hellen Knospen im ersten Frühling zwischen den kalten Kreuzgängen. Erwin war fröhlich gestimmt und erschwerte mir eine vertraute Mitteilung. Sie unterblieb. Ich küßte dem Erstaunten die Hand und ging weg, aus Kloster und Dorf, in den weiten Wald, um nicht wieder zu kom-

men. Voll von Frühling und Sehnsucht lief ich, ein verträumtes und verängstetes Kind, in die unbekannte Welt, und seitdem habe ich das verlorene Tal mit dem dunklen Kloster nicht wieder gesehen, außer in Träumen warmer Frühlingsnächte.

## II

Meine Gedanken fliehen gerne zu einem Frühling zurück, der auf meine kurze Klosterzeit folgte. Ich erblicke dort das verwirrende Licht junger Lauben und höre den Wind vom Park her über die großen Büsche des Jasmin und der Syringen laufen. Dorthin gehört das Bild eines blassen Mädchens, das in meinem Traumschloß hängt, nebst einem verschwiegenen Kranze früher Lieder.

An manchen Tagen, wenn ich ruhend im Garten sitze oder wenn die milden Gestalten der Vita Nuova wie Flüchtlinge an meinem Geist vorübergehen, hängt der Kranz jenes Frühlings schwer in drängender Fülle über mir, mit überquellenden Blütenbündeln. Mir aber blieb nur ein Hauch seines Duftes, ein bleiches Band und ein karger Wanderstrauß aus seiner Fülle.

Ein Jahr später, als mein geschmücktes Boot sich vom ersten Schiffbruch wund erhob, kam der erste Brief des Freundes zu mir. Der Zwischenzeit und unsres Schweigens geschah kaum Erwähnung.

»Ungeduldiger!« stand da, »du hast mir hart zu tragen gegeben, und ich bin nicht nur ein Jahr älter geworden. Morgen verlasse ich das Kloster, das mir mehr als dir zum Ekel wurde. Deine Flügel hab ich nicht, aber ich habe die Erlaubnis der Mutter und den Befehl des Arztes. Heute nehmen viele Entsagungen für mich ein Ende – nun will ich auch dich nicht länger entbehren.«

Ein Jahr lang wechselten wir herzliche Briefe. Dann sah ich ihn wieder.

Das war ein Sommertag im Schwarzwald. Der Abend hing rot, mit dünnen Nebeln, an den dunklen Bergen. Ich lag im Fenster und sog die starke Luft der Höhe und der Tannenwälder. Das kleine Städtlein lag lustig unter mir mit belebten Gassen. Die Badmusik spielte in der Nähe.

Als ich mich ins dunkelnde Zimmer zurückwandte, stand in der offenen Türe ruhig ein schlanker Mensch, der mich schweigend herantreten und sich betrachten ließ. Er war größer als ich, sehr schlank und aufrecht, mit schönen, ruhigen, vornehmen Gliedern.

Beim zweiten Blick erkannte ich ihn und hielt ihn lange an meine Brust gedrückt.

Erwin war schön geworden. Sein Gesicht, dessen »klassische Nase« im Kloster sprichwörtlich war, hatte eine helle, gleichmäßige Blässe und die Stirne ein klares Licht. Die Lippen waren voll und röter als früher. Seine Augen, in welche ich vormals verliebt gewesen war, hatten einen reinen, gütigen Blick, wie ich ihn nur an Jünglingen kenne, die durch Leiden und fortwährenden Ernst der Gedanken frühreif sind. An diesen großen, verklärten Augen sah ich auch, daß Erwin krank war. Sie hatten den Glanz, aus welchem man gewissen Kindern ein kurzes Leben prophezeit.

Er saß im Dämmer und später in der Dunkelheit neben mir; seine schmale Hand lag leicht in der meinen, und der Klang seiner Stimme fand den Weg in mein Herz durch seine Lieblingserinnerungen.

Wir sprachen nicht davon, aber wir dachten beide an die Herbststunde am Waldweiher. Spät ging er leise weg.

Ich sah ihn dann drei Wochen lang jeden Tag. Wir hatten keine Heimlichkeiten voreinander, nur von seiner Krankheit sprach er nichts, und ich fragte nicht. Eines Morgens fügte es sich im Gespräch, daß er davon reden mußte.

»Laß mich's kurz sagen«, bat er. »Es ist unheilbar; aber es wird vermutlich langsam fortschreiten. Ich habe, denk ich, noch Jahre vor mir.«

Tags darauf kam seine Mutter an. Ich wurde ganz in die kleine Gesellschaft gezogen. Sie war noch schön und ihm ähnlich, aber kräftig und gesund, und hatte herzgewinnende Mutteraugen.

Uns beiden las Erwin, auf der Hängematte sitzend, im Walde eine Dichtung vor, welche er »Steinerne Götter« betitelt hatte.

Das waren feine, rhythmische Sätze und zarte, an die Seele pochende Worte; wir fühlten den weißen Blick der Statuen auf uns haften, und sahen ihre abgebrochenen Hände und Arme, und blickten tiefer in das Rätsel ihrer toten Augen. Erwin erzählte von einem römischen Frühling, den er in diesem Jahr gesehen hatte, von den grünen Albanerbergen und noch mehr von der ewigen Stadt, von jenen schönheitbekränzten Gärten und Villen, deren berühmte Namen schon die Sehnsucht unsrer Knabenzeit mit Ehrfurcht und Verlangen gehört hatte. Er erzählte von südlichen Festen und Gondelfahrten, wobei er oft die Mutter um Bestätigung oder um vergessene Namen der Dörfer und Küsten und Berge bat. Ich aber mußte an die Träume seiner Klosterabende denken, in welchen immer bekränzte Schiffe und buntfarben erhellte Abende vorkamen. Dann nannte er mit Ehrfurcht Sankt Peter, die Sixtina, die Florentiner Paläste und sprach mit dankbarer Liebe von Sandro Botticelli, welcher sein und mein Liebling war.

Des Abends saß er gerne plaudernd abseits vom Kreis des Lampenlichtes, oder zuhörend, wenn ich vorlas. Wir lasen Novalis und knüpften an seine tiefen, wunderbaren Fragmente viele Gespräche und Phantasien. Ein bekannter Sänger kam manchen Abend, der in Erwins Stadthaus ein ständiger Gast war. Er spielte auf dem Klavier alle Lieblingssachen des Kranken, dem das eigene Spiel abends untersagt war. Einige Suiten und Gavotten von Bach, einige Beethovensonaten, zumal die dreiundzwanzigste, und Chopins Nocturnen wurden uns besonders teuer. Vom Singenhören wurde Erwin meistens traurig gestimmt, weil dem Lungenkranken schon lange der Gesang verboten war. Doch liebte er einige ältere Balladen und die Lieder Schumanns. Einmal brachte der Sänger eine bekannte englische Ballade mit. Es war ein schwerer Augustabend, ein Regen stand bevor. Der Musiker war ernst gestimmt und vergaß sich gegen den Kranken. Er ließ in dieser herrlichen Ballade, welche mit der tiefsten Kenntnis des Zaubers der männlichen Stimme erfunden ist, seine schöne Stimme im vollen Brustton sich heben. Aller Zauber der Erinnerung an die Jugend, an die ersten Spiele und Waldgänge, spricht stark und ergreifend aus den Versen dieser Ballade. Mir schlug das Herz heiß und beklemmend vor den schwellenden Tönen, Erwin aber ging leise aus dem Zimmer. Ich hörte sein verhaltenes Schluchzen. Er kam wieder, nachdem der Sänger weggegangen war, und setzte sich zwischen mich und die Mutter.

»Verzeih, Mutter!« sagte er schmeichelnd. »Es war bloß ein Erschrecken, eine plötzliche Hilflosigkeit und Angst. In diesem Lied ist alles das gesungen, was meine Erinnerung am meisten wert hält und was ich am meisten entbehre. Weißt du, Lieber, unsre Ballspiele und Schwimmbäder, das Schlittschuhlaufen und das Reiten ohne Sättel!« Er schwieg und wir wußten keine Antwort. Dann trat allmählich der gewohnte freundliche Ernst wieder auf sein beruhigtes Gesicht.

»Sieh, so kindisch bin ich!« sagte er zu mir, »und ich habe doch das glücklichste Leben, voll von Sonne, und nur dem Kennenlernen der Schönheit gewidmet. Und eine Mutter! Sieh sie nur an, wie sie voll Güte und Trost ist. Sie schenkt mir einen hellen Tag um den andern, sie reist und ruht mit mir ...« Er legte die Hand der Abwehrenden zärtlich an seine gerötete Wange.

Wenige Tage darauf war meine Ferienzeit zu Ende und ich kehrte in die ferne Stadt zu meinem Beruf zurück, von dem Leben mit dem Freunde und seiner Mutter innerlich gereinigt und geadelt. Die Geduld des Leidenden war mir seither oft ein Vorbild, und noch mehr sein geläuterter Blick und seine Anbetung des Schönen. Claude Lorrain und die englischen Kupferstecher lernte ich erst durch ihn kennen, auch in der Musik war er noch zuweilen mein Lehrer gewesen. Er schickte mir nach seiner Rückkehr in die Heimat mit der Abschrift der »Steinernen Götter« eine schöne Hermesbüste, einen Zwilling der seinigen, mit einem herzlichen Brief. Durch seine und seiner Mutter Briefe blieb er mir verbunden, bis ich ihn fast zwei Jahre nach jenem Schwarzwaldidyll besuchen konnte.

Er empfing mich mit hellen Augen, noch ruhiger und magerer geworden, aber auf der Höhe seiner graziösen, stillen Liebenswürdigkeit. Ein Gastzimmer war mir bereitet, und ich genoß mehrere Wochen die vornehme Gastfreundschaft des Hauses. Einige von Erwins Freunden, darunter auch ein wiedergefundener Kamerad vom Kloster her, kamen fast täglich zu Besuch. Ich entdeckte im unbewohnten Parterre des reichen Hauses ein hohes Zimmer, welches Erwins Vater vor Zeiten aus Liebhaberei im Stil der späten Renaissance ausgestattet hatte. Dort verbrachten wir in der heitersten Maskerade viele Abende vor dem Flakkerfeuer des hohen Kamins mit Erzählen, Lesen und Plaudern, in roter Dämmerung auf geschnitzten Sesseln ruhend, das Auge

vom Kaminlicht und von der beleuchteten feinen Arbeit der Simse und Friese erfreut. Ich fand meinen Freund zum Kenner gebildet, im Besitze reicher Kupfermappen, mit welchen er die Vormittage lang sich beschäftigte. Seine Seele schien frei und lächelnd sich mit dem kranken Leibe zu vertragen.
Eines Abends bereitete mir Erwin einen Genuß seltener Art. Zwei ineinandergehende Zimmer mit breiten, deckenhohen Flügeltüren waren in ein kleines Theater verwandelt. Wenige Gäste waren geladen. Von Freunden und wohl vorbereiteten jungen Damen wurde eine Dichtung Erwins aufgeführt, ein Schäferspiel, süß und bunt wie die Verse Tassos und Ariosts, ein wenig sentimental, ein wenig übermütig, ein wenig kokett, ein feiner, geistreicher Scherz eines eleganten Geschmacks. Der junge Dichter, welcher alle Öffentlichkeit, auch den Druck, scheute und verbot, saß lächelnd hinter den Zuschauern, mit einem Gesicht voll Scherz und Glück, den rechten Arm um den Nacken der Mutter gelegt.
Ich erstaunte über die feine Form und den leichten Witz dieses galanten Stückes und sprach tags darauf mit Erwin darüber. Er sagte mit leichtem Lachen: »Ich bin vielleicht gar kein Dichter. Ich habe eure brennenden Leidenschaften nicht und kenne nicht wie ihr das Leben, das hinter dem Vorhang meiner Einsamkeit in Straßen und Häusern wohnt. Aber ich liebe überall das Zarte und mit Kunst Gearbeitete und habe mich viel mit Sprache und mit den geheimen Gesetzen der Formbildung beschäftigt. Und dann fällt es mir leichter als euch, das Reine zu finden, weil mein Leben nur halb ist und schon über der Grenze liegt, an welcher ihr erst die Gewohnheiten und die Sprache des Alltags und des Handwerks ablegt. Ich glaube, daß mein schwächliches, aber ruhiges und reinliches Leben mir diese Technik gab. Sieh, ich habe mich nie im Streit der Straßen und Märkte befunden; ich kenne die letzten Akte und überhaupt die Wirrnisse der Frauenliebe kaum. Ich lebe von einfachen Speisen, ich rauche nicht, ich bin nie betrunken gewesen. Meine Liebe begnügt sich, nächst den Kunstwerken, mit Blumen; mein Wirtshaus ist der Garten, in dem ich einige Blumenbeete selber besorge, mein Theater ist der Park, mein Konzert und Biergarten ist die Verandabank, auf welcher ich die Farben und Beleuchtungen der Baumwipfel genieße. Auch bin ich viel allein. Daß ich

trotzdem kein Mönch oder Bücherwurm geworden bin, daran ist allein meine Mutter schuld. Von ihr kommt das, was ich vom Leben weiß; von ihr lerne ich täglich, was Liebe und Geduld ist; auch ist sie das schönste Bild der Gesundheit und rotwangigen Energie, das ich mir denken kann.«

Eine vergrößerte Ruhe fiel mir an Erwin auf. Er war von außen her nur schwer zu berühren und schien jetzt schon sich vom Körperlichen gelöst zu haben, das ihm nur Spiel und Zufall, oder Symbol und Spiegel war. Er hing an mir und suchte manchmal meine Hand, sie zu drücken oder zu streicheln, aber Empfang und Abschied geschah ohne Rührung und heftige Bewegungen oder Worte. Auch war, wenn ich eine tastende Frage seinem Leiden und Mitleidsbedürfnis entgegenreichte, ein glänzendes, schweigendes Anblicken aus überlegenen Augen seine einzige Antwort.

Als ich, nur vom Diener begleitet, sein Haus verließ, stand Erwin in dem hohen Eckfenster seines Arbeitszimmers und bewegte die weiße Hand grüßend gegen mich, bis ich den Garten verließ. Als ich den Hut schwenkte und mit einer lebhaften Gebärde den letzten Abschied nahm, nickte er mit dem schönen Haupte freundlich, und lächelte. Ich fühlte, daß in seiner abseitigen, stillen Welt auch der kommende und gehende Freund wenig Veränderung bringen und keine Lücke hinterlassen konnte. Er sah uns von Sorgen und Freuden und Hoffnungen bewegt, welche ihm fremd und klein erschienen; wir hatten für sein Auge das Interesse vorbeiflügelnder, von Instinkten umgetriebener Vögel. Dennoch verstand er wohl, daß sein Leben für alle Gesunden, seine Mutter nicht ausgenommen, unmöglich und arm sein müßte, denn er sagte mir einmal vertraulich: »Es ist ein Glück für mich, daß ich nicht alt werden kann. Ich würde, wenn ich lange lebte, einmal anfangen müssen zu leiden und am Ungenügen zu kranken. Auch die Kunst für sich, die meine Luft und mein Leben ist, bringt kein Genügen, denn sie ist andrer Art als wir Vergänglichen. Sie ist für uns, die wir Bäumen oder Blumen gleichen, das Licht und die Himmelsluft; in Wahrheit aber sind wir so geschaffen, daß wir uns mehr vom Erdreich nähren müssen. Das ist eben meine Krankheit, daß ich keine Wurzeln habe.«

Ich dachte nachher oft an diese Worte, und wenn ich an Erwin dachte, sah ich ihn an diesem Mangel leiden und verdorren. Er aber klagte in seinen seltenen Briefen nie mehr darüber. Er schrieb von seinem Befinden, berichtete über neue Kunstwerke seiner Sammlung oder über einen neuen Reiz, den er an älteren fand, und am liebsten pflegte er die Erinnerungen aus der frühesten Zeit unsrer Freundschaft.

Ich sah meinen Freund zuletzt ein Jahr nach jenem Besuch. Er lag in seinem Schlafzimmer aufgebahrt, weiß in weißem Linnen, und konnte meine Abschiedsworte nicht mehr hören. Ich kniete neben der stummen Mutter wohl eine Stunde lang bei ihm, dann erst begrüßte sie mich im Aufstehen mit einem Händedruck und mit einem festen, herrlichen Blick. Am nächsten Tag besuchte ich das Zimmer noch einmal.
Das Licht des Nachmittags war von den halbgeschlossenen Jalousien stark gedämpft. Ich fand den Hals des Toten unbekleidet und sah an diesem die länglichen Höhlungen, die einzigen auffallenden Zeichen seiner Krankheit. Das Gesicht war nicht verändert; es war schön und adlig anzusehen mit der starken Stirne und den überzarten Augenlidern. Die Haare waren zurückgekämmt. Ich fuhr mit der Hand darüber, sie waren weich und angenehm zu berühren. Er hatte es oft geduldet, von mir so gestreichelt zu werden, wenn er müde oder gedankenvoll war und nicht gerne sprechen mochte. Die Hände lagen über der Brust, mit den hellen, edlen Gelenken. Ich erinnerte mich eines Morgens, an dem ich ihn in seinem Arbeitszimmer besuchte. Er stand an die Tischkante gelehnt, eine in Kupfer gestochene englische Landschaft betrachtend. Über das Blatt hinweg begrüßten mich seine hellen Augen mit dem wärmeren Glanz, den sie jedesmal vom Anblick einer Schönheit gewannen. Damals zeigte ich ihm lachend seine eigene Hand, an deren Daumen ein kleiner Tintenfleck war. Er wusch diesen sogleich ab und sagte fast betrübt: »Wie schmutzig! Man sollte wahrhaftig nicht schreiben. Da hast du das, was ich unseren Fluch nenne, den Fluch der Dichter. Wir haben Visionen, wir besitzen Wunder und Schätze, aber wir haben in uns zugleich den schwer zu zähmenden Trieb, sie in schwächeren Bildern aufzubewahren, ihre Wirklichkeit zu erproben, indem wir sie betasten und abzuformen versuchen. Dabei gewinnen wir immer an Idealen und Enttäuschungen,

aber auf Kosten der schönen Wesenheiten, und zum Schaden unserer reinen Finger.«

Ich dachte noch an andere Worte meines Freundes, an seine Art zu reden und zu schweigen, an seine wenigen geschriebenen Poesien, und ich litt an dem Gefühl eines bitteren Verlustes. Beim Anblick des schönen Kopfes ergriff mich hart das Grausame der Krankheit, welche diesem schlanken, jungen Leib die Blüte und Reife versagt hatte. Sein edles Herz tot, seine feinen Gedanken wie einen silbernen Faden abgeschnitten, seine reine und lebendige Phantasie erloschen zu wissen, war ein bitterer Gedanke voll Leid und voll Frage und Vorwurf gegen das unverständliche Schicksal. Ich ging traurig aus dem Zimmer.

Im Vorraum übergab mir eine Magd einen schmalen Briefumschlag. »Von der gnädigen Frau«.

Ich ging aus und fand die nahe Allee menschenleer, warm und windstill. Ich suchte eine Bank des schattigen Seitenganges, im Gebüsch, und begann dort zu lesen. Der Umschlag enthielt einige Blätter, die der Tote noch in der allerletzten Zeit geschrieben hatte. Sie schienen von einem Liegenden niedergeschrieben, dennoch war die geduldige Handschrift Erwins wenig verändert.

Und ich las:

### Vom Krankenbett

Wem soll ich jetzt noch dankbare Worte sagen, nachdem ich in diesen Stunden alle Freunde noch geliebkost und verabschiedet habe und alle Freuden, die am Rande meines kurzen Weges standen? Ich habe der Vormittage gedacht, die mich im Garten mit Vogelrufen und merkwürdigen Spielen der Sonne und des Schattens beschenkten; ich habe mich der Abende erinnert, welche die Freunde mir gewährten, indem sie bei mir waren und meiner Schwäche ihre lauteren Gewohnheiten zum Opfer brachten. Ich habe von meinen Lieblingen unter den Bildern und Dichterwerken Abschied genommen. Aber es ist noch Anhänglichkeit und Dankbarkeit für unbekannte Götter in mir; ich habe noch Abschiedsworte auf meiner Zunge – für wen?

Ich will sie meiner Krankheit schenken. Sie ist meine Lehrerin gewesen. War sie nicht noch anhänglicher und beständiger als alle meine Freuden und Freunde?

Ihr nachmitternächtlichen Stunden, da ich schlaflos still im Dunkeln lag! Ihr Schmerzen, die ihr mich von der Arbeit quältet, um mit mir zu kämpfen und mich an mich selbst zu erinnern! Ich gehe gerne von euch, wie das Kind gern eine harte Schule verläßt, aber ich denke ohne Bitterkeit an eure Strenge. Ihr lehrtet mich die gute Stunde ehren, ihr lehrtet mich Geduld und Bescheidensein, auch habt ihr meine wenigen Lieder durch Nachtwachen und gezwungene Muße am Tage reifer und besonnener gemacht. Nie habe ich mich ernster und tiefer bemüht, meinen Phantasien Verhältnis und reine Formen zu geben, als in schlaflosen Krankennächten. Meine Kunst mußte ich ringend erwerben, im Kampf mit Schmerz und Ermattung. Die Arbeit fiel mir hart, so habe ich vielleicht nie ein müßiges Wort geschrieben. Ich hatte wenig zu pflegen und zu schenken, aber ich tat es mit Opfern und der Liebe, deren mein wenig begütertes Herz fähig ist.

Am meisten aber danke ich dir, meine Krankheit, daß du mir das Fortgehen so leicht machst. Du scheidest von keinem verbitterten Herzen, in deiner Schule lernte ich das Fluchen nicht.

Auch dich grüße ich noch, mein freundliches Gefängnis, du teppichbelegte Krankenstube! Es ist mir schwer geworden, mich in deine Enge zu bequemen, mit Widerstreben gab ich mich gefangen. Nun wirst du mir täglich vertrauter, und ich habe dich mit meinen liebsten Gesellschaftern geschmückt: Mein Auge erfreut die Sonne Claude Lorrains, mein schlanker Hermes ist mir nahe –

Hermes Psychopompos …

Dies waren die letzten geschriebenen Worte Erwins. Sein Ende war leicht und ruhig.

Sein kluges Krankengesicht blickt noch oft mit glänzenden Augen in meine Träume und Feierabende; das Bild seines friedlichen Lebens liegt im Meere meiner Erinnerungen wie eine still verschlossene Insel, wenigen bekannt, licht und ohne Stürme, gekrönt vom Tempel der steinernen Götter. *(1899)*

# Der Novalis

*Aus den Papieren eines Bücherliebhabers*

1

Indem ich mich besinne, in welcher Eigenschaft ich mich dem etwaigen Leser dieser Notizen füglichst vorstelle, fällt mir ein, daß ich mich, dem Inhalt meines Schreibens gemäß, am besten als Bibliophile einführe. Wirklich ist dies auch wohl meine eigentlichste Eigenschaft. Wenigstens habe ich keinen wertvolleren Besitz und keinen, der mich mehr freut und auf den ich stolzer bin, als meine Bibliothek. Auch finde ich mich im Vielerlei der Bücherwelt leichter zurecht als im Wirrwarr des Lebens und bin im Finden und Festhalten schöner alter Bücher besonnener und glücklicher gewesen als in meinen Versuchen, anderer Menschen Schicksale freundlich mit dem meinigen zu verknüpfen.

Immerhin war ich bemüht, immer wieder lebendige Berührung mit allem Menschlichen zu haben, und auch meine Liebhaberei für alte Scharteken ist vielleicht nicht ohne Beziehungen zum Leben, mag sie auch nur wie das Steckenpferd eines alternden Hagestolzes aussehen.

Die Teilnahme und die Freude, die ich an meinen Büchern habe, gilt nicht nur ihrem Inhalt, ihrer Ausstattung und ihrer Seltenheit, sondern es ist mir ein besonderes Bedürfnis und Vergnügen, womöglich auch die Geschichte dieser Bücher zu kennen. Ich meine damit nicht die Geschichte ihrer Entstehung und Verbreitung, sondern die Privatgeschichte des einzelnen, zur Zeit mir gehörigen Exemplares.

Wenn ich in einem älteren Dichter blättere, in einer frühen Ausgabe von Claudius, von Jean Paul, von Tieck oder Hoffmann, und ich fühle das heimelig altmodische, schlichte Druckpapier zwischen Daumen und Zeigefinger, so kann ich mich nie enthalten, der dahingegangenen Geschlechter zu denken, welchen diese altgewordenen Papierblätter einst Gegenwart, Leben, Rührung und Neuheit bedeutet haben. Wenn man doch wissen könnte, in wie vielen vor Begeisterung und Lesefieber zitternden Händen so ein altes Exemplar des Titan oder des Werther gelegen hat, wie oft es in altfränkischen, ampelbeglänzten Zimmern nächtelang eine junge Seele zu Jauchzen und zu Tränen entzündet hat!

Wie sonderbar teuer sind uns schon die Bücher, die sich vom Urahn her durch die Familie auf uns herab geerbt haben, die wir schon als Kinder im alten Spinde stehen sahen und die wir in den aufbewahrten Briefwechseln und Tagebüchern unserer Großeltern erwähnt finden! Und auf manchen aus fremder Hand erworbenen Büchern finden wir fremd klingende Namen ehemaliger Besitzer, Dedikationen aus dem vorvorigen Jahrhundert, und denken uns, so oft wir einen Federstrich, ein eingebogenes Ohr, eine Randglosse oder ein altes Lesezeichen finden, diese seit vielen Jahrzehnten gestorbenen Besitzer dazu, ehrwürdige Männer und Frauen mit ernsten, familiären Gesichtern und in längst veralteten kuriosen Röcken, Manschetten und Krausen, Leute, die das Erscheinen des Werther, Götz, Wilhelm Meister und die Erstaufführungen Beethovenscher Werke erlebt haben.

Unter den alten Lieblingsbänden in meinen Bücherschränken sind viele, deren mutmaßliche Geschichte für mich ein reiches Feld köstlich neugieriger Forschungen und Vermutungen ist. Dabei bin ich im Phantasieren und Erfinden nicht allzu sparsam, teils aus Vergnügungslust, teils in der Überzeugung, daß alles Erfassenwollen der wahren, inneren Geschichte vergangener Zeiten ein Werk der Phantasie und nicht des wissenschaftlichen Erkennens ist. Von den in prachtvoller Antiqua gedruckten aldinischen Oktavbänden der italienischen Renaissance bis zu den Erstausgaben von Mörike, Eichendorff und der Bettina habe ich fast für jeden Band meiner Sammlung einen imaginären ersten Besitzer. Kriege, Feste, Intrigen, Diebstahl, Tod, Mord spielen gelegentlich mit, ein Stück wirklicher Welthistorie und erdichteter Familiengeschichten hängt an den antiquarischen Schwarten, deren Einbände mir, selbst wo sie etwas schadhaft sind, von keinem modernen Buchbinder berührt werden dürfen.

Außerdem aber besitze ich einige Bücher, deren Vergangenheit mir teils ganz, teils wenigstens jahrzehnteweis bekannt ist. Ich weiß die Namen ihrer ehemaligen Leser und den des Buchbinders, der sie seinerzeit gebunden hat; ich weiß von darinstehen-

den schriftlichen Glossen und Notizen Hand und Jahr, woraus sie stammen. Ich weiß von Städten, Häusern, Zimmern und Schränken, in denen sie standen; ich weiß von Tränen, die auf sie geflossen sind und deren Ursache ich kenne.
Diese paar Bücher schätze ich über alle anderen. Der Umgang mit ihnen hat mir manche melancholische Stunde heller gemacht; denn oft werde ich einsamer Mann mitten unter der schweigsamen Gesellschaft meiner Scharteken von Trauer überfallen, wenn ich sehe, wie schnell alles das, was einmal modern und neu und wichtig war, dem kühlen, mitleidig lächelnden Interesse einer anderen Zeit oder der Vergessenheit anheimfällt und wie schnell das Gedächtnis des einzelnen verlischt.
Dann reden mir diese paar Bände tröstend vom Geheimnis der Liebe, vom Bleibenden im Wechsel der Zeiten. Sie geben mir, wenn ich mir einsam erscheine, zu Nachbarn die aufsteigenden Bildnisse ihrer gestorbenen Freunde, deren Kette ich mich willig und dankbar anschließe. Denn in solchen Zeiten ist das Gefühl, als untergeordnetes und geringes Glied einer festen Gemeinschaft und Folge anzugehören, immer noch besser und tröstlicher als das grausame und sinnlose Alleinsein im Unendlichen.
Von diesen lieben Büchern habe ich nun eines ausgewählt, dessen Geschichte ich erzählen will, damit es dadurch vielleicht einem späteren Besitzer teurer werde.
Unter den verschiedenen Ausgaben des Novalis, die ich allmählich zusammengebracht habe, ist auch eine »vierte, vermehrte« vom Jahre 1837, ein Stuttgarter Nachdruck auf Löschpapier in zwei Bänden. Seit dessen erstem Besitzer, dem Großvater eines meiner Freunde, ist es dauernd in Händen von mir bekannten oder verwandten Leuten geblieben, so daß seine Geschichte mir leicht zu erforschen war.

## 2

Es war im Frühling des Jahres 1838. Der Chef der Witzgallschen Buchhandlung in Tübingen schnitt ein saures Gesicht. Sein erster Gehilfe stand neben ihm am Stehpult und hielt ein Handbillett des Kandidaten Rettig in den Fingern, während auf dem Pulte das Bücherkonto ebendesselben Kandidaten aufgeschlagen lag. Auf diesem Konto stand in netter Schrift und klaren Zahlen der ganze stattliche Bücherbezug des Studiosen Rettig seit sieben Semestern verzeichnet. Zu Anfang fanden sich je und je einzelne Zahlungen von einigen Gulden gutgeschrieben, seit langer Zeit aber stand auf der Seite des Habens nichts mehr eingetragen, und die Endsumme überstieg nach Abzug jener Gutschriften weit zweihundertfünfzig Gulden. Am Rande des Blattes war mit Bleistift vermerkt: »Will im März 1838 bezahlen.« Heute aber war schon der siebente April, und das Handbillett des Kandidaten lautete:

»Mein wertgeschätzter Herr! Ich las Ihre etwas herb stilisierte Mahnung soeben. Bin ich ein Hund? Bin ich ein Schwindler? Nein, sondern ein Kandidat der Philologie und Mann von Ehre, wenn auch ohne Geld. Beiläufig gesagt, halte ich die Bezeichnung des seelenlosen Metalles als nervus rerum für eine Infamie – Sie nicht auch? Also ich werde Sie bezahlen, nur jetzt nicht. Damit Sie aber einen tätlichen Beweis für meinen guten Willen sehen, schlage ich Ihnen vor, den mir entbehrlichen Teil meiner Bibliothek antiquarisch zurückzunehmen und mir eine angemessene Summe dafür gutzuschreiben. Zu diesem Zweck erwarte ich Sie morgen zwischen zwei und vier Uhr auf meiner Bude, Neckarhalde Nummer 8.«

Der Prinzipal war äußerst ungehalten und trug sich mit dem zornigen Entschlusse, die Eintreibung der alten Schuld dem Gerichtsvollzieher zu übergeben. Doch überredete ihn der kluge Gehilfe, Rettigs Vorschlag anzunehmen. Er rechnete richtig, daß Rettig als Sohn einer achtbaren Familie und als begabter Mensch nach Möglichkeit zu schonen sei, da er ohne Zweifel ein berühmtes Examen machen und vielleicht schon in wenigen Jahren als Philolog und Literat glänzen würde. Es wurde daher beschlossen, die Bücher des Schuldners zu möglichst niederem Preise zurückzunehmen, und der Gehilfe erhielt Auftrag, anderen Tages zur bestimmten Zeit die Schätzung vorzunehmen und das Notwendige mit dem Kandidaten zu vereinbaren.

Während eben dieser Stunde saß Rettig in düsterer Stimmung auf seiner Bude. Sein Fenster blickte über »Stift« und »Hölle« hinweg auf die Alleen und die sanften Bergzüge der Alb, über deren nähergelegenen Hügelrücken schon der erste hellgrüne Hauch des neuen Frühlings zu leuchten begann. Der Tag war

föhnklar, blauer Himmel und lichte streifige Wolken glänzten mit starken Farben durch die transparente, überklare Luft. Auf der Straße scholl häufig Gesang von geselligen Liedern, lautes Gespräch, Wagenrollen und Hufschlag vorbeitrabender Reiter, denn es war der erste sonnige Tag des April.
Von dem allem bemerkte Rettig nichts. Der Witzgallsche Handel zwar bekümmerte ihn nicht übermäßig, aber ähnliche und schlimmere Mahnungen waren in diesen Tagen ihm von mehreren Seiten zugegangen, so daß er, im Brennpunkt der Aufmerksamkeit diverser Gläubiger, sich fühlte wie die Mücke im Spinnennetz. Dazu kam die Sorge um das in diesem Semester bevorstehende Examen, die Scheu vor dem nachher drohenden Amt und Philisterium und das Vorgefühl des Abschiedes von Tübingen, an den er mit Qualen dachte.
Kurze, ärgerliche Züge aus der langen Weichselpfeife saugend, saß er halb, halb lag er auf dem zerschlissenen Kanapee und schaute mit gefurchter Stirne den phantastischen Bildungen der Rauchwolken zu, die sich langsam und quirlend gegen das offenstehende Fenster hin bewegten. Zwischen aufgehängten Pfeifen, Lithographien und Silhouettebildnissen stand an der breiten Türwand der hellen Stube ein recht stattlicher Bücherschaft, auf welchem neben Klassikern und Kompendien eine nicht unbedeutende Sammlung von historischen und belletristischen Werken sich befand. Rettig hatte eine starke literarische Ader und beteiligte sich seit kurzem teils durch Rezensionen, teils durch kleinere Zeitschriftenartikel am literarischen Leben.
Seufzend erhob er sich endlich vom bequemen Sitz und begann, die Pfeife in der Linken, mit der Sichtung seiner Bücherei. Die philologische Abteilung, welche ohnehin auf das Notwendigste beschränkt war, mußte unangetastet bleiben. Mit zornigem Schmerze zog der arme Kandidat Buch um Buch aus den unteren Regalen, einen Liebling nach dem andern sich vom Herzen reißend, in manchem lange blätternd und bei jedem die Rücknahme in letzter Stunde sich innerlich vorbehaltend. Die ganzen reichen Semester zogen durch seine Erinnerung, in denen er diese Sammlung Band für Band zusammengebracht hatte, in denen sein lebhafter Geist sich von der naiven Begeisterung des Fuchsen schnell zur selbständigen Kritik des Kenners durchgearbeitet hatte.

Es hatte sich schon ein mäßiger Berg ausgeschiedener Werke auf dem Boden angetürmt, da ging die Tür, und ein großer blonder Mensch trat herein und blieb lachend vor der Unordnung stehen. Es war Rettigs Freund und Kollege Theophil Brachvogel, zurzeit Hauslehrer bei den Söhnen einer Professorenwitwe.
»Prosit, Rettig! Was beim Styx treibst du denn da für Zauber? Du wirst doch nicht schon wieder packen wollen?«
Grimmig ließ der Kandidat seine Bücher liegen und zog den Freund mit sich auf das Kanapee. Unter reichlichen Verwünschungen und klassischen Schwurformeln erzählte er ihm die Bücheraffäre.
Kopfschüttelnd betrachtete der Hauslehrer die zerstörte Bibliothek, um die es auch ihm leid tat. Er stand auf und nahm von dem aufgeschichteten Bändestoß den obersten in die Hand.
»Was?« rief er nun lebhaft. »Auch den Novalis? Ist es dein Ernst, Alter? Den Novalis?«
»Auch ihn, den schönlockigen Seher, ja. Was will ich machen? Jeder Band ist zuviel, den ich behalte.«
»Nicht möglich, Schatz. Den Novalis! Ich wollt ihn eben dieser Tage von dir leihen.«
»Leih ihn vom Witzgall! Ich behalte nichts, nichts. Ohne Wahl zuckt der Strahl.«
»Du, da fällt mir ein: ich kauf ihn dir ab. Die Krämerseele gibt dir doch so gut wie nichts dafür. Was soll er gelten?«
»Ich schenk ihn dir.«
»Unsinn, Knabe. Jetzt auch noch schenken! Sagen wir einen Taler. Einen Gulden geb ich dir jetzt gleich, den Rest am Tag der großen Gelder.«
»Gut, gib her! Da ist der zweite Band.«
Brachvogel, der zu seinen Schülern mußte, nahm die beiden Bändchen unter den Arm und eilte mit wenigen Sätzen die schmale, baufällige Stiege hinunter in die Stadt. Gedankenvoll blickte Rettig durchs Fenster seinem Freunde und seinem Novalis nach. Er sah im Geiste schon seine ganze schöne Sammlung in alle Winde zerstreut.
Am folgenden Tage erschien pünktlich der höfliche Witzgallsche Gehilfe. Er sah alles durch, schätzte Buch für Buch, zog eine magere Summe ab, mit der sich Rettig zornig einverstanden erklärte; alsdann lud ein Knechtlein den ganzen Schatz auf einen

Handkarren und führte ihn gleichmütig hinweg. Beim Anblick des Verzeichnisses dieser Bücher würde manchem heutigen Sammler das Herz pochen. Erstausgaben, welche die jetzige Mode mit Talern aufwiegt, gingen für dreißig und vierzig Kreuzer weg, ja billiger.

Traurig und ärgerlich verließ der Kandidat seine entheiligte Bude, bummelte mißmutig durch die Gassen und beschloß diesen schwarzen Tag damit, daß er den gestern empfangenen Novalisgulden einsam im »Löwen« vertrank.

3

Abend. Am schweren Himmel trieb der Föhn die schnellen Wolken vorüber. Im Fenster einer behaglichen Bude lehnte Theophil Brachvogel, die feine rechte Hand um das Fensterkreuz gelegt, und sah dem endlosen scheuen Flug der Wolken zu, hingegeben und ergriffen, die Seele eines großen Gedichtes voll.

Auf dem breiten Studiertische lag neben Heften, Briefbogen und Schreibzeug der zweite Band Novalis aufgeschlagen. Weit frischer als der kritisch veranlagte Rettig hatte der beschaulichere Hauslehrer sich die jugendliche Fähigkeit bewahrt, die Werke der Dichter wie süßen Wein zu genießen, ohne Widerstreben dem berauschenden Fluß ihrer erhabenen Sprache hingegeben, die Seele wie eine bebende Schale bis zum Rande von tiefer Stimmung erfüllt, von welcher je und je ein schwerer voller Tropfen überlaufend als eigenes Gedicht verklang.

Ihn hatte seit einigen Tagen die sanfte Gewalt dieses tiefsten und süßesten Romantikers erfaßt, dessen dunkeltönige, von Duft und Ahnung gesättigte Sprache sein williges Herz in ihre weichen Rhythmen zwang. Das klang so mystisch wohllaut wie ein ferner Strom in tiefer Nacht, von Wolkenflucht und blauem Sternlicht überwölbt, voll scheuen Wissens um alle Geheimnisse des Lebens und alle zarten Heimlichkeiten des Gedankens.

Zum Tisch zurückkehrend, las er nochmals laut den wunderbaren Abschnitt:

»Abwärts wend' ich mich zu der heiligen, unaussprechlichen, geheimnisvollen Nacht. Fernab liegt die Welt, in eine tiefe Gruft versenkt: wüst und einsam ist ihre Stelle. In den Saiten der Brust weht tiefe Wehmut. – Fernen der Erinnerung, Wünsche der Jugend, der Kindheit Träume, des ganzen langen Lebens kurze Freuden und vergebliche Hoffnungen kommen in grauen Kleidern, wie Abendnebel nach der Sonne Untergang.«

Die schwermütige Schönheit der Nachthymnen zog durch die Brust des jungen Schwärmers wie ein Wetterleuchten durch eine dunkle, fruchtbare Frühsommernacht.

Noch eine Stunde blieb er allein im stillen Zimmer, bald lesend, bald hin und wider schreitend, bald durch das Fenster die einbrechende schwarze Aprilnacht betrachtend. Dann trat er aus der Türe, die er offenstehen ließ, auf den dunklen Flur und tastete sich die Wand entlang und die Treppe hinauf. Oben klopfte er leise an eine Tür, hinter welcher sein Freund Hermann Rosius wohnte. Er fand den Fleißigen mit seinem Lieblingsbuch, Bengels Gnomon, beschäftigt. Der fromme, stille Student begrüßte erfreut den älteren Freund, an dem er mit Bewunderung und Zärtlichkeit hing, und räumte ihm eilig einen mit den Resten eines spärlichen Abendessens besetzten Stuhl ab. Brachvogel zog den mitgebrachten Band Novalis aus der Tasche, legte ihn auf den Tisch ins Licht und deutete auf den Titel.

»Kennst du den?« fragte er den Theologen.

Rosius schüttelte den Kopf.

Nur dem Namen nach«, sagte er. »Ich glaube, er hängt irgendwie mit Schleiermacher zusammen. Liest du ihn jetzt?«

»Ich will dir ein Stück vorlesen.«

Er las den ersten Hymnus an die Nacht. Seine wohllautende Stimme schmiegte sich dem ernsten Pathos der Dichtung schlicht und edel an. Das ist der Augenblick der erhabensten und reinsten Wirkung für jeden Dichter, wenn eine junge, begeisterte Seele sein Werk dem Freunde mitteilt.

Beide Jünglinge enthielten sich des Urteilens. Schweigend ließen sie den in ihnen erweckten tiefen Ton des Heimwehs zu Ende klingen. Die kleine Studierlampe schien rötlich durch das einfache Zimmer.

Endlich brach Rosius das Schweigen. Er redete leise und schüchtern und errötete im Halbdunkel. »Ich glaube, es ist jetzt die rechte Stunde, dir ein Geständnis zu machen.«

Brachvogel gab keine Antwort. Er nickte nur und richtete den

Blick auf das verlegen freundliche Gesicht des Freundes. Leise fuhr dieser fort:
»Ich wollte es dir schon lang erzählen, aber der Augenblick ist nie so recht gekommen. – Ich hoffe, mich im Sommer zu verloben.«
»Was du sagst! Eigentlich zwar nimmt mich's nicht wunder, ihr Theologen tretet ja gewöhnlich schon mit Bräuten ins Amt. Aber doch –! Mit wem denn, du?«
»Mit einem Fräulein – –«
»So? Das dachte ich mir ungefähr auch.«
»Helene Elster. Sie ist eine Pflegetochter des Amtmannes in unserem Städtchen. Aber wir wollen nicht zu viel davon reden – es ist ja alles noch so ungewiß.«
»Aber du hast doch schon mit ihr darüber gesprochen? Oder schreibt ihr einander?«
»Was denkst du! Nein, nein. Aber in den Sommerferien will ich sie fragen, und ich glaube fast, sie wird ja sagen. Ich hoffe es sogar bestimmt.«
»Ist sie schön?«
»O ja.«
»Erzähle doch! Ist sie blond? Musikalisch? Singt sie? Groß? Klein? Heldengeist? Sanfte Seele?«
»So bist du immer, Theo!«
»Ja, ja, aber wie sie ist, will ich wissen. Hast du ein Bild von ihr?«
»Ein Bild? Wie sollte ich dazu kommen? Nein. Sie hat braunes Haar und ist ziemlich schlank. Und sie hat ein Herz – ein Gemüt – –«
»Rosius, ein Künstler bist du nicht. Aber ich fange doch allmählich an, ein Bild von ihr zu bekommen.«
»Also ich wollte dir erzählen. Ich sah sie zuerst bei einem Kaffee im Helferhaus. Sie ist nämlich erst seit ein paar Monaten aus dem Institut zurück. Du weißt, wie schüchtern ich mit Mädchen allemal bin. Und nun saß sie am Tisch gerade neben mir! Ich war ganz behext von ihrer Stimme. Sie sprach mit ihrem Gegenüber von Musik, und von einer Reise, und von Mädchengeschichten. Weißt du, eine Stimme – so eine besondere, glockenklar und doch mit einem Schleier drüber. So hab ich die Stimme meiner Mutter in Erinnerung. Und dann war sie so schön! Ich konnte

sie ja nicht richtig ansehen, aber ihre linke Hand lag immer neben mir auf dem Tisch. Ich wußte gar nicht, daß so eine bloße Hand auch etwas Schönes sein kann.«

»Was hast du denn mit ihr gesprochen?«

»Du hast gut fragen. Ach Gott, ich wünschte die ganze Zeit, sie möchte mich anreden.«

»Das wäre doch deine Sache gewesen.«

»Ich weiß nicht. Sie sprach von einem Fest. Plötzlich drehte sie sich nach meiner Seite herum und fragte: ›Sind Sie auch dabei gewesen?‹ Ich glaubte, sie meine mich, es galt aber dem Helfer. Ich antwortete: ›Nein‹ – zugleich antwortete der Helfer, und ich sah, daß ich mich geirrt hatte, und schämte mich.«

»Und das ist alles gewesen?«

»Wart nur! Also das war unser erstes Zusammentreffen. Dann war ich beim Amtmann eingeladen und sah sie dort wieder. Da konnte ich mich etwas freier bewegen als im Helferhaus, und es gelang mir, ein Gespräch mit ihr anzuknüpfen. Es ging freilich nicht gerade flott, denn sie redete viel schneller als ich und kam immer mit etwas Neuem, wenn ich gerade über das vorige Thema einen rechten Satz präpariert hatte. Sie ist eine vollkommene Dame. Sie lenkte das Gespräch nur so hin und her, daß ich ganz wirr wurde. Später sah ich sie bei einem Konzert, einem Streichquartett, wo der Amtmann mitspielte und mein Onkel auch. Da plauderte sie vertraulich mit mir, ich war ganz munter und schlagfertig, es war ein guter Tag. Seither hat sie, glaube ich, meine Neigung bemerkt. Sie wurde ein wenig rot, sooft ich sie auf der Straße grüßte, auch ging ich oft an ihrem Haus vorbei. Es scheint, daß sie mich nicht ungern sieht – –.«

Es war noch nicht spät, als der Hauslehrer seinen Novalisband wieder an sich nahm und seine Stube im unteren Stockwerk wieder aufsuchte. Er las dort die Hymnen zu Ende, und las sie noch einmal, bis spät in die Nacht.

Von da an begleitete wochenlang das Saitenspiel des zarten, geheimnisvollen Dichters sein Leben Tag für Tag. Der Frühling kam, die Kastanien der Allee wurden grün, im Schönbuch klang Finkenschlag und Amselruf, und die sich füllenden Wipfel begannen tiefer zu rauschen. Da lag Brachvogel an manchem hellen freien Nachmittag im Walde. Buchenschatten und Sonnenflecken fielen in die aufgeschlagenen Seiten des Lieblingsbuches, eingelegte Blumen und als Lesezeichen benutzte Baumblätter drückten ihre leichten Spuren ein. Am Rande der »Fragmente« entstanden nachdenkliche Notizen, mit leichtem Bleistift eingetragen, und die Daten mehrerer besonders schöner und glücklicher Waldlesetage wurden auf das leere letzte Blatt geschrieben, manche auch in den Text selber. Jetzt noch steht unter anderen auf Seite 79 neben dem Märchen von Rosenblüte und Hyazinth die Bemerkung zu lesen: »Zum erstenmal gelesen den zwölften Mai, am Waldrand über Bebenhausen.« Auf derselben Seite haben sich die feinen Rippen eines eingelegten jungen Buchenblattes in bräunlichen Linien abgedrückt erhalten. Das Blatt selbst ist nicht mehr dabei.

Auch Hermann Rosius las häufig allein oder mit dem Freunde zusammen in den beiden Bänden und gewann den feinen Dichter herzlich lieb. Dennoch konnte sein streng-frommes Gemüt sich den kühneren unter den »Fragmenten« gegenüber der Kritik und des Tadels nicht immer enthalten. Bei zwei Aphorismen religiösen Inhaltes sind von seiner Hand Bibelstellen an den Rand geschrieben. Ich besann mich oft, wer von den späteren Lesern wohl genug Liebe und pietätvolle Neugierde gehabt haben mag, um jene Stellen nachzuschlagen.

## 4

Unvermutet schnell wie immer war der Sommer herangekommen. Die Studenten reisten nach allen Seiten fort in die Heimat oder auf Vetternreisen. Der fleißige Hauslehrer, obwohl auch er einige Wochen Urlaub erhalten hatte, war in Tübingen geblieben, um zu arbeiten. Der heiße August brannte auf den Dächern und glühte in den engen, gepflasterten Gassen der Stadt. Der Kandidat Rettig hatte sein Examen gemacht und war noch am letzten Tage des Semesters zu Brachvogel gekommen, um den Rest seines Novalistalers zu holen.

Brachvogel bewohnte nun etwas vereinsamt eine Ferienbude in der Münzgasse und saß arbeitsam bald hinter dem Studiertisch, bald in der Bibliothek. Da kam ein Brief von Hermann Rosius und brachte ein frisches Stück Leben in sein stilles Dasein. Der Brief lautete:

»Mein Herzensfreund!
Wie lebst Du in Tübingen? Ich denke es mir dort jetzt sehr still. Fördert Deine Arbeit? Was mich betrifft, so hab ich bis jetzt kaum ein Buch berührt. Jetzt aber spüre ich großes Verlangen, einmal zusammenhängend und mit Muße Novalis zu lesen. Du mußt ihn mir, oder mindestens einen Band davon, mitbringen.
Ja, mitbringen! Denn ich erwarte, daß Du mich nächster Tage besuchst, ich bitte Dich herzlich darum. Die Sache mit dem Mädchen scheint Fortschritte zu machen, und ich möchte Dich hier haben, zunächst damit Du Dich mitfreust, aber auch damit Du mir mit Deiner geschickteren Art und Deiner größeren gesellschaftlichen Erfahrung beistehst. Ich bin in alledem so unbeholfen. Mein lieber Vater hat Raum für einen Gast, wenn wir uns ein bißchen behelfen. Bitte komm gewiß, und so bald als möglich!«

Der Hauslehrer las die Einladung mit Freude und beschloß, ihr ohne Verzug zu folgen. Lachend und Wanderlieder singend, packte er noch am selben Tage sein Ränzel. Den erbetenen Novalis beschloß er nach einigem Zaudern dem Freunde nicht nur mitzubringen, sondern gleich zu dedizieren.
Am folgenden Morgen machte er sich zu Fuß auf den Weg nach dem Heimatstädtchen des Kameraden, das ein paar Meilen weiter neckarabwärts lag. Die weiße Landstraße glänzte hellauf in der Morgensonne, die schönen Neckarufer lagen grün und fruchtbar im Leuchten des Hochsommertages. Von heiß zu ersteigenden Höhen aus sah der Wanderer den blanken, gewundenen Lauf des Flusses durch gilbende Fruchtfelder und schattige Obstgärten sich strecken, oft auch von steilen Weinbergen gesäumt. Kirchturmspitzen funkelten blendend von entfernten Dörfern herüber, in den Feldern und Rebhügeln war rege Arbeit, ruhig und waldig begrenzten die höheren Berge der Alb die Aussicht.
In der frischen, empfänglichen Seele des jungen Reisenden spiegelte sich diese ganze frohe und farbige Welt reich und glücklich wider. Erinnerung, Ahnung und Hoffnung schmolz ihm mit der Schönheit der sichtbaren Welt unvermerkt und wohllaut zusammen, und werdende Lieder bewegten keimend den Sinn des jun-

gen, fröhlichen Menschen. Er war ein geborener Wanderer, rüstig, gelenkig, zäh und bereit, alles Begegnende von der freundlichen Seite zu fassen. Auch war sein Auge offen für alle Schönheiten der Landschaft und empfänglich für die feinen Reize der Berglinien, der Beleuchtung, Laubfarben und der blauen Töne der Ferne.

Während des Dahinschreitens erinnerte er sich mit Vergnügen der Reisebilder im Heinrich von Ofterdingen, den er schon zweimal gelesen hatte. Die geistvoll zarten Verse der »Zueignung« mit ihrem rätselhaft süßen Liebreiz und ihrem innig musikalischen Wohlklang fielen ihm ein. Vielleicht wußte er nicht, wie ähnlich er selbst dem jungen Ofterdingen jener Dichtung war. Was ihm zum Manne noch fehlte, eben das gab seinem Wesen die harmlos liebenswerte Frische. Der Duft der frühen Jugend lag auf ihm, dem noch kein großer Schmerz die Unbefangenheit genommen und dafür die Weihe der Reife gegeben hatte.

Am späten Nachmittag erreichte er das Städtchen, in welchem Rosius auf ihn wartete. Über das Gewirre der alten und neuen Dächer ragte der behagliche Kirchturm, mit einer humoristisch wirkenden Zwiebel gekrönt. Züge von Gänsen und Enten bevölkerten Gassen und Hofwinkel sowie den sanft strömenden Neckar, den eine ehrwürdig graue, steinerne Brücke überspannte.

Der alte Rosius war ein kleiner Kaufmann oder eigentlich ein Krämer gewesen, hatte sich jedoch seit einigen Jahren zur Ruhe gesetzt und wohnte in einem zur Hälfte vermieteten neuen Häuschen, das Brachvogel nach einigem Fragen fand und betrat.

Nun wurde er von dem überraschten Freunde mit Jauchzen empfangen, auch der stille alte Vater drückte ihm die Hand und bewegte die hart gefalteten Lippen zu einem altmodischen Willkommspruch. Darauf brachte Hermann den Gast in die Stube, welche sie teilen sollten. Der Hauslehrer packte unter lustigem Geplauder seinen Marschranzen aus, der neben einiger Leibwäsche und einem Gehrock auch die zwei Bände Novalis enthielt.

»Ah, der Novalis!« rief Rosius erfreut und nahm einen Band in die Hände, in welchen Brachvogel schon in Tübingen die Dedikation geschrieben hatte. Sie fiel ihm sogleich ins Auge, und er umarmte den Spender dankbar.

Weder dieser noch der Beschenkte ist heute mehr am Leben, aber die Widmung von Brachvogels Hand steht noch in dem Bande auf dem inneren Einbanddeckel zu lesen:

»Theophil B. seinem Freunde Hermann Rosius, im Sommer 1838.«

Und darunter:

»Der echte Dichter ist allwissend; er ist eine wirkliche Welt im Kleinen.« (Novalis)

## 5

Wenn ich statt der Geschichte meines Novalis diejenige des Theophil Brachvogel und seines Freundes schriebe, so müßte ich nun dessen Ferienaufenthalt, den ersten Besuch und Kaffee beim Herrn Amtmann, Brachvogels erste Begegnung mit jener schönen Helene Elster und viele andere schildern und erzählen, worauf ich nur ungern verzichte. Doch muß ich mir die eingehende Darstellung dieser und anderer Ereignisse versagen. Ich würde sonst Bände brauchen, bis ich meine Geschichte aktenmäßig zu ihrem vorläufigen Ende, das heißt bis auf den heutigen Tag, geführt hätte.

So betrachte ich denn meinen Novalis und suche in ihm weitere Spuren des Lebens von damals.

Die am Ende des vorigen Kapitels zitierte Widmung Brachvogels, die im ersten Bande steht, zeigt Spuren davon, daß ein Versuch gemacht wurde, sie auszuradieren. Die gute Tinte hatte sich jedoch zu tief in das weiche Papier gefressen und widerstand dem Tilgungsversuch. Widmung und Spruch blieb stehen.

Was bedeutet für den Käufer, Besitzer und Leser eines alten Buches der vom Radiermesser zerschabte erste Buchstabe einer vor sechzig Jahren geschriebenen Widmung? Nichts. Eine minimale Verunzierung, der man außerdem leicht durch Überkleben nachhelfen kann.

Ich habe aber jene Stelle nicht überkleben lassen. Sie bedeutet für mich und für unsere Erzählung ein ganzes Kapitel, ein dunkles, schmerzliches, dessen Bericht mir schwerfällt, da ich für die

Hände und Schicksale, mit denen mein Buch damals Berührung fand, seit langem eine stille Liebe hege.
Drei Wochen nach jenem vergnügten Abend seiner Ankunft war der Hauslehrer Brachvogel nicht mehr derselbe jugendlich sorglose, naiv heitere Mensch wie zuvor. Er hatte einige von den Dingen erfahren, deren schnelles Erleben älter macht als eine ganze Reihe von stillen Jahren. Er war um ein Glück, eine Schuld und ein Leid reicher und um einen Freund und eine Jugend ärmer geworden. Der Novalis war wieder in seinem Besitze, und er selbst hat jenen Radierversuch an der noch frischen Widmung gemacht.
Er war mit Helene Elster verlobt, und der arme Hermann Rosius hatte seinen Freund und seine Liebste auf denselben Tag verloren. Oder doch nicht am selben Tage; denn nach dem Bruch der Freundschaft war um das schöne Mädchen noch ein kurzes verstecktes und verzweifeltes Ringen gewesen. Dann hatte der hübsche, lebensfrohe Brachvogel den Sieg gewonnen, und die erbitterte Rivalität der entzweiten Herzensfreunde hatte sich, namentlich auf des armen Theologen Seite, in ein herbes, trauriges Verzichten und Verlorengehen verwandelt.
Hatte Theophil eine Untreue begangen? Er selbst litt an dieser Frage, und mußte Ja und Nein zugleich antworten. Ja – denn er hätte am ersten Tage, nachdem er mit dem Mädchen gesprochen hatte, fliehen und dem Freunde seine älteren Rechte lassen können. Später konnte von Untreue oder irgendwelcher bewußten Sünde nicht mehr die Rede sein, da waren Recht und Unrecht und war auch die Freundschaft im Brande der drängenden Leidenschaft geschmolzen und vergessen.
Ich sann manchmal darüber nach, wieviel Schuld ihm beizumessen sei; und nach meiner Meinung ist seine Schuld nicht klein, denn ich weiß nichts so Heiliges und Unantastbares als eine herzliche Freundschaft unter Jünglingen. Aber Theophil war jung, und sein ganzes Wesen mag in jenen Jahren nach der entscheidenden Frauenliebe gedrängt haben. Und wer will rechnen, wie schwer trotz seines Glückes sich die verratene Freundschaft an ihm gerächt hat?
Ich denke mir, daß sein des Leidens und Unrechthabens nicht gewohntes Herz gezittert haben muß, als Rosius ihm das geschenkte Buch mit anderen kleinen Freundschaftsreliquien zu-

rücksandte, dies Buch, über dem sie so viele reiche schwärmerische Stunden miteinander zugebracht hatten. Und ich denke mir, daß sein Herz zitterte, als er wieder allein in Tübingen in seiner Wohnung saß und vergeblich die Widmung vom Deckel des Buches zu tilgen versuchte – so vergeblich, wie das vergiftete Andenken an den ehemaligen Freundesbund aus seinem Herzen. Ich denke mir auch, daß er seiner oft zu Besuch in Tübingen weilenden Braut manchmal eines der Gedichte oder Märchen von Novalis vorlas, und wie mag da ihm und ihr zumute gewesen sein, als sie zum erstenmal nach dem Buche griff und die Widmung und jenen Namen und den Versuch, ihn auszulöschen, sah?

Rosius fand zwei Jahre später eine andere Liebe, und seine Hochzeit fand wenige Monate nach der Brachvogelschen im Jahre 1842 statt. Beide Freunde nahm das Leben des Amtes und der Familie in Anspruch, die Erinnerungen wurden milder und bleicher, aber sie sahen sich nicht wieder, und einer hörte vom anderen jeweils nur zufällig aus dritter Hand.

Über dem geschäftig zufriedenen häuslichen Leben mag auch der stille Dichter fast vergessen worden sein, er stand viele Jahre lang wenig benützt in der Hausbibliothek Brachvogels. In diesen Jahrzehnten begannen die älteren Verehrer jener frühromantischen Poesie allmählich auszusterben, ohne daß neue ihnen gefolgt wären. Unter der damals heraufkommenden Jugend kannten wenige von Novalis mehr als den Namen, auch der heranwachsende Sohn Brachvogels nicht, der die beiden schlichten Bände, obwohl er sonst ein Leser war, unberührt im väterlichen Bücherschrank stehen ließ. Es schien, als wäre es mit dem Ruhm des seit fünfzig Jahren begrabenen Dichters vorüber. Für ihn schien die trostlose Zeit des Antiquierens gekommen, jenes rasche traurige Sinken vom Lächerlichwerden zum Langweiligwerden und von da vollends zum Vergessenwerden.

So stand unser Buch zehn Jahre und zwanzig Jahre. Seine Blätter bekamen einen leisen Cremebezug, jenen Edelrost alternder Bücher, der dem Vergilben vorangeht. Das vielgeschmähte Löschpapier hielt sich aber vortrefflich. So wenig edel es war, sieht es doch heute noch frischer und weißer aus als die Mehrzahl der jammervollen Drucke aus den siebziger und achtziger Jahren, die einem unter der Hand braun werden.

## 6

Annähernd zwanzig Jahre standen die beiden einfachen Sedezbände still und von niemandem begehrt im Bücherkasten. Was sind zwanzig Jahre in der Geschichte eines guten Buches! Vielleicht ruhten sie doch nicht vollkommen, vielleicht nahm sie der vielbeschäftigte Lehrer und Hausvater doch noch zuweilen vom Brett und überglitt mit ernsten Augen die schon alternden Blätter, wenn Erinnerung und Jugendheimweh des Nachts am Studiertisch ihn überfielen.

Dann wunderte er sich vielleicht betrübt darüber, wie rasch der zarte Dichter aus dem Andenken der Welt verschwunden und wie selten sein Name noch in jemandes Munde war; er ahnte nicht, daß Jahrzehnte später die ernste Schönheit dieser Dichtung neue Freunde und laute Verehrer und Verkünder finden würde. Ich denke, in einer solchen Stunde des Rückwärtssinnens schrieb er auf eine leere Halbseite des zweiten Bandes den Vers, den ich dort oft mit Bewegung las:

Wie weht aus deinen süßen Reimen
Ein Duft der Jugendzeit mich an,
Die mir in bunten Dichterträumen
So leicht und unvermerkt zerrann!
Du bist mir wie aus Maientagen
Im Herbst ein Gruß von Blumen zart,
Du willst mir ernst und leise sagen,
Wie fern mir meine Jugend ward.

Manchmal griff vielleicht auch die schöne Hausfrau nach dem Novalis. Ich weiß es nicht, doch glaube ich es gerne, denn auf ihrem Bilde, das ich in meinen Jünglingszeiten manchmal sah, hat sie jenen geistigen, zarten Träumerzug im vornehmen Gesicht, aus dem wir gern eine rege, dem Schönen zugeneigte Seele erraten. Es macht mir Vergnügen, zu denken, sie habe die hellbraunen Bändchen zuweilen in ihren weißen Fingern gehalten.

Jedenfalls blieb das Buch im Brachvogelschen Hause und war dort noch vorhanden, als der Sohn des Hauses Anno 1862 von Tübingen aus darum schrieb. Er war wie sein Vater Philolog und mochte gelegentlich bei irgendwelchen literarhistorischen Studien auf Novalis aufmerksam geworden sein. Dessen Werke wurden ihm denn nun von Hause zugeschickt.

Unser Exemplar zeigt keine Spuren, die auf einen starken damaligen Gebrauch schließen lassen, vor allem keinerlei Notizen aus den folgenden Jahren. Es scheint, daß der Dichter auf den in jener antiromantischen Zeit erwachsenen Studenten wenig Eindruck gemacht habe. In seinem Besitze schlummerte das Buch, wie ein Edelstein schlummert, solange kein Lichtstrahl seine verborgenen Feuer weckt. Es scheint damals sogar manchmal Mißbrauch gelitten zu haben, denn jenen Tübinger Jahren schreibe ich die Verwahrlosung der Einbände zu, welche manche verwischte Halbkreise und Kreise wie von daraufgestellten Trinkgläsern aufweisen. Dennoch blieb mein Novalis noch manche Jahre im Besitz des jüngeren Brachvogel und erlebte sogar dessen teilweise Bekehrung.

Dieser Brachvogel junior war ein kühler, kritischer Geist und von früh an ein wenig Sonderling. Er hatte kaum sein Tübinger Examen gemacht, als der Vater plötzlich einer kurzen Krankheit erlag. Die Mutter war schon ein Jahr zuvor gestorben, nach einer fünfundzwanzigjährigen Ehe noch schön und von Freunden bewundert. Der junge Gelehrte sah sich plötzlich verwaist und auf sich selbst gestellt. Von seiner Neigung getrieben und durch ein beträchtliches Vermögen unabhängig gemacht, verließ er bald die Heimat und reiste allein nach dem Süden. Wohl nur ein Zufall war es, daß beim Verkauf der väterlichen Bibliothek der Novalis zurückblieb und mit in die Reisekoffer kam.

Über die nun folgenden Jahre gab mir ein Tagebuch genauere Nachricht, das Brachvogel während seiner italienischen Jahre ziemlich fleißig führte. Doch ist nur auf den letzten Blättern desselben flüchtig von unserem Novalis die Rede. Brachvogel hielt sich mehrere Jahre in Rom auf, besuchte Süditalien und Sizilien und schien wenig mehr an die Heimat und Vergangenheit zu denken. Wenigstens berichtet sein Tagebuch nur von italienischen Angelegenheiten, Studien und Reisen, und berührt das Gedächtnis der Eltern fast nur jeweils bei der Wiederkehr ihrer Todestage. Im fünften Jahre seiner Abwesenheit jedoch scheint je und je ein Hauch von Heimweh dem Vereinsamten das Herz bewegt zu haben.

Damals hielt er sich mehrere Monate in Venedig auf, mit Bibliothekstudien beschäftigt, während die Welt von Tag zu Tag lebhafter durch die Nachrichten vom französischen Krieg erregt wurde. Ohne daß ihn diese eben stark erschüttert hätten, ward doch der gelehrte Sonderling mehr als sonst des fernen Vaterlandes erinnert, und es kamen Stunden, in denen Jugendgedenken und Heimaterinnerung ihn überraschten. In einem dieser Augenblicke fiel ihm der ganz vergessene Dichter durch Zufall wieder in die Hand. Schlicht und rauh berichtet davon das Tagebuch:

»Heute fand ich unter den Schmökern im unteren Kasten den alten Novalis und fühlte Lust, nach Jahren wieder einmal etwas der Art zu lesen. Unter den Fragmenten fielen mir einige geistreiche unter vielem Wust von Phantastereien auf. Dann begann ich den sonderbaren Ofterdingen zu lesen.«

Und zehn Tage später:

»Fortsetzung der Novalislektüre bis zum Schluß des ersten Teiles vom Ofterdingen. Ich hatte lange keinen deutschen Dichter mehr gelesen und kann mich nun dem eigentümlichen Eindruck nicht ganz entziehen.«

## 7

Es scheint, daß Brachvogel dem Dichter längere Zeit treu geblieben ist. Eines Tages wenigstens nahm er ihn, in Florenz, wieder zur Hand und fand das Märchen von Hyazinth und Rosenblüte. Er fand denn auch jene Stelle, an welcher vor mehr als dreißig Jahren sein Vater das Datum eines Bebenhauser Maitages eingeschrieben hatte, und schrieb daneben: »Settignano bei Florenz, 19. Juni 1873.«

Nun hatte er in Florenz einen Freund. Es war ein Deutscher, namens Hans Geltner, der mit einer Toskanerin verheiratet war. Dieser saß im Winter 1874 im Spital am Krankenbett Brachvogels und sah ihn am 2. März 1875 dort sterben. Er erbte mit ein paar anderen deutschen Büchern auch den Novalis, der nun wieder vergessen und ungebraucht jahrelang im Regal stand.

Während dieser Jahre war in Geltners Hause eine schöne, blonde Tochter herangewachsen, die ich selber noch wohl gekannt habe. Sie war schlank und von ganz deutscher Schönheit, und fand beizeiten manche Verehrer.

Als ich damals nach Florenz kam und die Geltners besuchte, stach auch mir ihr schönes, einfaches Wesen ins Auge, so daß ich sie bald den Madonnen des Quattrocento, denen zuliebe ich hergereist war, ohne Schwanken vorzog. Es fügte sich, daß ich schließlich täglich ins Haus kam, oft mit deutschen Freunden, oft allein.

Da fiel mir denn eines Tages der zweibändige Novalis in die Hände. Geltner war erstaunt, als ich ihm erzählte, daß der scheinbar verschollene Romantiker neuestens in Deutschland wieder verehrt und gelesen werde. Manchen Abend saßen wir nun in dem kleinen, ummauerten Garten um den schattigen Steintisch, und ich las die feinen, tiefen Gedichte des alten Novalis vor. Über dieser Lektüre kam ich oft mit der Tochter Maria ins Gespräch, und in diesen Gesprächen kamen wir einander so nah, daß ich von Tag zu Tag mich selber wunderte, mit ihr noch nicht von Liebe gesprochen zu haben. Es waren schöne Märchentage, wie mir seither keine mehr geworden sind.

Um diese Zeit traf mein Freund Gustav Merkel in Florenz ein. Wir begrüßten uns herzlich und lebten die ersten Tage nur füreinander. Er war ein lieber und flotter Mensch, beweglich, hübsch, geistreich, dabei gutmütig, und wir haben manchen Fiasko Landwein burschikos unter Geplauder und Gesang miteinander ausgetrunken.

Die Sehnsucht nach Maria trieb mich bald wieder in ihr Haus. Ich brachte Merkel mit, der dort gefiel und bald gleich mir fast alltäglich bei Geltners verkehrte.

Eines Abends las ich nun dort die »Lehrlinge zu Sais« vor. In der daran anschließenden Unterhaltung machte Gustav einen wenig ehrerbietigen Witz über Novalis und seine Dichtung, der mir weh tat. Da zu meinem Erstaunen Maria nicht widersprach, sondern sogar mitlachte, hielt ich an mich und schwieg. Als aber Gustav weggegangen war, trat ich im Garten zu ihr und hielt es ihr vor. Sie war ein wenig verlegen und vermied meinen Blick.

»Sie haben ja recht«, sagte sie. »Aber sehen Sie, Ihr Freund ist zu gescheit und vor allem zu witzig, als daß man ihm widersprechen könnte. Ich mußte einfach mitlachen. Und wozu sollte ich auch mit so liebenwürdigen Gästen Streit anfangen?«

»Aber war es nicht wie ein Verrat, Maria?«
»Sie sind komisch!« und dann: »Andiamo!«
Mehr sagte sie nicht. Aber als ich nun gute Nacht sagte und langsam durch den Corso dei Tintori nach Hause ging, war ich froh, daß ich noch nie mit Maria über meine Liebe gesprochen hatte, und hatte eine schlechte Nacht.
Es ging alles rasch und ruhig seinen Gang, und ich sah mit sonderbar gespannter Neugierde zu. Ich sah, wie Gustav immer häufiger zu Tisch geladen wurde und neben Maria zu sitzen kam. Ich sah, wie er abends mit ihr im Garten spazierte, ich sah ihn in der Badia eine Bleistiftkopie des schönen Sankt Bernhardskopfes von Filippino Lippi anfertigen und in den Trödlerläden alte Emailsachen kaufen, die er ihr dann schenkte. Und eines Tages sah ich auch die Einladungskarte zu ihrem Verlobungsfest, von Maria selber geschrieben, vor mir auf meinem Schreibtisch liegen. Draußen klang laut das Straßengetriebe der fröhlichen Stadt Florenz und flogen helle, leichte Wolken zärtlich spielend durch die warme Luft, ich aber saß lang und las immer wieder diese freundlichen, kurzen, entzückend nett geschriebenen Zeilen der Einladungskarte. Am Abend ging ich hin und gratulierte.
Noch einmal tauchte in dieser Umgebung der Novalis auf, das war am folgenden Abend. Ich habe es nicht vergessen. Wir saßen noch beim Obst und plauderten, woran ich freilich wenig teilnahm. Ich schnitzelte seit einer Viertelstunde zerstreut und traurig an einem großen Pfirsich herum, mit einem winzigen Obstmesserchen, dessen bronzener Griff die Form der Florentiner Wappenlilie hatte. Da stand Gustav vom Stuhl auf, holte den Novalis herbei und fing an zu blättern.
»Ich muß doch zeigen«, sagte er lächelnd, »daß ich kein Barbar bin, sondern eurem alten Symbolisten doch auch einen Reiz abgewonnen habe. Ich las dieser Tage in dem Schmöker und fand ein wundervolles Gedicht, das ich euch – und speziell dir, Maria – vorlesen möchte.«
Mir wurde sehr schwül ums Herz, denn ich ahnte wohl, welches Gedicht es sein würde – dasselbe, das ich einst im Sinn gehabt hatte, bei guter Gelegenheit der schönen Maria vorzulesen. Ich hatte es aber nie gewagt.
Richtig, er las es, und Maria hielt den Blick ihrer großen, schö-

nen Augen auf ihn gerichtet und lächelte, und ich Unbeteiligter litt in dieser Minute mehr als in allen den vorhergegangenen Tagen.

Er las: Ich sehe dich in tausend Bildern,
Maria, lieblich ausgedrückt,
Doch keins von allen kann dich schildern,
Wie meine Seele dich erblickt.
Ich weiß nur, daß der Welt Getümmel
Seitdem mir wie ein Traum verweht
Und ein unnennbar süßer Himmel
Mir ewig im Gemüte steht.

Meine Chronik geht zu Ende, und ich hätte sie am liebsten mit den lieben Versen jenes schönen Marienliedes beschlossen. Ich muß aber noch berichten, daß schon nach drei Monaten Marias Hochzeit war. Gustav reiste mit ihr in die Schweiz und führte sie im Spätherbst nach Deutschland mit sich.

Ich hatte indessen längst von Florenz und von Maria Abschied genommen und mir von Geltner den Novalis als Andenken erbeten, den er mir gerne überließ. Seither ist er in meinem Besitz geblieben, hat mich auf mancher Reise begleitet und steht jetzt in meiner Romantikersammlung eingereiht, gerade zwischen den Gedichten der Sophie Mereau und den Werken des Malers Philipp Otto Runge.

Es war meine Schuld, daß zwischen Gustav Merkel und mir eine Entfremdung eintrat, zu der die räumliche Trennung noch beitrug. Wenigstens brachte ich es nicht über mich, damals seine Briefe zu beantworten, so daß auch er müde wurde und schwieg.

Doch dauerte das nur anderthalb Jahre. Dann geschah das Schreckliche, daß die schöne Maria mitten im Glücke auf einer sommerlichen Gondellustfahrt verunglückte und umkam. Da kam Gustav zu mir, und wir haben seither die Erinnerung an sie und an jene Florentiner Zeiten und an alles Teure unserer allmählich in die Ferne entrückten Jugendzeiten brüderlich miteinander geteilt.

*(um 1900)*

## Der Kavalier auf dem Eise

Damals sah mir die Welt noch anders aus. Ich war zwölfeinhalb Jahre alt und noch mitten in der vielfarbigen, reichen Welt der Knabenfreuden und Knabenschwärmereien befangen. Nun dämmerte schüchtern und lüstern zum ersten Male das weiche Ferneblau der gemilderten, innigeren Jugendlichkeit in meine erstaunte Seele.

Es war ein langer, strenger Winter, und unser schöner Schwarzwaldfluß lag wochenlang hart gefroren. Ich kann das merkwürdige, gruselig-entzückte Gefühl nicht vergessen, mit dem ich am ersten bitterkalten Morgen den Fluß betrat, denn er war tief und das Eis war so klar, daß man wie durch eine dünne Glasscheibe unter sich das grüne Wasser, den Sandboden mit Steinen, die phantastisch verschlungenen Wasserpflanzen und zuweilen den dunklen Rücken eines Fisches sah.

Halbe Tage trieb ich mich mit meinen Kameraden auf dem Eise herum, mit heißen Wangen und blauen Händen, das Herz von der starken rhythmischen Bewegung des Schlittschuhlaufs energisch geschwellt, voll von der wunderbaren gedankenlosen Genußkraft der Knabenzeit. Wir übten Wettlauf, Weitsprung, Hochsprung, Fliehen und Haschen, und diejenigen von uns, die noch die altmodischen beinernen Schlittschuhe mit Bindfaden an den Stiefeln befestigt trugen, waren nicht die schlechtesten Läufer. Aber einer, ein Fabrikantensohn, besaß ein Paar »Halifax«, die waren ohne Schnur oder Riemen befestigt und man konnte sie in zwei Augenblicken anziehen und ablegen. Das Wort Halifax stand von da an jahrelang auf meinem Weihnachtswunschzettel, jedoch erfolglos; und als ich zwölf Jahre später einmal ein Paar recht feine und gute Schlittschuhe kaufen wollte und im Laden Halifax verlangte, da ging mir zu meinem Schmerz ein Ideal und ein Stück Kinderglauben verloren, als man mir lächelnd versicherte, Halifax sei ein veraltetes System und längst nicht mehr das Beste.

Am liebsten lief ich allein, oft bis zum Einbruch der Nacht. Ich sauste dahin, lernte im raschesten Schnellauf an jedem beliebigen Punkte halten oder wenden, schwebte mit Fliegergenuß balancierend in schönen Bogen. Viele von meinen Kameraden benutzten die Zeit auf dem Eise, um den Mädchen nachzulaufen und zu hofieren. Für mich waren die Mädchen nicht vorhanden. Während andere ihnen Ritterdienste leisteten, sie sehnsüchtig und schüchtern umkreisten oder sie kühn und flott in Paaren führten, genoß ich allein die freie Lust des Gleitens. Für die »Mädelesführer« hatte ich nur Mitleid oder Spott. Denn aus den Konfessionen mancher Freunde glaubte ich zu wissen, wie zweifelhaft ihre galanten Genüsse im Grunde waren.

Da, schon gegen Ende des Winters, kam mir eines Tages die Schülerneuigkeit zu Ohren, der Nordkaffer habe neulich abermals die Emma Meier beim Schlittschuhausziehen geküßt. Die Nachricht trieb mir plötzlich das Blut zu Kopfe. Geküßt! Das war freilich schon was anderes als die faden Gespräche und scheuen Händedrücke, die sonst als höchste Wonnen des Mädleführens gepriesen wurden. Geküßt! Das war ein Ton aus einer fremden, verschlossenen, scheu geahnten Welt, das hatte den leckeren Duft der verbotenen Früchte, das hatte etwas Heimliches, Poetisches, Unnennbares, das gehörte in jenes dunkelsüße, schaurig lockende Gebiet, das von uns allen verschwiegen, aber ahnungsvoll gekannt und streifweise durch sagenhafte Liebesabenteuer ehemaliger, von der Schule verwiesener Mädchenhelden beleuchtet war. Der »Nordkaffer« war ein vierzehnjähriger, Gott weiß wie zu uns verschlagener Hamburger Schuljunge, den ich sehr verehrte und dessen fern der Schule blühender Ruhm mich oft nicht schlafen ließ. Und Emma Meier war unbestritten das hübscheste Schulmädchen von Gerbersau, blond, flink, stolz und so alt wie ich.

Von jenem Tage an wälzte ich Pläne und Sorgen in meinem Sinn. Ein Mädchen zu küssen, das übertraf doch alle meine bisherigen Ideale, sowohl an sich selbst, als weil es ohne Zweifel vom Schulgesetz verboten und verpönt war. Es wurde mir schnell klar, daß der solenne Minnedienst der Eisbahn hierzu die einzige gute Gelegenheit sei. Zunächst suchte ich denn mein Äußeres nach Vermögen hoffähiger zu machen. Ich wandte Zeit und Sorgfalt an meine Frisur, wachte peinlich über die Sauberkeit meiner Kleider, trug die Pelzmütze manierlich halb in der Stirn und erbettelte von meinen Schwestern ein rosenrot seidenes Foulard. Zugleich begann ich auf dem Eise die etwa in Frage kommenden Mädchen höflich zu grüßen und glaubte zu sehen, daß diese ungewohnte Huldigung zwar mit Erstaunen, aber nicht ohne Wohlgefallen bemerkt wurde.

Viel schwerer wurde mir die erste Anknüpfung, denn in meinem Leben hatte ich noch kein Mädchen »engagiert«. Ich suchte meine Freunde bei dieser ernsten Zeremonie zu belauschen. Manche machten nur einen Bückling und streckten die Hand aus, andere stotterten etwas Unverständliches hervor, weitaus die meisten aber bedienten sich der eleganten Phrase: »Hab' ich die Ehre?« Diese Formel imponierte mir sehr, und ich übte sie ein, indem ich zu Hause in meiner Kammer mich vor dem Ofen verneigte und die feierlichen Worte dazu sprach.

Der Tag des schweren ersten Schrittes war gekommen. Schon gestern hatte ich Werbegedanken gehabt, war aber mutlos heimgekehrt, ohne etwas gewagt zu haben. Heute hatte ich mir vorgenommen, unweigerlich zu tun, was ich so sehr fürchtete wie ersehnte. Mit Herzklopfen und todbeklommen wie ein Verbrecher ging ich zur Eisbahn, und ich glaube, meine Hände zitterten beim Anlegen der Schlittschuhe. Und dann stürzte ich mich in die Menge, in weitem Bogen ausholend, und bemüht, meinem Gesicht einen Rest der gewohnten Sicherheit und Selbstverständlichkeit zu bewahren. Zweimal durchlief ich die ganze lange Bahn im eiligsten Tempo, die scharfe Luft und die heftige Bewegung taten mir wohl.

Plötzlich, gerade unter der Brücke, rannte ich mit voller Wucht gegen jemanden an und taumelte bestürzt zur Seite. Auf dem Eise aber saß die schöne Emma, offenbar Schmerzen verbeißend, und sah mich vorwurfsvoll an. Vor meinen Blicken ging die Welt im Kreise.

»Helft mir doch auf!« sagte sie zu ihren Freundinnen. Da nahm ich, blutrot im ganzen Gesicht, meine Mütze ab, kniete neben ihr nieder und half ihr aufstehen.

Wir standen nun einander erschrocken und fassungslos gegenüber, und keines sagte ein Wort. Der Pelz, das Gesicht und Haar des schönen Mädchens betäubten mich durch ihre fremde Nähe. Ich besann mich ohne Erfolg auf eine Entschuldigung und hielt noch immer meine Mütze in der Faust. Und plötzlich, während mir die Augen wie verschleiert waren, machte ich mechanisch einen tiefen Bückling und stammelte: »Hab' ich die Ehre?«

Sie antwortete nichts, ergriff aber meine Hände mit ihren feinen

Fingern, deren Wärme ich durch den Handschuh hindurch fühlte, und fuhr mit mir dahin. Mir war zumute wie in einem sonderbaren Traum. Ein Gefühl von Glück, Scham, Wärme, Lust und Verlegenheit raubte mir fast den Atem. Wohl eine Viertelstunde liefen wir zusammen. Dann machte sie an einem Halteplatz leise die kleinen Hände frei, sagte »Danke schön« und fuhr allein davon, während ich verspätet die Pelzkappe zog und noch lange an derselben Stelle stehen blieb. Erst später fiel mir ein, daß sie während der ganzen Zeit kein einziges Wort gesprochen hatte.

Das Eis schmolz, und ich konnte meinen Versuch nicht wiederholen. Es war mein erstes Liebesabenteuer. Aber es vergingen noch Jahre, ehe mein Traum sich erfüllte und mein Mund auf einem roten Mädchenmunde lag. *(1901)*

# Erlebnis in der Knabenzeit

Der Schlosser Mohr, Hermann Mohrs Vater, den wir Mohrle nannten, wohnte am Eingang der Badgasse in einem alten, merkwürdigen und etwas finsteren Hause, zu dem ein steiler, gepflasterter Aufstieg und dann noch einige Stufen aus rotem Sandstein hinanführten. Neben dem Tor der Schlosserwerkstatt, die ich nie betreten habe, führte dicht hinter der Haustür eine steile, enge Treppe zur Wohnung hinauf, und auch diese Haustür, diese steile Treppe und diese Wohnung habe ich nur ein einzigesmal betreten, es ist lange her. Denn seit Jahrzehnten ist die Familie Mohr aus meiner Vaterstadt weggezogen und verschwunden, und auch ich selber bin seit Jahrzehnten fort und fremd geworden, und die dortigen Dinge, Bilder und Ereignisse, gehören der fernen Vorwelt der Jugend und der Erinnerungen an. In Jahrzehnten habe ich Tal und Stadt nur wenigemal für wenige Stunden wiedergesehen, aber nie mehr ist eine andere Stadt in den Ländern, in denen ich seither gewohnt habe und gereist bin, mir so bekannt geworden; noch immer ist die Vaterstadt für mich Vorbild, Urbild der Stadt, und die Gassen, Häuser, Menschen und Geschichten dort Vorbild und Urbild aller Menschenheimaten und Menschengeschicke. Lerne ich in der Fremde Neues kennen, eine Gasse, ein Tor, einen Garten, einen alten Mann, eine Familie, so wird das Neue mir erst in dem Augenblick wirklich und voll lebendig, wo irgendetwas an ihm mich, sei es noch so leise und hauchdünn, an das Dort und Damals erinnert.

Die Familie Mohr war mir nicht eigentlich bekannt. Was ich kannte, das war ihr Haus, vielmehr das Äußere ihres Hauses, mit dem steilen Aufstieg, dessen Pflastersteine wenig Sonne sahen und immer etwas feucht und finster waren. Da war die offenstehende Werkstatt, manchmal sah man hinten durch ihre Schwärze ein kleines Schmiedefeuer sprühen und hörte den schönen vollen Ton des Ambosses, und außen am Hause standen Bündel von dünnen Eisenstangen schräg angelehnt, so wie beim Wagner die geschälten Eschenstämme standen, und es roch hier winklig und streng, etwas nach Feuchte und Stein, etwas nach Ruß und Eisen, und etwas nach Haarwasser und Pomade, von

dem kleinen Friseurladen her, der etwas tiefer daneben lag, und wo ich alle Halbjahr das Haar geschoren bekam.
Weiter kannte ich von den Mohrs die drei Söhne. Sie galten alle für gescheit und aufgeweckt, einer war schon in einer Lehre oder studierte, der zweite, ein Jahr älter als ich, ging gleich mir in die Lateinschule, und der dritte, Hermann, der Mohrle, gehörte, noch ehe ich ihn kannte, für mich mit zum Anblick des Hauses, denn selten kam ich dort vorüber, ohne ihn sitzen und irgendwelche Kunstwerke verfertigen zu sehen, er saß entweder hoch über der finsteren Gasse, auf der Mauerbrüstung neben seiner Haustür, oder auch ein Stockwerk höher am Fenster, ein kleiner, sehr blasser, zart und kränklich aussehender Knabe, mehrere Jahre jünger als ich. Und dieser Mohrle galt für noch begabter und merkwürdiger als seine großen Brüder, er schien immer zu Hause zu sitzen und immer allein zu sein, und war jederzeit mit zarten, sinnreichen Handarbeiten beschäftigt. Namentlich tat er sich als Zeichner hervor, er galt für ein Wunderkind, und man sprach in der Nachbarschaft mit Respekt von ihm, obwohl er noch in einer der ersten Schulklassen war. In der Schule wußte man damals nichts von Zeichnen, er hatte sich ohne Lehrer und Vorbild auf diese Kunst geworfen, und was ich davon zu sehen bekam, weckte jedesmal meine Bewunderung und auch meinen Neid. Manchmal brachte sein Bruder eine Zeichnung von ihm mit in die Schule und zeigte sie herum, und alle bewunderten sie, und wenn ich ihn auf der Gassenmauer oder oben im Eckfenster sitzen und zeichnen sah, dann hatte ich nicht das Zutrauen, hinaufzugehen, mich hinter ihn zu stellen und ihm zuzusehen, wie ich es allzu gern gemacht hätte, sondern es schien mir richtig und geboten, die einsame Arbeitsamkeit des Wunderkindes zu achten und seine Stille nicht durch Neugierde zu stören. Wäre er nicht gar so klein gewesen, so hätte ich versucht, ihn zu meinem Freund zu machen. Aber er war vier, fünf Jahre jünger als ich, und mochte er auch ein Genie sein, so verbot es mir doch meine Schülerehre, mich näher mit einem so Kleinen einzulassen. Dennoch liebte ich ihn und blickte gern hinüber, wenn er so schmächtig und gebückt vor seinem Hause saß und an einer Zeichnung strichelte oder eine seiner vielen erfinderischen Arbeiten auf den Knien liegen hatte, etwa das Speichenrad einer kleinen Hammermühle, den Rumpf eines Segelschiffes aus Tan-

nenrinde oder die Hülse einer Schlüsselbüchse. Während wir anderen in Haufen durch die Gassen sprangen, spielten, Lärm machten und viele Streiche verübten, führte der bleiche, kleine Wundermann abseits mit Griffel, Bleistift, Hammer oder Schnitzmesser sein besonderes und abgetrenntes Leben, zufrieden, fleißig und nachdenklich wie ein Alter.
Vielleicht war der kleine Knabe sehr frühreif und war in seiner Seele schon der Leiden und tiefen Wonnen fähig, welche in jungen Jahren dem Künstler seine noch unerprobten Kräfte bescheren, und vielleicht glaubte er an eine glänzende Zukunft, denn trotz seiner Kränklichkeit und Einsamkeit schien er uns und unsere Spiele weder zu beneiden noch zu entbehren, er war zufrieden. Etwas später, als in mir die erste Leidenschaft für die Studien und für die Dichtkunst wach wurde, dachte ich manchmal an ihn, und wäre jetzt vielleicht wirklich sein Freund geworden, aber da war er schon nicht mehr da.
Bald nämlich umgab sich der Mohrle mit einem noch tieferen Geheimnis und entrückte sich unserem Umgang und Verständnis noch völliger. Er sollte nicht die Kämpfe und Enttäuschungen erleben, die auf seinesgleichen warten; er sollte auch nicht an jenen Scheideweg kommen, vor den jeder Künstler einmal gestellt wird, wo es zu wählen gilt zwischen Vorteil und Kunst, zwischen Bequemlichkeit und Kunst, zwischen Treue und Verrat, und wo die meisten untreu werden. Das blieb ihm alles erspart.
Eines Tages fehlte der Mohrle in der Schule, andern Tages fehlte auch sein Bruder, und am nächsten Tag hörte ich, daß er gestorben sei. Die Nachricht bewegte mich wunderlich.
Und dann traf ich auf der Gasse seinen Bruder und war sehr in Verlegenheit, was ich zu ihm sagen solle. Er war nur ein Jahr älter als ich, aber viel reifer und fertiger, ein geschickter und etwas flotter Knabe, und mir zwar nicht an »Kinderstube«, aber an Auftreten und Anpassung weit überlegen.
»Dein Bruder ist ja gestorben«, sagte ich zögernd. »Ist es denn wahr?«
Er erzählte mir, was für eine Krankheit er gehabt habe und wie und warum er gestorben sei, es waren Ausdrücke, die ich alle nicht verstand.
Und zuletzt sagte er etwas, was mich bis ins Herz hinein er-

schreckte und beängstigte. Er sagte: »Willst du hinaufkommen und ihn sehen?«
Er sagte es in einem Ton, aus dem ich erfuhr, daß er mir damit eine Artigkeit und Ehre erweisen wolle. Ach, aber ich wäre am liebsten auf- und davongelaufen, ich hatte noch niemals einen Toten gesehen und begehrte auch nicht danach. Aber vor dem Blick des älteren Knaben schämte ich mich, ängstlich oder wehleidig zu scheinen, ich durfte und wollte nicht nein sagen, es hätte ihn vielleicht auch beleidigt, und so ging ich schweigend mit. Ich folgte ihm wie ein Verurteilter über die Gasse und am Brunnen und Friseurladen vorbei, die schlüpfrigen Pflastersteine hinan, ins Haus und die steile Treppe empor. Das Herz stand mir still vor Angst, und zugleich spürte ich eine grausige Neugierde, es drang lauter Neues, Feindliches, Wildes auf mich ein, aus den kühlen Worten des Bruders, aus dem Knarren der Treppendielen und am meisten aus dem Geruch, von dem ich nicht wußte, ob er immer in diesem Hause sei, oder ob er von einer Arznei herkomme, oder ob es der Geruch des Todes sei. Es war kein heftiger Geruch, er war herb, essigartig und zog die Kehle etwas zusammen, es schien mir ein fataler, ein böser, liebloser, vernichtender Geruch zu sein, ich roch alles darin voraus, was ich über den Tod und das Sterben noch nicht wußte. Ich ging immer langsamer, die letzten Stufen der Treppe machten mir große Mühe.
Jetzt öffnete Mohrles Bruder leise eine Stubentür, und hinter ihm, von der bösen Macht gezogen, trat ich in die Kammer, wo der kleine Tote aufgebettet lag. Da blieben wir stehen, und der Bruder hatte auf einmal Tränen in den Augen, wollte es verbergen, gab es dann aber auf, und bald lächelte er wieder ein wenig. Ich stand und starrte auf das tote Kind, noch nie hatte ich so etwas gesehen. Das Körperchen sah unscheinbar aus, so dürftig und flach, und vom Gesicht war die untere Hälfte ebenfalls traurig, kümmerlich anzusehen, uralt und zugleich doch kinderhaft. Aber auf Nase und Stirn und Augenlidern lag etwas Schönes und Würdiges, über dem weißen, faden Wachs der starren Haut schimmerte es magisch beseelt. Die feinen, alabasternen Schläfen, bläulich unterlaufen, und die Stirnwölbung hatten ein wunderliches Licht, das ich anstarrte, ohne zu wissen, ob es mich anziehe oder abstoße.

Zu Ehren des Toten waren nebenan auf einem Tische einige Zeichnungen von ihm aufgelegt. Ehe ich sie betrachtete, blickte ich noch einmal scheu auf die weißen, kleinen Knochenhändchen, die diese Striche noch vor Tagen gezogen hatten. Ich brachte es nicht fertig, die Blätter anzufassen, so wenig wie ich den Toten selbst hätte berühren können. Das Ganze, was ich da erlebte, war ein schreckliches Gemisch von Größe und Widrigkeit, von Anklang an Gott und Ewigkeit und elendem Los der Kreatur, es schmeckte bitter und giftig, man konnte es nicht lange ertragen. Die Zeichnungen lenkten ab, ich blieb eine Weile vor ihnen stehen. Es war eine geharnischte Germania auf einem der Blätter gezeichnet, auf einem anderen eine romantische Schloßruine im Wald, aber ich hatte jetzt wenig Aufmerksamkeit für sie, sie waren wertlos geworden, man würde sie aufbewahren und zeigen, und dann vergessen.

Ich lief nach Hause, sobald ich mich hatte losmachen können, es war Abend, ich ging in den Garten, ich roch an den Kapuzinern und Levkojen, um den Todesgeruch loszuwerden, und hatte, bis es nach Tagen verklungen war, ein Gefühl, wie wenn etwas Kleines, ein Zahn oder Knöchlein, in meinem Leibe morsch geworden und ins Bröckeln geraten wäre. Plötzlich aber gelang es mir, das ganze Erlebnis für eine lange Zeit vollkommen zu vergessen.

*(1901)*

## Der Hausierer

Der krumme alte Hausierer, ohne den ich mir die Falkengasse und unser Städtchen und meine Knabenzeit nicht denken kann, war ein rätselhafter Mensch, über dessen Alter und Vergangenheit nur dunkle Vermutungen im Umlauf waren. Auch sein bürgerlicher Name war ihm seit Jahrzehnten abhanden gekommen, und schon unsre Väter hatten ihn nie anders als mit dem mythischen Namen Hotte Hotte Putzpulver gerufen.

Obwohl das Haus meines Vaters groß, schön und herrschaftlich war, lag es doch nur zehn Schritt von einem finsteren Winkel entfernt, in welchem einige der elendesten Armutsgassen zusammenliefen. Wenn der Typhus ausbrach, so war es gewiß dort; wenn mitten in der Nacht sich betrunkenes Schreien und Fluchen erhob und die Stadtpolizei zwei Mann hoch langsam und ängstlich sich einfand, so war es dort; und wenn einmal ein Totschlag oder sonst etwas Grausiges geschah, so war es auch dort. Namentlich die Falkengasse, die engste und dunkelste von allen, übte stets einen besonderen Zauber auf mich aus und zog mich mit gewaltigem Reize an, obwohl sie von oben bis unten von lauter Feinden bewohnt war. Es waren sogar die gefürchtetsten von ihnen, die dort hausten. Man muß wissen, daß in Gerbersau seit Menschengedenken zwischen Lateinern und Volksschülern Zwiespalt und blutiger Hader bestand, und ich war natürlich Lateiner. Ich habe in jener finsteren Gasse manchen Steinwurf und manchen bösen Hieb auf Kopf und Rücken bekommen und auch manchen ausgeteilt, der mir Ehre machte. Namentlich dem Schuhmächerle und den beiden langen Metzgerbuben zeigte ich öfters die Zähne, und das waren Gegner von Ruf und Bedeutung.

Also in dieser schlimmen Gasse verkehrte der alte Hotte Hotte, so oft er mit seinem kleinen Blechkarren nach Gerbersau kam, was sehr häufig geschah. Er war ein leidlich robuster Zwerg mit zu langen und etwas verbogenen Gliedern und dummschlauen Augen, schäbig und mit einem Anstrich von ironischer Biederkeit gekleidet; vom ewigen Karrenschieben war sein Rücken krumm und sein Gang trottend und schwer geworden. Man wußte nie, ob er einen Bart habe oder keinen, denn er sah immer

aus, als wenn er sich vor einer Woche rasiert hätte. In jener üblen Gasse bewegte er sich so sicher, als wäre er dort geboren, und vielleicht war er das auch, obwohl er uns immer für einen Fremden galt. Er trat in all diese hohen finstern Häuser mit den niedrigen Türen, er tauchte da und dort an hochgelegenen Fenstern auf, er verschwand in die feuchten, schwarzen, winkligen Flure, er rief und plauderte und fluchte zu allen Erdgeschoß-und Kellerfenstern hinein. Er gab allen diesen alten, faulen, schmutzigen Männern die Hand, er schäkerte mit den derben, ungekämmten, verwahrlosten Weibern und kannte die vielen strohblonden, frechen, lärmigen Kinder mit Namen. Er stieg auf und ab, ging aus und ein und hatte in seinen Kleidern, Bewegungen und Redensarten ganz den starken Lokalduft der lichtlosen Winkelwelt, die mich mit wohligem Grausen anzog und die mir trotz der nahen Nachbarschaft doch seltsam fremd und unerforschlich blieb.
Wir Kameraden aber standen am Ende der Gasse, warteten, bis der Hausierer zum Vorschein kam und schrien ihm dann jedesmal das alte Schlachtgeheul in allen Tonarten nach: Hotte Hotte Putzpulver! Meistens ging er ruhig weiter, grinste auch wohl verachtungsvoll herüber; zuweilen aber blieb er wie lauernd stehen, drehte den schwerfälligen Kopf mit bösartigem Blick herüber und senkte langsam mit verhaltenem Zorn die Hand in seine tiefe Rocktasche, was eine seltsam tückische und drohende Gebärde ergab.
Dieser Blick und dieser Griff der breiten braunen Hand war schuld daran, daß ich mehreremal von Hotte Hotte träumte. Und die Träume wieder waren schuld daran, daß ich viel an den alten Hausierer denken mußte, Furcht vor ihm hatte und zu ihm in ein seltsames, verschwiegenes Verhältnis kam, von welchem er freilich nichts wußte. Jene Träume hatten nämlich immer irgend etwas aufregend Grausiges und beklemmten mich wie Alpdrükken. Bald sah ich den Hotte Hotte in seine tiefe Tasche greifen und lange scharfe Messer daraus hervorziehen, während mich ein Bann am Platze festhielt und mein Haar sich vor Todesangst sträubte. Bald sah ich ihn mit scheußlichem Grinsen alle meine Kameraden in seinen Blechkarren schieben und wartete gelähmt vor Entsetzen, bis er auch mich ergreifen würde.
Wenn der Alte nun wiederkam, fiel mir das alles beängstigend und aufregend wieder ein. Trotzdem stand ich aber mit den an-

deren an der Gassenecke und schrie ihm seine Übernamen nach und lachte, wenn er in die Tasche griff und sein unrasiertes, farbloses Gesicht verzerrte. Dabei hatte ich heimlich ein heillos schlechtes Gewissen und wäre, solange er auf dem Weg war, um keinen Preis allein durch die Falkengasse gegangen, auch nicht am hellen Mittag.

Vom Besuch in einem befreundeten gastlichen Landpfarrhause zurückkehrend, wanderte ich einmal durch den tiefen schönen Tannenforst und machte lange Schritte, denn es war schon Abend, und ich hatte noch gute anderthalb Stunden Weges vor mir. Die Straße begann schon stark zu dämmern und der ohnehin dunkle Wald rückte immer dichter und feindseliger zusammen, während oben an hohen Tannenstämmen noch schräge Strahlen roten Abendlichtes glühten. Ich schaute oft hinauf, einmal aus Freude an dem weichen, schönfarbigen Licht und dann auch aus Trostbedürfnis, denn die rasche Dämmerung im stillen tiefen Walde legte sich bedrückend auf mein elfjähriges Herz. Ich war gewiß nicht feig, wenigstens hätte mir das niemand ungestraft sagen dürfen. Aber hier war kein Feind, keine sichtbare Gefahr, – nur das Dunkelwerden und das seltsam bläuliche, verworrene Schattengewimmel im Waldinnern. Und gar nicht weit von hier, gegen Ernstmühl talabwärts, war einmal einer totgeschlagen worden.

Die Vögel gingen zu Nest; es wurde still, still, und kein Mensch war auf der Straße unterwegs außer mir. Ich ging möglichst leise, Gott weiß warum, und erschrak, so oft mein Fuß wider eine Wurzel stieß und ein Geräusch machte. Darüber wurde mein Gang immer langsamer statt schneller, und meine Gedanken gingen allmählich ganz ins Fabelhafte hinüber. Ich dachte an den Rübezahl, an die »Drei Männlein im Walde«, und an den, der drüben am Ernstmühler Fußweg umgekommen war.

Da erhob sich ein schwaches, schnurrendes Geräusch. Ich blieb stehen und horchte – es machte wieder rrrr – das mußte hinter mir auf der Straße sein. Zu sehen aber war nichts, denn es war unterdessen fast völlig dunkel geworden. Es ist ein Wagen, dachte ich, und beschloß, ihn abzuwarten. Er würde mich schon mitnehmen. Ich besann mich, wessen Gäule wohl um diese Zeit hier fahren könnten. Aber nein, von Rossen hörte man nichts, es mußte ein Handwagen sein, nach dem Geräusch zu schließen, und er kam auch so langsam näher. Freilich, ein Handkarren! Und ich wartete. Vermutlich war es ein Milchkarren, vielleicht vom Lützinger Hof. Aber jedenfalls mußte er nach Gerbersau fahren, vorher lag keine Ortschaft mehr am Wege. Und ich wartete.

Und nun sah ich den Karren, einen kleinen hochgebauten Kasten auf zwei Rädern, und einen Mann gebückt dahinter gehen. Warum bückte sich wohl der so schrecklich tief? Der Wagen mußte schwer sein.

Da war er endlich. »Guten Abend«, rief ich ihn an. Eine klebrige Stimme hüstelte den Gruß zurück. Der Mann schob sein Wägelchen zwei, drei Schritt weiter und stand neben mir.

Gott helfe mir – der Hotte Hotte Putzpulver! Er sah mich einen Augenblick an, fragte: »Nach Gerbersau?« und ging weiter, ich nebenher. Und so eine halbe Stunde lang – wir zwei nebeneinander durch die stille Finsternis. Er sprach kein Wörtlein. Aber er lachte alle paar Minuten in sich hinein, leise, innig und schadenfroh. Und jedesmal ging das böse, halb irre Lachen mir durch Mark und Bein. Ich wollte sprechen, wollte schneller gehen. Es gelang mir nicht. Endlich brachte ich mühsam ein paar Worte heraus.

»Was ist in dem Karren da drin?« fragte ich stockend. Ich sagte es sehr höflich und schüchtern – zu demselben Hotte Hotte, dem ich hundertmal auf der Straße nachgehöhnt hatte. Der Hausierer blieb stehen, lachte wieder, rieb sich die Hände, grinste mich an und fuhr langsam mit der breiten Rechten in die Rocktasche. Es war die hämisch häßliche Geste, die ich so oft gesehen hatte, und deren Bedeutung ich aus meinen Träumen kannte – der Griff nach den langen Messern!

Wie ein Verzweifelter rannte ich davon, daß der finstere Wald widerhallte, und hörte nicht auf zu rennen, bis ich verängstigt und atemlos an meines Vaters Haus die Glocke zog.

Das war der Hotte Hotte Putzpulver. Seither bin ich aus dem Knaben ein Mann geworden, unser Städtlein ist gleichfalls gewachsen, ohne dabei schöner geworden zu sein, und sogar in der Falkengasse hat sich einiges verändert. Aber der alte Hausierer kommt noch immer, schaut in die Kellerfenster, tritt in die feuchten Flure, schäkert mit den verwahrlosten Weibern und kennt alle die vielen ungewaschenen, strohblonden Kinder mit Namen. Er sieht etwas älter aus als damals, doch wenig verändert, und es ist mir seltsam zu denken, daß vielleicht noch meine eigenen Kinder einmal ihn an der Falkenecke erwarten und ihm seinen alten Übernamen nachrufen werden. *(1901)*

# Ein Knabenstreich

Der Sammetwedel war Besitzer eines stattlichen Kramladens in der Ledergasse. Die Entstehung seines Kosenamens ist von etymologischem Interesse. Er hieß ursprünglich Samuel, und aus diesem Vornamen, den unser Dialekt langsam und nasal ausspricht, und aus der salbungsvoll weichlichen Sanftmut seines Trägers erwuchs diesem der endgültige Spitzname Sammetwedel. Er handelte mit Wein und Rosinenmost, mit Zigarren, Kolonialwaren, Kleiderstoffen und sonst noch mit den verschiedensten nützlichen und gewinnbringenden Artikeln.
Samuel war sehr fromm. Er besuchte nicht nur regelmäßig die Kirche – das taten alle anständigen und klugen Geschäftsleute –, sondern er lief auch zu den Versammlungen und Betstunden der Pietisten in Gerbersau und auf dem Lande. Beim Sprechen rieb er sich demütig und weichlich die blassen Hände aneinander, blickte öfters mit rührendem Augenaufschlag nach oben und pries mit lächelnd-selbstloser Gebärde seine Weine an. Auch seine Kleidung hatte etwas Demütig-Frommes, war altmodisch im Schnitt, dunkelgrau oder schwarz und hielt sich auf der Grenze zwischen sparsam und schäbig.
Der unglückliche Mann war die Zielscheibe unaufhörlicher Neckereien. Wir Zwölfjährigen läuteten an seiner Haustür, schrieben ihm ulkige Briefchen, grüßten ihn mit ironisch übertriebener Hochachtung und belagerten oft ganze Abende lang seine Ladentreppe.
Eines Sommerabends bummelte ich mit drei Kameraden untätig auf dem Marktplatz. Es fing gerade an, ein wenig langweilig zu werden. Wir hatten heute den Polizeidiener gehänselt, an allen Ecken und Haustüren spioniert, den Meßner mit Knallerbsen erschreckt und dem nervösen Apotheker an die Fenster gepocht, nun wußten wir nichts Neues mehr anzufangen.
»Ich geh' heim«, erklärte der Philipp gelangweilt.
»Nein, halt doch!« riefen wir andern und zogen ihn mit uns die schmale, steile Kronengasse hinab. Da kam mir plötzlich ein Gedanke.
»Zum Sammetwedel!« rief ich begeistert. »Wir sind schon eine Ewigkeit nicht mehr bei ihm gewesen.«

Gesagt, getan. Mit wenigen Sätzen hatten wir im Sturm seinen Kaufladen erreicht. Vor dem Schaufenster hielten wir Kriegsrat, und es wurde beschlossen, die Intrige durch einen schlichten Ladenbesuch einzuleiten. Drei Pfennige wurden zusammengeschossen, und mich traf das Los, die Fehde zu eröffnen. Ich sollte in den Laden gehen und nach allerlei Dingen im Preise von drei Pfennig fragen, das Geld aber nur im schlimmsten Notfall ausgeben. Dann würden wir weiter sehen.

Die Klingel ertönte, und mit freundlichem Gruße kam ich in den Laden, in dem schon Licht brannte. Mißtrauisch empfing mich der hinter Bonbongläsern, Zuckerhüten und Kaffeebüchsen nahezu unsichtbare Sammetwedel. Ohne Zweifel ahnte er, da er mich kannte, meine ruchlosen Absichten, aber Frömmigkeit und kaufmännische Diplomatie nötigten ihn zum Höflichsein. Ich pflegte für meine Mama nicht selten einige Pfund Zucker, Salz, Grieß oder Reis bei ihm zu holen, war also ein alter Kunde.

»Was willst haben, Bub?«

»Ich weiß noch nicht bestimmt. – Haben Sie Schneeberger Schnupftabak?«

Während der Krämer nach seiner Schublade ging und mir den Rücken zuwendete, sah ich an der Scheibe der Ladentür meine Kameraden lauern – drei vorsichtig emporgereckte, indianerschlaue Gesichter mit pfiffigen Spionsaugen. Ich zwinkerte ihnen heimlich zu.

Indessen kehrte der Sammetwedel mit leeren Händen zurück. Das Glück war mir hold, es gab keinen Schneeberger mehr!

»Aber bis in vier, fünf Tagen trifft wieder eine Sendung ein, er ist schon bestellt. Dann kannst du ja wiederkommen«, sagte Samuel.

Ich stellte mich entrüstet.

»Das ist aber schade! Gar keinen Schneeberger mehr! – Aber haben Sie andern Schnupftabak?«

»Jawohl, vier- oder fünferlei, Sorten.«

Und er stellte mehrere Büchsen vor mir auf. Ich fragte eingehend nach Preis und Güte jeder Sorte, schwankte endlich zwischen zweien, konnte mich nicht entschließen und nahm schließlich eine Prise zum Probieren. Ein vehementes Lachen, das vor der Tür auf der Gasse draußen losbrach, machte mich besorgt. Ich beschloß, mich für diesmal zurückzuziehen.

»Also, danke schön. Ich komme dieser Tage dann nochmals her, wenn es wieder Schneeberger gibt. Ich wollte doch eigentlich Schneeberger haben.«
Mit höflichem Gruß verließ ich den Laden und stattete meinen Spießgesellen Bericht ab, gab ihnen auch ihre zwei Pfennig wieder. Der dritte hatte mir gehört. Auf dem Heimweg lachten wir noch viel und berieten uns eifrig. Dann war unser Schlachtplan entworfen.

Am folgenden Tage erschienen, mit angemessenen Pausen natürlich, etwa dreißig Schuljungen hintereinander beim Sammetwedel, die alle Schneeberger Schnupftabak verlangten. Am zweiten Tage wiederholte und verdoppelte sich dieses Spiel. Der sanftmütige Kaufmann schnitt anfänglich saure Gesichter, dann wurde er grimmig, schließlich aber geriet er in Raserei und schrie: »Hinaus!« sobald er das Wort Schneeberger hörte. Vor der Ladentür aber standen wir alle selig wartend und begrüßten jeden seiner Zornesausbrüche mit Zuruf und Wonnegeschrei.
Am Abend des dritten Tages gelüstete es mich mächtig, selber noch einmal beim Sammetwedel vorzusprechen. Es war doch noch ganz anders, drinnen zu stehen und seine Wut zu sehen, als nur so vom Fenster oder von der Tür aus sich verstohlen darüber zu freuen. Also faßte ich Mut. Ich ging hinein, sagte sittsam »Grüß Gott!« und schwoll vor verhaltenem Lachen.
»Wie ist's nun mit dem Schneeberger?« fragte ich bescheiden. Natürlich glaubte ich bestimmt zu wissen, daß der Tabak unmöglich da sein könne.
Der Mann warf mir einen gesalzenen Zornblick zu. Doch sagte er nichts, sondern stellte zu meinem peinlichsten Erstaunen eine Schachtel vor mich hin, die den soeben eingetroffenen Tabak enthielt. Ich hatte keinen Pfennig im Besitz und fing nun an, mich der Lage nicht mehr gewachsen zu fühlen. Vor der Tür brach das ganze Rudel meiner Kameraden in ein tolles Gelächter aus. Sie hatten jetzt den doppelten Genuß, den Sammetwedel im höchsten Ärger und mich in der Klemme zu sehen. Mir wurde eng ums Herz.
Ich nahm die verwünschte Schachtel in die Hand, roch verlegen an dem Schneeberger und stellte sie dann wieder zurück.

»Es ist doch nicht der richtige«, sagte ich schließlich frech und näherte mich eiligst dem Ausgang.
Da ereignete sich etwas Außerordentliches. Der sanfte Samuel verlor den letzten Rest seiner Würde, sprang schnaubend hinter dem breiten Ladentisch hervor und stürzte mir nach auf die Gasse, mit fliegenden Rockschößen und klappernden Pantoffeln.
»Der Sammetwedel! Oha, der Sammetwedel!« schrien alle Jungen und rannten gaßauf, gaßab davon. Ich aber hatte mich schon um die Hausecke gedrückt und fühlte mich gerettet, während der Wütende meinen Kameraden nachjagte, von denen er natürlich keinen erwischte.
Und nun geschah das Merkwürdige: der Sammetwedel verlor im Rennen einen von seinen Pantoffeln – ich wie der Blitz hinterher, raffe den Pantoffel auf und verschwinde. Und Samuel hinkte halbstrümpfig ins Haus zurück. Es war eine vollständige Niederlage.
Ich habe für diesen Pantoffelraub zwei Trachten Prügel und drei Stunden Arrest bekommen, die eine Tracht zu Hause, die zweite samt Arrest in der Schule. Unter meinen Kameraden aber hatte ich unsterblichen Ruhm erworben.
Eigentlich müßte ich jetzt auch noch erzählen, wie ich – von meinem Vater nach langem, zähem Trotz und Kampf gezwungen – dem Sammetwedel seinen Pantoffel wieder hintragen und selber überreichen mußte. Aber das ist so beschämend. *(1901)*

# Grindelwald

Der Schwindsucht zum Trotz hatte mein Freund Petrus Ogilvie fast die ganze Erde bereist, und ich, der ich mein Zigeunerleben auf Europa beschränkte, hatte ihn oftmals auf Reisen angetroffen. Kennen gelernt habe ich ihn, wenn ich nicht irre, in der Bahn zwischen Nürnberg und München, einen hageren Engländer von internationalen Manieren mit einem klugen, etwas bissigen Habichtsprofil und stillen, gutmütig ironischen Augen. Er gehörte zu den Unbefriedigten und trieb sich, da er wohlhabend war, als bescheidener Reisender in der Welt herum, erwarb sich gute Kenntnisse der Länder und Sprachen und hatte Sinn für die schönen, kleinen Abenteuer, die man nicht in Hotels und Bahnhöfen, sondern nur abseits im Volk, in Fischerhütten und Gebirgsherbergen erleben kann. Darin paßte er zu mir, und es traf sich, daß wir uns fast jedes Jahr einmal irgendwo unvermutet wiedersahen. Wir begegneten uns Sommers in Zermatt, wir fuhren einmal zusammen von Venedig nach Fiume, wir haben am Lido und in Rapallo miteinander gebadet und gerudert.

Nun war es über ein Jahr her, daß ich ihn nicht mehr gesehen hatte; ich wußte nicht, ob er noch lebe, und hatte ihn fast vergessen. Da traf mich jenen Winter in Basel ein Briefchen von ihm:

Grindelwald, Hotel Bär.

»Mein Bester! Ich höre, Sie seien in Basel. Wenn das wahr ist, und Sie noch der alte sind, besuchen Sie mich doch für ein paar Tage oder Wochen! Ich war das ganze letzte Jahr so krank, daß der Arzt mir für diesen Winter nur die Wahl zwischen Davos, Grindelwald und dem Tode lassen wollte. Davos ist schrecklich, der Tod ist bitter; also fuhr ich im November hierher, und jetzt befinde ich mich seit Wochen so wohl wie Gott in Frankreich. Ich mache die tollsten Bergschlittenfahrten und bin eine der besseren Nummern auf dem Eisplatz. Aber es fehlt mir Gesellschaft. Hier sind ausschließlich Engländer, und Sie wissen, wie sehr ich meine Landsleute liebe. Die romanische Rasse fehlt durchaus; seit zwei Monaten habe ich kein Wort Französisch oder Italienisch gehört. Deutsch natürlich auch nicht. Also wollen Sie kommen? Wir werden schlitteln und eislaufen und uns amüsieren wie früher manchmal. Mich verlangt sehnlich nach Ihren philosophischen Gesprächen.

Ihr Petrus Ogilvie.«

Ich besann mich nicht lange. Zwei Tage später saß ich morgens im Zug und fuhr so eilig, als es der behagliche Winterfahrplan erlauben wollte, dem Berner Oberland entgegen. Erst von Interlaken an fand ich die Landschaft beschneit.

An einem bleichen Nachmittag mit starkem Schneefall kam ich in dem tief eingeschneiten Bergnest an. Gerade über der obersten schartigen Schroffe des Eiger hing hinter Schneewehen die Sonne weißlich fahl wie ein trüber Mond. Sonst war nichts zu sehen als ein blendendes Schneetreiben, das die Häuser und Hotels von Grindelwald nur wie hinter schweren Schleiern erkennen ließ, verwaschen und wesenlos wie Schatten ... Trotz dieses Wetters fand ich Ogilvie nicht im »Bären«. Er sei wohl schlitteln gegangen. Ich nahm ein Zimmer und versuchte vergebens, mich in dem pompösen Riesenhotel heimisch zu fühlen. Auch ein Gang über die nächste Dorfstraße war unbefriedigend und langweilig. Es waren da, gerade wie im Sommer, die wohlbekannten, scheußlichen Holzbudiken, in deren Schaufenstern Gemshörner, Photographien, Bergstöcke, Holzschnitzereien und Bände der Tauchnitz Edition auslagen. Dieser ganze bunte und ärmliche Trödel sah in der weißen Einsamkeit des Gebirgswinters doppelt affektiert und langweilig aus. In einem dieser Läden wurde meine deutsch vorgebrachte Frage nach einer gewissen Zigarrensorte englisch beantwortet.

Als ich gegen Abend ins Hotel zurückkehrte, war mir der berühmte Sport- und Winterkurort gründlich verleidet. Im Bären war großer Ball angesagt, und ich hatte die heitere Aussicht, die halbe Nacht Tanzmusik, Lärm und Treppengepolter als Wiegenlied hören zu müssen. Wie viel lieber hätte ich die Nacht, gleich so vielen früheren, auf Stroh in einem stillen Bauernhaus zugebracht.

Ich hatte gebeten, mich beim Diner neben Ogilvie zu setzen. Und kaum hatte ich Platz genommen, da erschien mein Freund mit seinem gewohnten raschen Schritt neben mir, grunzte mir ein saures *»bon soir«* entgegen und erkannte mich erst, als ich lachend seine Hand ergriff. Ein froher Blick aus seinen schönen, klugen Habichtsaugen dankte mir und goß einen Hauch von Seele und Güte über sein scharf gefaltetes, herbes Abenteurergesicht.

»Sie da, Hesse?« rief er erfreut und vergaß fast zu essen vor Aufregung und Redeeifer, er sah nicht übel aus, entsetzlich mager zwar, aber zufrieden und frisch. Als ich auf meine unerfreulichen grindelwalder Eindrücke zu sprechen kam, lachte er lustig.

»Warten Sie bis morgen, wo wir vermutlich gutes Wetter haben werden! Und Schlitten gefahren sind Sie auch noch nicht. Übrigens, haben Sie Schlittschuhe mitgebracht?«

Nach der Mahlzeit kamen wir bei einer Partie Billard und später bei einer Flasche Bordeaux zu ruhigerer Aussprache. Nach seiner Gesundheit durfte ich, das wußte ich schon, nicht fragen. Dafür erhielt ich Auskunft über seine vorjährige Reise, über Wanderungen und Ritte auf Sizilien und Korsika, über einige Bekannte, über berühmte Frauen und Pferde. Und dann fing er ganz plötzlich an, vom Sterben zu sprechen.

»Wissen Sie, ich lernte hier allmählich ein paar von den Schwerkranken kennen. Mein Gott, die Leute leben und husten so hin, als stünde nichts dahinter. Aber einer davon ist anders. Ein englischer Pfarrer, lungenkrank, aber noch lange nicht im letzten Stadium. Er leidet an einer unglaublichen Todesfurcht, und jetzt, wo es mir selbst wieder so gutgeht, habe ich ordentlich Mitleid mit ihm. Na! Genug von ihm. Aber den Gedanken ans Sterben bin ich diese ganze Zeit her nie völlig losgeworden. Deshalb bat ich Sie auch zu kommen. *Vous comprenez, n'est-ce pas?* Sie haben mich ja früher gekannt – wann habe ich je an den Tod gedacht? *Jamais de la vie!* Es muß von dem friedlichen Leben herkommen. Unter unsicheren Kameltreibern oder bei Seestürmen – Sie sind ja einmal mitgewesen – hab' ich das nie gefühlt, und bei allerhand Revolverchosen war ich doch auch dabei.«

»Ich weiß noch nicht recht«, sagte ich, »wovon Sie reden. Ist es ein Angstgefühl oder –«

»Angst? O nein! Außerdem bin ich meiner Gesundheit wieder sicher, wohl für Jahre hinaus. Wie soll ich es ausdrücken? Etwa so: ich muß mir von Zeit zu Zeit vorstellen, daß eines schönen Tages der Eiger und das Wetterhorn wie sonst heruntersehen werden, ich aber bin nicht mehr da. Das ist es: nicht mehr da!

Was heißt das eigentlich? Ich bin ja wohl noch da, im Sarg unterm Boden, aber der ganze Petrus Ogilvie, der ganze lustige Satan, der ich war, – was ist's damit?«

»Herrgott, Ogilvie, machen Sie sich wirklich darüber Gedanken? Soll ich Ihnen wieder einmal die ganze hübsche Leier vom Werden und Vergehen und Wiederwerden vorsingen? Sie sind doch kein Schuljunge mehr!«

»Allerdings nicht, Sie verstehen mich falsch. Übrigens – ist Ihre ganze schöne Naturphilosophie denn etwas anderes als Phrasendrescherei? Der Zellenstaat löst sich auf – oder: die Würmer fressen mich, das ist doch *tout à fait la même chose!* Ihr Philosophen müßt eine rührende Liebe zum Universum haben, dem ihr im Sterben euch so freundlich übergebt. Ich fühle nur: Herr Ogilvie, der ein flotter Mensch war und zu leben verstand, soll eines Tages nicht mehr leben dürfen.«

»Was heißt nicht mehr leben?«

»Ei, was wird das heißen! Ich weiß wohl, daß die in Herrn Ogilvie vorhandene Summe von Leben und Stoff auch nach seiner Auflösung irgendwie dasein und wirken wird – aber wo ist Herr Ogilvie selbst geblieben?«

»Er ist ein Präteritum geworden, wie König Artur oder Julius Cäsar. Einen mehr als subjektiven Todestrost hat übrigens kein Philosoph je gehabt, auch kein moderner!

Aber bester Ogilvie, es lebe das Präsens! Vor dem Schlafengehen wäre vielleicht noch ein letztes Glas Wein am Platz.«

Wir bestellten noch eine Flasche und trennten uns gegen Mitternacht in der besten Stimmung.

Am nächsten Morgen genoß ich einen Anblick, dessen Schönheit selbst mein durch unzählige Wanderfreuden verwöhntes Auge sättigte und beglückte. Der ganze Himmel war klar und von einem tiefen, fast veilchenfarbenen Blau, in welchem die reinen Umrisse der entferntesten Gipfel scharf und leuchtend hervortraten. Von den Wetterhörnern bis zur Schynigen Platte stand Berg an Berg klar und rein in der frischen, kräftigen Schneeluft; zwischen Wetterhorn und Mettenberg stand die Morgensonne, die niederen Schneefelder zur Rechten vergoldend, während die atlasweißen Mulden und Flächen des Männlichen im kühlen Silberglanz lagen. An dem prachtvollen,

schwarzen Kegel des Tschuggen glaubte man die Felsritzen zählen zu können. Ich stieg im Dorfe bergauf, den laublosen, schönen Ahornen der Villa Bellary entgegen, denn von dort aus genießt man die morgendliche Bergaussicht schöner als irgend sonst wo.
Bald sah ich denn auch hinter der riesigen Nordwand des Eiger die schlanke, elegante Pyramide des Silberhorns vortreten, die östliche Seite blendend golden von der Sonne beschienen. Bald darauf sprang der abenteuerliche Tschuggengipfel plötzlich ins Licht, dann folgten die milden, weichen Schneefelder des Männlichen. Diamantlichter blitzten da und dort mit jähem Glanz auf, blasse bläuliche Schatten liefen wie lebendige Adern über den Schnee. Das war der Hochgebirgswinter – Schnee, Felsen, Tannen und Hütten von einem strahlend schönen Himmel überblaut und von intensivem Licht überflutet. Das Licht feierte prahlende Feste auf dem reinen, fleckenlosen, seidig weichen Schnee, es glitt mit flüchtigen Blitzen über geründete Anhöhen, lief mit blankem Lachen über breite Flächen hinweg, schmiegte sich mild in weiche Mulden, drang scheu und spielend in die Tannenhaine und zeichnete lange Reihen von schlanken spitzen Wipfeln als graublaue Schatten auf den weißen Grund. Das ganze Bild war von einem zarten Anhauch reiner Frische überflogen, der mir in die Seele hinein wohl tat. Wer hat in der Stadt oder überhaupt im Tiefland eine Ahnung von diesen weltfernen Winterschönheiten?
Auf dem Rückweg begegnete ich Ogilvie, der auf meine begeisterten Loblieder mit einem zufriedenen Kopfnicken antwortete.
»Ja, da schauen Sie! Und im Januar haben wir es drei Wochen ununterbrochen so blau und klar gehabt wie heute.«
Er brachte mir einen kleinen, leichten Davoser mit. Ich war das Bergschlitteln von der Ostschweiz und vom Schwarzwald her gewohnt. So fuhren wir gleich die beliebteste Sportbahn, deren steiler Abschluß der »Niagara« heißt. Ich beobachtete dabei Ogilvie, der mit gerötetem Gesicht und fliegenden Haaren dahinsauste und um Jahre verjüngt erschien. Er hustete nicht, er spuckte nicht aus, er keuchte kaum, und ich fing selber an, an seine Genesung zu glauben. Später ging ich zum Eisplatz mit, wo mein Freund die Augen der Sportsmen auf sich zog. Ich

verstehe nichts vom kunstmäßigen Eislauf, aber er schien mir einer der besten Läufer. Er lief nicht, sondern schwebte wie ein Vogel mit eleganter Balance in schönen, reinen, zuweilen kapriziös gebrochenen Halbbogen, deren Entstehung keine Kraft zu fordern, vielmehr mühelos aus dem straffen, sich wohlig wiegenden Körper zu kommen schien. Es war eine Lust, ihn anzusehen.

Nachmittags besuchten wir den oberen Gletscher, dessen blaugrüne Eiswogen kühl und seltsam unter dem in steifen Bärten über die Klippen hängenden Neuschnee hervorglänzten. Wir fuhren bequem auf unseren Davosern zurück bergabwärts, nahmen den Lunch auf dem Balkon und blieben dort bei einer guten Flasche Wein in der Sonne sitzen, bis uns der kühle, frische Abend ins Zimmer trieb. Petrus sprach diesmal nicht vom Sterben, er machte sogar Witze über unsere gestrige Unterhaltung. Bald aber begann er von Dingen zu sprechen, die mir aus seinem Munde wunderlich fremd und grotesk klangen. Ich hatte ihn über Frauen nie anders sprechen hören wie als über eine Sache, die man gelegentlich kauft, genießt und liegenläßt. Ich wußte von einigen seiner Liebesabenteuer, die zum Teil recht romantisch, aber alle kurz und schneidig waren, und von denen er selten, dann aber mit drastischer Ironie zu reden pflegte. – Und jetzt fand ich ihn verliebt, und zwar in ein Weib, das er schon vor vier Jahren gekannt und genossen hatte.

»Ja, schauen Sie«, sagte er, »das kommt von dem faulen Leben und vom Gesundsein. Es ist mir einfach zu wohl, und da doch der Überschuß irgendwo hinaus mußte, bin ich nun sentimental geworden. – Unterbrechen Sie mich nicht, es ist nicht anders. Seit zwei Monaten denke ich, zumal bei Nacht, an nichts in der Welt so viel, als an eine schöne Frau, in die ich mich vor vier Jahren ums Haar verliebt hätte. Mein Abenteuer mit ihr kennen Sie. Es ist die Florentinerin.«

»Die Mona Lisa?«

»Ja, wie ich sie damals nannte. Sie haben sie ja nicht gekannt. Das ist ein Weib! Weinen könnte man um sie! Seit ich so viel an sie denken muß, hat ihr Wesen für mich etwas so zärtlich Liebes, daß ich oft direkt poetisch werde. Nicht wahr, da lachen Sie?«

»Allerdings, Bester. Daß Sie noch solche Märchen erleben müssen, Petrus? Also, ich kondoliere.«

»Langsam, Verehrtester! Sie wissen ja erst die Hälfte. Es kommt noch viel schlimmer. Das ist so: der Arzt ist ja zwar höchst zufrieden mit mir, hält aber eine erhebliche Einschränkung meiner Reisen für notwendig. Ich müßte also künftig mindestens für die Hälfte des Jahres einen gesunden, ständigen Wohnort haben. Das wäre mir aber auf die Dauer einfach unerträglich, ohne daß, – na, es muß heraus – also, ohne daß ich heirate. Was sagen Sie nun?«

»Ich schweige.«

»Vor Schrecken?«

»Vor Schrecken.«

»Na, so schweigen Sie, Sie Weltweiser!«

Und eine Weile blieben wir still. Ich betrachtete sein kühnes, etwas verwittertes Gesicht, auf dem die Erregung arbeitete, und die hohen, zarten Schläfen, und den schön durchgebildeten, länglichen Schädel.

»So stehen die Dinge«, fuhr er fort. »Sie ist nämlich noch immer Witwe, vermutlich weil längst kein Vermögen mehr da ist. Im Frühjahr reise ich nach Florenz. Sie hat ja damals für mich geschwärmt. Sagte ich Ihnen, daß sie mich gern mit dem englischen Condottiere John Hawkwood verglich?«

Plötzlich brach er ärgerlich lachend ab. Es war indessen Nacht geworden, und er zog mich ans Fenster und wieder hinaus. Über den Fischerhörnern und dem kleineren Gletscher hing der halbe Mond am grünlich lichten Himmel. Es war so hell, daß man auf den Zacken des Wetterhorns zuweilen das gespenstische, silbrige Stäuben der Schneewehen sah. Wir beschlossen, noch einen Gang zu machen, und stiegen ein Stück weiter bergan gegen die Ällfluh. Es war bitter kalt geworden. Scharf und blauschwarz zeichnete das Mondlicht unsere stark verkürzten Schatten auf den Schnee.

Bei unserer Rückkunft ins Hotel fand ich ein Telegramm, das mich eilig nach Bern rief. Ich mußte anderntags in der Frühe nach Bern reisen, versprach aber, in längstens drei Tagen wieder hier zu sein.

In Bern hielt mich ein unerquickliches Geschäft immer wieder für einen Tag auf. Ärgerlich und ohne die Sache zum Abschluß gebracht zu haben, reiste ich am sechsten Tag nach Grindelwald zurück.

Ich fand Ogilvie nicht mehr im Hotel Bär. Er war plötzlich erkrankt und nach einem entlegenen Hause im Dorfe überführt worden. Dort lag er, als ich bei ihm eintrat, still im weißen Bett, von einer Krankenschwester gepflegt. Er hatte sich auf jenem kurzen Nachtspaziergang verdorben. Sein Gruß war kurz und fast grob, ich hatte den Eindruck, er schäme sich seines Krankseins. Nach einiger Zeit bat er plötzlich:
»Hören Sie, mein Schlitten steht noch im Bären, den sollen Sie mir holen. Sie sind so gut, nicht wahr? Ich brauche ihn ja jetzt nicht, aber wenn er nicht geholt wird, stiehlt ihn das Pack, darauf können Sie Gift nehmen. O, das Hotelgeschmeiß!«
Ich ging und holte den Schlitten ab. Es war ein hübscher, solider Davoser, und auf der Rückseite des Sitzes standen, in ungleichmäßigen Buchstaben eingebrannt, die Worte: »Gestohlen dem Herrn Petrus Ogilvie.« Ich mußte lachen, und Petrus lachte mit, als ich ihm die schwarzen Buchstaben zeigte.
»Nun wäre es beinahe schon wahr geworden«, sagte er. »Sie stehlen, diese Leute, sie stehlen alle.«
Er schien müde und lag bis gegen Abend im Halbschlummer. Ich ruhte indessen aus und blieb dann die Nacht bei ihm wach. Eine wunderliche Nacht! Er war so still, lächelte fortwährend und sprach nur zuweilen ein paar Worte – von Florenz. Nur zwei-, dreimal brach durch diese müde Heiterkeit ein Blitz seines früheren Wesens, ein herber Witz oder eine seiner bitter komischen Grimassen. Erst in den letzten Stunden – es war Vormittag geworden – begann er einzusehen, daß er sterben müsse. Der Arzt kam und erbot sich, zu bleiben, obwohl er nichts mehr für den Sterbenden tun könne. Ich bat ihn, zu gehen.
Dann hielt ich noch fast drei Stunden lang seine harte, braune Hand, die ich vor Jahren mehrmals beim Rudern bewundert hatte, einmal bei einem der bösen ligurischen Stürme, wo Ogilvie mitten in der Gefahr ein kleines, drolliges genueser Ulklied gesungen hatte. Wir sprachen wenig mehr. Aber wir sahen einander in die Augen und dachten an die vielen Fahrten und Wanderungen, die wir gemeinsam gemacht hatten, zwei ruhelose, heimatlose Menschen. Und als er zum letzten Male sprach, waren es die Worte:
»Sie sind ein guter Kerl. Wenn Sie gern meinen Schlitten haben wollen und die Schlittschuhe, als Andenken – – –«

Und als ich ihn beruhigen wollte, fuhr er fort: »Lassen Sie, Kamerad. Jetzt bin ich noch Herr Ogilvie und schenke Ihnen meinen Schlitten. Nachher werde ich ein Präteritum sein.« *(1902)*

# Eine Rarität

Vor einigen Jahrzehnten schrieb ein junger deutscher Dichter sein erstes Büchlein. Es war ein süßes, leises, unüberlegtes Gestammel von blassen Liebesreimen, ohne Form und auch ohne viel Sinn. Wer es las, der fühlte nur ein schüchternes Strömen zärtlicher Frühlingslüfte und sah schemenhaft hinter knospenden Gebüschen ein junges Mädchen lustwandeln. Sie war blond, zart und weiß gekleidet, und sie lustwandelte gegen Abend im lichten Frühlingswalde, – mehr bekam man nicht über sie zu hören.

Dem Dichter schien dieses genug zu sein, und er begann, da er nicht ohne Mittel war, unerschrocken den alten, tragikomischen Kampf um die Öffentlichkeit. Sechs berühmte und mehrere kleinere Verleger, einer nach dem andern, sandten dem schmerzlich wartenden Jüngling sein sauber geschriebenes Manuskript höflich ablehnend zurück. Ihre sehr kurz gefaßten Briefe sind uns erhalten und weichen im Stil nicht wesentlich von den bei ähnlichen Anlässen den heutigen Verlegern geläufigen Antworten ab; jedoch sind sie sämtlich von Hand geschrieben und ersichtlich nicht einem im voraus hergestellten Vorrat entnommen.

Durch diese Ablehnungen gereizt und ermüdet, ließ der Dichter seine Verse nun auf eigene Kosten in vierhundert Exemplaren drucken. Das kleine Buch umfaßt neununddreißig Seiten in französischem Duodez und wurde in ein starkes, rotbraunes, auf der Rückseite rauheres Papier geheftet. Dreißig Exemplare schenkte der Autor an seine Freunde. Zweihundert Exemplare gab er einem Buchhändler zum Vertrieb, und diese zweihundert Exemplare gingen bald darauf bei einem großen Magazinbrand zugrunde. Den Rest der Auflage, hundertsiebzig Exemplare, behielt der Dichter bei sich, und man weiß nicht, was aus ihnen geworden ist. Das Werkchen war totgeboren, und der Dichter verzichtete, vermutlich vorwiegend aus Erwägungen ökonomischer Art, einstweilen völlig auf weitere poetische Versuche.

Etwa sieben Jahre später aber kam er zufällig einmal dahinter, wie man zügige Lustspiele macht. Er legte sich eifrig darauf, hatte Glück und lieferte von da an jährlich seine Komödie, prompt und zuverlässig wie ein guter Fabrikant. Die Theater waren voll, die Schaufenster zeigten Buchausgaben der Stücke, Bühnenaufnahmen und Porträts des Verfassers. Dieser war nun berühmt, verzichtete aber auf eine Neuausgabe seiner Jugendgedichte, vermutlich weil er sich ihrer nun schämte. Er starb in der Blüte der Mannesjahre, und als nach seinem Tode eine kurze, seinem literarischen Nachlaß entnommene Autobiographie herauskam, wurde sie begierig gelesen. Aus dieser Autobiographie aber erfuhr die Welt nun erst von dem Dasein jener verschollenen Jugendpublikation.

Seither sind jene zahlreichen Lustspiele aus der Mode gekommen und werden nicht mehr gegeben. Die Buchausgaben findet man massenhaft und zu jedem Preise, meist als Konvolute, in den Antiquariaten. Jenes kleine Erstlingsbändchen aber, von welchem vielleicht – ja sogar wahrscheinlich – nur noch die dreißig seinerzeit vom Autor verschenkten Exemplare vorhanden sind, ist jetzt eine Seltenheit ersten Ranges, die von Sammlern hoch bezahlt und unermüdlich gesucht wird. Es figuriert täglich in den Desideratenlisten; nur viermal tauchte es im Antiquariatshandel auf und entfachte jedesmal unter den Liebhabern eine hitzige Depeschenschlacht. Denn einmal trägt es doch einen berühmten Namen, ist ein Erstlingsbuch und überdies ein Privatdruck, dann aber ist es für feinere Liebhaber auch interessant und rührend, von einem so berühmten eiskalten Bühnenroutinier ein Bändchen sentimentaler Jugendlyrik zu besitzen.

Kurz, man sucht das kleine Ding mit Leidenschaft, und ein tadelloses, unbeschnittenes Exemplar davon gilt für unbezahlbar, namentlich seit auch einige amerikanische Sammler danach fahnden. Dadurch wurden auch die Gelehrten aufmerksam, und es existieren schon zwei Dissertationen über das rare Büchlein, von welchen die eine es von der sprachlichen, die andere von der psychologischen Seite beleuchtet. Ein Faksimiledruck in fünfundsechzig Exemplaren, der nicht neu aufgelegt werden darf, ist längst vergriffen, und in den Zeitschriften der Bibliophilen sind schon Dutzende von Aufsätzen und Notizen darüber erschienen. Man streitet namentlich über den mutmaßlichen Verbleib jener dem Brand entgangenen hundertsiebzig Exemplare. Hat der Autor sie vernichtet, verloren oder verkauft? Man weiß es nicht; seine Erben leben im Ausland und zeigen keinerlei Interesse für die Sache. Die Sammler bieten gegenwärtig für ein Exemplar weit mehr als für die so seltene Erstausgabe des »Grünen Heinrich«. Wenn zufällig irgendwo einmal die fraglichen hundertsiebzig Exemplare auftauchen und nicht sofort von einem Sammler *en bloc* vernichtet werden, dann ist das berühmte Büchlein wertlos und wird höchstens noch zuweilen neben andern lächerlichen Anekdoten in der Geschichte der Bücherliebhaberei flüchtig und mit Ironie erwähnt werden. *(1902)*

## Der lustige Florentiner

Nicht weit vom Palazzo Pitti hatte ich eine jener seltenen kleinen Weinstuben entdeckt, die noch den einfachen, aber behaglichen alten Florentiner Typus haben und in denen der Chianti reiner, besser gekellert und billiger ist als in den modernen Osterien. Es war ein schmaler, niedriger Raum im Erdgeschoß, der von Möbeln nichts enthielt als die üblichen Marmortrinktische und zwei Dutzend dreibeinige Holzstühle. Dennoch sah die Stube durchaus nicht leer und nüchtern aus, denn unter der Decke liefen die ganzen Wände entlang zwei tiefe Regale, in denen eine Menge von Fiaschi, Bottiglien, Bottiglietten sowie Würste, Schinken, Körbchen mit Früchten dekorativ und verlockend ins Auge fielen. Die eine Ecke des Raumes war für leere Flaschen reserviert, die in großer Anzahl, teilweise zerbrochen, herumlagen. An der weißgetünchten Wand hing ein tüchtiger Kupferstich, die Badia vorstellend, neben einem lithographierten Porträt des unvermeidlichen Vittorio Emanuele.

Eines Abends brachte ich zwei Bekannte mit in diese Kneipe, einen Dresdener Maler und einen Heidelberger Studenten, der sich ein unmögliches Thema zu seiner kunstgeschichtlichen Dissertation ausgesucht hatte und nun schon seit zwei Monaten in Toskana bummeln ging, ohne die Belege für seine hinterm Ofen ersonnenen Kombinationen finden zu können. Wir ließen uns einen Fiasko Chianti geben und aßen unsere bescheidenen Salamibrötchen dazu, unser gewöhnliches Abendessen. Nur der Maler, der ein erkleckliches Reisestipendium genoß, leistete sich außerdem ein Gericht *Vermicelli al sugo*. Bei dem ausgezeichneten Wein entspannen sich bald die jugendlichen Gespräche, die seit Jahrzehnten in jedem italienischen Wirtshause alltäglich erklingen – über die Schönheiten der Kunst, über das Elend unserer heutigen Kultur und über die absolute Notwendigkeit, neue Lebensformen im Sinne einer künstlerischen Renaissance zu schaffen. Es wird bei solchen und ähnlichen Gesprächen von jungen Deutschen manche Nacht in Italien verbracht und mancher Fiasko Wein geleert; die klugen und genügsamen Italiener aber sitzen daneben und sehen sich die blonden, meist brillen-

tragenden Reformatoren aus dem Norden mit unverhohlenem Spott und stummer Überlegenheit an.
Während ich zufrieden trank und schwieg und meine Cavour rauchte, und während der Maler, der erst heftig mitgesprochen hatte, die Karikatur einer liegenden Venus auf die blanke marmorne Tischplatte strichelte, redete der Kunsthistoriker allein und eifrig drauf los, schrie uns an, als wären wir an allen Übelständen schuld, und bewies, daß die ganze moderne Kunst einen blauen Teufel wert sei. Dabei richtete er zuweilen den Blick gegen den abseits hantierenden Wirt, der dann jedesmal einen Augenblick stillstand und den Redner mit bekümmerter Miene anstarrte, als hätte er dessen Klagen verstanden.
Ich hatte unterdessen die mit Bleistift und Kohle an die Wand gezeichneten Köpfe und Scherzbilder betrachtet. Unter diesen fiel mir nun plötzlich ein brillant gezeichneter, höchst grotesker Männerkopf auf. Ich trat näher und sah ihn mir genauer an. Eine Mischung von Stumpfsinn und Schlauheit, Gutmütigkeit und Lasterhaftigkeit lag auf den flott hingestrichenen Zügen des Kopfes, die verkniffenen Augen unter der starken Stirn konnten ebensowohl Schelmerei wie Trübsinn ausdrücken, die feste Unterlippe war von einer Holzpfeife links herabgezogen und ließ ein paar robuste Stockzähne sehen, deren auffallendes Hervorgrinsen der ganzen Zeichnung Charakter und Eigenart gab. Ich fragte den Wirt, wer das gezeichnet habe.
»Nicht wahr«, antwortete er, »ein schönes Stück! Wer es gemacht hat? Nun, der Herr Costa, Sie kennen ihn doch? Der berühmte Herr Costa.« Ich erinnerte mich, daß ein Maler dieses Namens allerdings in Florenz große Beliebtheit genoß. »Und schauen Sie, Herr«, fuhr der Wirt fort, »da hinten haben Sie die ganze Figur. Sie stellt einen meiner ältesten Gäste vor.« Die Zeichnung, vor die er mich führte, zeigte wirklich den Inhaber jenes Kopfes in ganzer Figur. Er stand auf kurzen, schinkenartigen Beinchen, in weiter Hose, in deren Taschen die Hände staken. Der Kopf war derselbe, die hölzerne Pfeife zog auch hier die Unterlippe schief, dazu trug er hier einen Hut, der mit grandioser Nonchalance auf dem mächtigen Schädel saß. Der Dresdener war zu mir getreten und lobte die lebendige, offenbar nur leicht karikierende Zeichnung; schließlich kam auch der Kunsthistoriker, dem die sonderbare Figur ein lautes Gelächter entlockte.

In diesem Augenblicke öffnete sich die Tür. Wir beachteten den Eintretenden nicht, der Wirt aber stürzte ihm entgegen und zerrte ihn am Arm zu uns her. »*Ecco, Signori, l'originale!*« rief er mehrmals, während er bald auf die Zeichnung, bald auf den Gast, den er noch immer am Arm festhielt, deutete. Wirklich erkannten wir in ihm sofort das Original des auffallenden Porträts, das uns nun der Wirt mit überschwenglicher Höflichkeit vorstellte. »Herr Ercole Aglietti, mein alter Freund – und hier deutsche Gäste, gelehrte und vornehme Herren.« Während er weiterschwatzte, schüttelten wir einander die Hände und baten den Ankömmling an unsern Tisch. Dort schenkte ich ihm ein Glas Chianti ein. Er dankte und trank langsam und kostend. »Unser Freund Wirt führt keinen schlechten Wein«, sagte er dann schmunzelnd, »aber seinen besten hat er euch nicht vorgesetzt.« Der Wirt beteuerte, ein besserer Wein als der, den wir tränken, sei in der ganzen Toskana nicht aufzutreiben. Herr Aglietti lachte, kniff die schlauen Äuglein zusammen und flüsterte dem Freund etwas ins Ohr. Darauf verschwand derselbe und kehrte mit einer staubigen Flasche zurück.

»Diesen Jahrgang, meine Herren, verkaufe ich an gewöhnlichen Tagen nicht. Sie müssen Herrn Aglietti dafür danken, daß er mich heute überredet hat, eine Flasche davon herauszugeben. Ich selbst, bei der Madonna, wage es kaum, am Feste des Täufers Giovanni ein Gläschen davon zu trinken.« (In der Folge machte er »mir zuliebe« diese Ausnahme jeden Abend.)

Unsere halbleere Flasche wurde zurückgenommen und wir ließen uns den wirklich vorzüglichen »uralten« Chianti kräftig schmecken. Dabei entlockten wir Aglietti allerlei Geständnisse. Wir erfuhren, daß er sechzig Jahre alt und von Geburt Pistojese sei, daß er früher wie eine Nachtigall gesungen habe und daß er noch heute eine Schwäche für guten Wein und schöne Frauen habe. Er war in allem das Urbild des alten, behäbigen Toskaners, der mit einem gelegentlich recht losen Maul eine rührende Gutmütigkeit und mit einem hochmütigen Lokalpatriotismus die zutraulichste Liebenswürdigkeit gegen Fremde, die ihm schmeicheln, verbindet. Auf unsere Bitte begann er denn auch bald, aus seinem Leben zu erzählen, eine Geschichte um die andere, fließend und gewandt, wie ein Novellist von Beruf. Eine davon schrieb ich nachher auf – hier ist sie:

»Wie ihr wißt, findet jedes Jahr am Ostersamstag die große Feierlichkeit des *scoppio del carro* statt, wobei auf dem Domplatz und in allen daranstoßenden Straßen sich teils aus Florenz, teils aus Fiesole, Settignano, Prato und der ganzen Umgebung viele Tausende fromme und neugierige Zuschauer versammeln. Ich hatte die Festlichkeit Jahr für Jahr mitgemacht und ging auch diesmal beizeiten zum Dom. Ein deutscher Herr, welcher damals mein Nachbar und mir gut bekannt war, schloß sich mir an, denn er hatte den Scoppio noch nie gesehen. Da die Stufen der Domtreppe schon alle besetzt waren, überredete ich meinen Begleiter zu der kleinen Ausgabe des Eintrittsgeldes und bestieg mit ihm den Glockenturm des Giotto. Es war ein warmer Tag wie heute, darum stiegen wir bis aufs Dach, das trocken und erwärmt war, und setzten uns auf den schiefen Rand desselben, stemmten die Füße gegen die Brustwehr und hatten so einen bequemen Warteplatz. Man sieht von dieser Höhe aus die ganze Stadt, außerdem die Berge, Fiesole, San Domenico, San Miniato und die Talebene des Arno. Während wir den schönen Anblick genossen und das mitgebrachte Brot mit Limonade verzehrten, erzählte mir der junge Herr eine Liebesangelegenheit, in welcher er mich um Rat und Beistand bat. In Prato drüben hatte er mehrmals ein sehr schönes Mädchen gesehen, hatte auch ihre Wohnung erfragt und ein paar Worte mit ihr gesprochen. Seither hatte er vergeblich sich ihr zu nähern versucht. Ich merkte bald, daß er nicht daran dachte, sie zu heiraten, sondern nur sein Vergnügen im Sinne hatte. Da ich aber an solchen Affären Freude hatte und wußte, daß er dabei gern einige Fünfernoten springen lassen würde, versprach ich, ihm beizustehen.

Indessen begann unten die Prozession und wir sahen zu, bis mit dem Schlag zwölf Uhr alle Glocken einfielen und das am heiligen Wagen reichlich angebrachte Feuerwerk mit großem Lärm und Rauch verbrannte. Vier weiße Stiere mit vergoldeten Hörnern zogen darauf den *carro* hinweg und die ungeheure Volksmenge lief auseinander. Auch wir verließen den Campanile und begaben uns in die Via del Sole, wo damals eine der besten Trattorien war. Nach Tisch beschloß ich, heute noch mir die Sache in Prato anzusehen, da vom Feste her ohne Zweifel viele Besucher dorthin zurückkehren und ich also leicht eine billige Fahrgelegenheit finden würde. So gab mir denn der verliebte Herr einiges

Geld, nannte mir genau die Wohnung des Mädchens und ließ mich ziehen. Ich konnte umsonst auf einem stattlichen Wagen mitfahren und war also bald in Prato, ersparte außerdem das erhaltene Fahrgeld und befand mich daher in bester Laune. Deshalb hielt ich, in Prato angekommen, keine besondere Eile für nötig, sondern besuchte erst meinen Freund, welcher nahe beim Rathause wohnte. Ihr wißt, wie berühmt die *biscotti** von Prato sind! Nun, mein Freund fabrizierte solche *biscotti* und machte damit sein gutes Geschäft. Heute hatte er auch wegen des Feiertages die Arbeit eingestellt und freute sich sehr, einen so fröhlichen Gesellschafter zu bekommen. Wir tranken in seinem Gärtchen Kaffee, plauderten und waren guter Dinge. Bald darauf kam auch seine Braut, ein wohlgewachsenes, sauberes Mädchen, jedoch keine sehr auffallende Schönheit. Ich mußte nun Gitarre spielen, singen und Geschichten erzählen, denn darin war ich damals stark und deshalb überall nicht wenig beliebt. Es gab noch *biscotti* und viele andere gute Dinge, so daß ich vor lauter Vergnügen meinen Herrn und seinen Auftrag völlig vergaß.

Gegen Abend, da das Mädchen nach Hause zum Essen zurückkehren mußte, begleiteten wir beide sie bis zu ihrer Türe. Ihre Mutter war Witwe und führte einen kleinen Kramhandel. Zu meinem Erstaunen kam mir hier alles merkwürdig wohlbekannt vor, bis mir plötzlich einfiel, daß ich just vor dem Hause stand, welches der Deutsche mir beschrieben hatte. Das Mädchen, dem er nachstellte, war also Giulia, die Braut des Bäckers, meines Freundes. Kaum hatte ich dies wahrgenommen und ein wenig überdacht, so nahm ich diesen beiseite und erzählte ihm die ganze Sache. Und obwohl er anfangs sehr dagegen war, überredete ich ihn doch, meinen Plan zu unterstützen.

Vier Wochen lang hat es gedauert. Der Verliebte hieß mich jeden Samstag Geschenke kaufen, so daß das schöne Silber mir froh im Sack erklang. Auch schrieb er zärtliche Briefchen und erhielt darauf freundliche, aber zögernde und vertröstende Antworten, die ich selbst verfaßte und von einer Freundin schreiben ließ. Von der ganzen Angelegenheit wußte das Mädchen in Prato kein Wort. Endlich, als mein Herr gar zu ungeduldig wurde, gestat-

---

* Backwerk

tete ich ihm einen Besuch in Prato, wobei ich dafür sorgte, daß er das Mädchen nicht zu sehen bekam. Er war wütend und ich mußte darauf denken, ein Ende zu machen. Vielerlei Pläne überlegte ich mit dem Bäcker, bis einer uns endlich gut schien. Wir beschlossen nämlich, den Liebhaber nächstens zu einem Ständchen zu veranlassen und dafür zu sorgen, daß er dabei Prügel bekäme, dann würde er sich das ganze Unternehmen leichter aus dem Kopfe schlagen. Der Plan war leicht auszuführen. Weil der gute Deutsche weder einen Ton singen, noch Gitarre spielen konnte, erbot ich mich, den Musikanten zu machen; für die Prügel wurden zwei Bekannte des Bäckers bestellt. Und so kamen wir denn eines schönen Abends in den Hof der Signora. Ich stellte mich im Schatten auf und sang so schön, daß der Herr mein Tremolo höchlich bewunderte. Ich sang zwei lange Lieder durch und wollte eben das dritte anstimmen, als die Kellertür sich öffnete und zwei Burschen mit starken Rebstöcken hervorstürzten. Ich nahm mein Instrument unter den Arm und war in derselben Sekunde verschwunden, erwartete aber auf dem Domplatze vor dem Café meinen Herrn, der nach einer Viertelstunde keuchend dahin kam. Er war elend durchgeprügelt worden, blutete an einer Hand und sah im Gesicht schneeweiß aus. Doch verbiß er seinen Schmerz und fragte mich sogar mit Teilnahme, ob ich heil davongekommen sei. Ich antwortete, daß ich zwar einige schmerzliche Hiebe auf den Rücken erhalten hätte, doch unverletzt sei und der Madonna für unsere Rettung danke, da mit den Burschen von Prato bekanntlich nicht gut Kirschen essen sei. Übrigens hörte ich nun zu meiner großen Erleichterung, daß mein braver Herr von der Liebe und dem Prügeln genug habe und in seinem Leben diese Stadt des Unglückes nicht wieder zu sehen begehre. Damit schien mir der ganze Handel erledigt, mit dem ich durchaus zufrieden sein konnte. Das Beste folgte aber noch.

Andern Tages nämlich bekam ich den Auftrag, in der Wohnung des Freundes zu erscheinen. Natürlich glaubte ich, er habe nun die Sache durchschaut, würde mich schnöde behandeln und Rechenschaft über das Geld verlangen, das er mir für die Geschenke gegeben hatte. Aber ich hatte mich getäuscht. Er klopfte mir freundlich auf die Achsel, sagte, er sei für meine gestrige Musik und für die Schläge, die mich getroffen hätten, noch in

meiner Schuld und drückte mir ein ganz schönes Stück Geld in die Hand. Bei Gott, so sonderbar wie damals ist mir nie mehr zumute gewesen.
Jawohl, die Deutschen sind gute Leute, wie ich immer sage, deshalb allein, ihr Herren, habe ich euch auch heute den vorzüglichen Wein verschafft, den sonst kein Fremder je zu trinken bekommt.« *(1902)*

# Eine Billardgeschichte

Herr Oskar Anton Legager war ein vortrefflicher Billardspieler. Wenn er im Storchen unter der Tür erschien, lief stets eine vor Eile und Höflichkeit atemlose Kellnerin herzu, um ihm Hut und Stock abzunehmen, während der Marqueur Herrn Legagers Queue aus dem verschlossenen Wandschrank holte und ihm mit tiefem Bückling überreichte. Sodann brachte er aus einer verschlossenen Schublade Herrn Legagers eigene Elfenbeinbälle, bürstete das für Herrn Legager reservierte Billard ab und zündete das Gaslicht an, während Legager seinen Wein oder Kaffee bestellte und seinen grauen Gehrock ablegte, denn er spielte stets in Hemdärmeln.

Sein Queue war ein Kabinettsstück, dick und doch leicht, nur 260 Gramm, aus dreifarbigem amerikanischem Holz gearbeitet, mit geripptem Griff, ziselierten Ornamenten und weiß auf schwarz eingelegtem Monogramm, in welchem die Buchstaben O. A. L. kunstvoll ineinander verwachsen und von einem weißen Blätterkranz umflochten waren.

Auch seine Bälle waren von erster Qualität. Außerdem führte er eine eigene Sorte von teurer grüner Kreide, in einem praktischen Futteral aus Gummi, ebenfalls mit Monogramm versehen.

Wenn Legager seinen grauen Gehrock abgelegt, die Hände gewaschen und sorgfältig abgetrocknet und die Lederkappe seines Queue peinlich untersucht hatte, pflegte er mit herausfordernden Blicken umherzuschauen, während er dic in Gummi gefaßte Kreide aus der Hosentasche zog. Dann kreidete er umständlich und wartete.

Gewöhnlich kam sogleich irgendeiner der Gäste und bot sich als Partner an. Herr Legager gab jedem Spieler fünfzig Punkte auf hundert vor. Außerdem spielte er, wenn sein Gegner schwach war, alle Bälle indirekt und jeden fünften Ball als Vorbänder. Trotzdem gewann er fast immer, pflegte jedoch daraus keinen Vorteil zu ziehen, sondern bezahlte stets die Hälfte des Spielgeldes und wurde äußerst ärgerlich, wenn jemand das nicht annehmen wollte.

»Sie glauben wohl, ich sei Professionsspieler?« sagte er dann mit unendlicher Geringschätzung.

Niemanden auf der Welt verachtete er so tief und leidenschaftlich wie die Billardspieler von Beruf. Er selber tat zwar jahraus jahrein nichts anderes als Billardspielen, aber er war Rentner und trieb das Spiel lediglich zu seinem Vergnügen. Er spielte nachmittags im Kasino, abends im Storchen, schlug jeden Gegner, und machte sich oft ein grimmiges Vergnügen daraus, die prahlerischen Turnierberichte in der Billardzeitung mit bitterem Hohn vorzulesen.

»Kolwanst in Breslau hat eine Serie von zwölfhundert gespielt. Kolwanst! Er soll doch kommen; er kann achthundert auf zweitausend vorhaben. Serien von tausend sind pöbelhaft, die macht jeder Gassenbub, wenn er ein bißchen aufpaßt. Wo soll da das feine Spiel bleiben? Nein, jeder dritte Ball muß zwei Banden haben, so halte ich's.«

Und er machte mit dem Marqueur eine Partie Schindluder, wobei jeder dritte Ball Vorband haben muß und Serien unter neun nicht zählen. Er gab auch dem Marqueur fünfzig auf hundert vor.

Vor sieben Jahren war er zu einem Turnier nach Stößelfingen gefahren, vor vier Jahren nach Quedangerfelden, und beide Male war er erster Sieger gewesen und hatte ein Diplom mitgebracht, über das er sich unter Freunden recht lustig machen konnte.

»Ich kenne Leute«, sagte er, »die keine Serie über vierzig machen und doch viel bessere Spieler sind als diese sogenannten Professoren in Wien oder sonstwo.«

Eines Tages kam Herr Legager von einer kleinen Sommerreise zurück. Er suchte seine bescheidene Zweizimmerwohnung auf, kleidete sich um, steckte seine Kreide in die Tasche und bummelte langsam nach dem Storchen. Es war abends acht Uhr.

Als er lächelnd und mit freundlich herablassendem Willkommnicken die Tür öffnete, stürzte ihm keine Kellnerin und kein Marqueur entgegen. Er blieb erstarrt stehen und blickte fassungslos in das veränderte Lokal. Das beste Billard, sein reserviertes Billard, war nicht frei! Es waren in weitem Abstande zwei Reihen Stühle darum gestellt, die alle von Zuschauern besetzt waren, und am Billard stand ein fremder, etwas korpulenter junger Herr und spielte allein. Dieser Herr hatte ein sehr schönes

eigenes Queue, trug eine kleidsame, dünn schwarzseidene Bluse und benahm sich sehr sicher und ein wenig kokett.
Erst als Herr Legager näher trat, bemerkte ihn der Marqueur und eilte auf ihn zu. Ohne auf das bitterböse Gesicht seines Stammgastes zu achten, zerrte er ihn mit sich und nötigte ihn auf den Stuhl in der ersten Reihe, den er selbst innegehabt hatte.
»Da können Sie was sehen«, flüsterte er; »was Exquisites, Herr Legager. Er spielt gerade seine Fünfhunderterserie in vorgezeichneten Feldern, nie mehr als zwei Bälle im gleichen Feld.«
»Wie heißt denn der Kerl?« fragte Legager scharf.
»Kerkelchen aus Berlin, der berühmte Kerkelchen. Er hat vor acht Tagen Daubenspeck in Zürich glänzend geschlagen. Sie haben es ja gewiß in den Blättern gelesen. Also das ist er. Ein Spiel hat er, ein Spiel! Sehen Sie nur!«
Der Berliner spielte seine Serie ziemlich rasch zu Ende. Legager beobachtete genau. Sein Spiel war tadellos sauber.
Kaum war er fertig, so drängte sich der Marqueur vor.
»Erlauben, Herr Professor, hier ist Herr Legager angekommen, unser erster Spieler. – Herr Legager.«
Herr Legager mußte nun wohl aufstehen und sich zu einer Art von Begrüßung entschließen. Kerkelchen benahm sich gegen den älteren, etwas steifen Herrn sehr nett, wenn auch ein bißchen gönnerhaft. Legager biß sich auf die Lippen.
»Machen wir eine Partie, Herr Legager? Ich gebe zweihundertfünfzig auf fünfhundert vor.«
»Danke schön, ich will nichts vorhaben. Aber ich möchte mit meinen eigenen Bällen spielen.«
»Meinetwegen«, lächelte der Weltmeister. »Sind es elfenbeinerne?«
»Ja, selbstverständlich.«
»O, ich spiele für mich immer mit Benzolinbällen. Sehr empfehlenswert. Das mit dem Elfenbein ist lediglich ein Vorurteil.«
Herr Legager wurde blaß und schwieg. Der Marqueur brachte seine Bälle her, rieb sie mit einem Tüchlein aus weißer Wolle ab und setzte sie aufs Tuch. Kerkelchen nahm einen davon in die Hand.
»Ich dachte mir's«, sagte er ruhig. »Sie sind zu schwer.«
»– zu schwer?«

»Ja, bester Herr. Dieser Ball wiegt mindestens 240 Gramm. 210 oder 200 wäre genug.«
»Mir sind die Bälle bis jetzt recht gewesen«, stieß Legager wütend heraus.
»O, bitte, es liegt ja nicht so viel daran. Wollen Sie beginnen?«
Herr Legager machte ein paar Bälle. Die Zuschauer paßten mit größter Spannung auf. Kerkelchen gewann rasch einen bedeutenden Vorsprung.
Beim dritten Fehlstoß legte Legager sein Queue aus der Hand.
»Wenn Sie erlauben, möchte ich aufhören. Ich bin heute durchaus nicht disponiert, komme eben von einer Reise zurück.«
Kerkelchen war einigermaßen erstaunt.
»Na, wie Sie wollen«, sagte er kühl. »Vielleicht spielen wir morgen miteinander. Ich bin immer disponiert.«
Man verabredete das Match auf acht Uhr abends und Herr Legager ging zornig davon, ohne den etwas bestürzten Marqueur, der ihm die Tür aufsperrte, eines Grußes zu würdigen.
Fast den ganzen folgenden Tag war er im Kasino und übte. Er sah etwas reduziert aus, denn der gestrige Ärger war ihm in den Magen gefahren und hatte ihm den ganzen Appetit verdorben. Diese verdammte Berliner Schnauze! Na, man würde ja sehen.
Abends acht Uhr waren alle Plätze im Storchen schon besetzt. Herr Legager wusch sich die Hände, ließ sein Queue abreiben und behandelte die Lederkappe mit einer Glaspapierfeile. Fünf Minuten nach acht Uhr kam Kerkelchen, grüßte fidel und vertauschte seine elegante Sommerjacke mit der schwarzseidenen Bluse. Er legte ein Stück Kreide auf den Billardrand.
»Wenn Sie gern meine gute Kreide mitbenützen wollen, Herr?«
Legager schüttelte nur den Kopf. Er begann zu spielen.
»Also Sie können die Hälfte vorhaben.«
Legager brauste auf. »Zum Teufel mit Ihrem Vorgebenwollen!«
Er hatte die Bedingung gestellt, daß jeder fünfte Ball indirekt und jeder zehnte als Vorbänder gespielt werden solle. Kerkelchen hatte freundlich dazu genickt.
Nach kurzer Zeit bemerkte Legager, daß er zurückblieb. Er war heillos aufgeregt und fand seinen ruhigen Stoß nicht wieder.
Als Kerkelchen auf dreihundert war, fing er an, Kunststückchen

zu riskieren. Er erschwerte sich die Stöße, machte Einhänder, Fiedelstöße, Schlangenstöße.

Als er auf vierhundert war, gestattete er sich einige Witze. Legager rollte die Augen unter der geröteten Stirn und biß sich die Lippen wund. Er wußte, daß er schmählich verlieren müsse.

Bei 465 lächelte sein Gegner: »Na, jetzt werden wir's ja gleich haben.«

»Herrgottsternbomben«, schrie Legager außer sich, »lassen Sie die verdammten Witze, oder –!«

»Regen Sie sich doch nicht auf, Verehrtester. 467, 468, 469. So, jetzt der Vorbänder: links aus der Ecke, verkehrtes *effet*, drei Banden. Schön – 470, 471. Aha, der bleibt aus. Es ist an Ihnen.«

Die letzten zehn Bälle machte der Meister sämtlich als Vorbänder. Offenbar wollte er seinen Gegner verhöhnen. Und er blieb so ruhig! Im Publikum wurde mehrmals lebhaft Bravo gerufen. Jetzt war er fertig.

Er machte einen unerhört tiefen Bückling vor dem Besiegten. »Habe die Ehre, mein Herr. Ein andermal wieder. Die Hälfte Vorgabe, wie gesagt.«

Herr Legager war dunkelrot geworden. Als er sah, wie Kerkelchen die Achseln zuckte und lächelte, verlor er alle Haltung. Von verzweifelter Wut übermannt, nahm er seinen Billardstock verkehrt in die Hände, schwang ihn durch die Luft und wollte ihn auf den Schädel des Berliners niedersausen lassen. Aber da hatte man ihn schon von hinten gefaßt und ihm die Stange aus den Händen gewunden.

Sogleich war der gewandte Marqueur zur Hand. »Aber, Herr Legager, beruhigen Sie sich! Lieber Gott, jeder hat schließlich 'nmal Pech. Kommen Sie, nehmen Sie einen Kaffee.«

Aber Legager hatte sich schon losgemacht. Finster schlüpfte er in seinen Gehrock, während der Marqueur das Publikum beruhigte, und verließ den Saal.

Zitternd trat er auf die nächtliche Straße, das Herz von Wut und Scham zerrissen, den Blick am Boden, laut vor sich hintobend und mit Stock und Fäusten agierend.

Ein Schutzmann hielt ihn an. Zornig fuhr er auf: »Was wollen Sie?«

»Schreien Sie gefälligst nicht so. Sie scheinen betrunken zu sein.«

Er riß sich los. Der Schutzmann faßte fester zu. »Wollen Sie wohl –?«

Aber Legager war nicht mehr zu bändigen. Er schlug dem Schutzmann mit der Faust ins Gesicht, dann mit dem Stock auf den Helm, auf die Hände, auf den Rücken. Leute scharten sich um ihn, Hände erhoben sich, Pfiffe ertönten, und nach zwei Minuten wurde Herr Legager, überwältigt, zerschlagen und mit Handschellen gefesselt, von drei Schutzleuten abgeführt. *(1902)*

# Wenkenhof

*Eine romantische Jugenddichtung*

Die Mitternacht war schon nahe. In dem großen sommerlichen Gesellschaftszimmer des alten Landhauses glänzte die Hängelampe auf die dunklen Bilder und ihre blaß gewordenen Rahmen, auf das offene Klavier, auf welchem ein Strauß Narzissen stand, und auf den runden, eichenen Riesentisch. An diesem saß der Hausherr und die Dame, ihr Sohn und ich, der aus der Stadt zu Gast gekommen war. Auf dem Tische lag neben einem Strauß von Feldblumen aufgeschlagen ein altes Büchlein von Eichendorff und eines von E. Th. A. Hoffmann, mit kleinen rotbraunen Kupfern nach Callot, und über die Bücher hinweg war die Geige des Sohnes gelegt. Durch die geöffneten Flügeltüren des altmodisch ausgebauchten Balkons kam die kühle Luft herein, und der Geruch der blühenden Obstgärten und das schwache weiße Licht der Sterne. Jenseits der Wiesen und schwarzen Felder schienen die Sterne überaus zahlreich, klein und rötlich auf der Erde fort zu glänzen – dort lag mit tausend Lichtern die bleich überdünstete Stadt. Vom Kiesplatz her klang der schwache künstliche Quell des kleinen Fischweihers.

Die kleine, vertraute Gesellschaft gab sich müden Abendträumereien hin und redete wenig; oft war lange kein anderer Laut im Zimmer als unser Atem und der Atem der Nacht, als der Windzug, der die Balkontüren leis bewegte, oder ein halbes Geräusch aus der nahen Stube, in welcher bei offenen Fenstern die Kinder schliefen. In diesen stummen Minuten drang der Glanz der aufsteigenden Venus stärker in das Zimmer, vom Klavier her klangen für Träumerohren die zärtlich-eleganten Takte Mozarts unendlich leise hörbar, und in der braunen Geige rührten sich mit summendem Gedränge die gefangenen Töne. In den entfernten Ecken des zu großen Zimmers saß lauschend die Finsternis.

»Jetzt erzählet!« sagte die Hausfrau, und zugleich löschte sie die Lampe aus. Die Finsternis stürzte hinter dem verglosenden Flämmlein her gierig aus allen Ecken hervor, aber der süße Glanz der Venus drang bis zum Rande des runden Tisches und

lag zwischen ihm und dem Balkon wie eine weiße Straße. Gemeinsam mit dem Sohn begann ich nun eine Geschichte zu erzählen, so daß einer den andern in kurzen Pausen ablöste, wie wir es oft getan hatten. Die dunkle Nacht und der erwachende Spätwind und die viel mehr als hundertjährigen Bäume der englischen Allee erzählten in den Pausen mit, und es geschah daher, daß in unserer Geschichte viel von Sternen und nächtlichen Schatten auf mondhellen Pfaden die Rede war, auch von Seufzern, die in bedeutender Stunde aus Gewächs und Geräte steigen, von Doppelgängern und aufsteigenden Schatten Gestorbener.
Mit dem letzten Schlag der Mitternacht war die Geschichte zu Tod und Ende geführt und verklang fremden Tons in der Dunkelheit. Eine Kerze flammte auf, und eine zweite; nebenan ward mir ein kleines Schlafgemach geöffnet, wir gaben einander die Hände und gingen auseinander.
Nach einer kurzen Stunde Schlafs weckte mich eine sanfte Klaviermusik. Leise und sehr behutsam stieg ich aus dem hohen Bett und schob die angelehnte Tür des Gesellschaftszimmers ein wenig weiter zurück. Ein schwaches Flimmerlicht drang ein, und die Musik erklang deutlicher. Ich erkannte ein Menuett von Mozart, von Frauenfingern gespielt. Noch ein vorsichtiger, vorsichtiger Druck an der Türe …
Am Klavier saß ein hübsches Mädchen im Kostüm des Empire, weiß mit lila Schleifen und sehr hoch gegürtet. Sie spielte die delikate Musik so, wie ich glaube, daß sie vor hundert Jahren gespielt wurde, nämlich sehr zierlich und akkurat, nur die kleinen sentimentalen Wendungen ganz leicht übertreibend, und sie lächelte dazu. Nach einer kurzen Weile hielt sie inne. Es entstand Geräusch auf dem Balkon. Ein junger Herr in dunkelblauem Frack stieg über die schöne schmiedeiserne Brüstung. Seine weißen Wadenstrümpfe stachen hell und unerträglich eitel durch die Nacht hervor. Kaum hatte er beide geschmeidige Beine über den leicht erzitternden Eisenbord gebracht, da lag er schon vor dem Klavier der schönen Musikantin zu Füßen. Indes er Liebeswahnsinn stammelte und von ihr mit schnöde lächelnden Mienen ohne Glauben angehört wurde, reizte mich ihr hochmütiges, hübsches Gesicht und der edle Bogen ihrer hochgezogenen Brauen. Sie spielte jeweils einen fröhlichen Takt weiter und

hörte sodann wieder heiter, behaglich und grausam dem Knieenden zu, seine Beschwörungen bald mit Schweigen, bald mit Lächeln, bald mit einem Triller beantwortend. Sie schlug erstaunlich tadellose Triller.

Da der Galant heißer und am Ende immer drängender und unabweislicher wurde, ärgerte ich mich doch. Ich brach im Hemde aus meiner Kammer hervor, ergriff den Verliebten mit beiden zornigen Händen, trug ihn – er war nicht schwer – zum Balkon, an welchem noch seine angehakte Leiter hing, und warf den Pudermann köpflings hinunter. Ein verhältnismäßig stattlicher Fall tönte drunten auf dem mondweißen Fliesenboden. Umkehrend verneigte ich mich vor dem weißen Fräulein und schämte mich elend, weil ich im Hemde dastand.

»Mademoiselle, permettez ...«

Sie aber wurde blaß, und wurde schmal, und sank mit einem überaus zarten Seufzer auf dem Stuhl zusammen, und da ich die Hände nach ihr ausstreckte, griff ich eine große, stark duftende Narzisse. Erschrocken und traurig stellte ich die weiße Blüte zu den andern ins hohe Blumenglas und kehrte in das verlassene Bett zurück.

Als ich des Morgens vor dem Abschiednehmen das Klavierzimmer nochmals aufsuchte, war alles wie am vergangenen Abend. Nur ein altes Männerbildnis an der Wand schien mir auffallend rachsüchtig zu blicken, was ich früher nie beachtet hatte. Doch machte mir dies begreiflicherweise keine Sorgen.

Der Wagen war angespannt, und ich fuhr in Begleitung des Hausherrn nach der Stadt zurück. Der gastfreundliche Herr war heute ziemlich verschlossen und sah mich unangenehm und fragend an.

»Es ist vielleicht besser«, sagte er plötzlich, »wenn Sie uns hier draußen nicht mehr besuchen.«

Ich war sprachlos.

»Ja, weshalb denn?« rief ich bestürzt.

Er blickte mich strenge an.

»Ich habe gesehen, was Sie heut nacht getan haben.«

»Und nun?«

»Jener Herr war mein Großvater. Sie wußten es vermutlich nicht, aber einerlei ...«

Ich begann mich zu entschuldigen, aber er rief dem Kutscher zu, schneller zu fahren, winkte abwehrend gegen mich und lehnte sich tief im Sitz zurück, ohne sich mehr auf ein Gespräch einzulassen. *(1902)*

## Peter Bastians Jugend

Ich bin in Zavelstein bei Calw im Schwarzwald geboren. Meine Mutter hieß Anna Bastian, einen Vater hatte ich nicht. Und so ist meine arme Mutter der einzige Mensch, den ich mein Leben lang liebgehabt und nach dem ich zuzeiten Heimweh gehabt habe, obwohl ich sie lang genug versäumt und vergessen habe. Sie hat mich lesen, schreiben und beten gelehrt. Denn ob sie wohl katholisch war, verstand sie doch außer dem Paternoster und dem Ave auch aus dem Herzen zu beten mit Worten, die in keinem Buch vorgezeichnet stehen. So wie ich mich ihrer aus meiner ersten Knabenzeit erinnere, war sie eine junge, schlanke Frau, deren Schönheit nur langsam der Zeit und den Sorgen nachgab.

Weil meine Mutter nicht von Zavelstein gebürtig, sondern eine Fremde war, und weil ich schon früh das kleine Nest verließ, gefiel es mir später, mich für einen Heimatlosen zu halten. Es war mir aber doch nicht ganz Ernst damit, denn als junger Bursch auf Wanderschaft habe ich manchen langen Tag hindurch Heimweh gehabt und auch jetzt, wenn ich das Wort Heimat höre oder sage, sehe ich das kleine Bauernstädtchen vor mir, als hätte ich es erst gestern verlassen. Auch darf ich, da ich ein gutes Stück von der Welt mit meinen Augen gesehen habe, wohl sagen, daß meine Heimat schön ist. Die Berge voll hoher Fichtenwälder, die in der Ferne so blau aussehen, die hochgelegenen Felder und Wiesen, in der Osterzeit voll vom blühenden Krokus, die große alte Burgruine mit dem Blick hinunter auf das stille Teinacher Tal – das alles ist schön und darf sich neben mancher berühmten Touristengegend sehen lassen.

Damals freilich konnte und wollte ich das nicht wissen. Sondern es lag von früh an etwas in mir, das ins Weite wollte und mir keine Ruhe ließ. Daß meine Mutter katholisch und keine Einheimische war, hat vielleicht sein Teil Schuld daran, und daß ich keinen Vater hatte, auch. Ich kam mir anders, nämlich besser vor als meine Heimatkameraden, und hatte mir schon früh in den Kopf gesetzt, dies Nest recht bald zu verlassen und nicht wieder zu kommen. Viel hat dazu die alte Lisabeth beigetragen, die ehemalige Botenfrau, die in ihrem Altenstübchen in des Kronenwirts Haus wohnte und mir den Kopf voll von Geschichten und Sagen und Ideen steckte. Seit ihr Sohn in Amerika verschollen war, gingen ihre Gedanken beständig irgendwo in der Ferne spazieren. Auch las sie viel Gedrucktes und redete vom Meer und von fremden Städten, als wäre sie dort gewesen. Und Geschichten wußte sie mehr als ein Kalender. Von fünfzig, sechzig Jahren her wußte sie jedes Unglück, jeden Brand und jeden Totschlag, die weit in der Gegend herum geschehen und ruchbar geworden waren. Den »Messerkarle« hatte sie selber gekannt, und seine vier Totschläge und sein Ende konnte sie heruntererzählen wie eine Litanei. Die neuerlich geschehenen Morde in Liebenzell und Neuenbürg, ja bis Weilderstadt und Leonberg hinüber hatte sie glatt am Schnürchen. Und sie verstand auch zu erzählen. Ich weiß noch, wie sie mir zum erstenmal die Geschichte vom Postmichel erzählte, und die vom Wildberger Stadtbrand oder die vom Messerkarle.

»Stockrabenschwarze Nacht war's, und der Föhn ging stark. Da geht der Karle aus seinem Versteck heraus, nimmt das Messer zwischen die Zähne und klettert am Birnenspalier in die Herberge. Der Fuhrmann liegt und schläft, und hat sein Felleisen mit ins Bett genommen. Sucht der Karle die ganze Stube durch und findet nichts. Geht ans Bett und tastet und fühlt das Felleisen unterm Kissen neben des Fuhrmanns Kopf. Er zieht's heraus und zieht mit aller Vorsicht eine Viertelstunde lang Ruck für Ruck, damit der Fuhrmann nicht erwacht. Er war frech, der Karle, aber dumm war er nicht! Langsam, langsam zieht er. Da dreht sich der Fuhrmann im Schlaf herum, stößt an des Karle Arm, wacht auf. Der Karle im ersten Schrecken schaudert, läßt sein Messer fallen. Der Fuhrmann nimmt's und zielt auf ihn. Der Karle aber nimmt das schwere Felleisen. Der Fuhrmann fängt an zu schreien, da haut ihm der Karle dreimal mit dem schweren Felleisen über den Kopf, daß er sich streckt und tot liegen bleibt. Derweil schlägt vor dem Haus der Hund an. Der Knecht kommt auf den Hof, zündet die Laterne an, lugt um, horcht. Und der Karle bleibt eine ganze Stunde lang auf dem Bett neben dem erschlagenen Fuhrmann sitzen, bis alles still und sicher ist. Und dann durchs Fenster fort. Es war sein Zweiter.«

Sie kannte aber nicht bloß verstorbene Totschläger und alte Geschichten. Sie kannte noch viel besser die lebenden Menschen, ihre Gewerbe, ihre Meinungen, ihre Geheimnisse, Krankheiten und Schicksale. Sie wußte die Zunftsprüche aller Handwerke, die Gesellengrüße, sie kannte die Sprache der Pennbrüder. Sie kannte auch sehr gut die Rangordnung der Gewerbe, und der fleißigste Schneidermeister wog ihr noch lang keinen Schlossergesellen oder Zimmermann auf. Und sie wußte von den meisten Menschen genau, unter welchen Sternen ihr Schicksal stand.

»Siehst du«, sagte sie einmal, »der Gerberhannes hat auch gemeint, er könne sich seinen eigenen Adam zurecht drechseln. Ja, Prosit! Ein Bauer hätt er bleiben sollen, weil er dazu geboren war, auch wenn er keinen Hof zu erben hatte. Ich hab's ihm gesagt noch wie er Lehrling war. Aber nein, Gerber mußt er werden! Und später starb das Weib, und das Geschäft ging schlecht, und jetzt ist er wieder Gesell und sitzt an anderer Leute Tisch und frißt aus fremder Schüssel, und seine Kinder hat der Schwager zu sich nehmen müssen. Schau, was ein rechter Handwerker werden will, der muß ein warmes und schnelles Blut im Leib haben, kein Bauernblut. Der muß über Land gehen und reisen und viele Meister gehabt haben, eh daß er selber einer wird. Wo ist denn der Gerberhannes gewesen? In Calw, und ein halb Jahr lang in Horb, und dann wieder in Calw, nicht einmal bis Pforzheim hat er's gebracht. Er ist halt ein Bauer. Und ein Bauer, wenn er mehr als drei Stund zu Fuß lauft, dann wird's ihm schon wunderlich, und geht wieder heim. Und wenn einer vom Militär nicht wieder heim kommt und Unteroffizier wird, so einer ist nie ein echter Bauer gewesen. Und du, Peter, bist auch keiner.«

Ich hörte das gerne, und sie hat, bei Gott, recht gehabt, und mit elf Jahren schon hätte ich mir von keinem sagen lassen, ich sei ein Bauer. Ein Handwerker, und obenein ein Handwerksbursch, ja das war schon besser! Aber da kam der Lehrer zwischenein.

Doch vorher muß ich noch andres erzählen.

Manchmal haben Leute mir gesagt, die Kinderzeit sei doch das Beste im Leben und alles, was nachher kommt, sei nur Enttäuschung und wenig Erfüllung. Mir scheint dies nun nicht richtig, und schließlich ist doch ein kecker junger Mann oder ein kluger, fertiger Meister in seiner Werkstatt etwas anderes als ein kleines unvernünftiges Kind. Trotzdem ist mir zuweilen, wenn ich zurückdenke, wunderlich zumut wie dem Bauer, der über die dritte Stunde hinaus von seinem Dorf weg geht. Nicht daß ich lieber zeitlebens ein Kind geblieben oder als Kind gestorben wäre, nein. Aber es ist mit dem Leben so wie mit einem schönen Spielzeug, das man Kindern verspricht. Nun warten sie und warten und sterben schier vor Begier und Ungeduld nach dem schönen Ding. Und dann bekommen sie es endlich und haben's in Händen, und spielen damit und sind eine Stunde lang wie bezaubert vor Glück, aber die Stunde vergeht und dann sehen sie, daß es eben auch nur ein Ding wie andre war, und der Zauber ist fort. Darum möchte ich wohl zu manchen Zeiten wieder für eine Stunde ein Kind sein können. Nicht der Kindheit wegen – denn Kinder sind auch Menschen und haben nicht so reine Seelen, wie in Büchern von ihnen steht. Aber ich möchte mich noch einmal so auf das Leben freuen und so den Himmel voller Geigen hangen haben. Denn damals, wenn ich über die Berge sah, glaubte ich die Welt wie ein farbiges, zauberhaftes Bilderbuch dahinter aufgeschlagen liegen, voll von prachtvollen Städten, gewaltigen Strömen, kräftigen wilden Männerhänden, Abenteuern und Verlockungen.

Auf diese Dinge machte mich die Lisabeth sehr neugierig. Sie war schon alt und hatte niemals so in die Welt hinein schauen dürfen, wie sie gerne getan hätte. Nun gab sie die ganze Unruhe ihres alten Herzens in mein junges Gemüt herüber und träumte und freute sich mit mir so wie ein Zurückbleibender dem Abreisenden Pläne machen und schwärmen und sich freuen hilft.

Abends gingen wir oft zu ihr hinüber, meine Mutter und ich. Dann war es sonderbar zu sehen, wie meine Mutter über unsre Gespräche freundlich und traurig hinweg lächelte, als wäre für sie die alte, kluge Lisabeth auch nur ein Kind. Meiner lieben Mutter war durch meinen Vater und auch durch meine Geburt, die Jugend genommen worden, und erst manches Jahr später erzählte sie mir, daß sie damals, als sie mit mir schwanger war, am liebsten ins Wasser gegangen wäre und vielleicht bloß um meinetwillen geblieben sei. Damals aber fiel mir ihr stilles Wesen noch nicht auf. Wenn sie mich einmal, wie es beim Schlafengehen nicht selten geschah, an den Schultern mit beiden Händen festhielt und mir lang in die Augen sah, dann erwiderte ich ihren Blick still und ernsthaft, ohne viel zu denken, und schlief dann ein. Vielleicht saß sie alsdann noch lang an meiner Bettstatt und ließ den Blick ihrer braunen Augen auf meinem Bubengesicht ruhen, ihrer Vergangenheit und meiner Zukunft nachdenkend. Manchmal hat sie mir eine Unart scharf verwiesen, mich auch ein paar Male mit Schlägen gestraft, sonst aber ließ sie mich in meiner Art heranwachsen und suchte mehr im stillen durch Gebet und Beispiel auf mich zu wirken.

Mit den Bauernbuben war ich viel zusammen, aber war nicht ihresgleichen. Ich hielt mich für klüger und besser als sie, und sie fühlten mich als Fremden und mißtrauten mir immer ein wenig. Im stillen verachteten sie mich wahrscheinlich, denn ein rechter Bauer verachtet jeden andern Stand von Herzen und glaubt sich dem Oberamtmann so überlegen wie dem Schulmeister. Wenn ich aber unter den Buben war, so gehorchten sie mir meistens, denn ich war immer ihr Hauptmann und Anführer. Außerdem war ich ein starker Kerl, knochig und groß, und wußte meine Fäuste zu brauchen. Einmal schlug ich im Streit dem Schulzenbuben einen Zahn aus und mußte beim Schulzen dafür bittere Buße tun. Eigentlich lag das Schlagen, Mißhandeln und Grobsein nicht in meiner Natur, ich war eher beschaulich; aber an manchen Tagen war ich bösartig und wie ausgewechselt. Dann widersprach ich auch der Mutter und quälte sie durch mein trotziges Wesen.

Ich weiß noch so einen Tag. Die Mutter hatte mich wegen eines dummen Streiches gescholten. Ich lief weg, es war keine Schule, und trieb mich in den Scheunen herum. Um Mittag kam ich zurück und wollte essen. Da sollte ich erst um Verzeihung bitten und Besserung versprechen. Das war sonst nicht meiner Mutter Art. Ich war trotzig, warf den zinnernen Teller hart auf den Tisch und lief wieder fort, ohne gegessen zu haben. Bis zum Abend schlenderte ich draußen umher oder lag im Wald überm Bach und lauschte auf die Forellen. Am Abend ging meine Mutter mich suchen und rief nach mir durch die Gasse und in der Ruine und bei der Lamm-Linde. Ich hörte sie meinen Namen rufen, gab aber keine Antwort und kam erst zwei Stunden später heim, als es schon ganz Nacht war. Die Mutter saß im finstern Zimmer, ich kam herein und grüßte nicht. Sie stellte mir schweigend mein Essen zurecht, und schweigend aß ich und ging zu Bett, von wo aus ich sie zuerst beten und dann weinen hörte. Mir tat das Herz weh vor Reue und Leid, aber als sie mit der Kerze an mein Bett kam, stellte ich mich schlafend. Aber es war mir sehr schlecht zumute.

Im ganzen war ich ein lebhaftes und gar nicht sanftes, aber gutartiges Kind. Nur sehnte ich mich und wartete im stillen begierig auf die Zeit, da die schöne große Welt mir aufgehen und ich ein freies Leben in meine eigenen Hände nehmen würde. Wenn die Mutter mich gelegentlich einmal, leider allzu selten, in die zwei Stunden entfernte Oberamtsstadt Calw mitnahm, dann lachte mir das Herz. Und in Calw betrachtete ich die Häuser und Schaufenster und Wirtsschilder, ich besah mir die Kaufleute und die Beamten und besonders die staatlichen Handwerker nicht mit der bloß glotzenden Bewunderung des Bauern, der doch im Ernst nichts auf der Welt ernst nimmt als den eigenen Stand, sondern ich beschaute sie mit aufrichtiger Bewunderung und mit der festen Hoffnung, später selbst einmal ihresgleichen zu werden.

In der Schule war ich obenan. Zwar zeigte ich, nachdem ich einmal geläufig lesen gelernt hatte, wenig Eifer mehr; aber die Aufgaben der ländlichen Volksschule waren leicht und meine Altersgenossen waren mir an Gaben unterlegen, so daß ich stets der erste war und ohne Mühe weiterkam. Nebenher las ich Kalender und Volksbüchlein aus dem Vorrat der Boten-Lisabeth, und hie und da eine aus der Stadt her verirrte Zeitung, aus denen ich meine Vorstellung vom Leben erweiterte und neuen Stoff zu unersättlichen Träumen schöpfte. Da aber gereichte mir eben meine Begabung beinah zum Schaden. Der Schullehrer nämlich nahm mich aufs Korn, lobte mich vor jedermann und lief unablässig bald zum Schulzen, bald zu meiner Mutter mit der Mahnung, mich auf die Calwer Lateinschule zu schicken, denn ich müsse studieren.

Damals hatte ich alle Lust dazu. Das heißt, nicht zum Studieren, sondern nach Calw zu gehen, denn das schien mir der erste Schritt ins gelobte Land zu sein. Auch die Lisabeth war auf meiner Seite und hielt mir die Stange. Später aber sah ich ein, daß es nicht wohlgetan war. Es ist und bleibt falsch, daß man für solche, die nicht Buchgelehrte werden sollen, die Schule zur Grundlage der ganzen Ausbildung macht. Außerdem war damals der Lehrplan unsrer kleinen Lateinschulen so altmodisch

unpraktisch, daß im spätern Berufsleben meistens die Volksschüler den Lateinern überlegen waren.
Zum Glück war ich schon zu alt, um das Latein rasch genug nachholen zu können, denn Lateinisch begann man damals schon mit acht Jahren. So wurde ich als »Nichtlateiner« in die dritte Klasse nach Calw geschickt, das heißt ich ging, ebenso wie einige Schicksalsgenossen, zwar in die Lateinschule, lernte aber kein Latein, sondern wurde während der Lateinstunden mit etwas Zeichnen, Französisch und dergleichen Sachen beschäftigt. Auch hier lernte ich leicht, ohne aber eigentlich eine Freude daran zu haben. Wir lernten die Stämme Israels und die linken Nebenflüsse des Neckars auswendig, und einige Geschichtszahlen; im übrigen schien unter unsern Lehrern ein stilles Übereinkommen darüber zu bestehen, daß es ja doch unmöglich sei, irgend etwas Nützliches und Wirkliches in der Schule zu lernen, darauf ließen sie sich denn gar nicht ein, und wenn ich gelernt habe einen Ahorn von einer Linde zu unterscheiden und ein Kalb von einem Esel, so verdanke ich es nicht ihnen.
Die Ansicht des Lehrers und meiner Mutter war nun, da es ohne Latein mit dem Studieren doch nichts war, ich solle nach Ablauf der Schuljahre und Erwerbung des Einjährigen-Zeugnisses Kaufmann oder Schreiber werden. Ich ließ sie meinen und reden, ohne viel dazu zu sagen. Ich selber wußte ganz genau, daß ich niemals weder ein Kaufmann noch ein Notar oder Beamter, sondern ein Handwerker werden würde, und zwar war es schon früh das Schlosserhandwerk, auf das ich meine Wünsche richtete. In Calw war ich zu einer Base der Lisabeth für sehr billiges Geld in Kost gegeben, wozu die Gemeinde einen kleinen Zuschuß bewilligte, und von nun an brachte ich nur noch die Samstagnachmittage und Sonntage in Zavelstein zu. Doch kam meine Mutter, die für Calw oft Näharbeiten übernahm, auch zwischenein nicht selten in die Stadt. So hatte ich denn alle Gelegenheit, das Stadtleben kennenzulernen. Zwar ist Calw nur klein und mag einem Großstädter beinah wie ein Dorf erscheinen. Aber es war eben dennoch eine Stadt, das heißt ein Ort, dessen Bewohner nicht von Wald und Ackerbau lebten, sondern von Handwerk und Handel. Deshalb fühlte ich mich dort wohl, denn die Menschen waren beweglicher, weitgereister und freier als auf dem Lande. Man sah allerlei Gewerbe und Industrie, sah

schöne Häuser, Eisenbahn, Ratsherren, Polizei, hörte manchmal Musik bei Festen oder an den Tagen der Feuerwehr.
Bald, oder eigentlich schon nach dem ersten Tage, fühlte ich mich hier ganz und gar heimisch. Auch in der Schule galt ich bloß in den ersten Wochen für einen Bauernbuben. Da ich an Leib und Seele beweglich war, auch niemals die schwere Tracht der Walddörfer getragen hatte, und da namentlich der berüchtigte plumpe Gang der Waldbauern, die »Wasserkniee«, mir nicht anhaftete, genoß ich unter den Kameraden bald das Ansehen des Gleichberechtigten. Dafür war ich allerdings jenen ziemlich zahlreichen Bauernbuben, die die Schule besuchten, fremd und fast verhaßt geworden. Mein Ansehen stieg sogar gerade durch ein Ereignis, das ihm leicht hätte schaden können. Ein Lehrer fragte mich eines Tages zufällig, wer und was denn mein Vater gewesen sei. Ich wurde verlegen und mußte antworten, daß ich nie einen gehabt hätte. Die meisten von meinen Klassenkameraden wußten wohl, was das bedeute, und einer davon verhöhnte mich deswegen nach der Lektion im Schulhof. Da ging ich auf ihn zu, faßte ihn langsam und sorgfältig an beiden Ellbogen und drückte ihm Arme und Leib langsam und ruhig, als sei es nur ein freundlicher Scherz, so stark zusammen, daß er bleich wurde und auf der Stirn schwitzte und flehentlich bat, ich möchte ihn loslassen. Dieser Beweis meiner großen Körperkraft verschaffte mir unter den Schulkameraden mehr Achtung, als wenn mein Vater Oberamtmann gewesen wäre.
Unter meinen Klassenkameraden war ein Schlossersohn, Fritz Ziegler, der mir auf meine Bitten öfters Zugang zur Werkstatt seines Vaters verschaffte. Da war ich in meiner wahren Heimat, wenn ich je und je am Abend oder an einem Feiertag mit Fritz mich in der Werkstatt umsehen und darin basteln konnte. Ich lernte schnell die paar mir noch fremden Werkzeuge kennen, und hatte meine zärtliche Freude an den Vorräten von Eisenstangen, Werkzeugstahl, Draht und Messing. Doch war der Vater Ziegler mir nicht gut gesinnt, obwohl ich in seiner Werkstatt nie das geringste verdorben oder entwendet habe – aber einmal machte ich mit Fritz in der Esse Feuer an, um ein Eisen warm zu machen, und daß wir da an den Kohlen und der Esse hantiert hatten, verzieh er mir nicht. Ich war sehr traurig, als er mich eines Tages wegjagte und mir das Wiederkommen für immer

verbot. Nun entstand eine Zeit der Langeweile für mich, da ich nicht mehr wußte, was ich mit meinen Freistunden anfangen sollte. Diese Langeweile trieb mich zu allerlei Neuem, das nicht ohne Folgen blieb.

Zunächst, da ich das Bedürfnis nach Gesellschaft und Verkehr empfand, und Fritz Ziegler sich mit mir wegen der Schelterei seines Vaters verzankte, suchte ich meine Kameraden abends auf der Gasse. Ihre Spiele – es ging meistens um Murmeln – waren mir nicht sonderlich wichtig, deshalb fand ich mich bald mit den Wilderen unter ihnen zusammen, deren Hauptvergnügen teils in Schelmenstreichen, teils in Raufhändeln mit den Volksschülern bestand. Zwischen den »Lateinern« nämlich und den Volksschülern, die wir auch »Deutsche« oder »Volkslappen« hießen, war ewiger Krieg. Wir standen im Ruf von Herrensöhnchen, hochmütigen Besserwissern späteren Beamten und Leuteschindern, während wiederum die Lateiner in den »Deutschen« gemeines Volk ohne Schwung und Bildung sahen. In Wirklichkeit war es bloß die natürliche Wildheit des Knabenalters, sowie der Neid und Ehrgeiz zwischen den Elternhäusern, aus denen der ewige Kampf sich nährte. Denn meistens trafen sich der Volkslapp und der Lateiner von heute sofort nach den Schuljahren schon als Lehrlinge im gleichen Kaufhaus oder an der gleichen Drehbank, und die Feindschaft war vergessen. So geschah das Wunderliche, daß ich, der ich innerlich ja viel mehr auf der Seite der Volksschüler stand, in ihnen meine künftigen Kameraden und Kollegen sah, und gewiß kein Herrensöhnchen war, – daß ich gegen eben diese Volksschüler als Lateiner focht und Kriege führte – wobei ich ja spaßigerweise erst noch »Nichtlateiner« war. Ich fühlte oft deutlich das Widersinnige und Komische, das darin lag; aber schließlich kämpften wir ja nicht wegen Rang, Stand und Prinzipien, sondern bloß um zu raufen, und mein unbefriedigtes Gemüt hatte sich nun einmal für eine Weile auf diese Kämpfe geworfen und gab ihnen eine wahre Leidenschaft. Die Reibereien zwischen beiden Schulen, bei denen übrigens meistens die an Zahl überlegenen Gegner die Oberhand behielten, waren uralt, und hatten wiederholt die Lehrer und sogar die Polizei ernstlich beschäftigt. Jetzt kam ein neues Leben in den alten Krieg, denn ich warf mich bald zu einem Rädelsführer auf und trieb die Sache möglichst ins Große. In der steilen, breiten

Salzgasse fanden richtige Schlachten statt, in den Rathaus-Arkaden kamen Belagerungen, Überfälle und hitzige Gefechte vor. Mich fürchteten alle, ich war zugleich stark und flink, es kam sehr selten vor, daß ein Einzelner mich angegriffen hätte. Und doch fand ich meinen Meister.

Wir hatten einmal ein halbes Dutzend Volksschüler in einen Gassenwinkel gedrängt und hieben aus vollen Kräften auf sie ein. Da kam ein andrer Volksschüler daher, ein dreizehnjähriger, stiller Bursche, der sich nie an den Kämpfen beteiligte, ein Mensch mit einem ernsten, fast schon erwachsen blickenden Gesicht, er hieß Otto Renner.

»Schäm dich doch!« rief er mir zu, und ich antwortete mit einer verächtlichen Herausforderung.

Da sprang er ins Gedränge, zog mich am Arm heraus und stand mir zornig gegenüber. Ein Schlag von mir begann den Kampf. Wir rangen wohl zehn Minuten, jeder mit voller Kraft. Nie hätte ich den stillen Kerl für so stark gehalten. Nur ganz langsam, langsam gab ich seiner überlegenen Kraft nach, bis ich zerquetscht, verzweifelt und wütend am Boden lag. Im Weggehen rief er mir noch zu, ich möge mir jetzt eine Lehre nehmen, denn so solle es mir jedesmal ergehen, wenn er mich wieder dabei finde, wie ich seine schwächeren Kameraden verhaue.

Ein paar Tage hielt ich Ruhe. Dann wurde eines Nachmittags meine Führerschaft zu einer neuen Schlägerei beansprucht. Ich ging mit. Bei der Metzgergasse hob das Steinewerfen und höhnische Herausfordern an und es ging nicht lange, so waren wir mit einem Dutzend handgemein. Da erschien mein Feind Renner.

»Willst du aufhören oder soll ich dir die Rippen einschlagen?« rief er mir befehlend zu.

Ich ging auf ihn los. Er aber ließ sich diesmal gar nicht aufs Ringen ein, sondern warf mich mit einem plötzlichen furchtbaren Stoß gewaltig gegen den nächsten Prellstein, und ging weg. Mir mußten zwei Kameraden aufhelfen, ich blutete nirgends, fühlte aber einen unheimlichen Schmerz. Ich hatte das Schlüsselbein gebrochen.

Am zweiten Tag meines Krankseins besuchte mich Otto Renner, mein Besieger. Ich empfing ihn mit Verlegenheit; es schien mir sonderbar, daß er sich zeigte.

»Was willst du?« fragte ich, eher feindselig.
»Ich will dir sagen, daß es mir leid tut. Ich habe es nicht gewollt. Ich wäre auch nicht fortgelaufen, wenn ich gewußt hätte, daß du etwas gebrochen hast.«
Ich antwortete nicht. Da setzte er sich unten auf mein Bett.
»Wie alt bist du?« fragte er nach einer Weile.
»Zwölfeinhalb.«
»Willst du Kaufmann werden?«
»Nein.«
»Deine Tante sagt es ja.«
»Sie sagt es, ja. Aber ich will nicht. Nein, ich werde nicht Kaufmann.«
»Was willst du denn werden?«
»Geht's dich was an?«
Er sah mich lächelnd an. »Du, Bastian«, sagte er, »wir haben ja jetzt keine Händel mehr. Oder bist du mir noch bös?«
»Nein. Aber warum hast du dich drein gemischt?«
»Warum soll ich zusehen, wenn du meine Kameraden prügelst? Weißt du, es hat mich geärgert, daß du so den Häuptling spielst. Wenn einer stark ist, braucht er darum doch die andern nicht zu quälen.«
»Ja, ja.«
»Also, sagst du mir jetzt, was du gern werden möchtest?«
»Meinetwegen. Schlosser will ich werden.«
»Im Ernst?« rief er und riß die Augen auf.
»Natürlich. Ich lüge dich nicht an.«
»Ja, aber dazu brauchst du doch nicht zu den Lateinern zu gehen!«
»Nein. Aber man wollte halt, daß ich Kaufmann werde, darum bin ich Lateiner. Ich werd's aber nicht. Ich werde Schlosser, verlaß dich drauf.«
»Die Schlosserei ist aber kein Spaß. Die will gelernt sein. Verstehst du schon was davon?«
»Nein, eigentlich nicht. Das heißt, beim Ziegler bin ich früher manchmal in der Werkstatt gewesen. Aber er läßt mich nicht mehr.«
Da sagte Renner zu meiner großen Verwunderung: »Du kannst ja zu mir kommen, wenn du magst.«
»Zu dir?«

»Jawohl. Der Schlosser Renner ist mein Onkel. Ich bin fast jeden Abend dort.«

Natürlich versprach ich zu kommen, sobald ich wieder gesund wäre. Am nächsten Tage kam er nochmals und brachte mir eine Orange mit, es war die erste in meinem Leben, die ich zu essen bekam. Bei diesem Besuch schloß ich mit ihm eine Freundschaft. Die Renners waren lauter ernsthafte, etwas langsame, tüchtige, brave Menschen, und Otto hatte manche Besonderheiten. Er paßte gut zu mir, da er aber ohne Vater noch Mutter aufgewachsen und in vielem früh auf sich selber angewiesen gewesen war, hatte sein ganzes Wesen etwas vorzeitig Altes an sich. Er war wohl so leidenschaftlich wie ich, aber es ging bei ihm mehr nach innen, so daß er trotz seiner Gescheitheit und trotz seinen kräftigen Gliedern ein sehr stiller und beinah scheuer Knabe war. Mir erschien er schon damals wie ein Mann. Lesen liebte er wohl, aber weniger als ich; dafür war er ein sehr fleißiger Zeichner. Halbe Sonntage saß er am Tisch, einen Fetzen Papier vor sich, und zeichnete Doppelschlösser, Maschinenteile, Schrauben und Eisenkonstruktionen, wobei er nachdenklich die breite Stirn faltete und seufzte, wenn ein Hindernis entstand oder er eine Vorlage nicht ganz begriff. Die Vorlagen holte er aus der Abendschule im Zeichensaal. Auch ich wollte in die Abendschule eintreten, wurde aber nicht angenommen, weil ich noch zu jung sei. Nun begann ich bei ihm zeichnen zu lernen, und er war strenger als ein Schulmeister mit mir. Wenn er mich aber, wie es im Sommer manchmal geschah, des Sonntags nach Zavelstein begleitete und wir uns unterwegs im Wald ins Moos legten, dann hörte er meine Erzählungen ernsthaft und andächtig an. In Zavelstein droben war er dann still und bescheiden und sah zu meiner Mutter hinauf, als wäre es seine eigene. Und ihr gefiel es, daß ich einen so ernsthaften, männlichen Freund mitbrachte. Als ich einmal meiner Mutter laut und heftig widersprach, sah Otto mich über den Tisch weg erschrocken und wehrend an und hörte auf dem ganzen Heimweg nicht auf, mir deswegen Vorwürfe zu machen.

An ihm lag es auch, daß ich wieder häufiger zur Lisabeth kam. Die alte Frau fragte mich zuviel aus und ich hatte angefangen sie zu meiden. Nun bat er mich oft, wir möchten doch zu ihr gehen. So erfuhr sie denn auch bald mein Geheimnis, daß ich nämlich

Schlosser werden wolle, und war nach einiger Widerrede ganz damit einverstanden. Mit dem Geheimnis hatte es nun aber ein Ende, denn natürlich lief sie damit gleich zu meiner Mutter. Vom Lehrer, von der Mutter und ihrer Base wurde mir jetzt arg zugesetzt, von meiner Unvernunft zu lassen und Kaufmann zu werden. Da ich hart blieb, hörte das Reden darüber auf, aber in der Lateinschule wurde ich gelassen. Dort hatte ich wenig Freude mehr. Seit ich von den Raufereien wegblieb, hatte ich in der Klasse keine Freunde mehr. Und als es sich herumsprach, ich wolle Schlosser werden, da begannen einige dieser Knaben mich zu verachten, deren Väter alle selber Handwerksleute waren. Dem Zieglerfritz, der mich darum verhöhnte, obwohl sein eigener Vater Schlosser war (er selber aber sollte studieren), gab ich einen so scharfen Denkzettel, daß er mich in Ruhe ließ. Und auf einmal ging die ganze Klasse und die ganze Schule mich nichts mehr an und ich lief fremd darin herum und es war mir an keinem gelegen, denn seit ich mit Otto umging und abends in die Rennersche Werkstatt kommen durfte, war ich unversehens aus den Kinderschuhen gewachsen und hatte auch an den Knabenspielen kein Vergnügen mehr.

Doch war, wenn ich mit Renner ging oder bei ihm zuhause saß, nicht nur von der Schlosserei und vom Werkzeichnen die Rede. Sondern er hatte eine heimliche Liebe zu Geschichten und noch mehr zu Liedern, die er selber weder erzählen noch singen konnte. Ich mußte ihm oft Geschichten erzählen, und wenn wir durch den Zavelsteiner Wald oder durchs Teinacher Tal marschierten, bat er mich oft, ich möge etwas singen. Da ich ihm gerne den Gefallen tat und meine eigene Freude daran hatte, ist mir von damals her bis heute manches Dutzend Lieder im Kopf geblieben. Dabei freute ich mich immer mit unbestimmter Hoffnung auf die Zeit, da ich einmal als wandernder Geselle durch die Welt ziehen und in fernen fremden Gegenden meine Lieder singen würde. Du lieber Gott, wie schön und verheißungsvoll lag diese Zeit vor mir, wie eine blanke Landstraße, die an unbekannten Städten und Herbergen vorbei in alle Weite führt.

Unter solcherlei Gedanken saß ich den Rest meiner Schulzeit ab. Dann wurde ich entlassen und kämpfte den letzten Kampf mit meiner Mutter, bis sie mich dem Schlosser Renner in die Lehre gab. Mein Freund Otto war schon seit einem Jahr Lehrbub, nun arbeiteten und lernten wir zusammen. Der alte Renner war ein strenger, aber guter Meister, und ich ließ mir bei ihm die Zeit nicht lang werden. Nach einer kurzen Handlangerzeit bekam ich meinen eigenen Schraubstock angewiesen, wurde beizeiten auch an die Drehbank und an das Messing gelassen und durfte vom zweiten Jahre an mehrmals durch Reparaturen, die ich am Feierabend machte, mir ein kleines Sackgeld verdienen. Ich schlief in einer Kammer mit Otto zusammen, neben der Gesellenstube, vier lange, fröhliche Jahre hindurch.

Wer einen tüchtigen Meister gehabt hat, der tut nicht recht, sich über seine Lehrjahre zu beklagen. Wenn auch allerlei Ärger mit unterläuft, es sind doch schöne, ausgefüllte Jahre. Mir steht diese Zeit gar hell und lieb in der Erinnerung, da das Handwerk langsam und stetig seine Geheimnisse und Schwierigkeiten vor mir auftat und ich allmählich auf meiner Hände Arbeit vertrauen lernte. Es ist ein schönes Handwerk und gibt viel zu lernen, wovon ein Studierter sich nicht träumen läßt. Und wer nicht dazu geboren ist, der kommt mit allem guten Willen nie ganz hinein. Mir ist manche Arbeit aus der Hand gegangen, von der ich niemals mit Worten hätte sagen können, wie ich sie gemacht habe. Das oder das soll gemacht werden, das fertige Bild davon steht vor der Einbildung, und nun wächst es mir unter den Händen zusammen. Ich habe meine Freude an einem schönen Stück Werkzeugstahl, an einem frisch gehärteten Meißel, an einer neuen Eisenstange, an einem fertigen Gußstück oder Modell.

Der Meister war ebenso wie sein Bruderssohn und wie alle Rennerischen ein kluger, ernsthafter und etwas schwerblütiger Mensch. Er arbeitete viel und gern schwere Arbeit, aber sein Kopf war nicht weniger stark als seine Hände. Er hat manches schwere Stück geschmiedet, das man sonst dem Schmied zu machen gibt, und hat auch manches feine, genaue Werk geschaffen, das des besten Mechanikers würdig war. Dabei dachte er über die Bestimmung seiner Arbeiten und über das Leben der Menschen, mit denen er zu tun hatte und für die er arbeitete, nach und hatte für das innere Wesen der Leute eine feine, sichere Witterung. Auch über mich hörte ich ihn einmal mit seiner Frau reden. »Er ist ans rechte Handwerk gekommen«, sagte er, »das für ihn paßt, und er lernt gut. Daneben ist er aber ein Träumer und wird uns einmal Sorge machen, wenn er erst Gesell ist und zu wandern kommt.« Mir selbst sagte er dergleichen nie, sondern ließ mich nur mit Milde spüren, daß seine Hand über mir war. Sein Weib war fromm, las in der Bibel und im Gesangbuch und hatte eine feierliche, jedoch gutmütige Art zu reden. Er ließ sie gewähren, ging aber seinen eigenen Weg und führte keine Verslein im Munde.

Mein Freund Otto Renner stand mir an der Werkbank treulich bei. Daneben gingen wir in die Abendschule, zeichneten und lasen, und stiegen des Sonntags auf die Berge, bald nach Zavelstein, bald nach Altburg, Hengstett oder Bulach. Mit den Gesellen gingen wir beinahe nie, nur wenige Male nötigten sie uns Sonntagabends mit in eine Wirtschaft. Ich ging ganz gerne mit, denn es schien mir einem braven Schlosser wohl anzustehen, daß er am Wirtstisch mitrede und ein paar Glas Bier vertragen könne. Renner aber schüttelte dazu den großen Kopf und ging nur widerwillig mit. Er arbeitete damals schon an seinem Gesellenstück.

So gern ich mich an jene Jahre in Calw auch erinnere – zu erzählen ist wenig davon. Wenn ein Mensch durch Arbeit und durch Freundschaft glücklich sein kann, so bin ich es damals gewesen. Es war die Zeit, die einen guten Grund in mir gelegt hat, auf dem ich hätte weiter aufbauen sollen. Und das wollte ich auch. Aber wer tut, was er soll und will? Wer weiß, was in Wirklichkeit das Gute ist? Und wer weiß auch nur genau um das, was er nicht bloß in der Einbildung, sondern tatsächlich will und begehrt?

An einem schönen Tag im Frühjahr stieg ich nach Zavelstein, um meiner Mutter die Hand zu geben und Geld und Ratschläge von ihr mit zu nehmen. Ich sah ihr an, daß sie weinen würde, sobald die Tür zwischen uns wäre. Sie hielt sich aber tapfer, war auch sparsam mit den Mahnungen, die wohl jeder Wanderbursche von seinen Alten mitbekommt und die fast jeder in der ersten Herberge am Nagel hangen läßt. »Bleib brav und werde ein rechter Mann!« sagte sie zuletzt. Da mein Herz von Natur nicht hart und damals noch weicher als heute war, zitterte mir die Stimme, als ich Behüt Gott sagte. Und als ich nun die Tür aus der Hand ließ, hinter der meine gute Mutter sitzen blieb, und an den altbekannten Häusern vorbei die breite Gasse hinaus schritt, lag es mir wie ein Flor vor den Augen und wie ein Gewicht in der Kehle. Aus ihrem Fenster winkte die alte Lisabeth her, die Bauern standen vor ihren Misthaufen, der Lammwirt saß in Hemdärmeln in der Tür, und ich sah das alles an wie man ein hübsches Bildchen auf der letzten Seite eines zu Ende gelesenen Buches ansieht.

In Calw erwartete mich mein Freund Renner, der mit mir wandern sollte, aber nur bis Mannheim, wo er schon eine Stelle angenommen hatte, natürlich durch seines Onkels Vermittlung. Der Meister gab mir fünf schöne Taler und auch Empfehlungen an Kollegen im Fränkischen und Hessischen, wo er vor Zeiten lang in Arbeit gestanden war. Dann ging er mit mir allein auf die Lehrbubenkammer, in der ich vier Jahre lang geschlafen hatte, und machte die Tür hinter uns zu. Er ließ sich meinen Ranzen zeigen, ob alles Nötige darin und ob es auch säuberlich gepackt sei. Dann legte er mir seine schwere Hand auf die Schulter und sah mir scharf mit seinen dunklen, strengen Augen ins Gesicht.

»Peter Bastian«, sagte er feierlich, »du bist bei mir nun fertig und ich habe dir einen guten Lehrbrief gegeben. Viel will ich dir nicht mehr dazu sagen. Du wirst bald selber sehen, wie die Menschen sind und auf was es ankommt und was einer draußen zu tun und zu lassen hat. Was du an Gottesfurcht hast und behalten willst, mußt du selber wissen. Ich warne dich aber vor dreierlei Dingen. Erstens vor der Landstreicherei und vor den Landstreichern, denn sie sind Faulpelze und Jugendverderber ohne Ausnahme. Zweitens vor den Weibern, will sagen vor den Mädlesgeschichten. Drittens und strengstens vor dem Wirtshaus. Du weißt was ich meine. Eine fröhliche Gesellschaft und ein Glas Bier in Ehren – ja! Aber nicht jeden Abend! Letztens will ich dir sagen, daß du jederzeit bei mir wieder Arbeit finden kannst an jedem Tag, da du bei mir vorsprechen wirst. Vergiß es nicht – es soll auch gelten, wenn es dir schlecht geht.«

Damit drückte er mir die Hand, daß ich es in allen Fingern spürte, und trat mit mir vors Haus, wo wir Abziehenden der Meisterin und den Gesellen die Hand gaben. Bei seinen Worten war mir feierlich und ängstlich zumut, doch dachte ich mir eigentlich nicht viel dabei. Später fielen sie mir oft wieder ein, und es war mir merkwürdig, wie wissend dieser Mann gewesen sein muß. Denn gerade die drei Dinge, vor denen er mich gewarnt

hat, haben nachher mein Leben verändert und vielleicht verdorben.
Und so zogen wir beide über Liebenzell, Reichenbach und Pforzheim in die Fremde. Wir sahen Berge, Hügel und Ebenen fern liegen und nah werden und wieder zurückbleiben, Städtchen und Dörfer aufsteigen und wieder fern werden. Otto verstand die Handwerksburschensprache nicht und ich nur einzelne Worte, manche Fechtbrüder redeten uns an und lachten uns aus, meistens aber gingen sie mit einem kurzen, schneidigen Servus an uns vorüber.
Zum erstenmal in meinem Leben sah ich jetzt, was das Wandern ist, von dem ich mit so viel Begierde und Lust geträumt hatte. Fremde Straßen, fremde Menschen, fremde Nachtlager in fremden Städten, Türme, Marktplätze, Brunnen und Rathäuser. Oft schwoll ich schier über vor großer Lust, wenn wieder eine andere Stadt erreicht war. Im ganzen aber fand ich alles nicht halb so fremd, als ich gedacht hatte. Meine Meinung war gewesen, schon bald vor Calw draußen oder mindestens gegen Pforzheim hin sei alles anders als bei uns daheim, alles sei irgendwie fremd, merkwürdig und erstaunlich. In Wirklichkeit war es anders. Zwar machte Pforzheim als die erste größere Stadt, die ich zu Gesicht bekam, mir Eindruck, aber erst weit im Badischen drin fand ich dann allmählich etwas von jener Fremdheit, nicht daß die Häuser und Bäume andre Gesichter gehabt hätten, aber die Leute redeten anders, aßen und tranken anders, und sahen uns als Fremde an, lachten über unsre Mundart und fragten, woher wir kämen. Und das ist überhaupt eigentlich die »Fremde«: nicht daß man lauter neue und unbekannte Sachen und Menschen um sich hat, sondern daß man selbst überall, wohin man kommt, ein Fremder ist, Lachen oder Verwunderung erweckt, und von den anderen nicht ohne weiteres zugelassen und aufgenommen wird. Zunächst mißfiel mir dort im Badischen das Fremde sehr, ich fand die Sprache der Leute komisch und ihre Manieren geschleckt, sie schienen mir vor allem stolz und eingebildet, und erst viel später merkte ich, daß das überall in der Welt gleich ist, und erinnerte mich, daß wir daheim in Zavelstein einen durchwandernden Fremden mit ungewohnter Kleidung oder Mundart genau so beobachtend, neugierig, mißtrauisch und ein wenig verächtlich angesehen hatten. Wir trafen im Ba-

dischen auf gute Herbergen und wurden freundlich behandelt. Nun, wir durften uns auch sehen lassen, zwei stattliche Burschen vom besten Schwarzwälder Schlag, hochgewachsen und stark wie Holländerbaumstämme. Die Kameradengesellschaft gefiel mir nicht gerade sehr gut, und dem Otto gefiel sie noch weniger. Sie hatten fast alle große Mäuler und schimpften über alles, vom letzten Meister, den sie gehabt, bis zum Bett, in dem sie lagen, und dem Brot, das sie kauten. Und wenn ich abends einmal meinte, ob wir nicht eins singen wollten, dann sangen sie komische neumodische Lieder, die ich nicht kannte, und von den alten kannten sie bloß den ersten Vers und dann nach derselben Melodie allerlei selbsterfundene, vertrackte oder unanständige Sachen. Es waren auch einige echte Landstreicher unter ihnen, darunter einer, der sich Schlumberger nannte und sämtliche Wirtshäuser zwischen Köln und Basel zu kennen schien. Das waren meist ältere, wunderlich aussehende Kumpane, trugen große Bärte oder hatten Schnapsnasen und Glatzen, sprachen ein glattes, absonderliches Rotwelsch und sahen uns junges Volk über die Achseln an. Wir hielten uns fern von ihnen.

Mannheim schien mir eine ungeheuer große Stadt zu sein. Ich ging mit Otto zu seinem neuen Meister, lang brauchten wir, bis wir das Haus endlich fanden, der Meister behielt mich zum Mittagsbrot mit da. Darauf packte Renner den Tornister aus und wir liefen den Nachmittag in der Stadt herum. Die schönen geraden Straßen und die neuen hohen Häuser, selbst die schönen blanken Equipagen und Pferde der reichen Juden waren uns aber nicht sehr wichtig, denn uns beiden lag der Abschied wie ein großes Unglück in der Seele. Wir machten aus, daß wir einander öfters schreiben und später, sobald es sich machen ließ, einmal uns zusammen am selben Ort einstellen lassen wollten, am liebsten in einer großen Maschinenfabrik. Dann redeten wir von Calw und Zavelstein, vom Meister Renner und seiner Frau, von meiner Mutter und von der Lisabeth, die alle schon so weit in der Ferne und Vergangenheit zu sein schienen. Dabei trat mir das alles nochmals deutlich vor die Seele, die ganze Heimat, und daß ich von heute an allein sein und niemand mehr haben werde, der mit mir darüber redete. Zugleich mußte ich an die ganze Zeit unsrer Freundschaft denken von dem Tage an, da Renner mich besiegt und mich dann im Krankenbett besucht und mir eine

Orange geschenkt hatte. Es kam mir unglaublich vor, daß alles das jetzt ein Ende nehmen und ich mutterseelenallein davonziehen sollte.
Schließlich gaben wir einander die Hand und sahen uns die ganze Straße hindurch noch oft nacheinander um, bis eine Ecke kam und ich zum erstenmal allein auf der Welt stand. Ich wanderte noch denselben Abend aus der Stadt.

Auf dieser meiner ersten Reise begegnete mir nichts von großer Wichtigkeit, außer daß ich eine merkwürdige und für mich bedeutsame Bekanntschaft machte. Auch lernte ich das Leben auf der Landstraße kennen und fand nach einiger Zeit großen Gefallen daran. Eigentlich wollte ich mindestens nach Berlin, doch reiste ich ohne strengen Plan und ließ mich vom Augenblick bestimmen. Die erste Arbeit nahm ich in Darmstadt, wo ich zehn Wochen blieb. Doch zog es mich damals noch, da ich ein unerfahrener Muttersohn war, vornehmlich in die großen berühmten Städte. Darum ging ich bald nach Frankfurt und blieb drei Monate dort in Arbeit. Die Stadt und das Frankfurter Leben gefiel mir vorzüglich, ich fand dort unter Kollegen und auch sonst manche angenehme, hübsche Leute, eignete mir ein wenig von ihrer Sprache an und wurde in meinen Manieren geschmeidiger. Die Arbeit ging mir leicht von der Hand, das erste Heimweh war vorüber. Mit meinen Mitgesellen brachte ich viel lustige Sonntage zu, woran oft auch Frauenzimmer teilnahmen, denen ich mich jedoch fern hielt. Wäre ich nicht auf meiner ersten Wanderschaft und noch voll ungeduldiger Reiselust gewesen, so wäre ich wohl lange da geblieben. So aber trieb es mich weiter, und da mir der Sinn nach dem Rheinlande stand, beschloß ich über Mainz und Coblenz zu ziehen.
Auf dieser schönen Tour, die wie ein langer, herrlicher Spaziergang gewesen ist, lernte ich eines Nachmittags den Hans Louis Quorm kennen. Er war sehr berühmt und ich hatte da und dort schon von ihm reden hören, nicht wie von einem Kollegen und Kameraden, sondern wie von einem Helden, den unsereiner persönlich anzutreffen niemals Gelegenheit bekommt. Er war nicht bloß durch die halbe Welt gewandert und kannte sich in Landschaften, Städten, Sprachen, Gewerben vieler Art aus, sondern er war auch ein kapitaler Kopf, konnte tausend Geschichten

erzählen und war ein Dichter, von dem viele in den Herbergen oft gesungene Verse gedichtet waren. Dabei hatte er, der berühmte Landstreicher, mehrere unheimliche Begebenheiten hinter sich, war auch schon öftere Male gefangen gesessen und man wußte von ihm mehr Geschichten als vom Eulenspiegel. Eine Stunde vor Bingen rief er mich von hinten an und holte mich ein.

»Servus«, sagte er. »Wohin machst du?«

»Nach Bingen«, sage ich.

»Und weiter?«

»Ich weiß noch nicht. Vielleicht nach Berlin.«

»Zwischen hier und Berlin, Junge, ist manch Mokkum* zwischen. Schlechte Gegend, da kannst du noch manchesmal blaupfeifen**.«

Ich verstand ihn nur halb. Da lachte er.

»Du bist ein ganz Grüner. Kennst die Sprache nicht? Na, wenn erst mal dein schöner neuer Ranzen alt sein wird –. Und mich kennst du natürlich auch nicht, Brüderchen?«

»Nein«, sagte ich schüchtern. »Wer bist du?«

»Hast du schon vom Hans Louis Quorm gehört?«

»Natürlich hab ich. Warum fragst du?«

»Weil ich der Quorm bin, mein Junge.«

Jetzt sah ich ihn erst genauer an. Ich hatte ihn mir anders vorgestellt und geglaubt, er werde ähnlich wie die meisten ältern Landstreicher aussehen. Er konnte etwa vierzig alt sein, hatte blasse, sauber rasierte Wangen und von der schmalen Oberlippe einen dünnen, langen Schnauzbart hängen. Seine Augen waren sehr schön. Große, lebhafte, braune Augen, die bis ins Herz blickten, und darüber eine sanfte, noble Stirn und dunkle, recht wohlgepflegte Haare. Sein Anzug war staubig, aber sehr anständig, irgendein Gepäck trug er nicht, nur einen festen weißdörnenen Stecken. Der alte breite Strohhut stand ihm gut zu Gesicht.

»Was hast du für eine Religion?« fragte er.

»Katholisch«, sagte ich, aber da lachte er wieder.

»Das Handwerk meine ich!«

---

* Stadt

** hungern

»Jaso. Ich bin Schlosser.«
Sein Sprechen und ganz besonders sein Lachen gefiel mir sehr, ich sah sogleich, daß er kein roher Pennenbruder sei. Allmählich nahm er gegen mich eine fast väterliche Weise an. Und dann fragte er mich plötzlich: »Wenn du Schwarzwälder bist, kannst du doch singen, nicht?«
Ich sagte »Ja«.
»Nun, so sing eins!«
»Was für eins?«
»Einerlei. Sing, was dich freut.«
Da faßte ich mir ein Herz, denn ich schämte mich ein wenig vor ihm, und sang das Lied, das mir seit Mannheim her am meisten im Sinne lag:

Es ist bestimmt in Gottes Rat
Daß man vom Liebsten, das man hat,
Muß scheiden, ja scheiden.

Hans Louis Quorm ging neben mir her und hörte ganz still zu, wobei er mich nicht ansah, sondern den Blick auf die gelb und braunen Weinberge richtete. Beim zweiten und dritten Vers aber sang er ganz leise mit einer schönen tiefen Stimme mit. Sodann fing ich ungefragt »In einem kühlen Grunde« an, und dann »O Täler weit, o Höhen«. Und er sang mit, alle Verse durch, zuletzt ebenso laut wie ich.
Dann nach einer Weile fing er zu reden an. Zuerst von den Liedern.
»In diesen alten, guten Liedern steht mehr Weisheit drin, als in manchem Buch«, sagte er. Und nun sprach er darüber weiter, mit schönen freundlichen Worten, so daß mir recht wohl und vergnügt zumute wurde. Er sprach vom Wandern, von der Fremde, vom Sommer und Winter auf der Landstraße so gut und klug, und so schön, daß es mir war, als wisse er um alle Träume meiner Knabenzeit. Kurz vor Bingen hielten wir am Wege Rast. Ich mußte ihm von Zavelstein und Calw erzählen, von meiner Mutter und vom Meister Renner, auch eine von den Mordgeschichten der Boten-Lisabeth. Er lag daneben im staubigen Rasen und schaute durch beide hohle Hände in den Himmel.
»Sieh, junger Mensch«, sagte er dann, »da lieg ich nun an der

Straße im fremden Land und betrachte mir die Berge und das Wasser, als ob das hier mein eigener Garten wäre. Hab ich denn eine andere Freude auf der Welt, he? Du bist ein fleißiger Schlosser und freust dich an deiner Hände Werk, wirst auch einmal heiraten und Meister werden. Mich aber duldet es an keinem Ort, auch am schönsten nicht. Wenn ich dran denke, daß nun anderwärts weit von hier die Sonne über fremde Berge scheint, dann muß ich fort, dann muß ich Wochen und Monate laufen, als hätt ich Eile, und suche doch nichts in der Welt.«
Und nach einigem Schweigen: »Ich würde sagen: komm mit mir, junger Bruder! Du gefällst mir gut und meistens wandre ich gern zu zweien, und singen kannst du auch. Aber du bist mir zu jung und zu gut dazu, Freundchen. Man sieht viel Schlechtes in diesem Leben, und viel Schlechtes tut man selber – das ist nicht anders. Ich will dich nicht mitnehmen, vielleicht später einmal. Du wirst immer wieder von mir hören. Heut aber wollen wir noch zusammen bleiben und fröhlich sein. Schön ist die Jugend, sie kommt nicht mehr. Du bist heute mein Gast.«
Dann gab er mir noch einen kleinen Rat, nämlich ich möge es immer so halten wie wir beide es soeben hier vor Bingen getan hätten, und möchte mich davor hüten, müde und verstaubt und verschwitzt und mühselig in einem neuen Städtchen anzukommen, sondern lieber mich vorher eine Stunde ins Gras legen, oder ein Bad im Bach oder Fluß nehmen, und dann erst einziehen, frischer und freundlicher. »Man hat dann mehr Freude dran«, sagte er, »und außerdem sind die Leute dann freundlicher mit einem, und darauf muß man sehen.«
So nahm er mich denn mit nach Bingen hinein und in ein Wirtshaus. Wir aßen zu Abend, Brot und Käse, und tranken zwei Schoppen Wein. Auch mein Nachtlager durfte ich nicht selbst bezahlen. Wir hatten zu zweien ein kleines Stübchen. Da lagen wir im offenen Fenster noch bis spät in die warme Nacht hinein.
Da Quorm mir von Berlin abgeraten hatte und ich mich dessen erinnerte, was ich von den sächsischen Fabriken wußte, auch kein Weg mir zu weit war, gedachte ich jetzt möglichst geradenwegs östlich zu gehen, verließ den Rhein bei Coblenz, tat in Wetzlar ein paar Tage Aushilfsarbeit und ließ dort meine Schuhe sohlen, und kam ziemlich mühselig und bei schlechtem Wetter

durch eine meist rauhe und arme Hügelgegend allmählich zum Thüringerwald. In Eisenach fand ich Arbeit und blieb neun Wochen, sah auch die berühmte Wartburg und andere Berge. Zuletzt fuhr ich mit der Eisenbahn nach Chemnitz. Da ich aus Calw vom Aufseher einer großen Strickerei eine Empfehlung besaß, fand ich Aufnahme in einer prächtigen Fabrik, wo die großen selbsttätigen Strickmaschinen gemacht werden. Damit war meine erste Reise beendigt, denn ich blieb dort zwei Jahre in Arbeit.

Es gelang mir nämlich, meinem Freund Otto Renner einen Platz in einer andern Chemnitzer Maschinenfabrik zu verschaffen, und er kam von Mannheim her gefahren. Wir mieteten zu zweien eine saubere Schlafkammer, der Verdienst war gut und wir hatten sehr reichlich zu leben. Otto Renner tat hübsch Geld auf die Sparkasse, und auch ich trug manchmal etwas hin, aber wenig, denn ich begann damals mir ein freieres Leben anzugewöhnen. Doch blieb ich mit Renner gut Freund, wir sprachen oft von der Heimat und von unserer Reisezeit miteinander, auch von unserer Arbeit, welche lehrreich und schön war. Er hatte meistens an großen Dampfmaschinen zu tun, zu montieren und zu reparieren, und ich arbeitete an den großen Strickstühlen, die zu den feinsten und verwickeltsten Maschinen gehören und von dort aus in alle Welt gingen. Es sind schöne, künstliche Werke und die Arbeit daran war mir lieb.

Dennoch war ich nicht so recht zufrieden. Seit ich Calw hinter mir hatte, war immer eine wunderliche Unruhe in meinem Wesen. Ich mußte viel über mancherlei Dinge nachdenken, die ich nicht verstand und die mich quälten. Zum Beispiel sehnte ich mich, trotz dem hohen Lohn, oft sehr in die kleinen Handwerksstätten zurück, in denen ich gearbeitet hatte, sprach auch mit Otto darüber. Auch er meinte, daß wir in der Fabrik nicht so glücklich wären, und beide hatten wir im Sinn, später wieder zum kleinen Handwerk zurückzukehren. Dazu kam noch, daß in der Fabrik manche nachdenkliche und belesene Arbeiter waren, über deren Gespräche ich mir immer wieder Gedanken machen mußte. Die organisierten Sozialdemokraten zwar, zu denen die Mehrzahl der Arbeiter schon damals gehörte, überredeten mich nicht, denn ich war stolz auf mein Handwerk und damit zufrieden; immerhin lernte ich dies und jenes bei ihnen.

Andre hörte ich öfters über wichtige Dinge reden. Einer namentlich, der viele Bücher las, sagte uns oft: Ihr seid wie Vieh und lebt wie Vieh dahin, weil ihr nicht denken wollt und nichts vom Leben versteht. Er sprach über die Arbeit, über das Trinken, über das Heiraten sehr ernsthaft und wichtig, so daß er auch in mir ein Verlangen erweckte, auf den rechten Weg zu kommen und gute, wahrhaftige Gedanken zu haben. Dann aber kam der Schorsch Bresemann, der eine leichte Haut, aber ein gescheiter und witziger Mensch war. Er sprach so glatt und drollig, daß man gern zuhörte, man lachte über ihn und gab ihm doch meistens recht, und er bewies mir oft, daß das Leben gar nicht des Nachdenkens wert sei, worauf er mich mitnahm und sich Bier von mir zahlen ließ.

Aber auch einem Soldaten der Heilsarmee und einem Guttempler hörte ich häufig zu, wie sie ihre Überzeugungen vortrugen, und während ich immer eifriger ins Grübeln und Denken geriet, wurde die Finsternis immer unergründlicher. Zwar redete Renner mir oft begütigend zu, aber ein guter Redner war er nicht. Zwei wichtige Ereignisse machten der ganzen Quälerei ein vorläufiges Ende.

In einem kleinen Wirtshaus, wohin ich mit Schorsch Bresemann manchmal gekommen war, saß ich eines Montag abends allein an einem Tisch. Am andern Ende der Stube war ein Tisch voll betrunkener Arbeiter, sonst keine Gäste da. Es bediente eine Kellnerin, ein schönes gutgewachsenes Mädchen. Diesem Mädchen wurde am Tisch der Betrunkenen stark zugesetzt, obwohl sie bald einem das vorlaute Maul verhielt, bald einen andern auf die Finger schlug. Zuletzt lief sie in die Kredenz und hielt sich da verschanzt, während drei oder vier von den Männern sie auch dort bedrängten. Plötzlich, als es ihr zu grob wurde, hör ich sie rufen: »Weg jetzt, Lumpenpack, da drüben am Tisch sitzt ja mein Schatz!« Ich denke mir nichts dabei, werfe aber doch einen freundlichen Blick zu ihr hinüber.

Da kommt sie zu mir gelaufen, setzt sich ohne weiteres auf meinen Schoß und beginnt mir schön zu tun. Sie streichelt mir das Gesicht, legt ihren Kopf an meine Wange und sagt mir alles Liebe. Im ersten Augenblick wollte ich sie wegstoßen, da sieht sie mir so fest und zärtlich in die Augen, daß mir anders zumut wird. Ich spürte ihr Haar an meinem Gesicht und ihre leichte

Last an mich gedrückt, da zog ich das hübsche Gesicht zu mir her und küßte es fest auf den Mund. Die andern drüben höhnten und krakeelten, mir war es einerlei. Ich hielt die schöne fremde Person im Arm und war ganz von ihrer Wärme und Zärtlichkeit berauscht. Erst als neue Gäste eintraten, lief sie weg, sah aber den ganzen Abend mich zärtlich an und strich mir, so oft sie an meinem Tisch vorüberging, eilig mit der Hand über den Rücken oder übers Haar.

Von diesem Abend an begann eine ganz neue Zeit für mich. Bei Tag und Nacht hatte ich nichts mehr im Sinn als das Weib, meine ganze freie Zeit brachte ich teils in der Kneipe bei ihr, teils mit ihr auf Spaziergängen zu. War die Schänke leer, so saß sie bei mir, waren Gäste da, so umarmte und küßte sie mich im Hausflur. Sie war das erste Mädchen, mit dem ich ernstlich zu tun hatte, und ich war sehr verliebt und lernte die Liebeskunst schnell und begierig von ihr. Otto Renner merkte natürlich bald, wie es um mich stehe, und hielt es mir vor. Ich ließ ihn reden. Allmählich begann er mich eindringlich zu tadeln und gab mir oft böse Worte, auf die ich böse Antwort gab. Auch gegen meine Kollegen wurde ich rauh und reizbar, es gab mehrmals richtige Händel, wobei nur meine große Körperkraft mich schützte. Meine Arbeit tat ich nach wie vor, doch ohne Lust und innere Freude daran zu haben.

Daß jenes schöne Mädchen, welches Agathe hieß, kein Engel war, konnte ich wohl sehen. Wie hätte sie sich mir sonst so nachgeworfen? Aber es war wie ein Schicksal, daß ich ihr anhing und nicht von ihr lassen konnte. Mißbraucht hat sie meine Verliebtheit nicht, weder sprach sie je vom Heiraten noch nahm sie mehr als kleine Geschenke von mir an. Ich ging wie in einer Wolke umher und war vor ungewohnter Lust fast von Sinnen. Wenn sie zum Kuß mir langsam und inbrünstig das glatte Gesicht entgegen bot, dann schien ein wunderbar tiefer Glanz in ihren Augen, dem ich wie einem Zauber verfiel. In dieser Zeit vergaß ich alles Gute, das ich zuhause und von meinem ersten Meister gelernt hatte. Mein Wesen veränderte sich und was Ungutes in mir verborgen lag, kam ans Tageslicht. Namentlich war ich gegen jedermann, die Agathe ausgenommen, unverträglich, hochfahrend und lieblos, plauderte nicht mehr mit den Kameraden am Schraubstock und ging mit Otto Renner scheu und hochmütig um. Daran war natürlich das schlechte Gewissen schuld, das ich hatte, und ich erinnere mich, daß mir eines Tages ganz deutlich vor Augen stand, wie ich nun von den drei Verboten des guten Meisters in Calw zwei schon mit Füßen getreten hatte. Und oft war es mir unbequem, einen so alten und treuen Freund neben mir zu haben, während ich auf schlechten Wegen ging. Ans Trinken hatte ich mich auch längst gewöhnt und saß Abend für Abend am Biertisch.

Dieses ganze unselige Wesen dauerte über drei Monate. Da nahm die Agathe mich eines Abends beiseite, machte ein erschrockenes Gesicht und fing an zu erzählen. Sie hätte irgendwo bei Dresden einen Schatz gehabt, der Kaufmann war, und mit dem sie verlobt gewesen sei. Nun hätte aber wegen diesem und jenem das Warten kein Ende nehmen wollen, darüber sei ihr der Kaufmann allmählich entleidet, denn er sei gar zu gewissenhaft und schulmeisterlich gewesen, auch nicht halb so hübsch wie ich. Darauf ließ sie sich mit einem Posamentier ein, der ein wilder Kunde war, sie oft zum Tanz führte und der, wie sie andeutete, sie verführt und verdorben habe, alles Schlechte habe sie von ihm gelernt. Dem sei sie am Ende, weil er ein gefährlicher, rabiater Bursche und im Zorn zu allem fähig war, davongelaufen und hätte sich in aller Stille hierher nach Chemnitz gemacht. Das wäre nun alles in Ordnung und sie hätte mich zum Sterben lieb. Aber jetzt sei der Posamentier auf ihre Spur gekommen, schon neulich hätte er ihr geschrieben und Reisegeld angeboten, damit sie wieder komme, sie habe aber nicht geantwortet, und jetzt sei er ihr nachgereist, er sei hier in der Stadt und habe geschworen, mich und sie lieber umzubringen als beieinander zu lassen. Und ich möchte doch ja auf meiner Hut sein, auch die nächsten Tage mich nicht bei ihr sehen lassen, da sie ihn gütlich loszuwerden hoffe. Und so weiter.

Ich fluchte natürlich und schwor, daß ich niemals vor einem Posamentier mich verkriechen und sie ihm überlassen werde. Trotzdem zwang sie mir das Versprechen ab, zwei Tage nicht zu ihr zu kommen. Die ganze Nacht brachte ich vor Ärger und Wut kein Auge zu. Am andern Tag machte ich am Nachmittag blau und hockte in allerlei Schenken herum, wollte meinen Zorn vertrinken und wurde doch nur immer wilder. Abends um halb zehn Uhr ging ich nachhause.

O, das war ein schrecklicher Abend, ich weiß nicht, wie ich es erzählen soll. Also um halb zehn komme ich nachhaus, steige die Treppe hinauf und höre von unsrer Kammer her ein Lärmen. Wie ich eintrete, steht ein fremder Mensch vor mir, der eben hinaus will. Am Boden liegt der Otto Renner, blutet und zuckt mit den Armen durch die Luft. Ich begreife nichts. Wie ich aber in der Faust des Fremden einen Revolver sehe, wird es mir klar, ich brülle laut hinaus und stürze ihm an die Gurgel. Er drückt auf mich ab, der Schuß geht in die Wand. Aber ich habe ihn schon an der Kehle, reiße ihn zu Boden, kniee auf ihm, haue ihm mit der Faust ins Gesicht, bis alles blutet, und fange an ihn zu würgen. Er schlägt mit Armen und Beinen um sich, aber ich würge und würge weiter, er muß kaputt sein! Langsam wird er stiller, und zuckt nicht mehr. Da kommt der Hauswirt herein, gleich darauf ein Nachbar mit einem Schutzmann. Auf der Treppe höre ich viele Menschen sich drängen.
Ich kniete immer noch auf dem Mann, als der Schutzmann mich wegriß, und plötzlich war auch noch ein zweiter Schutzmann da. Der Fremde war tot, daran hatte ich keinen Zweifel, aber Renner lebte noch. Ich sah nichts davon, mir schimmerte es rot und grün vor den Augen und ich fiel zu Boden. Sobald ich wieder wach war, wurde ich mit Handschellen abgeführt.
Die Verhöre dauerten lang und ich erfuhr folgendes: der Fremde war Agathes Posamentier. Nach einem heftigen Streit mit dem Mädchen, das er auch schon mit Erschießen bedroht hatte, hatte er meine Wohnung erfragt und war in unsre Kammer gedrungen, hatte meinen Freund für mich gehalten und angeschrieen, Renner hatte natürlich nichts begriffen und den Mann hinausgewiesen, darauf hatte der Fremde zweimal auf ihn geschossen. Dann war ich dazu gekommen.
Während der Verhandlungen starb Otto Renner, der noch vom Bett aus als Zeuge hatte dienen müssen, im Spital. Ich saß in meiner Haft allein und kam lange Zeit zu keinem klaren Gedanken. Daß plötzlich ein Totschlag und dazu die Verantwortung für den Tod meines Freundes auf mir lag, das warf einen tiefen Schatten in mein Gemüt. Zugleich mußte ich, obwohl mir dabei graute, mir gestehen, daß ich froh darüber war den Posamentier erwürgt zu haben, nicht Agathes, aber Ottos wegen. Allmählich flossen alle diese verwirrten Gefühle zu einer großen Traurigkeit

über den Tod meines Freundes zusammen. Von Agathe wollte ich nichts mehr wissen und war froh, sie nicht mehr sehen zu müssen.
Ein Jahr mußte ich brummen. In dieser langen Zeit setzte sich eine Bitterkeit und ein Haß gegen die Menschen in mir fest, zugleich eine kaum erträgliche Sehnsucht nach der Freiheit, die mich furchtbar quälte. Es kamen Briefe von meiner Mutter, die ich beantwortete, auch um sie tat es mir leid genug, aber auch dieser Schmerz ging in der Bitterkeit und Sehnsucht unter. Mit Wut dachte ich daran, daß die alte Lisabeth in Zavelstein jetzt auch meine Geschichte neben denen vom Messerkarle erzählen könne.
Bei meiner Entlassung erhielt ich eine kleine Summe, den Rest meines Verdienstes in der Fabrik, ausbezahlt und konnte nun gehen wohin ich wollte. Vorher mußte ich mich noch als Rekrut stellen, hatte Glück und wurde frei. Jetzt schien mir die Zeit gekommen, meinem alten Wandertriebe ohne andere Rücksichten nachzugehen, zumal ich als entlassener Sträfling in der Gegend doch nicht leicht Arbeit gefunden hätte. So verkaufte ich ein paar kleine Habseligkeiten, schnallte den Berliner über die Achseln und verließ Stadt und Land. Mit Lust reckte ich meine Glieder; schon früher hatte ich oft ungewöhnlich große Tagesmärsche gemacht. Die meisten Handwerksburschen und Stromer nämlich sind gehfaul, machen am Tag kaum ihre drei Stunden und verbringen die übrige Zeit teils mit Fechten, teils mit Herumlungern im Feld, in Wirtshäusern, oder liegen und schlafen halbe Tage im Schatten der Bäume. Ich aber bin häufig sieben, acht und mehr Stunden des Tages marschiert, die Stunde zu fünf Kilometer. Wenn die Unruhe über mich kam, dann lief ich große Strecken in wenig Tagen weg.
Zunächst schlug ich mich durchs Fränkische und Bayrische, arbeitete kurze Zeit in Fürth, sah die Stadt Nürnberg, dann beschloß ich durch meine Heimat zu ziehen, um sie wieder zu sehen, und erreichte auch in kurzer Zeit Stuttgart. Diese Stadt sah ich zum erstenmal, obwohl sie so nah bei meiner Heimat liegt. Die Stadt Calw vermied ich und ging über Stammheim und Teinach nach Zavelstein. Dort kam ich am Nachmittag an, lag aber bis zum Dunkelwerden im Wald. Dann suchte ich meine Mutter auf, pochte an ihr Fenster und setzte sie in keinen kleinen

Schrecken. Wir saßen die ganze Nacht auf, ich mußte ihr alles genau erzählen. Sie hörte still und erschrocken zu, seufzte und weinte auch dazwischen, dann steckte sie mir Brot und Käse und dürre Pflaumen in den Berliner und zwei Taler in die Tasche, küßte mich zweimal und ließ mich, da ich darauf bestand, am frühen Morgen ziehen.

Da ich meine Mutter wiedergesehen und nirgends in der Welt einen festen Ort hatte, es auch die schönste Frühlingszeit war, folgte ich meinem Verlangen, das mich südlich und in die Schweiz hinzog. Freudenstadt war schnell erreicht, dann konnte ich durchs halbe Murgtal auf einem leeren Metzgerswagen mitfahren. Zum Dank erzählte ich dem Metzger die ganze Chemnitzer Totschlagsaffäre, jedoch so, als ginge die Sache mich selbst nichts an und ich hätte sie bloß vom Hörensagen. Er hörte aufmerksam zu und sagte, es wäre nicht nötig gewesen, den armen Bastian, der seinen Schatz und seinen Freund verloren hatte, auch noch einzulochen. Dann lud er mich ein, mit ihm in Schönmünzach zu übernachten, da ich ihn auf dem langen Wege so kurzweilig unterhalten hätte.

Dieser Metzger war ein ehrenwerter Mann und zeigte sich den ganzen Abend so freundlich zu mir, daß ich ihm vor dem Schlafengehen meine Papiere zeigte und ihm eröffnete, daß ich selbst der Bastian sei, mit dem sich jene Chemnitzer Sache zugetragen habe. Da sah er mich scharf an, gab mir die Hand und sagte, ich tue ihm leid, möge mir aber das Unglück nicht über den Kopf wachsen lassen. Was geschehen sei, sei nicht zu ändern; ein braver Handwerker aber, wenn er nur wolle, sei immer ein nützlicher Mensch und finde sein Glück und Brot in der Welt. Wir gingen zu Bett und ich schlief sehr gut, da ich in der letzten Zeit zur Nacht nur selten ein richtiges Bett gehabt hatte. Am andern Morgen gab der Metzger mir einen Empfehlungsbrief nach Freiburg im Breisgau mit, wo ein Bruder von ihm Schlosser war. Außerdem schenkte er mir eine Mark und sprach mir nochmals sehr freundlich zu.

Mit guten Vorsätzen machte ich mich auf den Weg. Es schien mir nun wieder, als ob doch noch ein Platz für mich in der Welt und ein Auskommen mit den Menschen in Güte möglich wäre. Ich fand auch den Freiburger Schlosser, doch hatte er keine Arbeit. Er gab mir zu essen, und steckte mir wieder eine Empfehlung an einen Meister in Basel zu, mit dem er befreundet war. Mein Paß war noch gültig und mein Arbeitsbüchlein in Ordnung, so kam ich ungeschoren über die Grenze und nahm in Basel in der Herberge zur Heimat Quartier. Ich war abends angekommen und lief gleich am andern Morgen mit meinem Brief zu dem Meister, dem ich empfohlen war. Aber auch der hatte mir keine Arbeit. Ich beschloß noch einen oder zwei Tage in Basel zu bleiben und Arbeit zu suchen, denn die »Heimat« ist dort sehr gut und Basel eine große wohlhabende Stadt, wie ich oft gehört hatte.

Zu meinem Unglück fiel jetzt ein Landregen ein, der mich vom Wandern abhielt und zehn Tage dauerte. Am Ende dieser zehn Tage hatte ich keine Arbeit gefunden, mein Geld war zu Ende und ich wußte zum erstenmal nicht, was ich essen und wo ich schlafen sollte. Ich begann in der Stadt vorsichtig zu fechten und hielt mich damit noch einige Tage hin. Dann verließ ich Basel und zog ohne Geld in die Schweiz hinein. Ich wäre gern direkt nach Süden gegangen, wagte es aber nicht, weil im Jura meist französische Dörfer sind. Deshalb wendete ich mich gegen Olten und schlug mich sehr kümmerlich bis in die Luzerner Gegend durch. Von da an begann ein neues Leben für mich.

Bei Emmenbrücke nämlich fand ich einen Kunden schlafend an der Straße liegen. Da ich im Sinn hatte, ihn um Weg und Rat zu fragen, ging ich auf ihn zu und erkannte plötzlich den Hans Louis Quorm. Da ich ihn nicht aufzuwecken wagte, setzte ich mich neben ihn ins Gras und hörte seinem ruhigen Atmen zu. Er trug saubere Kleider und sah gesund und rüstig aus.

Als Quorm erwachte, sah er mich einen Augenblick lang mißtrauisch und unfreundlich an. Aber plötzlich, noch ehe ich etwas gesagt hatte, sprang er auf, gab mir die Hand und rief: »Du bist der Schlosser, den ich vor ein paar Jahren einmal drunten bei Bingen getroffen habe.«

Nun war alles gut, ich fühlte mich geborgen.

Seither sind zehn Jahre vergangen und während all dieser Zeit bin ich mit Quorm befreundet geblieben. Als er starb und ich es erfuhr, war mir nicht anders, als wenn ich zugleich einen Vater und einen Freund verloren hätte.

Mehrmals bin ich monatelang mit ihm gewandert. Wir sind in der ganzen Schweiz, in Österreich, im Bayrischen, am Rhein und bis nach Hamburg zusammen gereist, alles zu Fuß und bei allerlei Wetter und Jahreszeit. Wenn ich arbeiten wollte, so verschaffte er mir Arbeit, denn er war auch mit vielen Meistern befreundet; sonst gab oder verschaffte er mir, so oft ich es brauchte, Essen, Kleider und Geld. Es war nicht alles redlich verdient, auch nicht alles gefochten, sondern er hat stets genommen, was ihm nahe lag. Trotzdem ist er aber nie ein Lump gewesen. Er hat gestohlen, aber nie einem Armen und nie mehr als er gerade brauchte. Er hat auch für sich und noch öfter für andre sogenannte »Flebben«, falsche Ausweispapiere gemacht, aber wem konnte das Schaden tun?

Gearbeitet freilich hat er nur in den Zeiten, die er im Arbeitshaus zubrachte, und wohl auch dort nicht viel. Er hatte keine Freude daran und gestand nur ungern, daß er einmal die Schusterei erlernt habe. Noch ehe ich dies wußte, kam ich einmal zufällig mit ihm auf die Schusterei zu sprechen und sprach mich eher geringschätzig über dies Handwerk aus. Da seufzte er und lachte zugleich, wie er es oft an sich hatte, und sagte: »Siehst du wohl: Und ich bin von Religion ein Schuster! Jetzt begreifst du, daß ich mein Handwerk verlernt und verleugnet habe.« Es war auch wirklich seit vielen Jahren kein Pech mehr an seine Finger gekommen.

Es ist nicht mir allein so gegangen, daß ich den Quorm gleich beim ersten Ansehen liebgewann. Er hat unzählige gute Freunde gehabt, auch unter solchen, die seiner nicht bedurften. In seinem Wesen und namentlich in seinem Blick und in seiner Stimme war etwas, das die Menschen ohne Unterschied ihm günstig machte, so daß sogar viele Landjäger und Polizisten ihn gern hatten und ihm viel durch die Finger sahen. Am meisten hingen jedoch die Weiber an ihm. Fast an allen Orten hatte er Weiberbekanntschaften, auch unter den Schenkmädchen und Wirtinnen, so daß er im Notfall um Speisung und Nachtlager nie in Sorge zu sein brauchte. Wenn er so eine bat, ihm einen Riß zu nähen oder ein neues Band um den Hut zu machen oder ihm ein Hemd zu waschen, so waren sie stolz darauf, für den Quorm zu arbeiten. Du lieber Gott, wie ist er oft mit ihnen umgegangen! – und doch liefen sie ihm sogleich wieder nach. Er hätte auch oft genug gut und mit Geld heiraten können. Aber er wollte nicht.

Vieles habe ich bei diesem merkwürdigen Mann erlebt und gelernt. Aber darüber berichte ich ein andermal. *(1902)*

# Der Wolf

Noch nie war in den französischen Bergen ein so unheimlich kalter und langer Winter gewesen. Seit Wochen stand die Luft klar, spröde und kalt. Bei Tage lagen die großen, schiefen Schneefelder mattweiß und endlos unter dem grellblauen Himmel, nachts ging klar und klein der Mond über sie hinweg, ein grimmiger Frostmond von gelbem Glanz, dessen starkes Licht auf dem Schnee blau und dumpf wurde und wie der leibhaftige Frost aussah. Die Menschen mieden alle Wege und namentlich die Höhen, sie saßen träge und schimpfend in den Dorfhütten, deren rote Fenster nachts neben dem blauen Mondlicht rauchig trüb erschienen und bald erloschen.

Das war eine schwere Zeit für die Tiere der Gegend. Die kleineren erfroren in Menge, auch Vögel erlagen dem Frost, und die hageren Leichname fielen den Habichten und Wölfen zur Beute. Aber auch diese litten furchtbar an Frost und Hunger. Es lebten nur wenige Wolfsfamilien dort, und die Not trieb sie zu festerem Verband. Tagsüber gingen sie einzeln aus. Da und dort strich einer über den Schnee, mager, hungrig und wachsam, lautlos und scheu wie ein Gespenst. Sein schmaler Schatten glitt neben ihm über die Schneefläche. Spürend reckte er die spitze Schnauze in den Wind und ließ zuweilen ein trockenes, gequältes Geheul vernehmen. Abends aber zogen sie vollzählig aus und drängten sich mit heiserem Heulen um die Dörfer. Dort war Vieh und Geflügel wohlverwahrt, und hinter festen Fensterladen lagen Flinten angelegt. Nur selten fiel eine kleine Beute, etwa ein Hund, ihnen zu, und zwei aus der Schar waren schon erschossen worden.

Der Frost hielt immer noch an. Oft lagen die Wölfe still und brütend beisammen, einer am andern sich wärmend, und lauschten beklommen in die tote Öde hinaus, bis einer, von den grausamen Qualen des Hungers gefoltert, plötzlich mit schauerlichem Gebrüll aufsprang. Dann wandten alle anderen ihm die Schnauze zu, zitterten und brachen miteinander in ein furchtbares, drohendes und klagendes Heulen aus.

Endlich entschloß sich der kleinere Teil der Schar, zu wandern. Früh am Tage verließen sie ihre Löcher, sammelten sich und schnoberten erregt und angstvoll in die frostkalte Luft. Dann trabten sie rasch und gleichmäßig davon. Die Zurückgebliebenen sahen ihnen mit weiten, glasigen Augen nach, trabten ein paar Dutzend Schritte hinterher, blieben unschlüssig und ratlos stehen und kehrten langsam in ihre leeren Höhlen zurück.

Die Auswanderer trennten sich am Mittag voneinander. Drei von ihnen wandten sich östlich dem Schweizer Jura zu, die anderen zogen südlich weiter. Die drei waren schöne, starke Tiere, aber entsetzlich abgemagert. Der eingezogene helle Bauch war schmal wie ein Riemen, auf der Brust standen die Rippen jämmerlich heraus, die Mäuler waren trocken und die Augen weit und verzweifelt. Zu dreien kamen sie weit in den Jura hinein, erbeuteten am zweiten Tag einen Hammel, am dritten einen Hund und ein Füllen und wurden von allen Seiten her wütend vom Landvolk verfolgt. In der Gegend, welche reich an Dörfern und Städten ist, verbreitete sich Schrecken und Scheu vor den ungewohnten Eindringlingen. Die Postschlitten wurden bewaffnet, ohne Gewehr ging niemand von einem Dorf zum anderen. In der fremden Gegend, nach so guter Beute, fühlten sich die drei Tiere zugleich scheu und wohl; sie wurden tollkühner als je zu Hause und brachen am hellen Tage in den Stall eines Meierhofes. Gebrüll von Kühen, Geknatter splitternder Holzschranken, Hufegetrampel und heißer, lechzender Atem erfüllten den engen, warmen Raum. Aber diesmal kamen Menschen dazwischen. Es war ein Preis auf die Wölfe gesetzt, das verdoppelte den Mut der Bauern. Und sie erlegten zwei von ihnen, dem einen ging ein Flintenschuß durch den Hals, der andere wurde mit einem Beil erschlagen. Der dritte entkam und rannte so lange, bis er halbtot auf den Schnee fiel. Er war der jüngste und schönste von den Wölfen, ein stolzes Tier von mächtiger Kraft und gelenken Formen. Lange blieb er keuchend liegen. Blutig rote Kreise wirbelten vor seinen Augen, und zuweilen stieß er ein pfeifendes, schmerzliches Stöhnen aus. Ein Beilwurf hatte ihm den Rücken getroffen. Doch erholte er sich und konnte sich wieder erheben. Erst jetzt sah er, wie weit er gelaufen war. Nirgends waren Menschen oder Häuser zu sehen. Dicht vor ihm lag ein verschneiter, mächtiger Berg. Es war der Chasseral. Er beschloß, ihn zu umgehen. Da ihn Durst quälte, fraß er kleine Bissen von der gefrorenen, harten Kruste der Schneefläche.

Jenseits des Berges traf er sogleich auf ein Dorf. Es ging gegen Abend. Er wartete in einem dichten Tannenforst. Dann schlich er vorsichtig um die Gartenzäune, dem Geruch warmer Ställe folgend. Niemand war auf der Straße. Scheu und lüstern blinzelte er zwischen den Häusern hindurch. Da fiel ein Schuß. Er warf den Kopf in die Höhe und griff zum Laufen aus, als schon ein zweiter Schuß knallte. Er war getroffen. Sein weißlicher Unterleib war an der Seite mit Blut befleckt, das in dicken Tropfen zäh herabrieselte. Dennoch gelang es ihm, mit großen Sätzen zu entkommen und den jenseitigen Bergwald zu erreichen. Dort wartete er horchend einen Augenblick und hörte von zwei Seiten Stimmen und Schritte. Angstvoll blickte er am Berg empor. Er war steil, bewaldet und mühselig zu ersteigen. Doch blieb ihm keine Wahl. Mit keuchendem Atem klomm er die steile Bergwand hinan, während unten ein Gewirr von Flüchen, Befehlen und Laternenlichtern sich den Berg entlangzog. Zitternd kletterte der verwundete Wolf durch den halbdunkeln Tannenwald, während aus seiner Seite langsam das braune Blut hinabrann.
Die Kälte hatte nachgelassen. Der westliche Himmel war dunstig und schien Schneefall zu versprechen.
Endlich hatte der Erschöpfte die Höhe erreicht. Er stand nun auf einem leicht geneigten, großen Schneefeld, nahe bei Mont Crosin, hoch über dem Dorf, dem er entronnen. Hunger fühlte er nicht, aber einen trüben, klammernden Schmerz von der Wunde. Ein leises, krankes Gebell kam aus seinem hängenden Maul, sein Herz schlug schwer und schmerzhaft und fühlte die Hand des Todes wie eine unsäglich schwere Last auf sich drükken. Eine einzeln stehende breitästige Tanne lockte ihn; dort setzte er sich und starrte trübe in die graue Schneenacht. Eine halbe Stunde verging. Nun fiel ein mattrotes Licht auf den Schnee, sonderbar und weich. Der Wolf erhob sich stöhnend und wandte den schönen Kopf dem Licht entgegen. Es war der Mond, der im Südost riesig und blutrot sich erhob und langsam am trüben Himmel höher stieg. Seit vielen Wochen war er nie so rot und groß gewesen. Traurig hing das Auge des sterbenden Tieres an der matten Mondscheibe, und wieder röchelte ein schwaches Heulen schmerzlich und tonlos in die Nacht.
Da kamen Lichter und Schritte nach. Bauern in dicken Mänteln,

Jäger und junge Burschen in Pelzmützen und mit plumpen Gamaschen stapften durch den Schnee. Gejauchze erscholl. Man hatte den verendenden Wolf entdeckt, zwei Schüsse wurden auf ihn abgedrückt und beide fehlten. Dann sahen sie, daß er schon im Sterben lag, und fielen mit Stöcken und Knüppeln über ihn her. Er fühlte es nicht mehr.

Mit zerbrochenen Gliedern schleppten sie ihn nach St. Immer hinab. Sie lachten, sie prahlten, sie freuten sich auf Schnaps und Kaffee, sie sangen, sie fluchten. Keiner sah die Schönheit des verschneiten Forstes, noch den Glanz der Hochebene, noch den roten Mond, der über dem Chasseral hing und dessen schwaches Licht in ihren Flintenläufen, in den Schneekristallen und in den gebrochenen Augen des erschlagenen Wolfes sich brach. *(1903)*

# Hans Amstein

Schon gut, junge Leute, quält mich nicht. Ich will euch also etwas aus meinen Studentenjahren erzählen, das von der schönen Salome und meinem lieben Hans Amstein. Nur müßt ihr stillhalten und dürft nicht glauben, es handle sich um so eine Studentenliebelei. Zu lachen ist nichts dabei. Und gebt mir noch ein Glas Wein her! Nein, vom Weißen. Fenster zumachen? Nein, Verehrtester, laß es nur donnern, es paßt mir in die Geschichte. Wetterleuchten, Donner und schwüle Nacht, das ist die Stimmung. Ihr modernen Herren sollt sehen, daß wir seinerzeit auch unser Stück erlebt haben, dick und dünn, wie es kam, und nicht zu wenig. Habt ihr auch zu trinken?

Ich bin schon früh ohne Eltern gewesen und habe fast alle meine Ferien beim Onkel Otto droben verbummelt, in seinem steinigen Schwarzwaldnest, zwischen Obstessen, Räubergeschichten und Forellenangeln, denn in alledem teilte ich als dankbarer Neffe meines Onkels Geschmack vollkommen. Ich kam im Sommer, im Herbst und an Weihnachten, mit schmalem Ranzen und leerem Sack, fraß mich da droben feist und rot, verliebte mich jedesmal ein wenig in die teure Cousine und vergaß es auf Schulen wieder, denn es saß nicht so tief. Ich rauchte mit dem Onkel um die Wette seine giftigen Italiener, ging mit ihm angeln, las ihm aus seiner höchst kriminellen Bibliothek vor und begleitete ihn womöglich abends zum Bier. Das alles war nicht schlecht und kam mir löblich und männlich vor, wenn auch die blonde Cousine zuweilen bittende oder vorwurfsvolle Augen machte; sie war eben eine sanfte Natur und hatte keinen Sinn fürs Martialische.

In den letzten Sommerferien vor der Studentenzeit war ich wieder beim Onkel, großmäulig, hoffärtig und ins Kraut geschossen, wie Abiturienten sein müssen. Da kam eines Tages ein neuer Oberförster. Es war ein guter, stiller Mensch, »unjung und nicht mehr ganz gesund«, der da seinen Altersposten gefunden hatte.

Man sah im Augenblick, er würde wenig von sich reden machen. Er brachte einen schönen Hausrat mit, denn er war reich; ferner

wundervolle Hunde, ein langschwänziges, zartes Pferdchen samt einem zierlichen Gefährt, beide für die Gegend viel zu leicht, ein schönes Gewehr und eine neumodische englische Angelausrüstung, alles sehr nett und sauber und wohlhabend. Das alles wäre ja auch schön und erfreulich gewesen. Aber was außerdem noch mitkam, war eine Adoptivtochter namens Salome, die freilich alles andere in Schatten stellte. Weiß Gott, wie das wilde Kind gerade zu dem ernsten, ruhigen Mann gekommen ist! Sie war eine ganz exotische Pflanze, von einem entfernten Vetter irgendwo aus Brasilien oder Feuerland her, schön und sonderbar anzusehen und von absonderlichen Manieren.
Ihr wollt natürlich wissen, wie sie aussah. Das ist nicht so einfach – sie sah eben vor allem auffallend und exotisch aus. Ziemlich groß, nahe an zwanzig, tadellos gewachsen, so daß vom Nacken bis auf die Füße alles gesund und erfreulich erschien, namentlich Hals, Schultern, Arme und Hände waren kräftig, gedrungen und dabei beweglich und nobel. Das Haar üppig, dick, lang, von einem dunklen Blond, um die Stirn herum ein wenig lockig, hinten in ein großes Bündel geknüpft und mit einem Pfeil durchstochen. Vom Gesicht will ich nicht zu viel sagen, es war vielleicht zu voll und der Mund vielleicht ein wenig groß, aber man blieb immer an den Augen hängen. Sie waren übergroß und goldbraun und standen ein wenig vor. Wenn sie, wie gewöhnlich, vor sich hinstarrte und lächelte und die Augen groß machte, war es wie ein Bild. Aber wenn sie einen ansah, war man verwirrt. Sie schaute so unbekümmert drauf los, bald musternd, bald gleichgültig, ohne irgendeine Spur von Genieren oder Mädchenhaftigkeit. Nicht gerade frech, vielmehr wie ein schönes Tier, unverstellt und ohne alle Geheimnisse.
Und so führte sie sich auch auf. Was ihr gefiel oder nicht gefiel, verhehlte sie nicht; wenn ein Gespräch ihr langweilig war, schwieg sie hartnäckig still und blickte beiseite oder sah einen so ennuyiert an, daß man sich schämte.
Die Folgen sind klar. Die Frauenzimmer fanden sie unmöglich, die Männer waren für sie entflammt. Daß ich mich eiligst in sie verliebte, versteht sich eo ipso. Es verliebten sich in sie aber auch die Forstgehilfen, der Apotheker, die jüngeren Schullehrer, der Vizeamtmann, die Söhne der reichen Holzhändler, des Fabrikanten und des Doktors. Da die schöne Sa-

lome sich mit aller Freiheit bewegte, allein spazieren ging, eine Menge Besuche machte und in ihrem zierlichen Wägelein rings im Lande herumkutschierte, war die Annäherung nicht schwer, und sie sammelte in kurzer Zeit eine schöne Zahl von Liebesgeständnissen ein.

Einmal kam sie zu uns, Onkel und Cousine waren nicht da, und sie setzte sich zu mir auf die Gartenbank. Die Dirlitzen waren schon rot, das Beerenzeug reif, und Salome griff behaglich hinter sich in die Stachelbeeren. Nebenher nahm sie am Gespräche teil, und wir waren bald so weit, daß ich mit feuerrotem Gesicht ihr erklärte, ich sei rasend in sie verliebt.

O, das ist nett, war die Antwort. Sie gefallen mir ganz gut.

Kennen Sie den älteren Griebel?

Den Karl? O ja, gut.

Das ist auch ein reizender junger Mann, er hat so schöne Augen. Er ist auch in mich verliebt.

Hat er es Ihnen selber gesagt?

Gewiß, vorgestern. Es war drollig.

Sie lachte laut und legte dabei den Kopf zurück, so daß ich auf ihrem weißen, runden Hals die Adern sich bewegen sah. Ich hätte nun gern ihre Hand genommen, wagte es aber nicht, sondern streckte ihr nur die meine fragend entgegen. Da legte sie mir ein paar Stachelbeeren in die offene Hand, sagte Adieu und ging davon.

Ich sah nun allmählich, wie sie mit allen den Anbetern ihr Spiel hatte und sich über uns amüsierte, und ertrug von da an meine Verliebtheit wie ein Fieber oder eine Seekrankheit, die ich mit vielen andern teilte und von der ich hoffte, sie würde einmal aufhören und mir nicht das Leben kosten. Immerhin hatte ich böse Nächte und Tage ... Ist noch Wein da?

Danke. – Also so standen die Sachen, und zwar nicht nur in jenem Sommer, sondern mehr als ein Jahr lang. Hier und da fiel etwa einer der Liebhaber verdrossen ab und suchte andere Gehege auf, hier und da kam ein neuer dazu, aber Salome blieb unverändert, bald fidel, bald still, bald höhnisch, und schien sich dabei herzlich wohl und belustigt zu fühlen. Und ich gewöhnte mich daran, jedesmal in den Ferien einen Rückfall in die heftigste Verliebtheit wie ein der Gegend eigentümliches Fieber zu bekommen und aushalten zu müssen. Ein Leidensgenosse teilte mir im Vertrauen mit, wir seien Esel gewesen, ihr Erklärungen zu machen, da sie unverhohlen des öftern den Wunsch geäußert habe, alle Männer in sich verliebt zu wissen, und darum den wenigen Standhaften mit äußerstem Entgegenkommen um den Bart gehe.

Unterdessen war ich in Tübingen in die Burschenschaft eingetreten und brachte mit Trinken, Schlagen und Bummeln zwei muntere Semester hin. In dieser Zeit war Hans Amstein mein Intimus geworden. Wir waren gleich alt, beide begeisterte Burschenschafter und weniger begeisterte Medizinstudenten, wir trieben beide viel Musik und wurden einander allmählich unentbehrlich trotz mancher Reibereien.

Schon an Weihnachten war Hans mit mir des Onkels Gast gewesen, denn auch er hatte längst keine Eltern mehr. Sehr wider mein Erwarten blieb er aber nicht an der schönen Salome, sondern an meiner blonden Cousine hängen. Auch hatte er schon das Zeug, sich angenehm zu machen. Er war ein feiner und hübscher Mensch, machte gute Musik und war nicht aufs Maul gefallen. So sah ich mit Wohlbehagen zu, wie er sich um das Bäschen bemühte, und wie sie gern nachgab und sich anschickte, den drolligen Kampf mit ihrer bisherigen Sprödigkeit mehr und mehr zum Scheingefecht werden zu lassen. Ich selber lief nach wie vor auf allen Wegen, wo mir etwa die Salome begegnen konnte.

An Ostern kamen wir wieder, und während ich den Onkel beim Angeln festhielt, machte mein Freund rasche Fortschritte bei der Cousine. Diesmal war Salome ziemlich häufig bei uns, versuchte mit Erfolg, mich toll zu machen, und sah dem Spiel zwischen Hans und Berta aufmerksam und mit scheinbarem Wohlwollen zu. Wir machten Waldspaziergänge, fischten, suchten Anemonen, und während die Salome mir den Kopf vollends verdrehte, ließ sie die andern beiden nicht aus den Augen, musterte sie überlegen und spöttisch und gab mir unehrerbietige Bemerkungen über Liebe und Brautglück zum besten. Einmal erwischte ich ihre Hand und küßte sie eilig, da spielte sie die Empörte und wollte Revanche haben.

Ich werde Sie dafür in den Finger beißen. Geben Sie her!

Ich streckte ihr einen Finger hin und spürte ihre großen, gleichmäßigen Zähne im Fleisch.
Soll ich noch fester beißen?
Ich nickte, da floß auch schon Blut in meine Hand, und sie ließ mich mit Gelächter los. Es tat scheußlich weh, und man sah es noch lange.
Als wir wieder in Tübingen saßen, teilte Hans mir mit, er sei mit Berta einig und hoffe, sich im Sommer zu verloben. Ich besorgte in diesem Semester ein paar Briefe hin und her, und im August saßen wir beide wieder an des Onkels Tisch. Mit dem Onkel hatte Hans noch nicht gesprochen, doch schien dieser die Sache schon gerochen zu haben, und es war nicht zu fürchten, daß er Schwierigkeiten machen würde.
Da kam eines Tages die Salome wieder zu uns, ließ ihre scharfen Blicke herumgehen und kam auf den verdammten Einfall, der sanften Berta einen Possen zu spielen. Wie sie dem harmlosen Amstein flattierte, ihn in ihre Nähe nötigte und mit Gewalt verliebt zu machen suchte, war einfach nicht mehr schön. Er ging gutmütig darauf ein und es wäre ein Wunder gewesen, wenn ihm diese Blicke und dies Anschmiegen und Sichergeben nicht heiß gemacht hätten. Doch blieb er fest und hatte schon den Sonntag bestimmt, an dem er den Onkel überrumpeln und Verlobung feiern wollte. Das blonde Kusinchen strahlte schon so bräutlich und verschämt wie möglich.
Wir Freunde schliefen in zwei benachbarten Stübchen im Erdgeschoß mit einem niederen Fenster, durch das man morgens mit einem kleinen Sprung in den Garten kommen konnte.
Eines Nachmittags war die schöne Salome wieder stundenlang da; Berta hatte im Haus zu tun, so nahm jene meinen Freund ganz in Anspruch und brachte mich durch die kühne und doch feine Art, wie sie sich ihm hinwarf, fast zum Platzen, so daß ich schließlich ausriß und sie dummerweise mit ihm allein ließ. Als ich am Abend wiederkam, war sie fort, aber mein armer Freund hatte Falten auf der Stirn, machte schlimme Augen und sprach von Kopfweh, als er sah, daß sein verstörtes Wesen auffiel.
Ja, Kopfweh, dachte ich und schleppte ihn beiseite.
Was ist mit dir? fragte ich ernstlich, ich will's wissen.
Nichts, es kommt von der Hitze, kniff er aus.

Aber ich verbat mir das Anlügen und fragte direkt, ob ihm die Oberförsterstochter den Kopf verdreht habe.
Unsinn, laß mich! sagte er, machte sich von mir los und sah scheußlich elend aus. Ich kannte das ja ungefähr auch, aber er tat mir erbärmlich leid; sein Gesicht war verzogen und zerrissen und der ganze Mensch sah jammervoll verhetzt und leidend aus. Ich mußte ihn in Ruhe lassen. Auch mir war über dem Kokettieren wund und weh um Salome geworden, und ich hätte mir die leidige Verliebtheit gern mit blutenden Wurzeln aus der Seele gerissen. Meine Achtung für Salome war längst dahin, jede Magd kam mir ehrbarer vor als sie, aber da half nichts, sie hatte mich bei den Haaren; sie war zu schön und zu aufreizend, da war kein Loskommen möglich.
Ja, nun donnert's draußen wieder. Es war damals ein ähnlicher Abend, heiß und gewitterig, und wir beide saßen allein in der Laube beisammen, redeten fast nichts und tranken Kaiserstühler.
Namentlich ich war durstig und mißmutig und trank von dem kühlen Weißen Glas für Glas. Hans war elend und starrte traurig und bekümmert in den Wein, das vertrocknende Laub der Büsche roch stark und wurde von einem warmen, bösartigen Wind jeweils geschüttelt. Es wurde neun Uhr und zehn Uhr, kein Gespräch kam auf, wir hockten da und machten alte, sorgenvolle Gesichter, sahen den Wein im großen Glaskrug abnehmen und den Garten dunkel werden, dann gingen wir still auseinander, er zur Haustür, ich durchs Fenster in meine Stube. Dort war es heiß, ich setzte mich im Hemd auf einen Stuhl, steckte eine Pfeife an und sah aufgeregt und melancholisch in die Finsternis hinein. Es hätte Mondschein geben sollen, aber der Himmel stand voll von Wolken, und in der Ferne hörte man zwei Gewitter miteinander zanken.
Es ging so eine schwüle Luft – aber was hilft das schöne Schildern, ich muß nun doch darauf kommen, auf die verdammte Geschichte.
Die Pfeife war mir ausgegangen, und ich hatte mich ganz schlaff aufs Bett gelegt, den Schädel voll von dummen Gedanken. Da gibt's ein Geräusch am Fenster. Eine Gestalt steht da und schaut vorsichtig ins Zimmer hinein. Ich weiß selber nicht, warum ich still liegen blieb und keinen Ton von mir gab.

Die Gestalt verschwindet und geht drei Schritte weiter, an Hansens Stubenfenster. Sie bewegte den Fensterflügel, klirrte ein wenig damit. Dann wieder Stille.
Da rief es leise: Hans Amstein! und mir lief es bis in die Haare hinauf, als ich die Stimme der Salome erkannte. Ich konnte kein Glied mehr rühren und lauschte scharf und wild wie ein Jäger hinüber. Herrgott, Herrgott, was sollte das werden! Und jetzt wieder die Stimme: Hans Amstein! Leise, scharf und eindringlich. Mir lief der Schweiß den Hals hinunter.
In der Stube meines Freundes gab es ein wenig Geräusch. Er stand auf, kleidete sich flüchtig an und ging zum Fenster. Es wurde geflüstert, heftig und heiß, aber unheimlich leise. Herrgott, Herrgott! Mir tat alles weh, ich wollte aufstehen oder schreien, aber ich blieb ruhig liegen und war selber darüber verwundert. Der Durst und der herbe Nachgeschmack vom Wein brachten mich beinahe um.
Und es gab wieder ein kleines Geräusch, und gleich darauf stand Hans Amstein neben dem Mädchen im Garten. Zuerst jedes für sich, dann traten sie zusammen und drückten sich still und schrecklich aneinander, als würden sie mit einem Strick geschnürt. Und so aneinandergepreßt, daß sie kaum die Füße bewegen konnten, gingen sie langsam durch den Garten, an der Laube und am Brunnen vorbei und durch die Pforte gegen den Wald. Ich sah sie, mit angestrengten Augen, und zweimal kam das Wetterleuchten mir zu Hilfe …

– Seid ihr nicht durstig? So trinkt doch! –
Ja, das ist nun erzählt. Aber weiter! Sie hatte ihn sich geholt, bei Nacht aus dem Bett, und ich wußte, daß er nun nimmermehr von ihr loskäme, da sie ihn da draußen im Wald hatte und mit süßen Worten und kecken Liebkosungen gefangennahm. Ich wußte aber auch, daß Hans bei aller Munterkeit ein Pflichtenmensch war, viel strenger als ich, und daß er da draußen keinen Kuß empfing und gab, ohne daß das Wissen um die betrogene Berta ihm die Seele zerriß. Und zugleich mußte ich daran denken, daß es meine schwere Pflicht war, ihn morgen ins Gebet zu nehmen. Zu dem allem kam die angenehme Vorstellung, meine Angebetete bei Nacht mit einem Mann im Wald zu wissen. Endlich raffte ich mich auf, einen Schluck Wasser zu nehmen, und

legte mich dann auf den kühlen Fußboden, bis nach einer Stunde mein Freund leise und langsam zurückkam und durchs Fenster stieg. Ich hörte ihn hart Atem holen und noch lange in Socken auf und ab gehen, bis ich einschlief.

Schon früh erwachte ich wieder, noch vor fünf Uhr, zog mich an und ging vor Hansens Fenster. Er lag im zerwühlten Bett und schlief einen tiefen, schweren Schlaf, er hatte Schweiß auf der Stirn und sah elend aus. Ich lief ins Feld hinaus, sah still und abseits die kleine, schmucke Forstei liegen und Wiesen, Obstgärten, Acker und Wald wie sonst. Mein Kopf war wüster als je nach einer Kneiperei und eine kleine Weile kam mir im Hinschlendern das Geschehene ganz abhanden wie ein Alp, der beim Erwachen fort ist, als wäre nichts gewesen.

Als ich wieder in den Garten kam, stand mein Freund an seinem Fenster im Erdgeschoß, wandte sich aber, als er mich sah, sogleich ins Zimmer zurück. Diese kleine, feige Gebärde des bösen Gewissens tat mir unsäglich weh. Doch half das Bedauern nichts. Ich stieg zu ihm hinein. Als er sich nun mir zuwandte, erschrak ich stark, denn er sah grau und zerfurcht im Gesicht aus und hielt sich so mühsam auf den Beinen wie ein überjagter Gaul.

Was hast du, Hans? fragte ich.

Ach nichts. Ich hab nicht geschlafen. Die Schwüle bringt einen ja um.

Aber er wich meinen Augen aus und ich fühlte noch einmal denselben bösen Schmerz wie vorher, als er vor mir vom Fenster floh. Ich setzte mich aufs Gesims und sah ihn an.

Hans, sagte ich, ich weiß, wer bei dir gewesen ist. Was hat die Salome mit dir angefangen?

Da sah er mich an, hilflos und schmerzlich, wie ein Wild beim Schuß.

Laß gut sein, sagte er, laß nur gut sein. Es hilft ja nichts.

Nein, mußte ich sagen, du bist mir Antwort schuldig. Ich will nichts von der Berta sagen und von ihres Vaters Haus, wo wir zu Gast sind. Das ist nicht die Hauptsache. Aber was soll aus uns werden, aus dir und aus mir und aus dieser Salome? Wirst du nächste Nacht wieder mit ihr da hinausgehen, Hans?

Er stöhnte. Ich weiß nicht. Ich kann jetzt kein Wort sagen. Nachher, nachher.

Da war einstweilen nichts zu wollen. Ich ging zum Kaffee hinauf und sagte droben, Hans schlafe noch. Dann nahm ich meine Rute und wollte in die kühle Schlucht zum Angeln gehen. Es trieb mich aber wider Willen vor die Forstei. Dort legte ich mich am Weg in die Haselbüsche und wartete und spürte kaum, wie gottlos heiß und schwül der Morgen war. Darüber schlief ich ein wenig ein und als ich aufwachte, war's von Hufschlag und Stimmen. Die schöne Salome fuhr mit einem Forstgehilfen in ihrem kleinen Wagen zum Wald, hatte Angelzeug und Fischkorb mit und lachte wie eine Lerche in den Morgen hinein. Der junge Forstmann hielt einen Sonnenschirm über sie ausgespannt, während sie kutschierte, und lachte ein bißchen verlegen mit. Sie war hell und leicht gekleidet, mit einem riesengroßen dünnen Strohhut und sah so frisch und froh und glücklich aus wie ein Kind am ersten Ferientag. Ich dachte an meinen Hans und an sein graues Armsündergesicht, war verwirrt und erstaunt und hätte sie viel lieber traurig gesehen. Der Wagen fuhr im muntern Trab talabwärts und war bald verschwunden.

Vielleicht wäre es nun gut gewesen, nach Hause zu gehen und nach Hans zu schauen. Mir graute aber davor und ich ging statt dessen dem Wagen nach, zur Schlucht hinunter. Ich glaubte, ich tue es aus Mitleid mit meinem Freund und aus Verlangen nach Kühle und Waldstille, aber wahrscheinlich ist es mehr das schöne, sonderbare Mädchen gewesen, das mich gezogen hat. Wirklich begegnete mir weiter unten ihr umkehrender Wagen, vom Forstgehilfen langsam kutschiert, und ich wußte nun, daß ich sie am Forellenbach finden würde. Da spürte ich, obwohl ich längst im Waldschatten war, auf einmal die große Schwüle, ich ging langsamer und begann mir den Schweiß aus dem Gesicht zu wischen. Als ich an den Bach kam, sah ich das Mädchen noch nicht und ich machte eine Rast und steckte den Kopf ins kalte schnelle Wasser, bis ich fror. Dann ging ich behutsam über die Felsen bachabwärts. Das Wasser schäumte und lärmte und ich glitt jeden Augenblick auf den nassen Steinen aus, weil ich fortwährend spionierte, wo Salome wohl sei.

Da stand sie denn auch plötzlich erschreckend nah hinter einem moosigen Block, mit aufgerafften Kleidern und barfuß bis an die Knie. Ich blieb stehen und verlor ganz den Atem darüber, sie so schön und frisch und allein vor mir zu sehen. Einer ihrer Füße

stand im Wasser und verschwand im Schaum, der andere trat ins Moos und war weiß und schön geformt.
Guten Morgen, Fräulein.
Sie nickte mir zu und ich stellte mich in nächster Nähe auf, rollte die Schnur vom Stock und fing zu angeln an. Sprechen mochte ich nicht, aber auch die Fischerei war mir nicht wichtig, ich war zu müd und zu dumm im Kopf. Darum ließ ich die Angel hängen und fing keinen Schwanz, und als ich zu merken glaubte, daß Salome sich darüber amüsierte und Grimassen schnitt, legte ich die Rute weg und setzte mich ein wenig beiseite in die moosigen Felsen. Da saß ich nun faul in der Kühle und schaute ihr zu, wie sie hantierte und watete. Es ging nicht sehr lang, da hörte auch sie auf, sich anzustrengen, sie spritzte eine Hand voll Wasser zu mir herüber und fragte: Soll ich auch kommen?
Nun fing sie an ihre Strümpfe und Schuhe anzulegen, und als sie einen anhatte, fragte sie: Warum helfen Sie mir nicht?
Ich halte es für unschicklich, antwortete ich.
Sie fragte naiv: Warum? worauf ich keine Antwort wußte. Es war für mich eine sonderbare Stunde und keineswegs angenehm. Je schöner das Mädchen mir erschien und je vertraulicher sie nun mit mir tat, desto mehr mußte ich an meinen Freund Hans Amstein und an die Berta denken und fühlte einen Zorn gegen Salome in mir anwachsen, die mit uns allen spielte und zu ihrem Zeitvertreib uns drei unglücklich gemacht hatte. Es schien mir jetzt Zeit, gegen mein leidiges Verliebtsein zu kämpfen und der Spielerei womöglich ein Ende zu machen.
Ich fragte: Darf ich Sie nach Hause begleiten?
Ich bleibe noch hier, sagte sie, Sie nicht?
Nein, ich gehe.
O, Sie wollen mich ganz allein lassen? Es wäre so hübsch, noch ein bißchen dazusitzen und zu schwatzen. Sie plaudern oft so lustig.
Ich stand auf. Fräulein Salome, sagte ich, Sie sind gar zu liebenswürdig. Ich muß jetzt gehen. Sie haben ja Männer genug, mit denen Sie spielen können.
Sie lachte hell auf. Dann adieu! rief sie lustig, und ich ging davon wie geschlagen. Es war nicht möglich, dem Mädchen irgendein ernstes Wort abzuzwingen. Unterwegs kam mir noch einmal der Gedanke, sie zu nehmen wie sie einmal war, umzukehren und

die Stunde zu benutzen. Aber ihre Art, sich gleichsam wegzuwerfen, war so, daß ich mich schämte, darauf einzugehen. Und wie hätte ich dann noch mit Hans reden sollen?

Als ich nach Hause kam, hatte Hans auf mich gewartet und zog mich gleich in sein Stüblein. Was er mir sagte, war alles ziemlich klar und verständlich, verwirrte mich aber trotzdem. Er war so von Salome besessen, daß von der armen Berta kaum mehr die Rede war. Immerhin sah er ein, daß er nicht länger Gast im Hause sein dürfe, und kündigte auf den Nachmittag seine Abreise an. Das war deutlich und begreiflich und ich konnte nichts dagegen sagen; nur nahm ich ihm das Versprechen ab, ehrlich mit Berta zu reden, ehe er ausreiße. Nun kam aber die Hauptsache. Da Hans vor unklaren und zweideutigen Verhältnissen seiner ganzen Natur nach einen Abscheu hatte, wollte er sogleich die Salome sich sichern und ihr Wort oder das ihres Pflegevaters mitnehmen, da er ohnehin sonst kaum eine Erlaubnis haben werde, unser Nest wieder aufzusuchen.

Vergeblich riet ich ihm, abzuwarten. Er war heillos aufgeregt und erst später fiel mir ein, daß wahrscheinlich sein empfindliches Ehrgefühl darauf bestand, aus der für ihn nicht eben ehrenvollen Verwicklung irgendwie als Sieger hervorzugehen und seine bis jetzt doch nicht schuldlose Leidenschaft durch eine entschiedene Haltung vor sich selber und vor den Leuten zu rechtfertigen.

Ich gab mir alle Mühe, ihn umzustimmen. Ich machte sogar die von mir selber geliebte Salome schlecht, indem ich andeutete, ihre Leidenschaft für ihn sei wohl nicht echt und nur eine kleine Eitelkeit gewesen, über die sie vielleicht schon wieder lache.

Es war umsonst, er hörte kaum zu. Und dann bat er mich flehentlich, mit ihm in die Oberförsterei zu gehen. Er selber war schon im Gehrock. Mir war sonderbar genug dabei zumute. Ich sollte ihm nun das Mädchen freien helfen, in die ich selber seit so und so viel Semestern, wenn schon hoffnungslos, verliebt war.

Es gab keinen kleinen Kampf. Aber schließlich gab ich nach, denn Hans war von einem so ungewohnten, leidenschaftlichen Geist beseelt, als regiere ihn irgendein Dämon, dem nicht zu widerstehen war.

Also zog auch ich den schwarzen Rock an und ging mit Hans

Amstein ins Haus des Oberförsters. Der Gang war für uns beide eine Qual, dabei war es höllisch heiß, es ging gegen Mittag, und ich konnte im zugeknöpften Staatsrock kaum mehr Luft bekommen. Meine Aufgabe war, vor allem den Oberförster festzuhalten und Hans eine Unterredung mit Salome zu ermöglichen.

Die Magd führte uns in die schöne Besucherstube; der Oberförster und seine Tochter kamen gleichzeitig herein, und bald ging ich mit dem Alten ins Nebenzimmer, um mir ein paar Jagdflinten zeigen zu lassen. Die beiden andern blieben allein im Besuchszimmer zurück.

Der Oberförster war auf seine feine ruhige Art freundlich gegen mich, und ich besah jede Flinte so umständlich als möglich. Doch war mir gar nicht wohl dabei, denn ich hatte beständig ein Ohr auf das Nebenzimmer gespitzt, und was ich dort vernahm, war nicht geeignet, mich zu beruhigen.

Die anfänglich halblaute Unterhaltung der beiden war bald zu einem Flüstern geworden, das eine gute Weile dauerte, dann wurden einzelne Ausrufe hörbar, und plötzlich, nachdem ich minutenlang in peinlicher Bangigkeit gehorcht und Komödie gespielt hatte, vernahm ich, und leider auch der Oberförster, Hans Amsteins Stimme aufgeregt und mit einem überlauten, fast schreienden Ton.

Was gibt's denn? rief der Oberförster und riß die Tür auf. Salome war aufgestanden und sagte ruhig: Herr Amstein hat mich mit einem Antrag beehrt, Papa. Ich glaubte ihn ablehnen zu müssen – –

Hans war außer sich.

Daß du dich nicht schämst! rief er heftig. Erst hast du mich fast mit Gewalt von der andern weggezogen und jetzt – –

Der Oberförster unterbrach ihn. Sehr kühl und ein wenig hochmütig bat er um Erklärung der Szene. Da nun Hans nach längerem Schweigen mit mühsam gedämpfter, vor Zorn und Aufregung keuchender Stimme zu berichten anfing, sich verwirrte und ins Stocken geriet, glaubte ich eingreifen zu müssen und habe damit wahrscheinlich die ganze Sache vollends verdorben.

Ich bat den Oberförster um eine kurze Unterredung und erzählte ihm alles, was ich wußte. Ich verschwieg keine von den

kleinen Künsten, mit denen Salome meinen Freund an sich gezogen hatte. Ich verschwieg auch nicht, was ich in der Nacht gesehen hatte. Der alte Herr erwiderte keinen Ton, er hörte aufmerksam zu, schloß die Augen und machte ein leidendes Gesicht. Nach fünf Minuten waren wir schon wieder im Besuchszimmer, wo wir Hans allein wartend fanden.
Ich höre da merkwürdige Sachen, sagte der Oberförster mit künstlich fester Stimme, immerhin scheint meine Tochter Ihnen einige Avancen gemacht zu haben. Nur vergaßen Sie, daß Salome noch ein Kind ist.
Ein Kind, sagte er, ein Kind!
Ich werde das Mädchen zur Rede stellen und erwarte Sie morgen um diese Zeit zu einer weiteren Aussprache. Mit einer steifen Gebärde entließ er uns und wir schlichen still und demütig nach Hause. Plötzlich mußten wir aber eilen, denn über unserem Städtchen brach ein tolles Gewitter aus, und trotz aller Sorge im Herzen liefen wir doch wie die Windhunde, um unsere Staatsröcke zu retten.

Beim Mittagessen war mein Onkel von einer gewaltsam heiteren Laune; wir drei jungen Leute hatten aber weder zum Essen noch zum Reden viel Lust. Berta hatte einstweilen nur gefühlt, daß Hans ihr irgendwie entfremdet sei, und blickte nun traurig und angstvoll bald mich, bald den Amstein an, daß es einem bis in die Knochen ging.
Nach dem Essen legten wir uns mit Zigarren auf den Holzbalkon und hörten dem Donnern zu. Auf dem glühenden Erdboden verdampfte der Regen in Schwaden und füllte alle Wiesen und Gärten mit Nebel an, die Luft war voll von Wasserdunst und starkem Grasgeruch. Ich mochte nicht mit Hans sprechen, ein Gefühl von Ärger und Bitterkeit befiel mich gegen ihn, und sooft ich ihn ansah, fiel der Anblick von gestern mir wieder ein, wie er und das Mädchen stumm und mit Gewalt aneinandergepreßt den Garten verließen. Ich machte mir bittere Vorwürfe darüber, daß ich das Nachtabenteuer dem Oberförster verraten hatte, und ich erfuhr, wie schwer man um ein Weib leiden kann, auch wenn man verzichtet hat und sie nicht einmal mehr haben möchte. Plötzlich ging die Balkontür auf, und es trat eine große, dunkle Gestalt herein, von Regen triefend. Erst als sie den langen

Mantel auseinanderschlug, erkannte ich die schöne Salome, und ehe noch ein Wort gesprochen war, drückte ich mich an ihr vorbei durch die Tür, die sie sogleich schloß. In der Wohnstube saß Berta bei einer Handarbeit und sah bekümmert aus. Einen Augenblick überwog in mir das Mitleid mit dem verlassenen Mädchen alles andere.

Berta, auf dem Balkon ist die Salome beim Hans Amstein, sagte ich zu ihr.

Da stand sie auf, legte ihre Arbeit weg und wurde weiß im Gesicht. Ich sah, wie sie zitterte, und ich dachte, sie würde nun sogleich in Tränen ausbrechen. Aber sie biß sich in die Lippen und blieb stramm.

Ich muß hinübergehen, sagte sie plötzlich und ging. Ich schaute zu, wie sie sich steif aufrecht hielt, wie sie die Balkontür aufmachte und hinter sich wieder schloß. Eine Weile sah ich die Tür an und versuchte mir vorzustellen, was jetzt da draußen geschehe. Aber ich hatte nichts dabei zu tun. Ich ging in meine Stube hinunter, legte mich auf zwei Stühle, rauchte und hörte dem Regen zu. Ich versuchte mir vorzustellen, was nun droben zwischen den dreien vorgehe, und diesmal war mir's am meisten um die Berta leid.

Der Regen hatte längst aufgehört, und der warme Boden war schon fast überall wieder trocken. Ich ging in die Wohnstube hinauf, wo Berta den Tisch deckte.

Ist die Salome fort? fragte ich.

Schon lange. Wo warst du denn?

Ich habe geschlafen. Wo ist Hans?

Ausgegangen.

Was habt ihr miteinander gehabt?

Ach, laß mich!

Nein, ich ließ sie nicht; sie mußte erzählen. Sie tat es leise und ruhig und sah mich aus einem blassen Gesichtchen heraus mit stiller Festigkeit an. Das sanfte Mädchen war tapferer, als ich geglaubt hatte, und vielleicht tapferer als wir beiden Männer.

Als Berta den Balkon betreten hatte, war Hans vor der hochmütig aufgerichteten Salome gekniet. Die Berta nahm sich mit Gewalt zusammen. Sie zwang den Amstein, aufzustehen und ihr Rechenschaft zu geben. Da berichtete er ihr alles, die Salome aber stand daneben, hörte zu und lachte zuweilen. Als er zu

Ende war, entstand ein Schweigen und dauerte so lange, bis die Salome ihren Mantel wieder umnahm und gehen wollte. Da sagte Berta: Du bleibst da! und zu Hans: Sie hat dich eingefangen, jetzt muß sie dich auch haben; zwischen mir und dir ist es ja doch vorbei!

Was die Salome nun antwortete, erfuhr ich nicht genau. Aber es muß bös gewesen sein – sie hat kein Herz im Leib, sagte Berta – und als sie dann zur Tür ging, wurde sie von niemand mehr zurückgehalten und ging unbegleitet die Treppe hinunter. Hans aber bat mein armes Kusinchen um Verzeihung. Er werde noch heute fortgehen, sie möge ihn vergessen, er sei ihrer nicht wert gewesen und dergleichen. Und er war weggegangen.

Als Berta mir das erzählt hatte, wollte ich irgend etwas Tröstendes antworten. Aber ehe ich ein Wort herausbrachte, hatte sie sich über den halbgedeckten Tisch geworfen und wurde von einem unheimlichen Schluchzen geschüttelt. Sie litt keine Berührung und kein Wort, ich konnte nur daneben stehen und zuwarten, bis sie wieder zu sich kam.

Geh, geh doch! sagte sie endlich und ich ging.

Als Hans zum Abendessen noch nicht zurück war und auch auf die Nacht nicht heimkam, war ich nicht sehr erstaunt. Vermutlich war er abgereist. Zwar war sein kleiner Koffer noch da, doch würde er schon darum schreiben. Sehr nobel war diese Flucht nicht, aber durchaus nicht unbegreiflich. Schlimm war nur das, daß ich jetzt genötigt war, dem Onkel die leidigen Affären mitzuteilen. Es gab ein gewaltiges Unwetter, und ich zog mich sehr früh auf meine Bude zurück.

Am andern Morgen weckten mich Gespräch und Geräusch vor dem Haus. Es war kaum fünf Uhr vorbei. Dann wurde die Torglocke gezogen. Ich schlüpfte in die Hosen und ging hinaus.

Auf ein paar Fichtenästen lag Hans Amstein in seinem grauen, wollenen Ferienrock. Ein Waldschütz und drei Holzarbeiter hatten ihn gebracht. Natürlich waren auch schon ein paar Zuschauer da.

Weiter? Nein, mein Bester. Die Geschichte ist aus. Heutzutage sind ja Studentenselbstmorde keine Raritäten mehr, aber damals hatte man Respekt vor Leben und Tod, und man hat von meinem

Hans noch lange gesprochen. Und auch ich habe der leichtsinnigen Salome bis heute nicht verziehen.
Na, sie hat wohl ein gutes Teil abgebüßt. Damals nahm sie es nicht schwer, aber es kam auch für sie eine Zeit, wo sie das Leben ernst nehmen mußte. Sie hat keinen leichten Weg gehabt, sie ist auch nicht alt geworden. Das wäre noch eine Geschichte! Aber nicht für heute. Wollen wir noch eine Bouteille anbrechen? *(1903)*

# Der Erzähler

In einem hochgelegenen Kloster im toskanischen Apennin, dessen Gast er war, saß am Fenster seiner wohnlichen Stube ein greiser geistlicher Herr. Draußen glühte die Frühsommersonne auf den Mauern, auf dem schmalen, festungsartigen Hof, den steinernen Treppen und dem steilen, gepflasterten Fahrweg, der vom grünen Tal heiß und mühsam bergan zum Kloster führte. Weiter hinaus lagen grüne, fruchtbare Täler, in deren Gärten Oliven, Mais, Obst und Reben gediehen, lichte kleine Weiler mit hellen Mauern und schlanken Türmen, dahinter die hohen, kahlen, rötlichen Berge, da und dort mit mauerumschlossenen Meierhöfen und kleinen weißen Landhäusern besetzt.

Auf dem breiten Gesimse hatte der alte Herr ein kleines Buch vor sich liegen. Es war in ein Stück Pergamentmanuskript gebunden, dessen Zinnoberinitialen kräftig leuchteten. Er hatte darin gelesen und strich nun spielend mit der weißen Hand über das Büchlein, nachdenklich lächelnd und mit leisem Kopfschütteln. Das Bändchen war nicht etwa der Klosterbibliothek entnommen, hätte dorthin auch nicht gepaßt; denn es enthielt weder Gebete noch Meditationen noch die *Vitae Patrum*, sondern eine Sammlung von Novellen. Es war ein Novellino in italienischer Sprache, erst kürzlich erschienen, und auf seinen schön gedruckten Blättern stand allerlei Feines und Grobes, zarte Ritter- und Freundschaftshistorien neben durchtriebenen Schelmenstücklein und saftigen Hahnreigeschichten.

Trotz seinem milden Aussehen und trotz seinen höheren kirchlichen Würden hatte Herr Piero keine Ursache, an diesen weltlich derben Geschichten und Schwänken Anstoß zu nehmen. Er hatte selber ein flottes Stück Welt gesehen und genossen, und er war selber ein Verfasser von zahlreichen Novellen, in denen die Heikelkeit der Stoffe mit der Delikatesse der Darstellung wetteiferte. So gut er es in jungen Jahren verstanden hatte, hübschen Frauen den Hof zu machen und verbotene Fenster zu erklimmen, so gut und bündig hatte er später gelernt, seine und fremde Abenteuer zu erzählen. Obwohl er nie ein Buch veröffentlicht hatte, kannte man ihn und seine Geschichten durch ganz Italien. Er liebte eine feinere Art der Darbietung: er ließ seine Opuscula, jedes kleine Stück für sich, zierlich abschreiben und sandte ein solches Blatt oder Heft bald dem, bald jenem von seinen Freunden zum Geschenk, stets mit einer schmeichelhaften oder witzigen Widmung versehen. Diese kostbaren Pergamente gingen zunächst an den Bischofssitzen und Höfen von Hand zu Hand, wurden nacherzählt und wieder und wieder abgeschrieben und fanden ihren Weg in stille, entlegene Kastelle, in Reisewagen und Schiffe, in Klöster und Pfarrhöfe, in Malerwerkstätten und Bauhütten.

Nun war es allerdings schon einige Jahre her, seit die letzte galante Novelle von seinem Pult ins Weite gegangen war, und es gab schon in mehreren Städten Buchdrucker, die gleich den Wölfen auf seinen Tod warteten, um dann sogleich Sammlungen der Novellen zu veranstalten. Herr Piero war alt geworden, und das Schreiben war ihm entleidet. Auch hatte mit dem Altwerden sein Gemüt sich nach und nach von den galanten und witzigen Stoffen abgewandt und neigte zwar nicht zur Askese, aber doch zu einem tieferen, nachdenklichen Betrachten des Ganzen und Einzelnen. Ein glückliches und ausgefülltes Leben hatte bisher seinen Verstand durchaus mit Wirklichkeit gesättigt und vom Grübeln ferngehalten; nun kam gelegentlich eine Stunde, da er statt der kleinen bunten Welt des Zeitlichen die großen Räume des Ewigen ins Auge faßte und über das seltsam und unlöslich ins Unendliche verflochtene Endliche in stille Bewunderung versank. Heiter und freimütig wie sein früheres Denken waren auch diese Betrachtungen; er fühlte ohne Klagen seine Ruhezeit gekommen und den Herbst angebrochen, da die reife Frucht ihres Strebens satt wird und sich, müde werdend, der mütterlichen Erde zuneigt.

So blickte er vom Buche hinweg sinnend und genießend in die heitere Sommerlandschaft. Er sah Bauern im Felde arbeiten, angeschirrte Pferde vor halbbeladenen Wagen an den Toren der Gärten stehen, sah einen struppigen Bettler auf der langen weißen Straße wandern. Lächelnd nahm er sich vor, diesem Bettler etwas zu schenken, wenn er zum Kloster heraufkäme, und aufstehend überblickte er mit spielerischem Mitleiden die Straße mit ihrer großen Windung um Bach und Mühle herum und den steilen warmen Steinweg vor der Pforte, auf dem ein einsames Huhn träumerisch und unstet wandelte und an dessen glühenden Mauern die Eidechsen spielten. Sie liefen hastig, blieben still atmend stehen, bewegten leise und suchend die schönen Hälse und die dunklen harten Augen, sogen die von Wärme zitternde Luft mit Behagen ein und eilten plötzlich wieder, von unbekannten Entschlüssen getrieben, blitzschnell von hinnen, verschwanden in schmale Steinritzen und ließen die langen Schwänze heraushängen. Darüber wandelte den Zuschauer ein Durst an. Er verließ die Stube und schritt durch die kühlen Dormente in den verschlafenen Kreuzgang hinüber. Dienstfertig zog ihm der Bruder Gärtner den schweren Eimer aus der kalten Zisternentiefe, in der die fallenden Tropfen unsichtbar auf eine klingende Wasserfläche schlugen. Er füllte sich einen Becher, pflückte aus den wohlgehaltenen Limonenbüschen eine gelbe reife Frucht und drückte ihren Saft in sein Trinkwasser. Dann trank er in langsamen Zügen.

In seine Stube und an das Fenster zurückgekehrt, ließ er still genießende Blicke über die Täler, Gärten und Bergzüge wandern. Erlangte sein Blick ein sanft am Hange gelegenes Gehöft, so malte er sich im Geist einen sonnigen Torweg aus, unter dem Knechte mit gefüllten Körben, schwitzende Zugpferde und breitmäulige Ochsen, schreiende Kinder, eilige Hühner, freche Gänse, rosige Mägde ein und aus gingen. Kam ihm hoch auf einem Grat ein stattliches, steil emporflammendes Zypressenpaar zu Gesicht, so stellte er sich vor, er säße als ein Wanderer rastend darunter, eine Feder auf dem Hut, ein amüsantes Büchlein in der Tasche und ein Lied auf den Lippen. Wo ein Waldrand seinen gezackten Schatten auf eine lichte Wiese breitete, rastete sein Blick in der Vorstellung einer Sommergesellschaft: er sah junge Leute in den Anemonen lagern und sich die Zeit mit Plauderei und Liebesgetändel vertreiben, sah am Waldrand große flache Körbe mit kalten Speisen und Obst bereitliegen und in die kühle Walderde halb eingesenkt schmalhalsige Weinkrüge, in die man außerdem zu Hause Eisstückchen gelegt hatte.

Er war gewohnt, sich am Betrachten der sichtbaren Welt zu ergötzen, so daß ihm, wenn andere Unterhaltung mangelte, jedes Stück Land oder Welt, vom Fenster oder Reisewagen aus gesehen, zu einem Zeitvertreib wurde, wobei die mannigfaltigen Beschäftigungen und Umtriebe der Menschen ihn als überlegenen Zuschauer zum Lächeln brachten. Denn er gönnte jedem das, was einer besaß und galt, hatte auch gute Gründe zu glauben, daß vor Gottes Augen ein Kirchenfürst wenig mehr als irgendein armer Knecht oder ein Bauernkind bedeute. Und während er, seit kurzem erst der Stadt entronnen, sein Auge an der grünen Freiheit weidete, kehrte sein beweglicher Geist nach mancherlei Flügen heim in die fröhlichen Gefilde der Jugendzeit, als sähe er sie im Bilde der lichten Landschaft zu behaglicher Altersrückschau vor sich ausgebreitet. Mit Nachfreude erinnerte er sich an manchen Tag der Lust, an manche fröhliche Jagd, da er noch keine Röcke trug, an heiße rasche Ritte auf sonnigen Straßen, an Nächte voll Gesang und Geplauder und Bechergeläut, an Donna Maria die Stolze, an Marietta die Müllerin und an die Herbstabende, da er die blonde Giuglietta in Prato besuchte.

Niedersitzend behielt er den rotbraunen Kranz der hohen Berge im Blick, als verweile dort in der Ferne sichtbar noch ein Glanz und Duft von damals, als brenne dort eine lang untergegangene Sonne noch fort. Sein Gedächtnis kehrte in die Zeit zurück, da er kein Knabe mehr und doch noch kein Jüngling war. Dies allein hatte er unrettbar verloren; das war das einzige, was sich nie im Leben wiederholt hatte und was auch die Erinnerung nicht mehr völlig zu beschwören mächtig war – jenes frühlingshafte, sehnsüchtige Werdegefühl. Wie hatte er da nach Wissen gehungert, nach einer sicheren Kunde von der Welt und vom Mannesleben, vom Wesen der Frau und der Liebe! Und wic war er reich und unbewußt glücklich in jenem schmerzlich dürstenden Sehnen gewesen! Was er später sah und genoß, war schön, war süß; aber schöner und süßer und seliger war jenes phantastische Träumen und Ahnen und Sehnen gewesen.

Ein Heimweh dort hinüber beschlich den alten Herrn. Nur eine von den Stunden noch einmal zu haben, da er tastend vor dem Vorhang des Lebens und der Liebe stand, noch unwissend, was er dahinter fände und ob es zu wünschen oder zu fürchten sei! Noch einmal errötend die Gespräche der älteren Freunde zu belauschen und beim Gruß jeder Frau, von deren Liebesleben man irgend etwas wußte oder ahnte, bis ins Herz hinein zu zittern!

Piero war nicht der Mann, um Erinnerungen zu trauern und sein Wohlsein einer Jagd nach Träumen zu opfern. Mit einer plötzlichen Grimasse begann er leise die Melodie einer alten lustigen Canzone durch die Zähne zu pfeifen. Dann griff er von neuem nach dem Novellino und fand seine Freude daran, in dem farbenreichen Dichtergarten zu lustwandeln, wo es von prächtigen Kostümen glänzte, während die Becken der Springbrunnen vom Gekreisch badender Mädchen widerhallten und in den Gebüschen das Gekose verliebter Paare zu hören war. Da und dort nickte er einem guten Wortspiel erkennend und befriedigt zu, da und dort schien ihm eine Pointe gelungen, ein Kraftwort gut angebracht, ein kleiner lasziver Nebensatz geschickt und reizend durch scheinbares Verstecken ins Licht gerückt; je und je auch dachte er mit korrigierender Gebärde: das hätte ich anders gemacht. Manchen Satz las er halblaut, den Tonfall ausprobend. Heiterkeit überflog sein kluges Gesicht und entzündete kleine fröhliche Feuer in seinen Augen.

Wie es aber geschehen kann, daß ungewollt ein Teil unserer Seele, während wir dies oder jenes treiben, durch entlegene Gebiete irrt und bei Vorstellungen verweilt, die mehr als Phantasien und weniger als Erinnerungen sind, so war ein Teil seiner Gedanken, ohne daß er recht darum wußte, in jener fernen Vorfrühlingszeit seiner Jugend geblieben und flatterte unsicher um ihre ruhenden Geheimnisse, wie die Abendfalter um ein erleuchtetes und geschlossenes Fenster schwirren.

Und als nach einer Stunde das lustige Buch von neuem weggeschoben auf dem Stuhle lag, waren diese verirrten Gedanken noch nicht zurückgekehrt, und um sie heimzurufen, ging er ihnen so weit in die Ferne nach, daß es ihn gelüstete, dort nochmals eine Weile zu rasten. Mit spielender Hand ergriff er ein daliegendes Streifchen Papier, nahm vom Schreibtisch einen Kiel und begann feine Linien zu kritzeln. Eine lange schmale Frauengestalt erwuchs auf dem Papier, mit stiller Freude streichelte die weiße weiche Priesterhand liebevoll an Falten und Säumen; nur das Gesicht war und blieb eine blöde Maske, dazu reichte seine Fertigkeit nicht aus. Während er kopfschüttelnd die starren Linien des Mundes und der Augen statt lebendiger nur schwärzer und steifer werden sah, veränderte das Tageslicht sich mehr und mehr, und endlich aufblickend, sah Herr Piero die Berge rot umleuchtet. Er lehnte sich ins Fenster, sah im goldenen Staubgeflimmer der Straße Vieh und Wagen, Bauern und Weiber heimkehren, hörte in nahen Dörfern anhebendes Geläut und, als dies verklungen war, ganz fern und fein noch ein tiefes Summen tönen, aus irgendeiner entfernteren Stadt, vielleicht aus Florenz. Im Tal stand ein rosenfarbener Abendduft, und mit dem Herankommen der Dämmerung wurden die Höhen plötzlich sammetblau und der Himmel opalfarbig. Herr Piero nickte zu den dunkelnden Bergen hinüber, erwog zugleich, daß es nun Zeit zum Abendessen sei, und verfügte sich mit bequemen Schritten treppauf in das Speisezimmer des Abtes.

Sich nähernd, hörte er ungewohnte frohe Töne, die auf Gäste deuteten, und bei seinem Eintritt erhoben sich zwei Fremde aus ihren Sesseln. Der Abt stand gleichfalls auf.

»Du kommst spät, Piero«, sagte er. »Ihr Herren, da ist der Erwartete. Ich bitte dich, Piero – hier ist Herr Luigi Giustiniani aus Venedig und sein Vetter, der junge Herr Giambattista. Die Herrschaften kommen von Rom und Florenz und hätten mein Bergnest schwerlich gefunden, wenn nicht deine berühmte Gegenwart, die man ihnen in Florenz verriet, sie hergezogen hätte.«

»Wirklich?« lachte Piero. »Vielleicht ist es doch anders, und die Herren gehorchten einfach der Stimme ihres Blutes, die sie an keinem Kloster vorübergehen lassen sollte.«

»Warum denn?« fragte der Abt verwundert, und Luigi lachte.

»Herr Piero scheint allwissend«, sagte er fröhlich, »daß er uns so unvermutet mit alten Familiengeschichten bewirtet.«

Nun erzählte er dem Abt in Kürze die merkwürdige Geschichte seines Urahnen. Dieser sah sich nämlich als ganz junger, noch nicht lange eingekleideter Mönch eines Tages als der einzige männliche Träger seines Namens übriggeblieben, da der gesamte männliche Stamm der Giustiniani vor Byzanz zugrunde gegangen war. Damit die Familie nicht absterbe, entband ihn der Papst seines Gelübdes und vermählte ihn mit der Tochter des Dogen. Er bekam mit dieser drei Söhne; aber kaum waren diese erwachsen und an Frauen aus den mächtigsten Häusern verheiratet, so ging der Vater in sein Kloster zurück, wo er in strengster Buße lebte.

Piero hatte sich an seinen Ehrenplatz gesetzt und erwiderte die Artigkeiten, die den weichsprechenden Venezianern wie Öl vom Munde liefen, auf seine vornehme Weise. Er war ein wenig müde, doch ließ er davon nichts merken, und während dem

Fisch das Geflügel und dem lichten herben Bologneser ein kraftvoller alter Chianti folgte, ward er zusehends lebhafter.

Als die Schüsseln abgetragen waren und neben den Bechern nur noch der Weinkrug und eine Schale mit Früchten auf dem Tische stand, war es im Zimmer beinahe schon dunkel. Durch die schmalen, schwer gemauerten Fensterbogen blaute der Nachthimmel herein, und auch als die Leuchter angezündet waren, blieb sein Schimmer noch lange sichtbar. Unter den Fenstern ward aus der Taltiefe je und je ein Sommernachtgeräusch hörbar, bald ein fernes Hundegebell, bald von der Mühle ein Gelächter, Gesang oder Lautenschlagen, bald auf der Straße der langsame Doppelschritt eines Liebespaares. In ruhigen Wogen floß die laue, nach den Feldern duftende Luft herein, kleines Nachtgeflügel mit grauen, silberstaubigen Sammetflügeln kreiste irrend um die Kerzen, an denen das Wachs zu dicken Bärten niedertropfte.

Am Tische gingen Scherzreden, Wortspiele und Anekdoten um. Das Gespräch, das mit politischen Neuigkeiten und den neuesten vatikanischen Witzen begonnen, dann eine Wendung zum Literarischen genommen hatte, blieb schließlich bei Liebesfragen und Liebeserlebnissen hängen, wobei die jungen Gäste ein Beispiel ums andere anführten, zu denen der Abt schweigend nickte, Piero aber Anmerkungen und Überblicke gab, deren Wesen ebenso sachkundig gründlich wie ihre Form präzise war. Doch legte er mehr Gewicht auf vergnügliche Abwechslung als auf strenge Konsequenz, und kaum hatte er die Behauptung gewagt, ein kundiger Mann könne auch in der dicksten Finsternis an untrüglichen Merkmalen erkennen, ob eine Frau blond oder dunkel sei, so schien er sich zu widersprechen mit dem nächsten Axiom, daß nämlich bei Weibern und in der Liebe drei gerade und hell dunkel sei.

Die Venezianer brannten darauf, ihm irgendein Histörchen zu entlocken, und wandten alle Künste an, ihn unvermerkt zum Erzählen zu verführen. Der Alte blieb aber ruhig und beschränkte sich darauf, Theorien und Sentenzen ins Gespräch zu werfen, wodurch er den Gästen spielend eine Geschichte um die andere entlockte, deren jede er belustigt dem Schatz eines unheimlich reichen Gedächtnisses einreihte. Er hörte dabei auch manchen ihm längst wohlbekannten Stoff in neuer persönlicher Verkleidung vortragen, ohne den Plagiator zu entlarven; er war alt und klug genug, um zu wissen, daß gute alte Geschichten niemals schöner und lustiger sind, als wenn ein Neuling sie selber erlebt zu haben glaubt.

Am Ende aber wurde der junge Giambattista ungeduldig. Er nahm einen Schluck von dem dunkelroten Wein, stieß den Becher auf den Tisch und wandte sich an den Alten. »Hochwürdiger Herr«, rief er, »Ihr wißt so gut wie ich, daß wir alle vor Begierde sterben, eine Erzählung aus Eurem Munde zu hören. Ihr habt uns nun verlockt, daß wir Euch mindestens schon ein Dutzend Geschichten erzählt haben, immer in der Hoffnung, Ihr würdet eine bessere auftischen, wäre es auch nur, um uns zu beschämen. Tut uns die Liebe und erfreut uns mit irgendeiner alten oder neuen Novelle!«

Piero verzehrte bedächtig einen in Wein getauchten Feigenschnitz und überlegte, während er daran schlürfte. »Ihr vergeßt, werter Herr, daß ich kein leichtsinniger Novellist mehr bin, sondern ein alter Mann, dem nur noch ein Epigramm für seinen Grabstein zu verfassen übrigbleibt.«

»Mit Verlaub«, fiel Giambattista ein, »Ihr habt noch vor Augenblicken Worte über die Liebe gesagt, auf die jeder Jüngling stolz sein dürfte.«

Auch Luigi fing an zu bitten. Piero lächelte sonderbar. Er hatte beschlossen, nachzugeben, jedoch eine Geschichte zu erzählen, von der er erwarten durfte, sie würde die jungen Männer enttäuschen. Ruhig schob er den dreiflammigen Leuchter weiter von sich, besann sich ein wenig, wartete, bis alle still wurden und ihre Becher gefüllt hatten, und begann zu sprechen.

Die Kerzen warfen eckige Schatten auf die breite Tafel, auf der einzelne braune und grüne Feigen und gelbe Limonen verstreut lagen. Durch die hohen Fensterbogen atmete, kühler werdend, die Nacht, die indes den lichten Himmel dunkel gemacht und mit Gestirnen bedeckt hatte. Die drei Zuhörenden hatten sich in die tiefen Sessel zurückgesetzt und blickten vor sich nieder auf den roten Steinboden, auf dem der Schatten des Tafeltuches sich leise wallend bewegte. In der Mühle und weit im Tal war alles verstummt, und es war so still, daß man in weiter Ferne auf der harten Straße ein müdes Pferd im Schritt gehen hörte – so langsam, daß man nicht unterscheiden konnte, ob es näherkomme oder sich entferne.

Piero erzählte:
Wir haben diesen Abend mehrmals über das Küssen gesprochen und darüber gestritten, welche Art des Kusses die beglückendste sei. Es ist die Sache der Jugend, das zu beantworten; wir alten Leute sind über das Versuchen und Erproben hinaus und können über dergleichen wichtige Dinge nur noch unsere trübgewordene Erinnerung befragen. Aus meiner bescheidenen Erinnerung will ich euch also die Geschichte zweier Küsse erzählen, von welchen mir jeder zugleich als der süßeste und bitterste in meinem Leben erschienen ist.
Als ich zwischen sechzehn und siebzehn alt war, besaß mein Vater noch ein Landhaus auf der Bologneser Seite des Apennin, in dem ich den größten Teil meiner Knabenjahre verlebt habe, vor allem jene Zeit zwischen Knabentum und Jünglingtum, die mir heute – möget ihr es verstehen oder nicht – als die schönste im ganzen Leben erscheint. Längst hätte ich jenes Haus einmal wieder aufgesucht oder es als Ruhesitz für mich erworben, wäre es nicht durch eine unerfreuliche Erbschaft an einen meiner Vettern gefallen, mit dem ich beinah schon von Kind auf mich schlecht vertrug und der übrigens eine Hauptrolle in meiner Geschichte spielt.
Es war ein schöner, nicht allzu heißer Sommer, und mein Vater bewohnte mit mir und mit ebenjenem Vetter, den er zu Gast geladen hatte, das kleine Landhaus. Meine Mutter lebte damals schon lange nicht mehr. Der Vater war noch in guten Jahren, ein wohlbeschaffener Edelmann, der uns Jungen im Reiten und Jagen, Fechten und Spielen, in *artibus vivendi et amandi* zum Vorbild diente. Er bewegte sich noch immer leicht und fast jugendlich, war schön und kräftig gewachsen und hat bald nach jener Zeit zum zweitenmal geheiratet.
Der Vetter, der Alvise hieß, war damals dreiundzwanzigjährig und, wie ich gestehen muß, ein schöner junger Mann. Nicht nur war er schlank und gut gebaut, trug schöne lange Locken und hatte ein frisches, rotwangiges Gesicht, sondern er bewegte sich auch mit Eleganz und Anmut, war ein brauchbarer Plauderer und Sänger, tanzte recht gut und genoß schon damals den Ruf

eines der beneidetsten Frauengünstlinge unserer Gegend. Daß wir einander durchaus nicht leiden mochten, hatte seine guten Ursachen. Er behandelte mich hochmütig oder mit einem unleidlich ironischen Wohlwollen, und da mein Verstand über meine Jahre entwickelt war, beleidigte mich diese geringschätzige Art, mit mir umzugehen, fortwährend aufs bitterste. Auch hatte ich als ein guter Beobachter manche seiner Intrigen und Heimlichkeiten entdeckt, was natürlich wiederum ihm recht unlieb war. Einigemal versuchte er mich durch ein geheuchelt freundschaftliches Benehmen zu gewinnen, doch ging ich nicht darauf ein. Wäre ich ein klein wenig älter und klüger gewesen, so hätte ich ihn durch verdoppelte Artigkeit eingefangen und bei guter Gelegenheit zu Fall gebracht – erfolgreiche und verwöhnte Leute sind ja so leicht zu täuschen! So aber war ich zwar erwachsen genug, um ihn zu hassen, aber noch zu sehr Kind, um andere Waffen als Sprödigkeit und Trotz zu kennen, und statt ihm seine Pfeile zierlich vergiftet wieder zuzuwerfen, trieb ich sie mir durch meine machtlose Entrüstung nur selber noch tiefer ins Fleisch. Mein Vater, dem unsere gegenseitige Abneigung natürlich nicht verborgen geblieben war, lachte dazu und neckte uns damit. Er hatte den schönen und eleganten Alvise gern und ließ sich durch mein feindliches Verhalten nicht daran hindern, ihn häufig einzuladen.

So lebten wir auch jenen Sommer zusammen. Unser Landhaus lag schön am Hügel und blickte über Weinberge hinweg gegen die entfernte Ebene. Erbaut wurde es, soviel ich weiß, von einem unter der Herrschaft der Albizzi verbannten Florentiner. Ein hübscher Garten lag darum her; mein Vater hatte rund um ihn eine neue Mauer errichten lassen, und sein Wappen war auf dem Portal in Stein ausgehauen, während über der Tür des Hauses noch immer das Wappen des ersten Besitzers hing, das aus einem brüchigen Stein gearbeitet und kaum mehr kenntlich war. Weiter gegen das Gebirge hinein gab es eine sehr gute Jagd; dort ging oder ritt ich fast alle Tage umher, sei es allein oder mit meinem Vater, der mich damals in der Falkenbeize unterrichtete.

Wie gesagt, ich war beinah noch ein Knabe. Aber doch war ich keiner mehr, sondern stand mitten in jener kurzen, sonderbaren Zeit, da zwischen der verlorenen Kindesheiterkeit und der noch unerfüllten Mannbarkeit die jungen Leute wie zwischen zwei

verschlossenen Gärten auf einer heißen Straße wandeln, lüstern ohne Grund, traurig ohne Grund. Natürlich schrieb ich eine Menge Terzinen und dergleichen, war aber noch nie in etwas anderes als in poetische Traumbilder verliebt gewesen, obwohl ich vor Sehnsucht nach einer wirklichen Liebe zu sterben meinte. So lief ich in einem beständigen Fieber herum, liebte die Einsamkeit und kam mir unsäglich unglücklich vor. Es verdoppelte meine Leiden der Umstand, daß ich sie sorgfältig verborgen halten mußte. Denn weder mein Vater noch der verhaßte Alvise hätten mich, wie ich genau wußte, mit ihrem Spott verschont. Auch meine schönen Gedichte verbarg ich vorsorglicher als ein Geizhals seine Dukaten, und wenn mir die Truhe nicht mehr sicher genug erscheinen wollte, trug ich die Kapsel mit den Papieren in den Wald und vergrub sie dort, schaute aber jeden Tag nach, ob sie noch da sei.
Bei einem solchen Schatzgräbergang sah ich einst zufällig meinen Vetter am Rande des Waldes stehen. Ich schlug sogleich eine andere Richtung ein, da er mich noch nicht gesehen hatte, behielt ihn aber im Auge; denn ich hatte mir ebensosehr aus Neugierde wie aus Feindschaft angewöhnt, ihn beständig zu beobachten. Nach einiger Zeit sah ich aus den Feldern eine junge Magd, die zu unserm Haushalt gehörte, hervorkommen und sich dem wartenden Alvise nähern. Er schlang den Arm um ihre Hüfte, drückte sie an sich und verschwand so mit ihr im Wald.
Da erfaßte mich ein gewisses Fieber und zugleich ein glühender Neid gegen den älteren Vetter, den ich Früchte pflücken sah, die für mich noch zu hoch hingen. Bei der Abendmahlzeit faßte ich ihn scharf ins Auge, denn ich glaubte, man müsse es irgendwie seinen Augen oder seinen Lippen ansehen, daß er geküßt und Liebe genossen hatte. Er sah jedoch aus wie sonst und war auch ebenso heiter und gesprächig. Von da an konnte ich weder jene Magd noch Alvise ansehen, ohne einen lüsternen Schauder zu spüren, der mir ebenso wohl wie wehe tat.
Um diese Zeit – es ging gegen den Hochsommer – brachte eines Tages mein Vetter die Nachricht, wir hätten Nachbarn bekommen. Ein reicher Herr aus Bologna mit seiner schönen jungen Frau, die Alvise beide schon seit längerer Zeit kannte, hatten ihr Landhaus bezogen, das keine halbe Stunde von unserm entfernt und etwas tiefer am Berge lag.

Dieser Herr war auch mit meinem Vater bekannt, und ich glaube, er war sogar ein entfernter Verwandter meiner verstorbenen Mutter, die aus dem Hause der Pepoli stammte; doch weiß ich dies nicht gewiß. Sein Haus in Bologna stand nahe beim Collegio di Spagna. Das Landhaus aber war ein Besitztum seiner Frau. Sie und er und auch schon ihre drei Kinder, von denen damals noch keines geboren war, sind nun alle gestorben, wie denn außer mir von allen den damals Versammelten nur noch mein Vetter Alvise am Leben ist, und auch er und ich sind jetzt Greise, ohne daß wir uns freilich deshalb lieber geworden wären.

Schon am folgenden Tage begegneten wir auf einem Ausritt jenem Bolognesen. Wir begrüßten ihn, und mein Vater forderte ihn auf, er möge ihn, samt seiner Frau, in Bälde besuchen. Der Herr schien mir nicht älter als mein Vater zu sein; doch ging es nicht an, diese beiden Männer miteinander zu vergleichen, denn mein Vater war groß und von edelstem Wuchse, jener aber klein und unschön. Er erwies meinem Vater alle Artigkeit, sagte auch zu mir einige Worte und versprach, er wolle uns am nächsten Tage besuchen, worauf mein Vater ihn sogleich aufs freundlichste zu Tische lud. Der Nachbar dankte, und wir schieden mit vielen Komplimenten und in der größten Zufriedenheit voneinander.

Tags darauf ließ mein Vater ein gutes Mahl bestellen und auch, der fremden Dame zu Ehren, einen Blumenkranz auf den Tisch legen. Wir erwarteten unsere Gäste in großer Freude und Spannung, und als sie ankamen, ging mein Vater ihnen bis unter das Tor entgegen und hob die Dame selber vom Pferd. Wir setzten uns darauf alle fröhlich zu Tisch, und ich bewunderte während der Mahlzeit Alvise noch mehr als meinen Vater. Er wußte den Fremden, zumal der Dame, so viele drollige schmeichelhafte und ergötzliche Dinge zu sagen, daß alle vergnügt wurden und das Gespräch und Gelächter keinen Augenblick stockte. Bei diesem Anlaß nahm ich mir vor, diese wertvolle Kunst auch zu lernen.

Am meisten aber beschäftigte mich der Anblick der jungen Edeldame. Sie war ausnehmend schön, groß und schlank, prächtig gekleidet, und ihre Bewegungen waren natürlich und reizend. Genau erinnere ich mich, daß sie an ihrer mir zugewendeten linken Hand drei Goldringe mit großen Steinen und am

Hals ein dreifaches goldenes Kettchen mit Platten von florentinischer Arbeit trug. Als das Mahl sich zu Ende neigte und ich sie genugsam betrachtet hatte, war auch ich schon zum Sterben in sie verliebt und empfand zum erstenmal diese süße und verderbliche Leidenschaft, von der ich schon viel geträumt und gedichtet hatte, in aller Wirklichkeit.

Nach aufgehobener Tafel ruhten wir alle eine Weile aus. Alsdann begaben wir uns in den Garten, saßen daselbst im Schatten und ergötzten uns an mancherlei Gesprächen, wobei ich eine lateinische Ode hersagte und ein wenig Lob erntete. Am Abend speisten wir in der Loggia, und als es anfing dunkler zu werden, machten sich die Gäste auf den Heimweg. Ich erbot mich sogleich, sie zu begleiten; aber Alvise hatte schon sein Pferd vorführen lassen. Man verabschiedete sich, die drei Pferde setzten sich in Schritt, und ich hatte das Nachsehen.

An jenem Abend und in jener Nacht hatte ich denn zum erstenmal Gelegenheit, etwas vom Wesen der Liebe zu erfahren. So hochbeglückt ich den ganzen Tag beim Anblick der Dame gewesen war, so elend und untröstlich wurde ich von der Stunde an, da sie unser Haus wieder verlassen hatte. Mit Schmerz und Neid hörte ich nach einer Stunde den Vetter heimkehren, die Pforte verschließen und sein Schlafzimmer aufsuchen. Dann lag ich die ganze Nacht, ohne schlafen zu können, seufzend und unruhig in meinem Bett. Ich suchte mich des Aussehens der Dame genau zu erinnern, ihrer Augen, Haare und Lippen, ihrer Hände und Finger und jedes Wortes, das sie gesprochen hatte. Ich flüsterte ihren Namen Isabella mehr als hundertmal zärtlich und traurig vor mich hin, und es war ein Wunder, daß niemand am folgenden Tage mein verstörtes Aussehen bemerkte. Den ganzen Tag wußte ich nichts anderes zu tun, als mich auf Listen und Mittel zu besinnen, um die Dame wiederzusehen und womöglich irgendeine Freundlichkeit von ihr zu erlangen. Natürlich quälte ich mich vergeblich, ich hatte keine Erfahrung, und in der Liebe beginnt ein jeder, auch der Glücklichste, notwendig mit einer Niederlage.

Einen Tag später wagte ich es, zu jenem Landhaus hinüberzugehen, was ich sehr leicht heimlich tun konnte, denn es lag nahe am Wald. Am Rande des Waldes verbarg ich mich behutsam und spähte mehrere Stunden lang hinüber, ohne etwas anderes zu Gesicht zu bekommen als einen trägen, feisten Pfau, eine singende Magd und einen Flug weißer Tauben. Und nun lief ich jeden lieben Tag dorthin, hatte auch zwei- oder dreimal das Vergnügen, Donna Isabella im Garten lustwandeln oder an einem Fenster stehen zu sehen.

Allmählich wurde ich kühner und drang mehrmals bis in den Garten vor, dessen Tor fast immer geöffnet und durch hohe Gebüsche geschützt war. Unter diesen versteckte ich mich so, daß ich mehrere Wege überschauen konnte, mich auch ganz nahe bei einem kleinen Lusthäuschen befand, worin Isabella sich am Vormittag gerne aufhielt. Dort stand ich halbe Tage, ohne Hunger oder Ermattung zu fühlen, und zitterte jedesmal vor Wonne und Angst, sobald ich die schöne Frau zu sehen bekam.

Eines Tages war mir im Wald der Bolognese begegnet, und ich lief mit doppelter Freude an meinen Posten, da ich ihn nicht zu Hause wußte. Aus demselben Grunde wagte ich mich diesmal auch weiter als sonst in den Garten und verbarg mich dicht neben jenem Pavillon in einem dunklen Lorbeergebüsch. Da ich im Innern Geräusche vernahm, wußte ich, daß Isabella zugegen war. Einmal glaubte ich auch ihre Stimme zu hören, jedoch so leise, daß ich dessen nicht sicher war. Geduldig wartete ich in meinem mühseligen Hinterhalt, bis ich sie zu Gesicht bekäme, und war zugleich beständig in Furcht, ihr Gatte möchte heimkehren und mich zufällig entdecken. Das mir zugewendete Fenster des Lusthäuschens war zu meinem großen Bedauern und Ärger mit einem blauen Vorhang aus Seide verhangen, so daß ich nicht hineinsehen konnte. Dagegen beruhigte es mich ein wenig, daß ich an dieser Stelle von der Villa her nicht gesehen werden konnte.

Nachdem ich länger als eine Stunde gewartet hatte, schien es mir, als finge der blaue Vorhang an, sich zu bewegen, wie wenn jemand dahinter stände und durch die Ritze in den Garten hinauszuspähen versuchte. Ich hielt mich gut verborgen und wartete in größter Erregung, was nun geschehen würde, denn ich war keine drei Schritt von jenem Fenster entfernt. Der Schweiß lief mir über die Stirn, und mein Herz pochte so stark, daß ich fürchtete, man könne es hören.

Was sich nun begab, traf mich schlimmer als ein Pfeilschuß in

mein unerfahrenes Herz. Der Vorhang flog mit einem heftigen Ruck beiseite, und blitzschnell, aber ganz leise, sprang ein Mann aus dem Fenster. Kaum hatte ich mich von meiner namenlosen Bestürzung erholt, so fiel ich schon in eine neue; denn im nächsten Augenblick erkannte ich in dem kühnen Manne meinen Feind und Vetter. Wie ein Wetterleuchten kam plötzlich das Verständnis über mich. Ich zitterte vor Wut und Eifersucht und war nahe daran, aufzuspringen und mich auf ihn zu stürzen.
Alvise hatte sich vom Boden aufgerichtet, lächelte und schaute vorsichtig um sich her. Gleich darauf trat Isabella, die den Pavillon vorn durch die Tür verlassen hatte, um die Ecke und auf ihn zu, lachte ihn an und flüsterte leise und zärtlich: »Geh nun, Alvise, geh! Addio!«
Zugleich bog sie sich ihm entgegen, er umfaßte sie und drückte seinen Mund auf den ihren. Sie küßten sich nur ein einziges Mal, aber so lang und begierig und glühend, daß mein Herz in dieser Minute wohl tausend Schläge tat. Nie hatte ich die Leidenschaft, die ich bis dahin eigentlich nur aus Versen und Erzählungen kannte, aus solcher Nähe gesehen, und der Anblick meiner Donna, deren rote Lippen dürstend und gierig am Munde meines Vetters hingen, brachte mich nahezu um den Verstand.
Dieser Kuß, meine Herrschaften, war zugleich für mich süßer und bitterer als irgendeiner, den ich selber je gegeben oder empfangen habe – einen einzigen vielleicht ausgenommen, von dem ihr sogleich auch hören sollt.

Noch am selben Tage, während meine Seele noch wie ein verwundeter Vogel zitterte, wurden wir eingeladen, morgen bei dem Bolognesen zu Gast zu sein. Ich wollte nicht mitgehen, aber mein Vater befahl es mir. So lag ich wieder eine Nacht schlaflos und in Qualen. Dann bestiegen wir die Pferde und ritten gemächlich hinüber, durch das Tor und den Garten, den ich so oft heimlich betreten hatte. Während aber mir höchst bang und elend zumute war, betrachtete Alvise das Gartenhäuschen und die Lorbeergebüsche mit einem Lächeln, das mich toll machte.
Zwar hingen bei Tisch auch diesmal meine Augen ohne Unterlaß an Donna Isabella, aber jeder Blick bereitete mir Höllenpein, denn ihr gegenüber saß der verhaßte Alvise am Tisch, und ich konnte die schöne Dame nicht mehr ansehen, ohne mir aufs

deutlichste die Szene von gestern vorzustellen. Dennoch sah ich fortwährend auf ihre reizenden Lippen. Die Tafel war mit Speisen und Weinen vortrefflich besetzt, das Gespräch lief heiter und lebhaft dahin; aber mir schmeckte kein Bissen, und ich wagte an den Unterhaltungen nicht mit einem Wörtchen teilzunehmen. Der Nachmittag kam mir, während alle andern so fröhlich waren, so lang und schlimm wie eine Bußwoche vor.
Während der Abendmahlzeit meldete der Diener, es stehe ein Bote im Hof, der den Hausherrn sprechen wolle. Also entschuldigte sich dieser, versprach, bald zurückzukehren, und ging. Mein Vetter führte wieder hauptsächlich die Unterhaltung. Aber mein Vater hatte, wie ich glaube, ihn und Isabella durchschaut und machte sich das Vergnügen, sie ein wenig durch Anspielungen und sonderbare Fragen zu necken. Unter anderm fragte er die Dame scherzend: »Sagt doch, Donna, welchem von uns dreien würdet Ihr am liebsten einen Kuß geben?«
Da lachte die schöne Frau laut auf und sagte ganz eifrig: »Am liebsten diesem hübschen Knaben dort!« Sie war auch schon von ihrem Sessel aufgestanden, hatte mich an sich gezogen und gab mir einen Kuß – aber er war nicht wie jener gestrige lang und brennend, sondern leicht und kühl.
Und ich glaube, dies war der Kuß, der für mich mehr Lust und Leid als jemals irgendein anderer enthielt, den ich von einer geliebten Frau empfing.

Piero trank seinen Becher aus, stand auf und erwiderte die Höflichkeiten der Venezianer; dann ergriff er einen von den Leuchtern, nickte dem Abt gute Nacht und ging hinaus. Es war ziemlich spät geworden, und auch die beiden Fremden gingen nun sogleich zu Bett.
»Wie gefiel er dir?« fragte Luigi, als sie schon im Dunkeln lagen.
»Schade, er wird alt«, sagte Giambattista und gähnte. »Ich bin wirklich enttäuscht. Statt einer guten Novelle kramt er Kindererinnerungen aus!«
»Ja, das ist bei alten Leuten so«, erwiderte Luigi und streckte sich unterm Linnen. »Immerhin spricht er glänzend, und erstaunlich ist auch, was für ein gutes Gedächtnis er hat.«
Zur selben Zeit begab sich der alte Piero zu Bett. Er war müde

geworden. Auch bereute seine Eitelkeit es jetzt, daß er nicht etwas anderes zum besten gegeben hatte, was er ja leicht hätte tun können.

Das eine aber erfreute ihn und machte ihn herzlich lächeln, daß seine Improvisatorgabe doch immer noch ungeschwächt war. Denn seine Geschichte samt Landhaus, Vetter, Magd, Donna, Lorbeergebüsch und beiden Küssen war nichts als eine Fabel gewesen, im Augenblick für den Augenblick erfunden. *(1903)*

## Karl Eugen Eiselein

Schorsch Eiselein, Kolonialwarenhändler in Gerbersau, besaß einen Kaufladen, von dem er anständig und bequem leben konnte und der ihm wenig Sorgen machte, und eine kluge kleine Frau, mit der er überaus zufrieden war, ferner einen kleinen Sohn, der vom Vater sowohl wie von der Vorsehung zu Höherem bestimmt war und ihm darum viele Sorgen machte.

Dieser Sohn hieß Karl Eugen, und es wollte etwas bedeuten, daß er von klein auf nicht Karl oder Eugen, sondern stets mit dem fürstlichen Doppelnamen Karl-Eugen gerufen ward. Dementsprechend gab der Kleine auch für zwei zu tun und zu sorgen, schrie für zwei und brauchte Windeln und Kleider für zwei, bis er allmählich in das Alter trat, wo die Erzeuger an ihren Sprößlingen eine gewisse Freude zu erleben wünschen. Daran ließ es denn der Knabe auch nicht fehlen; es zeigte sich, daß er nicht zu den Dummen gehöre und wohl einer höhern Ausbildung fähig sei.

Herr Eiselein war sehr glücklich. Ihm selbst waren die Gefilde der klassischen Bildung zu seinem Schmerze unerschlossen geblieben; desto sehnlicher wünschte er, seinen Sohn in dieser fremden Welt sich tummeln zu sehen. Er legte daher eines Tages seinen Festrock, gestickte Weste und reinen Hemdkragen an, strich dem Knäblein zärtlich über den glatten blonden Scheitel und führte es zur Lateinschule, wo er es der Obhut des Kollaborators Wurster übergab.

Von da an ging der junge Karl Eugen den gewohnten Weg eines Gerbersauer Lateiners. Ein Jahr lang regierte ihn der Kollaborator Wurster, ein sanft lächelnder Mann mit altmodischen Löcklein und engen Hosen; dann gab ihn dieser an den Präzeptor Dilger weiter, einen feisten Wüterich mit langem Meerrohr und furchtbarer Stirnrunzel, und wieder nach einem Jahr übernahm ihn Doktor Müller, ein eleganter Stutzer von feinen Manieren.

Der Bub erwies sich als gescheit und kam glatt von einer Klasse in die andere. Nicht so glatt und tadellos ging er aus manchen langwierigen Affären und Untersuchungen hervor, welche Apfeldiebstähle, Unehrerbietigkeiten gegen die Lehrer, Schulschwänzereien und schlechtes Betragen beim Kirchenbesuch zum Gegenstand hatten. Zwar verstand er die Kunst, sich hinter andere zu bergen und einleuchtende mildernde Umstände beizubringen, vortrefflich; trotzdem verbüßte er manchen Mittwochnachmittag im Klassenarrest und kam oft genug geprügelt und gescholten und jammervoll nach Hause, wo der Vater ihn mit Trost und Teilnahme empfing und jedesmal schnell wieder einer freundlicheren Betrachtung des Lebens entgegenführte.

Nichtsdestoweniger war Karl Eugen Eiselein in seinem elften Lebensjahr eines Tages spurlos verschwunden, samt vier Talern aus seines Vaters Ladenkasse, einem halben Zuckerhut und zwei Schulkameraden, deren bestürzte Eltern ihre Klagen mit denen des Kolonialwarenhändlers vereinigten.

Als die Knaben gegen Abend noch immer fehlten, wurden nach allen Seiten Boten ausgesandt, der ganze Fluß ward mit Stangen abgestochen und bei jedem Stich schauderte die zuschauende Kinderschar zusammen, gewärtig, im nächsten Augenblick einen der Ertrunkenen am Spieße zu sehen. Es kam aber keiner zum Vorschein.

Herr Eiselein war in seiner Not den ganzen Abend herumgelaufen. Er kehrte spät und trostlos heim und schob den Suppenteller, den die Frau ihm warmgestellt hatte, traurig zurück. Aber die kleine Frau, so ruhig und nachgiebig sie sonst war, stellte ihm den Teller sogleich wieder hin, zwang ihm den Löffel in die Hand und sagte sehr bestimmt: »Für nix will ich's Essen nicht gewärmt haben, iß du jetzt nur. Der Lausbub wird wohl wiederkommen, wenn er Hunger kriegt. Sei jetzt so gut und iß!« Und der Vater war so gebrochen und widerstandslos, daß er nicht einmal aufbegehrte, sondern ganz still den Löffel nahm und aß, bis nichts mehr da war. Das hatte die Frau doch nicht erwartet, und da sie daraus seine Verzweiflung ersah, wurde jetzt auch sie beklommen und angstvoll, und beide saßen den ganzen Abend beisammen am Tisch, sagten nichts und gaben sich düsteren Gedanken hin.

Nachts nach elf Uhr geschah ein kurzes schwaches Läuten an der Hausglocke und gleich darauf ein stärkeres, kühneres, und an der Pforte stand und wartete und schämte sich Karl Eugen. Nachdem man ihm abgefragt hatte, daß auch seine Kameraden wieder da und noch am Leben seien, ließ man ihn schlafen. Ehe der aufatmende Vater vom Bett aus nach dem Kerzenlöscher griff, hustete seine kühn gewordene Frau und sagte: »Schorsch, wenn du morgen dem Bub nicht eine gesalzene Portion gibst, dann geb ich sie ihm.« Er seufzte, löschte das Licht und konnte noch lang nicht einschlafen.

Am anderen Tag kam alles sauber an das Licht und als Hauptverführer ward der gefährliche Fenimore Cooper entdeckt. Die Knäblein hatten beschlossen, miteinander die langweilige alte Welt zu verlassen und die Heimat der Mohikaner aufzusuchen, wo statt Meerrohr und Grammatik Skalpmesser, Kriegsbeil und Flinte die Begleiter der Jugend sind. Auch wäre alles gut gegangen, aber die Nacht war so kalt und sie hatten im Walde nimmer aus noch ein gewußt, obwohl der eine von ihnen Pfadfinder, der zweite Falkenauge und der dritte Waldläufer hieß. Von den vier Talern waren drei Batzen für eine Blechpistole und sieben für ein grausam langes Sackmesser ausgegeben worden, der Rest fand sich unversehrt vor und nur der Verbleib des Zukkerhutes blieb ein Rätsel.

Diesen ganzen Tag lief Karl Eugens Mutter in Spannung umher, und als bis zum Abendessen noch nichts geschehen war, ging sie zum Vater in den Laden hinunter. »Eh' der Kleine seine Prügel nicht hat, kriegt er auch nix zu essen«, sagte sie mit Nachdruck, und der Gatte sah ein, daß es Pflichten gibt, denen niemand sich entziehen kann, und Weltgesetze, denen wir widerstandslos unterliegen. Gleich darauf machte das Söhnchen dieselbe Erfahrung; während jedoch der Vater sich mit Seufzen begnügte, ließ jener nach Art der Jugend seinen Gefühlen und Tränen freien Lauf, ja erhob ein so erschütterndes Wehegeschrei, daß der Züchtiger schon nach wenigen Streichen innehielt und froh war, als Karl Eugen nur wieder aufstand und sich zum Essen bewegen ließ.

Dieses Abenteuer hatte zur Folge, daß in der Lateinschule über dreißig Indianerbücher konfisziert wurden, daß die drei Amerikaner zuerst vom Klassenlehrer eine angemessene Strafpredigt samt Arrest zugeteilt erhielten und dann noch dem schonungslosen Spott der Schulkameraden anheimfielen, und daß der kleine Eiselein für eine Weile in sich ging und mehrere Wochen lang ein Musterschüler war. Allmählich wurden die kassierten Bücher durch neue ersetzt, die Strafrede und der Arrest verschmerzt, auch der Musterschüler verschwand wieder wie ein Nebelbild und nur der Schülerspott hielt noch lange Zeit vor.

Es kamen die Jahre heran, in welchen es sich zu zeigen pflegt, ob ein Schüler Lust und Beruf zu den höheren Studien habe oder ob es geratener sei, ihn sein Latein in einem Kaufladen oder in einer Schreibstube vergessen zu lassen. Beim jungen Eiselein war es unzweifelhaft, daß er zu ersterem bestimmt sei. Seine Hefte waren sauber und wiesen gute Zeugnisse auf, seine Aufsätze hatten Schwung und Feuer, ebenso seine Deklamationen, und bei der Entlassungsfeier der obersten Klasse trug er, nun fünfzehnjährig, eine selbstgefertigte Rede vor, bei der dem Rektor ein Schmunzeln auf die Lippen und dem andächtig zuhörenden Kolonialwarenhändler eine Träne ins Vaterauge trat. Es war beschlossen, ihn in die Residenz auf das Gymnasium zu tun.

Vorher waren noch ein paar Wochen Ferien, und in dieser Zeit legte Karl Eugen die ersten Zeugnisse seiner Dichterbegabung ab. Es fand nämlich der Geburtstag einer Großtante statt, die Familie Eiselein war eingeladen, und beim Kaffee trat der Jüngling mit einem Gedicht hervor, dessen Schönheit und Länge die ganze Festgesellschaft in Erstaunen setzte. Seinem Vater gab der Bengel auf Befragen zur Antwort, er habe schon seit einem Jahr oder noch länger eine Masse Gedichte gemacht und wisse schon längst, daß er zum Dichter und nur zum Dichter geboren sei. Dies hörte der überraschte Papa mit ebensoviel Befremdung als Stolz. Denn wenn er auch nie an den außerordentlichen Gaben seines Sohnes gezweifelt hatte, so war doch dieser frühe und kühne Flug des jungen Adlers ihm eigentümlich überraschend. Teils um ihn zu belohnen, teils vielleicht auch um ihn in gute Bahnen zu lenken, kaufte und schenkte er dem Jungen Theodor Körners Werke in rotes Leinen gebunden und eine ebenfalls schön gebundene, jedoch im Preis herabgesetzte ältere Lebensbeschreibung Gotthold Ephraim Lessings.

Um die Zeit dieser Ereignisse hatte der inzwischen auch schon konfirmierte Karl Eugen das Äußere eines Knaben vollkommen abgelegt, Pausbacken sowohl wie kurze Hosen, und sich in einen schlanken, stillen und wohlgekleideten Jüngling verwandelt, der etwas auf sich hielt und jedem, der ihn etwa noch als Bub zu behandeln und mit Du anzureden wagte, eine ironische Haltung entgegenzusetzen wußte, deren Wirkung, obwohl er

selbst sie überschätzte, nicht zu leugnen war. Seine Schuhe waren stets blank, sein Gang gemessen, sein Scheitel glatt und gepflegt. Das hauptstädtische Gymnasium würde sich seiner nicht zu schämen brauchen. Vorwegnehmend drang er auch schon in den Ferien tief in die homerische Welt ein und las die halbe Odyssee, allerdings in der Vossischen Übersetzung. Er hätte sie ganz gelesen, wenn nicht der rotleinene Körner dazwischen gekommen wäre.
Die Ferienzeit erreichte ihr Ende, diesmal nicht zum Leidwesen Karl Eugens, welcher vielmehr die Reise nach der Stadt und den Eintritt in das Gymnasium mit freudigster Ungeduld erwartete. Während in den letzten Tagen Herr Eiselein seinen Sohn mit verdoppelter Zärtlichkeit und Sorgfalt behandelte und schon im voraus ein mit Stolz gemischtes Abschiedsweh empfand, war die Mutter still und emsig mit dem Einkaufen und Packen, Waschen und Glätten, Flicken und Bürsten des Notwendigsten beschäftigt. Am vorletzten Tage machte der Gymnasiast in seinem schwarzen Konfirmandenrock eine Reihe von Abschiedsbesuchen bei Verwandten, Gevattern, Lehrern und guten Freunden, nahm Ratschläge, Geschenke und Glückwünsche, Händedrücke und Scherzworte mit manierlichem Lächeln entgegen und trug die Gefühle eines in rühmliche Kriegsdienste abgehenden jungen Fähnrichs in seiner Brust. Der feste Vorsatz, schon in die ersten Ferien verändert, gealtert und vornehmer heimzukommen, verlieh ihm dabei eine zurückhaltende Überlegenheit von delikater Nuance.
Alsdann kam die Stunde des Abschieds und der Abreise. Der Vorsteher einer Knabenpension in der Hauptstadt, in dessen Hause Karl Eugen unterkommen sollte, war gekommen, um ihn abzuholen. Die Mutter lächelte, gab noch einige gute Winke und Ratschläge, sah nach dem Gepäck und warf prüfende Blicke auf den Pensionsherrn. Dieser benahm sich sehr gemessen, sehr höflich und sehr fein. Der Vater hingegen war traurig, seinen Liebling zu verlieren und doch aber auch stolz, ihn einer glänzenden Laufbahn und Zukunft entgegenschreiten zu sehen, und die Mischung dieser Gefühle arbeitete in seinen Zügen so heftig, daß sein Gesicht ganz bläulich anlief und so mitgenommen aussah, als hätte der brave Herr die unverantwortlichsten Ausschweifungen zu bereuen.

»Also, geehrter Herr, seien Sie ohne Sorgen, Ihr Sohn kommt in gute Hände«, versicherte der fremde höfliche Herr des öftern, wobei Vater Eiselein ihn mit einem Blicke ansah, als hätte jener ihm seine Teilnahme bei einem Todesfall ausgesprochen.
Und der Fremde zog höflich den Hut, und ein letzter inbrünstiger Händedruck machte den Sohn erbeben. Und der Zug hielt an und man stieg ein, und der Zug pfiff und stank nach Rauch und Öl und lief wieder davon, so schnell, daß er schon fast außer Sicht gerückt war, als Vater Eiselein sein farbiges Taschentuch gefunden, herausgezogen und ausgebreitet hatte, um nachzuwinken. Nun flatterte das stattliche Tuch wie ein Fähnlein in den Lüften und sah mit seinem goldgelben Grund und weißen und roten Muster so fröhlich und erquicklich aus, als sei dem Hause Eiselein heute eitel Freude widerfahren. Während sein Knabe im Wagen nicht ohne peinliche Gefühle der Unterhaltung des Herrn standhielt, dessen Höflichkeit und Lächeln auf dem verlassenen Bahnhof liegengeblieben schienen, wandelten die Eltern langsam und in Gedanken, aber in Gedanken verschiedener Art, in die Stadt und in ihren Spezereiwarenladen zurück.
»Du, der Pensionsherr gefällt mir nicht übel«, sagte sie.
»Ja, ja, er war ja sehr freundlich. Jawohl«, sagte er.
Sie schwieg. Im stillen baute sie aber ihre Hoffnungen durchaus nicht auf die Freundlichkeit jenes Herrn, sondern auf das, was sie von Strenge und schneidiger Art an ihm bemerkt zu haben glaubte. Und als auch sie nun einen Seufzer ausstieß, dachte sie dabei vorwiegend an das sündliche Geld, das ihr Bub nun kosten würde, denn die Pension war nicht billig.
Nach der Abreise des Knaben trat im Hause eine große Ruhe ein und zugleich ein Stillstand in der begonnenen langsamen Verschiebung der Machtverteilung. Seit der Indianergeschichte nämlich hatte sich des öftern der Fall wiederholt, daß Frau Eiselein den Buben männlicher anfaßte als ihr Gemahl und eine Lanze zur Rettung der elterlichen Autorität einlegte. Dabei war von den bis dahin unbestrittenen hausherrlichen Machtbefugnissen jedesmal ein Körnlein der Waagschale ihres Mannes entglitten und auf die ihrige gefallen, so daß das Zünglein unmerklich, aber sicher nach ihrer Seite hinüberstrebte.
Nach acht Tagen kam der erste Brief aus der Hauptstadt. Er enthielt vornehmlich eine Aufzählung der schönsten Straßen

und Denkmäler, eine etwas unklare Abhandlung über die Sprache Homers und die Bitte um etwas mehr Taschengeld, da man so mancherlei Kleinigkeiten in und außer der Schule brauche. Die Mutter fand das unnötig, der Vater aber begriff den Wunsch vollkommen und bestand darauf, daß dem Buben, da er jetzt unter fremden Leuten leben müsse, nicht gleich die erste kleine Bitte abgeschlagen werde. Doch verlangte dafür die Mutter, daß Karl Eugen ein Büchlein über seine Ausgaben führe und monatlich darüber Bericht ablege. Sie schrieb ihm das. Der Gymnasiast antwortete, es sei ihm unmöglich, seine Zeit an eine solche Pfennigklauberei zu wenden, er sei doch kein Krämer. Die Worte Krämer und Pfennigklauberei waren unterstrichen.

Da schrieb die Mama kurz und klar ohne Unterstreichungen zurück, unter diesen Umständen müsse es eben beim alten Betrage bleiben. Es blieb aber nicht dabei, sondern das Söhnlein führte nun sauber Buch und verfehlte nicht, rechtzeitig seine Abrechnungen vorzulegen, deren Inhalt freilich zuweilen Zweifel und Kopfschütteln erregte.

»Mit den Bleistiften und Linealen, die er da wieder gebraucht haben will, könnte man ein Öfele heizen«, seufzte die Mutter.

Sie seufzte noch ganz anders, als im nächsten Frühjahr für den Sohn ein neuer teurer Anzug zu bezahlen war, der das Doppelte von dem kostete, was man zu Hause dafür hätte aufwenden müssen. Karl Eugen hatte ihn ungefragt machen lassen und antwortete auf einen entrüsteten Brief der Mutter sehr ruhig, Kleider seien in unserem nördlichen Klima nun eben einmal etwas Notwendiges und er könnte nicht nackt und auch nicht wie ein Strolch herumlaufen.

Wie ein Strolch sah er auch gar nicht aus, als er bald darauf in die Osterferien heimkam. Den eleganten neuen Anzug vervollständigten ein feiner weicher Hut, ein paar Manschetten und ein steifer Stehkragen. Als die Mama über diese feinen teuren Sachen schalt und Rechenschaft verlangte, zuckte der Schlingel die Achseln und machte ein ergebenes Gesicht. »Was will man machen?« meinte er bedauernd. »Die Sachen sind ja noch recht einfach. In meiner Pension ist einer, der zahlt achtzig und neunzig Mark für jeden Anzug.« Es gelang dem Eleganten denn auch, wenigstens den Papa so zu berücken, daß nicht weiter davon die Rede war. Er führte sich zierlich auf, plauderte und erzählte sehr nett und hatte ordentliche Zeugnisse mitgebracht. Einen großen Teil des Tages dichtete er, jedoch insgeheim und ohne jemand seine Leistungen zu zeigen. Auf der Straße grüßte er alle Bekannten mit einer fast herzlichen Höflichkeit und sah Gassen, Häuser und Leute mit einem freundlich sorglosen Interesse an, ganz wie ein Fremder, den der Zufall für eine kurze Zeit in das altmodische kleine Nest geführt hat.

In diese Ostervakanz fiel auch Karl Eugens merkwürdige erste Verliebtheit. Eines Tages erzählte ihm ein Schulkamerad, es sei bei seiner Schwester ein sechzehnjähriges Mädchen aus Karlsruhe zu Besuch, »was Feines, sag' ich dir, und kolossal schön«. Von da an trachtete er danach, diese Augenweide selbst zu erleben, und war schon im voraus ganz bereit, sich in sie zu verlieben. Doch hatte er Pech, und als die schöne Karlsruherin nach einigen Tagen wieder abreiste, hatte er sie nicht zu sehen bekommen. Aber sein Verlangen war nun einmal erwacht, seine Gedanken hingen nun einmal an jener Fremden, verliebt sein schien ihm ohnehin für einen jungen Dichter löblich und nützlich zu sein, und so verliebte er sich in die Niegesehene nicht schlechter und nicht weniger als andere Buben in ihre Mädchen. Die Versmappe schwoll wie ein Alpenbach im Frühjahr, barst schließlich und mußte durch eine größere ersetzt werden.

»Ich sah dich nicht und dennoch kenn ich dich,
Ich kenn' dich nicht und dennoch lieb' ich dich« – usw.

Einigemal weinte er sogar beim Schreiben. Es war ein Elend. Das fand auch Herr Eiselein, als einige von den Blättern ihm zufällig in die Hände fielen. Zwei davon hatte er schon zum Einwickeln von Salami verwendet, beim dritten fiel ihm die Handschrift auf, er erkannte *ex ungue leonem* und las die Liebesverse seines Sohnes mit steigendem Entsetzen, denn Karl Eugen nannte sich darin einen unseliger Leidenschaft rettungslos Verfallenen, einen tief im Tale des Elends Wandelnden usw. Die Aussprache war für beide Teile peinlich. Der Vater mußte bekennen, daß zwei von diesen Gedichten, wenn auch auf eine seltsam schlichte Weise, den Weg ins Volk gefunden hätten; der Sohn hingegen mußte sich stellen, als seien die feurigen und mit Tränen benetzten Beweise seiner Leidenschaft nichts weiter als Stilübungen. Frau Eiselein erfuhr nichts davon. Als der Dichter den ersten Schrecken überstanden hatte, träumte er hold verschämt davon, wie es wäre, wenn seine Salamigedichte nun doch ihren Weg zu irgendeiner jungen Schönen und Gnade bei ihr fänden, und wäre in diesem Falle sehr gerne bereit gewesen, seine Gefühle auf selbige zu übertragen. Da dies ein Traum blieb, war er froh, als die Ferien zu Ende gingen. Er packte seine schwere Mappe sorgfältig ein und kehrte etwas stiller, als er gekommen war, in die Stadt und Schule zurück.

Seine Briefe begannen in dieser Zeit eine großartige und manchmal schwer verständliche Sprache anzunehmen. Zuzeiten ließen sie auch lange auf sich warten, bis die Mutter mahnte.

Und wieder kam Karl Eugen in die Ferien. Er war jetzt ausgewachsen, trug sich sehr elegant und hatte völlig erwachsene Manieren. Unter anderm kam er gleich am zweiten Tage lächelnd in den Laden herunter, suchte sich mit Umsicht eine Zigarre aus und zündete sie an. »Ja, seit wann rauchst du denn?« fragte der Papa; da war Karl Eugen erstaunt und fast entrüstet, daß man das nicht selbstverständlich fand. Leicht und zierlich schenkte er sich, während der Vater mit ihm sprach, einen Magenbitter aus der Flasche und setzte jenen dadurch vollends so in Erstaunen, daß er verstummte. In seiner Stube lagen die Werke von Heinrich Heine und ein paar moderne Romane herum, statt der dikken Versmappe hatte er ein Heftlein mitgebracht mit dem Titel: »Schlamm. Ein Schauspiel von K. E. Eiselein.« Auf der nächsten Seite stand ein ellenlanges Personenverzeichnis.

Die Ferien verliefen still und heiter. Das folgende Schuljahr aber brachte einen kleinen Sturm. Es kam ein Schreiben des Pensionsherrn – des Inhalts, der Bursche sei auf schlimmen Wegen, habe sich wiederholt nachts aus dem Hause entfernt, sei kürzlich in einer Kneipe getroffen worden und stehe sogar im Verdacht, Umgang mit einer Kellnerin zu haben. Und während die erschrockenen Eltern noch trostlos und ratlos über diese Greuel nachdachten, kam ein Brieflein vom Sohn selber, liederlich auf einen Fetzen gekritzelt, darin stand: »Ich brauche bis Mittwoch zwölf Mark 50 Pf. Wenn Ihr mir's nicht geben könnt, erschieße ich mich. Karl Eugen.«

Das war also der Schlamm. Doch verlief diese Sache ruhiger, als man gedacht hätte. Die Mutter reiste in die Hauptstadt, die Kneipschulden des Buben wurden bezahlt, er selber kam unter strenge Aufsicht, zeigte echte Reue und legte eine Zeitlang eine musterhafte Bescheidenheit an den Tag. Dann fing er allmählich wieder an, den Feinen zu spielen, und bezeichnete gelegentlich in Gesprächen und Briefen jene böse Affäre als einen komischen und verzeihlichen Jugendstreich gleich jener Amerikafahrt.

Je näher der Abschluß der Gymnasialjahre heranrückte, desto häufiger und deutlicher erinnerte Karl Eugen daran, daß er zum Dichter geboren sei und daher unmöglich ein Brotstudium ergreifen könne. Geschichte und Philosophie waren die einzigen Fächer, denen er einen bedingungsweisen Wert zugestehen konnte. Aber hier zeigte sich zum erstenmal der Vater zäh, und auch nachdem er einige Gedichte seines Sohnes gelesen hatte, beharrte er fest dabei, daß dieser ein solides Studium und einen bestimmten Beruf erwähle. Als Karl Eugen sah, daß er diesmal in einen lecken Kübel schöpfe, machte er eine entgegenkommende Schwenkung und erklärte sich bereit, Philologie zu studieren unter der Bedingung, daß er dann in eine Burschenschaft eintreten dürfe. Und obwohl jetzt die Mutter in den Kampf eingriff und sich mächtig dagegen stemmte, drang er dennoch durch. Die Eltern aber machten bekümmerte Gesichter. Das Geschäft rentierte sich neuerdings schlechter als je, seit an jeder Ecke irgendein neues Lädchen aufgegangen war, und der Sohn hatte schon als Schüler so stattlich verbraucht, daß die Eltern sich ziemlich hatten einschränken müssen und mit Sorgen in die kommenden Zeiten blickten.

Das erste Semester mit Kollegiengeldern, Büchern, Burschenschaft, Reitkurs und Hauboden wurde denn auch sträflich teuer. Aber stolz und froh waren die Alten doch, auch die strenge Mutter, als der Student in die ersten Ferien kam, schön und stark, heiter und ritterlich, mit Schnurrbart und Reitstiefeln. Alle Mädchen der Stadt wurden unruhig, und die Bürgergesellschaft, zu deren Kegelabend der Vater ihn mitbrachte, empfing ihn mit Achtung und gratulierte dem Alten zu seinem stattlichen Burschen. Einige schwere Seufzer konnten ihm freilich doch nicht erspart werden, auch nicht eine peinliche, zögernd geführte Unterredung über den starken Geldverbrauch. Ein so kostspieliges Semester durfte nicht wiederkommen, die Geschäfte gingen schwach, und es mußte doch auch für nachher etwas übrig bleiben.

Überhaupt wurde im Verkehr mit den Eltern, mündlich und

brieflich, das leidige Geld mehr und mehr zum Kardinal- und Angelpunkt. Daß Herr Eiselein sich stark verrechnet hatte, konnte bald jeder Beobachter merken.
Es gibt kaum etwas so peinlich Rührendes, als wenn ein ehrenhafter Bürger, der bislang zu den Wohlhabenden zählte, allmählich mehr und mehr in ein armseliges Sparen hineingerät. Er könnte sehr gut einen neuen schwarzen Rock brauchen, aber der alte muß weiter dienen und wird nach und nach zum Sinnbild des ganzen rückwärtsgehenden Hauswesens. Er wird immer ein wenig brauner, ein wenig fettiger, die Schulternähte werden deutlicher und schärfer wie zunehmende Sorgenfalten, die Ärmel beginnen auszufransen, bis eine aufgenähte Litze dem Verfall vorläufig Einhalt tut und als erstes Notflickwerk entstellend in den Baustil des Kleides eingreift.
Ganz so weit war es mit Eiselein noch nicht, aber die Vorzeichen häuften sich. Für seinen Stand und sein Städtchen war er wohlhabend gewesen, der Laden hätte auch noch ein paar Kinder bequem mit ernährt, aber der in immer fremdere und großartigere Verhältnisse hineinwachsende Sohn fraß alles auf. Es blieb nicht aus, daß er das stets häufiger zu hören bekam und daß das Verhältnis zwischen Sohn und Eltern allmählich in einen vorsichtigen, zähen, fast erbitterten Krieg ums Geld ausartete.

Unterdessen folgte dem ersten Semester das zweite, dazwischen Ferien voll unbehaglich schwüler Stimmung, und das Geldausgeben nahm eher zu statt ab. Im dritten Semester meldete aber der Sohn plötzlich, er sei aus der Burschenschaft ausgetreten, deren geistloses Leben ihn seinen literarischen Studien zu sehr entzogen und entfremdet habe. Die Reitkurse, Dedikationen, Ausflüge, Mützen und Bänder und dergleichen verschwanden vom Budget und machten starken Buchhändlerrechnungen Platz. Und eines Tages kam unter Kreuzband die neueste Nummer einer merkwürdigen Zeitschrift und enthielt ein langes Gedicht von Karl Eugen. Das Blatt hieß »Der Abgrund«, erschien zweimal im Monat, kostete jährlich zwanzig Mark und hatte sich die Aufgabe gestellt, bedeutenden jungen Talenten der neuesten literarischen Richtung den Weg in die Öffentlichkeit zu bahnen. Herr Eiselein verstand weder das Gedicht seines Sohnes noch die anderen Beiträge, freute sich aber doch dieses ersten Erfolges und nahm an, daß eine so vornehme, fettgedruckte und teure Zeitschrift jedenfalls ihre Mitarbeiter auch ordentlich bezahlen werde. Er schrieb in diesem Sinne an den Studenten, bekam aber keine Antwort.

Als dieser wieder einmal für ein paar Wochen heimkehrte, hatte er sich erheblich verändert. Die Eleganz der Kleidung war verschwunden und statt ihrer trat eine zwischen stromerhaft und künstlermäßig schwankende geniale Nachlässigkeit zutage. Ein paar große Flecken auf den Rockärmeln schienen ihn gar nicht zu stören, nur auf die Farben und Schlingung seiner großen selbstgeknüpften Flatterschlipse legte er noch Wert. Sein Hut war schwarz und weich und hatte Ränder von mehr als italienischer Breite. Statt der Zigarren rauchte er jetzt grobe, kurze Pfeifchen aus Holz oder Ton. Sein Benehmen war ironisch schlicht. Da auch seine Rechnungen diesmal etwas schlichter waren, fanden die Eltern keinen Grund, diese Veränderung zu tadeln, sondern hofften nun einen bescheidenen und fleißigen Kandidaten aus ihm werden zu sehen. Er hütete sich auch, diese Träume zu stören oder gar zu erzählen, welche Wege die unter dem Titel von Kollegiengeldern bezogenen Summen gegangen waren. Wenn etwa einmal von Examen und dergleichen Dingen die Rede war, schmückte ein ernstes, schwermütiges Lächeln seine Lippen, welche jetzt ein ungepflegter Stoppelbart umrahmte. Alle vierzehn Tage aber brachte die Post den »Abgrund«, und mehrmals enthielt er Gedichte des Studenten. Es war merkwürdig – der junge Mann schien durchaus gesund, verständig und harmlos zu sein, diese Gedichte aber waren zumeist krank, unverständlich und todeselend, als wäre es wirklich ein Abgrund, der ihn verschlungen hätte. Die andern waren nicht besser, alles klang wie ein spukhaft idiotisches Gewinsel, dessen Sinn nur besonderen Eingeweihten zugänglich war. Es tönte darin von Tempeln, Einsamkeiten, wüsten Meeren, Zypressenhainen, welche stets von einem zagen Jüngling unter schweren Seufzern besucht wurden. Man begriff wohl, daß es symbolisch gemeint war, aber damit war wenig gewonnen.

In der Universitätsstadt verbrachte Karl Eugen die Abende, die ihm das Dichten übrig ließ, meist in derselben kleinen Kneipe in der Nähe der Reitschule, wo bei Wein und Knobelbecher einige fallitgegangene Studentchen ihre Jugend vertrauerten. Es waren lauter geniale Kerle, Leute, die einen ganzen Hörsaal voll Streber aufwogen, die auf Gott und die Welt flöteten und dem Leben seine paar Geheimnisse längst abgezwungen hatten. Eben darum taten sie auch nichts mehr als dasitzen, trinken und knobeln, die Partie um zehn Pfennig.

Der Dichter stand im fünften Semester. Da kam einstmals ein schwüler Tag – Widersacher, Weiber, Schulden –, die Widersacher aber waren die Professoren, denen Karl Eugens längeres Verweilen an der hohen Schule weder notwendig noch erwünscht erschien. Und der Abgründige setzte sich hin und schrieb an Herrn Georg Eiselein, Kolonialwarenhändler in Gerbersau, einen Brief:

Lieber Vater!

Dieser Tage – ich bin schon am Packen – komme ich zu Euch nach Hause und denke längere Zeit zu bleiben. Es ist Zeit für mich, an ein ernstes Schaffen zu gehen, dazu kommt man hier ja nie. Bitte räumt mir meine Ferienstube ein. Führst Du den feineren holländischen Tabak eigentlich noch im Laden, oder muß ich von hier mitbringen? Alles weitere mündlich. Dein Sohn K. E.

Noch nie war ein so sanfter Brief von ihm gekommen, so entschlossen, still und männlich. Der Vater war hoch erfreut, bestellte eine Sendung von dem Tabak, den er nicht mehr hatte führen wollen, und bat Frau Eiselein, die Stube für den Heimkehrenden bereit zu machen. Es wurde gescheuert, gekratzt, gerückt und geklopft, der Lehnstuhl neu überzogen, die Fenster gewaschen und mit frischen Vorhängen versehen. Man konnte sich das jetzt leisten – ein wohlig tiefes Aufatmen ging durch das gedrückte Hauswesen, da seine Kräfte aufhören sollten, für den Entfernten zu verbluten.

Es kam ein Koffer mit Kleidern und zwei schwere Bücherkisten, und am nächsten Tage kam der Sohn selber. Der Alte war ganz gerührt, ihn zu sehen, wie still und ernst er geworden war. Dankbar bezog jener die behagliche Stube, stellte Bücher auf und hängte Pfeifen und Bilder an die Wände, darunter das Porträt eines Dichters, dessen Werke für die Jünger des »Abgrundes« eine Art Bibel waren. Es war ein Brustbild in modernster

Schwarzweißmanier, sichtlich gewaltig übertrieben, und stellte einen jungen Mann mit bösartigen Augen, sorgenvoller Stirne und ungemein hochmütigem Munde vor, Kragen und Binde von der allermodischsten Fasson. Im Hintergrund war man erstaunt, die Abbildung eines berühmten Reiterstandbildes aus der schönen wilden Condottierizeit zu erblicken, dessen kühle Kühnheit den vorne abgebildeten Nervenkünstler zu verhöhnen schien. Die umfangreiche Büchersammlung enthielt einige Griechen und Lateiner, ein paar Grammatiken und Wörterbücher aus der Schulzeit her, Zellers Geschichte der griechischen Philosophie und zwei Bände aus dem Handbuch für klassische Philologie, alles andere war »schöne Literatur«. Hier sah man die Werke junger Autoren, die aber schon viel geschrieben hatten, in Umschlägen von dämonisch lodernder Farbe, mit geheimnisvollen Linearkünsten von ebenso jungen und fleißigen Malern bedeckt, und wer die Sprache dieser Farben und Linien nicht verstand, der konnte aus den Titeln auf die Fülle und Tiefe des Inhalts schließen. »Das All. Eine Trilogie« – »Violette Nächte« – »Mysterien der Seele« – »Die vierzehn geheimen Tröstungen der Schönheit«. Das waren einige davon. Die meisten waren mit Widmungen des einen Dichters an den andern versehen, eines aber war der Schlange Zarathustras und ein anderes dem sechsten Erdteil gewidmet. Die paar gewöhnlichen Schweinereien »aus Demimonde« und dergleichen, die sich irgendwie in diese stolzen Kreise verirrt hatten und deren Umschläge minder schön, aber viel deutlicher als die der anderen waren, krochen schmal und schamhaft zusammen. Ein teilweise aufgeschnittener Dante lehnte sich an einen ganz aufgeschnittenen deutschen Boccaccio. Ein paar Bände des Zürchers Meyer erweckten im Beschauer den Verdacht, es möchten sich von den verstorbenen biederen und schlichten Poeten der vormodernen Epoche noch mehrere vorfinden. Dies erwies sich jedoch als unbegründet.

Es war Hochsommer und Karl Eugen ging manchmal, mit einem Buch in der Tasche, in den Tannenwald hinaus, um dort im Schatten zu lesen. Der Wald selber interessierte ihn nicht. Die Freude an der rohen Natur, die von jeher nicht sehr stark in ihm gewesen war, hatte ihm jener Condottiere-Dichter vollends abgewöhnt, und in der feinen Schule des Engländers Oscar Wilde hatte er gelernt, daß die Natur stets nur das Mittelmäßige zu schaffen vermag, im Gegensatz zur Kunst, deren neidische Feindin sie sei. Zu Hause hielt er sich stets beiseite in seinem Zimmer; die Umgebung dort, namentlich der Laden mit seinen Geräuschen und Gerüchen, war allzu stillos und vulgär. Er saß da, rauchte, schrieb und las in jenen Büchern mit den sonderbaren Titeln und Umschlägen. Mit Vorliebe las er die beiden Bücher von Oscar Wilde, die er besaß. Sie waren übersetzt; Englisch konnte er nicht. Das eine davon hatte er noch als Burschenschafter kennengelernt und gekauft, und einst hatte es bittere Händel mit einem Bundesbruder gegeben, der das Buch verrückt fand und den Verfasser eine Zeitlang den »wilden Oskar« nannte. Es war nicht zu sagen, wie viel er diesem Engländer verdankte.

Es mochte von dieser Lektüre herrühren, daß seine eigene Arbeit nicht recht gedeihen wollte. Er hatte die Absicht, ein ausbündig tiefes und feines Buch zu schreiben in einer Art lyrischer Prosa, deren Vorbilder die Lieder im »Zarathustra« waren. Aber die beständige Beschäftigung mit so raffinierten Büchern machte ihn immer wieder unfähig, sie raubte ihm Zeit und Kräfte und machte ihn manchmal ganz mutlos, da es ihm vorkam, das Auserlesenste und Feinste sei alles längst von anderen gesagt. Es fehlte ihm nicht an Gedanken, aber den einen hatte Nietzsche, den andern Dehmel, den dritten Maeterlinck schon ausgesprochen. Und auch seine Stimmungen, seine Leiden, seine Sehnsucht – alles stand schon da und dort in schönen Büchern, gesungen, geseufzt oder gestammelt. Und wenn er sich selber ironisch betrachten wollte, worauf er gut eingeübt war, so kam wieder ein Bild heraus, das auch schon – sei es von Verlaine, sei es von Bierbaum oder einem andern – wiederholt und gut gezeichnet längst vorhanden war. Vielleicht hätte er daraus den Schluß ziehen sollen, daß er eben nichts Neues zu sagen wisse und darum besser tue, das Papier zu sparen und sich auf anderes zu verlegen.

Aber das hatte allerdings einen Haken. Von einer Rückkehr zum Brotstudium konnte wohl nicht die Rede sein, weil keinerlei Anfang da war. Er hatte nie zu studieren begonnen. Und es fror ihn, wenn er an den unentrinnbaren Tag dachte, an dem diese schmerzliche Wahrheit aufhören würde sein Geheimnis zu sein. Bisher hatte er immer gehofft, eines Tages plötzlich mit »seinem

Werk« hervorzutreten und dadurch die verbummelten Jahre zu rechtfertigen. Er hoffte es auch jetzt noch, aber mit weniger Zuversicht. Zwar druckte »Der Abgrund« immer wieder Gedichte von ihm ab, aber er zahlte nichts dafür und die Bedingung, daß nur von Abonnenten unter Einsendung der Abonnementsquittung Beiträge aufgenommen wurden, kam ihm neuestens nicht mehr so harmlos vor wie im Anfang. Andere Zeitschriften, an die er sich wandte, gaben keine Antwort oder schickten ihm seine Verse eiligst zurück, manchmal sogar mit höhnischen Glossen.

Wenn er hätte schreiben wollen wie diese altmodischen Romanfabrikanten und derartige Leute, dachte er, würde der Erfolg nicht ausbleiben! Aber wer nur das Eigenste, Innerste, Persönlichste darbot, wer seinen Stolz in die Prägung neuer Formen, in die Pflege einer priesterlich reinen, feiertäglichen Sprache setzte, mußte natürlich zum Märtyrer des Ideals werden. Nein, wenn auch nie Erfolg und Ruhm ihn belohnte, er würde doch niemals von etwas anderem reden und singen als von den erlesenen tiefen Stimmungen und Visionen seiner innerlichsten Stunden.

Eines Tages tauchte eine neue Hoffnung in ihm auf. Er schrieb Briefe an die beiden Dichter, die er am meisten verehrte. Darin schilderte er, wie ihre Werke ihm Offenbarung gewesen seien, drückte seine kniefällige Verehrung aus und schloß mit der Bitte um Rat in seinen Dichternöten, fügte auch eine »Abgrund«-Nummer und einige Gedichte bei.

Und siehe, beide Größen antworteten. Der eine schrieb im feierlichsten Stil, die Kunst sei allerdings ein Martyrium, es sei aber Ehre, die schwere Last tragen zu dürfen, und was heute keine Anerkennung finde, werde vielleicht in einer späteren Epoche erkannt und zum gebührenden Ruhm erhoben werden. Er ermahnte den Jünger, treu zu bleiben und niemals das alte *ars longa, vita brevis* zu vergessen. Der zweite Dichter schrieb einen ganz gewöhnlichen Briefstil. Er danke schön für die herrlichen Worte und sende die hübschen Verse anbei zurück; übrigens scheine Herr Eiselein, wenn er nicht irre, in der angenehmen Lage eines Privatmannes zu sein, der zu seinem Vergnügen dichte und das Elend derer nicht kenne, die davon leben müssen. In diesem Falle möchte er Herrn Eiselein, dessen Brief und Gedichte einen so feinsinnigen Kunstfreund verrieten, um ein Dar-

lehen von zweihundert Mark ersuchen, da er zur Zeit sehr in der Klemme sei. Man könne sich das Leben eines Dichters nicht traurig genug vorstellen; von dem von Herrn Eiselein so enthusiastisch verehrten Buche »Das All. Eine Trilogie« zum Beispiel habe er in den drei Jahren seit seinem Erscheinen an Tantiemen den baren Betrag von 24 Mark 75 Pfg. eingenommen, und wenn er nicht nebenher die Sportberichte für ein Tageblatt besorgen würde, ware er längst verhungert.
Der enttäuschte Karl Eugen legte beide Briefe zuunterst in die Schublade. Oft hatte er schon früher darüber mitgeschimpft, daß das deutsche Volk seine Dichter darben lasse, doch blickte er in diesen Jammer jetzt zum ersten Mal so nah und klar hinein. Er hatte in seinem Leben noch wenig anderes getan, als Gedichte gemacht – – woher hätte er wissen sollen, daß die meisten Leute, auch wenn sie wirklich Bücher lasen, Wichtigeres kannten und lesen wollten als die Träume und schwankenden Stimmungen von ein paar Schwärmern? Freilich, er glaubte das Leben zu kennen; er wußte es nicht, daß er abseits desselben in einer unfruchtbaren Wüste lebte und daß drüben, im wirklichen Leben, jeder Tag Wunder gebar, neben denen die raffiniertesten Symbolistenkünste harmlos und farblos waren.
Ohne daß er viel tat außer lesen, flossen die Tage weg. Der Sommer wurde braun und neigte zur Welke, Septemberregen wuschen den Staub vom Grünen; es gab schon farbige Blätter, kühle Nächte und neblige Morgenfrühen. Und mit dem fallenden Laub des großen Ahorns wehte ein Brief zur Türe des Ladens herein, lag mit der übrigen Post auf der Tischdecke, ward von Herrn Eiselein mit ins Kontor hineingenommen, gelesen, wieder gelesen, mit einem hoffnungslosen Seufzer weggelegt und schließlich vom Herrn selber zur Mama hinaufgebracht. Der Brief kam von einem Kaufmann in der Universitätsstadt und brachte die Enthüllung, daß Karl Eugen daselbst noch viele Schulden habe, von denen der Vater keine Ahnung gehabt hatte.
Der Sohn war morgens im Laden gewesen, um seinen Tabaksbeutel zu füllen. Er hatte den Brief dort liegen sehen und erkannt, und war stark in Versuchung gekommen, ihn wegzunehmen. Aber schließlich mußte es doch einmal an den Tag kommen und da hatte es ihm besser geschienen, den Zusammenbruch

jetzt zu erleben, als noch länger die Angst in sich herumzutragen. Seither saß er in seiner Stube, von Augenblick zu Augenblick das Eintreten der Eltern erwartend und fürchtend, und jede Minute kam ihm so lang wie ein Wintersemester vor. In dieser Stunde fühlte, erlebte und litt er mehr, als in allen seinen Gedichten stand, und seine freie, heitere Künstlermoral schmolz zu einem wehmütigen und gequälten Trotz zusammen. Es kam aber niemand. Es wurde Zeit zum Mittagessen und nach einigem Zögern faßte er Mut und ging ins Eßzimmer hinüber. Dort fand er nur seinen Vater, der schon an der Suppe saß und nicht aufschaute. Die Suppe wurde abgetragen, das Rindfleisch und das Gemüse wurde gebracht und schweigend verzehrt, und Karl Eugen verging fast vor Angst und Spannung.
»Wo ist denn die Mutter?« fragte er schließlich beklommen.
»Verreist.«
»Wohin denn?«
»Wirst's dann schon hören.«
Er fragte nicht weiter. Aber er sah im Geist seine kleine, schneidige Mutter durch die Gassen der Universitätsstadt laufen und seine Versäumnisse, Schandtaten und Schulden aufspüren, eins ums andere. Sie ging in seine ehemalige Wohnung, sie ging zu den Kaufleuten und Gastwirten, zum Buchhändler und zum Juden Werzburger, und ach, sie ging auch zu den Professoren, deren Ausspruch sein Schicksal vollends besiegelte und ihm den Hals abdrehte.
Der arme Versmacher wußte nun, welche Stunde es geschlagen habe. Wenn wenigstens der Vater hingereist wäre! Aber die Mutter! Sie würde nichts vergessen, ihr würde nichts verborgen bleiben, sogar über die vergessenen und vergebenen ersten Semester würden ihr blutrote Lichter aufgehen.
Vier stille, scheue, bange Tage vergingen, voll Mißtrauen und Zweifel für den Vater und voll Spannung und Qual für den Jungen. Sie sprachen nicht miteinander, obwohl beide den Wunsch dazu in sich trugen. Der Sohn mochte nichts sagen, ehe er wußte, wie viele seiner Sünden entdeckt seien. Der Vater war zum ersten Mal unversöhnlich und tief empört, da er auf die scheinbare Besserung Karl Eugens, die sich nun als Komödienspiel erwies, heimlich schon wieder herrliche Hoffnungen gebaut hatte.
Am fünften Tage kam Frau Eiselein zurück, und jede ver-

schwiegene kleine Hoffnung, die der Alte und der Junge etwa noch genährt hatten, sank in Staub und Trümmer. Sie wußte nicht nur genau, wieviel Schulden ihr Sohn noch hatte, sie wußte auch alles andere. Daß es mit dem Studium aus und vorbei und das Geld für all die Semester weggeworfen und verloren war. Daß der Studiosus aus der Burschenschaft nicht ausgetreten, sondern gewimmelt worden war. Daß er sein Zimmer mit einer japanischen Tapete und unzüchtigen Bildwerken geschmückt, daß er Verhältnisse mit schlimmen Weibern gehabt und für eine vom Theater eine Brosche gekauft hatte. Und vieles andere von dieser Art.

Nachdem sie vor dem betretenen Sünder und dem gebrochenen Vater alles sachlich und geläufig berichtet und hergezählt hatte, setzte sich die Mutter auf einen Stuhl, blickte ihren Sohn durch und durch und sagte: »So, was sagst du dazu? Ist's wahr oder nicht?«

»Es ist wahr«, bestätigte er leise.

»Bist du ein Lump oder nicht?«

»Mama –«

»Ja oder nein!«

»Ja«, flüsterte er und wurde fuchsrot.

»Jetzt kannst du mit ihm reden, Schorsch«, sagte sie zum Papa, dessen Entrüstung nun verzweifelt losbrach. Alle Kraftworte, die er früher an dem Buben gespart hatte, stürzten nun verspätet und hitzig hervor, so daß der Malefikant seinen Vater kaum mehr kannte, während zu seinem Erstaunen die Mutter ruhig sitzen blieb und mit merkwürdigem Mienenspiel das Losheulen, Wüten und Verrollen des großen Donnerwetters beobachtete.

»Du kannst uns jetzt allein lassen«, sagte sie ruhig zu Karl Eugen, als der Vater verstummte, in seinen Sessel sank und mit dem Ersticken rang. Wieder hatte sich das Zünglein der Waage bewegt und von diesem Tage an hatte die kluge, entschlossene Frau den Schwerpunkt der häuslichen Macht auf ihre Seite gebracht. Es wurden keine Worte darüber verloren, aber Eiselein senior tat nun vollends gar nichts mehr, ohne sie vorher mit stummer Frage anzublicken, und der Junior witterte und begriff, daß er von nun an seinen Wandel allein vor den Augen der Mutter zu führen und zu rechtfertigen haben werde. Darum fügte er sich

ihr schweigend und wartete lautlos, bis die Reihe an ihn käme, mit ihr zu reden.
Das geschah denn auch bald und gründlich. Er bekam nichts geschenkt, vom Indianerzug bis zur japanischen Tapete fand er seine Vergehen und Laster treu gezählt und gebucht, und die Abrechnung schloß für ihn mit einem bodenlosen Minus. Zugleich hielt die Mutter es jetzt für angezeigt, ihm die verschlimmerte Lage des väterlichen Handels und Vermögens zu eröffnen, nicht ohne nachdrücklich darauf hinzuweisen, wie erheblich er, der Sohn, an diesem Rückgang mitschuldig war.
»So stehen die Sachen«, schloß sie endlich, »und an deinen Schulden haben wir mindestens noch vier, fünf Jahre zu büßen. Was soll jetzt mit dir werden?«
Karl Eugen hatte mehrmals Miene gemacht, die lebhafte, aber sachliche Darlegung seiner Mutter zu unterbrechen, war aber streng zur Ruhe verwiesen worden. Nun saß er da, geschlagen und vernichtet, und sollte Antwort geben. Mit finsterer Miene erhob er sich, rückte den Stuhl und sagte: »Ich weiß nichts zu sagen, du würdest mich doch nicht verstehen. Es ist besser, ich gehe jetzt fort; wenn ich mein Ziel erreiche, hört ihr wieder von mir, im andern Falle bin ich nicht der erste, der so zugrunde gegangen ist.«
Und schon näherte er sich der Tür, fast stolz auf sein Elend und auf den tragischen Ton, in dem er seine Worte vorgebracht hatte. Aber die Mutter rief ihn zurück.
»Du bleibst gefälligst sitzen«, sagte sie, »bis ich fertig bin.«
Er nahm leise wieder Platz. Sie lachte vor sich hin.
»Soll denn die Theaterspielerei gar nicht aufhören, dummer Bub? Wo willst du denn hin? Hast du denn Geld? Du bist gar nicht der Mann, mir was vorzuspielen, und für das Verzweifelttun geb ich dir keinen Kreuzer. Oder willst du dir etwa das Leben nehmen? O du! Tust's ja doch nicht, ich kenn' dich schon. Nun, du bist nun einmal leider Gottes unser Bub und wir müssen sehen, daß noch was aus dir wird. Fortgereist wird jetzt nimmer, also mach keine Komödie und sag, was du zu sagen hast. Ob ich's dann versteh oder nicht versteh, ist meine Sache. Warum soll ich dich durchaus nicht verstehen? Du hast doch meiner Seel nicht so viel studiert. Also los!«
Im Herzen war der Jüngling froh, daß sie ihn nicht hatte laufen

lassen, und trotz der Beschämung begann er ein wenig Vertrauen zu ihr zu fassen. Er hustete also ein bißchen, seufzte und schnitt die vorbereitenden Grimassen, und dann begann er zu erzählen und zu erklären, daß er von jeher ein Dichter habe werden wollen. Er habe, man möge es glauben oder nicht, genug Studien gemacht und viel gelernt, und er sei jetzt auf dem Sprung, sein erstes Werk zu schaffen. Wenn er jetzt davon ablassen müsse, so wäre all die schöne Zeit doppelt verloren; vielleicht glücke es ihm damit und dann sei alles wettgemacht. Er begann von Schriftstellern zu erzählen, die Landhäuser besitzen und erster Klasse reisen; von den Briefen der beiden Symbolisten sagte er nichts. Sie unterbrach ihn und meinte, er könne schon zufrieden sein, wenn es hinreiche, seine Schulden zu zahlen. Bis wann er denn sein Werk fertigmachen wolle, wenn es in all den Semestern nicht fertig geworden sei? Da wurde er wieder lebhaft und erklärte ihr, welche Reife so etwas erfordere. »Reife!« lächelte sie. Jetzt aber sei er so weit; wenn er nur noch diesen Winter zur Arbeit frei habe, würde er fertig.
»Ich will noch drüber schlafen«, sagte sie, »es kommt jetzt vollends auf einen Tag nimmer an. Wir reden morgen weiter. Daß du Tabak und Schnaps nach Belieben aus dem Laden holst, muß aber schon heut ein Ende haben, denk dran!«
Als der junge Mensch in seiner Stube saß und die Sache überdachte, kam er sich zwar erbärmlich klein und gedemütigt vor und schämte sich fast vor den stolzen Büchertiteln an der Wand; aber froh war er doch, die Angst vom Halse und wieder Boden unter seinen Füßen zu haben. Er zog das dicke Heft hervor, in welchem die paar ersten Zeilen seiner großen Dichtung standen. »Das Tal der bleichen Seelen« stand auf dem Umschlag, und der Titel schien ihm gut, ein kleines Meisterwerkchen. Er war eine Offenbarung und ihm vor einem Vierteljahr auf dem Heimweg von einer einsamen Kneiperei eingefallen, und seither glaubte er an sein Werk und hatte ein Gefühl, als sei das Schwerste, Entscheidende daran schon getan. Auch die Widmung war schon fertig. Sie war an jenen Dichter, der ihm den Märtyrerbrief geschrieben hatte, gerichtet, kurz und schön, in feiner Mischung von Stolz und Demut, das ehrerbietige Sichneigen vor dem auserwählten Geiste ausdrückend.
Herr Eiselein hatte noch am selben Abend eine zweite Unter-

redung mit seiner Frau. Er wußte durchaus keinen Rat, stöhnte und fluchte abwechselnd und wurde desto elender, je lebhafter die Frau ihn um Vorschläge drängte.

»Du weißt also nichts?« sagte sie dann am Ende freundlich.

Wütend sprang er auf und lief in der Stube hin und her wie ein Eingesperrter.

»Nach Amerika schick ich ihn, den Gutedel!« schrie er zornig.

»Damit er vollends ein Lump wird? Und meinst du, die Reise kostet nichts? Nein, er soll schön dableiben, bis er seine Streiche abverdienen kann. Man hat schon Schlimmere wieder zuwege gebracht.«

»Ja, aber wie denn?«

»Wenn dir's recht ist, will ich sehen, was zu machen ist. Geduld wird's schon brauchen. Überlaß ihn nur mir!«

Dabei blieb es, denn der Hausherr wehrte sich nicht. Er fühlte, ohne daß sie etwas weiteres sagte, den Sinn dieses Abkommens wohl heraus. »Du hast ihn verlottern lassen«, meinte sie, »ich will ihn wieder kurieren, du aber laß die Finger davon.«

Folgenden Tags rief sie den bange harrenden Sohn zu sich und gab ihm ihre Entschlüsse kund.

»Ich habe mit Papa über dich beraten«, sagte sie. »An deine Dichterei hab ich keinen rechten Glauben. Damit du aber nicht sagen kannst, wir hätten dich mit Gewalt von deinem Glück abgehalten, sollst du deinen Willen noch einmal haben, aber zum letztenmal. Du kannst also diesen Winter dichten so viel du willst. Wir sind jetzt im Oktober, da kannst du bis zum Frühjahr schon was hinter dich bringen. Aber wenn es dann nichts damit ist, hat das Bummeln ein Ende und du mußt dann endlich daran glauben und eine solide Arbeit anfangen. Ist's dir so recht?«

Es war ihm recht und er ließ es nicht an Dankesworten fehlen. Das Herz schlug ihm vor Lust, daß er nun nicht mehr heimlich, sondern erlaubter- und anerkannterweise das Leben eines Dichters führen sollte. Der Druck der Angst und des bösen Gewissens war von ihm genommen, er atmete wieder legitime Lebensluft, nachdem er so lang auf dem dünnen Glasboden einer rechtlosen Scheinexistenz gewandelt war. Nun hoffte er einen neuen Aufschwung und freute sich darauf, tüchtig zu ar-

beiten. Denn von Arbeiten redet ja niemand lieber als Dichter, Künstler und dergleichen Müßiggänger. Freudig stieg er die schmale Stiege zu seiner Stube hinauf, warf sich aufatmend in den Lehnsessel, steckte eine Pfeife an und griff nach den »Violetten Nächten«, einem seiner Lieblingsbücher, in dessen dunkle, reimlose Verse er sich mit Wollust vertiefte.
Das Tal der bleichen Seelen war einstweilen immer noch ein dickes Quartheft mit weißen Blättern. Der Dichter hütete sich wohl, diese harrende unbeschriebene Fläche zu entweihen. Auf ihr sollte nur etwas Kostbares, Delikates Platz finden, Züge bleicher Seelen sollten über sie hinweg schauern wie Herbstwolken, zart und düster, abwechselnd mit tieftönigen, farbig lodernden Träumen im Stile des Gabriele d'Annunzio, der seit einiger Zeit für Karl Eugen die Rolle des Vermittlers romanischer Kultur spielte. Selber hatte er nie das Glück gehabt, Italien oder italienische Kunstwerke zu sehen, doch hatte die Lektüre dieses Italieners ihn so erzogen, daß er mühelos Vergleiche und Bilder anwenden konnte wie »vornehm gleich den Gesten einer Madonna des Carlo Crivelli« oder »kühn wie eine Form des göttlichen Benvenuto Cellini« oder »ein Lächeln von lionardesker Lieblichkeit«. So häufte er spielend die Schönheiten alter und fremder Kulturen; er gab seinem Stil bald die Glut des d'Annunzio, bald die welke Reife von Huysmans, bald die träumerische Märchenfarbe Maeterlincks oder die weiche Süßigkeit Hofmannsthals. Noch ein wenig Zeit, ein wenig Reife, und es mußte daraus etwas berückend Köstliches entstehen.
Er wartete ab, las in seinen Büchern, liebkoste das leere Papier und setzte sich in Bereitschaft, die bleichen Seelen würdig und feierlich durch symbolische Traumländer zu geleiten. Sie sollten von allem reden, was schön und fern und seltsam ist, und an alles erinnern, was in einsamen Nächten die schauernde Seele eines Ästheten berührt und entzückt und traurig gemacht hat. Von den Wänden schauten erwartungsvoll und segnend die Bücherreihen, die Tabakspfeifen und das Bildnis des Dichters mit dem Condottiere herab. Zuweilen schien es ihm, als seien dies alles Dinge, welche überwunden oder doch überboten werden könnten. Dann strich er sich leise mit der Rechten übers Haar, blickte sinnend und lächelnd vor sich nieder und träumte von den wunderbaren, reichen, schöpferischen Stunden, in denen er im Sinn-

bilde der bleichen Seelen alles Wunderbare und Unerhörte aus dem Reich der Schönheit erfassen und in adlige Formen schöpfen würde.

Nach einer solchen Stunde war es ihm immer doppelt peinlich, wenn er im Laden, wo er sich mit irgendeiner Stärkung versehen wollte, dem strafenden Blick des Vaters oder gar der Mutter begegnete und unverrichteter Dinge wieder abziehen oder ein paar Zigarren und dergleichen durch lange, demütige Bitten und Reden erkämpfen mußte. Doch wußte er sich in diese Mißlichkeiten fast immer mit Ergebung und freundlicher Ruhe zu finden oder für die Stillung seiner Bedürfnisse unbewachte Minuten zu benützen.

Der November brachte noch eine Reihe von sonnig blauen Tagen, und am Rand der Tannenwälder leuchtete noch immer rot und gelbes Laubgebüsch. Um diese Zeit begann der »Abgrund« seine Leser zur schleunigen Erneuerung ihres Abonnements aufzufordern, was eine Zwiesprache zwischen Mutter und Sohn zur Folge hatte, worin er den kürzeren zog, so daß er sich darein schicken mußte, die Tröstung, sich je und je gedruckt zu sehen, künftig zu entbehren.

Dann kam ein tagelanger schwerer Regen, und eines Morgens lag auf den völlig entblätterten Büschen im Garten der erste leichte Reif.

Kaum hatte den der Dichter erblickt, so stieg er in den Keller und holte sich ein Becken voll Kohlen und einen Arm voll Holz herauf. Das wiederholte er am Nachmittag und acht Tage lang täglich zweimal, bis an einem Abend, während es im Ofen knallte und krachte, Frau Eiselein in die Stube trat.

»Du bist wohl verrückt«, sagte sie und deutete auf den glühenden Ofen. »So heizen kann man zur Not bei zehn Grad Frost. Das ist auch so eine Studentenmode. Du weißt wahrscheinlich nicht, was die Kohlen kosten? Drunten müssen wir jeden Pfennig sauer verdienen und du verbrennst das Zeug da gleich zentnerweise.«

Karl Eugen war aufgestanden und blickte scheu herüber.

»Ungesund ist die übertriebene Heizerei auch noch«, fuhr sie fort. »Frieren sollst du nicht, aber auch nicht das Dreifache verbrennen wie andere Leute. Künftig findest du jeden Morgen ein Becken voll Kohlen und das nötige Holz dazu parat gemacht.

Damit kommst du aus, wenn du Vernunft hast. Das Selberholen muß aber aufhören.«

Des Sohnes Vorstellungen waren erfolglos und er blieb schmollend in seiner Stube. Vierzehn Tage lang behalf er sich mit dem zugemessenen Vorrat; da er aber die Gewohnheit hatte, zu überheizen und weit in die Nacht hinein lesend aufzubleiben, reichte er bald damit nicht mehr aus. Morgens einmal, als er noch das ganze Haus schlafend glaubte, stand er fröstelnd auf und schlich in den Keller, fand aber zu seinem nicht geringen Ärger und Schrecken den Kohleverschlag wohlverschlossen. Noch größer war seine Verlegenheit, als er beim Hinaufsteigen in der Tür die Mutter stehen sah, die ihm guten Morgen wünschte.

»Machst dir ein bißchen Bewegung?« rief sie lächelnd. »Ja, ja, Frühaufstehen ist gesund.«

»Du, Mutter«, sagte er flehend, »mit dem Bißchen komm ich nicht aus. Leg ein paar Schaufeln zu!«

»Tut mir leid«, war die Antwort, »tut mir leid, junger Herr. Wer nichts verdient, muß wenigstens sparen können. Wenn du aber durchaus mehr brauchst, so weißt du ja den Weg in den Wald, wo du als Bub schon oft genug Tannenzapfen aufgelesen hast. Wenn du jeden Morgen so zeitig aufstehst wie heute und statt in den Keller in den Wald gehst, kannst du leicht einen Korb voll oder zwei zusammenbringen. Arme Leute heizen mit nichts anderem.«

Am nächsten Morgen blieb er zum Trotz recht lange im Bett liegen. Am übernächsten stand er in der Frühe leise auf, nahm einen Sack mit und ging in den Wald. Das Lesen kam ihm schrecklich mühsam vor, nach einer guten Stunde war der Sack aber voll und er konnte ihn noch heimtragen, ehe die Gassen sich belebten. Von da an ging er täglich und die Mutter tat, als nehme sie keine Notiz davon. Bald kannte er im Walde die guten Reviere, vermied die Kiefernwälder und die jungen Bestände und hielt sich an den alten Tannenforst, wo das dichte Moos voll Zapfen lag. Dabei wurde er immer so warm, daß er nachher kaum mehr zu heizen brauchte. Die harsche Herbstmorgenluft tat ihm sichtlich gut und allmählich lernte er, zum erstenmal seit seiner Schulbubenzeit, auch wieder ein Auge auf das Waldleben zu haben. Er sah die Sonne aus dem Nebel steigen, gewöhnte sich daran, aufs Wetter zu achten, jagte bald einen Hasen, bald ein

Wildhuhn aus dem Schlaf, und da er doch einmal mit den verdammten Zapfen zu tun hatte, lernte er sie allmählich nach Form und Herkunft kennen und die dunklen harzreichen von den leichten und dürren, die der Weißtannen von den rottannenen unterscheiden. Anfangs verbarg er sich, sooft ein armes Weiblein, ein Forsthüter oder Bauer daherkam, nach und nach wurde er weniger scheu und schließlich trug er im Notfall, wenn auch ungern, seinen Sack vor jedermanns Augen heim.

Es kam ein Tag, noch im November, da gab er seinen letzten, aus den üppigen Zeiten her übriggebliebenen Batzen aus. Zaghaft wandte er sich an die Mutter um ein wenig Taschengeld.

»Was brauchst du denn?« fragte sie. »Du hast doch alles Nötige.«

Nun ja, er brauchte eigentlich nichts, aber man mußte doch für alle Fälle ein paar Groschen im Sack haben.

»Ach so.« Die Mutter nickte. »Zu einem Glas Bier oder so, nicht wahr? Ist ganz recht. Leider hab' ich für solche Sachen gar nichts übrig – aber wenn dir neben dem Dichten etwa eine Stunde übrigbleibt, kannst du dir ja leicht ein bißchen was verdienen. Für den Sack Tannenzapfen, den du mir bringst, geb' ich fünfzig Pfennig. Oder wenn du morgen vormittag mit dem Vater Kisten packen willst, kannst du auch eine Mark verdienen.«

Er war einverstanden, und wenn er künftig für sein wohlverdientes Geld im Adler oder Sternen einen Schoppen trank oder eine Kegelpartie mitmachte, schmeckte es ihm besser als früher bei manchem Kommers.

Kurz vor Weihnachten fiel ein wenig Schnee und gleich darauf trat Frost ein, so daß es mit der Waldarbeit plötzlich ein Ende hatte. Dem Dichter tat es fast leid um die gewohnte Morgenbeschäftigung, als aber Weihnachten kam und vorüberging, fiel es ihm plötzlich auf die Seele, wie schnell die Zeit verstrich und wie notwendig es nun war, seine Dichtung ernstlich vorwärts zu bringen. Säcke holen, Kisten packen, Holz spalten und dergleichen hatte ihn in der letzten Zeit ganz davon abgehalten.

Als er zum erstenmal »Das Tal der bleichen Seelen« wieder zur Hand nahm, gefiel der Titel ihm nicht mehr so ganz und er suchte einen neuen zu finden, aber es fiel ihm keiner ein. Mißmutig lief er eine Zeitlang herum, ging öfter als sonst zu einem Bier und Billard und sah sich daher bald wieder ohne Taschengeld. Diesmal half er beim Ausschreiben der Neujahrsrechnungen und saß drei Tage beim Papa im Kontor. Er bekam ein paar Mark dafür, aber seine Dichtung wurde davon nicht fett. Vielmehr war es merkwürdig, wie nach jeder solchen Arbeit die Gedanken ausblieben, statt zu kommen. Während er das Widmungsblatt nochmals überlas und sich daran begeistern wollte, geschah es, daß er plötzlich daran denken mußte, daß der reiche Direktor Selbiger seinem Vater die letzte Halbjahresrechnung noch immer schuldig geblieben war. Ob es wohl anging, den Mann zu mahnen? Bei Tische sprach er mit dem Alten darüber, aber der war entschieden fürs Abwarten.

Und immer öfter nahm Eugen mit Verzweiflung wahr, daß er mit jedem Schritt, den er im tätigen Leben machte, seiner Dichtung ferner kam und Abbruch tat. Er zwang sich nun gewaltsam und schrieb ein paar Seiten, die ihn aber nicht befriedigten. Die Sprache war gequält und steif, es kam kein Leben hinein. Ärgerlich warf er das Heft dann in die Schublade und ging zu einem Kartenspiel im »Hecht«, verlor ziemlich und bot sich wieder für zwei Tage zum Mithelfen im Laden an.

Dann suchte er bei seinen Büchern Trost, die er in letzter Zeit vernachlässigt hatte. Und nun erlebte er es zum erstenmal, daß sie ihn im Stich ließen, ihm keine Stimmung gaben und ihm sogar fast langweilig vorkamen. Er hätte jetzt ein Dichterwerk gebraucht, das seine gegenwärtige Not erfaßt und ausgesprochen und tröstlich verklärt hätte. Aber d'Annunzio betrachtete griechische Gemmen und streichelte die Schultern schöner Baronessen, Oscar Wilde roch an exotischen Blumen und analysierte sein Nervenleben, und der Condottiere-Dichter besang eine »blaue Stunde« und einen leierspielenden Knaben.

Eine leise erste Ahnung stieg bitter in ihm auf, daß alle diese schönen Bücher vielleicht eben nur Bücher, nur ein Luxus für Glückliche und Reiche und Zufriedene seien, mit dem Leben und seiner Not aber keine Berührung hatten und haben wollten – Olympier an goldenen Tischen, welche von unten her, aus dem Wirrsal des Menschlichen, kein Klagelaut erreichte. Sie waren schön gewesen, als er sie in üppigen, faulen Zeiten genossen hatte. Und jetzt, da das Leben seine Hände nach ihm ausstreckte, schwiegen sie und wollten nichts von ihm wissen. Der Dichter des »All« fiel ihm ein, der keine Trilogien mehr, sondern Sport-

berichte für ein Tageblatt schrieb. Und er warf das Buch, das er gerade in der Hand hielt, zornig und traurig an die Wand.
Im Februar tat Frau Eiselein die erste behutsame Frage nach dem Gedeihen der Dichtung. Karl Eugen hatte gerade ein Faß Petroleum hereingerollt. Er drückte sich um die Antwort. Und als sie neugierig war, wenigstens den Titel zu erfahren, rückte und schob er unmutig an dem Faß herum und brummte: »Den Titel macht man immer zuletzt.« Doch wurde er rot dabei.
Ende März klopfte die Mama wieder an, trat zu dem Dichter an den Schreibtisch und verlangte sein Werk zu sehen.
»Es ist nicht fertig«, sagte er in unbehaglichem Ton.
»Dann ist's eben halbfertig«, beharrte sie. »Ich gehe nicht aus der Stube, bis ich's gesehen habe. Sei vernünftig, du kennst mich doch.«
O ja, er kannte sie. Dennoch zögerte er noch eine ganze Weile, ehe er die Lade herauszog und sein Heft vorlegte.
»Das Tal der bleichen Seelen! Schau, jetzt ist ja doch der Titel da, freilich ein komischer.«
Es folgten etwa zehn beschriebene Blätter, auf denen aber das meiste wieder durchgestrichen war.
»Ist das alles?« fragte sie ruhig.
»Das ist alles ... Ich wollte – –«
»Laß nur, 's ist schon gut.«
Da die Frau das schmerzliche Gesicht ihres Sohnes sah, hielt sie an sich und brach erst nachher auf der Treppe in ein kräftiges Gelächter aus.
Als sie später den Dichter auf den Kopf zu fragte, bis wann sein Werk wohl Hoffnung habe, fertig zu werden, senkte er den Kopf und gestand: »Ich glaube, nie.«

Im April trat Karl Eugen in das Geschäft seines Vaters ein. Im nächsten Jahre ging er als Volontär in ein auswärtiges Kaufhaus, von wo er mit guten Zeugnissen zurückkam, und als nach einigen weitern Jahren der alte Herr anfing kränklich zu werden, übernahm er den Laden allein und überließ dem Vater nur noch die Korrespondenzen.
Während dieser Jahre fiel das Geniewesen in aller Stille vollends von ihm ab wie eine Schlangenhaut, und es zeigte sich, daß unter der Hülle recht viel väterliche und mütterliche Erbstücke un-

verloren geschlummert hatten. Die erstarkten nun und traten bald auch äußerlich zutage. Wie mit dem Lesen und Dichten der Weltschmerz, so war mit dem Schlips und den Geniemanieren auch die falsche Bedeutsamkeit und Wichtigkeit des Auftretens verschwunden und der absonderliche Apfel also doch nahe beim Stamm gefallen. Und der vom milden Stachel täglicher Arbeit aus dem Traum geweckte Jüngling sah allmählich ein, daß seine vermeintliche Frühreife weit eher ein ungewöhnlich langes Kapriolenmachen der Jugendlichkeit gewesen war. Aber desto gründlicher faßte er die Arbeit und Umkehr an.

Die Zeit ging hin, er heiratete und wurde Vater, das Geschäft ging nicht übel und seine Schulden waren alle längst bezahlt. Zuweilen nahm er etwa einmal abends eines der Bücher von damals in die Hand, blätterte darin hin und her, schüttelte nachdenklich den Kopf und stellte es an seinen Ort zurück. Das Dichterbildnis aber hing noch immer an der Wand: der Jüngling im modischen Kragen blickte stolz und verachtend aus dem Rahmen und hinter ihm saß unerschüttert der kühne Condottiere auf seinem ehernen Roß. *(1903)*

# Aus Kinderzeiten

Der ferne braune Wald hat seit wenigen Tagen einen heiteren Schimmer von jungem Grün; am Lettensteg fand ich heute die erste halberschlossene Primelblüte; am feuchten klaren Himmel träumen die sanften Aprilwolken, und die weiten, kaum gepflügten Äcker sind so glänzend braun und breiten sich der lauen Luft so verlangend entgegen, als hätten sie Sehnsucht, zu empfangen und zu treiben und ihre stummen Kräfte in tausend grünen Keimen und aufstrebenden Halmen zu erproben, zu fühlen und wegzuschenken. Alles wartet, alles bereitet sich vor, alles träumt und sproßt in einem feinen, zärtlich drängenden Werdefieber – der Keim der Sonne, die Wolke dem Acker, das junge Gras den Lüften entgegen. Von Jahr zu Jahr steh ich um diese Zeit mit Ungeduld und Sehnsucht auf der Lauer, als müßte ein besonderer Augenblick mir das Wunder der Neugeburt erschließen, als müsse es geschehen, daß ich einmal, eine Stunde lang, die Offenbarung der Kraft und der Schönheit ganz sähe und begriffe und miterlebte, wie das Leben lachend aus der Erde springt und junge große Augen zum Licht aufschlägt. Jahr für Jahr auch tönt und duftet das Wunder an mir vorbei, geliebt und angebetet – und unverstanden; es ist da, und ich sah es nicht kommen, ich sah nicht die Hülle des Keimes brechen und den ersten zarten Quell im Lichte zittern. Blumen stehen plötzlich allerorten, Bäume glänzen mit lichtem Laub oder mit schaumig weißer Blust, und Vögel werfen sich jubelnd in schönen Bogen durch die warme Bläue. Das Wunder ist erfüllt, ob ich es auch nicht gesehen habe, Wälder wölben sich, und ferne Gipfel rufen, und es ist Zeit, Stiefel und Tasche, Angelstock und Ruderzeug zu rüsten und sich mit allen Sinnen des jungen Jahres zu freuen, das jedesmal schöner ist, als es jemals war, und das jedesmal eiliger zu schreiten scheint. – Wie lang, wie unerschöpflich lang ist ein Frühling vorzeiten gewesen, als ich noch ein Knabe war!

Und wenn die Stunde es gönnt und mein Herz guter Dinge ist, leg ich mich lang ins feuchte Gras oder klettere den nächsten tüchtigen Stamm hinan, wiege mich im Geäst, rieche den Knospenduft und das frische Harz, sehe Zweigenetz und Grün und Blau sich über mir verwirren und trete traumwandelnd als ein

stiller Gast in den seligen Garten meiner Knabenzeit. Das gelingt so selten und ist so köstlich, einmal wieder sich dort hinüberzuschwingen und die klare Morgenluft der ersten Jugend zu atmen und noch einmal, für Augenblicke, die Welt so zu sehen, wie sie aus Gottes Händen kam und wie wir alle sie in Kinderzeiten gesehen haben, da in uns selber das Wunder der Kraft und der Schönheit sich entfaltete.
Da stiegen die Bäume so freudig und trotzig in die Lüfte, da sproß im Garten Narziß und Hyazinth so glanzvoll schön; und die Menschen, die wir noch so wenig kannten, begegneten uns zart und gütig, weil sie auf unserer glatten Stirn noch den Hauch des Göttlichen fühlten, von dem wir nichts wußten und das uns ungewollt und ungewußt im Drang des Wachsens abhanden kam. Was war ich für ein wilder und ungebändigter Bub, wieviel Sorgen hat der Vater von klein auf um mich gehabt und wieviel Angst und Seufzen die Mutter! – und doch lag auch auf meiner Stirne Gottes Glanz, und was ich ansah, war schön und lebendig, und in meinen Gedanken und Träumen, auch wenn sie gar nicht frommer Art waren, gingen Engel und Wunder und Märchen geschwisterlich aus und ein.
Mir ist aus Kinderzeiten her mit dem Geruch des frischgepflügten Ackerlandes und mit dem keimenden Grün der Wälder eine Erinnerung verknüpft, die mich in jedem Frühling heimsucht und mich nötigt, jene halbvergessene und unbegriffene Zeit für Stunden wieder zu leben. Auch jetzt denke ich daran und will versuchen, wenn es möglich ist, davon zu erzählen.

In unserer Schlafkammer waren die Läden zu, und ich lag im Dunkel halbwach, hörte meinen kleinen Bruder neben mir in festen, gleichen Zügen atmen und wunderte mich wieder darüber, daß ich bei geschlossenen Augen statt des schwarzen Dunkels lauter Farben sah, violette und trübdunkelrote Kreise, die beständig weiter wurden und in die Finsternis zerflossen und beständig von innen her quellend sich erneuerten, jeder von einem dünnen gelben Streifen umrändert. Auch horchte ich auf den Wind, der von den Bergen her in lauen, lässigen Stößen kam und weich in den großen Pappeln wühlte und sich zuzeiten schwer gegen das ächzende Dach lehnte. Es tat mir wieder leid, daß Kinder nachts nicht aufbleiben und hinausgehen oder wenigstens am

Fenster sein dürfen, und ich dachte an eine Nacht, in der die Mutter vergessen hatte, die Läden zu schließen.

Da war ich mitten in der Nacht aufgewacht und leise aufgestanden und mit Zagen ans Fenster gegangen, und vor dem Fenster war es seltsam hell, gar nicht schwarz und todesfinster, wie ich's mir vorgestellt hatte. Es sah alles dumpf und verwischt und traurig aus, große Wolken stöhnten über den ganzen Himmel und die bläulich-schwarzen Berge schienen mitzufluten, als hätten sie alle Angst und strebten davon, um einem nahenden Unglück zu entrinnen. Die Pappeln schliefen und sahen ganz matt aus wie etwas Totes oder Erloschenes, auf dem Hof aber stand wie sonst die Bank und der Brunnentrog und der junge Kastanienbaum, auch sie ein wenig müd und trüb. Ich wußte nicht, ob es kurz oder lang war, daß ich im Fenster saß und in die bleiche verwandelte Welt hinüberschaute; da fing in der Nähe ein Tier zu klagen an, ängstlich und weinerlich. Es konnte ein Hund oder auch ein Schaf oder Kalb sein, das erwacht war und im Dunkeln Angst verspürte. Sie faßte auch mich, und ich floh in meine Kammer und in mein Bett zurück, ungewiß, ob ich weinen sollte oder nicht. Aber ehe ich dazu kam, war ich eingeschlafen.

Das alles lag jetzt wieder rätselhaft und lauernd draußen, hinter den verschlossenen Läden, und es wäre so schön und gefährlich gewesen, wieder hinauszusehen. Ich stellte mir die trüben Bäume wieder vor, das müde, ungewisse Licht, den verstummten Hof, die samt den Wolken fortfliehenden Berge, die fahlen Streifen am Himmel und die bleiche, undeutlich in die graue Weite verschimmernde Landstraße. Da schlich nun, in einen großen, schwarzen Mantel verhüllt, ein Dieb, oder ein Mörder, oder es war jemand verirrt und lief dort hin und her, von der Nacht geängstigt und von Tieren verfolgt. Es war vielleicht ein Knabe, so alt wie ich, der verlorengegangen oder fortgelaufen oder geraubt worden oder ohne Eltern war, und wenn er auch Mut hatte, so konnte doch der nächste Nachtgeist ihn umbringen oder der Wolf ihn holen. Vielleicht nahmen ihn auch die Räuber mit in den Wald, und er wurde selber ein Räuber, bekam ein Schwert oder eine zweiläufige Pistole, einen großen Hut und hohe Reiterstiefel.

Von hier war es nur noch ein Schritt, ein willenloses Sichfallenlassen, und ich stand im Träumeland und konnte alles mit Augen sehen und mit Händen anfassen, was jetzt noch Erinnerung und Gedanke und Phantasie war.

Ich schlief aber nicht ein, denn in diesem Augenblick floß durch das Schlüsselloch der Kammertür, aus der Schlafstube der Eltern her, ein dünner, roter Lichtstrom zu mir herein, füllte die Dunkelheit mit einer schwachen zitternden Ahnung von Licht und malte auf die plötzlich matt aufschimmernde Tür des Kleiderkastens einen gelben, zackigen Fleck. Ich wußte, daß jetzt der Vater ins Bett ging. Sachte hörte ich ihn in Strümpfen herumlaufen, und gleich darauf vernahm ich auch seine gedämpfte tiefe Stimme. Er sprach noch ein wenig mit der Mutter.

»Schlafen die Kinder?« hörte ich ihn fragen.

»Ja, schon lang«, sagte die Mutter, und ich schämte mich, daß ich nun doch wach war. Dann war es eine Weile still, aber das Licht brannte fort. Die Zeit wurde mir lang, und der Schlummer wollte mir schon bis in die Augen steigen, da fing die Mutter noch einmal an.

»Hast auch nach dem Brosi gefragt?«

»Ich hab ihn selber besucht«, sagte der Vater. »Am Abend bin ich dort gewesen. Der kann einem leid tun.«

»Geht's denn so schlecht?«

»Ganz schlecht. Du wirst sehen, wenn's Frühjahr kommt, wird es ihn wegnehmen. Er hat schon den Tod im Gesicht.«

»Was denkst du«, sagt die Mutter, »soll ich den Buben einmal hinschicken? Es könnt vielleicht gut tun.«

»Wie du willst«, meinte der Vater, »aber nötig ist's nicht. Was versteht so ein klein Kind davon?«

»Also gut Nacht.«

»Ja, gut Nacht.«

Das Licht ging aus, die Luft hörte auf zu zittern, Boden und Kastentür waren wieder dunkel, und wenn ich die Augen zumachte, konnte ich wieder violette und dunkelrote Ringe mit einem gelben Rand wogen und wachsen sehen.

Aber während die Eltern einschliefen und alles still war, arbeitete meine plötzlich erregte Seele mächtig in die Nacht hinein. Das halbverstandene Gespräch war in sie gefallen wie eine Frucht in den Teich, und nun liefen schnellwachsende Kreise eilig und ängstlich über sie hinweg und machten sie vor banger Neugierde zittern.

Der Brosi, von dem die Eltern gesprochen hatten, war fast aus meinem Gesichtskreis verloren gewesen, höchstens war er noch eine matte, beinahe schon verglühte Erinnerung. Nun rang er sich, dessen Namen ich kaum mehr gewußt hatte, langsam kämpfend empor und wurde wieder zu einem lebendigen Bild. Zuerst wußte ich nur, daß ich diesen Namen früher einmal oft gehört und selber gerufen habe. Dann fiel ein Herbsttag mir ein, an dem ich von jemand Äpfel geschenkt bekommen hatte. Da erinnerte ich mich, daß das Brosis Vater gewesen sei, und da wußte ich plötzlich alles wieder.
Ich sah also einen hübschen Knaben, ein Jahr älter, aber nicht größer als ich, der hieß Brosi. Vielleicht vor einem Jahre war sein Vater unser Nachbar und der Bub mein Kamerad geworden; doch reichte mein Gedächtnis nimmer dahin zurück. Ich sah ihn wieder deutlich: er trug eine gestrickte blaue Wollkappe mit zwei merkwürdigen Hörnern, und er hatte immer Äpfel oder Schnitzbrot im Sack, und er hatte gewöhnlich einen Einfall und ein Spiel und einen Vorschlag parat, wenn es anfangen wollte, langweilig zu werden. Er trug eine Weste, auch werktags, worum ich ihn sehr beneidete, und früher hatte ich ihm fast gar keine Kraft zugetraut, aber da hieb er einmal den Schmiedsbarzle vom Dorf, der ihn wegen seiner Hörnerkappe verhöhnte (und die Kappe war von seiner Mutter gestrickt), jämmerlich durch, und dann hatte ich eine Zeitlang Angst vor ihm. Er besaß einen zahmen Raben, der hatte aber im Herbst zu viel junge Kartoffeln ins Futter bekommen und war gestorben, und wir hatten ihn begraben. Der Sarg war eine Schachtel, aber sie war zu klein, der Deckel ging nicht mehr drüber, und ich hielt eine Grabrede wie ein Pfarrer, und als der Brosi dabei anfing zu weinen, mußte mein kleiner Bruder lachen; da schlug ihn der Brosi, da schlug ich ihn wieder, der Kleine heulte, und wir liefen auseinander, und nachher kam Brosis Mutter zu uns herüber und sagte, es täte ihm leid, und wenn wir morgen nachmittag zu ihr kommen wollten, so gäbe es Kaffee und Hefekranz, er sei schon im Ofen. Und bei dem Kaffee erzählte der Brosi uns eine Geschichte, die fing mittendrin immer wieder von vorne an, und obwohl ich die Geschichte nie behalten konnte, mußte ich doch lachen, sooft ich daran dachte.
Das war aber nur der Anfang. Es fielen mir zu gleicher Zeit

tausend Erlebnisse ein, alle aus dem Sommer und Herbst, wo Brosi mein Kamerad gewesen war, und alle hatte ich in den paar Monaten, seit er nimmer kam, so gut wie vergessen. Nun drangen sie von allen Seiten her, wie Vögel, wenn man im Winter Körner wirft, alle zugleich, ein ganzes Gewölk.

Es fiel mir der glänzende Herbsttag wieder ein, an dem des Dachtelbauers Turmfalk aus der Remise durchgegangen war. Der beschnittene Flügel war ihm gewachsen, das messingene Fußkettlein hatte er durchgerieben und den engen finsteren Schuppen verlassen. Jetzt saß er dem Haus gegenüber ruhig auf einem Apfelbaum, und wohl ein Dutzend Leute stand auf der Straße davor, schaute hinauf und redete und machte Vorschläge. Da war uns Buben sonderbar beklommen zumute, dem Brosi und mir, wie wir mit allen anderen Leuten dastanden und den Vogel anschauten, der still im Baume saß und scharf und kühn herabäugte. »Der kommt nicht wieder«, rief einer. Aber der Knecht Gottlob sagte: »Fliegen, wann er noch könnt, dann wär er schon lang über Berg und Tal.« Der Falk probierte, ohne den Ast mit den Krallen loszulassen, mehrmals seine großen Flügel; wir waren schrecklich aufgeregt, und ich wußte selber nicht, was mich mehr freuen würde, wenn man ihn finge oder wenn er davonkäme. Schließlich wurde vom Gottlob eine Leiter angelegt, der Dachtelbauer stieg selber hinauf und streckte die Hand nach seinem Falken aus. Da ließ der Vogel den Ast fahren und fing an, stark mit den Flügeln zu flattern. Da schlug uns Knaben das Herz so laut, daß wir kaum atmen konnten; wir starrten bezaubert auf den schönen, flügelschlagenden Vogel, und dann kam der herrliche Augenblick, daß der Falke ein paar große Stöße tat, und wie er sah, daß er noch fliegen konnte, stieg er langsam und stolz in großen Kreisen höher und höher in die Luft, bis er so klein wie eine Feldlerche war und still im flimmernden Himmel verschwand. Wir aber, als die Leute schon lang verlaufen waren, standen noch immer da, hatten die Köpfe nach oben gestreckt und suchten den ganzen Himmel ab, und da tat der Brosi plötzlich einen hohen Freudensatz in die Luft und schrie dem Vogel nach: »Flieg du, flieg du, jetzt bist du wieder frei.«

Auch an den Karrenschuppen des Nachbars mußte ich denken. In dem hockten wir, wenn es so recht herunterregnete, im Halbdunkel beisammengekauert, hörten dem Klingen und Tosen des Platzregens zu und betrachteten den Hofboden, wo Bäche, Ströme und Seen entstanden und sich ergossen und durchkreuzten und veränderten. Und einmal, als wir so hockten und lauschten, fing der Brosi an und sagte: »Du, jetzt kommt die Sündflut, was machen wir jetzt? Also alle Dörfer sind schon ertrunken, das Wasser geht jetzt schon bis an den Wald.« Da dachten wir uns alles aus, spähten im Hof umher, horchten auf den schüttenden Regen und vernahmen darin das Brausen ferner Wogen und Meeresströmungen. Ich sagte, wir müßten ein Floß aus vier oder fünf Balken machen, das würde uns zwei schon tragen. Da schrie mich der Brosi aber an: »So, und dein Vater und die Mutter, und mein Vater und meine Mutter, und die Katz und dein Kleiner? Die nimmst nicht mit?« Daran hatte ich in der Aufregung und Gefahr freilich nicht gedacht, und ich log zur Entschuldigung: »Ja, ich hab mir gedacht, die seien alle schon untergegangen.« Er aber wurde nachdenklich und traurig, weil er sich das deutlich vorstellte, und dann sagte er: »Wir spielen jetzt was anderes.«

Und damals, als sein armer Rabe noch am Leben war und überall herumhüpfte, hatten wir ihn einmal in unser Gartenhaus mitgenommen, wo er auf den Querbalken gesetzt wurde und hin und her lief, weil er nicht herunterkonnte. Ich streckte ihm den Zeigefinger hin und sagte im Spaß: »Da, Jakob, beiß!« Da hackte er mich in den Finger. Es tat nicht besonders weh, aber ich war zornig geworden und schlug nach ihm und wollte ihn strafen. Der Brosi packte mich aber um den Leib und hielt mich fest, bis der Vogel, der in der Angst vom Balken heruntergeflügelt war, sich hinausgerettet hatte. »Laß mich los«, schrie ich, »er hat mich gebissen«, und rang mit ihm.

»Du hast selber zu ihm gesagt: Jakob beiß!« rief der Brosi und erklärte mir deutlich, der Vogel sei ganz in seinem Recht gewesen. Ich war ärgerlich über seine Schulmeisterei, sagte »meinetwegen« und beschloß aber im stillen, mich ein anderes Mal an dem Raben zu rächen.

Nachher, als Brosi schon aus dem Garten und halbwegs daheim war, rief er mir noch einmal und kehrte um, und ich wartete auf ihn. Er kam her und sagte: »Du, gelt, du versprichst mir ganz gewiß, daß du dem Jakob nichts mehr tust?« Und als ich keine

Antwort gab und trotzig war, versprach er mir zwei große Äpfel, und ich nahm an, und dann ging er heim.
Gleich darauf wurden auf dem Baum in seines Vaters Garten die ersten Jakobiäpfel reif; da gab er mir die versprochenen zwei Äpfel, von den schönsten und größten. Ich schämte mich jetzt und wollte sie nicht gleich annehmen, bis er sagte: »Nimm doch, es ist ja nicht mehr wegen dem Jakob, ich hätt sie dir auch so gegeben, und dein Kleiner kriegt auch einen.« Da nahm ich sie.
Aber einmal waren wir den ganzen Nachmittag auf dem Wiesenland herumgesprungen und dann in den Wald hineingegangen, wo unter dem Gebüsch weiches Moos wuchs. Wir waren müd und setzten uns auf den Boden. Ein paar Fliegen sumsten über einem Pilz, und allerlei Vögel flogen; von denen kannten wir einige, die meisten aber nicht; auch hörten wir einen Specht fleißig klopfen, und es wurde uns ganz wohl und froh zumute, so daß wir fast gar nichts zueinander sagten, und nur wenn einer etwas Besonderes entdeckt hatte, deutete er dorthin und zeigte es dem andern. In dem überwölbten grünen Raume floß ein grünes mildes Licht, während der Waldgrund in die Weite sich in ahnungsvolle braune Dämmerung verlor. Was sich dort hinten regte, Blättergeräusch und Vogelschlag, das kam aus verzauberten Märchengründen her, klang mit geheimnisvoll fremdem Ton und konnte viel bedeuten.
Weil es dem Brosi zu warm vom Laufen war, zog er seine Jacke aus und dann auch noch die Weste und legte sich ganz ins Moos hin. Da kam es, daß er sich umdrehte, und sein Hemd ging am Halse auf, und ich erschrak mächtig, denn ich sah über seine weiße Schulter eine lange rote Narbe hinlaufen. Gleich wollte ich ihn ausfragen, wo denn die Narbe herkäme, und freute mich schon auf eine rechte Unglücksgeschichte; aber wer weiß, wie es kam, ich mochte auf einmal doch nicht fragen und tat so, als hätte ich gar nichts gesehen. Jedoch zugleich tat mir Brosi mit seiner großen Narbe furchtbar leid, sie hatte sicher schrecklich geblutet und weh getan, und ich faßte in diesem Augenblick eine viel stärkere Zärtlichkeit zu ihm als früher, konnte aber nichts sagen. Also gingen wir später miteinander aus dem Wald und kamen heim, dann holte ich in der Stube meine beste Kugelbüchse aus einem dicken Holderstamm, die hatte mir der

Knecht einmal gemacht, und ging wieder hinunter und schenkte sie dem Brosi. Er meinte zuerst, es sei ein Spaß, dann aber wollte er sie nicht nehmen und legte sogar die Hände auf den Rücken, und ich mußte ihm die Büchse in die Tasche stecken.

Und eine Geschichte um die andere, alle kamen sie mir wieder. Auch die vom Tannenwald, der stand auf der anderen Seite vom Bach, und einmal war ich mit meinem Kameraden hinübergegangen, weil wir gern die Rehe gesehen hätten. Wir traten in den weiten Raum, auf den glatten braunen Boden zwischen den himmelhohen geraden Stämmen, aber so weit wir liefen, wir fanden kein einziges Reh. Dafür sahen wir eine Menge große Felsenstücke zwischen den bloßen Tannenwurzeln liegen, und fast alle diese Steine hatten Stellen, wo ein schmales Büschelchen helles Moos auf ihnen wuchs, wie kleine grüne Male. Ich wollte so ein Moosplätzchen abschälen, es war nicht viel größer als eine Hand. Aber der Brosi sagte schnell: »Nein, laß es dran!« Ich fragte warum, und er erklärte mir: »Das ist, wenn ein Engel durch den Wald geht, dann sind das seine Tritte; überall wo er hintritt, wächst gleich so ein Moosplatz in den Stein.« Nun vergaßen wir die Rehe und warteten, ob vielleicht gerade ein Engel käme. Wir blieben stehen und paßten auf; im ganzen Wald war eine Todesstille, und auf dem braunen Boden fackelten helle Sonnenflecken, in der Ferne gingen die senkrechten Stämme wie eine hohe rote Säulenwand zusammen, in der Höhe stand hinter den dichten schwarzen Kronen der blaue Himmel. Ein ganz schwaches kühles Wehen lief unhörbar hin und wieder vorüber. Da wurden wir beide bang und feierlich, weil es so ruhig und einsam war und weil vielleicht bald ein Engel kam, und wir gingen nach einer Weile ganz still und schnell miteinander weg, an den vielen Steinen und Stämmen vorbei und aus dem Wald hinaus. Als wir wieder auf der Wiese und über dem Bach waren, sahen wir noch eine Zeitlang hinüber, dann liefen wir schnell nach Haus.

Später hatte ich noch einmal mit dem Brosi Streit, dann versöhnten wir uns wieder. Es ging schon gegen den Winter hin, da hieß es, der Brosi sei krank und ob ich nicht zu ihm gehen wollte. Ich ging auch ein- oder zweimal, da lag er im Bett und sagte fast gar nichts, und es war mir bang und langweilig, obgleich seine Mutter mir eine halbe Orange schenkte. Und dann kam nichts mehr;

ich spielte mit meinem Bruder und mit dem Löhnersnikel oder mit den Mädchen, und so ging eine lange, lange Zeit vorbei. Es fiel Schnee und schmolz wieder und fiel noch einmal; der Bach fror zu, ging wieder auf und war braun und weiß und machte eine Überschwemmung und brachte vom Obertal eine ertrunkene Sau und eine Menge Holz mit; es wurden kleine Hühner geboren, und drei davon starben; mein Brüderlein wurde krank und wurde wieder gesund; es war in den Scheuern gedroschen und in den Stuben gesponnen worden, und jetzt wurden die Felder wieder gepflügt, alles ohne den Brosi. So war er ferner und ferner geworden und am Ende verschwunden und von mir vergessen worden – bis jetzt, bis auf diese Nacht, wo das rote Licht durchs Schlüsselloch floß und ich den Vater zur Mutter sagen hörte: »Wenn's Frühjahr kommt, wird's ihn wegnehmen.«

Unter vielen sich verwirrenden Erinnerungen und Gefühlen schlief ich ein, und vielleicht wäre schon am nächsten Tage im Drang des Erlebens das kaum erwachte Gedächtnis an den entschwundenen Spielgefährten wieder untergesunken und wäre dann vielleicht nie mehr in der gleichen, frischen Schönheit und Stärke zurückgekommen. Aber gleich beim Frühstück fragte mich die Mutter: »Denkst du auch noch einmal an den Brosi, der immer mit euch gespielt hat?«

Da rief ich »ja«, und sie fuhr fort mit ihrer guten Stimme: »Im Frühjahr, weißt du, wäret ihr beide miteinander in die Schule gekommen. Aber jetzt ist er so krank, daß es vielleicht nichts damit sein wird. Willst du einmal zu ihm gehen?«

Sie sagte das so ernsthaft, und ich dachte an das, was ich in der Nacht den Vater hatte sagen hören, und ich fühlte ein Grauen, aber zugleich eine angstvolle Neugierde. Der Brosi sollte, nach des Vaters Worten, den Tod im Gesicht haben, und das schien mir unsäglich grauenhaft und wunderbar.

Ich sagte wieder »ja«, und die Mutter schärfte mir ein: »Denk dran, daß er so krank ist! Du kannst jetzt nicht mit ihm spielen und darfst kein Lärmen vollführen.«

Ich versprach alles und bemühte mich schon jetzt, ganz still und bescheiden zu sein, und noch am gleichen Morgen ging ich hinüber. Vor dem Hause, das ruhig und ein wenig feierlich hinter seinen beiden kahlen Kastanienbäumen im kühlen Vormittags-

licht lag, blieb ich stehen und wartete eine Weile, horchte in den Flur hinein und bekam fast Lust, wieder heimzulaufen. Da faßte ich mir ein Herz, stieg schnell die drei roten Steinstufen hinauf und durch die offenstehende Türhälfte, sah mich im Gehen um und klopfte an die nächste Tür. Des Brosi Mutter war eine kleine, flinke und sanfte Frau, die kam heraus und hob mich auf und gab mir einen Kuß, und dann fragte sie: »Hast du zum Brosi kommen wollen?«
Es ging nicht lang, so stand sie im oberen Stockwerk vor einer weißen Kammertür und hielt mich an der Hand. Auf diese ihre Hand, die mich zu den dunkel vermuteten grauenhaften Wunderdingen führen sollte, sah ich nicht anders als auf die eines Engels oder eines Zauberers. Das Herz schlug mir geängstigt und ungestüm wie ein Warner, und ich zögerte nach Kräften und strebte zurück, so daß die Frau mich fast in die Stube ziehen mußte. Es war eine große, helle und behaglich nette Kammer; ich stand verlegen und grausend an der Tür und schaute auf das lichte Bett hin, bis die Frau mich hinzuführte. Da drehte der Brosi sich zu uns herum.
Und ich blickte aufmerksam in sein Gesicht, das war schmal und spitzig, aber den Tod konnte ich nicht darin sehen, sondern nur ein feines Licht, und in den Augen etwas Ungewohntes, gütig Ernstes und Geduldiges, bei dessen Anblick mir ähnlich ums Herz ward wie bei jenem Stehen und Lauschen im schweigenden Tannenwald, da ich in banger Neugierde den Atem anhielt und Engelsschritte in meiner Nähe vorbeigehen spürte.
Der Brosi nickte und streckte mir eine Hand hin, die heiß und trocken und abgezehrt war. Seine Mutter streichelte ihn, nickte mir zu und ging wieder aus der Stube; so stand ich allein an seinem kleinen hohen Bett und sah ihn an, und eine Zeitlang sagten wir beide kein Wort.
»So, bist du's denn noch?« sagte dann der Brosi.
Und ich: »Ja, und du auch noch?«
Und er: »Hat dich deine Mutter geschickt?«
Ich nickte.
Er war müde und ließ jetzt den Kopf wieder auf das Kissen fallen. Ich wußte gar nichts zu sagen, nagte an meiner Mützentroddel und sah ihn nur immer an und er mich, bis er lächelte und zum Scherz die Augen schloß.

Da schob er sich ein wenig auf die Seite, und wie er es tat, sah ich plötzlich unter den Hemdknöpfen durch den Ritz etwas Rotes schimmern, das war die große Narbe auf seiner Schulter, und als ich die gesehen hatte, mußte ich auf einmal heulen.
»Ja, was hast du denn?« fragte er gleich.
Ich konnte keine Antwort geben, weinte weiter und wischte mir die Backen mit der rauhen Mütze ab, bis es weh tat.
»Sag's doch. Warum weinst du?«
»Bloß weil du so krank bist«, sagte ich jetzt. Aber das war nicht die eigentliche Ursache. Es war nur eine Woge von heftiger und mitleidiger Zärtlichkeit, wie ich sie schon früher einmal gespürt hatte, die quoll plötzlich in mir auf und konnte sich nicht anders Luft machen.
»Das ist nicht so schlimm«, sagte der Brosi.
»Wirst du bald wieder gesund?«
»Ja, vielleicht.«
»Wann denn?«
»Ich weiß nicht. Es dauert lang.«
Nach einer Zeit merkte ich auf einmal, daß er eingeschlafen war. Ich wartete noch eine Weile, dann ging ich hinaus, die Stiege hinunter und wieder heim, wo ich sehr froh war, daß die Mutter mich nicht ausfragte. Sie hatte wohl gesehen, daß ich verändert war und etwas erlebt hatte, und sie strich mir nur übers Haar und nickte, ohne etwas zu sagen.
Trotzdem kann es wohl sein, daß ich an jenem Tage noch sehr ausgelassen, wild und ungattig war, sei es, daß ich mit meinem kleinen Bruder händelte oder daß ich die Magd am Herd ärgerte oder im nassen Feld strolchte und besonders schmutzig heimkam. Etwas Derartiges ist jedenfalls gewesen, denn ich weiß noch gut, daß am selben Abend meine Mutter mich sehr zärtlich und ernst ansah – mag sein, daß sie mich gern ohne Worte an heute morgen erinnert hätte. Ich verstand sie auch wohl und fühlte Reue, und als sie das merkte, tat sie etwas Besonderes. Sie gab mir von ihrem Ständer am Fenster einen kleinen Tonscherben voll Erde, darin steckte eine schwärzliche Knolle, und diese hatte schon ein paar spitzige, hellgrüne, saftige junge Blättlein getrieben. Es war eine Hyazinthe. Die gab sie mir und sagte dazu: »Paß auf, das geb ich dir jetzt. Später wird's dann eine große rote Blume. Dort stell ich sie hin, und du mußt darauf

achtgeben, man darf sie nicht anrühren und herumtragen, und jeden Tag muß man sie zweimal gießen; wenn du es vergißt, sag ich dir's schon. Wenn es aber eine schöne Blume werden will, darfst du sie nehmen und dem Brosi hinbringen, daß er eine Freude hat. Kannst du dran denken?«

Sie tat mich ins Bett, und ich dachte indessen mit Stolz an die Blume, deren Wartung mir als ein ehrenvoll wichtiges Amt erschien, aber gleich am nächsten Morgen vergaß ich das Begießen, und die Mutter erinnerte mich daran. »Und was ist denn mit dem Brosi seinem Blumenstock?« fragte sie, und sie hat es in jenen Tagen mehr als das eine Mal sagen müssen. Dennoch beschäftigte und beglückte mich damals nichts so stark wie mein Blumenstock. Es standen noch genug andere, auch größere und schönere, im Zimmer und im Garten, und Vater und Mutter hatten sie mir oft gezeigt. Aber es war nun doch das erstemal, daß ich mit dem Herzen dabei war, ein solches kleines Wachstum mit anzuschauen, zu erwünschen und zu pflegen und Sorge darum zu haben.

Ein paar Tage lang sah es mit dem Blümlein nicht erfreulich aus, es schien an irgendeinem Schaden zu leiden und nicht die rechten Kräfte zum Wachsen zu finden. Als ich darüber zuerst betrübt und dann ungeduldig wurde, sagte die Mutter einmal: »Siehst du, mit dem Blumenstock ist's jetzt gerade so wie mit dem Brosi, der so krank ist. Da muß man noch einmal so lieb und sorgsam sein wie sonst.«

Dieser Vergleich war mir verständlich und brachte mich bald auf einen ganz neuen Gedanken, der mich nun völlig beherrschte. Ich fühlte jetzt einen geheimen Zusammenhang zwischen der kleinen, mühsam strebenden Pflanze und dem kranken Brosi, ja ich kam schließlich zu dem festen Glauben, wenn die Hyazinthe gedeihe, müsse auch mein Kamerad wieder gesund werden. Käme sie aber nicht davon, so würde er sterben, und ich trüge dann vielleicht, wenn ich die Pflanze vernachlässigt hätte, mit Schuld daran. Als dieser Gedankenkreis in mir fertig geworden war, hütete ich den Blumentopf mit Angst und Eifersucht wie einen Schatz, in welchem besondere, nur mir bekannte und anvertraute Zauberkräfte verschlossen wären.

Drei oder vier Tage nach meinem ersten Besuch – die Pflanze sah noch ziemlich kümmerlich aus – ging ich wieder ins Nachbarhaus hinüber. Brosi mußte ganz still liegen, und da ich nichts zu sagen hatte, stand ich nahe am Bett und sah das nach oben gerichtete Gesicht des Kranken an, das zart und warm aus weißen Bett-Tüchern schaute. Er machte hin und wieder die Augen auf und wieder zu, sonst bewegte er sich nicht, und ein klügerer und älterer Zuschauer hätte vielleicht etwas davon gefühlt, daß des kleinen Brosi Seele schon unruhig war und sich auf die Heimkehr besinnen wollte. Als gerade eine Angst vor der Stille des Stübleins über mich kommen wollte, trat die Nachbarin herein und holte mich freundlich und leisen Schrittes weg.

Das nächste Mal kam ich mit viel froherem Herzen, denn zu Hause trieb mein Blumenstock mit neuer Lust und Kraft seine spitzigen freudigen Blätter heraus. Diesmal war auch der Kranke sehr munter.

»Weißt du auch noch, wie der Jakob noch am Leben war?« fragte er mich.

Und wir erinnerten uns an den Raben und sprachen von ihm, ahmten die drei Wörtlein nach, die er hatte sagen können, und redeten mit Begierde und Sehnsucht von einem grau und roten Papagei, der sich vorzeiten einmal hierher verirrt haben sollte. Ich kam ins Plaudern, und während der Brosi bald wieder ermüdete, hatte ich sein Kranksein für den Augenblick ganz vergessen. Ich erzählte die Geschichte vom entflogenen Papagei, die zu den Legenden unseres Hauses gehörte. Ihr Glanzpunkt war der, daß ein alter Hofknecht den schönen Vogel auf dem Dach des Schuppens sitzen sah, sogleich eine Leiter anlegte und ihn einfangen wollte. Als er auf dem Dach erschien und sich dem Papagei vorsichtig näherte, sagte dieser: »Guten Tag!« Da zog der Knecht seine Kappe herunter und sagte: »Bitt um Vergebung, jetzt hätt ich fast gemeint, Ihr wäret ein Vogeltier.«

Als ich das erzählt hatte, dachte ich, der Brosi müsse nun notwendig laut hinauslachen. Da er es nicht gleich tat, sah ich ihn ganz verwundert an. Ich sah ihn fein und herzlich lächeln, und seine Backen waren ein wenig röter als vorher, aber er sagte nichts und lachte nicht laut.

Da kam es mir plötzlich vor, als sei er um viele Jahre älter als ich. Meine Lustigkeit war im Augenblick erloschen, statt ihrer befiel mich Verwirrung und Bangigkeit, denn ich empfand wohl, daß zwischen uns beiden jetzt etwas Neues fremd und störend aufgewachsen sei.

Es surrte eine große Winterfliege durchs Zimmer, und ich fragte, ob ich sie fangen solle.

»Nein, laß sie doch!« sagte der Brosi.

Auch das kam mir vor, wie von einem Erwachsenen gesprochen. Befangen ging ich fort.

Auf dem Heimweg empfand ich zum erstenmal in meinem Leben etwas von der ahnungsvollen verschleierten Schönheit des Vorfrühlings, das ich erst um Jahre später, ganz am Ende der Knabenzeiten, wieder gespürt habe.

Was es war und wie es kam, weiß ich nicht. Ich erinnere mich aber, daß ein lauer Wind strich, daß feuchte dunkle Erdschollen am Rande der Äcker aufragten und streifenweise blank erglänzten und daß ein besonderer Föhngeruch in der Luft war. Ich erinnere mich auch dessen, daß ich eine Melodie summen wollte und gleich wieder aufhörte, weil irgend etwas mich bedrückte und still machte.

Dieser kurze Heimweg vom Nachbarhaus ist mir eine merkwürdig tiefe Erinnerung. Ich weiß kaum etwas Einzelnes mehr davon; aber zuweilen, wenn es mir gegönnt ist, mit geschlossenen Augen mich dahin zurückzufinden, meine ich, die Erde noch einmal mit Kindesaugen zu sehen – als Geschenk und Schöpfung Gottes, im leise glühenden Träumen unberührter Schönheit, wie wir Alten sie sonst nur aus den Werken der Künstler und Dichter kennen. Der Weg war vielleicht nicht ganz zweihundert Schritt lang, aber es lebte und geschah auf ihm und über ihm und an seinem Rande unendlich viel mehr als auf mancher Reise, die ich später unternommen habe.

Es streckten kahle Obstbäume verschlungene und drohende Äste und von den feinen Zweigspitzen rotbraune und harzige Knospen in die Luft, über sie hinweg ging Wind und schwärmende Wolkenflucht, unter ihnen quoll die nackte Erde in der Frühlingsgärung. Es rann ein vollgeregneter Graben über und sandte einen schmalen trüben Bach über die Straße, auf dem schwammen alte Birnenblätter und braune Holzstückchen, und jedes von ihnen war ein Schiff, jagte dahin und strandete, erlebte

Lust und Pein und wechselnde Schicksale, und ich erlebte sie mit.

Es hing unversehens vor meinen Augen ein dunkler Vogel in der Luft, überschlug sich und flatterte taumelnd, stieß plötzlich einen langen schallenden Triller aus und stob verglitzernd in die Höhen, und mein Herz flog staunend mit.

Ein leerer Lastwagen mit einem ledigen Beipferd kam gefahren, knarrte und rollte fort und fesselte noch bis zur nächsten Krümme meinen Blick, mit seinen starken Rossen aus einer unbekannten Welt gekommen und in sie verschwindend, flüchtige schöne Ahnungen aufregend und mit sich nehmend.

Das ist eine kleine Erinnerung oder zwei und drei; aber wer will die Erlebnisse, Erregungen und Freuden zählen, die ein Kind zwischen einem Stundenschlag und dem andern an Steinen, Pflanzen, Vögeln, Lüften, Farben und Schatten findet und sogleich wieder vergißt und doch mit hinübernimmt in die Schicksale und Veränderungen der Jahre? Eine besondere Färbung der Luft am Horizont, ein winziges Geräusch in Haus oder Garten oder Wald, der Anblick eines Schmetterlings oder irgendein flüchtig herwehender Geruch rührt oft für Augenblicke ganze Wolken von Erinnerungen an jene frühen Zeiten in mir auf. Sie sind nicht klar und einzeln erkennbar, aber sie tragen alle denselben köstlichen Duft von damals, da zwischen mir und jedem Stein und Vogel und Bach ein inniges Leben und Verbundensein vorhanden war, dessen Reste ich eifersüchtig zu bewahren bemüht bin.

Mein Blumenstock richtete sich indessen auf, reckte die Blätter höher und erstarkte zusehends. Mit ihm wuchs meine Freude und mein Glaube an die Genesung meines Kameraden. Es kam auch der Tag, an welchem zwischen den feisten Blättern eine runde rötliche Blütenknospe sich zu dehnen und aufzurichten begann, und der Tag, an dem die Knospe sich spaltete und ein heimliches Gekräusel schönroter Blütenblätter mit weißlichen Rändern sehen ließ. Den Tag aber, an dem ich den Topf mit Stolz und freudiger Behutsamkeit ins Nachbarhaus hinübertrug und dem Brosi übergab, habe ich völlig vergessen.

Dann war einmal ein heller Sonnentag; aus dem dunklen Akkerboden stachen schon feine grüne Spitzen, die Wolken hatten

Goldränder, und in den feuchten Straßen, Hofräumen und Vorplätzen spiegelte ein sanfter reiner Himmel. Das Bettlein des Brosi war näher zum Fenster gestellt worden, auf dessen Simsen die rote Hyazinthe in der Sonne prunkte; den Kranken hatte man ein wenig aufgerichtet und mit Kissen gestützt. Er sprach etwas mehr als sonst mit mir, über seinen geschorenen blonden Kopf lief das warme Licht fröhlich und glänzend und schien rot durch seine Ohren. Ich war sehr guter Dinge und sah wohl, daß es nun schnell vollends gut mit ihm werden würde. Seine Mutter saß dabei, und als es ihr genug schien, schenkte sie mir eine gelbe Winterbirne und schickte mich heim. Noch auf der Stiege biß ich die Birne an, sie war weich und honigsüß, und der Saft tropfte mir aufs Kinn und über die Hand. Den abgenagten Butzen warf ich unterwegs in hohem Bogen feldüber.

Tags darauf regnete es, was heruntermochte, ich mußte daheim bleiben und durfte mit sauber gewaschenen Händen in der Bilderbibel schwelgen, wo ich schon viele Lieblinge hatte, am liebsten aber waren mir doch der Paradieslöwe, die Kamele des Elieser und das Mosesknäblein im Schilf. Als es aber am zweiten Tage in einem Strich fortregnete, wurde ich verdrießlich. Den halben Vormittag starrte ich durchs Fenster auf den plätschernden Hof und Kastanienbaum, dann kamen der Reihe nach alle meine Spiele dran, und als sie fertig waren und es gegen Abend ging, bekam ich noch Streit mit meinem Bruder. Das alte Lied: wir reizten einander, bis der Kleine mir ein arges Schimpfwort sagte, da schlug ich ihn, und er floh heulend durch Stube, Öhrn, Küche, Stiege und Kammer bis zur Mutter, der er sich in den Schoß warf und die mich seufzend wegschickte. Bis der Vater heimkam, sich alles erzählen ließ, mich abstrafte und mit den nötigen Ermahnungen ins Bett steckte, wo ich mir namenlos unglücklich vorkam, aber bald unter noch rinnenden Tränen einschlief.

Als ich wieder, vermutlich am folgenden Morgen, in des Brosi Krankenstube stand, hatte seine Mutter beständig den Finger am Mund und sah mich warnend an, der Brosi aber lag mit geschlossenen Augen leise stöhnend da. Ich schaute bang in sein Gesicht, es war bleich und vom Schmerz verzogen. Und als seine Mutter meine Hand nahm und sie auf seine legte, machte er die Augen auf und sah mich eine kleine Weile still an. Seine Augen waren groß und verändert, und wie er mich ansah, war es ein fremder wunderlicher Blick wie aus einer weiten Ferne her, als kenne er mich gar nicht und sei über mich verwundert, habe aber zugleich andere und viel wichtigere Gedanken. Auf den Zehen schlich ich nach kurzer Zeit wieder hinaus.

Am Nachmittag aber, während ihm auf seine Bitte die Mutter eine Geschichte erzählte, sank er in einen Schlummer, der bis an den Abend dauerte und währenddessen sein schwacher Herzschlag langsam einträumte und erlosch.

Als ich ins Bett ging, wußte es meine Mutter schon. Doch sagte sie mir's erst am Morgen, nach der Milch. Darauf ging ich den ganzen Tag traumwandelnd umher und stellte mir vor, daß der Brosi zu den Engeln gekommen und selber einer geworden sei. Daß sein kleiner magerer Leib mit der Narbe auf der Schulter noch drüben im Hause lag, wußte ich nicht, auch vom Begräbnis sah und hörte ich nichts.

Meine Gedanken hatten viel Arbeit damit, und es verging wohl eine Zeit, bis der Gestorbene mir fern und unsichtbar wurde. Dann aber kam früh und plötzlich der ganze Frühling, über die Berge flog es gelb und grün, im Garten roch es nach jungem Wuchs, der Kastanienbaum tastete mit weich gerollten Blättern aus den aufgesprungenen Knospenhüllen, und an allen Gräben lachten auf fetten Stielen die goldgelben glänzenden Butterblumen.

*(1903/1904)*

# Die Marmorsäge

Es war so ein Prachtsommer, in dem man das schöne Wetter nicht nach Tagen, sondern nach Wochen rechnete, und es war noch Juni, man hatte gerade das Heu eingebracht.
Für manche Leute gibt es nichts Schöneres als einen solchen Sommer, wo noch im feuchtesten Ried das Schilf verbrennt und einem die Hitze bis in die Knochen geht. Diese Leute saugen, sobald ihre Zeit gekommen ist, so viel Wärme und Behagen ein und werden ihres meist ohnehin nicht sehr betriebsamen Daseins so schlaraffisch froh, wie es andern Leuten nie zuteil wird. Zu dieser Menschenklasse gehöre auch ich; darum war mir in jenem Sommeranfang auch so mächtig wohl, freilich mit starken Unterbrechungen, von denen ich nachher erzählen werde.
Es war vielleicht der üppigste Juni, den ich je erlebt habe, und es wäre bald Zeit, daß wieder so einer käme. Der kleine Blumengarten vor meines Vetters Haus an der Dorfstraße duftete und blühte ganz unbändig; die Georginen, die den schadhaften Zaun versteckten, standen dick und hoch und hatten feiste und runde Knospen angesetzt, aus deren Ritzen gelb und rot und lila die jungen Blütenblätter strebten. Der Goldlack brannte so überschwenglich honigbraun und duftete so ausgelassen und sehnlich, als wüßte er wohl, daß seine Zeit schon nahe war, da er verblühen und den dicht wuchernden Reseden Platz machen mußte. Still und brütend standen die steifen Balsaminen auf dikken, gläsernen Stengeln, schlank und träumerisch die Schwertlilien, fröhlich hellrot die verwildernden Rosenbüsche. Man sah kaum eine Handbreit Erde mehr, als sei der ganze Garten nur ein großer, bunter und fröhlicher Strauß, der aus einer zu schmalen Vase hervorquoll, an dessen Rändern die Kapuziner in den Rosen fast erstickten und in dessen Mitte der prahlerisch emporflammende Türkenbund mit seinen großen geilen Blüten sich frech und gewalttätig breitmachte.
Mir gefiel das ungemein, aber mein Vetter und die Bauersleute sahen es kaum. Denen fängt der Garten erst an, ein wenig Freude zu machen, wenn es dann herbstelt und in den Beeten nur noch letzte Spätrosen, Strohblumen und Astern übrig sind. Jetzt waren sie alle tagtäglich von früh bis spät im Feld und

fielen am Abend müde und schwer wie umgeworfene Bleisoldaten in die Betten. Und doch wird in jedem Herbst und in jedem Frühjahr der Garten wieder treulich besorgt und hergerichtet, der nichts einbringt und den sie in seiner schönsten Zeit kaum ansehen.

Seit zwei Wochen stand ein heißer, blauer Himmel über dem Land, am Morgen rein und lachend, am Nachmittag stets von niederen, langsam wachsenden gedrängten Wolkenballen umlagert. Nachts gingen nah und fern Gewitter nieder, aber jeden Morgen, wenn man – noch den Donner im Ohr – erwachte, glänzte die Höhe blau und sonnig herab und war schon wieder ganz von Licht und Hitze durchtränkt. Dann begann ich froh und ohne Hast meine Art von Sommerleben: kurze Gänge auf glühenden und durstig klaffenden Feldwegen durch warm atmende, hohe gilbende Ährenfelder, aus denen Mohn und Kornblumen, Wicken, Kornraden und Winden lachten, sodann lange, stundenlange Rasten im hohen Gras an Waldsäumen, über mir Käfergoldgeflimmer, Bienengesang, windstill ruhendes Gezweige im tiefen Himmel; gegen Abend alsdann ein wohlig träger Heimweg durch Sonnenstaub und rötliches Ackergold, durch eine Luft voll Reife und Müdigkeit und sehnsüchtigem Kuhgebrüll, und am Ende lange, laue Stunden bis Mitternacht, versessen unter Ahorn und Linde allein oder mit irgendeinem Bekannten bei gelbem Wein, ein zufriedenes, lässiges Plaudern in die warme Nacht hinein, bis fern irgendwo das Donnern begann und unter erschrocken aufrauschenden Windschauern erste, langsam und wollüstig aus den Lüften sinkende Tropfen schwer und weich und kaum hörbar in den dicken Staub fielen.

»Nein, so was Faules wie du!« meinte mein guter Vetter mit ratlosem Kopfschütteln, »daß dir nur keine Glieder abfallen!«

»Sie hängen noch gut«, beruhigte ich. Und ich freute mich daran, wie müde und schweißig und steifgeschafft er war. Ich wußte mich in meinem guten Recht; ein Examen und eine lange Reihe von sauren Monaten lagen hinter mir, in denen ich meine Bequemlichkeit täglich schwer genug gekreuzigt und geopfert hatte.

Vetter Kilian war auch gar nicht so, daß er mir meine Lust nicht gegönnt hätte. Vor meiner Gelehrtheit hatte er tiefen Respekt, sie umgab mich für sein Auge mit einem geheiligten Faltenwurf,

und ich warf natürlich die Falten so, daß die mancherlei Löcher nicht gerade obenhin kamen.
Es war mir so wohl wie noch nie. Still und langsam schlenderte ich in Feld und Wiesenland, durch Korn und Heu und hohen Schierling, lag regungslos und atmend wie eine Schlange in der schönen Wärme und genoß die brütend stillen Stunden.
Und dann diese Sommertöne! Diese Töne, bei denen einem wohl und traurig wird und die ich so lieb habe: das unendliche, bis über Mitternacht anhaltende Zikadenläuten, an das man sich völlig verlieren kann wie an den Anblick des Meeres – das satte Rauschen der wogenden Ähren – das beständig auf der Lauer liegende entfernte leise Donnern – abends das Mückengeschwärme und das fernhin rufende, ergreifende Sensendengeln – nachts der schwellende, warme Wind und das leidenschaftliche Stürzen plötzlicher Regengüsse.
Und wie in diesen kurzen, stolzen Wochen alles inbrünstiger blüht und atmet, tiefer lebt und duftet, sehnlicher und inniger lodert! Wie der überreiche Lindenduft in weichen Schwaden ganze Täler füllt, und wie neben den müden, reifenden Kornähren die farbigen Ackerblumen gierig leben und sich brüsten, wie sie verdoppelt glühen und fiebern in der Hast der Augenblicke, bis ihnen viel zu früh die Sichel rauscht!
Ich war vierundzwanzig Jahre alt, fand die Welt und mich selber sehr wohlbeschaffen und betrieb das Leben als eine ergötzliche Liebhaberkunst, vorwiegend nach ästhetischen Gesichtspunkten. Nur das Verliebtsein kam und verlief ganz ohne meine Wahl nach den althergebrachten Regeln. Doch hätte mir das niemand sagen dürfen! Ich hatte mich nach den nötigen Zweifeln und Schwankungen einer das Leben bejahenden Philosophie ergeben und mir nach mehrfachen schweren Erfahrungen, wie mir schien, eine ruhige und sachliche Betrachtung der Dinge erworben. Außerdem hatte ich mein Examen bestanden, ein nettes Taschengeld im Sack und zwei Monate Ferien vor mir liegen.
Es gibt wahrscheinlich in jedem Leben solche Zeiten: weit vor sich sieht man glatte Bahn, kein Hindernis, keine Wolke am Himmel, keine Pfütze im Weg. Da wiegt man sich gar stattlich im Wipfel und glaubt mehr und mehr zu erkennen, daß es eben doch kein Glück und keinen Zufall gibt, sondern daß man das

alles und noch eine halbe Zukunft ehrlich verdient und erworben habe, einfach weil man der Kerl dazu war. Und man tut wohl daran, sich dieser Erkenntnis zu freuen, denn auf ihr beruht das Glück der Märchenprinzen ebenso wie das Glück der Spatzen auf dem Mist, und es dauert ja nie zu lange.
Von den zwei schönen Ferienmonaten waren mir erst ein paar Tage durch die Finger geglitten. Bequem und elastisch wie ein heiterer Weiser wandelte ich in den Tälern hin und her, eine Zigarre im Mund, eine Ackerschnalle am Hut, ein Pfund Kirschen und ein gutes Büchlein in der Tasche. Ich tauschte kluge Worte mit den Gutsbesitzern, sprach da und dort den Leuten im Felde freundlich zu, ließ mich zu allen großen und kleinen Festlichkeiten, Zusammenkünften und Schmäusen, Taufen und Bockbierabenden einladen, tat gelegentlich am Spätnachmittag einen Trunk mit dem Pfarrer, ging mit den Fabrikherren und Wasserpächtern zum Forellenangeln, bewegte mich maßvoll fröhlich und schnalzte innerlich mit der Zunge, wenn irgend so ein feister, erfahrener Mann mich ganz wie seinesgleichen behandelte und keine Anspielungen auf meine große Jugend machte. Denn wirklich, ich war nur äußerlich so lächerlich jung. Seit einiger Zeit hatte ich entdeckt, daß ich nun über die Spielereien hinausgekommen und ein Mann geworden sei; mit stiller Wonne ward ich stündlich meiner Reife froh und brauchte gern den Ausdruck, das Leben sei ein Roß, ein flottes, kräftiges Roß, und wie ein Reiter müsse man es behandeln, kühn und auch vorsichtig.
Und da lag die Erde in ihrer Sommerschönheit, die Kornfelder fingen an gelb zu werden, die Luft war noch voll Heugeruch, und das Laub hatte noch lichte, heftige Farben. Die Kinder trugen Brot und Most ins Feld, die Bauern waren eilig und fröhlich, und abends liefen die jungen Mädchen in Reihen über die Gasse, ohne Grund plötzlich hinauslachend und ohne Vereinbarung plötzlich ihre wehmütigen Volkslieder anstimmend. Vom Gipfel meiner jungen Mannesreife herab sah ich freundlich zu, gönnte den Kindern und den Bauern und den Mädchen ihre Lust von Herzen und glaubte das alles wohl zu verstehen.

In der kühlen Waldschlucht des Sattelbachs, der alle paar hundert Schritt eine Mühle treiben muß, lag stattlich und sauber ein

Marmorsägewerk: Schuppen, Sägeraum, Stellfalle, Hof, Wohnhaus und Gärtchen, alles einfach, solid und erfreulich aussehend, weder verwittert noch allzu neu. Da wurden Marmorblöcke langsam und tadellos in Platten und Scheiben zersägt, gewaschen und geschliffen, ein stiller und reinlicher Betrieb, an dem jeder Zuschauer seine Lust haben mußte. Fremdartig, aber hübsch und anziehend war es, mitten in dem engen und gewundenen Tale zwischen Tannen und Buchen und schmalen Wiesenbändern den Sägehof daliegen zu sehen, angefüllt mit großen Marmorblöcken, weißen, bläulichgrauen und buntgeäderten, mit fertigen Platten von jeder Größe, mit Marmorabfällen und feinem, glänzendem Marmorstaub. Als ich das erstemal diesen Hof nach einem Neugierbesuch verließ, nahm ich ein kleines, einseitig poliertes Stückchen weißen Marmors in der Tasche mit; das besaß ich jahrelang und hatte es als Briefbeschwerer auf meinem Schreibtisch liegen.

Der Besitzer dieser Marmorschleiferei hieß Lampart und schien mir von jener an Originalen ergiebigen Gegend eines der eigentümlichsten zu sein. Er war früh verwitwet und hatte teils durch sein ungeselliges Leben, teils durch sein eigenartiges Gewerbe, das mit der Umgebung und mit dem Leben der Leute ringsum ohne Berührung blieb, einen besonderen Anstrich bekommen. Er galt für sehr wohlhabend, doch wußte das keiner gewiß, denn es gab weit herum niemand, der irgendein ähnliches Geschäft und einen Einblick in dessen Gang und Ertrag gehabt hätte. Worin seine Besonderheit bestand, hatte ich noch nicht ergründet. Sie war aber da und nötigte einen, mit Herrn Lampart anders als mit anderen Leuten umzugehen. Wer zu ihm kam, war willkommen und fand einen freundlichen Empfang, aber daß der Marmorsäger jemand wiederbesuchte, ist nie vorgekommen. Erschien er einmal – es geschah selten – bei einer öffentlichen Feier im Dorf oder zu einer Jagd oder in irgendeiner Kommission, so behandelte man ihn sehr höflich, tastete aber verlegen nach der rechten Begrüßung, denn er kam so ruhig daher und blickte jedem so gleichmütig ernst ins Gesicht wie ein Einsiedler, der aus dem Wald hervorgekommen ist und bald wieder hineingehen wird.

Man fragte ihn, wie die Geschäfte gingen. »Danke, es tut sich«, sagte er, aber er tat keine Gegenfrage. Man erkundigte sich, ob die letzte Überschwemmung oder der letzte Wassermangel ihn geschädigt habe. »Danke, nicht besonders«, sagte er, aber er fuhr nicht fort: »Und bei Ihnen?«

Nach dem Äußeren zu urteilen, war er ein Mann, der viele Sorgen gehabt hat und vielleicht noch hat, der aber gewohnt ist, sie mit niemand zu teilen.

In jenem Sommer war es mir zu einer Gewohnheit geworden, sehr oft beim Marmormüller einzukehren. Oft trat ich nur im Vorüberbummeln für eine Viertelstunde in den Hof und in die kühle dämmerige Schleiferei, wo blanke Stahlbänder taktmäßig auf und nieder stiegen, Sandkörner knirschten und rieselten, schweigsame Männer am Werk standen und unter dem Boden das Wasser plätscherte. Ich schaute den paar Rädern und Riemen zu, setzte mich auf einen Steinblock, drehte mit den Sohlen eine Holzrolle hin und her oder ließ die Marmorkörner und Splitter unter ihnen knirschen, horchte auf das Wasser, steckte eine Zigarre an, genoß eine kleine Weile die Stille und Kühle und lief wieder weg. Den Herrn traf ich dann fast nie. Wenn ich zu ihm wollte, und das wollte ich sehr oft, dann trat ich in das kleine, immer schlummerstille Wohnhaus, kratzte im Gang die Stiefel ab und hustete dazu, bis entweder Herr Lampart oder seine Tochter herunterkam, die Tür einer lichten Wohnstube öffnete und mir einen Stuhl und ein Glas Wein hinstellte.

Da saß ich am schweren Tisch, nippte am Glas, drehte meine Finger umeinander und brauchte immer eine Weile, bis ein Gespräch im Lauf war; denn weder der Hausherr noch die Tochter, die aber sehr selten beide zugleich da waren, machten je den Anfang, und mir schien diesen Leuten gegenüber und in diesem Haus niemals irgendein Thema, das man sonst etwa vornimmt, am Platze zu sein. Nach einer guten halben Stunde, wenn dann längst eine Unterhaltung beieinander war, hatte ich meistens, trotz aller Behutsamkeit, mein Weinglas leer. Ein zweites wurde nicht angeboten, darum bitten mochte ich nicht, vor dem leeren Glase dazusitzen war mir ein wenig peinlich, also stand ich auf, gab die Hand und setzte den Hut auf.

Was die Tochter betrifft, so war mir im Anfang nichts aufgefallen, als daß sie dem Vater so merkwürdig ähnlich war. Sie war so groß gewachsen, aufrecht und dunkelhaarig wie er, sie hatte seine matten schwarzen Augen, seine gerade, klar und scharf geformte Nase, seinen stillen, schönen Mund. Sie hatte auch seinen Gang, soweit ein Weib eines Mannes Gang haben kann, und dieselbe gute und ernste Stimme. Sie streckte einem die Hand mit derselben Geste entgegen wie ihr Vater, wartete ebenso wie er ab, was man zu sagen habe, und sie gab auf gleichgültige Höflichkeitsfragen ebenso sachlich, kurz und ein wenig wie verwundert Antwort.

Sie war von einer Art Schönheit, die man in alemannischen Grenzlanden öfters antrifft und die wesentlich auf einer ebenmäßigen Kraft und Wucht der Erscheinung beruht, auch unzertrennlich ist von großem, hohem Wuchs und bräunlicher Gesichtsfarbe. Ich hatte sie anfänglich wie ein hübsches Bild betrachtet, dann aber fesselte die Sicherheit und Reife des schönen Mädchens mich mehr und mehr. So fing meine Verliebtheit an, und sie wuchs bald zu einer Leidenschaft, die ich bisher noch nicht gekannt hatte. Sie wäre wohl bald sichtbar geworden, wenn nicht die gemessene Art des Mädchens und die ruhigkühle Luft des ganzen Hauses mich, sobald ich dort war, wie eine leichte Lähmung umfangen und zahm gemacht hätten.

Wenn ich ihr oder ihrem Vater gegenübersaß, kroch mein ganzes Feuer sogleich zu einem scheuen Flämmlein zusammen, das ich vorsichtig verbarg. Die Stube sah auch durchaus nicht einer Bühne ähnlich, auf der junge Liebesritter mit Erfolg sich ins Knie niederlassen, sondern glich mehr einer Stätte der Mäßigung und Ergebung, wo ruhige Kräfte walten und ein ernstes Stück Leben ernst erlebt und ertragen wird. Trotz alledem spürte ich hinter dem stillen Hinleben des Mädchens eine gebändigte Lebensfülle und Erregbarkeit, die nur selten hervorbrach und auch dann nur in einer raschen Geste oder einem plötzlich aufglühenden Blick, wenn ein Gespräch sie lebhaft mitriß.

Oft genug besann ich mich darüber, wie wohl das eigentliche Wesen des schönen und strengen Mädchens aussehen möge. Sie konnte im Grunde leidenschaftlich sein, oder auch melancholisch, oder auch wirklich gleichmütig. Jedenfalls war das, was man an ihr zu sehen bekam, nicht ganz ihre wahre Natur. Über sie, die so frei zu urteilen und so selbständig zu leben schien, hatte ihr Vater eine unbeschränkte Macht, und ich fühlte, daß ihre wahre innere Natur nicht ungestraft durch den väterlichen Einfluß, wenn auch in Liebe, von früh auf unterdrückt und in andere Formen gezwungen worden war. Wenn ich sie beide beisammen sah, was freilich sehr selten vorkam, glaubte ich diesen vielleicht ungewollt tyrannischen Einfluß mitzufühlen und hatte die unklare Empfindung, es müsse zwischen ihnen einmal einen zähen und tödlichen Kampf geben. Wenn ich aber dachte, daß dies vielleicht einmal um mich geschehen könne, schlug mir das Herz, und ich konnte ein leises Grauen nicht unterdrükken.

Machte meine Freundschaft mit Herrn Lampart keine Fortschritte, so gedieh mein Verkehr mit Gustav Becker, dem Verwalter des Rippacher Hofes, desto erfreulicher. Wir hatten sogar vor kurzem, nach stundenlangen Gesprächen, Brüderschaft getrunken, und ich war nicht wenig stolz darauf, trotz der entschiedenen Mißbilligung meines Vetters. Becker war ein studierter Mann, vielleicht zweiunddreißig alt, und ein gewiegter, schlauer Patron. Von ihm beleidigte es mich nicht, daß er meine schönen Mannesworte meistens mit einem ironischen Lächeln anhörte, denn ich sah ihn mit dem gleichen Lächeln viel älteren und würdigeren Leuten aufwarten. Er konnte es sich erlauben, denn er war nicht nur der selbständige Verwalter und vielleicht künftige Käufer des größten Gutes in der Gegend, sondern auch innerlich den meisten Existenzen seiner Umgebung stark überlegen. Man nannte ihn anerkennend einen höllisch gescheiten Kerl, aber sehr lieb hatte man ihn nicht. Ich bildete mir ein, er fühle sich von den Leuten gemieden und gebe sich deshalb so viel mit mir ab.
Freilich brachte er mich oft zur Verzweiflung. Meine Sätze über das Leben und die Menschen machte er häufig ohne Worte, bloß durch ein grausam ausdrucksvolles Grinsen, mir selber zweifelhaft, und manchmal wagte er es direkt, jede Art von Weltweisheit für etwas Lächerliches zu erklären.

Eines Abends saß ich mit Gustav Becker im Adlergarten bei einem Glas Bier. Wir saßen an einem Tisch gegen die Wiese hin ungestört und ganz allein. Es war so ein trockener, heißer Abend, wo alles voll von goldenem Staub ist, der Lindenduft war fast betäubend, und das Licht schien weder zu- noch abzunehmen.

»Du, du kennst doch den Marmorsäger drüben im Sattelbachtal?« fragte ich meinen Freund.
Er sah nicht vom Pfeifenstopfen auf und nickte nur.
»Ja, sag mal, was ist nun das für ein Mensch?«
Becker lachte und stieß die Pfeifenpatrone in die Westentasche.
»Ein ganz gescheiter Mann ist er«, sagte er dann. »Darum hält er auch immer das Maul. Was geht er dich an?«
»Nichts, ich dachte nur so. Er macht doch einen besonderen Eindruck.«
»Das tun gescheite Leute immer; es gibt nicht so viele.«
»Sonst nichts? Weißt du nichts über ihn?«
»Er hat ein schönes Mädel.«
»Ja. Das mein ich nicht. Warum kommt er nie zu Leuten?«
»Was soll er dort?«
»Ach, einerlei. Ich denke, vielleicht hat er was Besonderes erlebt, oder so.«
»Aha, so was Romantisches? Stille Mühle im Tal? Marmor? Schweigsamer Eremit? Begrabenes Lebensglück? Tut mir leid, aber damit ist's nichts. Er ist ein vorzüglicher Geschäftsmann.«
»Weißt du das?«
»Er hat's hinter den Ohren. Der Mann macht Geld.«
Da mußte er gehen. Es gab noch zu tun. Er zahlte sein Bier und ging direkt über die gemähte Wiese, und als er hinter dem nächsten Bühel schon eine Weile verschwunden war, kam noch ein langer Strich Pfeifenrauch von dorther, denn Becker lief gegen den Wind. Im Stall fingen die Kühe satt und langsam zu brüllen an, auf der Dorfstraße tauchten die ersten Feierabendgestalten auf, und als ich nach einer kleinen Weile um mich schaute, waren die Berge schon blauschwarz, und der Himmel war nicht mehr rot, sondern grünlichblau und sah aus, als müßte jeden Augenblick der erste Stern herauskommen.
Das kurze Gespräch mit dem Verwalter hatte meinem Denkerstolz einen leisen Tritt versetzt, und da es so ein schöner Abend und doch schon ein Loch in meinem Selbstbewußtsein war, kam meine Liebe zu der Marmormüllerin plötzlich über mich und ließ mich fühlen, daß mit Leidenschaften nicht zu spielen sei. Ich trank noch manche Halbe aus, und als nun wirklich die Sterne

heraus waren und als von der Gasse so ein rührendes Volkslied herüberklang, da hatte ich meine Weisheit und meinen Hut auf der Bank liegen lassen, lief langsam in die dunkeln Felder hinein und ließ im Gehen die Tränen laufen, wie sie wollten.
Aber durch die Tränen hindurch sah ich das sommernächtige Land daliegen, die mächtige Flucht der Ackerfelder schwoll am Horizont wie eine starke und weiche Woge in den Himmel, seitwärts schlief atmend der weithin gestreckte Wald, und hinter mir lag fast verschwunden das Dorf, mit wenig Lichtlein und wenigen leisen und fernen Tönen. Himmel, Ackerland, Wald und Dorf samt den vielerlei Wiesendüften und dem vereinzelt noch hörbaren Grillengeläut floß alles ineinander und umgab mich lau und sprach zu mir wie eine schöne, froh und traurig machende Melodie. Nur die Sterne ruhten klar und unbewegt in halbdunkeln Höhen. Ein scheues und doch brennendes Begehren, eine Sehnsucht rang sich in mir auf; ich wußte nicht, war es ein Hindrängen zu neuen, unbekannten Freuden und Schmerzen oder ein Verlangen, rückwärts in die Kinderheimat zu wandern, mich an den väterlichen Gartenzaun zu lehnen, die Stimmen der toten Eltern und das Kläffen unseres toten Hundes noch einmal zu hören und mich auszuweinen.
Ohne es zu wollen, kam ich in den Wald und durch dürres Gezweige und schwüle Finsternis, bis es vor mir plötzlich geräumig und hell ward, und dann stand ich lange zwischen den hohen Tannen über dem engen Sattelbachtal, und drunten lag das Lampartsche Anwesen mit den blassen Marmorhaufen und dem dunkel brausenden schmalen Wehr. Bis ich mich schämte und querfeldein den nächsten Heimweg nahm.
Am nächsten Tage hatte Gustav Becker mein Geheimnis schon heraus.
»Mach doch keine Redensarten«, sagte er, »du bist ja einfach in die Lampart verschossen. Das Unglück ist ja nicht so groß. Du bist in dem Alter, daß dir dergleichen ohne Zweifel noch öfter passieren wird.«
Mein Stolz regte sich schon wieder mächtig.
»Nein, mein Lieber«, sagte ich, »da hast du mich doch unterschätzt. Über so knabenhafte Liebeleien sind wir hinaus. Ich hab mir alles wohl überlegt und finde, ich könnte gar keine bessere Heirat tun.«

»Heiraten?« lachte Becker. »Junge, du bist reizend.«
Da wurde ich ernstlich zornig, lief aber doch nicht fort, sondern ließ mich darauf ein, dem Verwalter meine Gedanken und Pläne in dieser Sache weitläufig zu erzählen.
»Du vergißt eine Hauptsache«, sagte er dann ernsthaft und nachdrücklich. »Die Lamparts sind nichts für dich, das sind Leute von einem schweren Kaliber. Verlieben kann man sich ja in wen man will, aber heiraten darf man nur jemanden, mit dem man nachher auch fertig werden und Tempo einhalten kann.«
Da ich Gesichter schnitt und ihn heftig unterbrechen wollte, lachte er plötzlich wieder und meinte: »Na, dann tummle dich, mein Sohn, und auch viel Glück dazu!«
Von da an sprach ich eine Zeitlang oft mit ihm darüber. Da er selten von der Sommerarbeit abkommen konnte, führten wir fast alle diese Gespräche unterwegs im Feld oder in Stall und Scheuer. Und je mehr ich redete, desto klarer und abgerundeter stand die ganze Sache vor mir.
Nur wenn ich in der Marmorsäge saß, fühlte ich mich bedrückt und merkte wieder, wie weit ich noch vom Ziele war. Das Mädchen war stets von derselben freundlich stillen Art, mit einem Anflug von Männlichkeit, der mir köstlich schien und mich doch schüchtern machte. Zuweilen wollte es mir scheinen, sie sähe mich gern und habe mich heimlich lieb; sie konnte mich je und je so selbstvergessen und prüfend ansehen, wie etwas, woran man Freude hat. Auch ging sie ganz ernsthaft auf meine klugen Reden ein, schien aber im Hintergrund eine unumstößlich andre Meinung zu haben.
Einmal sagte sie: »Für die Frauen oder wenigstens für mich sieht das Leben doch anders aus. Wir müssen vieles tun und geschehen lassen, was ein Mann anders machen könnte. Wir sind nicht so frei ...«
Ich sprach davon, daß jedermann sein Schicksal in der Hand habe und sich ein Leben schaffen müsse, das ganz sein Werk sei und ihm gehöre.
»Ein Mann kann das vielleicht«, meinte sie. »Das weiß ich nicht. Aber bei uns ist das anders. Auch wir können etwas aus unserm Leben machen, aber es gilt da mehr, das Notwendige mit Vernunft zu tragen, als eigne Schritte zu tun.«

Und als ich nochmals widersprach und eine hübsche kleine Rede losließ, wurde sie wärmer und sagte fast leidenschaftlich:
»Bleiben Sie bei Ihrem Glauben und lassen Sie mir meinen! Sich das Schönste vom Leben heraussuchen, wenn man die Wahl hat, ist keine so große Kunst. Aber wer hat denn die Wahl? Wenn Sie heute oder morgen unter ein Wagenrad kommen und Arme und Beine verlieren, was fangen Sie dann mit Ihren Luftschlössern an? Dann wären Sie froh, Sie hätten gelernt, mit dem, was über Sie verhängt ist, auszukommen. Aber fangen Sie nur das Glück, ich gönne es Ihnen, fangen Sie's nur!«
Sie war nie so lebhaft gewesen. Dann wurde sie still, lächelte sonderbar und hielt mich nicht, als ich aufstand und für heute Abschied nahm. Ihre Worte beschäftigten mich nun öfters und gingen mir meistens in ganz unpassenden Augenblicken wieder durch den Kopf. Ich hatte im Sinn, mit meinem Freunde auf dem Rippacher Hof darüber zu reden; doch wenn ich Beckers kühle Augen und spottbereit zuckende Lippen ansah, verging mir immer die Lust. Überhaupt kam es allmählich so, daß ich, je mehr meine Gespräche mit Fräulein Lampart persönlicher und merkwürdiger wurden, desto weniger über sie mit dem Verwalter sprach. Auch schien die Sache ihm nimmer wichtig zu sein. Höchstens fragte er hie und da, ob ich auch fleißig ins Marmorwerk laufe, neckte mich ein wenig und ließ es wieder gut sein, wie es in seinem Wesen lag.
Einmal traf ich ihn zu meinem Erstaunen in der Lampartschen Einsiedelei. Er saß, als ich eintrat, in der Wohnstube beim Hausherrn, das übliche Glas Wein vor sich. Als er es leer hatte, war es mir eine Art Genugtuung, zu sehen, daß auch ihm kein zweites angeboten wurde. Er brach bald auf, und da Lampart beschäftigt schien und die Tochter nicht da war, schloß ich mich an.
»Was führt denn dich daher?« fragte ich ihn, als wir auf der Straße waren. »Du scheinst den Lampart ja ganz gut zu kennen.«
»'S geht an.«
»Hast du Geschäfte mit ihm?«
»Geldgeschäfte, ja. Und das Lämmlein ist heute nicht dagewesen, wie? Dein Besuch war so kurz.«
»Ach laß doch!«
Ich war mit dem Mädchen in eine ganz vertrauliche Freund-

schaftlichkeit gekommen, ohne indessen je mit Wissen etwas von meiner stetig zunehmenden Verliebtheit merken zu lassen. Jetzt nahm sie wider all mein Erwarten plötzlich wieder ein andres Wesen an, das mir fürs erste wieder alle Hoffnung raubte. Scheu war sie eigentlich nicht, aber sie schien einen Weg in das frühere Fremdsein zurück zu suchen und bemühte sich, unsere Unterhaltung an äußere und allgemeine Dinge zu fesseln und den angefangenen herzlichen Verkehr mit mir nicht weiter gedeihen zu lassen.

Ich grübelte nach, lief im Wald herum und kam auf tausend dumme Vermutungen, wurde nun selber noch unsicherer in meinem Benehmen gegen sie und kam in ein kümmerliches Sorgen und Zweifeln hinein, das ein Hohn auf meine ganze Glücksphilosophie war. Mittlerweile war auch mehr als die Hälfte meiner Ferienzeit verstrichen, und ich fing an, die Tage zu zählen und jedem unnütz verbummelten mit Neid und Verzweiflung nachzublicken, als wäre jedesmal gerade der unendlich wichtig und unwiederbringlich.

Zwischenhinein kam ein Tag, an dem ich aufatmend und fast erschrocken alles gewonnen glaubte und einen Augenblick vor dem offenen Tor des Glücksgartens stand. Ich kam bei der Sägerei vorüber und sah Helene im Gärtchen zwischen den hohen Dahlienbüschen stehen. Da ging ich hinein, grüßte und half ihr eine liegende Staude anpfählen und aufbinden. Es war höchstens eine Viertelstunde, daß ich dort blieb. Mein Hereinkommen hatte sie überrascht, sie war viel befangener und scheuer als sonst, und in ihrem Scheusein lag etwas, das ich wie eine deutliche Schrift glaubte lesen zu können. Sie hat mich lieb, fühlte ich durch und durch, und da wurde ich plötzlich sicher und froh, sah auf das große, stattliche Mädchen zärtlich und fast mit Mitleid, wollte ihre Befangenheit schonen und tat, als sähe ich nichts, kam mir auch wie ein Held vor, als ich nach kurzer Zeit ihr die Hand gab und weiterging, ohne nur zurückzusehen. Sie hat mich lieb, empfand ich mit allen Sinnen, und morgen wird alles gut werden.

Es war wieder ein prachtvoller Tag. Über den Sorgen und Aufregungen hatte ich für eine Weile fast den Sinn für die schöne Jahreszeit verloren und war ohne Augen herumgelaufen. Nun war wieder der Wald von Licht durchzittert, der Bach war wieder schwarz, braun und silbern, die Ferne licht und zart, auf den Feldwegen lachten rot und blau die Röcke der Bauernweiber. Ich war so andächtig froh, ich hätte keinen Schmetterling verjagen mögen. Am oberen Waldrande, nach einem heißen Steigen, legte ich mich hin, übersah die fruchtbare Weite bis zum fernen runden Staufen hin, gab mich der Mittagssonne preis und war mit der schönen Welt und mit mir und allem von Herzen zufrieden.

Es war gut, daß ich diesen Tag nach Kräften genoß, verträumte und versang. Abends trank ich sogar im Adlergarten einen Schoppen vom besten alten Roten.

Als ich tags darauf bei den Marmorleuten vorsprach, war dort alles im alten kühlen Zustand. Vor dem Anblick der Wohnstube, der Möbel und der ruhig-ernsten Helene stob meine Sicherheit und mein Siegesmut davon, ich saß da, wie ein armer Reisender auf der Treppe sitzt, und ging nachher davon wie ein nasser Hund, jammervoll nüchtern. Passiert war nichts. Helene war sogar ganz freundlich gewesen. Aber von dem gestrigen Gefühl war nichts mehr da.

An diesem Tage begann die Sache für mich bitter ernst zu werden. Ich hatte eine Ahnung vom Glück vorausgeschmeckt.

Nun verzehrte mich die Sehnsucht wie ein gieriger Hunger, Schlaf und Seelenruhe waren dahin. Die Welt versank um mich her, und ich blieb abgetrennt in einer Einsamkeit und Stille zurück, in der ich nichts vernahm als das leise und laute Schreien meiner Leidenschaft. Mir hatte geträumt, das große, schöne, ernste Mädchen käme zu mir und lege sich an meine Brust; jetzt streckte ich weinend und fluchend die Arme ins Leere aus und schlich bei Tag und Nacht um die Marmormühle, wo ich kaum mehr einzukehren wagte.

Es half nichts, daß ich mir vom Verwalter Becker ohne Widerspruch die spöttische Predigt einer glaubenslosen Nüchternheit gefallen ließ. Es half nichts, daß ich Stunden um Stunden durch die Bruthitze über Feld lief oder mich in die kalten Waldbäche legte, bis mir die Zähne klapperten. Es half auch nichts, daß ich am Samstagabend mich an einem Raufhandel im Dorf beteiligte und den Leib voller Beulen gehauen bekam.

Und die Zeit lief weg wie Wasser. Noch vierzehn Tage Ferien! Noch zwölf Tage! Noch zehn! Zweimal in dieser Zeit ging ich in die Sägerei. Das eine Mal traf ich nur den Vater an, ging mit ihm zur Säge und sah stumpfsinnig zu, wie ein neuer Block eingespannt wurde. Herr Lampart ging in den Vorratsschuppen hinüber, um irgend etwas zu besorgen, und als er nicht gleich wiederkam, lief ich fort und hatte im Sinn, nimmer herzukommen. Trotzdem stand ich nach zwei Tagen wieder da. Helene empfing mich wie immer, und ich konnte den Blick nicht von ihr lassen. In meiner fahrigen und haltlosen Stimmung kramte ich gedankenlos eine Menge von dummen Witzen, Redensarten und Anekdoten aus, die sie sichtlich ärgerten.

»Warum sind Sie heut so?« fragte sie schließlich und sah mich so schön und offen an, daß mir das Herz zu schlagen begann.

»Wie denn?« fragte ich, und der Teufel wollte, daß ich dabei zu lachen versuchte.

Das mißglückte Lachen gefiel ihr nicht, sie zuckte die Achseln und sah traurig aus. Mir war einen Augenblick, sie habe mich gern gehabt und mir entgegenkommen wollen und sei nun darum betrübt. Eine Minute lang schwieg ich beklommen, da war der Teufel wieder da, daß ich in die vorige Narrenstimmung zurückfiel und wieder ins Geschwätz geriet, von dem jedes Wort mir selber weh tat und das Mädchen ärgern mußte. Und ich war jung und dumm genug, meinen Schmerz und meine widersinnige Narrheit fast wie ein Schauspiel zu genießen und im Bubentrotz die Kluft zwischen mir und ihr wissentlich zu vergrößern, statt mir lieber die Zunge abzubeißen oder Helene um Verzeihung zu bitten.

Dann verschluckte ich mich in der Hast am Wein, mußte husten und verließ Stube und Haus elender als jemals.

Nun waren von meiner Ferienzeit nur noch acht Tage übrig.

Es war ein so schöner Sommer, es hatte alles so verheißungsvoll und heiter angefangen. Jetzt war meine Freude dahin – was sollte ich noch mit den acht Tagen anfangen? Ich war entschlossen, schon morgen abzureisen.

Aber vorher mußte ich noch einmal in ihr Haus. Ich mußte noch einmal hingehen, ihre kraftvoll edle Schönheit anschauen und ihr sagen: Ich habe dich lieb, warum hast du mit mir gespielt?

Zunächst ging ich zu Gustav Becker auf den Rippacher Hof, den ich neuerdings etwas vernachlässigt hatte. Er stand in seiner gro-

ßen, kahlen Stube an einem lächerlich schmalen Stehpult und schrieb Briefe.
»Ich will dir adieu sagen«, sagte ich, »wahrscheinlich geh ich schon morgen fort. Weißt du, es muß jetzt wieder an ein strammes Arbeiten gehen.«
Zu meiner Verwunderung machte der Verwalter gar keine Witze. Er schlug mir auf die Schulter, lächelte fast mitleidig und sagte: »So, so. Ja, dann geh in Gottes Namen, Junge!«
Und als ich schon unter der Tür war, zog er mich noch einmal in die Stube zurück und sagte: »Du, hör mal, du tust mir leid. Aber daß das mit dem Mädel nichts werden würde, hab ich gleich gewußt. Du hast da so je und je deine Weisheitssprüche verzapft – halte dich jetzt dran und bleib im Sattel, wenn dir auch der Schädel brummt!«
Das war vor Mittag.
Den Nachmittag saß ich im Moos am Abhang, steil über der Sattelbachschlucht, und schaute auf den Bach und die Werke und auch auf das Lampartsche Haus hinunter. Ich ließ mir Zeit, Abschied zu nehmen und zu träumen und nachzudenken, namentlich über das, was Becker mir gesagt hatte. Mit Schmerzen sah ich die Schlucht und die paar Dächer unten liegen, den Bach glänzen und die weiße Fahrstraße im leichten Winde stäuben; ich bedachte, daß ich nun für eine lange Zeit nicht hierher zurückkommen würde, während hier Bach und Mühlwerke und Menschen ihren stetigen Lauf weitergingen. Vielleicht wird Helene einmal ihre Resignation und Schicksalsruhe wegwerfen und ihrem inneren Verlangen nach ein kräftiges Glück oder Leid ergreifen und sich daran sättigen? Vielleicht, wer weiß, wird auch mein eigener Weg noch einmal sich aus Schluchten und Talgewirre hervorwinden und in ein klares, weites Land der Ruhe führen? – Wer weiß?
Ich glaubte nicht daran. Mich hatte zum erstenmal eine echte Leidenschaft in die Arme genommen, und ich wußte keine Macht in mir stark und edel genug, sie zu besiegen.
Es kam mir der Gedanke, lieber abzureisen, ohne noch einmal mit Helene zu sprechen. Das war gewiß das beste. Ich nickte ihrem Haus und Garten zu, beschloß, sie nicht mehr sehen zu wollen, und blieb Abschied nehmend bis gegen den Abend in der Höhe liegen.

Träumerisch ging ich weg, waldabwärts, oft in der Steile strauchelnd, und erwachte erst mit heftigem Erschrecken aus meiner Versunkenheit, als meine Schritte auf den Marmorsplittern des Hofes krachten und ich mich vor der Tür stehen fand, die ich nicht mehr hatte sehen und anrühren wollen. Nun war es zu spät.

Ohne zu wissen, wie ich hereingekommen war, saß ich dann innen in der Dämmerung am Tisch, und Helene saß mir gegenüber, mit dem Rücken gegen das Fenster, schwieg und sah in die Stube hinein. Es kam mir vor, ich sitze schon lange so da und habe schon stundenlang gehockt und geschwiegen. Und indem ich jetzt aufschrak, kam mir plötzlich zum Bewußtsein, es sei das letztemal.

»Ja«, sagte ich, »ich bin nun am Adieusagen. Meine Ferien sind aus.«

»Ach?«

Und wieder war alles still. Man hörte die Arbeiter im Schuppen hantieren, auf der Straße fuhr ein Lastwagen langsam vorbei, und ich horchte ihm nach, bis er um die Biegung war und verklang. Ich hätte gern dem Wagen noch lange, lange nachgelauscht. Nun riß es mich vom Stuhl auf, ich wollte gehen.

Ich trat zum Fenster hinüber. Auch sie stand auf und sah mich an. Ihr Blick war fest und ernst und wich mir eine ganze lange Weile nicht aus.

»Wissen Sie nimmer«, sagte ich, »damals im Garten?«

»Ja, ich weiß.«

»Helene, damals meinte ich, Sie hätten mich lieb. Und jetzt muß ich gehen.«

Sie nahm meine ausgestreckte Hand und zog mich ans Fenster.

»Lassen Sie sich noch einmal ansehen«, sagte sie und bog mit der linken Hand mein Gesicht in die Höhe. Dann näherte sie ihre Augen den meinen und sah mich seltsam fest und steinern an. Und da mir nun ihr Gesicht so nahe war, konnte ich nicht anders und legte meinen Mund auf ihren. Da schloß sie die Augen und gab mir den Kuß zurück, und ich legte den Arm um sie, zog sie fest an mich und fragte leise: »Schatz, warum erst heut?«

»Nicht reden!« sagte sie. »Geh jetzt fort und komm in einer Stunde wieder. Ich muß drüben nach den Leuten sehen. Der Vater ist heut nicht da.«

Ich ging und schritt davon, talabwärts durch unbekannte, merkwürdige Gegenden, zwischen blendend lichten Wolkenbildern, hörte nur wie im Traum zuweilen den Sattelbach rauschen und dachte an lauter ganz entfernte, wesenlose Dinge – an kleine drollige oder rührende Szenen aus meiner Kleinkinderzeit und dergleichen Geschichten, die aus den Wolken heraus mit halbem Umriß erstanden und, ehe ich sie ganz erkennen konnte, wieder untergingen. Ich sang auch im Gehen ein Lied vor mich hin, aber es war ein gewöhnlicher Gassenhauer. So irrte ich in fremden Räumen, bis eine seltsame, süße Wärme mich wohlig durchdrang und die große, kräftige Gestalt Helenes vor meinen Gedanken stand. Da kam ich zu mir, fand mich weit unten im Tal bei anbrechender Dämmerung und eilte nun schnell und freudig zurück.

Sie wartete schon, ließ mich durch Haustor und Stubentür ein, da setzten wir uns beide auf den Tischrand, hielten unsre Hände ineinander und sprachen kein Wort. Es war lau und dunkel, ein Fenster stand offen, in dessen Höhe über dem Bergwald ein schmaler Strich des blassen Himmels schimmerte, von spitzigen Tannenkronen schwarz durchschnitten. Wir spielten jedes mit des andern Fingern, und mich überlief bei jedem leichten Druck ein Schauer von Glück.

»Helene!«

»Ja?«

»O du!«

Und unsere Finger tasteten aneinander, bis sie stille wurden und ruhig ineinanderlagen. Ich schaute auf den bleichen Himmelsspalt, und nach einer Zeit, als ich mich umwandte, sah ich auch sie dorthin blicken und sah mitten im Dunkel ein schwaches Licht von dorther in ihren Augen und in zwei großen, unbeweglich an ihren Lidern hängenden Tränen widerglänzen. Die küßte ich langsam hinweg und wunderte mich, wie kühl und salzig sie schmeckten. Da zog sie mich an sich, küßte mich lang und mächtig und stand auf.

»Es ist Zeit. Jetzt mußt du gehen.«

Und als wir unter der Tür standen, küßte sie mich plötzlich noch einmal mit heftiger Leidenschaft, und dann zitterte sie so, daß es auch mich schüttelte, und sagte mit einer kaum mehr hörbaren, erstickenden Stimme:

»Geh, geh! Hörst du, geh jetzt!« Und als ich draußen stand: »Adieu, du! Komm nimmer, komm nicht wieder! Adieu!«
Ehe ich etwas sagen konnte, hatte sie die Tür zugezogen. Mir war bang und unklar ums Herz, doch überwog mein großes Glücksgefühl, das mich auf dem Heimweg wie ein Flügelbrausen umgab. Ich ging mit schallenden Tritten, ohne es doch zu spüren, und daheim tat ich die Kleider ab und legte mich im Hemd ins Fenster.
So eine Nacht möchte ich noch einmal haben. Der laue Wind tat mir wie eine Mutterhand; vor dem hochgelegenen Fensterchen flüsterten und dunkelten die großen, runden Kastanienbäume, ein leichter Felderduft wehte hin und wieder durch die Nacht, und in der Ferne flog das Wetterleuchten golden zitternd über den schweren Himmel. Ein leises fernes Donnern tönte je und je herüber, schwach und von fremdartigem Klang, als ob irgendwo, weit weg die Wälder und Berge im Schlafe sich regten und schwere, müde Traumworte lallten. Das alles sah und hörte ich wie ein König von meiner hohen Glücksburg herab, es gehörte mir und war nur da, um meiner tiefen Lust ein schöner Rastort zu sein. Mein Wesen atmete in Wonne auf und verlor sich wie ein Liebesvers hinströmend und doch unerschöpft in die Nachtweite über das schlafende Land, an die ferne leuchtenden Wolken streifend, von jedem aus der Schwärze sich wölbenden Baum und von jedem matten Hügelfirst wie von Liebeshänden berührt. Es ist nichts, um es mit Worten zu sagen, aber es lebt noch unverloren in mir weiter, und ich könnte, wenn es dafür eine Sprache gäbe, jede in die Dunkelheit verlaufende Bodenwelle, jedes Wipfelgeräusch, die Adern der entfernten Blitze und den geheimen Rhythmus des Donners noch genau beschreiben.
Nein, ich kann es nicht beschreiben. Das Schönste und Innerlichste und Köstlichste kann man ja nicht sagen. Aber ich wollte, jene Nacht käme mir noch einmal wieder.
Wenn ich vom Verwalter Becker nicht schon Abschied genommen hätte, wäre ich gewiß am folgenden Morgen zu ihm gegangen. Stattdessen trieb ich mich im Dorf herum und schrieb dann einen langen Brief an Helene. Ich meldete mich auf den Abend an und machte ihr eine Menge Vorschläge, setzte ihr genau und ernsthaft meine Umstände und Aussichten auseinander und

fragte, ob sie es für gut halte, daß ich gleich mit ihrem Vater rede, oder ob wir damit noch warten wollten, bis ich der in Aussicht stehenden Anstellung und damit der nächsten Zukunft sicher wäre. Und abends ging ich zu ihr. Der Vater war wieder nicht da; es war seit einigen Tagen einer seiner Lieferanten in der Gegend, der ihn in Anspruch nahm.

Ich küßte meinen schönen Schatz, zog ihn in die Stube und fragte nach meinem Brief. Ja, sie hatte ihn erhalten. Und was sie denn darüber denke? Sie schwieg und sah mich flehentlich an, und da ich in sie drang, legte sie mir die Hand auf den Mund, küßte mich auf die Stirn und stöhnte leise, aber so jammervoll, daß ich mir nicht zu helfen wußte. Auf all mein zärtliches Fragen schüttelte sie nur den Kopf, lächelte dann aus ihrem Schmerz heraus merkwürdig weich und fein, schlang den Arm um mich und saß wieder mit mir, ganz wie gestern, schweigend und hingegeben. Sie lehnte sich fest an mich, legte den Kopf an meine Brust, und ich küßte sie langsam, ohne etwas denken zu können, auf Haar und Stirn und Wange und Nacken, bis mir schwindelte. Ich sprang auf.

»Also soll ich morgen mit deinem Vater reden oder nicht?«

»Nein«, sagte sie, »bitte, nicht.«

»Warum denn? Hast du Angst?«

Sie schüttelte den Kopf.

»Also warum denn?«

»Laß nur, laß! Rede nicht davon. Wir haben noch eine Viertelstunde Zeit.«

Da saßen wir und hielten uns still umfangen, und während sie sich an mich schmiegte und bei jeder Liebkosung den Atem anhielt und schauerte, ging ihre Bedrücktheit und Schwermut auf mich über. Ich wollte mich wehren und redete ihr zu, an mich und an unser Glück zu glauben.

»Ja, ja«, nickte sie, »nicht davon reden! Wir sind ja jetzt glücklich.«

Darauf küßte sie mich mehrmals mit stummer Kraft und Glut und hing dann erschlaffend und müde in meinem Arm. Und als ich gehen mußte, und als sie mir in der Tür mit der Hand übers Haar strich, sagte sie mit halber Stimme: »Adieu, Schatz. Komm morgen nicht! Komm gar nicht wieder, bitte! Du siehst doch, daß es mich unglücklich macht.«

Mit einem quälenden Zwiespalt im Herzen ging ich heim und vergrübelte die halbe Nacht. Warum wollte sie nicht glauben und glücklich sein? Ich mußte an das denken, was sie mir schon vor einigen Wochen einmal gesagt hatte: »Wir Frauen sind nicht so frei wie ihr; man muß tragen lernen, was über einen verhängt ist.« Was war denn über sie verhängt?
Das mußte ich jedenfalls wissen, und darum schickte ich ihr am Vormittag einen Zettel und wartete abends, als das Werk stillstand und die Arbeiter alle gegangen waren, hinter dem Schuppen bei den Marmorblöcken. Sie kam spät und zögernd herüber.
»Warum bist du gekommen? Laß es jetzt genug sein. Der Vater ist drinnen.«
»Nein«, sagte ich, »du mußt mir jetzt sagen, was du auf dem Herzen hast, alles und alles, ich gehe nicht eher weg.«
Helene sah mich ruhig an und war so blaß wie die Steinplatten, vor denen sie stand.
»Quäl mich nicht«, flüsterte sie mühsam. »Ich kann dir nichts sagen, ich will nicht. Ich kann dir nur sagen – reise ab, heut oder morgen, und vergiß das, was jetzt ist. Ich kann nicht dir gehören.«
Sie schien trotz der lauen Juliabendluft zu frieren, so zitterte sie. Schwerlich habe ich je eine ähnliche Qual empfunden wie in diesen Augenblicken. Aber so konnte ich nicht gehen.
»Sag mir jetzt alles«, wiederholte ich, »ich muß es wissen.« Sie sah mich an, daß mir alles weh tat. Aber ich konnte nicht anders.
»Rede«, sagte ich fast rauh, »sonst geh ich jetzt im Augenblick zu deinem Vater hinüber.«
Sie richtete sich unwillig auf und war in ihrer Blässe bei dem Dämmerlicht von einer traurigen und großartigen Schönheit. Sie sprach ohne Leidenschaft, aber lauter als vorher.
»Also. Ich bin nicht frei, und du kannst mich nicht haben. Es ist schon ein andrer da. Ist das genug?«
»Nein«, sagte ich, »das ist nicht genug. Hast du denn den andern lieb? Lieber als mich?«
»O du!« rief sie heftig. »Nein, nein, ich hab ihn ja nicht lieb. Aber ich bin ihm versprochen, und daran ist nichts zu ändern.«
»Warum nicht? Wenn du ihn nicht magst!«
»Damals wußte ich ja noch nichts von dir. Er gefiel mir; lieb

hatte ich ihn nicht, aber er war ein rechter Mann, und ich kannte keinen andern. Da hab ich ja gesagt, und jetzt ist es so und muß so bleiben.«

»Es muß nicht, Helene. So etwas kann man doch zurücknehmen.«

»Ja, schon. Aber es ist nicht um jenen, es ist um den Vater. Dem darf ich nicht untreu werden –«

»Aber ich will mit ihm reden –«

»O du Kindskopf! Verstehst du denn gar nichts –?«

Ich sah sie an. Sie lachte fast.

»Verkauft bin ich, von meinem Vater und mit meinem Willen verkauft, für Geld. Im Winter ist Hochzeit.«

Sie wendete sich ab, ging ein paar Schritte weit und kehrte wieder um.

Und sagte: »Schatz, sei tapfer! Du darfst nicht mehr kommen, du darfst nicht –«

»Und bloß ums Geld?« mußte ich fragen.

Sie zuckte die Achseln.

»Was liegt daran? Mein Vater kann nimmer zurück, er ist so fest angebunden wie ich. Du kennst ihn nicht! Wenn ich ihn im Stich lasse, gibt es ein Unglück. Also sei brav, sei gescheit, du Kind!«

Und dann brach sie plötzlich aus: »Versteh doch, du, und bring mich nicht um! – Jetzt kann ich noch, wie ich will. Aber wenn du mich noch einmal anrührst – ich halte das nimmer aus ... Ich kann dir keinen Kuß mehr geben, sonst gehen wir alle verloren.«

Einen Augenblick war alles still, so still, daß man im Haus drüben den Vater auf und ab gehen hörte.

»Ich kann heute nichts entscheiden«, war meine Antwort. »Willst du mir nicht noch sagen – wer es ist?«

»Der andere? Nein, es ist besser, du weißt es nicht. Oh, komm jetzt nicht wieder – mir zulieb!«

Sie ging ins Haus, und ich sah ihr nach. Ich wollte fortgehen, vergaß es aber und setzte mich auf die kühlen weißen Steine, hörte dem Wasser zu und fühlte nichts als ein Gleiten, Gleiten und Hinwegströmen ohne Ende. Es war, als liefe mein Leben und Helenens Leben und viele ungezählte Schicksale an mir vorbei dahin, schluchtabwärts ins Dunkle, gleichgültig und wortlos wie Wasser. Wie Wasser ...

Spät und todmüde kam ich nach Haus, schlief und stand am Morgen wieder auf, beschloß, den Koffer zu packen, vergaß es wieder und schlenderte nach dem Frühstück in den Wald. Es wurde kein Gedanke in mir fertig, sie stiegen nur wie Blasen aus einem stillen Wasser in mir auf und platzten und waren nichts mehr, sobald sie sichtbar geworden waren.
Also jetzt ist alles aus, dachte ich hier und da, aber es war kein Bild, keine Vorstellung dabei; es war nur ein Wort, ich konnte dazu aufatmen und mit dem Kopf nicken, war aber so klug wie vorher.
Erst im Verlauf des Nachmittags wachten die Liebe und das Elend in mir auf und drohten mich zu überwältigen. Auch dieser Zustand war kein Boden für gute und klare Gedanken, und statt mich zu zwingen und eine besonnene Stunde abzuwarten, ließ ich mich fortreißen und legte mich in der Nähe des Marmorwerks auf die Lauer, bis ich den Herrn Lampart das Haus verlassen und talaufwärts auf der Landstraße gegen das Dorf hin verschwinden sah.
Da ging ich hinüber.
Als ich eintrat, schrie Helene auf und sah mich tief verwundet an.
»Warum?« stöhnte sie. »Warum noch einmal?«
Ich war ratlos und beschämt und bin mir nie so jämmerlich vorgekommen wie da. Die Tür hatte ich noch in der Hand, aber es ließ mich nicht fort, so ging ich langsam zu ihr hin, die mich mit angstvollen, leidenden Blicken ansah.
»Verzeih, Helene«, sagte ich nun.
Sie nickte vielemal, blickte zu Boden und wieder auf, wiederholte immer: »Warum? O du! O du!« In Gesicht und Gebärden schien sie älter und reifer und mächtiger geworden zu sein, ich erschien mir daneben fast wie ein Knabe.
»Nun, also?« fragte sie schließlich und versuchte zu lächeln.
»Sag mir noch etwas«, bat ich beklommen, »damit ich gehen kann.«
Ihr Gesicht zuckte, ich glaubte, sie würde jetzt in Tränen ausbrechen. Aber da lächelte sie unversehens, ich kann nicht sagen wie weich und aus Qualen heraus, und richtete sich auf und sagte ganz flüsternd: »Komm doch, warum stehst du so steif da!« Und ich tat einen Schritt und nahm sie in die Arme. Wir hielten uns

mit allen Kräften umklammert, und während bei mir die Lust sich immer mehr mit Bangigkeit und Schrecken und verhaltenem Schluchzen mischte, wurde sie zusehends heiter, streichelte mich wie ein Kind, nannte mich mit phantastischen Kosenamen, biß mich in die Hand und war erfinderisch in kleinen Liebestorheiten. In mir kämpfte ein tiefes Angstgefühl gegen die treibende Leidenschaft, ich fand keine Worte und hielt Helene an mich gezogen, während sie mich mutwillig und schließlich lachend liebkoste und neckte.
»Sei doch ein bißchen froh, du Eiszapfen!« rief sie mir zu und zog mich am Schnurrbart.
Und ich fragte ängstlich: »Ja, glaubst du jetzt, daß es doch noch gut wird? Wenn du doch nicht mir gehören kannst –.«
Sie faßte meinen Kopf mit ihren beiden Händen, sah mir ganz nah ins Gesicht und sagte: »Ja, nun wird alles gut.«
»Dann darf ich hierbleiben und morgen wiederkommen und mit deinem Vater sprechen?«
»Ja, dummer Bub, das darfst du alles. Du darfst sogar im Gehrock kommen, wenn du einen hast. Morgen ist sowieso Sonntag.«
»Jawohl, ich hab einen«, lachte ich und war auf einmal so kindisch froh, daß ich sie mitriß und ein paarmal mit ihr durch das Zimmer walzte. Dann strandeten wir an der Tischecke, ich hob sie auf meinen Schoß, sie legte die Stirn an meine Wange, und ich spielte mit ihrem dunkeln, dicken Haar, bis sie aufsprang und zurücktrat und ihr Haar wieder aufsteckte, mir mit dem Finger drohte und rief: »Jeden Augenblick kann der Vater kommen. Sind wir Kindsköpfe!«
Ich bekam noch einen Kuß und noch einen und aus dem Strauß vom Fenstersims eine Resede an den Hut. Es ging gegen den Abend, und da es Samstag war, fand ich im Adler allerlei Gesellschaft, trank einen Schoppen, schob eine Partie Kegel mit und ging dann zeitig heim. Dort holte ich den Gehrock aus dem Schrank, hängte ihn über die Stuhllehne und betrachtete ihn mit Wohlgefallen. Er war so gut wie neu, seinerzeit zum Examen gekauft und seither fast nie getragen. Das schwarze, glänzende Tuch erweckte lauter feierliche und würdevolle Gedanken in mir. Statt ins Bett zu gehen, setzte ich mich hin und überlegte, was ich morgen Helenens Vater zu sagen hätte. Genau und deut-

lich stellte ich mir vor, wie ich vor ihn treten würde, bescheiden und doch mit Würde, malte mir seine Einwände, meine Erwiderungen, ja auch seine und meine Gedanken und Gebärden aus. Ich sprach sogar laut, wie ein sich übender Prediger, und machte die nötigen Gesten dazu, und noch als ich schon im Bett lag und nahe am Einschlafen war, deklamierte ich einzelne Sätze aus der mutmaßlichen Unterredung von morgen her.
Dann war es Sonntagmorgen. Ich blieb, um nochmals in Ruhe nachzudenken, im Bett liegen, bis die Kirchenglocken läuteten. Während der Kirchzeit zog ich mein Staatskleid an, mindestens so umständlich und peinlich wie damals vor dem Examen, rasierte mich, trank meine Morgenmilch und hatte Herzklopfen. Unruhig wartete ich, bis der Gottesdienst aus war, und schritt, als kaum das Ausläuten vertönt hatte, langsam und ernsthaft und die staubigen Wegstellen vermeidend, durch den schon heißen, dunstigen Vormittag die Straße zum Sattelbach und talabwärts meinem Ziel entgegen. Trotz meiner Behutsamkeit geriet ich in dem Gehrock und hohen Kragen in ein leises Schwitzen.
Als ich die Marmorsäge erreichte, standen im Weg und auf dem Hofe zu meinem Erstaunen und Unbehagen einige Leute aus dem Dorf herum, auf irgend etwas wartend und in kleinen Gruppen leise redend, wie etwa bei einer Gant.
Doch mochte ich niemand fragen, was das bedeute, und ging an den Leuten vorbei zur Haustür, verwundert und beklommen wie in einem ängstlich sonderbaren Traum. Eintretend stieß ich in dem Flur auf den Verwalter Becker, den ich kurz und verlegen grüßte. Es war mir peinlich, ihn da zu treffen, da er doch glauben mußte, ich sei längst abgereist. Doch schien er daran nimmer zu denken. Er sah angestrengt und müde aus, auch blaß.
»So, kommst du auch?« sagte er nickend und mit ziemlich bissiger Stimme. »Ich fürchte, Teuerster, du bist heute hier entbehrlich.«
»Herr Lampart ist doch da?« fragte ich dagegen.
»Jawohl, wo soll er sonst sein?«
»Und das Fräulein?«
Er deutete auf die Stubentür.
»Da drinnen?«
Becker nickte und ich wollte eben anklopfen, als die Tür aufging und ein Mann herauskam. Dabei sah ich, daß mehrere Besucher

in dem Zimmer herumstanden und daß die Möbel teilweise umgestellt waren.
Jetzt wurde ich stutzig.
»Becker, du, was ist hier geschehen? Was wollen die Leute? Und du, warum bist du hier?«
Der Verwalter drehte sich um und sah mich sonderbar an.
»Weißt du's denn nicht?« fragte er mit veränderter Stimme.
»Was denn? Nein.«
Er stellte sich vor mich hin und sah mir ins Gesicht.
»Dann geh nur wieder heim, Junge«, sagte er leise und fast weich und legte mir die Hand auf den Arm. Mir stieg im Hals ein Würgen auf, eine namenlose Angst flog mir durch alle Glieder. Und Becker sah mich noch einmal so merkwürdig prüfend an. Dann fragte er leise: »Hast du gestern mit dem Mädchen gesprochen?« Und als ich rot wurde, hustete er gewaltsam, es klang aber wie ein Stöhnen.
»Was ist mit Helene? Wo ist sie?« schrie ich angstvoll heraus.
Becker ging auf und ab und schien mich vergessen zu haben. Ich lehnte am Pfosten des Treppengeländers und fühlte mich von fremden, blutlosen Gestalten beengend und höhnisch umflattert. Nun ging Becker wieder an mir vorbei, sagte: »Komm!« und stieg die Treppe hinauf, bis wo sie eine Biegung machte. Dort setzte er sich auf eine Stufe, und ich setzte mich neben ihn, meinen Gehrock rücksichtslos zerknitternd. Einen Augenblick war es totenstill im ganzen Haus, dann fing Becker zu sprechen an.
»Nimm dein Herz in die Hand und beiß auf die Zähne, Kleiner. Also die Helene Lampart ist tot, und zwar haben wir sie heut morgen vor der unteren Stellfalle aus dem Bach gezogen. – Sei still, sag nichts! Und nicht umfallen! Du bist nicht der einzige, dem das kein Spaß ist. Probier's jetzt und drück die Männlichkeit durch. Jetzt liegt sie in der Stube dort und sieht wieder schön genug aus, aber wie wir sie herausgeholt haben – das war bös, du, das war bös ...«
Er hielt inne und schüttelte den Kopf.
»Sei still! Nichts sagen! Später ist zum Reden Zeit genug. Es geht mich näher an als dich. – Oder nein, lassen wir's; ich sag dir das alles dann morgen.«
»Nein«, bat ich, »Becker, sag mir's! Ich muß alles wissen.«

»Nun ja. Kommentar und so weiter steht dir jederzeit zu Diensten. Ich kann jetzt nur sagen, es war gut mit dir gemeint, daß ich dich all die Zeit hier ins Haus laufen ließ. Man weiß ja nie vorher. – Also, ich bin mit der Helene verlobt gewesen. Noch nicht öffentlich, aber –«

Im Augenblick meinte ich, ich müsse aufstehen und dem Verwalter mit aller Kraft ins Gesicht schlagen. Er schien es zu merken.

»Nicht so!« sagte er ruhig und sah mich an. »Wie gesagt, zu Erklärungen ist ein andermal Zeit.«

Wir saßen schweigend. Wie eine Gespensterjagd flog die ganze Geschichte zwischen Helene und Becker und mir an mir vorbei, so klar wie schnell. Warum hatte ich das nicht früher erfahren, warum es nicht selber gemerkt? Wieviel Möglichkeiten hätte es da noch gegeben! Nur ein Wort, nur eine Ahnung, und ich wäre still meiner Wege gegangen, und sie läge jetzt nicht dort drinnen.

Mein Zorn war schon erstickt. Ich fühlte wohl, daß Becker die Wahrheit ahnen mußte, und ich begriff, welche Last nun auf ihm lag, da er in seiner Sicherheit mich hatte spielen lassen und nun den größeren Teil der Schuld auf seiner Seele hatte. Jetzt mußte ich noch eine Frage tun.

»Du, Becker – hast du sie lieb gehabt? Ernstlich lieb gehabt?«

Er wollte etwas sagen, aber die Stimme brach ihm ab. Er nickte nur, zweimal, dreimal. Und als ich ihn nicken sah, und als ich sah, wie diesem zähen und harten Menschen die Stimme versagte und wie auf seinem übernächtigten Gesicht die Muskeln so deutlich redend zuckten, da fiel mich das ganze Weh erst an.

Nach einer guten Weile, da ich durch die versiegenden Tränen aufschaute, stand jener vor mir und hielt mir die Hand hingestreckt. Ich nahm sie an und drückte sie, er stieg langsam vor mir her die steile Treppe hinunter und öffnete leise die Tür des Wohnzimmers, in dem Helene lag und das ich mit tiefem Grauen an jenem Morgen zum letztenmal betrat. *(1903)*

## In der alten Sonne

Wenn im Frühling oder Sommer oder auch noch im Frühherbst ein linder Tag ist und eine angenehme, auch wieder nicht zu heftige Wärme den Aufenthalt im Freien zu einem Vergnügen macht, dann ist die ausschweifend gebogene halbrunde Straßenkehle am Allpacher Weg, vor den letzten hochgelegenen Häusern der Stadt, ein prächtiger Winkel. Auf der berghinan sich schlängelnden Straße sammelt sich die schöne Sonnenwärme stetig an, die Lage ist vor jedem Winde wohl beschützt, ein paar krumme alte Obstbäume spenden ein wenig Schatten, und der Straßenrand, ein breiter, sanfter, rasiger Rain, verlockt mit seiner wohlig sich schmiegenden Krümmung freundlich zum Sitzen oder Liegen. Das weiße Sträßlein glänzt im Licht und hebt sich schön langsam bergan, schickt jedem Bauernwagen oder Landauer oder Postkarren ein dünnes Stäublein nach und schaut über eine schiefe, von Baumkronen da und dort unterbrochene Flucht von schwärzlichen Dächern hinweg gerade ins Herz der Stadt, auf den Marktplatz, der von hier aus gesehen freilich an Stattlichkeit stark verliert und nur als ein sonderbar verschobenes Viereck mit krummen Häusern und herausspringenden Vortreppen und Kellerhälsen erscheint.

An solchen sonnig milden Tagen ist der wohlige Rain jener hohen Bergstraßenkrümmung unwandelbar stets von einer kleinen Schar ausruhender Männer besetzt, deren kühne und verwitterte Gesichter nicht recht zu ihren zahmen und trägen Gebärden passen und von denen der jüngste mindestens ein hoher Fünfziger ist. Sie sitzen und liegen bequem in der Wärme, schweigen oder führen kurze, brummende und knurrende Gespräche untereinander, rauchen kleine schwarze Pfeifenstrünke und spukken häufig weltverächterisch in kühnem Bogen bergabwärts. Die etwa vorübertapernden Handwerksburschen werden von ihnen scharf begutachtet und je nach Befund mit einem wohlwollend zugenickten »Servus, Kunde!« begrüßt oder schweigend verachtet.

Der Fremdling, der die alten Männlein so hocken sah und sich in der nächsten Gasse über das seltsame Häuflein grauer Bärenhäuter erkundigte, konnte von jedem Kinde erfahren, daß dieses

die Sonnenbrüder seien, und mancher schaute dann noch einmal zurück, sah die müde Schar träg in die Sonne blinzeln und wunderte sich, woher ihr wohl ein so hoher, wohllautender und dichterischer Name gekommen sei. Das Gestirn aber, nach welchem die Sonnenbrüder genannt wurden, stand längst an keinem Himmel mehr, sondern war nur der Schildname eines ärmlichen und schon vor manchen Jahren eingegangenen Wirtshauses gewesen, dessen Schild und Glanz dahin waren, denn das Haus diente neuerdings als Spittel, das heißt als städtisches Armenasyl, und beherbergte freilich manche Gäste, die das Abendrot der vom Schild genommenen Sonne noch erlebt und sich hinter dem Schenktisch derselben die Anwartschaft auf ihre Bevormundung und jetzige Unterkunft erschöppelt hatten.
Das Häuschen stand, als vorletztes der steilen Gasse und der Stadt, zunächst jenem sonnigen Straßenrand, bot ein windschiefes und ermüdetes Ansehen, als mache das Aufrechtstehen ihm viele Beschwerde, und ließ sich nichts mehr davon anmerken, wieviel Lust und Gläserklang, Witz und Gelächter und flotte Freinächte es erlebt hatte, die fröhlichen Raufereien und Messergeschichten gar nicht zu rechnen. Seit der alte rosenrote Verputz der Vorderseite vollends erblaßt und in rissigen Feldern abgeblättert war, entsprach die alte Lotterfalle in ihrem Äußeren vollkommen ihrer Bestimmung, was bei städtischen Bauten unserer Zeit eine Seltenheit ist. Ehrlich und deutlich gab sie zu erkennen, daß sie ein Unterschlupf und Notdächlein für Schiffbrüchige und Zurückgebliebene war, das betrübliche Ende einer geringen Sackgasse, von wo aus keine Pläne und verborgenen Kräfte mehr ins Leben zurückstreben mögen.
Von der Melancholie solcher Betrachtungen war im Kreis der Sonnenbrüder meistens nur wenig zu finden. Vielmehr lebten sie fast alle nach Menschenart ihre späten Tage hin, als ginge es noch immer aus dem Vollen, bliesen ihre kleinen Gezänke und Lustbarkeiten und Spielereien nach Kräften zu wichtigen Angelegenheiten und Staatsaktionen auf und nahmen zwar nicht einander, aber doch jeder sich selber so ernst wie möglich. Ja, sie taten, als fange jetzt, da sie sich aus den geräuschvollen Gassen des tätigen Lebens beiseite gedrückt hatten, der Hallo erst recht an, und betrieben ihre jetzigen unbedeutenden Affären mit einer Wucht und Zähigkeit, welche sie in ihren früheren Betätigungen

leider meist hatten vermissen lassen. Gleich manchem anderen Völklein glaubten sie, obwohl sie vom Spittelvater absolut monarchisch und als rechtlose Scheinexistenzen regiert wurden, eine kleine Republik zu sein, in welcher jeder freie Bürger den andern genau um Rang und Stellung ansah und emsig darauf bedacht war, ja nirgends um ein Haarbreit zu wenig ästimiert zu werden.

Auch das hatten die Sonnenbrüder mit anderen Leuten gemein, daß sie die Mehrzahl ihrer Schicksale, Befriedigungen, Freuden und Schmerzen mehr in der Einbildung als in Wirklichkeit erlebten. Ein frivoler Mensch könnte ja überhaupt den Unterschied zwischen dem Dasein dieser Ausrangierten und Steckengebliebenen und demjenigen der tätigen Bürger als lediglich in der Einbildung begründet hinstellen, indem diese wie jene ihre Geschäfte und Taten mit derselben Wichtigkeit verrichten und schließlich doch vor Gottes Augen so ein armer Spittelgast möglicherweise nicht schlechter dasteht als mancher große und geehrte Herr. Aber auch ohne so weit zu gehen, kann man wohl finden, daß für den behaglichen Zuschauer das Leben dieser Sonnenbrüder kein unwürdiger Gegenstand der Betrachtung sei.

Je näher die Zeiten heranrücken, da das jetzt aufwachsende Geschlecht den Namen der ehemaligen Sonne und der Sonnenbrüder vergessen und seine Armen und Auswürflinge anders und in anderen Räumen versorgen wird, desto wünschenswerter wäre es, eine Geschichte des alten Hauses und seiner Gäste zu haben. Als chronistischer Beitrag zu einer solchen soll auf diesen Blättern einiges vom Leben der ersten Sonnenbrüder berichtet werden.

In den Zeiten, da die heutigen Jungbürger von Gerbersau noch kurze Hosen oder gar noch Röckchen trugen und da über der Haustüre des nachmaligen Spittels noch aus der rosenroten Fassade ein schmiedeeiserner Schildarm mit der blechernen Sonne in die Gasse hinaus prangte, kehrte an einem Tage spät im Herbst Karl Hürlin, ein Sohn des vor vielen Jahren verstorbenen Schlossers Hürlin in der Senfgasse, in seine Heimatstadt zurück. Er war etwas über die Vierzig hinaus, und niemand kannte ihn mehr, da er seinerzeit als ein blutjunges Bürschlein weggewandert und seither nie mehr in der Stadt erblickt worden war. Nun trug er einen sehr guten und reinen Anzug, Knebelbart und kurzgeschnittenes Haar, eine silberne Uhrkette, einen steifen Hut und hohe Hemdkragen. Er besuchte einige von den ehemaligen Bekannten und Kollegen und trat überall als ein fremd und vornehm gewordener Mann auf, der sich seines Wertes ohne Überhebung bewußt ist. Dann ging er aufs Rathaus, wies seine Papiere vor und erklärte, sich hierorts niederlassen zu wollen. Nun entfaltete Herr Hürlin eine geheimnisvolle Tätigkeit und Korrespondenz, unternahm öftere kleine Reisen, kaufte ein Grundstück im Talgrunde und begann daselbst an Stelle einer abgebrannten Ölmühle ein neues Haus aus Backsteinen zu erbauen und neben dem Hause einen Schuppen und zwischen Haus und Schuppen einen gewaltigen backsteinernen Schlot. Zwischendrein sah man ihn in der Stadt gelegentlich bei einem Abendschoppen, wobei er zwar anfangs still und vornehm tat, nach wenigen Gläsern aber laut und mächtig redete und nicht damit hinterm Berge hielt, daß er zwar Geld genug im Sack habe, um sich ein schönes Herrenleben zu gönnen, doch sei der eine ein Faulpelz und Dickkopf, ein anderer aber ein Genie und Geschäftsgeist, und was ihn betreffe, so gehöre er zur letzteren Sorte und habe nicht im Sinn, sich zur Ruhe zu setzen, ehe er sechs Nullen hinter die Ziffer seines Vermögens setzen könne.

Geschäftsleute, bei denen er Kredit zu genießen wünschte, taten sich nach seiner Vergangenheit um und brachten in Erfahrung, daß Hürlin zwar bisher nirgends eine erhebliche Rolle gespielt hatte, sondern da und dort in Werkstätten und Fabriken, zuletzt als Aufseher gearbeitet, vor kurzem hingegen eine erkleckliche Erbschaft gemacht hatte. Also ließ man ihn gewähren und gönnte ihm ein bestimmtes Maß von Respekt, einige unternehmende Leute steckten auch noch Geld in seine Sache, so daß bald eine mäßig große Fabrik samt Wohnhäuschen im Tale erstand, in welcher Hürlin gewisse für die Wollwebeindustrie notwendige Walzen und Maschinenteile herzustellen gedachte. Die Aufträge blieben nicht aus, der große Schlot rauchte Tag und Nacht, und ein paar Jahre lang florierten Hürlin und seine Fabrik auf das erfreulichste und genossen Ansehen und ausgiebigen Kredit.

Damit war sein Ideal erreicht und sein alter Lieblingstraum in Erfüllung gegangen. Wohl hatte er schon in jüngeren Jahren des öfteren Anläufe zum Reichwerden gemacht, aber erst jene ihm fast unerwartet zugefallene Erbschaft hatte ihn flott gemacht und ihm erlaubt, seine alten kühnen Pläne auszuführen. Übrigens war der Reichtum nicht sein einziges Sehnen gewesen, sondern seine heißesten Wünsche hatten zeitlebens dahin gezielt, eine gebietende und große Stellung einzunehmen. Er wäre als Indianerhäuptling oder als Regierungsrat oder auch als berittener Landjäger ganz ebenso in seinem Element gewesen, doch schien ihm nun das Leben eines Fabrikbesitzers sowohl bequemer als selbstherrlicher. Eine Zigarre im Mundwinkel und ein sorgenvoll gewichtiges Lächeln im Gesicht, am Fenster stehend oder am Schreibtisch sitzend allerlei Befehle zu erteilen, Verträge zu unterzeichnen, Vorschläge und Bitten anzuhören, mit der faltigen Miene des Vielbeschäftigten eine gelassene Behaglichkeit zu vereinigen, bald unnahbar streng, bald gutmütig herablassend zu sein und bei allem stets zu fühlen, daß er ein Hauptkerl sei und daß viel in der Welt auf ihn ankomme, das war seine erst spät zu ihrem vollen Recht gekommene Gabe. Nun hatte er das alles reichlich, konnte tun, was er mochte, Leute anstellen und entlassen, wohlige Seufzer des sorgenschweren Reichtums ausstoßen und sich von vielen beneiden lassen. Das alles genoß und übte er auch mit Kennerschaft und Hingabe, er wiegte sich weich im Glücke und fühlte sich endlich vom Schicksal an den ihm gebührenden Platz gestellt.

Inzwischen hatte aber ein Konkurrent eine neue Erfindung gemacht, nach deren Einführung mehrere der früheren Artikel teils entbehrlich, teils viel wohlfeiler wurden, und da Hürlin trotz seiner Versicherungen eben kein Genie war und nur das Äußerliche seines Geschäftes verstand, sank er anfänglich langsam, dann aber immer schneller von seiner Höhe und konnte am Ende nicht verbergen, daß er abgewirtschaftet habe. Er versuchte es in der Verzweiflung noch mit ein paar waghalsigen Finanzkünsten, durch welche er sich selber und mit ihm eine Reihe von Kreditoren schließlich in einen unsauberen Bankrott hineinritt. Er entfloh, wurde aber eingebracht, verurteilt und ins Loch gesteckt, und als er nach mehreren Jahren wieder in der Stadt erschien, war er ein entwerteter und lahmer Mensch, mit dem nichts mehr anzufangen war.

Eine Zeitlang drückte er sich in unbedeutenden Stellungen

herum; doch hatte er schon in den schwülen Zeiten, da er den Krach herankommen sah, sich zum heimlichen Trinker entwikkelt, und was damals heimlich gewesen und wenig beachtet worden war, wurde nun öffentlich und zu einem Ärgernis. Aus einer mageren Schreiberstelle wegen Unzuverlässigkeit entlassen, ward er Agent einer Versicherungsgesellschaft, trieb sich als solcher in allen Schenken der Gegend herum, wurde auch da wieder entlassen und fiel, als auch ein Hausierhandel mit Zündhölzern und Bleistiften nichts abwerfen wollte, am Ende der Stadt zur Last. Er war in diesen Jahren schnell vollends alt und elend geworden, hatte aber aus seiner fallitgegangenen Herrlichkeit einen Vorrat kleiner Künste und Äußerlichkeiten herübergerettet, die ihm über das Gröbste hinweghalfen und in geringeren Wirtshäusern noch immer einige Wirkung taten. Er brachte gewisse schwungvoll großartige Gesten und nicht wenige wohltönende Redensarten in die Kneipen mit, die ihm längst nur noch äußerlich anhafteten, auf Grund derer er aber doch noch immer eine Schätzung unter den Lumpen der Stadt genoß.

Damals gab es in Gerbersau noch kein Armenhaus, sondern die Unbrauchbaren wurden gegen eine geringe Entschädigung aus dem Stadtsäckel da und dort in Familien als Kostgänger gegeben, wo man sie mit dem Notwendigsten versah und nach Möglichkeit zu kleinen häuslichen Arbeiten anhielt. Da nun hieraus in letzter Zeit allerlei Unzuträglichkeiten entstanden waren und da den verkommenen Fabrikanten, der den Haß der Bevölkerung genoß, durchaus niemand aufnehmen wollte, sah sich die Gemeinde genötigt, ein besonderes Haus als Asyl zu beschaffen. Und da gerade das ärmliche alte Wirtshaus zur Sonne unter den Hammer kam, erwarb es die Stadt und setzte nebst einem Hausvater als ersten Gast den Hürlin hinein, dem in Kürze mehrere andere folgten. Diese nannte man die Sonnenbrüder.

Nun hatte Hürlin schon lange zur Sonne nahe Beziehungen gehabt, denn seit seinem Niedergang war er nach und nach in immer kleinere und ärmere Schenken gelaufen und schließlich am meisten in die Sonne, wo er zu den täglichen Gästen gehörte und beim Abendschnaps mit manchen Kumpanen am selben Tische saß, die ihm später, als auch ihre Zeit gekommen war, als Spittelbrüder und verachtete Stadtarme in ebendasselbe Haus nachfolgen sollten. Ihn freute es, gerade dorthin zu wohnen zu kommen, und in den Tagen nach der Gant, als Zimmermann und Schreiner das alte Schankhaus für seinen neuen Zweck eilig und bescheiden zurichteten, stand er von früh bis spät dabei und hatte Maulaffen feil.

Eines Morgens, als es schön mild und sonnig war, hatte er sich wieder daselbst eingefunden, stellte sich neben die Haustür und sah dem Hantieren der Arbeiter im Innern zu. Er guckte hingerissen und freudig zu und überhörte gern die bösartigen Bemerkungen der Arbeiter, hielt die Fäuste in den tiefen Taschen seines schmierigen Rockes und warf mit seinen geschenkten, viel zu langen und zu weiten Beinkleidern spiralförmige Falten, in denen seine Beine wie Zapfenzieher aussahen. Der bevorstehende Einzug in die neue Bude, von dem er sich ein bequemes und schöneres Leben versprach, erfüllte den Alten mit glücklicher Neugierde und Unruhe.

Indem er dem Legen der neuen Stiegenbretter zuschaute und stillschweigend die dünnen tannenen Dielen abschätzte, fühlte er sich plötzlich beiseite geschoben, und als er sich gegen die Straße umkehrte, stand da ein Schlossergeselle mit einer großen Bockleiter, die er mit großer Mühe und vielen untergelegten Bretterstücken auf dem abschüssigen Straßenboden aufzustellen versuchte. Hürlin verfügte sich auf die andere Seite der Gasse hinüber, lehnte sich an den Prellstein und verfolgte die Tätigkeit des Schlossers mit großer Aufmerksamkeit. Dieser hatte nun seine Leiter aufgerichtet und gesichert, stieg hinauf und begann über der Haustüre am Mörtel herumzukratzen, um das alte Wirtsschild hinwegzunehmen. Seine Bemühungen erfüllten den Exfabrikanten mit Spannung und auch mit Wehmut, indem er der vielen unter diesem Wahrzeichen genossenen Schoppen und Schnäpse und der früheren Zeiten überhaupt gedachte. Es bereitete ihm keine kleine Freude, daß der schmiedeeiserne Schildarm so fest in der Wand saß und daß der Schlossergesell sich so damit abmühen mußte, ihn herunterzubringen. Es war doch unter dem armen alten Schilde oft heillos munter zugegangen! Als der Schlosser zu fluchen begann, schmunzelte der Alte, und als jener wieder daran zog und bog und wand und zerrte, in Schweiß geriet und fast von der Leiter stürzte, empfand der Zuschauer eine nicht geringe Genugtuung. Da ging der Geselle fort und kam nach einer Viertelstunde mit einer Eisensäge wieder. Hürlin sah wohl, daß es nun um den ehrwürdigen Zierat geschehen sei. Die Säge pfiff klingend in dem guten Eisen, und nach wenigen Augenblicken bog sich der eiserne Arm klagend ein wenig abwärts und fiel gleich darauf klingend und rasselnd aufs Pflaster.

Da kam Hürlin herüber. »Du, Schlosser«, bat er demütig, »gib mir das Ding! 's hat ja keinen Wert mehr.«

»Warum auch? Wer bist du denn?« schnauzte der Bursch.

»Ich bin doch von der gleichen Religion«, flehte Hürlin, »mein Alter war Schlosser, und ich bin auch einer gewesen. Gelt, gib's her!«

Der Geselle hatte indessen das Schild aufgehoben und betrachtet.

»Der Arm ist noch gut«, entschied er, »das war zu seiner Zeit keine schlechte Arbeit. Aber wenn du das Blechzeug willst, das hat keinen Wert mehr.«

Er riß den grünbemalten blechernen Blätterkranz, in welchem mit kupferig gewordenen und verbeulten Strahlen die goldene Sonne hing, herunter und gab ihn her. Der Alte bedankte sich und machte sich mit seiner Beute davon, um sie weiter oben im dicken Holdergebüsch vor fremder Habgier und Schaulust zu verbergen. So verbirgt nach verlorener Schlacht ein Paladin die Insignien der Herrschaft, um sie für bessere Tage und neue Glorien zu retten.

Wenige Tage darauf fand ohne viel Sang und Klang die Einweihung des dürftig hergerichteten neuen Armenhauses statt. Es waren ein paar Betten beschafft worden, der übrige Haushalt stammte noch von der Wirtsgant her, außerdem hatte ein Gönner in jedes der drei Schlafstüblein einen von gemalten Blumengewinden umgebenen Bibelspruch auf Pappdeckel gestiftet. Zu der ausgeschriebenen Hausvaterstelle hatten sich nicht viele Bewerber gemeldet, und die Wahl war sogleich auf Herrn Andreas Sauberle gefallen, einen verwitweten Wollstricker, der seinen Strickstuhl mitbrachte und sein Gewerbe weiter betrieb, denn die Stelle reichte knapp zum Leben aus, und er hatte keine Lust, auf seine alten Tage einmal selber ein Sonnenbruder zu werden.

Als der alte Hürlin seine Stube angewiesen bekam, unterzog

er sie sogleich einer genauen Besichtigung. Er fand ein gegen das Höflein gehendes Fenster, zwei Türen, ein Bett, eine Truhe, zwei Stühle, einen Nachttopf, einen Kehrbesen und einen Staubwischlappen vor, ferner ein mit Wachstuch bezogenes Eckbrett, auf welchem ein Wasserglas, ein blechernes Waschbecken, eine Kleiderbürste und ein Neues Testament lagen und standen. Er befühlte das solide Bettzeug, probierte die Bürste an seinem Hut, hielt Glas und Becken prüfend gegen das Tageslicht, setzte sich versuchsweise auf beide Stühle und fand, es sei alles befriedigend und in Ordnung. Nur der stattliche Wandspruch mit den Blumen wurde von ihm mißbilligt. Er sah ihn eine Weile höhnisch an, las die Worte: »Kindlein, liebet euch untereinander!« und schüttelte unzufrieden den struppigen Kopf. Dann riß er das Ding herunter und hängte mit vieler Sorgfalt an dessen Stelle das alte Sonnenschild auf, das er als einziges Wertstück in die neue Wohnung mitgebracht hatte. Aber da kam gerade der Hausvater wieder herein und gebot ihm scheltend, den Spruch wieder an seinen Platz zu hängen. Die Sonne wollte er mitnehmen und wegwerfen, aber Karl Hürlin klammerte sich ingrimmig daran, trotzte zeternd auf sein Eigentumsrecht und verbarg nachher die Trophäe schimpfend unter der Bettstatt.

Das Leben, das mit dem folgenden Tage seinen Anfang nahm, entsprach nicht ganz seinen Erwartungen und gefiel ihm zunächst keineswegs. Er mußte des Morgens um sieben Uhr aufstehen und zum Kaffee in die Stube des Strickers kommen, dann sollte das Bett gemacht, das Waschbecken gereinigt, die Stiefel geputzt und die Stube sauber aufgeräumt werden. Um zehn Uhr gab es ein Stück Schwarzbrot, und dann sollte die gefürchtete Spittelarbeit losgehen. Es war im Hof eine große Ladung buchenes Holz angefahren, das sollte gesägt und gespalten werden.

Da es noch weit hin bis zum Winter war, hatte es Hürlin mit dem Holz nicht eben eilig. Langsam und vorsichtig legte er ein Buchenscheit auf den Bock, rückte es sorgfältig und umständlich zurecht und besann sich eine Weile, wo er es zuerst ansägen solle, rechts oder links oder in der Mitte. Dann setzte er behutsam die Säge an, stellte sie noch einmal weg, spuckte in die Hände und nahm dann die Säge wieder vor. Nun tat er drei, vier Striche, etwa eine Fingerbreite tief ins Holz, zog aber sogleich die Säge wieder weg und prüfte sie aufs peinlichste, drehte am Strick, befühlte das Sägeblatt, stellte es etwas schiefer, hielt es lange blinzelnd vors Auge, seufzte alsdann tief auf und rastete ein wenig. Hierauf begann er von neuem und sägte einen halben Zoll tief, aber da wurde es ihm unerträglich warm, und er mußte seinen Rock ausziehen. Das vollführte er langsam und mit Bedacht, suchte auch eine gute Weile nach einem sauberen und sicheren Ort, um den Rock dahin zu legen. Als dies doch endlich geschehen war, fing er wieder an zu sägen, jedoch nicht lange, denn nun war die Sonne übers Dach gestiegen und schien ihm gerade ins Gesicht. Also mußte er den Bock und das Scheit und die Säge, jedes Stück einzeln, an einen anderen Platz tragen, wo noch Schatten war; dies brachte ihn in Schweiß, und nun brauchte er sein Sacktuch, um sich die Stirne abzuwischen. Das Tuch war aber in keiner Tasche, und da fiel ihm ein, er habe es ja im Rock gehabt, und so ging er denn dort hinüber, wo der Rock lag, breitete ihn säuberlich auseinander, suchte und fand das farbige Nastuch, wischte den Schweiß ab und schneuzte auch gleich, brachte das Tuch wieder unter, legte den Rock mit Aufmerksamkeit zusammen und kehrte erfrischt zum Sägebock zurück. Hier fand er nun bald, er habe vorher das Sägeblatt vielleicht doch allzu schräg gestellt, daher operierte er von neuem lange daran herum und sägte schließlich unter großem Stöhnen das Scheit vollends durch. Aber nun war es Mittag geworden und läutete vom Turm, und eilig zog er den Rock an, stellte die Säge beiseite und verfügte sich ins Haus zum Essen.

»Pünktlich seid Ihr, das muß man Euch lassen«, sagte der Stricker. Die Lauffrau trug die Suppe herein, danach gab es noch Wirsing und eine Scheibe Speck, und Hürlin langte fleißig zu. Nach Tisch sollte das Sägen wieder losgehen, aber da weigerte er sich entschieden.

»Das bin ich nicht gewöhnt«, sagte er entrüstet und blieb dabei. »Ich bin jetzt todmüd und muß nun auch eine Ruhe haben.«

Der Stricker zuckte die Achseln und meinte: »Tut, was Ihr mögt, aber wer nichts arbeitet, bekommt auch kein Vesper. Um vier Uhr gibt's Most und Brot, wenn Ihr gesägt habt, im anderen Fall nichts mehr bis zur Abendsuppe.«

Most und Brot, dachte Hürlin und besann sich in schweren Zweifeln. Er ging auch hinunter und holte die Säge wieder hervor, aber da graute ihm doch vor der heißen mittäglichen Arbeit, und er ließ das Holz liegen, ging auf die Gasse hinaus, fand einen Zigarrenstumpen auf dem Pflaster, steckte ihn zu sich und stieg langsam die fünfzig Schritte bis zur Wegbiegung hinan. Dort hielt er veratmend an, setzte sich abseits der Straße an den schön erwärmten Rain, sah auf die vielen Dächer und auf den Marktplatz hinunter, konnte im Talgrund auch seine ehemalige Fabrik liegen sehen und weihte also diesen Platz als erster Sonnenbruder ein, an welchem seither bis auf heute so viele von seinen Kameraden und Nachfolgern ihre Sommernachmittage und oft auch die Vormittage und Abende versessen haben.

Die Beschaulichkeit eines von Sorgen und Plagen befreiten Alters, die er sich vom Aufenthalt im Spittel versprochen hatte und die ihm am Morgen bei der sauren Arbeit wie ein schönes Trugbild zerronnen war, fand sich nun allmählich ein. Die Gefühle eines für Lebzeiten vor Sorge, Hunger und Obdachlosigkeit gesicherten Pensionärs im Busen, beharrte er mollig faul im Rasen, fühlte auf seiner welken Haut die schöne Sonnenwärme, überblickte weithin den Schauplatz seiner früheren Umtriebe, Arbeit und Leiden und wartete ohne Ungeduld, bis jemand käme, den er um Feuer für seinen Zigarrenstumpen bitten könnte. Das schrille Blechgehämmer einer Spenglerwerkstatt, das ferne Amboßgeläut einer Schmiede, das leise Knarren entfernter Lastwagen stieg, mit einigem Straßenstaub und dünnem Rauch aus großen und kleinen Schornsteinen vermischt, zur Höhe herauf und zeigte an, daß drunten in der Stadt brav gehämmert, gefeilt, gearbeitet und geschwitzt würde, während Karl Hürlin in vornehmer Entrücktheit darüber thronte.

Um vier Uhr trat er leise in die Stube des Hausvaters, der den Hebel seiner kleinen Strickmaschine taktmäßig hin und her bewegte. Er wartete eine Weile, ob es nicht doch am Ende Most und Brot gäbe, aber der Stricker lachte ihn aus und schickte ihn weg. Da ging er enttäuscht an seinen Ruheplatz zurück, brummte vor sich hin, verbrachte eine Stunde oder mehr im Halbschlaf und schaute dann dem Abendwerden im engen Tale zu. Es war droben noch so warm und behaglich wie zuvor, aber seine gute Stimmung ließ mehr und mehr nach, denn trotz seiner Trägheit überfiel ihn die Langeweile, auch kehrten seine Gedanken unaufhörlich zu dem entgangenen Vesper zurück. Er sah ein hohes Schoppenglas voll Most vor sich stehen, gelb und glänzend und mit süßer Herbe duftend. Er stellte sich vor, wie er es in die Hand nähme, das kühle runde Glas, und wie er es ansetzte, und wie er zuerst einen vollen starken Schluck nehmen, dann aber langsam sparend schlürfen würde. Wütend seufzte er auf, sooft er aus dem schönen Traum erwachte, und sein ganzer Zorn richtete sich gegen den unbarmherzigen Hausvater, den Strikker, den elenden Knauser, Knorzer, Schinder, Seelenverkäufer und Giftjuden. Nachdem er genug getobt hatte, fing er an sich selber leid zu tun und wurde weinerlich, schließlich aber beschloß er, morgen zu arbeiten.

Er sah nicht, wie das Tal bleicher und von zarten Schatten erfüllt und wie die Wolken rosig wurden, noch die abendmilde, süße Färbung des Himmels und das heimliche Blauwerden der entfernteren Berge; er sah nur das ihm entgangene Glas Most, die morgen unabwendbar seiner harrende Arbeit und die Härte seines Schicksals. Denn in derartige Betrachtungen verfiel er jedesmal, wenn er einen Tag lang nichts zu trinken bekommen hatte. Wie es wäre, jetzt einen Schnaps zu haben, daran durfte er gar nicht denken.

Gebeugt und verdrossen stieg er zur Abendessenszeit ins Haus hinunter und setzte sich mürrisch an den Tisch. Es gab Suppe, Brot und Zwiebeln, und er aß grimmig, solange etwas in der Schüssel war, aber zu trinken gab es nichts. Und nach dem Essen saß er verlassen da und wußte nicht, was anfangen. Nichts zu trinken, nichts zu rauchen, nichts zu schwätzen! Der Stricker nämlich arbeitete bei Lampenlicht geschäftig weiter, um Hürlin unbekümmert.

Dieser saß eine halbe Stunde lang am leeren Tisch, horchte auf Sauberles klappernde Maschine, starrte in die gelbe Flamme der Hängelampe und versank in Abgründe von Unzufriedenheit, Selbstbedauern, Neid, Zorn und Bosheit, aus denen er keinen Ausweg fand noch suchte. Endlich überwältigte ihn die stille Wut und Hoffnungslosigkeit. Hoch ausholend hieb er mit der Faust auf die Tischplatte, daß es knallte, und rief: »Himmelsternkreuzteufelsludernoch'nmal!«

»Holla«, rief der Stricker und kam herüber, »was ist denn wieder los? Geflucht wird bei mir fein nicht!«

»Ja, was ins heiligs Teufels Namen soll man denn anfangen?«

»Ja so, Langeweile? Ihr dürft ins Bett.«
»So, auch noch? Um die Zeit schickt man kleine Buben ins Bett, nicht mich.«
»Dann will ich Euch eine kleine Arbeit holen.«
»Arbeit? Danke für die Schinderei, Ihr Sklavenhändler, Ihr!«
»Oha, nur kalt Blut! Aber da, lest was!«
Er legte ihm ein paar Bände aus dem dürftig besetzten Wandregal hin und ging wieder an sein Geschäft. Hürlin hatte durchaus keine Lust zum Lesen, nahm aber doch eins von den Büchern in die Hand und machte es auf. Es war ein Kalender, und er begann die Bilder darin anzusehen. Auf dem ersten Blatt war irgendeine phantastisch gekleidete ideale Frauen- oder Mädchengestalt als Titelfigur abgebildet, mit bloßen Füßen und offenen Locken. Hürlin erinnerte sich sogleich an ein Restlein Bleistift, das er besaß. Er zog es aus der Tasche, machte es naß und malte dem Frauenzimmer zwei große runde Brüste aufs Mieder, die er so lange mit immer wieder benetztem Bleistift nachfuhr, bis das Papier mürb war und zu reißen drohte. Er wendete das Blatt um und sah mit Befriedigung, daß der Abdruck seiner Zeichnung durch viele Seiten sichtbar war. Das nächste Bild, auf das er stieß, gehörte zu einem Märchen und stellte einen Kobold oder Wüterich mit bösen Augen, gefährlich kriegerischem Schnauzbart und aufgesperrtem Riesenmaul vor. Begierig netzte der Alte seinen Bleistift an der Lippe und schrieb mit großen deutlichen Buchstaben neben den Unhold die Worte: »Das ist der Stricker Sauberle, Hausvater.«
Er beschloß, womöglich das ganze Buch so zu vermalen und verschweinigeln. Aber die folgende Abbildung fesselte ihn so stark, und er vergaß sich darüber. Sie zeigte die Explosion einer Fabrik und bestand fast nur aus einem mächtigen Dampf- und Feuerkegel, um welchen und über welchem halbe und ganze Menschenleiber, Mauerstücke, Ziegel, Stühle, Balken und Latten durch die Lüfte sausten. Das zog ihn an und zwang ihn, sich die ganze Geschichte dazu auszudenken und sich namentlich vorzustellen, wie es den Emporgeschleuderten im Augenblick des Ausbruches zumut gewesen sein möchte. Darin lag ein Reiz und eine Befriedigung, die ihn lange in Atem hielten.
Als er seine Einbildungskraft an diesem aufregenden Bilde erschöpft hatte, fuhr er fort zu blättern und stieß bald auf ein

Bildlein, das ihn wieder festhielt, aber auf eine ganz andere Art. Es war ein lichter, freundlicher Holzschnitt: eine schöne Laube, an deren äußerstem Zweige ein Schenkenstern aushing, und über dem Stern saß mit geschwelltem Hals und offenem Schnäblein und sang ein kleiner Vogel. In der Laube aber erblickte man um einen Gartentisch eine kleine Gesellschaft junger Männer, Studenten oder Wanderburschen, die plauderten und tranken aus heiteren Glasflaschen einen guten Wein. Seitwärts sah man am Rande des Bildchens eine zerfallene Feste mit Tor und Türmen in den Himmel stehen, und in den Hintergrund hinein verlor sich eine schöne Landschaft, etwa das Rheintal, mit Strom und Schiffen und fernhin entschwindenden Höhenzügen. Die Zecher waren lauter junge, hübsche Leute, glatt oder mit jugendlichen Bärten, liebenswürdige und heitere Burschen, welche offenbar mit ihrem Wein die Freundschaft und die Liebe, den alten Rhein und Gottes blauen Sommerhimmel priesen. Zunächst erinnerte dieser Holzschnitt den einsamen und mürrischen Betrachter an seine besseren Zeiten, da er sich noch Wein hatte leisten können, und an die zahlreichen Gläser und Becher guten Getränkes, die er damals genossen hatte. Dann aber wollte es ihm vorkommen, so vergnügt und herzlich heiter wie diese jungen Zecher sei er doch niemals gewesen, selbst nicht vorzeiten in den leichtblütigen Wanderjahren, da er noch als junger Schlossergeselle unterwegs gewesen war. Diese sommerliche Fröhlichkeit in der Laube, diese hellen, guten und freudigen Jünglingsgesichter machten ihn traurig und zornig; er zweifelte, ob alles nur die Erfindung eines Malers sei, verschönert und verlogen, oder ob es auch in Wirklichkeit etwa irgendwo solche Lauben und so hübsche, frohe und sorgenlose junge Leute gebe. Ihr heiterer Anblick erfüllte ihn mit Neid und Sehnsucht, und je länger er sie anschaute, desto mehr hatte er die Empfindung, er blicke durch ein schmales Fensterlein für Augenblicke in eine andere Welt, in ein schöneres Land und zu freieren und gütigeren Menschen hinüber, als ihm jemals im Leben begegnet waren. Er wußte nicht, in was für ein fremdes Reich er hineinschaue und daß er dieselbe Art von Gefühlen habe wie Leute, die in Dichtungen lesen. Diese Gefühle als etwas Süßes auszukosten, verstand er vollends nicht, also klappte er das Büchlein zu, schmiß es zornig auf den Tisch, brummte unwillig gut Nacht und begab sich in seine Stube hinüber, wo über Bett und Diele und Truhe das Mondzwielicht hingebreitet lag und in dem gefüllten Waschbecken leise leuchtete. Die große Stille zu der noch frühen Stunde, das ruhige Mondlicht und das leere, für eine bloße Schlafstelle fast zu große Zimmer riefen in dem alten Rauhbein ein Gefühl von unerträglicher Vereinsamung hervor, dem er leise murmelnd und fluchend erst spät in das Land des Schlummers entrann.

Es kamen nun Tage, an denen er Holz sägte und Most und Brot bekam, wechselnd mit Tagen, an denen er faulenzte und ohne Vesper blieb. Oft saß er oben am Straßenrain, giftig und ganz mit Bosheit geladen, spuckte auf die Stadt hinab und trug Groll und Verbitterung in seinem Herzen. Das ersehnte Gefühl, bequem in einem sicheren Hafen zu liegen, blieb aus, und stattdessen kam er sich verkauft und verraten vor, führte Gewaltszenen mit dem Stricker auf oder fraß das Gefühl der Zurücksetzung und Unlust und Langeweile still in sich hinein.

Mittlerweile lief der Pensionstermin eines der in Privathäusern versorgten Stadtarmen ab, und eines Tages rückte in der »Sonne« als zweiter Gast der frühere Seilermeister Lukas Heller ein.

Wenn die schlechten Geschäfte aus Hürlin einen Trinker gemacht hatten, war es mit diesem Heller umgekehrt gegangen. Auch war er nicht wie jener plötzlich aus Pracht und Reichtum herabgestürzt, sondern hatte sich langsam und stetig vom bescheidenen Handwerksmann zum unbescheidenen Lumpen heruntergetrunken, wovor ihn auch sein tüchtiges und energisches Weib nicht hatte retten können. Vielmehr war sie, die ihm an Kräften weit überlegen schien, dem nutzlosen Kampf erlegen und längst gestorben, während ihr nichtsnutziger Mann sich einer zähen Gesundheit erfreute. Natürlich war er überzeugt, daß er mit dem Weib so gut wie mit der Seilerei ein unbegreifliches Pech gehabt und nach seinen Gaben und Leistungen ein ganz anderes Schicksal verdient habe.

Hürlin hatte die Ankunft dieses Mannes mit der sehnlichsten Spannung erwartet, denn er war nachgerade des Alleinseins unsäglich müd geworden. Als Heller aber anrückte, tat der Fabrikant vornehm und machte sich kaum mit ihm zu schaffen. Er schimpfte sogar darüber, daß Hellers Bett in seine Stube gestellt wurde, obwohl er heimlich froh daran war.

Nach der Abendsuppe griff der Seiler, da sein Kamerad so störrisch schweigsam war, zu einem Buch und fing zu lesen an. Hürlin saß ihm gegenüber und warf ihm mißtrauisch beobachtende Blicke zu. Einmal, als der Lesende über irgend etwas Witziges lachen mußte, hatte der andere große Lust, ihn danach zu fragen. Aber als Heller im gleichen Augenblick vom Buch aufschaute, offenbar bereit, den Witz zu erzählen, schnitt Hürlin sofort ein finsteres Gesicht und tat, als sei er ganz in die Betrachtung einer über den Tisch hinwegkriechenden Mücke versunken.
So blieben sie hocken, den ganzen langen Abend. Der eine las und blickte zuweilen plaudersüchtig auf, der andere beobachtete ihn ohne Pause, wandte aber den Blick stolz zur Seite, so oft jener herüberschaute. Der Hausvater strickte unverdrossen in die Nacht hinein. Hürlins Mienenspiel wurde immer verbissener, obwohl er eigentlich seelenfroh war, nun nicht mehr allein in der Schlafstube liegen zu müssen. Als es zehn Uhr schlug, sagte der Hausvater: »Jetzt könntet ihr auch ins Bett gehen, ihr zwei.« Beide standen auf und gingen hinüber.
Während die beiden Männlein in der halbdunklen Stube sich langsam und steif entkleideten, schien Hürlin die rechte Zeit gekommen, um ein prüfendes Gespräch anzubinden und über den langersehnten Haus- und Leidensgenossen ins klare zu kommen.
»Also jetzt sind wir zu zweit«, fing er an und warf seine Weste auf den Stuhl.
»Ja«, sagte Heller.
»Eine Saubude ist's«, fuhr der andere fort.
»So? Weißt's gewiß?«
»Ob ich's weiß! – Aber jetzt muß ein Leben reinkommen, sag ich, jetzt! Jawohl.«
»Du«, fragte Heller, »ziehst du's Hemd aus in der Nacht oder behältst's an?«
»Im Sommer zieh ich's aus.«
Auch Heller zog sein Hemd aus und legte sich nackt ins krachende Bett. Er begann laut zu schnaufen. Aber Hürlin wollte noch mehr erfahren.
»Schlafst schon, Heller?«
»Nein.«
»Pressiert auch nicht so. – Gelt, du bist'n Seiler?«

»Gewesen, ja. Meister bin ich gewesen.«
»Und jetzt?«
»Und jetzt – kannst du mich gern haben, wenn du dumme Fragen tust.«
»Jerum, so spritzig! Narr, du bist wohl Meister gewesen, aber das ist noch lange nichts. Ich bin Fabrikant gewesen. Fabrikant, verstanden?«
»Mußt nicht so schreien, ich weiß schon lang. Und nachher, was hast denn nachher fabriziert?«
»Wieso nachher?«
»Frag auch noch! Im Zuchthaus mein ich.«
Hürlin meckerte belustigt.
»Du bist wohl'n Frommer, was. So ein Hallelujazapfen?«
»Ich? Das fehlt gerad noch! Fromm bin ich nicht, aber im Zuchthaus bin ich auch noch nicht gewesen.«
»Hättest auch nicht hineingepaßt. Da sind meistens ganz feine Herren.«
»O jegerle, so feine Herren wie du einer bist? Freilich, da hätt ich mich geniert.«
»'S redet ein jeder, wie er's versteht oder nicht versteht.«
»Ja, das mein ich auch.«
»Also, sei gescheit, du! Warum hast du die Seilerei aufgesteckt?«
»Ach, laß mich in Ruh! Die Seilerei war schon recht, der Teufel ist aber ganz woanders gesessen. Das Weib war schuld.«
»Das Weib? – Hat sie gesoffen?«
»Das hätte noch gefehlt! Nein, gesoffen hab ich, wie's der Brauch ist, und nicht das Weib. Aber sie ist schuld gewesen.«
»So? Was hat sie denn angestellt?«
»Frag nicht so viel!«
»Hast auch Kinder?«
»Ein Bub. In Amerika.«
»Der hat recht. Dem geht's besser als uns.«
»Ja, wenn's nur wahr wär. Um Geld schreibt er, der Dackel! Hat auch geheiratet. Wie er fortgegangen ist, sag ich zu ihm: Frieder, sag ich, mach's gut und bleib gesund; hantier, was du magst, aber wenn du heiratest, geht's Elend los. – Jetzt hockt er drin. Gelt, du hast kein Weib gehabt?«

»Nein. Siehst, man kann auch ohne Weib ins Pech kommen. Was meinst?«
»Danach man einer ist. Ich wär heut noch Meister, wenn die Dundersfrau nicht gewesen wär.«
»Na ja!«
»Hast du was gesagt?«
Hürlin schwieg still und tat so, als wäre er eingeschlafen. Eine warnende Ahnung sagte ihm, daß der Seiler, wenn er erst einmal recht angefangen habe, über sein Weib loszuziehen, kein Ende finden würde.
»Schlaf nur, Dickkopf!« rief Heller herüber. Er ließ sich aber nimmer reizen, sondern stieß eine Weile künstlich große Atemzüge aus, bis er wirklich schlief.
Der Seiler, der mit seinen sechzig Jahren schon einen kürzeren Schlummer hatte, wachte am folgenden Morgen zuerst auf. Eine halbe Stunde blieb er liegen und starrte die weiße Stubendecke an. Dann stieg er, der sonst schwerfällig und steif von Gliedern erschien, leise wie ein Morgenlüftchen aus seinem Bett, lief barfuß und unhörbar zu Hürlins Lagerstatt hinüber und machte sich an dessen über den Stuhl gebreiteten Kleidern zu schaffen. Er durchsuchte sie mit Vorsicht, fand aber nichts darin, als das Bleistiftstümpchen in der Westentasche, das er herausnahm und für sich behielt. Ein Loch im Strumpf seines Schlafkameraden vergrößerte er mit Hilfe beider Daumen um ein Beträchtliches. Sodann kehrte er sachte in sein warmes Bett zurück und regte sich erst wieder, als Hürlin schon erwacht und aufgestanden war und ihm ein paar Wassertropfen ins Gesicht spritzte, da sprang er hurtig auf, kroch in die Hosen und sagte guten Morgen. Mit dem Ankleiden hatte er es gar nicht eilig, und als der Fabrikant ihn antrieb, vorwärts zu machen, rief er behaglich: »Ja, geh nur einstweilen hinüber, ich komm schon auch bald.« Der andere ging, und Heller atmete erleichtert auf. Er griff behende zum Waschbecken und leerte das klare Wasser zum Fenster in den Hof hinaus, denn vor dem Waschen hatte er ein tiefes Grauen. Als er sich dieser ihm widerstrebenden Handlung entzogen hatte, war er im Umsehen mit dem Ankleiden fertig und hatte es eilig, zum Kaffee zu kommen.
Bettmachen, Zimmeraufräumen und Stiefelputzen ward besorgt, natürlich ohne Hast und mit reichlichen Plauderpausen.

Dem Fabrikanten schien das alles zu zweien doch freundlicher und bequemer zu gehen als früher allein. Sogar die unentrinnbar bevorstehende Arbeit flößte ihm heute etwas weniger Schrecken ein als sonst, und er ging, wenn auch zögernd, mit fast heiterer Miene auf die Mahnung des Hausvaters mit dem Seiler ins Höflein hinunter.

Trotz heftiger Entrüstungsausbrüche des Strickers und trotz seines zähen Kampfes mit der Unlust des Pfleglings war in den vergangenen paar Wochen an dem Holzvorrat kaum eine wahrnehmbare Veränderung vor sich gegangen. Die Beuge schien noch so groß und so hoch wie je, und das in der Ecke liegende Häuflein zersägter Rollen, kaum zwei Dutzend, erinnerte etwa an die in einer Laune begonnene und in einer neuen Laune liegengelassene spielerische Arbeit eines Kindes.

Nun sollten die beiden Grauköpfe zu zweien daran arbeiten; es galt, sich ineinander zu finden und einander in die Hände zu schaffen, denn es war nur ein einziger Sägbock und auch nur eine Säge vorhanden. Nach einigen vorbereitenden Gebärden, Seufzern und Redensarten überwanden die Leutlein denn auch ihr inneres Sträuben und schickten sich an, das Geschäft in die Hand zu nehmen. Und nun zeigte sich leider, daß Karl Hürlins frohe Hoffnungen eitel Träume gewesen waren, denn sogleich trat in der Arbeitsweise der beiden ein tiefer Wesensunterschied zutage.

Jeder von ihnen hatte seine besondere Art, tätig zu sein. In beider Seelen mahnte nämlich, neben der eingebornen Trägheit, ein Rest von Gewissen schüchtern zum Fleißigsein; wenigstens wollten beide zwar nicht wirklich arbeiten, aber doch vor sich selber den Anschein gewinnen, als seien sie etwas nütze. Dies erstrebten sie nun auf durchaus verschiedene Weise, und es trat hier in diesen abgenützten und scheinbar vom Schicksal zu Brüdern gemachten Männern ein unerwarteter Zwiespalt der Anlagen und Neigungen hervor.

Hürlin hatte die Methode, zwar so gut wie nichts zu leisten, aber doch fortwährend sehr beschäftigt zu sein oder zu scheinen. Ein einfacher Handgriff wurde bei ihm zu einem höchst verwickelten Manöver, indem mit jeder noch so kleinen Bewegung ein sparsam zähes Ritardando verschwistert war; überdies erfand und übte er zwischen zwei einfachen Bewegungen, beispielsweise zwischen dem Ergreifen und dem Ansetzen der Säge, beständig ganze Reihen von wertlosen und mühelosen Zwischentätigkeiten und war immer vollauf beschäftigt, sich durch solche unnütze Plempereien die eigentliche Arbeit möglichst noch ein wenig vom Leibe zu halten. Darin glich er einem Verurteilten, der dies und das und immer noch etwas ausheckt, was noch geschehen und stattfinden und getan und besorgt werden muß, ehe es ans Erleiden des Unvermeidlichen geht. Und so gelang es ihm wirklich, die vorgeschriebenen Stunden mit einer ununterbrochenen Geschäftigkeit auszufüllen und es zu einem Schimmer von ehrlichem Schweiß zu bringen, ohne doch eine nennenswerte Arbeit zu tun.

In diesem eigentümlichen, jedoch praktischen System hatte er gehofft, von Heller verstanden und unterstützt zu werden, und fand sich nun völlig enttäuscht. Der Seiler nämlich befolgte, seinem inneren Wesen entsprechend, eine entgegengesetzte Methode. Er steigerte sich durch krampfhaften Entschluß in einen schäumenden Furor hinein, stürzte sich mit Todesverachtung in die Arbeit und wütete, daß der Schweiß rann und die Späne flogen. Aber das hielt nur Minuten an, dann war er erschöpft, hatte sein Gewissen befriedigt und rastete tatenlos zusammengesunken, bis nach geraumer Zeit der Raptus wieder kam und wieder wütete und verrauchte. Die Resultate dieser Arbeitsart übertrafen die des Fabrikanten nicht erheblich.

Unter solchen Umständen mußte von den beiden jeder dem andern zum schweren Hindernis und Ärgernis werden. Die gewaltsame und hastige, ruckweise einsetzende Art des Heller war dem Fabrikanten im Innersten zuwider, während dessen stetig träges Schäffeln wieder jenem ein Greuel war. Wenn der Seiler einen seiner wütenden Anfälle von Fleiß bekam, zog sich der erschreckte Hürlin einige Schritte weit zurück und schaute verächtlich zu, indessen jener keuchend und schwitzend sich abmühte und doch noch einen Rest von Atem übrigbehielt, um Hürlin seine Faulenzerei vorzuwerfen.

»Guck nur«, schrie er ihn an, »guck nur, faules Luder, Tagdieb du! Gelt, das gefällt dir, wenn sich andere Leut für dich abschinden? Natürlich, der Herr ist ja Fabrikant! Ich glaub, du wärst imstand und tätest vier Wochen am gleichen Scheit herumsägen.«

Weder die Ehrenrührigkeit noch die Wahrheit dieser Vorwürfe regte Hürlin stark auf, dennoch blieb er dem Seiler nichts schuldig. Sobald Heller ermattet beiseite hockte, gab er ihm sein Schimpfen heim. Er nannte ihn Dickkopf, Ladstock, Hauderer, Seilersdackel, Turmspitzenvergolder, Kartoffelkönig, Allerweltsdreckler, Schoote, Schlangenfänger, Mohrenhäuptling, alte Schnapsbouteille und erbot sich mit herausfordernden Gesten, ihm so lang auf seinen Wasserkopf zu hauen, bis er die Welt für ein Erdäpfelgemüs und die zwölf Apostel für eine Räuberbande ansähe. Zur Ausführung solcher Drohungen kam es natürlich nie, sie waren rein oratorische Leistungen und wurden auch vom Gegner als nichts anderes betrachtet. Ein paarmal verklagten sie einander beim Hausvater, aber Sauberle war gescheit genug, sich das gründlich zu verbitten.

»Kerle«, sagte er ärgerlich, »ihr seid doch keine Schulbuben mehr. Auf so Stänkereien laß ich mich nicht ein; fertig, basta!«

Trotzdem kamen beide wieder, jeder für sich, um einander zu verklagen. Da bekam beim Mittagessen der Fabrikant kein Fleisch, und als er trotzig aufbegehrte, meinte der Stricker: »Regt Euch nicht so auf. Hürlin, Strafe muß sein. Der Heller hat mir erzählt, was Ihr wieder für Reden geführt habt.« Der Seiler triumphierte über diesen unerwarteten Erfolg nicht wenig. Aber abends ging es umgekehrt. Heller bekam keine Suppe, und die zwei Schlaumeier merkten, daß sie überlistet waren. Von da an hatte die Angeberei ein Ende.

Untereinander aber ließen sie sich keine Ruhe. Nur selten einmal, wenn sie nebeneinander am Rain droben kauerten und den Vorübergehenden ihre faltigen Hälse nachstreckten, spann sich vielleicht für eine Stunde eine flüchtige Seelengemeinschaft zwischen ihnen an, indem sie miteinander über den Lauf der Welt, über den Stricker, über die Armenpflege und über den dünnen Kaffee im Spittel räsonierten oder ihre kleinen idealen Güter austauschten, welche bei dem Seiler in einer bündigen Psychologie über Weiber, bei Hürlin hingegen aus Wandererinnerungen und phantastischen Plänen zu Finanzspekulationen großen Stils bestanden.

»Siehst du, wenn halt einer heiratet –«, fing es bei Heller allemal an. Und Hürlin, wenn an ihm die Reihe war, begann stets: »Tau-

send Mark wenn mir einer lehnte –« oder: »Wie ich dazumal in Solingen drunten war …« Drei Monate hatte er vor Jahren einmal dort gearbeitet, aber es war erstaunlich, was ihm alles gerade in Solingen passiert und zu Gesicht gekommen war.
Wenn sie sich müdgesprochen hatten, nagten sie schweigend an ihren meistens kalten Pfeifen, legten die Arme auf die spitzen Knie, spuckten in ungleichen Zwischenräumen auf die Straße und stierten an den krummen alten Apfelbaumstämmen vorüber in die Stadt hinunter, deren Auswürflinge sie waren und der sie Schuld an ihrem Unglück gaben. Da wurden sie wehmütig, seufzten, machten mutlose Handbewegungen und fühlten, daß sie alt und erloschen seien. Dieses dauerte stets so lange, bis die Wehmut wieder in Bosheit umschlug, wozu meistens eine halbe Stunde hinreichte. Dann war es gewöhnlich Lukas Heller, der den Reigen eröffnete, zuerst mit irgendeiner Neckerei.
»Sieh einmal da drunten!« rief er und deutete talwärts.
»Was denn?« brummte der andere.
»Mußt auch noch fragen! Ich weiß, was ich sehe.«
»Also was, zum Dreihenker?«
»Ich sehe die sogenannte Walzenfabrik von weiland Hürlin und Schwindelmeier, jetzt Dalles und Kompanie. Reiche Leute das, reiche Leute!«
»Kannst mich im ›Adler‹ treffen!« murmelte Hürlin.
»So? Danke schön.«
»Willst mich falsch machen?«
»Tut gar nicht not, bist's schon.«
»Dreckiger Seilersknorze, du!«
»Zuchthäusler!«
»Schnapslump!«
»Selber einer! Du hast's grad nötig, daß du ordentliche Leute schimpfst.«
»Ich schlag dir sieben Zähne ein.«
»Und ich hau dich lahm, du Bankröttler, du naseweiser!«
Damit war das Gefecht eröffnet. Nach Erschöpfung der ortsüblichen Schimpfnamen und Schandwörter erging sich die Phantasie der beiden Hanswürste in üppigen Neubildungen von verwegenem Klange, bis auch dies Kapital aufgebraucht war und die zwei Kampfhähne erschöpft und erbittert hintereinander her ins Haus zurückzottelten.

Jeder hatte keinen anderen Wunsch, als den Kameraden möglichst unterzukriegen und sich ihm überlegen zu fühlen, aber wenn Hürlin der Gescheitere war, so war Heller der Schlauere, und da der Stricker keine Partei nahm, wollte keinem ein rechter Trumpf gelingen. Die geachtetere und angenehmere Stellung im Spittel einzunehmen, war beider sehnliches Verlangen; sie verwandten darauf so viel Nachdenken und Zähigkeit, daß mit der Hälfte davon ein jeder, wenn er sie seinerzeit nicht gespart hätte, sein Schifflein hätte flott erhalten können, anstatt ein Sonnenbruder zu werden.

Unterdessen war die große Holzladung im Hof langsam kleiner geworden. Den Rest hatte man für später liegen lassen und einstweilen andere Geschäfte vorgenommen. Heller arbeitete tagweise in des Stadtschultheißen Garten, und Hürlin war unter hausväterlicher Aufsicht mit friedlichen Tätigkeiten, wie Salatputzen, Linsenlesen, Bohnenschnitzeln und dergleichen, beschäftigt, wobei er sich nicht zu übernehmen brauchte und doch etwas nütze sein konnte. Darüber schien die Feindschaft der Spittelbrüder langsam heilen zu wollen, da sie nicht mehr den ganzen Tag beisammen waren. Auch bildete jeder sich ein, man habe ihm gerade diese Arbeit seiner besonderen Vorzüge wegen zugeteilt und ihm damit über den andern einen Vorrang zugestanden. So zog sich der Sommer hin, bis schon das Laub braun anzulaufen begann.

Da begegnete es dem Fabrikanten, als er eines Nachmittags allein im Torgang saß und sich schläfrig die Welt betrachtete, daß ein Fremder den Berg herunterkam, vor der »Sonne« stehenblieb und ihn fragte, wo es zum Rathaus gehe. Hürlin lief zwei Gassen weit mit, stand dem Fremden Rede und bekam für seine Mühe zwei Zigarren geschenkt. Er bat den nächsten Fuhrmann um Feuer, steckte eine an und kehrte an seinen Schattenplatz bei der Haustüre zurück, wo er mit überschwenglichen Lustgefühlen sich dem lang entbehrten Genusse der guten Zigarre hingab, deren letzten Rest er schließlich noch im Pfeiflein aufrauchte, bis nur noch Asche und ein paar braune Tropfen übrig waren. Am Abend, da der Seiler vom Schulzengarten kam und wie gewöhnlich viel davon zu erzählen wußte, was für feinen Birnenmost und Weißbrot und Rettiche er zum Vesper gekriegt und wie nobel man ihn behandelt hatte, da berichtete Hürlin auch sein

Abenteuer mit ausführlicher Beredsamkeit, zu Hellers großem Neide.
»Und wo hast denn jetzt die Zigarren?« fragte dieser alsbald mit Interesse.
»Geraucht hab ich sie«, lachte Hürlin protzig.
»Alle beide?«
»Jawohl, alter Schwed, alle beide.«
»Auf einmal?«
»Nein, du Narr, sondern auf zweimal, eine hinter der anderen.«
»Ist's wahr?«
»Was soll's nicht wahr sein?«
»So«, meinte der Seiler, der es nicht glaubte, listig, »dann will ich dir was sagen. Du bist nämlich ein Rindvieh, und kein kleines.«
»So? Warum denn?«
»Hättest eine aufgehebt, dann hättest morgen auch was gehabt. Was hast jetzt davon?«
Das hielt der Fabrikant nicht aus. Grinsend zog er die noch übrige Zigarre aus der Brusttasche und hielt sie dem neidischen Seiler vors Auge, um ihn vollends recht zu ärgern.
»Siehst was? Ja gelt, so gottverlassen dumm bin ich auch nicht, wie du meinst.«
»So so. Also da ist noch eine. Zeig einmal!«
»Halt da, wenn ich nur müßte!«
»Ach was, bloß ansehen! Ich versteh mich darauf, ob's eine feine ist. Du kriegst sie gleich wieder.«
Da gab ihm Hürlin die Zigarre hin, er drehte sie in den Fingern herum, hielt sie an die Nase, roch daran und sagte, indem er sie ungern zurückgab, mitleidig: »Da, nimm sie nur wieder. Von der Sorte bekommt man zwei für den Kreuzer.«
Es entspann sich nun ein Streiten um die Güte und den Preis der Zigarre, das bis zum Bettgehen dauerte. Beim Auskleiden legte Hürlin den Schatz auf sein Kopfkissen und bewachte ihn ängstlich. Heller höhnte: »Ja, nimm sie nur mit ins Bett! Vielleicht kriegt sie Junge.« Der Fabrikant gab keine Antwort, und als jener im Bett lag, legte er die Zigarre behutsam auf den Fenstersims und stieg dann gleichfalls zu Nest. Wohlig streckte er sich aus und durchkostete vor dem Einschlafen noch einmal in der Erinnerung den Genuß vom Nachmittag, wo er den feinen

Rauch so stolz und prahlend in die Sonne geblasen hatte und wo mit dem guten Dufte ein Rest seiner früheren Herrlichkeit und Großmannsgefühle in ihm aufgewacht waren. Und dann schlief er ein, und während der Traum ihm das Bild jener versunkenen Glanzzeit vollends in aller Glorie zurückbeschwor, streckte er schlafend seine gerötete Nase mit der Weltverachtung seiner besten Zeiten in die Lüfte.

Allein mitten in der Nacht wachte er ganz wider alle Gewohnheit plötzlich auf, und da sah er im halben Licht den Seilersmann zu Häupten seines Bettes stehen und die magere Hand nach der auf dem Sims liegenden Zigarre ausstrecken.

Mit einem Wutschrei warf er sich aus dem Bett und versperrte dem Missetäter den Rückweg. Eine Weile wurde kein Wort gesprochen, sondern die beiden Feinde standen einander regungslos und fasernackend gegenüber, musterten sich mit durchbohrenden Zornblicken und wußten selber nicht, war es Angst oder Übermaß der Überraschung, daß sie einander nicht schon an den Haaren hatten.

»Leg die Zigarre weg!« rief endlich Hürlin keuchend.

Der Seiler rührte sich nicht.

»Weg legst sie!« schrie der andere noch einmal, und als Heller wieder nicht folgte, holte er aus und hätte ihm ohne Zweifel eine saftige Ohrfeige gegeben, wenn der Seiler sich nicht beizeiten gebückt hätte. Dabei entfiel demselben aber die Zigarre, Hürlin wollte eiligst nach ihr langen, da trat Heller mit der Ferse drauf, daß sie mit leisem Knistern in Stücke ging. Jetzt bekam er vom Fabrikanten einen Puff in die Rippen, und es begann eine Balgerei. Es war zum erstenmal, daß die beiden handgemein wurden, aber die Feigheit wog den Zorn so ziemlich auf, und es kam nichts Erkleckliches dabei heraus. Bald trat der eine einen Schritt vor und bald der andere, so schoben die nackten Alten ohne viel Geräusch in der Stube herum, als übten sie einen Tanz, und jeder war ein Held, und keiner bekam Hiebe. Das ging so lange, bis in einem günstigen Augenblick dem Fabrikanten seine leere Waschschüssel in die Hand geriet; er schwang sie wild über sich durch die Luft und ließ sie machtvoll auf den Schädel seines unbewaffneten Feindes herabsausen. Dieser Hauptschlag mit der Blechschüssel gab einen so kriegerisch schmetternden Klang durchs ganze Haus, daß sogleich die Türe ging, der Hausvater im Hemd hereintrat und mit Schimpfen und Lachen vor den Zweikämpfern stehenblieb.

»Ihr seid doch die reinen Lausbuben«, rief er scharf, »boxt euch da splitternackt in der Bude herum, so zwei alte Geißböcke! Packt euch ins Bett, und wenn ich noch einen Ton hör, könnt ihr euch gratulieren.«

»Gestohlen hat er« – schrie Hürlin, vor Zorn und Beleidigung fast heulend. Er ward aber sofort unterbrochen und zur Ruhe verwiesen. Die Geißböcke zogen sich murrend in ihre Betten zurück, der Stricker horchte noch eine kleine Weile vor der Türe, und auch als er fort war, blieb in der Stube alles still. Neben dem Waschbecken lagen die Trümmer der Zigarre am Boden, durchs Fenster sah die blasse Spätsommernacht herein, und über den beiden tödlich ergrimmten Taugenichtsen hing an der Wand von Blumen umrankt der Spruch: »Kindlein, liebet euch untereinander!«

Wenigstens einen kleinen Triumph trug Hürlin am andern Tage aus dieser Affäre davon. Er weigerte sich standhaft, fernerhin mit dem Seiler nachts die Stube zu teilen, und nach hartnäckigem Widerstand mußte der Stricker sich dazu verstehen, jenem das andere Stübchen anzuweisen. So war der Fabrikant wieder zum Einsiedler geworden, und so gerne er die Gesellschaft des Seilermeisters los war, machte es ihn doch schwermütig, so daß er zum erstenmal deutlich spürte, in was für eine hoffnungslose Sackgasse ihn das Schicksal auf seine alten Tage gestoßen hatte.

Das waren keine fröhlichen Vorstellungen. Früher war er, ging es wie es mochte, doch wenigstens frei gewesen, hatte auch in den elendesten Zeiten je und je noch ein paar Batzen fürs Wirtshaus gehabt und konnte, wenn er nur wollte, jeden Tag wieder auf die Wanderschaft gehen. Jetzt aber saß er da, rechtlos und bevogtet, bekam niemals einen blutigen Batzen zu sehen und hatte in der Welt nichts mehr vor sich, als vollends alt und mürb zu werden und zu seiner Zeit sich hinzulegen.

Er begann, was er sonst nie getan hatte, von seiner hohen Warte am Straßenrain über die Stadt hinweg das Tal hinab und hinauf zu äugen, die weißen Landstraßen mit dem Blick zu messen und den fliegenden Vögeln und Wolken, den vorbeifahrenden Wagen und den ab- und zugehenden Fußwanderern mit Sehnsucht nachzublicken. Für die Abende gewöhnte er sich nun sogar das

Lesen an, aber aus den erbaulichen Geschichten der Kalender und frommen Zeitschriften heraus hob er oft fremd und bedrückt den Blick, erinnerte sich an seine jungen Jahre, an Solingen, an seine Fabrik, ans Zuchthaus, an die Abende in der ehemaligen »Sonne« und dachte immer wieder daran, daß er nun allein sei, hoffnungslos allein.

Der Seiler Heller musterte ihn mit bösartigen Seitenblicken, versuchte aber nach einiger Zeit doch den Verkehr wieder ins Geleise zu bringen. So daß er etwa gelegentlich, wenn er den Fabrikanten draußen am Ruheplatz antraf, ein freundliches Gesicht schnitt und ihm zurief: »Schönes Wetter, Hürlin! Das gibt einen guten Herbst, was meinst?« Aber Hürlin sah ihn nur an, nickte träg und gab keinen Ton von sich.

Vermutlich hätte sich allmählich trotzdem wieder irgendein Faden zwischen den Trutzköpfen angesponnen, denn aus seinem Tiefsinn und Gram heraus hätte Hürlin doch ums Leben gern nach dem nächsten besten Menschenwesen gegriffen, um nur das elende Gefühl der Vereinsamung und Leere zeitweise loszuwerden. Der Hausvater, dem des Fabrikanten stilles Schwermüteln gar nicht gefiel, tat auch, was er konnte, um seine beiden Pfleglinge wieder aneinander zu bringen.

Da rückten kurz hintereinander im Lauf des September zwei neue Ankömmlinge ein, und zwar zwei sehr verschiedene.

Der eine hieß Louis Kellerhals, doch kannte kein Mensch in der Stadt diesen Namen, da Louis schon seit Jahrzehnten den Beinamen Holdria trug, dessen Ursprung unerfindlich ist. Er war, da er schon viele Jahre her der Stadt zur Last fiel, bei einem freundlichen Handwerker untergebracht gewesen, wo er es gut hatte und mit zur Familie zählte. Dieser Handwerker war nun gestorben, und da der Pflegling nicht zur Erbschaft mitgerechnet werden konnte, mußte ihn jetzt der Spittel übernehmen. Er hielt seinen Einzug mit einem wohlgefüllten Leinwandsäcklein, einem ungeheuren blauen Regenschirm und einem grünbemalten Holzkäfig, darin saß ein sehr feister Sperling und ließ sich durch den Umzug wenig aufregen. Der Holdria kam lächelnd, herzlich und strahlend, schüttelte jedermann die Hand, sprach kein Wort und fragte nach nichts, glänzte vor Wonne und Herzensgüte, sooft jemand ihn anredete oder ansah, und hätte, auch wenn er nicht schon längst eine überall bekannte Figur gewesen wäre, es keine Viertelstunde lang verbergen können, daß er ein ungefährlicher Schwachsinniger war.

Der zweite, der etwa eine Woche später seinen Einzug hielt, kam nicht minder lebensfroh und wohlwollend daher, war aber keineswegs schwach im Kopfe, sondern ein zwar harmloser, aber durchtriebener Pfiffikus. Er hieß Stefan Finkenbein und stammte aus der in der ganzen Stadt und Gegend von alters her wohlbekannten Landstreicher- und Bettlerdynastie der Finkenbeine, deren komplizierte Familie in vielerlei Zweigen in Gerbersau ansässig und anhängig war. Die Finkenbeine waren alle fast ohne Ausnahme helle und lebhafte Köpfe, dennoch hatte es niemals einer von ihnen zu etwas gebracht, denn von ihrem ganzen Wesen und Dasein war die Vogelfreiheit und der Humor des Nichtshabens ganz unzertrennlich.

Besagter Stefan war noch keine sechzig alt und erfreute sich einer fehlerlosen Gesundheit. Er war etwas mager und zart von Gliedern, aber zäh und stets wohlauf und rüstig, und auf welche schlaue Weise es ihm gelungen war, sich bei der Gemeinde als Anwärter auf einen Spittelsitz einzuschmuggeln und durchzusetzen, war rätselhaft. Es gab Ältere, Elendere und sogar Ärmere genug in der Stadt. Allein seit der Gründung dieser Anstalt hatte es ihm keine Ruhe gelassen, er fühlte sich zum Sonnenbruder geboren und wollte und mußte einer werden. Und nun war er da, ebenso lächelnd und liebenswürdig wie der treffliche Holdria, aber mit wesentlich leichterem Gepäck, denn außer dem, was er am Leibe trug, brachte er einzig einen zwar nicht in der Farbe, aber doch in der Form wohlerhaltenen steifen Sonntagshut von altväterischer Form mit. Wenn er ihn aufsetzte und ein wenig nach hinten rückte, war Stefan Finkenbein ein klassischer Vertreter des Typus Bruder Straubinger. Er führte sich als einen weltgewandten, spaßhaften Gesellschafter ein und wurde, da der Holdria schon in Hürlins Stube gesteckt worden war, beim Seiler Heller untergebracht. Alles schien ihm gut und lobenswert zu sein, nur die Schweigsamkeit seiner Kameraden gefiel ihm nicht. Eine Stunde vor dem Abendessen, als alle viere draußen beisammen im Freien saßen, fing der Finkenbein plötzlich an:
»Hör du, Herr Fabrikant, ist das bei euch denn alleweil so trübselig? Ihr seid ja lauter Trauerwedel.«

»Ach, laß mich.«
»Na, wo fehlt's denn bei dir? Überhaupt, warum hocken wir alle so fad da herum? Man könnte doch wenigstens einen Schnaps trinken, oder nicht?«
Hürlin horchte einen Augenblick entzückt auf und ließ seine müden Äuglein glänzen, aber dann schüttelte er verzweifelt den Kopf, drehte seine leeren Hosentaschen um und machte ein leidendes Gesicht.
»Ach so, hast kein Moos?« rief Finkenbein lachend. »Lieber Gott, ich hab immer gedacht, so ein Fabrikant, der hat's alleweil im Sack herumklimpern. Aber heut ist doch mein Antrittsfest, das darf nicht so trocken vorbeigehen. Kommt nur, ihr Leute, der Finkenbein hat zur Not schon noch ein paar Kapitalien im Ziehamlederle.«
Da sprangen die beiden Trauerwedel behend auf die Füße. Den Schwachsinnigen ließen sie sitzen, die drei anderen stolperten im Eilmarsch nach dem »Sternen« und saßen bald auf der Wandbank jeder vor einem Glas Korn. Hürlin, der seit Wochen und Monaten keine Wirtsstube mehr von innen gesehen hatte, kam in die freudigste Aufregung. Er atmete in tiefen Zügen den lang entbehrten Dunst des Ortes ein und genoß den Kornschnaps in kleinen, sparsamen, scheuen Schlucken. Wie einer, der aus schweren Träumen erwacht ist, fühlte er sich dem Leben wiedergeschenkt und von der wohlbekannten Umgebung heimatlich angezogen. Er holte die vergessenen kühnen Gesten seiner ehemaligen Kneipenzeit eine um die andere wieder hervor, schlug auf den Tisch, schnippte mit den Fingern, spuckte vor sich hin auf die Diele und scharrte tönend mit der Sohle darüber. Auch seine Redeweise nahm einen plötzlichen Aufschwung, und die volltönenden Kraftausdrücke aus den Jahren seiner Herrlichkeit klangen noch einmal fast mit der alten brutalen Sicherheit von seinen blauen Lippen.
Während der Fabrikant sich dieser maßen verjüngte, blinzelte Lukas Heller nachdenklich in sein Gläschen und hielt die Zeit für gekommen, wo er dem Stolzen seine Beleidigungen und den entehrenden Blechhieb aus jener Nacht heimzahlen könnte. Er hielt sich still und wartete aufmerksam, bis der rechte Augenblick da wäre.
Inzwischen hatte Hürlin, wie es früher seine Art gewesen war,

beim zweiten Glase angefangen ein Ohr auf die Gespräche der Leute am Nebentisch zu haben, mit Kopfnicken, Räuspern und Mienenspiel daran teilzunehmen und schließlich auch zwischenein ein freundschaftliches Jaja oder Soso dareinzugeben. Er fühlte sich ganz in das schöne Ehemals zurückversetzt, und als nun das Gespräch nebenan lebhafter wurde, drehte er sich mehr und mehr dort hinüber, und nach seiner alten Leidenschaft stürzte er sich bald mit Feuer in das Wogen und Aneinanderbranden der Meinungen. Die Redenden achteten im Anfang nicht darauf, bis einer von ihnen, ein Fuhrknecht, plötzlich rief: »Jeses, der Fabrikant! Ja, was willst denn du da, alter Lump? Sei so gut und halt du deinen Schnabel, sonst schwätz ich deutsch mit dir.«

Betrübt wendete der Angeschnauzte sich ab, aber da gab ihm der Seiler einen Ellbogenstoß und flüsterte eifrig: »Laß dir doch von dem Jockel das Maul nicht verbieten! Sag's ihm, dem Drallewatsch!«

Diese Ermunterung entflammte sogleich das Ehrgefühl des Fabrikanten zu neuem Bewußtsein. Trotzig hieb er auf den Tisch, rückte noch mehr gegen die Sprecher hinüber, warf kühne Blicke um sich und rief mit tiefem Brustton: »Nur etwas manierlicher, du, bitt ich mir aus! Du weißt scheint's nicht, was der Brauch ist.«

Einige lachten. Der Fuhrknecht drohte noch einmal gutmütig: »Paß Achtung, Fabrikantle! Dein Maul wenn du nicht hältst, kannst was erleben.«

»Ich brauch nichts zu erleben«, sagte Hürlin, von Heller wieder durch einen Stoß angefeuert, mit Würde und Nachdruck, »ich bin so gut da und kann mitreden wie ein anderer. So, jetzt weißt du's.«

Der Knecht, der seinem Tisch eine Runde bezahlt hatte und dort den Herrn spielte, stand auf und kam herüber. Er war der Kläfferei müde. »Geh heim ins Spittel, wo du hingehörst!« schrie er Hürlin an, nahm den Erschrockenen am Kragen, schleppte ihn zur Stubentüre und half ihm mit einem Tritt hinaus. Die Leute lachten und fanden, es geschehe dem Spektakler recht. Damit war der kleine Zwischenfall abgetan, und sie fuhren mit Schwören und Schreien in ihren wichtigen Gesprächen fort.

Der Seilermeister war selig. Er veranlaßte Finkenbein, noch ein letztes Gläschen zu spenden. Und da er den Wert dieses neuen Genossen erkannt hatte, bemühte er sich nach Kräften, sich mit ihm anzufreunden, was Finkenbein sich lächelnd gefallen ließ. Dieser war vorzeiten einmal im Hürlinschen Anwesen betteln gegangen und von dem Herrn Fabrikanten streng hinausgewiesen worden. Trotzdem hatte er nichts gegen ihn und stimmte den Beschimpfungen, die Heller dem Abwesenden jetzt antat, mit keinem Worte bei. Er war besser als diese aus glücklicheren Umständen Herabgesunkenen daran gewöhnt, der Welt ihren Lauf zu lassen und an den Besonderheiten der Leute seinen Spaß zu haben.

»Laß nur, Seiler«, sagte er abwehrend. »Der Hürlin ist freilich ein Narr, aber noch lang keiner von den übelsten. Da dank ich doch schön dafür, daß wir da droben auch noch Händel miteinander haben sollen.«

Heller merkte sich das und ging gefügig auf diesen versöhnlichen Ton ein. Es war nun auch Zeit zum Aufbrechen, so gingen sie denn und kamen gerade recht zum Nachtessen heim. Der Tisch, an dem nunmehr fünf Leute saßen, bot einen ganz stattlichen Anblick. Obenan saß der Stricker, dann kam auf der einen Seite der rotwangige Holdria neben dem hageren, verfallen und grämlich aussehenden Hürlin, ihnen gegenüber der dünn behaarte, pfiffige Seiler neben dem fidelen, helläugigen Finkenbein. Dieser unterhielt den Hausvater vortrefflich und brachte ihn in gute Laune, zwischenein machte er ein paar Späße mit dem Blöden, der geschmeichelt grinste, und als der Tisch abgeräumt und abgewaschen war, zog er Spielkarten heraus und schlug eine Partie vor. Der Stricker wollte es verbieten, gab es aber am Ende unter der Bedingung zu, daß »um nichts« gespielt werde. Finkenbein lachte laut.

»Natürlich um nichts, Herr Sauberle. Um was denn sonst? Ich bin ja freilich von Haus aus Millionär, aber das ist alles in Hürlinschen Aktien draufgegangen – nichts für ungut, Herr Fabrikant!«

Sie begannen denn, und das Spiel ging auch eine Weile ganz fröhlich seinen Gang, durch zahlreiche Kartenwitze des Finkenbein und durch einen von demselben Finkenbein entdeckten und vereitelten Mogelversuch des Seilermeisters anregend unterbrochen. Aber da stach den Seiler der Hafer, daß er mit geheimnisvollen Andeutungen immer wieder des Abenteuers im »Sternen« gedenken mußte. Hürlin überhörte es zuerst, dann winkte er ärgerlich ab. Da lachte der Seiler auf eine schadenfrohe Art dem Finkenbein zu. Hürlin blickte auf, sah das unangenehme Lachen und Blinzeln, und plötzlich wurde ihm klar, daß dieser an der Hinauswerferei schuld war und sich auf seine Kosten lustig mache. Das ging ihm durch und durch. Er verzog den Mund, warf mitten im Spiel seine Karten auf den Tisch und war nicht zum Weiterspielen zu bewegen. Heller merkte sofort, was los war, er hielt sich vorsichtig still und gab sich doppelt Mühe, auf einem recht brüderlichen Fuß mit Finkenbein zu bleiben.

Es war also zwischen den beiden alten Gegnern wieder alles verschüttet, und desto schlimmer, weil Hürlin überzeugt war, Finkenbein habe um den Streich gewußt und ihn anstiften helfen. Dieser benahm sich unverändert lustig und kameradschaftlich, da aber Hürlin ihn nun einmal beargwöhnte und seine Späße und Titulaturen wie Kommerzienrat, Herr von Hürlin und so weiter ruppig aufnahm, zerfiel in Bälde die Sonnenbrüderschaft in zwei Parteien. Denn der Fabrikant hatte sich als Schlafkamerad schnell an den blöden Holdria gewöhnt und ihn zu seinem Freund gemacht.

Von Zeit zu Zeit brachte Finkenbein, der aus irgendwelchen verborgenen Quellen her immer wieder ein bißchen kleines Geld im Sack hatte, wieder einen gemeinsamen Kneipengang in Vorschlag. Aber Hürlin, so gewaltig die Verlockung für ihn war, hielt sich stramm und ging niemals mehr mit, obwohl es ihn empörte zu denken, daß Heller desto besser dabei wegkomme. Statt dessen hockte er beim Holdria, der ihm mit verklärtem Lächeln oder mit ängstlich großen Augen zuhörte, wenn er klagte und schimpfte oder darüber phantasierte, was er tun würde, wenn ihm jemand tausend Mark liehe.

Lukas Heller dagegen hielt es klüglich mit dem Finkenbein. Freilich hatte er gleich im Anfang die neue Freundschaft in Gefahr gebracht. Er war des Nachts einmal nach seiner Gewohnheit über den Kleidern seines Schlafkameraden gewesen und hatte dreißig Pfennige darin gefunden und an sich gebracht. Der Beraubte aber, der nicht schlief, sah ruhig durch halbgeschlossene Lider zu. Am Morgen gratulierte er dem Seiler zu seiner

Fingerfertigkeit, forderte ihm das Geld wieder ab und tat, als wäre es nur ein guter Scherz gewesen. Damit hatte er vollends Macht über Heller gewonnen, und wenn dieser an ihm einen guten Kameraden hatte, konnte er ihm doch nicht so unverwehrt seine Klagelieder vorsingen wie Hürlin dem seinigen. Namentlich seine Reden über die Weiber wurden dem Finkenbein bald langweilig.

»'S ist gut, sag ich, Seilersmann, 's ist gut. Du bist auch so eine Drehorgel mit einer ewigen Leier, hast keine Reservewalze. Was die Weiber angeht, hast du meinetwegen recht. Aber was zuviel ist, ist zuviel. Mußt dir eine Reservewalze anschaffen – mal was anderes, weißt du, sonst kannst du mir gestohlen werden.«

Vor solchen Erklärungen war der Fabrikant sicher. Und das war zwar bequem, aber es tat ihm nicht gut. Je geduldiger sein Zuhörer war, desto tiefer wühlte er in seinem Elend. Noch ein paarmal steckte ihn die souveräne Lustigkeit des Taugenichts Finkenbein für eine halbe Stunde an, daß er nochmals die großartigen Handbewegungen und Kennworte seiner goldenen Zeit hervorlangte und übte, aber seine Hände waren doch allmählich ziemlich steif geworden, und es kam ihm nimmer von innen heraus. In den letzten sonnigen Herbsttagen saß er zuweilen noch unter den welkenden Apfelbäumen, aber er schaute auf Stadt und Tal nicht mehr mit Neid oder mit Verlangen, sondern fremd, wie wenn all dieses ihn nichts mehr anginge oder ihm fernläge. Es ging ihn auch nichts mehr an, denn er war sichtlich am Abrüsten und hatte hinter sich nichts mehr zu suchen.

Das war merkwürdig schnell über ihn gekommen. Zwar war er schon bald nach seinem Sturze, in den dürftigen Zeiten, da die »Sonne« ihm vertraut zu werden begann, grau geworden und hatte angefangen, die Beweglichkeit zu verlieren. Aber er hätte sich noch jahrelang herumschlagen und manches Mal das große Wort am Wirtstisch oder auf der Gasse führen können. Es war nur der Spittel, der ihm in die Knie geschlagen hatte. Als er damals froh gewesen war, ins Asyl zu kommen, hatte er nicht bedacht, daß er sich damit selber seinen besten Faden abschneide. Denn ohne Projekte und ohne Aussicht auf allerlei Umtrieb und Spektakel zu leben, dazu hatte er keine Gabe, und daß er damals der Müdigkeit und dem Hunger nachgegeben und sich zur Ruhe gesetzt hatte, das war erst sein eigentlicher Bankrott gewesen. Nun blieb ihm nichts mehr, als sein Zeitlein vollends abzuleben.

Es kam dazu, daß Hürlin allzu lange eine Wirtshausexistenz geführt hatte. Alte Gewohnheiten, auch wenn sie Laster sind, legt ein Grauhaariger nicht ohne Schaden ab. Die Einsamkeit und die Händel mit Heller halfen mit, ihn vollends still zu machen, und wenn ein alter Blagueur und Schreier einmal still wird, so ist das schon der halbe Weg zum Kirchhof.

Es war vielerlei, was jetzt an dieser rüden und übel erzogenen Seele zu rütteln und zu nagen kam, und es zeigte sich, daß sie ungeachtet ihrer früheren Starrheit und Selbstherrlichkeit recht wenig befestigt war. Der Hausvater war der erste, der seinen Zustand erkannte. Zum Stadtpfarrer, als dieser einmal seinen Besuch machte, sagte er achselzuckend: »Der Hürlin kann einem schier leid tun. Seit er so drunten ist, zwing ich ihn ja zu keiner Arbeit mehr, aber was hilft's, das sitzt bei ihm anderwärts. Er sinniert und studiert zu viel, und wenn ich diese Sorte nicht kennen täte, würd ich sagen, 's ist das schlechte Gewissen und geschieht ihm recht. Aber weit gefehlt! Es frißt ihn von innen, das ist's, und das hält einer in dem Alter nicht lang aus, wir werden's sehen.« Auf das hin saß der Stadtpfarrer ein paarmal beim Fabrikanten auf seiner Stube neben dem grünen Spatzenkäfig des Holdria und sprach mit ihm vom Leben und Sterben und versuchte irgendein Licht in seine Finsternis zu bringen, aber vergebens. Hürlin hörte zu oder hörte nicht zu, nickte oder brummte, sprach aber nichts und wurde immer fahriger und wunderlicher. Von den Witzen des Finkenbein tat ihm zuzeiten einer gut, dann lachte er leis und trocken, schlug auf den Tisch und nickte billigend, um gleich darauf wieder in sich hinein auf die verworrenen Stimmen zu horchen.

Nach außen zeigte er nur ein stilleres und weinerlich gewordenes Wesen, und jedermann ging mit ihm um wie sonst. Nur dem Schwachsinnigen, wenn er eben nicht ohne Verstand gewesen wäre, hätte ein Licht über Hürlins Zustand und Verfall aufgehen können und zugleich ein Grauen. Denn dieser ewig freundliche und friedfertige Holdria war des Fabrikanten Gesellschafter und Freund geworden. Sie hockten zusammen vor dem Holzkäfig, streckten dem fetten Spatzen die Finger hinein und ließen sich picken, lehnten morgens bei dem jetzt langsam herankommenden Winterwetter am geheizten Ofen und sahen einander so verständnisvoll in die Augen, als wären sie zwei Weise. Man sieht manchmal, daß zwei gemeinsam eingesperrte Waldestiere einander so anblicken.

Was am heftigsten an Hürlin zehrte, das war die auf Hellers Anstiften im »Sternen« erfahrene Demütigung und Schande. An dem Wirtstisch, wo er lange Zeiten fast täglich gesessen war, wo er seine letzten Heller hatte liegenlassen, wo er ein guter Gast und Wortführer gewesen war, da hatten Wirt und Gäste mit Gelächter zugesehen, wie er hinausgeworfen wurde. Er hatte es an den eigenen Knochen erfahren und spüren müssen, daß er nimmer dorthin gehöre, nimmer mitzähle, daß er vergessen und ausgestrichen war und keinen Schatten von Recht mehr besaß.

Für jeden anderen bösen Streich hätte er gewiß an Heller bei der ersten Gelegenheit Rache genommen. Aber diesmal brachte er nicht einmal die gewohnten Schimpfworte, die ihm so locker in der Gurgel saßen, heraus. Was sollte er ihm sagen? Der Seiler war ja ganz im Recht. Wenn er noch der alte Kerl und noch irgend etwas wert wäre, hätte man nicht gewagt, ihn im »Sternen« an die Luft zu setzen. Er war fertig und konnte einpacken.

Und nun schaute er vorwärts, die ihm bestimmte schmale und gerade Straße, an ungezählten Reihen von leeren Tagen vorbei dem Sterben entgegen. Da war alles festgesetzt, angenagelt und vorgeschrieben, selbstverständlich und unerbittlich. Da war nicht die Möglichkeit, eine Bilanz und ein Papierchen zu fälschen, sich in eine Aktiengesellschaft zu verwandeln oder sich in Gottes Namen durch Bankrott und Zuchthaus auf Umwegen wieder ins Leben hineinzuschleichen. Und wenn der Fabrikant auf vielerlei Umstände und Lebenslagen eingerichtet war und sich in sie zu finden wußte, so war er doch auf diese nicht eingerichtet und wußte sich nicht in sie zu finden.

Der gute Finkenbein gab ihm nicht selten ein ermunterndes Wort oder klopfte ihm mit gutmütig tröstendem Lachen auf die Schulter.

»Du, Oberkommerzienrat, studier nicht soviel, du bist allweg gescheit genug, hast soviel reiche und gescheite Leut seinerzeit eingeseift, oder nicht? – Nicht brummen, Herr Millionär, 's ist nicht bös gemeint. Ist das ein Spritzigtun – Mann Gottes, denk doch an den heiligen Vers über deiner Bettlade.«

Und er breitete mit pastoraler Würde die Arme aus wie zum Segnen und sprach mit Salbung: »Kindlein, liebet euch untereinander!«

»Oder paß auf, wir fangen jetzt eine Sparkasse an, und wenn sie voll ist, kaufen wir der Stadt ihren schäbigen Spittel ab und tun das Schild raus und machen die alte ›Sonne‹ wieder auf, daß Öl in die kranke Maschine kommt. Was meinst?«

»Fünftausend Mark wenn wir hätten –«, fing Hürlin zu rechnen an, aber da lachten die anderen; er brach ab, seufzte und fiel in sein Brüten und Stieren zurück.

Er hatte die Gewohnheit angenommen, tagaus, tagein in der Stube hin und her zu traben, einmal grimmig, einmal angstvoll, ein andermal lauernd und tückisch. Sonst aber störte er niemand. Der Holdria leistete ihm häufig Gesellschaft, schloß sich in gleichem Tritt seinen Dauerläufen durchs Zimmer an und beantwortete nach Kräften die Blicke, Gestikulationen und Seufzer des unruhigen Wanderers, der beständig vor dem bösen Geist auf der Flucht war, den er doch in sich trug. Wenn er sein Leben lang schwindelhafte Rollen geliebt und mit wechselndem Glück gespielt hatte, so war er nun dazu verurteilt, ein trauriges Ende mit seinen hanswurstmäßigen Manieren durchspielen zu müssen.

Zu den Sprüngen und Kapriolen des aus dem Geleise Gekommenen gehörte es, daß er neuerdings mehrmals am Tage unter seine Bettstatt kroch, das alte Sonnenschild hervorholte und einen sehnsüchtig närrischen Kultus damit trieb, indem er es bald feierlich vor sich hertrug wie ein heiliges Schaustück, bald vor sich aufpflanzte und mit verzückten Augen betrachtete, bald wütend mit Fäusten schlug, um es dann sogleich wieder sorglich zu wiegen, zu liebkosen und endlich an seinen Ort zurückzubringen. Als er diese symbolischen Possen anfing, verlor er seinen Rest von Kredit bei den Sonnenbrüdern und wurde gleich seinem Freunde Holdria als völliger Narr behandelt. Namentlich der Seiler sah ihn mit unverhohlener Verachtung an, hänselte und demütigte ihn, wo er konnte, und ärgerte sich, daß Hürlin das kaum zu merken schien.

Einmal nahm er ihm sein Sonnenschild und versteckte es in einer anderen Stube. Als Hürlin es holen wollte und nicht fand, irrte er eine Zeit im Haus umher, dann suchte er wiederholt am alten

Orte danach, dann bedrohte er der Reihe nach alle Hausgenossen, den Stricker nicht ausgenommen, mit machtlos wütenden Reden und Lufthieben, und als alles das nichts half, setzte er sich an den Tisch, legte den Kopf in die Hände und brach in ein jammervolles Heulen aus, das eine halbe Stunde dauerte. Das war dem mitleidigen Finkenbein zuviel. Er gab dem zu Tod erschreckenden Seiler einen mächtigen Fausthieb und zwang ihn, das versteckte Kleinod sogleich herbeizubringen.

Der zähe Fabrikant hätte trotz seiner fast weiß gewordenen Haare noch manche Jahre leben können. Aber der Wille zum Sterben, der in ihm arbeitete, fand bald einen Ausweg. In einer Dezembernacht konnte der alte Mann nicht schlafen. Im Bett aufsitzend gab er sich seinen öden Gedanken hin, stierte über die dunklen Wände hin und kam sich verlassener vor als je. In Langeweile, Angst und Trostlosigkeit stand er schließlich auf, ohne recht zu wissen, was er tue, nestelte seinen hanfenen Hosenträger los und hängte sich damit geräuschlos an der Türangel auf. So fanden ihn im Morgen der Holdria und der auf des Narren ängstliches Geschrei herübergekommene Hausvater. Das Gesicht war ein wenig bläulicher geworden, sonst war wenig daran zu entstellen gewesen.

Schrecken und Überraschung waren nicht klein, aber von sehr kurzer Dauer. Nur der Schwachsinnige flennte leise in seinen Kaffeetopf hinein, alle anderen wußten oder fühlten, daß dieses Ende nicht zur unrechten Zeit gekommen war und daß es weder zur Klage noch zur Entrüstung Veranlassung biete. Auch hatte ihn ja niemand lieb gehabt.

Wie seinerzeit der Finkenbein als vierter Gast in den Spittel gekommen war, hatte man in der Stadt einige Klagen darüber vernommen, daß das kaum gegründete Asyl sich so ungehörig rasch bevölkere. Nun war schon einer von den Überzähligen verschwunden. Und wenn es wahr ist, daß die Armenhäusler meistens merkwürdig gedeihen und zu hohen Jahren kommen, so ist es doch ebenso wahr, daß selten ein Loch bleibt, wie es ist, sondern um sich fressen muß. So ging es auch hier; in der kaum erblühten Lumpenkolonie war nun einmal der Schwund ausgebrochen und wirkte weiter.

Zunächst schien freilich der Fabrikant vergessen und alles beim alten zu sein, Lukas Heller führte, soweit Finkenbein es zuließ, das große Wort, machte dem Stricker das Leben sauer und wußte von seinem bißchen Arbeit noch die Hälfte dem willigen Holdria aufzuhalsen. So fühlte er sich wohl und heiter. Er war nun der älteste von den Sonnenbrüdern, fühlte sich ganz heimisch und hatte nie in seinem Leben sich so im Einklang mit seiner Umgebung und Lebensstellung befunden, deren Ruhe und Trägheit ihm Zeit ließ, sich zu dehnen und zu fühlen und sich als ein achtenswerter und nicht unwesentlicher Teil der Gesellschaft, der Stadt und des Weltganzen vorzukommen.

Anders erging es dem Finkenbein. Das Bild, das seine lebhafte Phantasie sich einst vom Leben eines Sonnenbruders erdacht und herrlich ausgemalt hatte, war ganz anders gewesen, als was er in Wirklichkeit hier gefunden und gesehen hatte. Zwar blieb er dem Ansehen nach der alte Leichtfuß und Spaßmacher, genoß das gute Bett, den warmen Ofen und die reichliche Kost und schien keinen Mangel zu empfinden. Er brachte auch immer wieder von geheimnisvollen Ausflügen in die Stadt ein paar Nickel für Schnaps und Tabak mit, an welchen Gütern er den Seiler ohne Geiz teilhaben ließ. Auch fehlte es ihm selten an einem Zeitvertreib, da er gaßauf, gaßab jedes Gesicht kannte und wohlgelitten war, so daß er in jedem Torgang und vor jeder Ladentüre, auf Brücke und Steg, neben Lastfuhren und Schiebkarren her jederzeit mit jedermann sich des Plauderns erfreuen konnte.

Trotzdem aber war ihm nicht recht wohl in seiner Haut. Denn einmal waren Heller und Holdria als tägliche Kameraden von geringem Wert für ihn, und dann drückte ihn je länger je mehr die Regelmäßigkeit dieses Lebens, das für Aufstehen, Essen, Arbeiten und Zubettgehen feste Stunden vorschrieb. Schließlich, und das war die Hauptsache, war dies Leben zu gut und zu bequem für ihn. Er war gewohnt, Hungertage mit Schlemmertagen zu wechseln, bald auf Linnen und bald auf Stroh zu schlafen, bald bewundert und bald angeschnauzt zu werden. Er war gewohnt, nach Belieben umherzustreifen, die Polizei zu fürchten, kleine Geschäfte und Streiche an der Kunkel zu haben und von jedem lieben Tag etwas Neues zu erwarten. Diese Freiheit, Armut, Beweglichkeit und beständige Spannung fehlte ihm hier vollkommen, und bald sah er ein, daß der Eintritt in den Spittel nicht, wie er gemeint hatte, sein Meisterstück, sondern ein dummer Streich mit betrüblichen und lebenslangen Folgen gewesen war.

Freilich, wenn es in dieser Hinsicht dem Finkenbein wenig anders erging als vorher dem Fabrikanten, so war er in allem übrigen dessen fertiges Gegenteil. Vor allem ließ er den Kopf nicht hängen wie jener und ließ die Gedanken nicht ewig auf demselben leeren Felde der Trauer und Ungenüge grasen, sondern hielt sich munter, ließ die Zukunft möglichst außer Augen und tändelte sich leichtfüßig von einem Tag in den andern. Er gewann dem Stricker, dem Simpel, dem Seiler Heller, dem fetten Sperling und der ganzen Sachlage nach Möglichkeit die fidele Seite ab. Und das tat nicht ihm allein, sondern dem ganzen Hause gut, dessen tägliches Leben durch ihn einen Hauch von Freisinn und Heiterkeit bekam. Den konnte es freilich nötig brauchen, denn zur Erheiterung und Verschönerung der gleichförmigen Tage hatten Sauberle und Heller aus eigenen Mitteln ungefähr so wenig wie der gute Holdria beizusteuern.

Es liefen also die Tage und Wochen so leidlich hin. Der Hausvater schaffte und sorgte sich müd und mager, der Seiler genoß eifersüchtig sein billiges Wohlsein, der Finkenbein drückte ein Auge zu und hielt sich an der Oberfläche, der Holdria blühte in ewigem Seelenfrieden und nahm an Liebenswürdigkeit, gutem Appetit und Beleibtheit täglich zu. Das Idyll wäre fertig gewesen. Allein es ging inmitten dieses nahrhaften Friedens der hagere Geist des toten Fabrikanten um. Das Loch mußte um sich fressen.

Und so geschah es an einem Mittwoch im Februar, daß Lukas Heller morgens eine Arbeit im Holzstall zu tun hatte, und da er noch immer nicht anders als ruckweise fleißig sein konnte, kam er in Schweiß, ruhte unter der Türe aus und bekam Husten und Kopfweh. Zu Mittag aß er kaum die Hälfte wie sonst, nachmittags blieb er beim Ofen und zankte, hustete und fluchte, und abends legte er sich schon um acht ins Bett. Am andern Morgen holte man den Doktor. Diesmal aß Heller um Mittag gar nichts, etwas später ging das Fieber los, in der Nacht mußten der Finkenbein und der Hausvater abwechselnd bei ihm wachen. Tags darauf starb der Seiler, und die Stadt war wieder einen Kostgänger losgeworden.

Es brach im März ein ungewöhnlich frühes Sommerwetter und Wachstum an. Die großen Berge und die kleinen Straßengräben wurden grün und jung, die Straße war von plötzlich aufgetauchten Hühnern, Enten und Handwerksburschen fröhlich bevölkert, und durch die Lüfte stürzten sich mit freudigem Schwunge große und kleine Vögel.
Dem Finkenbein war es in der zunehmenden Vereinsamung und Stille des Hauses immer enger und bänglicher ums Herz geworden. Die beiden Sterbefälle schienen ihm bedenklich, und er kam sich immer mehr wie einer vor, der auf einem untersinkenden Schiffe als letzter am Leben blieb. Nun roch und lugte er stündlich zum Fenster hinaus in die Wärme und milde Frühjahrsbläue. Es gärte ihm in allen Gliedern, und sein jung gebliebenes Herz, da es den lieben Frühling witterte, gedachte alter Zeiten.
Eines Tages brachte er aus der Stadt nicht nur ein Päcklein Tabak und einige neueste Neuigkeiten, sondern auch in einem schäbig alten Wachstüchlein zwei neue Papiere mit, welche zwar schöne Schnörkel und feierliche blaue Amtsstempel trugen, aber nicht vom Rathaus geholt waren. Wie sollte auch ein so alter und kühner Landfahrer und Türklinkenputzer die zarte und geheimnisvolle Kunst nicht verstehen, auf sauber geschriebene Papiere beliebige alte oder neue Stempel zu übertragen. Nicht jeder kann und weiß es, und es gehören feine Finger und gute Übung dazu, von einem frischen Ei die dünne innere Haut zu lösen und makellos auszubreiten, die Stempel eines alten Heimatscheins und Wanderpasses darauf abzudrücken und reinlich von der feuchten Haut aufs neue Papier zu übertragen.
Und wieder eines Tages war Stefan Finkenbein ohne Sang und Klang aus Stadt und Gegend verschwunden. Er hatte auf die Reise seinen hohen, steifen Straubingerhut mitgenommen und seine alte Wollenkappe als einziges Andenken zurückgelassen. Die Behörde stellte eine kleine vorsichtige Untersuchung an. Da man aber bald gerüchtweise vernahm, er sei in einem benachbarten Oberamt lebendig und vergnügt in einer beliebten Kundenherberge erblickt worden, und da man kein Interesse daran hatte, ihn ohne Not zurückzuholen, seinem etwaigen Glücke im Weg zu stehen und ihn auf Stadtkosten weiter zu füttern, wurde auf fernere Nachforschungen klug verzichtet, und man ließ den

losen Vogel mit den besten Wünschen fliegen, wohin er mochte. Es kam auch nach sechs Wochen eine Postkarte von ihm aus dem Bayrischen, worin er dem Stricker schrieb: »Geehrter Herr Sauberle, ich bin in Bayern. Es ist hier ziemlich kälter. Wissen Sie was? Nehmen Sie den Holdria und seinen Spatz und lassen sie für Geld sehen. Wir können dann mitnander drauf reisen. Wir hängen dann dem Hürlin selig sein Schild raus. Ihr getreuer Stefan Finkenbein, Turmspitzenvergolder.«

Es sind seit Hellers Tode und Finkenbeins Auszug fünfzehn Jahre vergangen, und Holdria haust noch immer feist und rotbackig in der ehemaligen »Sonne«. Er ist zuerst eine Zeitlang allein geblieben. Die Aspiranten hielten sich zurück, denn der schauervolle Tod des Fabrikanten, das schnelle Wegsterben des Seilers und die Flucht Finkenbeins hatten sich zur allbekannten Moritat gestaltet und umgaben etwa ein halbes Jahr lang das Haus mit blutrünstigen Sagen. Allein nach dieser Zeit trieben die Not und die Trägheit wieder manche Gäste in die »Alte Sonne« hinauf, und der Holdria ist von da an nie mehr allein dort gesessen. Kuriose und langweilige Brüder hat er kommen, mitessen und sterben sehen und ist zur Zeit der Senior einer Hausgenossenschaft von sieben Kumpanen, den Hausvater nicht mitgerechnet. An warmen, angenehmen Tagen sieht man sie häufig vollzählig am Rain des Bergsträßleins hocken, kleine Stummelpfeifen rauchen und mit verwitterten Gesichtern auf die inzwischen talauf- und talabwärts etwas größer gewordene Stadt hinunterblicken. *(1904)*

# Garibaldi

Dieser Tage fuhr ich mit der Eisenbahn von Steckborn nach Konstanz. Durch Obstbäume glänzte mattrot der abendliche Untersee, Bauerngärten mit Geranien, Fuchsien und Georginen leuchteten durch braun und grüne Lattenzäune; jenseits des Wassers lag die Reichenau und über Ried und Rebbergen das hohe Horner Kirchlein golden umleuchtet in der milden Abendklarheit. Es war noch heiß und ich hatte streng rudern müssen, um den Zug zu erreichen. Nun saß ich müde und gedankenlos allein in der Wagenecke und sah durchs offene Fenster die wohlbekannten Berge, Matten und Wasser im roten Abenddunst verglühen.

Der Wagen war fast leer. Ein paar Bänke weiter saßen zwei grauhaarige Herren in lebhaftem Gespräch beisammen. Ich war zu müd und teilnahmslos, um etwas davon zu verstehen; ich hörte nur die einzelnen Worte und nahm wahr, daß der eine von den Redenden ein Thurgauer vom See, der andere aber ein Zürcher sein müsse, der Sprache nach zu urteilen. Dann interessierte mich auch das nicht mehr, ich lehnte mich träg in die Ecke und begann zu gähnen. Ich tat es mit besonderer Hingabe und Wonne, da niemand mich sah und ich den Mund nicht zu bedecken brauchte, was ja meistens diesen Genuß zur Hälfte verdirbt.

Da hörte ich in dem benachbarten Gespräch plötzlich mehrmals den Namen Garibaldi nennen und war verwundert, daß dieses Wort mich so merkwürdig erregte. Was ging mich Garibaldi an?

»Ja wohl, der Garibaldi!« rief da wieder der Thurgauer laut, und die Betonung, mit der er den Namen aussprach, weckte mich aus meiner Stumpfheit und zwang mich, dem lang nicht mehr gehörten Klange folgend lange Erinnerungswege zu wandern, zurück und weiter zurück bis in die Zeiten, in denen jener Name mir vertraut und wichtig gewesen war. Aus kühlen Brunnentiefen ferner Kinderjahre wehte mich ein fremder, starker Heimwehzauber an. Und als ich spät am Abend von Konstanz zurück war und dann langsam durch die bleiche Seenacht meinem Dorf entgegen fuhr, als der leise laue Wind im Segel sang und seltene

Rufe aus entfernten Fischerbooten übers glatte Wasser wehten, stand ein Stück Kinderzeit und halbvergessenes, glückliches Ehemals neu und lebendig vor mir auf.

Garibaldi war ein Märchen, ein Phantasiebild, eine Dichtung. Eigentlich hieß er Schorsch Großjohann, wohnte jenseits unseres gepflasterten Hofes und trieb das dunkle Gewerbe eines Winkelreinigers, das ihn kümmerlich ernährte. Ich wurde aber zehn Jahre alt, ehe ich seinen eigentlichen Namen erfuhr; bis dahin hörte ich ihn nie anders als den Garibaldi nennen und wußte nicht, daß schon dieser Name, der mir so wohl gefiel, eine Dichtung war. Ihn hatte meine Mutter erfunden, und da ich ohne meine Mutter nie zum Träumespinner oder Fabulierer geworden wäre, war es billig, daß sie auch bei jenem Kindermärchen Pate stand. Sie hatte das Bedürfnis und auch die Gabe, ihre ganze Umgebung beständig nach ihrem eigenen, lebhaften Geist zu gestalten und zu benennen, und ich darf von dieser ihrer Zauberkunst nicht zu reden anfangen, da ich sonst kein Ende fände.
So hatte sie auch, schon lang vor meiner Geburt, mit dem alten Winkelreiniger Großjohann, den man täglich mehrmals über unsern Hof gehen sah und mit dem man doch kaum alle Jahr einmal ein Wörtlein sprach, nichts anzufangen gewußt. Dem schmierigen Winkelreiniger half es nichts, daß er eine mächtige, wetterfeste Figur, breite Schultern und ein abenteuerlich kriegerisches Gesicht mit greisem, langem Doppelbart besaß; an ihm war das nur lächerlich. Aber sobald man ihn Garibaldi nannte, war er seines stolzen Äußeren würdig, dann umwitterte ihn statt des Winkelgestankes eine heroische Luft, dann war es jedesmal ein Erlebnis und eine Freude, ihm zu begegnen. Meine Mutter wünschte stets unter Menschen und Sachen zu leben, deren Anblick ihr jedesmal ein Erlebnis und eine Freude war. So nannte sie den alten Nachbarn Garibaldi.
Ich kleiner Bub wußte vom wahren, historischen Garibaldi, dessen Bild und Taten meiner Mutter wohl bekannt waren, damals noch kein Wort. Aber der stattliche welsche Name machte mir großen Eindruck und hüllte den Schorsch Großjohann wie eine sagenhafte Wunderwolke ein.
So weit war Garibaldi die Schöpfung meiner Mutter. Ohne da-

von eine Ahnung zu haben, dichtete ich nun an ihm weiter und machte ihn zu einem seltsamen Helden, dessen Leben ich mitlebte und dessen Schicksale mich wie eigene Schicksale bewegten, ohne daß ich je ein Wort mit ihm gesprochen hätte. Fast jeden Tag sah ich ihn ein oder zweimal in seiner Tätigkeit, außerdem abends im Hof oder hinter den niederen Fensterchen seiner Wohnung.

Er war damals schon bald siebzig und, wenn man auf Kleidung und Reinlichkeit nicht allzu streng achten wollte, ein schöner Greis. Das Kriegerische, das er an sich hatte, bestand neben der großen, sehnigen Gestalt hauptsächlich in der braunen Gesichtsfarbe und in dem langen, gelblichgrauen, stark verwilderten Haar und Bart. Wenn man das Gesicht genauer anschaute und mit dem äußeren Wesen und Lebenswandel des alten Mannes zusammenhielt, kam eher ein milder Charakter heraus. Mund und Nase zwar waren fest, scharf und schneidig geformt, aber die große stille Stirn wies weder Narben noch tiefe Falten auf, sondern glich etwa einer abendlichen Straße, auf welcher das Leben vollends eindämmert oder wo Wanderer, Wagen und Rosse, das sind Gedanken, Hoffnungen und Leidenschaften, schon so lange vorübergebraust und gefahren sind, daß ihre Spuren sich wieder zu glätten beginnen. Dies bestätigten auch die hellgrauen Augen. Sie waren noch klar und scharf und saßen klein und wachsam über der braunen Hakennase, aber der Blick zeigte eine etwas müde Ruhe, als suche er in diesen späten Tagen auf Erden keine Ziele mehr.

Schön und merkwürdig war in diesem gefestigten und stillgewordenen Angesicht ein manchmal auftauchendes, ganz schwaches Lächeln der Ruhe und leidlosen Resignation, wenn der alte Schorsch etwa einem Festzug, einem Kinderauflauf, einer Prügelei oder dergleichen zuschaute. Wenn hinter diesem Lächeln irgend ein bewußter Gedanke stand, so war es der eines ironisch Zuschauenden, überlegen Unbeteiligten, dem die Wichtigkeit dieser kleinen menschlichen Händel schon lange lächerlich und kindlich vorkam.

»Hauet einander nur«, sagte dieses Lächeln, »hauet nur zu! Und meinetwegen könnt ihr ja auch Feste feiern, wenns euch Spaß macht. Was kümmerts mich?«

Mein Verstand war noch viel zu klein, um diese Züge zu lesen und sich einen Reim darauf zu machen. Aber meine Phantasie nahm von dem stillen Alten Besitz und ließ ihn nicht los, sie liebte ihn und schuf ihn zu einem Wesen um, das mir viel ferner und fremder war als er selber und das doch zu mir gehörte und zum Helden meiner Gedanken wurde; während der Schorsch selber jahraus jahrein, mir vorüberging und unbekannt blieb. Und wenn ich nun vom alten Garibaldi erzähle, ist es mehr Geträumtes als Gesehenes, aber lauter Erlebtes, und vielleicht ist das Erfundene so wahr wie das Gesehene; vielleicht erlebte meine Phantasie nichts anderes, als was der Alte hätte erleben können und sollen, wenn er nur dazu gekommen wäre.

Vom Hof aus führte eine kaum fußbreite, schadhafte und überhängende steinerne Treppe, ein richtiger Halsbrecher, an der alten, weit ausgebauchten Bergmauer hin in ein winziges Gärtchen hinauf, das dem Nachbar Staudenmeyer gehörte. Gärtchen ist eigentlich schon viel gesagt, denn das zwischen zwei in den Berg hineingebauten Hinterhäusern und einer jähen Terrassenmauer eingeklemmte Stück abschüssigen Bodens war nicht größer als eine tüchtige Stube. Vom Berge her schwemmte jeder Regen eine Menge Sand heran und nahm dafür die gute schwarze Erde mit, und auf der einen Seite stand das Dach des daranstoßenden Hauses so weit über, daß man dort in Wirklichkeit kaum das Gefühl haben konnte, im Freien zu sein. Die Nachbarin hatte, noch außer der Witterung und dem Unkraut, um den Besitz ihres Fleckchens Erde ohne Unterlaß mit einer großen Schar von verwilderten Katzen und mit einer nicht kleineren Horde strohblonder Kinder zu kämpfen. Beide, Kinder und Katzen, entstammten der benachbarten steilen und finstern Armutgasse, wilderten üppig in dem Winkel dort herum, waren nicht auseinander zu kennen und so wenig mit Erfolg zu bekriegen wie ein Mückenschwarm. Allmählich wurde also Frau Staudenmeyer des Kämpfens müde und das Gärtlein fiel ganz den ungebetenen Gästen anheim. Es wucherten nun auf dem verwahrlosten Platze alte Stachelbeerstauden mit einem geilen, niemals Früchte reifenden Erdbeergeschlinge samt vielerlei Unkräutern zu einem grünen Wirrwarr zusammen, aus welchem hier und dort ein Rest der ehemaligen Gartenherrlichkeit, etwa

ein himmelhoch aufgeschossener Salatstock oder eine faustgroße Zwiebelblüte, hervorragte.
Im Sommer und Herbst, wenn an schönen Tagen abends noch Sonne dort hinunter kam und die feuchten Mauern erwärmte, dann erschien gegen sieben Uhr der greise Garibaldi im Hof, stieg langsam die schmalen Steinstaffeln zum Gärtchen hinauf und setzte sich auf den ausgetretenen obersten Treppenstein. Dort ruhte er schweigend in der schwachen Spätsonne, tat seltene Züge aus einer schwarzgebrannten, kurzen Holzpfeife und gab nur, wenn etwa ein Nachbar ihn vom Fenster aus anrief, ein kurzes Wort zurück. Sonst redete er keinen Ton, sondern saß regungslos auf dem schmalen Stein und ruhte und rauchte, bis es dunkelte und kühl wurde. Über und unter ihm rumorten die Kinder, rauften und zankten miteinander, fraßen unreife Beeren und erfüllten die goldene Abendluft mit Gelächter, Geschrei und Gewimmer. Sie hieben einander die Köpfe blutig, stahlen einander das Vesperbrot, fielen über die Mauer herab und schrien Mordio. Den Alten berührte es nicht, obwohl er ungezählte Enkel und Großneffen unter der Horde hatte. Wenn einmal etwas Besonderes los war und das Geschrei zum Gebrüll anwuchs, drehte er den verwitterten Kopf vielleicht ein wenig danach hinüber und auf seine schmalen Lippen trat für einen flüchtigen Augenblick das kühle, gleichgültige Lächeln, mit welchem er den Lauf der Ereignisse zu betrachten gewohnt war.
Er hatte an anderes zu denken als an das kleine Zeug um ihn herum. Während sein brauner Daumen die Glut in die Holzpfeife zurückstopfte, verweilte seine Erinnerung weit von hier, in alten Zeiten und fremden Ländern, in wilden Feldzügen und auf weiten, abenteuerlichen Raub- und Wanderfahrten.
Er sah Höfe und Dörfer in Brand stehen und mit langen, unwilligen Flammen durch die Nacht gen Himmel klagen. Er sah auf verlassenen Straßen und auf den Türschwellen verlassener Häuser Erschlagene in schmutzigen Blutlachen liegen, krepierte Pferde und zertrümmerte Wagen, dazwischen herrenlos umherirrendes Vieh und verlaufene, weinende Knaben und Mädchen.
Kam dann etwa eins von seinen strohblonden, verwahrlosten Enkelkindern hergelaufen und bettelte: »Großvater, schenk' mir was!« dann streifte er es mit flüchtigem Blick und setzte, ohne

eine Antwort zu geben, sein spöttisch stilles Lächeln auf, und das Kind lief wieder weg. Er aber hörte schnell wieder auf zu lächeln, zog die Knie ein wenig höher, neigte den grauen Kopf ein wenig weiter vor und blickte wieder in die Länder der Erinnerung, der Abenteuer, mit demselben unverwandten, glühenden und auch verschleierten Blick, welchen die in Käfige gesperrten Raubvögel haben. Über seine hohe, braune Stirn fiel in fahlen Strängen das lange Haar und nichts an der ganzen Gestalt hatte Leben und bewegte sich als der schmale, alte Mund, der zuweilen eine dünne Rauchfahne hinausblies, und als sein hagerer Schatten, der über die Mauer hinab und langsam über den ganzen Hof wanderte, immer länger und phantastischer und immer wesenloser werdend, bis er in die allgemeine Dämmerung untertauchte.
So im Dunkelwerden war es mir eine grausige Lust, vom Fenster meiner Knabenkammer aus den Garibaldi dasitzen zu sehen, von Haar und Bart umfilzt, aufrecht und bewegungslos, mit geisterhaft undeutlichen Zügen, bis sein Gesicht vollständig in das Dunkel versank und nur noch die Silhouette eines sitzenden Riesen übrig blieb, hin und wieder von einer spärlichen Rauchwolke umflogen. Die vielen Kinder waren um diese Zeit nicht mehr da, von der überdachten Gartenseite her wuchs die Finsternis heran, die uraltmodisch geschweiften Giebel und krummen Dächer all der Armenhäuser standen schwarz in den noch lichten Himmel, da und dort glühte ein Fensterlein gleich einem trüben roten Auge auf, und damitten kauerte rastend der alte Abenteurer, bis ihn fröstelte, dann verschwand er still in den finsteren Torweg hinein wie in eine unzugänglich fremde Welt.

Der alte Garibaldi hatte zwei Söhne gehabt, junge stramme Riesen von gewaltiger Erscheinung und von übelstem Ruf, aber beide waren eines Tages ohne Abschied verschwunden und man brachte sogleich alle in den letzten Jahren am Ort begangenen und unaufgeklärt gebliebenen Verbrechen mit ihrem Flüchtigwerden in Verbindung. Fast ein Jahr später kam Bericht aus Brasilien, daß beide nicht mehr am Leben seien. Der eine war schon unterwegs auf dem Schiff am Fieber gestorben, der andere nachher in Rio, offenbar im bittersten Elend. Zusammen mit dem dazu beauftragten Polizeidiener besuchte mein Vater den Alten, um ihm die Todesnachricht zu bringen.

»Ihren Söhnen ist's drüben nicht gut gegangen«, fing mein Vater an.

»Wo drüben denn?« fragte der Garibaldi.

»In Brasilien. 's ist ihnen nicht gut gegangen.«

»Wieso?«

»Wieso? Tot und gestorben sind sie«, schrie der Büttel, dem es nicht wohl war, bis er es herausgesagt hatte.

»So so?« machte der Garibaldi und schüttelte den Kopf. Und: »Alle beide?« fragte er nach einer Weile.

»Ja wohl, alle beide«, sagte mein Vater.

»So so. – So so.«

Und als jetzt mein Vater sich anschickte, einen Anfang mit dem Trösten zu machen, winkte er ab und lächelte verachtungsvoll. Da ging denn mein Vater mit dem Polizeidiener wieder fort und Garibaldi machte sich wie sonst an seine Arbeit.

Am Abend dieses Tages, da jedermann die Nachricht schon wußte, saß er wieder auf seiner Staffel und alle Nachbarn schauten ihn an und alle paar Minuten rief ihn einer vom Fenster oder von der Gasse herüber an: »Mein Beileid auch, du!«

Und er sagte jedesmal »merci«. Da kam der Stadtpfarrer auch noch gegangen und gab ihm die Hand und sagte freundlich: »Wir wollen in Ihre Stube hineingehen, kommen Sie!«

Aber Garibaldi schüttelte den Kopf. »'S ist gut«, sagte er, »und ich sag meinen merci«, und blieb sitzen, und die vielen Herumsteher drückten sich hintereinander und kicherten. Der Stadtpfarrer schien betrübt und es sah aus, wie wenn er noch einiges zu sagen hätte, aber er zog nur den Hut und grüßte wieder freundlich und ging langsam aus dem Hof und fort, und der Garibaldi blies eine große Rauchwolke hinter ihm her.

Von da an, wenn ich ihn des Abends wieder rasten sah, schien mir sein Gesicht ein wenig tiefer gefurcht und noch abwehrender und einsamer als sonst, und ich betrachtete ihn, der zwei starke Söhne im fremden Land verloren hatte, mit vermehrter Scheu.

Außer jenen untergegangenen Söhnen hatte Garibaldi noch drei verheiratete Töchter, deren älteste verwitwet war. Dies war die Lene Voßler, ein wildes und berüchtigtes Weib, groß von Wuchs

und von einer seltsam ungelenken, aber längst verwilderten Schönheit. Diese war von allen seinen Kindern das einzige, das zu ihm paßte, und auch das einzige, das in Verkehr und Freundschaft mit ihm stand. Sie kam den Winter über fast jeden Abend zu ihm in seine Hinterhausstube; dort saß sie neben dem Alten, oft bis es spät wurde, und redete kaum ein Wort mit ihm, der seine kleine Pfeife im Munde hielt und ebenfalls schwieg. Ich besann mich oft genug, was die zwei wohl miteinander anstellen möchten, aber sie saßen hinter den alten großblumigen Gardinen aus Wolle und man konnte im Schimmer der schlechten Ölfunzel nur zuweilen ihre ernsten Köpfe sehen.
Und häufig kam zu diesen beiden merkwürdigen, geheimnisvollen Menschen noch eine dritte Fabelgestalt. Dies war der alte Penzler, ein gewesener und verarmter Mühlenbauer, der aus Bayern stammte und den schon seine Herkunft und sein seltenes Handwerk zu etwas besonderem machten. Seit Jahren lebte er einsam und vielbesprochen in der finsteren Hengstettergasse ein ärmliches Sonderlingsleben, drehte ewig an seinem ungeheuren Schnauzbart, redete in alttestamentlichen Wendungen und betrank sich alle paar Wochen einmal, was meistens zu Nachtskandal und schlimmen Szenen führte. Der einzige Mensch, dem er Achtung zeigte und mit dem er eine Freundschaft unterhielt, war Garibaldi. Als dessen Söhne totgesagt wurden, kam Penzler zu ihm, schlug ihm auf die Schulter und rief mit gewaltiger Trösterstimme: »So gehts, alter Prophete! Wir sind allesamt wie Gras und wie des Grases Blüte. Na, die Lausbuben haben jetzt keine Sorgen mehr.«
Winterabends kam der Mühlenbauer sehr oft zum Garibaldi und saß mit ihm und seiner Tochter, der Lene Voßler, in der niedrigen, trüb erhellten Stube, die sich allmählich ganz mit Tabakrauch füllte. Ich schaute immer hinüber und lief manches Mal noch spät nachts von meinem Bett ans Fenster, schaute nach, ob drüben noch Licht sei, und stierte das einsame rote Fenster ahnungsvoll und begierig an, bis mich fror und ich ins Bett zurück mußte.
An einem Abend, es ging schon gegen den April und man brauchte fast nimmer zu heizen, wurde meine Neugierde belohnt und das eigentliche Treiben und Wesen des Alten ward mir klarer. Es fehlte nämlich diesmal der wollene Vorhang hinter

seiner Scheibe und ich sah den Garibaldi mit der Lene und dem Penzler am Tische sitzen. Es mochte neun Uhr oder später sein. Eine Blechlampe gab trübes Licht, die beiden grauhaarigen Männer bliesen Rauch aus ihren Pfeifchen und saßen still und vorgebeugt auf ihren Hockern, die Lene Voßler aber hatte über den ganzen Tisch im Viereck ein Kartenspiel ausgebreitet, ein Blatt dicht am andern. Auf diese Karten starrten alle drei. Bald nahm die Lene, bald ihr Vater eine Karte in die Hand und legte sie nachdenklich und zögernd an einen andern Platz; der Mühlenbauer sah mit scharfem Gesichte zu, deutete mit dem Pfeifenstiel hierhin und dorthin, schnitt ernste Grimassen, schüttelte den Kopf oder zuckte mächtig mit den gewaltigen Augenbrauen, die so stark wie Schnurrbärte waren. Gesprochen wurde nichts. Über den drei gebeugten Köpfen wölkte der dichte Rauch und stieg über der Lampenflamme in einer ununterbrochenen Säule in die Höhe.
Zwei Stunden lang schaute ich zu. Penzler schnitt immer schärfere Grimassen, die Lene ordnete ihre Karten immer leidenschaftlicher und legte sie hastig aus, der alte Garibaldi aber saß mir gerade gegenüber und so oft er den Kopf erhob, floh ich in meine Stube zurück, obwohl er mich am dunklen Fenster nicht hätte sehen können. Seine Augen waren auf die Karten gerichtet und brannten in dem braunverwelkten Gesicht mit leiser Glut.
Sie taten also Karten legen und wahrsagen, und es wunderte mich nicht. Aber wer wahrsagen kann, der muß auch zaubern können. Vom Bayern, dem Penzler, wußte man ja schon immer, daß er mit Geistern umging und viele geheime Heilmittel kannte. Ich paßte auf wie ein Jagdhund und brannte vor banger Begierde. Und als die Tage wärmer und die Abende lang und mild wurden, sah ich öftere Male, wie Garibaldi, sobald es zu dunkeln begann, an seinem Staffelplatz vom Penzler abgeholt wurde und mit ihm die Gasse hinab verschwand. Ich wußte genau, daß er nicht ins Wirtshaus ging, dafür hatte ihn meine Mutter oft gerühmt; daß man aber in diesen lauen, stichdunklen Frühjahrsnächten viel Zauber treiben konnte, war gewiß.
Ich sah in meinen Gedanken die zwei alten Hexenmeister die Stadt verlassen, im finstern Walde Kräuter suchen, ein Feuer

anfachen und Beschwörungen ausüben. Ich sah sie unter moosigen Felsen beim Lichte kleiner Diebslaternen Schätze aus der feuchten Erde graben. Ich sah sie Wetter machen und Krankheiten beschwören.

Ob wohl die Lene Voßler auch mitging? Nein, sie ging nicht mit. Eines Abends konnte ich der Neugier nicht widerstehen. Sobald ich den Mühlenbauer im Hof erscheinen sah, verließ ich still das Haus durchs Gartentor und schlich mich zwischen den Gärten hindurch auf die Gasse. Garibaldi und Penzler gingen miteinander straßabwärts. Der eine hatte etwas unter dem Arm, was wie ein aufgerollter langer Strick aussah, der andere trug eine Art Kachel oder Kanne. Ich folgte ihnen mit großem Herzklopfen die Gasse hinunter, über den Balkensteg und bis auf den Brühel, wo das letzte Haus der Stadt, ein alter Gasthof, steht und wo der Weg sich teilt. Es führt von dort aus ein Sträßlein eben den Fluß entlang, das andere stark ansteigend bergan in den Wald hinein.

Weiter wagte ich nicht hinterher zu gehen, der Gasthof war schon geschlossen, ringsum brannte keine Laterne, von der Stadt hörte man nichts mehr als vielleicht ein fernes Wagenrollen; vor mir lag kirchenstill der Brühel mit seinen riesigen Linden und Kastanien und durch die alten Kronen stöhnte der feuchte, stürmische Frühlingswind. Und die beiden dunklen Männer, die unter den hohen Bäumen auf einmal klein erschienen, wandelten in die schwarze Stille hinein, gleichmäßig im Schritt und ohne miteinander zu reden, ihre Geräte tragend. Ich sah sie schwer und still schreiten, der Nacht entgegen, mitten in das sich auftuende Reich der Finsternis und der schrecklichen Wunder, wo sie heimisch waren.

Mir wurde todesangst, als der Penzler einmal hinter sich schaute; ich blieb am Brühel stehen und sah nur noch, daß die beiden den Talweg flußabwärts einschlugen. Dann lief ich im Galopp zurück, kam ungesehen wieder durch die Hintertüre ins Haus und als ich dann geborgen im Bett lag, konnte ich noch lange nicht einschlafen, weil mein Herz vom schnellen Laufen und vor Angst nicht aufhören wollte, gewaltig zu schlagen.

Von da an wagte ich dem Garibaldi kaum mehr zu begegnen und wich ihm und dem Penzler auf der Straße ängstlich aus. Und daran tat ich wohl, denn es zeigte sich nicht allzulange darauf, daß sie gefährliche Wege gegangen seien.

An einem Morgen im Sommer – ich hatte Ferien – sprach es sich in der Stadt herum, es sei zu Nacht ein Unglück passiert. Nach einer Stunde erfuhr man, der Mühlenbauer Penzler sei in aller Gottesfrühe tot aus dem Wasser gezogen worden und liege drunten im Gutleuthaus. Alles strömte in großer Aufregung und Neugierde dorthin. Auf den steinernen Korridor des Gutleuthauses waren ein paar Bündel leinene Säcke und darüber eine rote Wolldecke gelegt, darauf lag halb entkleidet eine Gestalt, das war der Mühlenbauer. Aus der Nähe betrachten durfte man ihn nicht, ein Landjäger stand dabei, und mir war es recht, denn das Grausen hätte mich umgebracht.

Der Garibaldi war auch da, ging aber bald wieder weg und hatte sein gleichmütiges Gesicht aufgesetzt, so als gehe die Geschichte ihn nichts an. Als er wegging und die vielen Leute immer noch neugierig herumstanden und die Mäuler offen hatten, lächelte er auf seine stille, verächtliche Art. Und der Penzler war sein einziger Freund gewesen.

Wahrscheinlich war er nachts dabei gewesen, als der andere ins Wasser fiel. Warum hatte er dann nicht sogleich Leute geholt? – Oder war der Bayer vielleicht mit seinem Wissen und durch seine Schuld ertrunken? Hatten sie Streit gehabt, vielleicht bei der Teilung eines Schatzes?

Man hörte auf von dem Unglück zu reden. Garibaldi tat wie immer seine Arbeit in der Stadt herum und rastete bei gutem Wetter jeden Abend auf der Treppenstaffel über unserem Hof, wo die Kinder lärmten. Der dem Zauberwesen zum Opfer gefallene Mühlenbauer fand keinen Nachfolger. Garibaldis Gesicht wurde je älter desto undurchschaulicher und ich, der einen Teil seiner Geheimnisse kannte, sah hinter seiner gleichmütigen Stirn und hinter seinem ruhig überlegenen Blick eine Welt von dunklen Schicksalen träumen.

Im folgenden Herbst geschah es, daß ihm bei der Arbeit die hohe Leiter eines Gipsers auf die Schulter fiel und ihn beinah erschlagen hätte. Er lag vier Wochen krank im Spittel. Als er von dort wiederkam, war in seinem Wesen eine gewisse Veränderung wahrzunehmen. Er lebte wie sonst, tat seine Arbeit und sprach womöglich noch weniger als früher, aber er hatte jetzt die Gewohnheit, leise mit sich selber zu reden und zuweilen zu lachen, wie wenn ihm alte lustige Geschichten einfielen. An stillen Abenden, wenn die Kinder gerade anderswo tobten oder einem Kunstreiterwagen oder Kamelführer oder Orgelmann nachliefen, hörte man ihn im Höfchen ohne Unterlaß murmeln. Auch saß er nie mehr lange Zeit auf seinem Steine still, sondern ging öfters unruhig auf und ab, was zusammen mit dem Murmeln und dem Kichern etwas Unheimliches hatte.

Ich fühlte damals zum erstenmal Mitleid mit dem alten Hexenmeister, ohne ihn aber deswegen weniger zu fürchten. Sein neuerliches Gebaren schien mir bald auf Gewissensbisse, bald auf neue schlimme Unternehmungen zu deuten.

»Der Garibaldi will auch anfangen alt werden«, sagte einmal meine Mutter beim Nachtessen. Ich verstand das im Augenblick nicht, denn ich hatte ihn nie anders als grau und alt gesehen. Aber ich vergaß das Wörtlein nicht und merkte nach und nach selber, daß Garibaldi wirklich jetzt erst zu altern begann.

Noch einmal machte er von sich reden. Eines Abends war, nach langem Ausbleiben, seine Tochter Lene wieder einmal zu ihm gekommen. Sie waren in der Stube beieinander und ich glaube, die Lene wollte auswandern. Darüber kamen sie in Streit, bis das Weib mit der Faust auf den Tisch schlug und ihm Schimpfworte sagte. Da hub der alte Mann seine Tochter, so groß und stark sie war, jämmerlich zu hauen an und warf sie die Stiege hinunter, daß das Geländer krachte und sie nur mit Mühe und Schmerzen davonhinken konnte.

Von da an blieb Garibaldi ganz einsam und nun brach das Alter plötzlich vollends über ihn herein. Die Pfeife begann ihm im Munde zu wackeln und häufig auszugehen, die Selbstgespräche nahmen kein Ende, die Arbeit wurde ihm sauer. Schließlich gab er sie auf und war fast über Nacht zu einem gebückten und zittrigen Kerlchen geworden.

Für mich hörte er darum nicht auf, wichtig und rätselhaft zu sein. Ich fürchtete ihn mehr als je und konnte es doch nicht lassen, ihm halbe Stunden lang vom sicheren Fenster aus zuzuschauen. Beim Rauchen stützte er jetzt den Ellenbogen aufs Knie und hielt die Pfeife mit der Hand fest, aber auch die war zittrig und hatte keine Kräfte mehr.

Die Tage waren noch kühl und im Walde lag noch ein wenig Schnee, da war eines Tages der Garibaldi gestorben.
Mein Vater bürstete seinen Schwarzen und ging zur Leiche. Ich durfte nicht im Zug mitgehen (wenn man das Dutzend Nachbarn einen Zug heißen will), aber ich stieg auf die Kirchhofmauer und hörte zu und erfuhr dabei zum erstenmal, daß der Tote nicht Garibaldi, sondern Schorsch Großjohann geheißen hatte, was mich in lange Zweifel stürzte, denn fragen mochte ich niemand.
Nachher sagte mein Vater zur Mutter: »Unser Garibaldi war doch ein sonderbarer Mensch, fast unheimlich; weiß Gott, wie er so geworden ist.«
Darüber hätte ich nun mancherlei mitteilen können. Aber ich behielt alles für mich – das Wahrsagen, das Zaubern, die Nachtgänge flußabwärts und das, was ich über den Tod des bayrischen Mühlenbauers vermutete. *(1904)*

# Aus der Werkstatt

Mein Freund erzählte:

Während ich als zweiter Lehrling in der mechanischen Werkstatt war, gab es einmal einen merkwürdigen Tag in unsrer Bude. Es war gegen Anfang des Winters, an einem Montag, und wir hatten alle drei schwere Köpfe, denn am Sonntag hatte ein Kollege aus der Gießerei seinen Abschied gefeiert, und es war spät geworden und hoch hergegangen mit Bier und Wurst und Kuchen. Jetzt am Montag standen wir schläfrig und verdrossen an unsern Schraubstöcken, und ich weiß noch, wie ich den zweiten Gesellen beneidete, der eine große Schraubenstange auf der englischen Drehbank laufen hatte; ich sah oft zu ihm hinüber, wie er an der Schiene lehnte und blinzelte und so halb im Schlaf die bequeme Arbeit tat. Zu meiner Qual hatte ich eine heikle Beschäftigung, das Nachfeilen von blanken Maschinenteilen, wobei ich jede Minute nachmessen und beständig mit ganzer Aufmerksamkeit dabei sein mußte. Die Augen taten mir weh, und meine Beine waren so unausgeschlafen und weich, daß ich fortwährend den Stand wechselte und mich oft mit der Brust an den oberen Knopf des Schraubstockhebels lehnte. Und den andern ging es nicht besser. Einer hieb an einem Eisensägeblatt schon dreiviertel Stunden, und Fritz, der Jüngste, hatte soeben den Meißel, den er schärfen wollte, in den Schleifsteintrog fallen lassen und sich die Finger dabei aufgerissen. Wir hatten ihn ausgelacht, aber nur schwächlich; wir waren alle zu müd und verstimmt.

Aber der kleine Katzenjammer war das wenigste, das wußten oder spürten wir alle, wenn auch keiner etwas davon sagte. Oft genug war es grade am Morgen nach einer Zecherei in der Werkstatt extra lustig zugegangen. Diesmal hörte man, auch wenn der Meister einmal weg war, nicht einmal die üblichen Anspielungen auf gestrige Heldentaten und Witze. Alle hielten sich still und fühlten, daß etwas Peinliches im Anzug war. Wir waren wie die Schafe, wenn der Himmel schwarz wird und es zu donnern anfängt. Und das Gefühl von Bangigkeit und Gefahr galt unsrem ältesten Gesellen, dem Hannes. Er hatte schon seit acht Tagen auf Schritt und Tritt Reibereien mit dem Meister gehabt, mit dem jungen nämlich, dem Meisterssohn, der neuerdings das Regiment beinah allein führte. Und seit ein paar Tagen konnte man spüren, daß ein Unwetter drohte; die Stimmung in der Werkstatt war schwül und bedrückt, der Meister redete nichts, und die Lehrlinge schlichen scheu und ängstlich herum, als schwebe immer eine ausgestreckte Hand ihnen über den Ohren.

Dieser Hans war einer der tüchtigsten Mechaniker, die ich gekannt habe, er stand seit etwa einem Jahr bei uns in Arbeit. In dieser Zeit hatte er, namentlich solang noch der alte Meister das Heft in der Hand hatte, nicht bloß bestens gearbeitet, sondern auch in jedem schwierigen Fall Rat gewußt und sich richtig unentbehrlich gemacht. Mit dem jungen Meister, der ihm anfangs oft widersprach und sich keinen Gesellen über den Kopf wachsen lassen wollte, hatte es anfangs häufig Zerwürfnisse gegeben, namentlich da Hannes sich gelegentlich Freiheiten erlaubte und im Reden keineswegs vorsichtig war. Dann aber hatten die zwei Männer, die beide in ihrem Beruf mehr als das Gewöhnliche leisteten, einander einigermaßen zu verstehen begonnen. Der Jungmeister arbeitete nämlich insgeheim an einer Erfindung, es handelte sich um einen kleinen Apparat zum automatischen Abstellen der großen Chemnitzer Strickmaschinen, von denen viele in unsrer Stadt arbeiteten, ich glaube es war eine praktische und gute Sache. Daran experimentierte er nun schon eine Weile herum und war oft halbe Nächte damit allein in der Werkstatt. Hannes aber hatte ihn belauscht und war, da ihn das Ding interessierte, zu einer anderen Lösung gekommen, die er dem Meister zeigte. Seither hatten die beiden viel miteinander gearbeitet und verkehrt, beinah wie Freunde. Dann traten wieder Verstimmungen ein, denn der Geselle erlaubte sich gelegentlich manche Freiheiten, blieb Stunden oder auch einen halben Tag aus, kam mit der Zigarre ins Geschäft und dergleichen, lauter Kleinigkeiten, in welchen unser Meister sonst äußerst streng war, und die er ihm nicht immer ungescholten hingehen ließ. Doch kam es nie mehr zu ernstlichem Zank, und eine ganze Weile war völliger Friede im Haus gewesen, bis kürzlich wieder eine Spannung anfing, die uns alle besorgt machte. Einige behaupteten, es gehe um ein Mädchen, wir andern meinten, vermutlich habe Hannes ein Anrecht auf den Mitbesitz der Erfindung erhoben, und der Meister wehre sich dagegen. Sicher wußten wir nur, daß Hannes seit Monaten einen übertrieben hohen Wochenlohn bezog, daß er vor acht Tagen im Modellierraum einen sehr lauten, zornigen Wortwechsel mit dem Jungmeister gehabt hatte, daß seither die beiden einander grimmig nachblickten und einander mit einem bösartigen Schweigen auswichen.

Und nun hatte es Hannes gewagt, heute Blauen zu machen! Es war bei ihm schon lang nicht mehr vorgekommen, und bei uns Jüngeren überhaupt nie; von uns wäre jeder ohne Sang und Klang entlassen worden, wenn er einmal Blauen gemacht hätte.

Wie gesagt, es war kein guter Tag. Der Meister wußte, daß wir die Nacht gefestet hatten, und sah uns scharf auf die Finger. Seine Wut über das Ausbleiben des Gesellen mußte nicht klein sein, außerdem lag wichtige Arbeit da. Er sagte nichts und ließ sich nichts anmerken, aber er war bleich und sein Schritt war unruhig, auch schaute er öfter als nötig auf die Uhr.

»Du, das gibt eine Sauerei«, flüsterte der zweite Geselle mir zu, als er an meinem Platz vorbei zur Esse ging.

»Und keine kleine«, sagte ich.

Schon schrie der Meister herüber, was es da zu schwätzen gebe. Seine Stimme war bös.

»Man wird wohl einander noch etwas fragen dürfen«, meinte Karl. Aber als der Meister einen Schritt näher trat und ihn anfunkelte, duckte er sich und ging zum Feuer.

Die Mittagsstunde war vorbei, und allmählich verging auch der lange Nachmittag, freilich entsetzlich langsam, denn die verhaltene Wut machte den Meister zu einem unerträglichen Arbeitsnachbarn. Er gab sich, obwohl er unsre Arbeiten immer kontrollierte, nicht mit uns ab; er schmiedete sogar ein größeres Stück, statt einen von uns an den Vorschlaghammer zu kommandieren, allein, und dabei lief ihm der Schweiß übers Gesicht und tropfte zischend auf den Amboß. Uns war zumut wie im Theater vor einer Schreckensszene, oder wie vor einem Erdbeben.

Um vier Uhr, während wir unser Vesperbrot aßen, tat der Meister etwas Sonderbares. Er ging an den leeren Platz des Hannes an der Werkbank, nahm zwei Schraubenschlüssel und machte mit vieler Mühe den schweren Schraubstock los, der seit vielen Jahren dort seine Stelle gehabt hatte und gewiß so alt war wie die Werkbank, vielleicht so alt wie die Werkstatt. Was dachte sich der Mann bei dieser seltsamen, unnützen Arbeit? Es sah so aus, als wolle er den Gesellen überhaupt nicht mehr in die Werkstatt lassen, aber jetzt bei der vielen Arbeit war das kaum möglich. Mir machte es einen beinah schauerlichen Eindruck, zu sehen, wie dieser praktische, jeder Spielerei abgeneigte Mann in seinem stillen Grimm auf eine solche symbolische Handlung verfiel.

Abends um fünf Uhr fuhren wir ordentlich zusammen, als die Werkstatt-Tür aufging und der Hannes ganz behaglich hereintrat, noch in Sonntagskleidern und den Hut im Genick, die linke Hand im Hosensack und leise pfeifend. Wir erwarteten mit Angst, daß der Meister ihn nun anreden, ausschelten und anbrüllen, ja vielleicht schlagen werde. Er tat aber nichts davon, sondern blieb stehen, wo er war, sah sich nicht weiter nach dem Eintretenden um und biß sich bloß, wie ich deutlich sah, krampfhaft auf die Lippen. Ich begriff beide nicht, am wenigsten den Hannes, bis ich bemerkte, daß dieser ein wenig angetrunken war. Den Hut auf dem Kopf und die linke Hand im Sack, bummelte er herein und bis vor seinen Platz. Da blieb er stehen und sah, daß sein Schraubstock weggenommen war.

»Der ist ein Lump, der das getan hat«, sagte er laut.

Aber niemand gab Antwort. Darauf redete er einen von uns an, erzählte ihm einen Witz, aber der hütete sich natürlich und wagte nicht aufzusehen oder gar zu lachen. Da ging Hannes in die freigehaltene Ecke der Werkstatt, wo die kleine vom Meister und ihm konstruierte neue Maschine stand; sie war bis auf Kleinigkeiten fertig und provisorisch an eine Eisenschiene angeschraubt. Er nahm die darüber gebreitete Leinwand ab und betrachtete das Werklein eine Weile, spielte mit den zwei zierlichen Hebeln und fingerte an den paar Schrauben herum. Dann wurde es ihm langweilig, er ließ die Maschine unbedeckt stehen, ging an die Esse, ließ einen Hobelspan aufflackern und zündete sich eine Zigarette an. Die behielt er qualmend im Mund und verließ die Werkstatt mit demselben behaglichen Bummlerschritt, mit dem er gekommen war.

Als er draußen war, ging der Meister hin und breitete das Tuch wieder sorgfältig über die Maschine. Er sagte kein Wort und war mir an diesem Abend ein Rätsel. Daß die Angelegenheit nun damit erledigt sei, wagte keiner von uns zu hoffen. Mir aber passierte vor lauter Erregung ein Ungeschick; es brach mir ein feiner Gewindebohrer im Eisen ab, und von diesem Augenblick an fürchtete ich nur noch für meine eigene Haut und dachte an nichts anderes mehr. Es war eine Qual, wie träg die Zeit bis zum Feierabend verging, und sooft der Meister an dem Regal vorüberkam, in dem die Gewindebohrer sauber nach den Nummern geordnet lagen, wurde mir heiß.

Andern Tags, obwohl ich um den zerbrochenen Bohrer noch ein schlechtes Gewissen hatte, überwog auch bei mir wieder der ängstliche Gedanke, wie es mit Hannes gehen würde. Ein wenig frischer und besser ausgeruht als gestern kamen wir ins Geschäft, aber die Schwüle war nicht gewichen, und die sonst üblichen Morgengespräche und Scherze blieben uns in der Kehle stecken. Hannes war zur gewohnten Stunde gekommen, nüchtern und im blauen Schlosserkleid, wie sich's gehörte. Seinen Schraubstock hatte er unter der Werkbank gefunden und ruhig wieder auf dem alten Platz befestigt. Er zog die Muttern an, klopfte und rüttelte, bis alles wieder richtig saß, dann holte er Schmiere und salbte die Schraube gut ein, ließ sie zur Probe ein paarmal spielen und begann alsdann seine Arbeit.

Es dauerte keine halbe Stunde, so kam der junge Meister.

»Morgen«, sagten wir, und er nickte. Nur Hannes hatte nicht gegrüßt. Zu diesem trat er nun, schaute ihm eine Weile zu, während er ruhig weiter feilte, und sagte dann langsam: »Seit wann ist denn der Schraubstock wieder da?«

»Seit einer halben Stunde«, lachte der Geselle. Aber es war künstlich gelacht, voll Trotz und vielleicht auch Besorgnis.

»So«, sagte der Meister. »Und wer hat denn dich geheißen, ihn wieder hinzutun?«

»Niemand. Ich weiß allein, was ich zu tun habe.«

»In dieser Werkstatt hast du nichts zu tun«, rief der Meister nun etwas lauter, »von heute an nichts mehr. Verstanden?«

Hannes lachte. »Meinst, du kannst mich rausschmeißen?«

Der Meister wurde bleich und ballte die Fäuste.

»Seit wann sagst du denn Du zu mir, du Lump?«

»Selber Lump –«

Der Meister vergaß sich. Ein Schlag und ein kurzer Schrei war zu hören, dann wurde es totenstill in der ganzen Werkstatt, denn nun ließen wir alle die Arbeit liegen und hörten mit Entsetzen zu.

Der Meister hatte dem Hannes einen Faustschlag ins Gesicht gegeben. Nun standen sie dicht voreinander, minutenlang regungslos, und dem Geschlagenen schwoll die Haut ums Auge bläulich an. Beide hatten die Fäuste ein wenig vorgestreckt, und beide zitterten ein wenig, der Meister am sichtbarsten. Wir rissen die Augen auf, und keinem fiel es ein, ein Wort zu sagen.

Da geschah es wie ein Blitz, daß Hannes, am Meister vorbei, zur Esse stürzte und mit beiden Händen einen von den schweren Vorschlaghämmern an sich riß. Noch im selben Augenblick stand er wieder vor dem Meister, den Hammer hoch geschwungen, und blickte ihn auf eine Art an, daß uns todesbang wurde.

»Schlag doch zu, wenn du Courage hast«, sagte der Meister. Es klang aber nicht ganz echt, und als jetzt Hannes Miene machte, zuzuhauen, wich der Bedrängte vor ihm zurück, Schritt um Schritt, und Hannes immer hinter ihm her, mit dem riesigen Schmiedehammer zielend. Der Meister war totenblaß, man hörte ihn laut keuchen. Hannes trieb ihn so langsam weiter bis in die Ecke, da stand er an die Wand gedrängt, neben seiner kleinen Maschine, von der das Tuch geglitten war.

Hannes sah schauerlich aus in seiner Wut, und die Spuren des Faustschlags neben seinem Auge standen in dem weißen Gesicht und machten es noch wüster.

Jetzt lüpfte er den Hammer noch ein klein wenig, biß die Zähne zusammen und hieb. – Wir schlossen alle einen Moment die Augen. Dann hörten wir den Gesellen laut und böse lachen. Sein Schlag hatte gedröhnt, als müsse das Haus einfallen, und jetzt schwang er den Hammer hoch und hieb noch einmal. Aber beide Schläge galten nicht dem Meister. Statt dessen war die Maschine, seine Erfindung, scheußlich zertrümmert und lag in geborstenen, verbogenen und plattgeschlagenen Stücken da. Jetzt warf Hannes den Hammer weg und ging ganz langsam in die Mitte der Werkstatt zurück; dort setzte er sich mit verschränkten Armen auf den Amboß, doch zitterte er noch in den Knien und Händen.

Der Meister kam ebenso langsam ihm nach und stellte sich vor ihm auf. Es schien, als seien beide vollständig erschöpft und hätten zu nichts mehr Kraft. Hannes baumelte mit den Beinen, und so saß der eine und stand der andre, sie sahen einander nicht einmal mehr an, und der Meister fuhr sich immer wieder mit der Hand über die Stirne.

Dann nahm er sich plötzlich zusammen und sagte leise und ernst: »Steh jetzt auf, Hannes, und geh, nicht wahr?«

»Ja, ja, freilich«, sagte der Geselle. Und dann noch: »Also adieu denn.«

»Adieu, Hannes.«

Nun ging er hinaus mit dem verschwollenen Auge, und die Hände noch schwarz von Schraubstockschmiere; und wir sahen ihn nicht wieder.

Ich hielt den Augenblick für günstig, ging zum Meister hin und sagte ihm, ich hätte einen von den Gewindebohrern zerbrochen, einen von den feinen. Ängstlich erwartete ich sein Strafgericht. Er sagte aber bloß: »Welche Nummer?«

»Dreidreiviertel«, flüsterte ich.

»Bestell einen neuen«, sagte er, und weiter kein Wort. *(1904)*

# Sor aqua

So viel mich das Leben umhertrieb und so viel Menschliches allmählich seinen Reiz und Wert für mich verloren hat, meine Liebe zur Natur ist noch jetzt so stark wie nur je in meiner Jugendzeit. Sie begann früh in den Knabenjahren mit Schmetterlingsjagd und Käferfang, erweiterte sich dann zur Lust an Wanderung und Landschaft, zum Trieb in die Ferne, wurde zeitweilig von andern Leidenschaften unterdrückt, erstarkte aber, je einsamer und stiller ich wurde.
Wenn ich nun in schönen Mittagsstunden meinen kleinen Gang tue und dann, auf einer Bank Rast haltend, Himmel, Wolken, Berge und lichte Fluren überschaue, ergreift mich oft diese stumme Schönheit mit wunderlicher Rührung. Ich kann keinen Berg, keine Landstraße, keinen Wald sehen, ohne daß zahllose Erinnerungen mich bestürmen, viel zu reich und mannigfaltig, als daß ich sie alle zugleich liebkosen und beherbergen könnte. Was bin ich nicht in meinem Leben gewandert! Wieviel Gebirge, Ströme, Seen, Meerbusen habe ich gesehen, die ich fast alle des öftern besuchte und deren Andenken mein Gedächtnis zu einem gewaltigen farbigen Bilderbuch macht. Die Schweiz hat wenige Berge, deren Kontur ich nicht treu aus dem Gedächtnis zeichnen könnte, und dann die Umrisse all der Seen und Inseln, die Silhouetten von Städten in Italien, Österreich, im Norden, die Höhenzüge der Vogesen, des Jura, des Harzes, des Odenwaldes, des Apennin, der korsischen Berge!
Wenn ich niemals mit Menschen verkehrt und keinerlei Abenteuer in Haß und Liebe erfahren hätte, so würden diese Wanderungen allein mein Leben erfüllt und reich genug gemacht haben. Freilich waren es keine Eisenbahnreisen, sondern Wanderzüge zu Fuß, zu Schiff, zu Maulesel, zuweilen auch im Postwagen, mit vielen unbeabsichtigten längeren und kürzeren Aufenthalten, die auch zum Kennenlernen fremder Leute und zur Teilnahme an ihnen Zeit und Anlaß gaben. So besitze ich eine Menge schlichter, lieber Freunde in Gasthäusern, Sennhütten, Bauernkaten, in Fischdörfern und Bergnestern und auf einsam gelegenen Höfen. Wir schreiben einander nicht, aber wenn ich heute nach Bozen, nach Sestri, nach Chioggia, nach Sylt, nach Spiez komme, so ken-

nen sie mich, erzählen mir ihre Familiengeschichten, zeigen mir Kinder, Enkel, Bräute, Vieh und Ländereien, bieten mir ihre beste Schlafstube an und fordern keine Fremdenpreise dafür. Auch fände ich bei manchen von ihnen unter Glas oder ohne Glas mein Bild hängen, gezeichnet, daguerrotypiert oder photographiert, das Bild eines Dreißigers, Fünfzigers, Sechzigers – Bilder, die zum Teil mir selbst aus dem Gedächtnis entschwunden sind und auf denen ich noch kräftig, aufrecht und strack aussehe, wie ich es gottlob Jahrzehnte hindurch gewesen bin. An mancher Kalk- und Holzwand fände ich auch eine Zeichnung, eine Karikatur, einen Vers, die ich seiner Zeit darauf gekritzelt habe.

Nun, genug davon! Mehr als das Wandern selbst habe ich stets die Aufenthalte geliebt, Aufenthalte da und dort, kurze und lange, und ich gebe mehr darauf, ein kleines Stück Landschaft durch und durch zu kennen, als viele Länder im Flug gesehen zu haben. Dabei habe ich nie etwa das Hochgebirge oder den Wald oder die Ebene oder Heide bevorzugt; nur ohne *sor aqua*, ohne Schwester Wasser, hielt ich nirgends lange aus. Ein Bach, ein Fluß oder am liebsten ein See oder Meer ist mir immer eine liebe, ja unentbehrliche Nachbarschaft gewesen. Schwimmen, Rudern, Segeln und Angeln war von jeher meine Leidenschaft, und ich hätte eigentlich als Insulaner geboren werden müssen. Daher war ich, als ich zum erstenmal den wunderbaren Lobgesang des heiligen Franziskus las, der alle Elemente und Kreaturen mit geschwisterlicher Liebe umfaßt, entzückt über das zärtliche *sor aqua* und hatte damit den Namen für meine Liebe zu allem Wasser gefunden. Wie eine Schwester liebte ich es, und wie eine Schwester verstand es mich, liebte mich wieder und erschloß mir seine zahllosen geheimen Schönheiten, denen noch nie ein Maler oder Dichter gerecht worden ist.

Wer sollte auch das Wasser nicht lieben! Es ist beweglich, weich, rein, mächtig, es spiegelt den Himmel und die unsichtbaren Farben der Luft, es redet und singt vom süßen Plauderton bis zum unwiderstehlichen Sturmlied, es zieht in köstlichen Schleiern am Himmel hin. Wie oft stand ich bezaubert in den Anblick des mittäglich leuchtenden Meeres versunken oder der Abendspiegelung eines Bergsees, wie viel Ströme und Gewässer haben mich als Schwimmer und Schiffer getragen, gewiegt und liebkost. Und dann ein Meersturm oder eine stille Seenacht! Mit besonderem Reiz zeigt mir die Erinnerung sodann die Nächte, in denen ich zu Fuß unterwegs war und einen Fluß oder Strom zum Begleiter hatte. Dies dunkle Rauschen des Weggenossen, dies ewige gewaltige Ziehen ohne Rast und Ende, woneben alle meine Wanderschaft nur eine kurze Reise war! In solchen Stunden spürt man den Atem der großen Natur und den Herzschlag der Erde.

Und dann die Fischerei, vom Forellenangeln im kleinen Schwarzwaldbach bis zu den Fischzügen auf dem Meer! Der Hechtfang in den lothringischen Seen, das Felchenschnellen in der Schweiz, die Thunfischjagd auf dem Adriatischen Meer und der stille Karpfenzug in Teichen und Wallgräben der Heimat! Mir schlägt das Herz, wenn ich daran denke. Welche Reihe prachtvoller Tage, zugebracht in Wasserstiefeln im Tümpel eines Bachs, verborgen im Uferlaub eines stillen Flüßchens, barfuß im feuchten Rain oder behaglich rauchend in den Barken fremder Fischerdörfer!

Und die langen, traumhaft stillen, heißen Tage, die ich an sandigen Meerufern einsam verschlief, verträumte, verstaunte, in Sand und Wasser schmorend, die Zigarre im Mund und den Drahtkorb neben mir, der sich langsam mit mühelos gefangener kleiner Seebeute füllte. Da war auf Stunden kein Mensch, kein Lärm, kein Gelächter oder Gespräch, nichts als die Weite von Luft und Meer, die große ruhige Bläue, fern die dunkel dahinfahrenden Schiffe und ich damitten, gebannt und wunschlos einer stillen Gegenwart dahingegeben, in wunderlichen Gesprächen mit *sor aqua*. Da hörte, sah und erlebte ich Märchen, die alle Dichterphantasie überstiegen, belauschte das geheimnisvolle Leben von Fischen, Krabben, Muscheltieren und Seevögeln, horchte auf das Verlaufen der Wellen im Sand, ward plötzlich von großen Möwen erschreckt und erschreckte sie wieder, dachte versunkenen Schiffen und Städten nach, verfolgte den Lauf der lichten Wolken und sog in tiefen Zügen die warme, dampfende Salzluft in mich ein.

Es ist eine alte Wahrheit, daß man geben muß, um zu nehmen. Ich brachte meiner *sor aqua* Liebe, Verehrung, Aufmerksamkeit, Unermüdlichkeit entgegen, ich ließ mir Launen von ihr gefallen, ich sah sie ohne Zorn mehrmals in ausgelassener Grausamkeit mit meinem Leben spielen, aber sie hat mir alles vielfältig bezahlt. Sie verriet mir in guten Stunden köstliche Geheimnisse, ließ mich rare Dinge sehen, unterhielt mich mit Geschwätz, mit Gesang, mit Getöse, warf mir je und je einen auserlesenen Genuß in den Schoß. War ich im Boot unterwegs, so ließ sie mich rechtzeitig aufsteigende Gefahren merken, beim Schwimmen lehrte sie mich manchen kleinen Vorteil, angelte ich, so brachte sie es selten über sich, mich leer ausgehen zu lassen. Sie hat mir zuweilen Streiche gespielt, mich von Kopf zu Fuß durchnäßt, mir das Boot umgeworfen, mir Angelschnüre abgerissen oder allerlei lächerliches Zeug daran gehängt, wie Wasserpflanzen, alte Stiefel und dergleichen, ja einmal hing mir ein ersoffener Hund an der Hechtschnur. Aber wer möchte einer geliebten älteren Schwester solche Scherze nicht gerne verzeihen!

Vielleicht waren es nächst dem Genfer- und Bodensee die Buchten von Neapel und Syrakus, die venezianische Lagune, die Küste der Normandie und die Heimat der Halligen, denen ich die größten Eindrücke verdanke. Aber das wäre ungerecht. Die Frühlingsstürme auf dem Urner See, der Oberrhein, das Rhônetal gaben mir nicht weniger, und schließlich ward mir mancher an kleinen süddeutschen Erlenbächen oder an grünen, tangüberzogenen Karpfenteichen verfischte und verbummelte Nachmittag so lieb oder lieber als irgendeine Seereise oder südliche Barkenfahrt.

Daß ich, wie fast alle meine Fahrten, so auch alle meine Besuche bei *sor aqua* ohne Gesellschaft machte, versteht sich von selbst. Ich liebe Freiheit der Bewegung und Freiheit auch im Rasten, und nicht weniger als die sommerreisenden Philisterschwärme sind mir die in Trikot gekleideten sportsmen der Schwimm- und Rudervereine verdächtig. Das hindert nicht, daß ich auch unter diesen Leuten gelegentlich einen lieben Einzelnen traf. Im ganzen aber fand ich nur einen einzigen wirklichen Kollegen. Es war ein Engländer, vielmehr Halbirländer, der ganz wie ich sein Leben lang als Junggesell und Wandersmann die Welt durchzog, den Reisepöbel mied, ein Einsiedler und Halbnarr war und sich *procul negotiis* am Herzen der Natur allein ganz wohl fühlte. Nur dehnte er, obwohl er so wenig als ich ein Krösus war, seine Reisen auf Indien und Afrika aus und stak, obwohl er gleich mir ohne wissenschaftliche Zwecke reiste, voll von sprachlichen und Realkenntnissen aus aller Herren Ländern. Ich bin ihm in all den Jahren achtmal begegnet und war dann mehrmals tagelang, einmal wochenlang sein Genosse. Mit ihm frühstückte ich in Cannes, schwamm im Meer bei Korsika, mit ihm pilgerte ich über den Simplon und die Gemmi, ein anderes Mal kreuzte er meinen Weg im Haag, und zuletzt sah ich ihn im Montafon. Das ist nun auch schon bald zwanzig Jahre her, wir scherzten beide über unser klägliches Aussehen und klagten einander die Leiden des beginnenden Alters, welche für gewohnte Fußwanderer und Vagabunden doppelt schmerzlich sind.

Wenn jemand dieses liest, so mag er sich wundern, wie ich zu einer so beweglichen und abseitigen Lebensart gekommen sei. Nun, ich wurde mit achtzehn Jahren Architekt, arbeitete da und dort und blieb fünfzehn Jahre im Beruf, der mich namentlich in die Schweiz und nach Österreich führte. Dann ging ich, des einträglichen, aber nicht gerade künstlerischen Arbeitens überdrüssig, zu ausgedehnteren Studien nach Italien, wo ich ein Jahr lang römische Tempel, Theater und Brücken, Kirchen und Renaissancepaläste betrachtete und abzeichnete. Darüber gewöhnte ich mich an ein unstetes Leben; meine Eltern waren beide tot, und ich hatte keine Lust, mein teils geerbtes, teils erspartes Vermögen in einem eigenen »Baugeschäft« umzutreiben. So bin ich eine Art von Bummler geworden und mein Leben lang geblieben. Zwischenein las ich wohl auch über Geschichte und dergleichen, zeichnete oder führte für Freunde kleinere Bauten aus, das Wandern aber und *sor aqua* waren mir wichtiger. Kehren wir zu ihr zurück! Sie hat mich nie gefragt, ob denn bei all dem Schwimmen und Seefahren auch etwas Rechtes aus mir werde, sie hat mich liebgehabt und beherbergt wie ihre Seehunde, kalt und warm, lind und rauh, je nach der Jahreszeit. Sie war mir denn auch interessanter als alle gebauten und vollends ungebauten Häuser der Erde, und wir beide haben es nie bereut, daß ich mir den Magen nicht am Reißbrett geknickt habe und kein Palladio oder moderner Bauunternehmer geworden bin. Freilich lag damals, als ich das Bummeln zu meinem Metier und *sor aqua* zu meinem Liebling machte, die erste schöne Jugend auch schon hinter mir, und ich hatte leider Gründe für mein Tun. Ein andermal davon!

Es war nicht anders möglich, daß ich auf meinen Streifzügen häufig mit Menschen aus der Gattung der Maler zusammentraf, namentlich in früheren Jahren, da das Vedutenmalen noch nicht völlig den Handwerkern überlassen worden war. Während meiner Architektenzeit in Italien gehörte ich selber zu diesem leichten Volk, wanderte in Sommerhut, Plüschjacke und Flatterschlips durch die Albaner Berge und sah aus als wäre ich aus einer Eichendorffschen Novelle entsprungen. Später schwand meine Hochachtung vor den Samtjacken mehr und mehr, doch fand ich noch eine Reihe vortrefflicher Leute unter ihnen und behielt zeitlebens eine gewisse Neigung fürs Handwerk bei. Von Kunst allerdings redete ich nie gern mit ihnen, sie waren damals so dogmatisch verbohrt wie heute, und fast jeder glaubte, seine sichere Landstraße zur Seligkeit unter den Sohlen zu haben. Ich lachte darüber und *sor aqua* auch. Wasser malen konnte nämlich kein einziger. Die Neueren sind darin, wie ich zugeben muß, weiter gekommen, aber streng genommen war der verstorbene Böcklin doch der einzige, der das Meer physikalisch wie poetisch verstanden und dargestellt hat. Wenn auch nur das südliche.

Während nämlich diese Maler keine Katze abbilden wollen, ohne ihre Anatomie zu kennen, sehen sie sämtlich am Wasser nichts als Oberfläche. Ich kannte namhafte Leute unter ihnen, denen die simpelsten Ursachen der Färbung oder Wellenbildung einer Wasserfläche ungelöste Rätsel waren. Die Folge war natürlich, daß ihre Seen und Meere höchstens gute Momentbilder ohne den tieferen, zum Verständnis zwingenden Organismus wurden. Vollends die aus dem Gedächtnis gemalten Meere auf Historienbildern und heroischen Landschaften sind allzumal miserable Traumbilder und haben mit der wahren Natur und Schönheit des Meeres meist keinen Schatten gemeinsam. Daß das weitere und engere Publikum den Schwindel glaubt, kauft und lobpreist, ist mir längst ein Beweis dafür, daß die meisten Kunstkenner der Natur gegenüber blind und Nichtskenner sind.

Im Flur meiner Wohnung steht ein mächtiger Kasten, in dem ich all mein altes Wassergerät verwahre. Da lehnen Angelruten jeder Art, kleine Handhamen und dergleichen, und die Laden sind mit Schnüren, Angeln, künstlichen Fliegen, Fischbüchsen, mit selbstgezeichneten Fluß- und Seekarten, mit Muscheln, getrockneten Seepferdchen und ähnlichem Zeug gefüllt. An den Sachen hängt noch etwas wie Wasserduft, der mich mächtig lockt, und zuweilen ertappe ich mich darüber, wie ich Schnüre drehe und färbe, Darmsaiten öle, Haarfliegen flechte und schadhafte Angelstöcke repariere, die ich vermutlich doch nie mehr brauchen werde. Oder ich nehme die Karten vor, verfolge eine meiner früheren Wasserreisen und zeichne mit leisem Stift eine neue ein, die ich noch ausführen möchte. All das tut mir wohl, und all diese unnütz gewordenen Sachen sind mir doch noch lieb, weil sie ihr Stück eigenen Lebens haben. Heutzutage kauft man Leinen, Korke, Posen, Fliegen, Lote, Karten und alles fertig im Laden. Meine Stücke aber sind eigene Handarbeit, und ihre Herstellung hat mir jeweils fast soviel Freude gemacht wie ihre Verwendung.

Hier ist eine starke hellbraune Leine ohne Rute, mit der ich im Elsaß auf Karpfen zu fischen pflegte. So oft ich sie sehe, fällt mir ein kleines Erlebnis ein. Ich ging damals häufig zum Karpfenfang auf das Gut eines mir befreundeten Landbesitzers. Er hatte einen schönen eigenen Teich und sah es, weil er selbst zu viel beschäftigt oder zu bequem war, gerne, wenn ich die Fische für ihn herauszog.

Dort saß ich denn auch eines Nachmittags im Spätsommer im schadhaften Holzbötchen, die braune Schnur in der Hand. Diese schlichteste Art zu angeln, ohne Stock noch Schwimmer aus freier Hand, ist mir immer lieb gewesen. An jenem Tage war mir das Fischen freilich Nebensache. Es war ein trüber, kühler Tag, der wenig Beute versprach, den ich aber desto lieber an dem schönen, stillen Wasser verträumte. Der nicht große, ovale Weiher war teils von Schilf, teils von Steilufer mit schönem alten Birken- und Erlenbestand umschlossen. In dem tief braungrünen, toten Wasser lagen der bleichgraue Himmel und der Saum von schönen Baumkronen in zartem Licht gespiegelt. Es war still wie in einer Kirche um Mitternacht, nur hin und wieder fiel ein Baumblatt auf den Spiegel oder es stieg eine Luftblase auf. Das Schilf stand so unbeweglich als wäre aller Wind für heute verblasen. In behaglicher Träumerei sog ich den intensiven Teichgeruch ein, starrte ins Röhricht und genoß den tiefen Mittagszauber. Alle meine lieben See- und Wassersagen fielen mir ein, doch wollte keine ganz in meinen Weiher passen. Ich sann nach, wie wohl der Geist und König dieses schweigsamen Gewässers aussehen müßte. Eine Wasserjungfer? Nein. Auch kein Nöck oder Froschkönig. Aber ein ernster, stiller, würdevoller Karpfenfürst mußte es sein. Ich begann mir ihn vorzustellen, vom starren Schwanz bis zur breiten Schnauze, golden glänzend, mit ernsthaften, schwarzen und gelben Augen, der Leib schön breit und fest, die Bauchflossen groß und rosa, der Schädel schwer, doch wohlgeformt. So mußte er hier wohnen und herrschen, uralt, klug, schweigsam und ernsthaft; so mußte er tief im braunen lauen Wasser zwischen den langstieligen, gewundenen Blattpflanzen hin und wieder schwimmen, zwischenein lang und tiefsinnig am selben Fleck stehen, ohne Regung, mit den runden Augen träumerisch Umschau haltend.

Plötzlich empfand ich einen scharfen Ruck, bei welchem ich fast die Balance verlor. Aha! Ich zog rasch an; der Fisch saß. Nun wand ich ihn, der sich kaum wehrte, still und langsam herauf. Bald sah ich ihn breit und golden aufglänzen und gleich darauf hielt ich ihn auch schon fest. Es war ein schöner, vollwüchsiger Teichkarpfen, einer der schwersten, die ich je gezogen. Er wehrte sich wenig, lag vielmehr ruhig in meinen Händen, das breite Maul schmerzlich geöffnet, mit stummer Angst aus den runden Augen blickend – der König seines Teichs, wie ich ihn eben noch mir ausgemalt hatte. Die Angel war zu meinem Erstaunen nicht verschluckt, sondern hing in der starken Oberlippe: der schöne Fisch war also nicht ernstlich verwundet.

Ich machte ihn sorgfältig los, wobei er heftig schauderte; dann folgte ich ohne Besinnen einer starken Regung und ließ das prächtige Tier in seinen Teich zurückgleiten.

Im selben Augenblick erklangen Schritte und Hundegebell.

»Mon Dieu! Qu'est-ce que vous faites?!« schrie mein Freund mich an. Der Bann war gebrochen, und im ersten Augenblick begriff ich selber meine für einen alten Fischer unerhörte Tat nicht mehr. Dann aber verteidigte ich mich, erzählte meine Königsgeschichte und wurde, wie ich mir hätte denken können, absolut nicht verstanden.

»Vous voulez m'en imposer! Ce n'était que votre négligence«, hieß es. Ich ließ es gerne dabei bewenden. Aber dieser Karpfen,

der einzige, den ich je absichtlich entwischen ließ, macht mir heute noch mehr Vergnügen, als alle gefangenen und behaltenen zusammen.
Meine lange nicht mehr gebrauchte Forellenrute erinnert mich an die Aare und an manchen Jurabach zwischen Biel und Fribourg, namentlich aber an den Schwarzwald, der vor dreißig Jahren noch prächtige Partien hatte, während er heute zu einem hübschen Vergnügungsetablissement herabgesunken ist. Seine Straßen sind glatt, seine Berge niedriger geworden, schwer zugängliche Schluchten gibt es nicht mehr. Nun, früher brachte ich häufig prächtige Wochen dort zu und habe besonders in dem kleinen Badedorf Teinach viel geangelt. Das Forellenangeln, ohnehin eine interessante Jagd, hatte für mich noch einen besonderen Reiz dadurch, daß ich diesen Fisch nicht nur an der Angel, sondern auch auf der Tafel liebte, während mir sonst der Verbleib meiner Fischbeute meistens gleichgültig war.
In Teinach fand ich einen leidenschaftlichen und ausdauernden Sportgenossen an einem vornehmen Engländer namens Sturrock. Er war älter als ich, kränklich und fast untauglich zum Fischen, das ihm denn auch vom Arzt verboten war. Dennoch entwischte er fast jeden Tag unter allerlei Vorwänden seiner wachsamen Frau und trieb sich mit mir stundenlang am Bach herum, im nassen Gras, in schattig-kalten Gebüschen, im Wasser selbst, pfeifend vor Aufregung und Wonne, um diese Lust dann regelmäßig nachts in bösen Anfällen von Asthma und Gicht zu büßen. Ich glaube kaum, daß er lang mehr gelebt hat, wenigstens sah ich ihn nie wieder, seine hagere Gestalt und sein vornehmes, vom Jagdeifer gerötetes Gesicht mit den klaren, klugen Grauaugen ist mir unvergeßlich geblieben. Einst war ihm sein Vorrat von Angeln und Fliegen ausgegangen, und auf das Flehen seiner Frau schlug ich ihm die Bitte um Aushilfe aus meinem reichlichen Vorrat ab. Er war ganz verzweifelt und vergaß sich schließlich so weit, mir für ein Dutzend meiner Angeln ein Goldstück zu bieten. Als ich ihn darüber kräftig zurechtwies, war er dem Weinen nahe und sah mich so hoffnungslos aus seinen guten Augen an, daß ich ihm eine Angel schenkte unter der Bedingung, es müsse seiner Frau verborgen bleiben. So zogen wir, beide schon Graubärte, nach Tisch auf Umwegen aus und frönten unserer Leidenschaft mit schlechtem Gewissen,

aber doppelter Lust bis zum Abend. Bei der Rückkehr ertappte uns aber die Dame, und wir wurden unter der Tür des Gasthauses von ihr abgekanzelt wie zwei unartige Jungen. Dies machte uns vollends zu Freunden, und als Sturrock nach einigen Wochen abreiste, schenkte er mir einen schönen schottischen Plaid, der mir seither schon oft gute Dienste tat, und nahm von mir ein paar selbstgefertigte künstliche Köderfische für den Hechtfang mit. Die Dame aber blieb unversöhnt und sah mich so zürnend und eifersüchtig an wie eine Mutter den Nachbarsjungen, der ihr Schoßkind zu bösen Streichen verleitet hat.
Es ist mit solchen Geschichtchen wie mit dem Sternezählen an einem frühen Abendhimmel. Man entdeckt einen, zwei, drei, dann sieben und zehn, und schließlich sieht das geschärfte Auge plötzlich die unzähligen Mengen wie Goldtropfen hervorperlen, bis es sich verwirrt und geblendet schließt. So brechen nun von allen Seiten Erinnerungen über mich herein, große und kleine, deutliche und dämmernde, frohe und traurige.
Zu den traurigen gehört ein Erlebnis, das ich noch in ganz jungen Jahren am oberen Rhein, nahe bei Rheinfelden, hatte. Ich arbeitete damals kurze Zeit, nicht ganz ein Jahr, als Baugehilfe in Zürich und besuchte von da aus öfters die prächtigen, gerade für Bauleute ergiebigen und anziehenden Orte am Rhein und Bodensee, obenan Konstanz, Stein und Schaffhausen. Gelegentlich besah ich mir natürlich auch die dortige Fischerei, machte waghalsige Weidlingfahrten mit und freute mich mächtig auf den mir noch ganz unbekannten Lachsfang. Zwar hätte ich diesen, statt mit Zughamen, lieber gleich den Nordländern mit dem Spieß oder sonst auf eine recht aparte Weise betrieben, aber auch so war die Lachswanderung eine abenteuerliche und merkwürdige Sache, deren Anblick ich mir nicht entgehen lassen wollte. So erschien ich denn, wie verabredet, eines Tages in Rheinfelden und wurde von einem Kollegen, dem Sohn eines dortigen Gastwirts, mitgenommen. Wir fuhren abends im Wagen ziemlich weit rheinabwärts bis zu einer ihm gehörigen Lachsfalle, das heißt einer kleinen Bretterhütte überm Rhein, von der aus an langer Stange über eine höchst schlichte Holzachse die mit Steinen beschwerten Netze eingesenkt und nach kurzen Pausen wieder aufgezogen wurden. Es war ein rauher Abend, und wir zogen lange Zeit nichts als kleine Weißfische. Dann aber kam der

erste Lachs, ein starker, schöner Bursche, heraus. Er wurde mit Geschrei begrüßt, sogleich ausgenommen, zerlegt und ans Feuer gesetzt. Wir hatten Wein, Brot, Butter und Zwiebeln mitgebracht, ein Knecht besorgte das Kochen, ein zweiter half uns am Netz. Wir fingen wenig mehr, desto besser schmeckte uns das einfache Nachtmahl am hellen Feuer. Zuletzt waren wir alle des Ziehens müde und saßen rauchend und trinkend beisammen. Das Netz war im Wasser geblieben, und nach einer halben Stunde des Ausruhens lockte es mich doch wieder zum Zug. Ich ging allein hinüber und zog an. Das Netz widerstrebte. Ich vermutete einen glänzenden Fang, dessen alleinige Ehre ich behalten wollte, und zog mit äußerster Anspannung aller Kräfte die Stange hoch. Das Netz war schwer und voll – von was, das konnte ich im Dunkeln nicht erkennen. Nun rief ich den Freund zu Hilfe, wir brachten das Netz mit Mühe ein und fanden darin den Körper eines etwa fünfjährigen Mädchens. Nun hatte unsere Lustbarkeit ein Ende, wir standen alle vier erschrocken und ratlos vor dem dunkeln, entstellten Körper. Dann fuhren die Knechte eilig heimwärts, um einen zweiten Wagen und Polizeihilfe zu holen, denn ein Arzt, das sahen wir wohl, war hier nicht mehr nötig. Wir zwei jungen Menschen standen und saßen nun die halbe Nacht bei der Toten, versuchten zu sprechen und hörten wieder auf, zündeten immer wieder unsere Pfeifen an und ließen sie immer wieder ausgehen; der Wein stand unberührt, und im Eimer lagen unbesehen die gefangenen Fische. Das Ereignis, das uns sonst vielleicht nur flüchtig berührt hätte, wurde hier in der Einsamkeit und Finsternis, durch das lange, lange Warten und durch den Kontrast zur vorigen Lustigkeit so grausig und traurig, daß ich tagelang darunter litt und es jahrelang niemandem erzählen mochte. Ich habe so viele Menschen gekannt, jahrelang mit ihnen Verkehr gehabt und sie, seit sie tot sind, fast völlig vergessen; und jener junge Leichnam, dessen Herkunft und Schicksale mir so dunkel waren wie der Strom, aus dem ich ihn zog, ist mir unvergeßlich geblieben.

Die rotbraune Schiffermütze, die oben im Kasten hängt, trug ich auf südlichen Meeren, am längsten um Venedig her, wo ich schöne Wochen auf Lagune und Meer verlebte. Dort lernte ich Gondelrudern, Austernfangen und auf venezianisch fluchen, trieb mich mit den Fischern von Chioggia und von der Giudecca herum und erbaute mich am eigentümlichen Gesang ihrer Frauen. Die zwei Sturmfahrten, bei denen ich dem Ertrinken nahe war, sind nichts zum Erzählen; die grellen Stimmungen einer solchen Lage muß man erlebt haben. Eher hätte ich Lust, von einem Abend zu plaudern, den ich mit Matrosen auf der Giudecca vertrank, bis wir Händel bekamen und ich ums Haar erschlagen worden wäre. Zur Ehre Venedigs sei übrigens gesagt, daß die tatkräftigen Burschen nicht Einheimische, sondern Süditaliener waren. Wo mögen sie nun alle sein? Verschollen, gestorben, im Meer ertrunken, oder alt geworden wie ich? Und die Mädchen von Burano und vom Canareggio? Und die flotten, musikalischen Kameraden, mit denen ich damals so oft in den »Tre rose« oder im »Amico Fritz« becherte, sang und um Soldi würfelte? Sie sind tot, und jene fröhlichen, harmlos glücklichen Zeiten sind samt meiner Jugend verschwunden. Nichts hat Bestand gehabt und ist mir treu geblieben als nur *sor aqua*, meine letzte Liebe.

Schau, wer hätte gedacht, daß mich grauen Knaben noch sentimentale Betrachtungen überkämen! Sie kleiden mich schlecht. Aber das dünne, weiße Haar, die tiefen Falten im Gesicht und der vorsichtig zage Gang kleiden auch nicht gut, wenn man gewohnt war, breitbrüstig und schlankbeinig durch die Welt zu pilgern. Ich beginne mich mit Bangen auf das Wiedersehen mit meiner Mutter zu freuen. Der werde ich ein gut Stück zu erzählen haben. *(1904)*

# Nocturno Es-Dur

Die Kerze ist verlöscht. Das Klavier ist verstummt. Durch die dunkle Stille treibt der süße Duft der Teerose, die im Gürtel der Klavierspielerin hängt. Die Rose ist überreif und beginnt schon zu zerfallen, abgewehte blasse Blätter liegen wie matte helle Flecken am Boden.

Und Stille ... Von der Wand her saust ein summender Saitenton – eine Saite meiner Geige hat nachgelassen.

Und wieder Stille.

Fragend beginnt am Klavier ein halber Akkord.

»Soll ich noch?«

»Ja.«

»Die Nocturne Es-Dur?«

»Ja.«

Chopins Es-Dur-Nocturne beginnt. Das Zimmer verwandelt sich. Die Wände entfernen sich nach allen Seiten, die Fenster wölben hohe Bogen und die hohen runden Bogen sind mit Baumwipfeln und Mondschein gefüllt. Die Wipfel neigen sich alle gegen mich her und jeder fragt: »Kennst du mich noch?« Und das Mondlicht fragt: »Weißt du noch?«

Meine Hand fährt über meine Stirn hin. Aber das ist nicht meine Stirn mehr, die harte, faltige, mit den starken Brauen. Das ist eine feine glatte Kinderstirn mit darüber gekämmten seidigen Kinderhaaren, und meine Hand ist eine kleine, glatte Kinderhand, und draußen rauschen die Bäume im Garten meines Vaters.

In dieser Halle bin ich hundertmal gesessen, diese hohen Bogenfenster und diese hellen, hohen Wände kennen mich wohl. Und aufhorchend erlausche ich leise Klaviermusik – das ist meine Mutter, die in ihrem hohen, duftenden Zimmer spielt. Ich höre zu und nicke und habe kein Verlangen, zu ihr hinüber zu gehen, sie wird bald ungerufen kommen und mich zu Bett bringen. Doch scheint mir die Musik an diesem Abend besonders schön und traurig zu sein. Sie verklingt nun fast ganz, sie wird zaghaft, leise und immer trauriger. Und jetzt ist sie zu Ende – oder nein, sie beginnt schon wieder, verändert, aber nicht weniger traurig. Mich schmerzt der Kopf, ich schließe die Augen.

Diese Musik! Ich öffne die Augen wieder, Mondlicht, Park und Kinderzeit sind nicht mehr da.
Wir sind in einem hellen, schmucken Saal, eine Dame am Klavier und ich mit meiner hellbraunen Geige. Wir spielen. Wir spielen rasch im eiligsten Takt und spielen eine fiebernde Tanzmelodie. Das Gesicht der schönen Dame ist vom Spielen schwach gerötet, ihr Mund ist ein wenig geöffnet, in ihren blonden Haaren schimmert das Kerzenlicht. Und ihre feinen, langen Hände greifen leicht und rasch. Ich muß sie küssen, sobald das Spiel zu Ende ist.
Das Spiel ist zu Ende. Die schlanken Frauenhände liegen laß in meinen, und ich küsse sie langsam, erst die linke und dann die rechte, die zarten Gelenke und die dünnen biegsamen Finger. Darüber lächelt stolz und ruhig die Dame, zieht beide Hände langsam zurück und beginnt wieder zu spielen. Brillant, kühl, verächtlich und stolz. Ich bücke mich nieder, bis mein Haar ihr duftendes Haar berührt. Ihr Blick fragt kühl und sonderbar herauf. Ich flüstere lang. Sie schüttelt still den Kopf.
»Sag ja!«
Sie schüttelt den Kopf.
»Du lügst! Sag ja!«
Sie schüttelt den Kopf …
Ich gehe fort und gehe lang – mir scheint durch lauter dunklen Wald, und weiß nicht, warum es mir so sonderbar weh tut, in den Augen, in der Kehle, in der Stirn – und gehe immerzu, bis ich todesmüde bin und rasten muß.
Indem ich raste und nicht weiß, wo ich bin, erklingt Musik. Ein fabelhafter Lauf auf dem Klavier, wunderlich verschlungen, leise, scheu, fieberisch, von wunderbar zarten und gelenken Fingern meisterhaft gespielt. Ich schlage meine müden Augen auf, das Zimmer ist dunkel. Ein starker Teerosenduft ist in der Luft. Der letzte tiefe Ton der Nocturne zerrinnt. Die Dame steht vom Flügel auf.
»Nun?«
»Danke! Danke!«
Ich strecke ihr die Hand entgegen. Sie macht die Rose von ihrem Gürtel los, öffnet die Tür und geht und gibt mir im Weggehen die blasse Rose in die Hand. Dann schlägt die Tür ins Schloß, ein kurzer Zugwind geht durch das Zimmer.

Ich halte einen nackten Rosenstengel in der Hand. Der ganze Boden ist mit Rosenblättern bedeckt.
Sie duften stark und schimmern matt und blaß im Dunkeln.

*(1904)*

# Der Lateinschüler

Mitten in dem enggebauten alten Städtlein liegt ein phantastisch großes Haus mit vielen kleinen Fenstern und jämmerlich ausgetretenen Vorstaffeln und Treppenstiegen, halb ehrwürdig und halb lächerlich, und ebenso war dem jungen Karl Bauer zumute, welcher als sechzehnjähriger Schüler jeden Morgen und Mittag mit seinem Büchersack hineinging. Da hatte er seine Freude an dem schönen, klaren und tückelosen Latein und an den altdeutschen Dichtern und hatte seine Plage mit dem schwierigen Griechisch und mit der Algebra, die ihm im dritten Jahr so wenig lieb war wie im ersten, und wieder seine Freude an ein paar graubärtigen alten Lehrern und seine Not mit ein paar jungen.

Nicht weit vom Schulhaus stand ein uralter Kaufladen, da ging es über dunkelfeuchte Stufen durch die immer offene Tür unablässig aus und ein mit Leuten, und im pechfinsteren Hausgang roch es nach Sprit, Petroleum und Käse. Karl fand sich aber gut im Dunkeln durch, denn hoch oben im selben Haus hatte er seine Kammer, dort ging er zu Kost und Logis bei der Mutter des Ladenbesitzers. So finster es unten war, so hell und frei war es droben; dort hatten sie Sonne, soviel nur schien, und sahen über die halbe Stadt hinweg, deren Dächer sie fast alle kannten und einzeln mit Namen nennen konnten.

Von den vielerlei guten Sachen, die es im Laden in großer Menge gab, kam nur sehr weniges die steile Treppe herauf, zu Karl Bauer wenigstens, denn der Kosttisch der alten Frau Kusterer war mager bestellt und sättigte ihn niemals. Davon aber abgesehen, hausten sie und er ganz freundschaftlich zusammen, und seine Kammer besaß er wie ein Fürst sein Schloß. Niemand störte ihn darin, er mochte treiben, was es war, und er trieb vielerlei. Die zwei Meisen im Käfig wären noch das wenigste gewesen, aber er hatte auch eine Art Schreinerwerkstatt eingerichtet, und im Ofen schmolz und goß er Blei und Zinn, und sommers hielt er Blindschleichen und Eidechsen in einer Kiste – sie verschwanden immer nach kurzer Zeit durch immer neue Löcher im Drahtgitter. Außerdem hatte er auch noch seine Geige, und wenn er nicht las oder schreinerte, so geigte er gewiß, zu allen Stunden bei Tag und bei Nacht.

So hatte der junge Mensch jeden Tag seine Freuden und ließ sich die Zeit niemals lang werden, zumal da es ihm nicht an Büchern fehlte, die er entlehnte, wo er eins stehen sah. Er las eine Menge, aber freilich war ihm nicht eins so lieb wie das andre, sondern er zog die Märchen und Sagen sowie Trauerspiele in Versen allen andern vor.

Das alles, so schön es war, hätte ihn aber doch nicht satt gemacht. Darum stieg er, wenn der fatale Hunger wieder zu mächtig wurde, so still wie ein Wiesel die alten, schwarzen Stiegen hinunter bis in den steinernen Hausgang, in welchen nur aus dem Laden her ein schwacher Lichtstreifen fiel. Dort war es nicht selten, daß auf einer hohen leeren Kiste ein Rest guten Käses lag, oder es stand ein halbvolles Heringsfäßchen offen neben der Tür, und an guten Tagen oder wenn Karl unter dem Vorwand der Hilfsbereitschaft mutig in den Laden selber trat, kamen auch zuweilen ein paar Hände voll gedörrte Zwetschgen, Birnenschnitze oder dergleichen in seine Tasche.

Diese Züge unternahm er jedoch nicht mit Habsucht und schlechtem Gewissen, sondern teils mit der Harmlosigkeit des Hungernden, teils mit den Gefühlen eines hochherzigen Räubers, der keine Menschenfurcht kennt und der Gefahr mit kühlem Stolze ins Auge blickt. Es schien ihm ganz den Gesetzen der sittlichen Weltordnung zu entsprechen, daß das, was die alte Mutter geizig an ihm sparte, der überfüllten Schatzkammer ihres Sohnes entzogen würde.

Diese verschiedenartigen Gewohnheiten, Beschäftigungen und Liebhabereien hätten, neben der allmächtigen Schule her, eigentlich genügen können, um seine Zeit und seine Gedanken auszufüllen. Karl Bauer war aber davon noch nicht befriedigt. Teils in Nachahmung einiger Mitschüler, teils infolge seiner vielen schöngeistigen Lektüre, teils auch aus eignem Herzensbedürfnis betrat er in jener Zeit zum erstenmal das schöne ahnungsvolle Land der Frauenliebe. Und da er doch zum voraus genau wußte, daß sein derzeitiges Streben und Werben zu keinem realen Ziele führen würde, war er nicht allzu bescheiden und weihte seine Verehrung dem schönsten Mädchen der Stadt, die aus reichem Hause war und schon durch die Pracht ihrer Kleidung alle gleichaltrigen Jungfern weit überstrahlte. An ihrem Haus ging der Schüler täglich vorbei, und wenn sie ihm begegnete, zog er den Hut so tief wie vor dem Rektor nicht.

So waren seine Umstände beschaffen, als durch einen Zufall eine ganz neue Farbe in sein Dasein kam und neue Tore zum Leben sich ihm öffneten.

Eines Abends gegen Ende des Herbstes, da Karl von der Schale mit dünnem Milchkaffee wieder gar nicht satt geworden war, trieb ihn der Hunger auf die Streife. Er glitt unhörbar die Treppe hinab und revierte im Hausgang, wo er nach kurzem Suchen einen irdenen Teller stehen sah, auf welchem zwei Winterbirnen von köstlicher Größe und Farbe sich an eine rotgeränderte Scheibe Holländerkäse lehnten.

Leicht hätte der Hungrige erraten können, daß diese Kollation für den Tisch des Hausherrn bestimmt und nur für Augenblicke von der Magd beiseitegestellt worden sei; aber im Entzücken des unerwarteten Anblicks lag ihm der Gedanke an eine gütige Schicksalsfügung viel näher, und er barg die Gabe mit dankbaren Gefühlen in seinen Taschen.

Noch ehe er damit fertig und wieder verschwunden war, trat jedoch die Dienstmagd Babett auf leisen Pantoffeln aus der Kellertüre, hatte ein Kerzenlicht in der Hand und entdeckte entsetzt den Frevel. Der junge Dieb hatte noch den Käse in der Hand; er blieb regungslos stehen und sah zu Boden, während in ihm alles auseinanderging und in einem Abgrund von Scham versank. So standen die beiden da, von der Kerze beleuchtet, und das Leben hat dem kühnen Knaben seither wohl schmerzlichere Augenblicke beschert, aber gewiß nie einen peinlicheren.

»Nein, so was!« sprach Babett endlich und sah den zerknirschten Frevler an, als wäre er eine Moritat. Dieser hatte nichts zu sagen. »Das sind Sachen!« fuhr sie fort. »Ja, weißt du denn nicht, daß das gestohlen ist?«

»Doch, ja.«

»Herr du meines Lebens, wie kommst du denn dazu?«

»Es ist halt dagestanden, Babett, und da hab ich gedacht –«

»Was denn hast gedacht?«

»Weil ich halt so elend Hunger gehabt hab ...«

Bei diesen Worten riß das alte Mädchen ihre Augen weit auf und starrte den Armen mit unendlichem Verständnis, Erstaunen und Erbarmen an.

»Hunger hast? Ja, kriegst denn nichts zu futtern da droben?«
»Wenig, Babett, wenig.«
»Jetzt da soll doch! Nun, 's ist gut, 's ist gut. Behalt das nur, was du im Sack hast, und den Käs auch, behalt's nur, 's ist noch mehr im Haus. Aber jetzt tät ich raufgehen, sonst kommt noch jemand.«
In merkwürdiger Stimmung kehrte Karl in seine Kammer zurück, setzte sich hin und verzehrte nachdenklich erst den Holländer und dann die Birnen. Dann wurde ihm freier ums Herz, er atmete auf, reckte sich und stimmte alsdann auf der Geige eine Art Dankpsalm an. Kaum war dieser beendet, so klopfte es leise an, und wie er aufmachte, stand vor der Tür die Babett und streckte ihm ein gewaltiges, ohne Sparsamkeit bestrichenes Butterbrot entgegen.
So sehr ihn dieses erfreute, wollte er doch höflich ablehnen, aber sie litt es nicht, und er gab gerne nach.
»Geigen tust du aber mächtig schön«, sagte sie bewundernd, »ich hab's schon öfter gehört. Und wegen dem Essen, da will ich schon sorgen. Am Abend kann ich dir gut immer was bringen, es braucht's niemand zu wissen. Warum gibt sie dir's auch nicht besser, wo doch wahrhaftig dein Vater genug Kostgeld zahlen muß.«
Noch einmal versuchte der Bursche schüchtern dankend abzulehnen, aber sie hörte gar nicht darauf, und er fügte sich gerne. Am Ende kamen sie dahin überein, daß Karl an Tagen der Hungersnot beim Heimkommen auf der Stiege das Lied »Güldne Abendsonne« pfeifen sollte, dann käme sie und brächte ihm zu essen. Wenn er etwas andres pfiffe oder gar nichts, so wäre es nicht nötig. Zerknirscht und dankbar legte er seine Hand in ihre breite Rechte, die mit starkem Druck das Bündnis besiegelte.
Und von dieser Stunde an genoß der Gymnasiast mit Behagen und Rührung die Teilnahme und Fürsorge eines guten Frauengemütes, zum erstenmal seit den heimatlichen Knabenjahren, denn er war schon früh in Pension getan worden, da seine Eltern auf dem Lande wohnten. An jene Heimatjahre ward er auch oft erinnert, denn die Babett bewachte und verwöhnte ihn ganz wie eine Mutter, was sie ihren Jahren nach auch annähernd hätte sein können. Sie war gegen vierzig und im Grunde eine eiserne, unbeugsame, energische Natur; aber Gelegenheit macht

Diebe, und da sie so unerwartet an dem Jüngling einen dankbaren Freund und Schützling und Futtervogel gefunden hatte, trat mehr und mehr aus dem bisher schlummernden Grunde ihres gehärteten Gemütes ein fast zaghafter Hang zur Weichheit und selbstlosen Milde an den Tag.
Diese Regung kam dem Karl Bauer zugute und verwöhnte ihn schnell, wie denn so junge Knaben alles Dargebotene, sei es auch die seltenste Frucht, mit Bereitwilligkeit und fast wie ein gutes Recht hinnehmen. So kam es auch, daß er schon nach wenigen Tagen jene so beschämende erste Begegnung bei der Kellertüre völlig vergessen hatte und jeden Abend sein »Güldne Abendsonne« auf der Treppe erschallen ließ, als wäre es nie anders gewesen.

Trotz aller Dankbarkeit wäre vielleicht Karls Erinnerung an die Babett nicht so unverwüstlich lebendig geblieben, wenn ihre Wohltaten sich dauernd auf das Eßbare beschränkt hätten. Jugend ist hungrig, aber sie ist nicht weniger schwärmerisch, und ein Verhältnis zu Jünglingen läßt sich mit Käse und Schinken, ja selbst mit Kellerobst und Wein nicht auf die Dauer warmhalten.
Die Babett war nicht nur im Hause Kusterer hochgeachtet und unentbehrlich, sondern genoß in der ganzen Nachbarschaft den Ruf einer tadelfreien Ehrbarkeit. Wo sie dabei war, ging es auf eine anständige Weise heiter zu. Das wußten die Nachbarinnen, und sie sahen es daher gern, wenn ihre Dienstmägde, namentlich die jungen, mit ihr Umgang hatten. Wen sie empfahl, der fand gute Aufnahme, und wer ihren vertrauteren Verkehr genoß, der war besser aufgehoben als im Mägdestift oder Jungfrauenverein.
Feierabends und an den Sonntagnachmittagen war also die Babett selten allein, sondern stets von einem Kranz jüngerer Mägde umgeben, denen sie die Zeit herumbringen half und mit allerlei Rat zur Hand ging. Dabei wurden Spiele gespielt, Lieder gesungen, Scherzfragen und Rätsel aufgegeben, und wer etwa einen Bräutigam oder einen Bruder besaß, durfte ihn gern mitbringen. Freilich geschah das nur sehr selten, denn die Bräute wurden dem Kreise meistens bald untreu, und die jungen Gesellen und Knechte hatten es mit der Babett nicht so freundschaftlich wie

die Mädchen. Lockere Liebesgeschichten duldete sie nicht; wenn von ihren Schützlingen eine auf solche Wege geriet und durch ernstes Vermahnen nicht zu bessern war, so blieb sie ausgeschlossen.

In diese muntere Jungferngesellschaft ward der Lateinschüler als Gast aufgenommen, und vielleicht hat er dort mehr gelernt als im Gymnasium. Den Abend seines Eintritts hat er nicht vergessen. Es war im Hinterhof, die Mädchen saßen auf Treppenstaffeln und leeren Kisten, es war dunkel, und oben floß der viereckig abgeschnittene Abendhimmel noch in schwachem mildblauem Licht. Die Babett saß vor der halbrunden Kellereinfahrt auf einem Fäßchen, und Karl stand schüchtern neben ihr an den Torbalken gelehnt, sagte nichts und schaute in der Dämmerung die Gesichter der Mädchen an. Zugleich dachte er ein wenig ängstlich daran, was wohl seine Kameraden zu diesem abendlichen Verkehr sagen würden, wenn sie davon erführen.

Ach, diese Mädchengesichter! Fast alle kannte er vom Sehen schon, aber nun waren sie, so im Halblicht zusammengerückt, ganz verändert und sahen ihn wie lauter Rätsel an. Er weiß auch heute noch alle Namen und alle Gesichter und von vielen die Geschichte dazu. Was für Geschichten! Wieviel Schicksal, Ernst, Wucht und auch Anmut in den paar kleinen Mägdeleben!

Es war die Anna vom Grünen Baum da, die hatte als ganz junges Ding in ihrem ersten Dienst einmal gestohlen und war einen Monat gesessen. Nun war sie seit Jahren treu und ehrlich und galt für ein Kleinod. Sie hatte große braune Augen und einen herben Mund, saß schweigsam da und sah den Jüngling mit kühler Neugierde an. Aber ihr Schatz, der ihr damals bei der Polizeigeschichte untreu geworden war, hatte inzwischen geheiratet und war schon wieder Witwer geworden. Er lief ihr jetzt wieder nach und wollte sie durchaus noch haben, aber sie machte sich hart und tat, als wollte sie nichts mehr von ihm wissen, obwohl sie ihn heimlich noch so lieb hatte wie je.

Die Margret aus der Binderei war immer fröhlich, sang und klang und hatte Sonne in den rotblonden Kraushaaren. Sie war beständig sauber gekleidet und hatte immer etwas Schönes und Heiteres an sich, ein blaues Band oder ein paar Blumen, und doch gab sie niemals Geld aus, sondern schickte jeden Pfennig ihrem Stiefvater heim, der's versoff und ihr nicht danke sagte. Sie hat dann später ein schweres Leben gehabt, ungeschickt geheiratet und sonst vielerlei Pech und Not, aber auch dann ging sie noch leicht und hübsch einher, hielt sich rein und schmuck und lächelte zwar seltener, aber desto schöner.

Und so fast alle, eine um die andre, wie wenig Freude und Geld und Freundliches haben sie gehabt und wieviel Arbeit, Sorge und Ärger, und wie haben sie sich durchgebracht und sind obenan geblieben, mit wenig Ausnahmen lauter wackere und unverwüstliche Kämpferinnen! Und wie haben sie in den paar freien Stunden gelacht und sich fröhlich gemacht mit nichts, mit einem Witz und einem Lied, mit einer Handvoll Walnüsse und einem roten Bandrestchen! Wie haben sie vor Lust gezittert, wenn eine recht grausame Martergeschichte erzählt wurde, und wie haben sie bei traurigen Liedern mitgesungen und geseufzt und große Tränen in den guten Augen gehabt!

Ein paar von ihnen waren ja auch widerwärtig, krittelig und stets zum Nörgeln und Klatschen bereit, aber die Babett fuhr ihnen, wenn es not tat, schon übers Maul. Und auch sie trugen ja ihre Last und hatten es nicht leicht. Die Gret vom Bischofseck namentlich war eine Unglückliche. Sie trug schwer am Leben und schwer an ihrer großen Tugend, sogar im Jungfrauenverein war es ihr nicht fromm und streng genug, und bei jedem kräftigen Wort, das an sie kam, seufzte sie tief in sich hinein, biß die Lippen zusammen und sagte leise: »Der Gerechte muß viel leiden.« Sie litt jahraus, jahrein und gedieh am Ende doch dabei, aber wenn sie ihren Strumpf voll ersparter Taler überzählte, wurde sie gerührt und fing zu weinen an. Zweimal konnte sie einen Meister heiraten, aber sie tat es beidemal nicht, denn der eine war ein Leichtfuß, und der andere war selber so gerecht und edel, daß sie bei ihm das Seufzen und Unverstandensein hätte entbehren müssen.

Die alle saßen da in der Ecke des dunkeln Hofes, erzählten einander ihre Begebenheiten und warteten darauf, was der Abend nun Gutes und Fröhliches bringen würde. Ihre Reden und Gebärden wollten dem gelehrten Jüngling anfänglich nicht die klügsten und nicht die feinsten scheinen, aber bald wurde ihm, da seine Verlegenheit wich, freier und wohler, und er blickte nun auf die im Dunkel beisammenkauernden Mädchen wie auf ein ungewöhnliches, sonderbar schönes Bild.

»Ja, das wäre also der Herr Lateinschüler«, sagte die Babett und wollte sogleich die Geschichte seines kläglichen Hungerleidens vortragen, doch da zog er sie flehend am Ärmel, und sie schonte ihn gutmütig.
»Da müssen Sie sicher schrecklich viel lernen?« fragte die rotblonde Margret aus der Binderei, und sie fuhr sogleich fort: »Auf was wollen Sie denn studieren?«
»Ja, das ist noch nicht ganz bestimmt. Vielleicht Doktor.« Das erweckte Ehrfurcht, und alle sahen ihn aufmerksam an.
»Da müssen Sie aber doch zuerst noch einen Schnurrbart kriegen«, meinte die Lene vom Apotheker, und nun lachten sie teils leise kichernd, teils kreischend auf und kamen mit hundert Nekkereien, deren er sich ohne Babetts Hilfe schwerlich erwehrt hätte. Schließlich verlangten sie, er solle ihnen eine Geschichte erzählen. Ihm wollte, soviel er auch gelesen hatte, keine einfallen als das Märchen von dem, der auszog, das Gruseln zu lernen; doch hatte er kaum recht angefangen, da lachten sie und riefen: »Das wissen wir schon lang«, und die Gret vom Bischofseck sagte geringschätzig: »Das ist bloß für Kinder.« Da hörte er auf und schämte sich, und die Babett versprach an seiner Stelle: »Nächstes Mal erzählt er was andres, er hat ja soviel Bücher daheim!« Das war ihm auch recht, und er beschloß, sie glänzend zufriedenzustellen.
Unterdessen hatte der Himmel den letzten blauen Schimmer verloren, und auf der matten Schwärze schwamm ein Stern.
»Jetzt müßt ihr aber heim«, ermahnte die Babett, und sie standen auf, schüttelten und rückten die Zöpfe und Schürzen zurecht, nickten einander zu und gingen davon, die einen durchs hintere Hoftürlein, die andern durch den Gang und die Haustüre.
Auch Karl Bauer sagte gute Nacht und stieg in seine Kammer hinauf, befriedigt und auch nicht, mit unklarem Gefühl. Denn so tief er in Jugendhochmut und Lateinschülertorheiten steckte, so hatte er doch gemerkt, daß unter diesen seinen neuen Bekannten ein andres Leben gelebt ward als das seinige und daß fast alle diese Mädchen, mit fester Kette ans rührige Alltagsleben gebunden, Kräfte in sich trugen und Dinge wußten, die für ihn so fremd wie ein Märchen waren. Nicht ohne einen kleinen Forscherdünkel gedachte er möglichst tief in die interessante Poesie

dieses naiven Lebens, in die Welt des Urvolkstümlichen, der Moritaten und Soldatenlieder hineinzublicken. Aber doch fühlte er diese Welt der seinigen in gewissen Dingen unheimlich überlegen und fürchtete allerlei Tyrannei und Überwältigung von ihr.

Einstweilen ließ sich jedoch keine derartige Gefahr blicken, auch wurden die abendlichen Zusammenkünfte der Mägde immer kürzer, denn es ging schon stark in den Winter hinein, und man machte sich, wenn es auch noch mild war, jeden Tag auf den ersten Schnee gefaßt. Immerhin fand Karl noch Gelegenheit, seine Geschichte loszuwerden. Es war die vom Zundelheiner und Zundelfrieder, die er im Schatzkästlein gelesen hatte, und sie fand keinen geringen Beifall. Die Moral am Schlusse ließ er weg, aber die Babett fügte eine solche aus eignem Bedürfnis und Vermögen hinzu. Die Mädchen, mit Ausnahme der Gret, lobten den Erzähler über Verdienst, wiederholten abwechselnd die Hauptszenen und baten sehr, er möge nächstens wieder so etwas zum besten geben. Er versprach es auch, aber schon am andern Tag wurde es so kalt, daß an kein Herumstehen im Freien mehr zu denken war, und dann kamen, je näher die Weihnacht rückte, andre Gedanken und Freuden über ihn.

Er schnitzelte alle Abend an einem Tabakskasten für seinen Papa und dann an einem lateinischen Vers dazu. Der Vers wollte jedoch niemals jenen klassischen Adel bekommen, ohne welchen ein lateinisches Distichon gar nicht auf seinen Füßen stehen kann, und so schrieb er schließlich nur »Wohl bekomm's!« in großen Schnörkelbuchstaben auf den Deckel, zog die Linien mit dem Schnitzmesser nach und polierte den Kasten mit Bimsstein und Wachs. Alsdann reiste er wohlgemut in die Ferien.

Der Januar war kalt und klar, und Karl ging, so oft er eine freie Stunde hatte, auf den Eisplatz zum Schlittschuhlaufen. Dabei ging ihm eines Tages sein bißchen eingebildete Liebe zu jenem schönen Bürgermädchen verloren. Seine Kameraden umwarben sie mit hundert kleinen Kavalierdiensten, und er konnte wohl sehen, daß sie einen wie den andern mit derselben kühlen, ein wenig neckischen Höflichkeit und Koketterie behandelte. Da wagte er es einmal und forderte sie zum Fahren auf, ohne allzusehr zu erröten und zu stottern, aber immerhin mit einigem

Herzklopfen. Sie legte eine kleine, in weiches Leder gekleidete Linke in seine frostrote Rechte, fuhr mit ihm dahin und verhehlte kaum ihre Belustigung über seine hilflosen Anläufe zu einer galanten Konversation. Schließlich machte sie sich mit leichtem Dank und Kopfnicken los, und gleich darauf hörte er sie mit ihren Freundinnen, von denen manche listig nach ihm herüberschielte, so hell und boshaft lachen, wie es nur hübsche und verwöhnte kleine Mädchen können.

Das war ihm zu viel, er tat von da an diese ohnehin nicht echte Schwärmerei entrüstet von sich ab und machte sich ein Vergnügen daraus, künftighin den Fratz, wie er sie jetzt nannte, weder auf dem Eisplatz noch auf der Straße mehr zu grüßen.

Seine Freude darüber, dieser unwürdigen Fesseln einer faden Galanterie wieder ledig zu sein, suchte er dadurch zum Ausdruck zu bringen und womöglich zu erhöhen, daß er häufig in den Abendstunden mit einigen verwegenen Kameraden auf Abenteuer auszog. Sie hänselten die Polizeidiener, klopften an erleuchtete Parterrefenster, zogen an Glockensträngen und klemmten elektrische Drücker mit Zündholzspänen fest, brachten angekettete Hofhunde zur Raserei und erschreckten Mädchen und Frauen in entlegenen Vorstadtgassen durch Pfiffe, Knallerbsen und Kleinfeuerwerk.

Karl Bauer fühlte sich bei diesen Unternehmungen im winterlichen Abenddunkel eine Zeitlang überaus wohl; ein fröhlicher Übermut und zugleich ein beklemmendes Erlebnisfieber machte ihn dann wild und kühn und bereitete ihm ein köstliches Herzklopfen, das er niemand eingestand und das er doch wie einen Rausch genoß. Nachher spielte er dann zu Hause noch lange auf der Geige oder las spannende Bücher und kam sich dabei vor wie ein vom Beutezug heimgekehrter Raubritter, der seinen Säbel abgewischt und an die Wand gehängt und einen friedlich leuchtenden Kienspan entzündet hat.

Als aber bei diesen Dämmerungsfahrten allmählich alles immer wieder auf die gleichen Streiche und Ergötzungen hinauslief und als niemals etwas von den heimlich erwarteten richtigen Abenteuern passieren wollte, fing das Vergnügen allmählich an, ihm zu verleiden, und er zog sich von der ausgelassenen Kameradschaft enttäuscht mehr und mehr zurück. Und gerade an jenem Abend, da er zum letztenmal mitmachte und nur mit halbem

Herzen noch dabei war, mußte ihm dennoch ein kleines Erlebnis blühen.
Die Buben liefen zu viert in der Brühelgasse hin und her, spielten mit kleinen Spazierstöckchen und sannen auf Schandtaten. Der eine hatte einen blechernen Zwicker auf der Nase, und alle vier trugen ihre Hüte und Mützen mit burschikoser Leichtfertigkeit schief auf dem Hinterkopf. Nach einer Weile wurden sie von einem eilig daherkommenden Dienstmädchen überholt, sie streifte rasch an ihnen vorbei und trug einen großen Henkelkorb am Arm. Aus dem Korbe hing ein langes Stück schwarzes Band herunter, flatterte bald lustig auf und berührte bald mit dem schon beschmutzten Ende den Boden.
Ohne eigentlich etwas dabei zu denken, faßte Karl Bauer im Übermut nach dem Bändel und hielt fest. Während die junge Magd sorglos weiterging, rollte das Band sich immer länger ab, und die Buben brachen in ein frohlockendes Gelächter aus. Da drehte das Mädchen sich um, stand wie der Blitz vor den lachenden Jünglingen, schön und jung und blond, gab dem Bauer eine Ohrfeige, nahm das verlorene Band hastig auf und eilte schnell davon.
Der Spott ging nun über den Gezüchtigten her, aber Karl war ganz schweigsam geworden und nahm an der nächsten Straßenecke kurzen Abschied.
Es war ihm sonderbar ums Herz. Das Mädchen, dessen Gesicht er nur einen Augenblick in der halbdunklen Gasse gesehen hatte, war ihm sehr schön und lieb erschienen, und der Schlag von ihrer Hand, so sehr er sich seiner schämte, hatte ihm mehr wohl als weh getan. Aber wenn er daran dachte, daß er dem lieben Geschöpf einen dummen Bubenstreich gespielt hatte und daß sie ihm nun zürnen und ihn für einen einfältigen Ulkmacher ansehen müsse, dann brannte ihn Reue und Scham.
Langsam ging er heim und pfiff auf der steilen Treppe diesmal kein Lied, sondern stieg still und bedrückt in seine Kammer hinauf. Eine halbe Stunde lang saß er in dem dunkeln und kalten Stüblein, die Stirn an der Fensterscheibe. Dann langte er die Geige hervor und spielte lauter sanfte, alte Lieder aus seiner Kinderzeit und darunter manche, die er seit vier und fünf Jahren nimmer gesungen oder gegeigt hatte. Er dachte an seine Schwester und an den Garten daheim, an den Kastanienbaum und an

die rote Kapuzinerblüte an der Veranda, und an seine Mutter. Und als er dann müde und verwirrt zu Bett gegangen war und doch nicht gleich schlafen konnte, da geschah es dem trotzigen Abenteurer und Gassenhelden, daß er ganz leise und sanft zu weinen begann und stille weiter weinte, bis er eingeschlummert war.

Karl kam nun bei den bisherigen Genossen seiner abendlichen Streifzüge in den Ruf eines Feiglings und Deserteurs, denn er nahm nie wieder an diesen Gängen teil. Statt dessen las er den Don Carlos, die Gedichte Emanuel Geibels und die Hallig von Biernatzki, fing ein Tagebuch an und nahm die Hilfsbereitschaft der guten Babett nur selten mehr in Anspruch.

Diese gewann den Eindruck, es müsse etwas bei dem jungen Manne nicht in Ordnung sein, und da sie nun einmal eine Fürsorge um ihn übernommen hatte, erschien sie eines Tages an der Kammertür, um nach dem Rechten zu sehen. Sie kam nicht mit leeren Händen, sondern brachte ein schönes Stück Lyonerwurst mit und drang darauf, daß Karl es sofort vor ihren Augen verzehre.

»Ach laß nur, Babett«, meinte er, »jetzt hab ich gerade keinen Hunger.«

Sie war jedoch der Ansicht, junge Leute müßten zu jeder Stunde essen können, und ließ nicht nach, bis er ihren Willen erfüllt hatte. Sie hatte einmal von der Überbürdung der Jugend an den Gymnasien gehört und wußte nicht, wie fern ihr Schützling sich von jeder Überanstrengung im Studieren hielt. Nun sah sie in der auffallenden Abnahme seiner Eßlust eine beginnende Krankheit, redete ihm ernstlich ins Gewissen, erkundigte sich nach den Einzelheiten seines Befindens und bot ihm am Ende ein bewährtes volkstümliches Laxiermittel an. Da mußte Karl doch lachen und erklärte ihr, daß er völlig gesund sei und daß sein geringerer Appetit nur von einer Laune oder Verstimmung herrühre. Das begriff sie sofort.

»Pfeifen hört man dich auch fast gar nimmer«, sagte sie lebhaft, »und es ist dir doch niemand gestorben. Sag, du wirst doch nicht gar verliebt sein?«

Karl konnte nicht verhindern, daß er ein wenig rot wurde, doch wies er diesen Verdacht mit Entrüstung zurück und behauptete,

ihm fehle nichts als ein wenig Zerstreuung, er habe Langeweile.
»Dann weiß ich dir gleich etwas«, rief Babett fröhlich. »Morgen hat die kleine Lies vom unteren Eck Hochzeit. Sie war ja schon lang genug verlobt, mit einem Arbeiter. Eine bessere Partie hätte sie schon machen können, sollte man denken, aber der Mann ist nicht unrecht, und das Geld allein macht auch nicht selig. Und zu der Hochzeit mußt du kommen, die Lies kennt dich ja schon, und alle haben eine Freude, wenn du kommst und zeigst, daß du nicht zu stolz bist. Die Anna vom Grünen Baum und die Gret vom Bischofseck sind auch da und ich, sonst nicht viel Leute. Wer sollt's auch zahlen? Es ist halt nur so eine stille Hochzeit, im Haus, und kein großes Essen und kein Tanz und nichts dergleichen. Man kann auch ohne das vergnügt sein.«
»Ich bin aber doch nicht eingeladen«, meinte Karl zweifelnd, da die Sache ihm nicht gar so verlockend vorkam. Aber die Babett lachte nur.
»Ach was, das besorg ich schon, und es handelt sich ja auch bloß um eine Stunde oder zwei am Abend. Und jetzt fällt mir noch das Allerbeste ein! Du bringst deine Geige mit. – Warum nicht gar! Ach, dumme Ausreden! Du bringst sie mit, gelt ja, das gibt eine Unterhaltung, und man dankt dir noch dafür.«
Es dauerte nicht lange, so hatte der junge Herr zugesagt.
Am andern Tage holte ihn die Babett gegen Abend ab; sie hatte ein wohlerhaltenes Prachtkleid aus ihren jüngeren Jahren angelegt, das sie stark beengte und erhitzte, und sie war ganz aufgeregt und rot vor Festfreude. Doch duldete sie nicht, daß Karl sich umkleide, nur einen frischen Kragen solle er umlegen, und die Stiefel bürstete sie trotz des Staatskleides ihm sogleich an den Füßen ab. Dann gingen sie miteinander in das ärmliche Vorstadthaus, wo jenes junge Ehepaar eine Stube nebst Küche und Kammer gemietet hatte. Und Karl nahm seine Geige mit.
Sie gingen langsam und vorsichtig, denn seit gestern war Tauwetter eingetreten, und sie wollten doch mit reinen Stiefeln draußen ankommen. Babett trug einen ungeheuer großen und massiven Regenschirm unter den Arm geklemmt und hielt ihren rotbraunen Rock mit beiden Händen hoch heraufgezogen, nicht zu Karls Freude, der sich ein wenig schämte, mit ihr gesehen zu werden.

In dem sehr bescheidenen, weißgegipsten Wohnzimmer der Neuvermählten saßen um den tannenen, sauber gedeckten Eßtisch sieben oder acht Menschen beieinander, außer dem Paare selbst zwei Kollegen des Hochzeiters und ein paar Basen oder Freundinnen der jungen Frau. Es hatte einen Schweinebraten mit Salat zum Festmahl gegeben, und nun stand ein Kuchen auf dem Tisch und daneben am Boden zwei große Bierkrüge. Als die Babett mit Karl Bauer ankam, standen alle auf, der Hausherr machte zwei schamhafte Verbeugungen, die redegewandte Frau übernahm die Begrüßung und Vorstellung, und jeder von den Gästen gab den Angekommenen die Hand.

»Nehmet vom Kuchen«, sagte die Wirtin. Und der Mann stellte schweigend zwei neue Gläser hin und schenkte Bier ein.

Karl hatte, da noch keine Lampe angezündet war, bei der Begrüßung niemand als die Gret vom Bischofseck erkannt. Auf einen Wink Babetts drückte er ein in Papier gewickeltes Geldstück, das sie ihm zu diesem Zwecke vorher übergeben hatte, der Hausfrau in die Hand und sagte einen Glückwunsch dazu. Dann wurde ihm ein Stuhl hingeschoben, und er kam vor sein Bierglas zu sitzen.

In diesem Augenblick sah er mit plötzlichem Erschrecken neben sich das Gesicht jener jungen Magd, die ihm neulich in der Brühelgasse die Ohrfeige versetzt hatte. Sie schien ihn jedoch nicht zu erkennen, wenigstens sah sie ihm gleichmütig ins Gesicht und hielt ihm, als jetzt auf den Vorschlag des Wirtes alle miteinander anstießen, freundlich ihr Glas entgegen. Hierdurch ein wenig beruhigt, wagte Karl sie offen anzusehen. Er hatte in letzter Zeit jeden Tag oft genug an dies Gesicht gedacht, das er damals nur einen Augenblick und seither nicht wieder gesehen hatte, und nun wunderte er sich, wie anders sie aussah. Sie war sanfter und zarter, auch etwas schlanker und leichter als das Bild, das er von ihr herumgetragen hatte. Aber sie war nicht weniger hübsch und noch viel liebreizender, und es wollte ihm scheinen, sie sei kaum älter als er.

Während die andern, namentlich Babett und die Anna, sich lebhaft unterhielten, wußte Karl nichts zu sagen und saß stille da, drehte sein Bierglas in der Hand und ließ die junge Blonde nicht aus den Augen. Wenn er daran dachte, wie oft es ihn verlangt hatte, diesen Mund zu küssen, erschrak er beinahe, denn es

schien ihm nun, je länger er sie ansah, desto schwieriger und verwegener, ja ganz unmöglich zu sein.
Er wurde kleinlaut und blieb eine Weile schweigsam und unfroh sitzen. Da rief ihn die Babett auf, er solle seine Geige nehmen und etwas spielen. Der Junge sträubte und zierte sich ein wenig, griff dann aber in den Kasten, zupfte, stimmte und spielte ein beliebtes Lied, das, obwohl er zu hoch angestimmt hatte, die ganze Gesellschaft sogleich mitsang.
Damit war das Eis gebrochen, und es entstand eine laute Fröhlichkeit um den Tisch. Eine nagelneue kleine Stehlampe ward vorgezeigt, mit Öl gefüllt und angezündet, Lied um Lied klang in der Stube auf, ein frischer Krug Bier wurde aufgestellt, und als Karl Bauer einen der wenigen Tänze, die er konnte, anstimmte, waren im Augenblick drei Paare auf dem Plan und drehten sich lachend durch den viel zu engen Raum.
Gegen neun Uhr brachen die Gäste auf. Die Blonde hatte eine Straße lang denselben Weg wie Karl und Babett, und auf diesem Wege wagte er es, ein Gespräch mit dem Mädchen zu führen.
»Wo sind Sie denn hier im Dienst?« fragte er schüchtern.
»Beim Kaufmann Kolderer, in der Salzgasse am Eck.«
»So, so.«
»Ja.«
»Ja freilich. So …«
Dann gab es eine längere Pause. Aber er riskierte es und fing noch einmal an.
»Sind Sie schon lange hier?«
»Ein halb Jahr.«
»Ich meine immer, ich hätte Sie schon einmal gesehen.«
»Ich Sie aber nicht.«
»Einmal am Abend, in der Brühelgasse, nicht?«
»Ich weiß nichts davon. Liebe Zeit, man kann ja nicht alle Leute auf der Gasse so genau angucken.«
Glücklich atmete er auf, daß sie den Übeltäter von damals nicht in ihm erkannt hatte; er war schon entschlossen gewesen, sie um Verzeihung zu bitten.
Da war sie an der Ecke ihrer Straße und blieb stehen, um Abschied zu nehmen. Sie gab der Babett die Hand, und zu Karl sagte sie: »Adieu denn, Herr Student. Und danke auch schön!«
»Für was denn?«

»Für die Musik, für die schöne. Also gut Nacht miteinander.« Karl streckte ihr, als sie eben umdrehen wollte, die Hand hin und sie legte die ihre flüchtig darein. Dann war sie fort.
Als er nachher auf dem Treppenabsatz der Babett gut Nacht sagte, fragte sie: »Nun, ist's schön gewesen oder nicht?«
»Schön ist's gewesen, wunderschön, jawohl«, sagte er glücklich und war froh, daß es so dunkel war, denn er fühlte, wie ihm das warme Blut ins Gesicht stieg.

Die Tage nahmen zu. Es wurde allmählich wärmer und blauer, auch in den verstecktesten Gräben und Hofwinkeln schmolz das alte graue Grundeis weg, und an hellen Nachmittagen wehte schon Vorfrühlingsahnung in den Lüften.
Da eröffnete auch die Babett ihren abendlichen Hofzirkel wieder und saß, so oft es die Witterung dulden wollte, vor der Kellereinfahrt im Gespräch mit ihren Freundinnen und Schutzbefohlenen. Karl aber hielt sich fern und lief in der Traumwolke seiner Verliebtheit herum. Das Vivarium in seiner Stube hatte er eingehen lassen, auch das Schnitzen und Schreinern trieb er nicht mehr. Dafür hatte er sich ein Paar eiserne Hanteln von unmäßiger Größe und Schwere angeschafft und turnte damit, wenn das Geigen nimmer helfen wollte, bis zur Erschöpfung in seiner Kammer auf und ab.
Drei- oder viermal war er der hellblonden jungen Magd wieder auf der Gasse begegnet und hatte sie jedesmal liebenswerter und schöner gefunden. Aber mit ihr gesprochen hatte er nicht mehr und sah auch keine Aussicht dazu offen.
Da geschah es an einem Sonntagnachmittag, dem ersten Sonntag im März, daß er beim Verlassen des Hauses nebenan im Höflein die Stimmen der versammelten Mägde erlauschte und in plötzlich erregter Neugierde sich ans angelehnte Tor stellte und durch den Spalt hinausspähte. Er sah die Gret und die fröhliche Margret aus der Binderei dasitzen und hinter ihnen einen lichtblonden Kopf, der sich in diesem Augenblick ein wenig erhob. Und Karl erkannte sein Mädchen, die blonde Tine, und mußte vor frohem Schrecken erst veratmen und sich zusammenraffen, ehe er die Tür aufstoßen und zu der Gesellschaft treten konnte.
»Wir haben schon gemeint, der Herr sei vielleicht zu stolz geworden«, rief die Margret lachend und streckte ihm als erste die

Hand entgegen. Die Babett drohte ihm mit dem Finger, machte ihm aber zugleich einen Platz frei und hieß ihn sitzen. Dann fuhren die Weiber in ihren vorigen Gesprächen fort. Karl aber verließ sobald wie möglich seinen Sitz und schritt eine Weile hin und her, bis er neben der Tine haltmachte.

»So, sind Sie auch da?« fragte er leise.

»Jawohl, warum auch nicht? Ich habe immer geglaubt, Sie kämen einmal. Aber Sie müssen gewiß alleweil lernen.«

»O, so schlimm ist das nicht mit dem Lernen, das läßt sich noch zwingen. Wenn ich nur gewußt hätte, daß Sie dabei sind, dann wär ich sicher immer gekommen.«

»Ach, gehen Sie doch mit so Komplimenten!«

»Es ist aber wahr, ganz gewiß. Wissen Sie, damals bei der Hochzeit ist es so schön gewesen.«

»Ja, ganz nett.«

»Weil Sie dort gewesen sind, bloß deswegen.«

»Sagen Sie keine so Sachen, Sie machen ja nur Spaß.«

»Nein, nein. Sie müssen mir nicht bös sein.«

»Warum auch bös?«

»Ich hatte schon Angst, ich sehe Sie am Ende gar nimmer.«

»So, und was dann?«

»Dann – dann weiß ich gar nicht, was ich getan hätte. Vielleicht wär ich ins Wasser gesprungen.«

»O je, 's wär schad um die Haut, sie hätt können naß werden.«

»Ja, Ihnen wär's natürlich nur zum Lachen gewesen.«

»Das doch nicht. Aber Sie reden auch ein Zeug, daß man ganz sturm im Kopf könnt werden. Geben Sie Obacht, sonst auf einmal glaub ich's Ihnen.«

»Das dürfen Sie auch tun, ich mein es nicht anders.«

Hier wurde er von der herben Stimme der Gret übertönt. Sie erzählte schrill und klagend eine lange Schreckensgeschichte von einer bösen Herrschaft, die eine Magd erbärmlich behandelt und gespeist und dann, nachdem sie krank geworden war, ohne Sang und Klang entlassen hatte. Und kaum war sie mit dem Erzählen fertig, so fiel der Chor der andern laut und heftig ein, bis die Babett zum Frieden mahnte. Im Eifer der Debatte hatte Tines nächste Nachbarin dieser den Arm um die Hüfte gelegt, und Karl Bauer merkte, daß er einstweilen auf eine Fortführung des Zwiegespräches verzichten müsse.

Er kam auch zu keiner neuen Annäherung, harrte aber wartend aus, bis nach nahezu zwei Stunden die Margret das Zeichen zum Aufbruch gab. Es war schon dämmerig und kühl geworden. Er sagte kurz adieu und lief eilig davon.
Als eine Viertelstunde später die Tine sich in der Nähe ihres Hauses von der letzten Begleiterin verabschiedet hatte und die kleine Strecke vollends allein ging, trat plötzlich hinter einem Ahornbaume hervor der Lateinschüler ihr in den Weg und grüßte sie mit schüchterner Höflichkeit. Sie erschrak ein wenig und sah ihn beinahe zornig an.
»Was wollen Sie denn, Sie?«
Da bemerkte sie, daß der junge Kerl ganz ängstlich und bleich aussah, und sie milderte Blick und Stimme beträchtlich.
»Also, was ist's denn mit Ihnen?«
Er stotterte sehr und brachte wenig Deutliches heraus. Dennoch verstand sie, was er meine, und verstand auch, daß es ihm ernst sei, und kaum sah sie den Jungen so hilflos in ihre Hände geliefert, so tat er ihr auch schon leid, natürlich ohne daß sie darum weniger Stolz und Freude über ihren Triumph empfunden hätte.
»Machen Sie keine dummen Sachen«, redete sie ihm gütig zu. Und als sie hörte, daß er erstickte Tränen in der Stimme hatte, fügte sie hinzu: »Wir sprechen ein andermal miteinander, jetzt muß ich heim. Sie dürfen auch nicht so aufgeregt sein, nicht wahr? Also aufs Wiedersehen!«
Damit enteilte sie nickend, und er ging langsam, langsam davon, während die Dämmerung zunahm und vollends in Finsternis und Nacht überging. Er schritt durch Straßen und über Plätze, an Häusern, Mauern, Gärten und sanftfließenden Brunnen vorbei, ins Feld vor die Stadt hinaus und wieder in die Stadt hinein, unter den Rathausbogen hindurch und am oberen Marktplatz hin, aber alles war verwandelt und ein unbekanntes Fabelland geworden. Er hatte ein Mädchen lieb, und er hatte es ihr gesagt, und sie war gütig gegen ihn gewesen und hatte »auf Wiedersehen« zu ihm gesagt!
Lange schritt er ziellos so umher, und da es ihm kühl wurde, hatte er die Hände in die Hosentaschen gesteckt, und als er beim Einbiegen in seine Gasse aufschaute und den Ort erkannte und aus seinem Traum erwachte, fing er ungeachtet der späten

Abendstunde an laut und durchdringend zu pfeifen. Es tönte widerhallend durch die nächtige Straße und verklang erst im kühlen Hausgang der Witwe Kusterer.

Tine machte sich darüber, was aus der Sache werden solle, viele Gedanken, jedenfalls mehr als der Verliebte, der vor Erwartungsfieber und süßer Erregung nicht zum Nachdenken kam. Das Mädchen fand, je länger sie sich das Geschehene vorhielt und überlegte, desto weniger Tadelnswertes an dem hübschen Knaben; auch war es ihr ein neues und köstliches Gefühl, einen so feinen und gebildeten, dazu unverdorbenen Jüngling in sie verliebt zu wissen. Dennoch dachte sie keinen Augenblick an ein Liebesverhältnis, das ihr nur Schwierigkeiten oder gar Schaden bringen und jedenfalls zu keinem soliden Ziele führen konnte.
Hingegen widerstrebte es ihr auch wieder, dem armen Buben durch eine harte Antwort oder durch gar keine weh zu tun. Am liebsten hätte sie ihn halb schwesterlich, halb mütterlich in Güte und Scherz zurechtgewiesen. Mädchen sind in diesen Jahren schon fertiger und ihres Wesens sicherer als Knaben, und eine Dienstmagd vollends, die ihr eigen Brot verdient, ist in Dingen der Lebensklugheit jedem Schüler oder Studentlein weit überlegen, zumal wenn dieser verliebt ist und sich willenlos ihrem Gutdünken überläßt.
Die Gedanken und Entschlüsse der bedrängten Magd schwankten zwei Tage lang hin und wider. So oft sie zu dem Schluß gekommen war, eine strenge und deutliche Abweisung sei doch das Richtige, so oft wehrte sich ihr Herz, das in den Jungen zwar nicht verliebt, aber ihm doch in mitleidig-gütigem Wohlwollen zugetan war.
Und schließlich machte sie es, wie es die meisten Leute in derartigen Lagen machen: sie wog ihre Entschlüsse so lang gegeneinander ab, bis sie gleichsam abgenutzt waren und zusammen wieder dasselbe zweifelnde Schwanken darstellten wie in der ersten Stunde. Und als es Zeit zu handeln war, tat und sagte sie kein Wort von dem zuvor Bedachten und Beschlossenen, sondern überließ sich völlig dem Augenblick, gerade wie Karl Bauer auch.
Diesem begegnete sie am dritten Abend, als sie ziemlich spät noch auf einen Ausgang geschickt wurde, in der Nähe ihres

Hauses. Er grüßte bescheiden und sah ziemlich kleinlaut aus. Nun standen die zwei jungen Leute voreinander und wußten nicht recht, was sie einander zu sagen hätten. Die Tine fürchtete, man möchte sie sehen, und trat schnell in eine offenstehende, dunkle Toreinfahrt, wohin Karl ihr ängstlich folgte. Nebenzu scharrten Rosse in einem Stall, und in irgendeinem benachbarten Hof oder Garten probierte ein unerfahrener Dilettant seine Anfängergriffe auf einer Blechflöte.

»Was der aber zusammenbläst!« sagte Tine leise und lachte gezwungen.

»Tine!«

»Ja, was denn?«

»Ach, Tine – –«

Der scheue Junge wußte nicht, was für ein Spruch seiner warte, aber es wollte ihm scheinen, die Blonde zürne ihm nicht unversöhnlich.

»Du bist so lieb«, sagte er ganz leise und erschrak sofort darüber, daß er sie ungefragt geduzt hatte.

Sie zögerte eine Weile mit der Antwort. Da griff er, dem der Kopf ganz leer und wirbelig war, nach ihrer Hand, und er tat es so schüchtern und hielt die Hand so ängstlich lose und bittend, daß es ihr unmöglich wurde, ihm den verdienten Tadel zu erteilen. Vielmehr lächelte sie und fuhr dem armen Liebhaber mit ihrer freien Linken sachte übers Haar.

»Bist du mir auch nicht bös?« fragte er, selig bestürzt.

»Nein, du Bub, du kleiner«, lachte die Tine nun freundlich. »Aber fort muß ich jetzt, man wartet daheim auf mich. Ich muß ja noch Wurst holen.«

»Darf ich nicht mit?«

»Nein, was denkst du auch! Geh voraus und heim, nicht daß uns jemand beieinander sieht.«

»Also gut Nacht, Tine.«

»Ja, geh jetzt nur! Gut Nacht.«

Er hatte noch mehreres fragen und erbitten wollen, aber er dachte jetzt nimmer daran und ging glücklich fort, mit leichten, ruhigen Schritten, als sei die gepflasterte Stadtstraße ein weicher Rasenboden, und mit blinden, einwärtsgekehrten Augen, als komme er aus einem blendend lichten Lande. Er hatte ja kaum mit ihr gesprochen, aber er hatte du zu ihr gesagt und sie zu ihm, er hatte ihre Hand gehalten, und sie war ihm mit der ihren übers Haar gefahren. Das schien ihm mehr als genug, und auch noch nach vielen Jahren fühlte er, sooft er an diesen Abend dachte, ein Glück und eine dankbare Güte seine Seele wie ein Lichtschein erfüllen.

Die Tine freilich, als sie nachträglich das Begebnis überdachte, konnte durchaus nimmer begreifen, wie das zugegangen war. Doch fühlte sie wohl, daß Karl an diesem Abend ein Glück erlebt habe und ihr dafür dankbar sei, auch vergaß sie seine kindliche Verschämtheit nicht und konnte schließlich in dem Geschehenen kein so großes Unheil finden. Immerhin wußte sich das kluge Mädchen von jetzt an für den Schwärmer verantwortlich und nahm sich vor, ihn so sanft und sicher wie möglich an dem angesponnenen Faden zum Rechten zu führen. Denn daß eines Menschen erste Verliebtheit, sie möge noch so heilig und köstlich sein, doch nur ein Behelf und ein Umweg sei, das hatte sie, es war noch nicht so lange her, selber mit Schmerzen erfahren. Nun hoffte sie, dem Kleinen ohne unnötiges Wehtun über die Sache hinüberzuhelfen.

Das nächste Wiedersehen geschah erst am Sonntag bei der Babett. Dort begrüßte Tine den Gymnasiasten freundlich, nickte ihm von ihrem Platze aus ein- oder zweimal lächelnd zu, zog ihn mehrmals mit ins Gespräch und schien im übrigen nicht anders mit ihm zu stehen als früher. Für ihn aber war jedes Lächeln von ihr ein unschätzbares Geschenk und jeder Blick eine Flamme, die ihn mit Glanz und Glut umhüllte.

Einige Tage später aber kam Tine endlich dazu, deutlich mit dem Jungen zu reden. Es war nachmittags nach der Schule, und Karl hatte wieder in der Gegend um ihr Haus herum gelauert, was ihr nicht gefiel. Sie nahm ihn durch den kleinen Garten in einen Holzspeicher hinter dem Hause mit, wo es nach Sägespänen und trockenem Buchenholz roch. Dort nahm sie ihn vor, untersagte ihm vor allem sein Verfolgen und Auflauern und machte ihm klar, was sich für einen jungen Liebhaber von seiner Art gebühre.

»Du siehst mich jedesmal bei der Babett, und von dort kannst du mich ja allemal begleiten, wenn du magst, aber nur bis dahin, wo die andern mitgehen, nicht den ganzen Weg. Allein mit mir gehen darfst du nicht, und wenn du vor den andern nicht Obacht gibst und dich zusammennimmst, dann geht alles schlecht. Die

Leute haben ihre Augen überall, und wo sie's rauchen sehen, schreien sie gleich Feurio.«

»Ja, wenn ich doch aber dein Schatz bin«, erinnerte Karl etwas weinerlich. Sie lachte.

»Mein Schatz! Was heißt jetzt das wieder! Sag das einmal der Babett oder deinem Vater daheim, oder deinem Lehrer! Ich hab dich ja ganz gern und will nicht unrecht mit dir sein, aber eh du mein Schatz sein könntest, da müßtest du vorher ein eigner Herr sein und dein eignes Brot essen, und bis dahin ist's doch noch recht lang. Einstweilen bist du einfach ein verliebter Schulbub, und wenn ich's nicht gut mit dir meinte, würd ich gar nimmer mit dir darüber reden. Deswegen brauchst du aber nicht den Kopf zu hängen, das bessert nichts.«

»Was soll ich dann tun? Hast du mich nicht gern?«

»O Kleiner! Davon ist doch nicht die Rede. Nur vernünftig sein sollst du und nicht Sachen verlangen, die man in deinem Alter noch nicht haben kann. Wir wollen gute Freunde sein und einmal abwarten, mit der Zeit kommt schon alles, wie es soll.«

»Meinst du? Aber du, etwas hab ich doch sagen wollen –«

»Und was?«

»Ja, sieh – nämlich – –«

»Red doch!«

»– ob du mir nicht auch einmal einen Kuß geben willst.«

Sie betrachtete sein rotgewordenes, unsicher fragendes Gesicht und seinen knabenhaften, hübschen Mund, und einen Augenblick schien es ihr nahezu erlaubt, ihm den Willen zu tun. Dann schalt sie sich aber sogleich und schüttelte streng den blonden Kopf.

»Einen Kuß? Für was denn?«

»Nur so. Du mußt nicht bös sein.«

»Ich bin nicht bös. Aber du mußt auch nicht keck werden. Später einmal reden wir wieder davon. Kaum kennst du mich und willst gleich küssen! Mit so Sachen soll man kein Spiel treiben. Also sei jetzt brav, am Sonntag seh ich dich wieder, und dann könntest du auch einmal deine Geige bringen, nicht?«

»Ja, gern.«

Sie ließ ihn gehen und sah ihm nach, wie er nachdenklich und ein wenig unlustig davonschritt. Und sie fand, er sei doch ein ordentlicher Kerl, dem sie nicht zu weh tun dürfe.

Wenn Tines Ermahnungen auch eine bittere Pille für Karl gewesen waren, er folgte doch und befand sich nicht schlecht dabei. Zwar hatte er vom Liebeswesen einigermaßen andre Vorstellungen gehabt und war anfangs ziemlich enttäuscht, aber bald entdeckte er die alte Wahrheit, daß Geben seliger als Nehmen ist und daß Lieben schöner ist und seliger macht als Geliebtwerden. Daß er seine Liebe nicht verbergen und sich ihrer nicht schämen mußte, sondern sie anerkannt, wenn auch zunächst nicht belohnt sah, das gab ihm ein Gefühl der Lust und Freiheit und hob ihn aus dem engen Kreis seiner bisherigen unbedeutenden Existenz in die höhere Welt der großen Gefühle und Ideale.

Bei den Zusammenkünften der Mägde spielte er jetzt jedesmal ein paar Stücklein auf der Geige vor.

»Das ist bloß für dich, Tine«, sagte er nachher, »weil ich dir sonst nichts geben und zulieb tun kann.«

Der Frühling rückte näher und war plötzlich da, mit gelben Sternblumen auf zartgrünen Matten, mit dem tiefen Föhnblau ferner Waldgebirge, mit feinen Schleiern jungen Laubes im Gezweige und wiederkehrenden Zugvögeln. Die Hausfrauen stellten ihre Stockscherben mit Hyazinthen und Geranien auf die grünbemalten Blumenbretter vor den Fenstern. Die Männer verdauten mittags unterm Haustor in Hemdärmeln und konnten abends im Freien Kegel schieben. Die jungen Leute kamen in Unruhe, wurden schwärmerischer und verliebten sich.

An einem Sonntag, der mildblau und lächelnd über dem schon grünen Flußtal aufgegangen war, ging die Tine mit einer Freundin spazieren. Sie wollten eine Stunde weit nach der Emanuelsburg laufen, einer Ruine im Wald. Als sie aber schon gleich vor der Stadt an einem fröhlichen Wirtsgarten vorüberkamen, wo eine Musik erschallte und auf einem runden Rasenplatz ein Schleifer getanzt wurde, gingen sie zwar an der Versuchung vorüber, aber langsam und zögernd, und als die Straße einen Bogen machte, und als sie bei dieser Windung noch einmal das süß anschwellende Wogen der schon ferner tönenden Musik vernahmen, da gingen sie noch langsamer und gingen schließlich gar nicht mehr, sondern lehnten am Wiesengatter des Straßenrandes und lauschten hinüber, und als sie nach einer Weile wieder Kraft

zum Gehen hatten, war doch die lustig-sehnsüchtige Musik stärker als sie und zog sie rückwärts.
»Die alte Emanuelsburg läuft uns nicht davon«, sagte die Freundin, und damit trösteten sich beide und traten errötend und mit gesenkten Blicken in den Garten, wo man durch ein Netzwerk von Zweigen und braunen, harzigen Kastanienknospen den Himmel noch blauer lachen sah. Es war ein herrlicher Nachmittag, und als Tine gegen Abend in die Stadt zurückkehrte, tat sie es nicht allein, sondern wurde höflich von einem kräftigen, hübschen Mann begleitet.
Und diesmal war Tine an den Rechten gekommen. Er war ein Zimmermannsgesell, der mit dem Meisterwerden und einer Heirat nicht mehr allzu lange zu warten brauchte. Er sprach andeutungsweise und stockend von seiner Liebe und deutlich und fließend von seinen Verhältnissen und Aussichten. Es zeigte sich, daß er unbekannterweise die Tine schon einigemal gesehen und begehrenswert gefunden hatte und daß es ihm nicht nur um ein vorübergehendes Liebesvergnügen zu tun war. Eine Woche lang sah sie ihn täglich und gewann ihn täglich lieber, zugleich besprachen sie alles Nötige, und dann waren sie einig und galten voreinander und vor ihren Bekannten als Verlobte.
Auf die erste traumartige Erregung folgte bei Tine ein stilles, fast feierliches Fröhlichsein, über welchem sie eine Weile alles vergaß, auch den armen Schüler Karl Bauer, der in dieser ganzen Zeit vergeblich auf sie wartete.

Als ihr der vernachlässigte Junge wieder ins Gedächtnis kam, tat er ihr so leid, daß sie im ersten Augenblick daran dachte, ihm die Neuigkeit noch eine Zeitlang vorzuenthalten. Dann wieder schien ihr dies doch nicht gut und erlaubt zu sein, und je mehr sie es bedachte, desto schwieriger kam die Sache ihr vor. Sie bangte davor, sogleich ganz offen mit dem Ahnungslosen zu reden, und wußte doch, daß das der einzige Weg zum Guten war; und jetzt sah sie erst ein, wie gefährlich ihr wohlgemeintes Spiel mit dem Knaben gewesen war. Jedenfalls mußte etwas geschehen, ehe der Junge durch andre von ihrem neuen Verhältnis erfuhr. Sie wollte nicht, daß er schlecht von ihr denke. Sie fühlte, ohne es deutlich zu wissen, daß sie dem Jüngling einen Vorgeschmack und eine Ahnung der Liebe gegeben hatte und daß die Erkenntnis des

Betrogenseins ihn schädigen und ihm das Erlebte vergiften würde. Sie hatte nie gedacht, daß diese Knabengeschichte ihr so zu schaffen machen könnte.

Am Ende ging sie in ihrer Ratlosigkeit zur Babett, welche freilich in Liebesangelegenheiten nicht die berufenste Richterin sein mochte. Aber sie wußte, daß die Babett ihren Lateinschüler gern hatte und sich um sein Ergehen sorgte, und so wollte sie lieber einen Tadel von ihr ertragen, als den jungen Verliebten unbehütet alleingelassen wissen.

Der Tadel blieb nicht aus. Die Babett, nachdem sie die ganze Erzählung des Mädchens aufmerksam und schweigend angehört hatte, stampfte zornig auf den Boden und fuhr die Bekennerin mit rechtschaffener Entrüstung an.

»Mach keine schönen Worte!« rief sie ihr heftig zu. »Du hast ihn einfach an der Nase herumgeführt und deinen gottlosen Spaß mit ihm gehabt, mit dem Bauer, und nichts weiter.«

»Das Schimpfen hilft nicht viel, Babett. Weißt du, wenn mir's bloß ums Amüsieren gewesen wär, dann wär ich jetzt nicht zu dir gelaufen und hätte dir's eingestanden. Es ist mir nicht so leicht gewesen.«

»So? Und jetzt, was stellst du dir vor? Wer soll jetzt die Suppe ausfressen, he? Ich vielleicht? Und es bleibt ja doch alles an dem Bub hängen, an dem armen.«

»Ja, der tut mir leid genug. Aber hör mir zu. Ich meine, ich rede jetzt mit ihm und sag ihm alles selber, ich will mich nicht schonen. Nur hab ich wollen, daß du davon weißt, damit du nachher kannst ein Aug auf ihn haben, falls es ihn zu arg plagt. – Wenn du also willst –?«

»Kann ich denn anders? Kind, dummes, vielleicht lernst du was dabei. Die Eitelkeit und das Herrgottspielenwollen betreffend, meine ich. Es könnte nicht schaden.«

Diese Unterredung hatte das Ergebnis, daß die alte Magd noch am selben Tag eine Zusammenkunft der beiden im Hofe veranstaltete, ohne daß Karl ihre Mitwisserschaft erriet. Es ging gegen den Abend, und das Stückchen Himmel über dem kleinen Hofraum glühte mit schwachem Goldfeuer. In der Torecke aber war es dunkel, und niemand konnte die zwei jungen Leute dort sehen.

»Ja, ich muß dir was sagen, Karl«, fing das Mädchen an. »Heut

müssen wir einander adieu sagen. Es hat halt alles einmal sein Ende.«
»Aber was denn – – warum –?«
»Weil ich jetzt einen Bräutigam hab –«
»Einen – – –«
»Sei ruhig, gelt, und hör mich zuerst. Siehst, du hast mich ja gern gehabt, und ich hab dich nicht wollen so ohne Hü und ohne Hott fortschicken. Ich hab dir ja auch gleich gesagt, weißt du, daß du dich deswegen nicht als meinen Schatz ansehen darfst, nicht wahr?«
Karl schwieg.
»Nicht wahr?«
»Ja, also.«
»Und jetzt müssen wir ein Ende machen, und du mußt es auch nicht schwer nehmen, es ist die Gasse voll mit Mädchen, und ich bin nicht die einzige und auch nicht die rechte für dich, wo du doch studierst und später ein Herr wirst und vielleicht ein Doktor.«
»Nein du, Tine, sag das nicht!«
»Es ist halt doch so und nicht anders. Und das will ich dir auch noch sagen, daß das niemals das Richtige ist, wenn man sich zum erstenmal verliebt. So jung weiß man ja noch gar nicht, was man will. Es wird nie etwas draus, und später sieht man dann alles anders an und sieht ein, daß es nicht das Rechte war.«
Karl wollte etwas antworten, er hatte viel dagegen zu sagen, aber vor Leid brachte er kein Wort heraus.
»Hast du was sagen wollen?« fragte die Tine.
»O du, du weißt ja gar nicht – –«
»Was, Karl?«
»Ach, nichts. O Tine, was soll ich denn anfangen?«
»Nichts anfangen, bloß ruhig bleiben. Das dauert nicht lang, und nachher bist du froh, daß es so gekommen ist.«
»Du redest, ja, du redest –«
»Ich red nur, was in der Ordnung ist, und du wirst sehen, daß ich ganz recht hab, wenn du auch jetzt nicht dran glauben willst. Es tut mir ja leid, du, es tut mir wirklich so leid.«
»Tut's dir? – Tine, ich will ja nichts sagen, du sollst ja ganz recht haben – – aber daß das alles so auf einmal aufhören soll, alles –«
Er kam nicht weiter, und sie legte ihm die Hand auf die zuckende Schulter und wartete still, bis sein Weinen nachließ.

»Hör mich«, sagte sie dann entschlossen. »Du mußt mir jetzt versprechen, daß du brav und gescheit sein willst.«
»Ich will nicht gescheit sein! Tot möcht ich sein, lieber tot, als so – –«
»Du, Karl, tu nicht so wüst! Schau, du hast früher einmal einen Kuß von mir haben wollen – weißt noch?«
»Ich weiß.«
»Also. Jetzt, wenn du brav sein willst – sieh, ich mag doch nicht, daß du nachher übel von mir denkst; ich möcht so gern im Guten von dir Abschied nehmen. Wenn du brav sein willst, dann will ich dir den Kuß heut geben. Willst du?«
Er nickte nur und sah sie ratlos an. Und sie trat dicht zu ihm hin und gab ihm den Kuß, und der war still und ohne Gier, rein gegeben und genommen. Zugleich nahm sie seine Hand und drückte sie leise, dann ging sie schnell durchs Tor in den Hausgang und davon.
Karl Bauer hörte ihre Schritte im Gang schallen und verklingen; er hörte, wie sie das Haus verließ und über die Vortreppe auf die Straße ging. Er hörte es, aber er dachte an andre Dinge.
Er dachte an eine winterliche Abendstunde, in der ihm auf der Gasse eine junge blonde Magd eine Ohrfeige gegeben hatte, und dachte an einen Vorfrühlingsabend, da im Schatten einer Hofeinfahrt ihm eine Mädchenhand das Haar gestreichelt hatte, und die Welt war verzaubert, und die Straßen der Stadt waren fremde, selig schöne Räume gewesen. Melodien fielen ihm ein, die er früher gegeigt hatte, und jener Hochzeitsabend in der Vorstadt mit Bier und Kuchen. Bier und Kuchen, kam es ihm vor, war eigentlich eine lächerliche Zusammenstellung, aber er konnte nicht weiter daran denken, denn er hatte ja seinen Schatz verloren und war betrogen und verlassen worden. Freilich, sie hatte ihm einen Kuß gegeben – einen Kuß … O Tine!
Müde setzte er sich auf eine von den vielen leeren Kisten, die im Hof herumstanden. Das kleine Himmelsviereck über ihm wurde rot und wurde silbern, dann erlosch es und blieb lange Zeit tot und dunkel, und nach Stunden, da es mondhell wurde, saß Karl Bauer noch immer auf seiner Kiste, und sein verkürzter Schatten lag schwarz und mißgestaltet vor ihm auf dem unebenen Steinpflaster.

Es waren nur flüchtige und vereinzelte Blicke eines Zaungastes gewesen, die der junge Bauer ins Land der Liebe getan hatte, aber sie waren hinreichend gewesen, ihm das Leben ohne den Trost der Frauenliebe traurig und wertlos erscheinen zu lassen. So lebte er jetzt leere und schwermütige Tage und verhielt sich gegen die Ereignisse und Pflichten des alltäglichen Lebens teilnahmslos wie einer, der nicht mehr dazu gehört. Sein Griechischlehrer verschwendete nutzlose Ermahnungen an den unaufmerksamen Träumer; auch die guten Bissen der getreuen Babett schlugen ihm nicht an, und ihr wohlgemeinter Zuspruch glitt ohne Wirkung an ihm ab.

Es waren eine sehr scharfe, außerordentliche Vermahnung vom Rektor und eine schmähliche Arreststrafe nötig, um den Entgleisten wieder auf die Bahn der Arbeit und Vernunft zu zwingen. Er sah ein, daß es töricht und ärgerlich wäre, gerade vor dem letzten Schuljahr noch sitzenzubleiben, und begann in die immer länger werdenden Frühsommerabende hinein zu studieren, daß ihm der Kopf rauchte. Das war der Anfang der Genesung.

Manchmal suchte er noch die Salzgasse auf, in der Tine gewohnt hatte, und begriff nicht, warum er ihr kein einziges Mal begegnete. Das hatte jedoch seinen guten Grund. Das Mädchen war schon bald nach ihrem letzten Gespräch mit Karl abgereist, um in der Heimat ihre Aussteuer fertigzumachen. Er glaubte, sie sei noch da und weiche ihm aus, und nach ihr fragen mochte er niemand, auch die Babett nicht. Nach solchen Fehlgängen kam er, je nachdem, ingrimmig oder traurig heim, stürmte wild auf der Geige oder starrte lang durchs kleine Fenster auf die vielen Dächer hinaus.

Immerhin ging es vorwärts mit ihm, und daran hatte auch die Babett ihren Teil. Wenn sie merkte, daß er einen übeln Tag hatte, dann kam sie nicht selten am Abend heraufgestiegen und klopfte an seine Türe. Und dann saß sie, obwohl sie ihn nicht wissen lassen wollte, daß sie den Grund seines Leides kenne, lange bei ihm und brachte ihm Trost. Sie redete nicht von der Tine, aber sie erzählte ihm kleine drollige Anekdoten, brachte ihm eine halbe Flasche Most oder Wein mit, bat ihn um ein Lied auf der Geige oder um das Vorlesen einer Geschichte. So verging der Abend friedlich, und wenn es spät war und die Babett wieder ging, war Karl stiller geworden und konnte ohne böse Träume schlafen.

Und das alte Mädchen bedankte sich noch jedesmal, wenn sie adieu sagte, für den schönen Abend.
Langsam gewann der Liebeskranke seine frühere Art und seinen Frohmut wieder, ohne zu wissen, daß die Tine sich bei der Babett öfters in Briefen nach ihm erkundigte. Er war ein wenig männlicher und reifer geworden, hatte das in der Schule Versäumte wieder eingebracht und führte nun so ziemlich dasselbe Leben wie vor einem Jahre, nur die Eidechsensammlung und das Vögelhalten fing er nicht wieder an. Aus den Gesprächen der Oberprimaner, die im Abgangsexamen standen, drangen verlockend klingende Worte über akademische Herrlichkeiten ihm ins Ohr, er fühlte sich diesem Paradiese wohlig nähergerückt und begann sich nun auf die Sommerferien ungeduldig zu freuen. Jetzt erst erfuhr er auch durch die Babett, daß Tine schon lange die Stadt verlassen habe, und wenn auch die Wunde noch zuckte und leise brannte, so war sie doch schon geheilt und dem Vernarben nahe.
Auch wenn weiter nichts geschehen wäre, hätte Karl die Geschichte seiner ersten Liebe in gutem und dankbarem Andenken behalten und gewiß nie vergessen. Es kam aber noch ein kurzes Nachspiel, das er noch weniger vergessen hat.

Acht Tage vor den Sommerferien hatte die Freude auf die Ferien in seiner noch biegsamen Seele die nachklingende Liebestrauer übertönt und verdrängt. Er begann schon zu packen und verbrannte alte Schulhefte. Die Aussicht auf Waldspaziergänge, Flußbad und Nachenfahrten, auf Heidelbeeren und Jakobiäpfel und ungebunden fröhliche Bummeltage machte ihn so froh, wie er lange nicht mehr gewesen war. Glücklich lief er durch die heißen Straßen, und an Tine hatte er schon seit mehreren Tagen gar nimmer gedacht.
Um so heftiger schreckte er zusammen, als er eines Nachmittags auf dem Heimweg von der Turnstunde in der Salzgasse unvermutet mit Tine zusammentraf. Er blieb stehen, gab ihr verlegen die Hand und sagte beklommen grüß Gott. Aber trotz seiner eigenen Verwirrung bemerkte er bald, daß sie traurig und verstört aussah.
»Wie geht's, Tine?« fragte er schüchtern und wußte nicht, ob er zu ihr »du« oder »Sie« sagen solle.

»Nicht gut«, sagte sie. »Kommst du ein Stück weit mit?«
Er kehrte um und schritt langsam neben ihr die Straße zurück, während er daran denken mußte, wie sie sich früher dagegen gesträubt hatte, mit ihm gesehen zu werden. Freilich, sie ist ja jetzt verlobt, dachte er, und um nur etwas zu sagen, tat er eine Frage nach dem Befinden ihres Bräutigams. Da zuckte Tine so jämmerlich zusammen, daß es auch ihm weh tat.
»Weißt du also noch nichts?« sagte sie leise. »Er liegt im Spital, und man weiß nicht, ob er mit dem Leben davonkommt. – Was ihm fehlt? Von einem Neubau ist er abgestürzt und ist seit gestern nicht zu sich gekommen.«
Schweigend gingen sie weiter. Karl besann sich vergebens auf irgendein gutes Wort der Teilnahme; ihm war es wie ein beängstigender Traum, daß er jetzt so neben ihr durch die Straßen ging und Mitleid mit ihr haben mußte.
»Wo gehst du jetzt hin?« fragte er schließlich, da er das Schweigen nimmer ertrug.
»Wieder zu ihm. Sie haben mich mittags fortgeschickt, weil mir's nicht gut war.«
Er begleitete sie bis an das große stille Krankenhaus, das zwischen hohen Bäumen und umzäunten Anlagen stand, und ging auch leise schaudernd mit hinein über die breite Treppe und durch die sauberen Flure, deren mit Medizingerüchen erfüllte Luft ihn scheu machte und bedrückte.
Dann trat Tine allein in eine numerierte Türe. Er wartete still auf dem Gang; es war sein erster Aufenthalt in einem solchen Hause, und die Vorstellung der vielen Schrecken und Leiden, die hinter allen diesen lichtgrau gestrichenen Türen verborgen waren, nahm sein Gemüt mit Grauen gefangen. Er wagte sich kaum zu rühren, bis Tine wieder herauskam.
»Es ist ein wenig besser, sagen sie, und vielleicht wacht er heut noch auf. Also adieu, Karl, ich bleib jetzt drinnen, und danke auch schön.«
Leise ging sie wieder hinein und schloß die Türe, auf der Karl zum hundertstenmal gedankenlos die Ziffer siebzehn las. Seltsam erregt verließ er das unheimliche Haus. Die vorige Fröhlichkeit war ganz in ihm erloschen, aber was er jetzt empfand, war auch nicht mehr das einstige Liebesweh, es war eingeschlossen und umhüllt von einem viel weiteren, größeren Füh-

len und Erleben. Er sah sein Entsagungsleid klein und lächerlich werden neben dem Unglück, dessen Anblick ihn überrascht hatte. Er sah auch plötzlich ein, daß sein kleines Schicksal nichts Besonderes und keine grausame Ausnahme sei, sondern daß auch über denen, die er für Glückliche angesehen hatte, unentrinnbar das Schicksal walte.

Aber er sollte noch mehr und noch Besseres und Wichtigeres lernen. In den folgenden Tagen, da er Tine häufig im Spital aufsuchte, und dann, als der Kranke so weit war, daß Karl ihn zuweilen sehen durfte, da erlebte er nochmals etwas ganz Neues.

Da lernte er sehen, daß auch das unerbittliche Schicksal noch nicht das Höchste und Endgültige ist, sondern daß schwache, angstvolle, gebeugte Menschenseelen es überwinden und zwingen können. Noch wußte man nicht, ob dem Verunglückten mehr als das hilflos elende Weiterleben eines Siechen und Gelähmten zu retten sein werde. Aber über diese angstvolle Sorge hinweg sah Karl Bauer die beiden Armen sich des Reichtums ihrer Liebe erfreuen, er sah das ermüdete, von Sorgen verzehrte Mädchen aufrecht bleiben und Licht und Freude um sich verbreiten und sah das blasse Gesicht des gebrochenen Mannes trotz der Schmerzen von einem frohen Glanz zärtlicher Dankbarkeit verklärt.

Und er blieb, als schon die Ferien begonnen hatten, noch mehrere Tage da, bis die Tine selber ihn zum Abreisen nötigte.

Im Gang vor den Krankenzimmern nahm er von ihr Abschied, anders und schöner als damals im Hof des Kustererschen Ladens. Er nahm nur ihre Hand und dankte ihr ohne Worte, und sie nickte ihm unter Tränen zu. Er wünschte ihr Gutes und hatte selber in sich keinen besseren Wunsch, als daß auch er einmal auf die heilige Art lieben und Liebe empfangen möchte wie das arme Mädchen und ihr Verlobter. *(1905)*

# Anton Schievelbeyn's Ohn-freywillige Reisse nacher Ost-Indien

*Ein Plagiat aus dem 17. Jahrhundert*

So habe ich, einen Theils zur eewigen Gedächtniß meiner getahnen Sünden, u. eingetrettenen Beßerung, vorauß aber zur Ehre GOttes, des HErrn, alles auffbewahrt u. geschriben, so mir, nach Seiner Fügung, auff meinen merck-würdigen See-Reissen, u. in fremden Gegenden u. Landschafften, begegnet u. auffgestossen ist. Insonderheit die merckenswerthen Woltahten, welcher der HErr in Seiner Barmhertzigkeit an mir großen Sünder u. Elenden außgeübt.
Zu vörderst muß ich in aller Kürtze meiner vorigen Umstende u. Schicksahle gedencken, alss wie ich in gantz zarten Jaren auff See fuhr u. viel seltzahme u. schröckliche Abenteuer gehabt. Alßdann an den Cap de bon Esperance gelangt, woselbst die Niederlendischen ihren, unlengst angefangenen, Wohnsizz ämsig verbeßerten, theils freye, theils unfreye, mich auch auff das Beste auffnamen. Dann war ich derzeiten übel kranck, u. glaubte nicht lenger zu leben. Worauff ich gantz gut genaß, u. sehr frölich war, auch denen Niederlendern gar gerne halff, u. Arbeit taht, auch spehter mein theueres Weib, so damahlen eine Wittib war, geheurahtet. War ein reicher Mann auß mir geworden, u. besaß ein Hauß, u. Acker, u. Waideland, u. zwey hundert africanische Schaafe, weiße u. schwartze.
So bald ich nun bey so erklecklichen Wolstande gelangt war, u. war schon zuvor ein leuchtsinniger Bruder gewest, verfürete mich allso bald der Teuffel, u. fihl allmälig in grossen Hoch-Muth, Freßen u. Sauffen, wolte wol leben, u. wenig arbeiten, Summa war nichts alß Lust, u. Lermen, u. fröliges leben. Hatte gute Freunde genug, u. nur mein Weib blikkte scheel darzu, sties mich offtmalen an, u. sagte, du Fauler u. Bösewicht, sihe bald hohlt dich der Satan, u. mußt verbrennen. Hörte aber nicht darauff. War so gar zornig, u. hette sie geschlagen, förchtete sie aber zu sehr. Sie war über maaßen starck u. ämsig, bettete immer zu GOtt, u. seuffzete jeden Tag, besorgte das gantze Wesen mit

Treue, war doch umsonsten, dan alles ward vertahn, u. verzeert. HErr, HErr, verzeye mir in Deiner grossen Gnade, amen.

Maaßen das Weib verstendig genug war, u. keinen anderen Troost erfand, begieng sie amende eine kluge Lißt, wie ich hernacher so gleich erzehlen will. Nehmlich an einem Abend aß, u. tranck ich, mit zwey oder drey guten Brüdern, wie schon offt, u. war nichts, alß Lust, u. Gesang, u. Gelechter im Hauß, gieng auch späht in mein Bette, war ein wenig truncken, u. schlieff so feßt, wie kein Fleissiger. Deßhalben ich ohnmaaßen erschröckte, alß mich gegen den Morgen einer herauß zog, u. fieng an, laut zu schreyen. Aber mein Weib kam herein, u. sagte, sey nur ruhig, es geschiht Alles mit meinem Willen. Da standen vier starcke Männer, die zogen mir meine Kleider an, alles mit der eussersten Schnelle, schleppten mich hinauß, u. sezzten mich auff ein Waagen, wurde so gleich angebunden, u. war in einer grossen Todes Angst, fragte kläglich, was mit mir geschähe. Mein gutes Weib weinte u. sagte mit Schmertzen, du mußt nun abschiedt nemen. Nam abschiedt, küsste sie mit lautem Weinen. Die Männer stiegen nebenst mir auf den Waagen, gaben mir keine Antwortt. Und fuhren im schnellesten Trapp in den Haaffen, entbandten mich von der Bankk, brachten mich auff ein niederlendisches Schiff, gaben mich dem Haubtmann. Sie stekkten mir ein Brieff in die Hand, schryen adieu, giengen an das Land zurück. Ich wolte schnelle nach, aber wurde feßt gehalten, u. blieb in grossem Elende auff dem Schiff. Spähter wurde noch für mich eine kleine Kißte gebracht, u. eine Stunde nach mittag geschah ein Schuss, u. wir lieffen in die See.

Alßbald kamen die Leute, namen mich, u. mußte Dienste tuhn, war ein Matrose auß mir geworden, dergleichen ich in jungen Jahren schon gewesen, u. hatte nie gedacht nochmalen einer zu werden. Diser Tag, welcher mir der traurigste in meinem Leben zu seyn dünckte, war der 23. Maymonaths, im Jar sechszehnhundert 58. Bald erfur ich von meinen Kameraden, daß das Schiff, so auß ihrem Vatterland her gekommen, nacher Batavia bestimmt sey. Wir hatten vatterlendische Wahren an Bort, u. mehrerley Herrschafften, welche zum theil reisslustige, oder auch gelehrte Herren u. Doktores waren, war auch Mr. Walter Schultz auß Amsterdam dabey, ein Artzt, u. gelehrter Herr, welchem spehter mein Leben dancken dorfte.

Kaum daß ich eine freye Stunde hatte, so nam ich meinen Brieff, darauff stand, »an meinen lieben u. werthen Ehe-Herrn, Herrn Anton Schievelbeyn«. Aber innen dem Brieffe stand allso: »Du mußt jetzo abschiedt nemmen, was mich gar betrübt, kann aber nicht anderst. Mit Freßen u. Wollust ist kein Christlich leben, u. musstest bald zur Hellen faren. Dises soll nicht seyn, u. habe dich diserhalb auff ein Schiff geschikkt, daß du nüchtern wirst, u. wider arbeitten lernst. Mit Gottes Hülffe magstu wider gut werden, u. mit großen Freuden heymkehren. Bette fleyssig, u. schreibe mir ein Brieff, wann du nacher Batavien kömmst!«
So sah ich dann wol, daß ich von meinem Weibe war überlistet worden. Dieß gefihl mir nicht, u. fluchte ihr, u. beschloss nicht wider heym zu faren, sondern beschloss in frembde Gegenden zu reißen, u. daselbsten zu bleyben, so lang es mir gefallen mögte. Verstokte allso mein Hertz, u. war guter Dinge, u. nur der schweere Dienst war mir unlieb, u. widerwertig. Darauff schloss ich Freundschaft mitt denen Schiffsleuten, u. war gantz ohn-verzagt. Wie dann ein Jeder guter Seemann, auch wann selbiger lange zu lande war, stäts auff's Neue voll Freude, u. Courage ist, so bald er das feßte Land verleßt, u. wider über Waßer seegelt. Wann ich alles wolte erzehlen, was mir unter Wegs zugestossen, u. erlebt habe, könnte ich leicht kein Ende finden. Will aber nur in größter Kürtze auffzehlen.
Alß wir den 39. oder 40. Grad süder Poli erreicht hatten, fiengen gefehrliche West-Winde an zu wehen. Die Lufft war kalt, u. voll tunckler Wolcken; offt genug stürtzete Haagel auff uns, auch Schnee; doch war der Wind uns günstig, da wir nacher Ost-Indien wolten. Wir furen erschröcklich schnelle, wol 45 Meylen am Tag, bey 14 Tage. Da fihl ein grausahmer Wind, gleich wie vom Himmel, über unser Schiff, welchen man Orcan nennt, u. flog zu Erst rundumb den Compass her. Konnte keiner den andern mehr erhören, wurden alle elend und schryen, wir versincken! Betteten mit sonderbahrem Eyfer, HErr, HErr, hilff uns! u. waren durchauß verzweyflet, biß die lengst erwünschte Morgen-Stunde an brach. Da fasseten wir einigen beßeren Muth, u. der Sturm lies nach. Aber Viele von uns wurden kranck, hatten grosse Hizze, u. Tob-Sucht, u. beyde Wundtärtzte waren bestendig am Werck. Da lag auch ich armer Sünder, in grossen Ängsten, meynte zu sterben. Da wolte ich in mich

gehen, seuffzete u. fieng an zu betten. GOtt seegnete aber die Artzeney-mittel, so mir oben bemeldter Mr. Schultz dargereicht, u. genaß nach 6 Tagen, war auch sogleich wider frölig, u. vergass alles. Aber ein reicher Kauffmann-Sohn war auch tobsüchtig, diser stürtzte sich in das Waßer, wurde ämsig nach geforscht, u. blyb aber verlohren.

Unter dessen geriethen wir in die Süd-Ost-Winde, u. konnten nicht in das erwüntschte Batavia kommen, trieben umbher. Kamen in den See-Busem Sillebar, auff Sumatra. Aber ich kann nicht auffzehlen, was dort geschah, will nur erwehnen, daß die Indianer, deren etliche Orankay hiessen, betriegerisch u. treulos gewesen. Daselbst wachsen Indianische Nüsse, Feygen, Pomerantzen, u. dergleichen, bekamen aber nichts, denn nur ein wenig süß Waßer, u. die Indianer erschlugen uns zwey gute Dollmetscher, die waren um Milch, u. Eyer, auff den Marckt geschikkt. Darauff geriethen wir immer wider in widerwertige Winde, mussten bißweylen 7mahl im Tage Ancker werffen, u. war schon im September.

Aber endlich kamen wir am 5. Octobris, in dem weitberühmten Batavia an. Dorten kam sogleich der Herr Fiscal auff das Schiff, ob wir frembde Wahren darauff verborgen hätten. Und kamen viele heydnische Sineser, von denen viel in Batavia wohnen, kaufften Wahren, brachten Klapper-Nüße, Citronen, Feygen, u. ich lag abermahls drei Tage kranck, von zuvilen Eßen. Dann mußten wir das Schiff ausladen, u. solte dasselbe sogleich nach dem Mußkaten-Lande, Banda, seegeln. War auch schon alles bereit, ich wollte aber in dem herrlichen Batavia bleyben, bekam mein Geldt, u. nam abschiedt. Da kam ein Schiffs-Herr, mußte nacher Holland retour fahren, u. wollte mich in Dienst. Da konnte ich heymkeeren, u. zu meinem Weibe gehen, war aber verstokt, u. mogte nicht, schien mir hergegen die Statt Batavia über maaßen köstlich zu seyn, u. beschloss da zu bleyben.

Vorauß erstauneten mich die obgemeldten Sinesen. Selbige tragen das Haar unmenschlich lang, was ein alter Gebrauch bey disem Heyden-Volk ist. Und wann einer sein Haar abschneydet, der verfallt in solchen Hass bey den Sinesen, daß ihm von keinem einige Liebe erwiesen wird. Auch siehet man sie ohne Unterlaß spiehlen u. doppeln, u. verspiehlt mancher, in kurtzer Zeit, Hab u. Guth, Schlaven u. Schlavinnen, ja selbst Weib, u.

Kinder, welche der andere zu Schlaven macht, oder die Schönste zur Beyschläfferinn behält. Rauffen sich die Barthaare auß, daß wer sie zu erst erblikkt, meynt er, sie seyen Weibsbilder, wodurch auch viel geyle Schiffsleute sind betrogen worden. Sie begraben ihre Todten an einem besondren Orthe vor der Statt, in gewelbten Mauren, wobei sie ungemeyn viel köstliches Eßen, Gewürtze, nebst bemahltem Papir dem Teuffel auffopfern.

Gantz anders sind die Indianer beschaffen, von welchen offtmahlen einige gemartert, u. von unten auff geredert werden; dann sie geniessen soviel Opium (ein gefehrliches Gewürtz), biß sie gantz rasend werden. Alsdann lauffen sie dorch die Gassen, u. schreyen Amockk, daß bedeutet, daß sie jeglichen umbringen wöllen, der ihnen begegent, u. bringen offt viele um, werden alßdann geredert. Dan die Justitz leydet solche Gottlose Unsinnigkeit nicht.

Nun gedachte ich, was in meinem Brieffe stand, daß ich nehmlich von Batavia einige Nachricht meinem Weibe sollte schikken. Trug auch ihren Brieff stäts bey mir, mogte aber nicht schreiben, zürnte ihr noch immer, u. gedachte sie gantz zu verlaßen. Je mehr ich an mein, früher gehabtes, ergetzliches Wolleben zurükk gedachte, je schlimmer gefihl mir die Lißt, daß sie mich mit Gewalt fortgebracht hatte. Demnach begab ich mich in ein Hauß, allwoselbst viele See-Leute auß mehrerley Lendern, wohnen, u. ein faulles Leben füren, fand daselbst Hollender, Teutsche, u. Frantzosen. Soffort ward ich gutt auff genommen, u. feelte mir an nichts, war auch bald der lustigste von Allen. Spiehlen, Lermen u. Trincken war jeden Tag, gab auch Weibs-Persohnen, Tantz u. viele Freuden aller Art; kamen Indianer, u. Sineser, mit Saitten-Spihl, u. Wunder seltzahmen Täntzen, so wie Comoedie, alles auff's Beßte gezihret, mit heftigem Gesange.

Leyder muss ich bekennen, daß ich, von eim alten Matros verfüret, zwey mal von dem heydnischen Giffte Opium genooß, erkranckte auff das eusserste, genaß aber orntlich, u. lies mir nie mehr daran gelüßten.

In demselben Hauße, wo ich Abstieg genommen hatte, u. welches einem Niederlender gehörte, war eine indianische Magd, hieß Sillah, gar schön, und fein an Gliederen, u. nicht all zu tunckel geferbt, gefihl mir sonderbahr, wolte aber nichts von

Matrosen wißen. Dieselbige war türckischen Gläubens, maaßen sie von der Statt Japare gebührtig war.
Offtmahlen gieng ich in der Statt herumb, theyls eintzel, theyls mit denen Kumpanen, besahe viele u. erstaunliche Rariteten, auch Tempel, heyliger Oerther, frembde Bäume u. Pflantzen, Palmen u. Negel-Bäume. Ueber disem vergieng mein Geldt, u. Haabe, nicht anders dann Merzen-Schnee. Wolte aber nicht wider Schiffs-Dienste nemen. Da begegnete mir wider einmahl die selbe Sillah, u. sagte Schmeicheleyen zu ihr, ob sie nemlich mir nicht wölle ein Kuss geben. Antwortete, nein, es sey dan daß ich sie heurathe. Dannenhero ich hefftig lachen musste, lies das Mähdgen lauffen.
Im January giengen aber die mehrsten von mein Kumpanen wider in Dienste, ein jeder auff ein Schiff, verliesen mich, in grosser Freundschafft u. Trehnen. Da blyb ich gantz allein, hatte kein Geldt, u. seuffszete mildiglich, wusste nicht was tuhen, u. wohin gehen.
In dieser betrübten Zeyt kam ich nochmahlen zur Sillah, fragte, ob sie mich heurathen wölle. Dan ich hatte niemanden gesagt, daß ich kein leediger Mensch were, sondern schon lang ein Ehe-Mann. Das Mähdgen sagte, Ja, aber daß wir in Batavia nicht heurathen könnten, sondern müssten auf ein andere Insul wohnen. Darumb suchte ich ein Dienst, nam Handgeldt bey eim Haubtmann, welcher sollte nacher Amboina faren, u. seyn Schiff hieß Henriette Louyse. Auch das Megtelein verdingte sich auff dieses Schiff, maaßen ich den Haubtmann darum baht. Wir fürten Reiß u. Zukker, u. dasselbe Schiff sollte Gewürtz-Negel, benebenst Mosckat-Nüße, nacher Batavia, Retour bringen.
So furen wir am 7. February dahin, verhoffte auff disen Insuln einen guten Dienst zu finden, bey der Hochlöblichen Ost-Indischen Compagnie, welche ambition hernacher auch würcklich erfüllet wurde. Was Alles auff diser Reiße geschah, u. wir gar viel erduldeten, mag ich nicht alles herzehlen, nebenst Ohn-Gewittern, Sturm u. eusserste Gefaren, so wir bey Zunda, und sonsten erleyden mussten; u. kamen öfters in so schweere Noth u. Bedrengniß, daß wir alle betteten (ohne meine Sillah, dann die hatte den Mohren-Glauben) u. so gar die muhtigste Matrosen, u. arge Sünder, u. Flucher, mildiglich zu weynen an fiengen. Verlohren zwölff Persohnen, darunter ein Edelmann. Diser war ein Vetter

von dem Gouverneur von Tarnaten, welches eine kleyne Insul ist, und stehet daselbst ein brennender Berg. Er hieß Herr Korss, fihl über Bord in das Wasser.
Summa nach allen disen, schweeren Nöthen lieffen wir am 24. Maymonaths in Amboina an das Land, bei dem Schloss Victoria. Dorten verlies ich samt der Sillah das Schiff, welches nur Waßer und Speise auffnam, u. sogleich biß zu einem andren Haaffen weiter fur. Beriethen uns nun, was zu tun were. Dan das Mähdgen hatte mir schon zuvohr gesagt, daß sie bereit were, im nöthigen Fall das Heydentum abzustreiffen. Hielten es aber nun vor beßer, unseren wahren Stand geheym zu halten. Allso gab ich an, sie were mein Ehe-Weib, haben diser maaßen keinerley Hochzeitt begangen, noch leegte Sillah ihren türckischen Glauben nider. Wofor mich GOtt der HErr, in Seiner Gerechtigkeyt, spehter heymgesuchet, u. schweer bestrafft hat.
Meldte mich in dem Schloße Victoria, bei dem Herrn Gouverneur, nahmens Hutsert, baht umb Dienste. Diser Herr, nach dem er meine lügenhaffte Berichte angehöret, wies mir einen Garten und kleynes Schilff-Häußchen an. Dort wohnte ich von nun an, mit meiner Indianerinn.
Die erste Zeit war es gut, wir rueten von den Gefehrlichkeyten auß. Ergieng mir gantz wol, dan die indianische Weiber sind gewohnt, für die Manns-Leute zu sorgen. Hatte jeden Tag genug zu essen, wann ich gessen hatte, lag ich unter der Hütte, plaagte mich wenig. Die Sillah taht im Garten Arbeit, samlete die Cokkos-Nüße, auch Sagouw u. Negelckens. Wohnten beysammen faßt ein Jar, in solcher Weise.
Zu jener Zeyt fing es mich an zu gereuhen, daß ich nicht mehr auff meinem Hoffe, am Taffel-Berge, saß, u. sehnete mich, wider heym zu kommen. Nehmlich es fehlte mir wenig, gieng mir gut genug, war aber ohnzufrieden. Bekam eusserst selten etwas anders zu eßen, als Sagouw u. Pynang, auch gesalzte Fische, verdross mich also diser Speyßen immer mehr. War auch nicht mit Sillah copulieret, machte mir ein schweeren Vorwurff, maaßen selbe eine Gott-lose Heydinn war.
Nachdem ich öfftere mahle umbsonst versucht, stieg ich im Mertzen 1660, ohn-vermercket, allein auff ein niederlendisch Schiff, so mit Mosckat-Nüßen nacher Batavia zurück kehrte. War hertzlich froh, alß wir immer weiter kamen, wünschte der

guten Indianerinn Glück und Segen, vermeynete bald wider bey meinem würcklichen Ehe-Weibe zu seyn. Ich hatte aber in meiner Schwachheit nicht an Gottes Fürsehung gedacht. In grosser Bälde stürtzeten ungünstige Winde wider uns, wir konnten die Seegel nicht gebrauchen, warffen bestendig Ancker auß. Diser maaßen war nach einer Zeyt, kein süsses Waßer mehr in dem Schiff, kamen in erschröckliche Noth. Viele wurden kranck, winsleten, und klaagten elendiglich. In disen forchtbahren Jammer erblicketen wir ein Insul, warffen Ancker, sezzten eilig ein Boht auß, darinn bey fünfzehn Mann giengen, u. war ich mit dabey. Ruderten mit Macht gegen die Küßte, aber funden selbige steyl, u. gebürgigt, u. keine Hofnung, an das Land zu kommen, maaßen die Seestürtzung so entsezzlich war, daß wir beförchteten, daß an denen Felsen das Bootgen zerbrechen, u. das unterste oben gekehrt werden mögte. Alßbald sanck unsere Hofnung gäntzlich. Aber eynige von uns, u. auch ich selbsten, weill wir schwimmen konnten, sprungen über Bort, u. kamen glükklich durch die Stürtzung auff das Land, nur Einer gieng dabey verlohren. Alßbald lieffen wir zu eim klaaren Bache, lobten GOtt u. trancken ein jeder soviel er konnte. Darnach wollten wir an den Strand zurükke lauffen, u. denen in dem Bohte zu ruffen. Da sahen wir, zu unserem grössesten Schrekken, daß kein Boht mehr da war, u. wussten nicht, ob es vom Wind vertriben, oder gantz versunken were. Rieffen u. schryen mit eusserster Krafft, war umbsonsten. In disem entsezzligen Augen-Blikk erschracken wir so sehr, daß wir zu Booden fiehlen, u. gleichsahm ent-seelt da lagen, dann unsere Umbstende waren so armseelig, daß wir nicht erhoffen konnten, lang zu leben, u. wider in bewohnte Lender zu kommen.
Biß auff disen Tag habe ich niemahls erfahren, wohin unser Boht gekommen sey, glaube, es sey ertruncken. Wir waren fünff Männer, schryen noch bey zwey Stunden, u. blikkten auff das stürmende Waßer, weyneten laut, u. rieffen umb Hülffe. Beriehten sodann, was wir tuhn söllten, wussten kein Rath, verblyben die Nacht u. einen Tag an dem Orthe, u. weren bald for Hunger gestorben, dann wir funden nichts zu eßen. Nach diser Zeyt sagte einer, der hieß Köllen, er möge nicht lenger da bleyben, wir sollten mit ihm gehen, umb nicht gar zu verhungern. Ich war bereit, und noch einer, der hieß Karlsen, aber die übrige zwey

wolten nicht, vermeynende, daß unser Boht zurük kommen würde. Allso trenneten wir uns, unter vielen Trehnen, auff das zärtligste, liessen die Beyden an dem Uffer, u. giengen in das Land. Es waren aber steyle, schröckliche Gebürge auf allen Seiten, wir assen Bleter von eim unbekannten Baum, umb uns zu erkrefften. Darauff fiengen wir an die mühsählige Höhen zu ersteygen, kamen an Schauderhaffte Felsen, u. Klüffte, höreten wilde Stürzt-Bäche braußen, u. blyben am zweyten Tage gantz entkrefftet liegen, konnten nicht weiter dringen. Der Hunger plahgte uns entsezzlich, ich were gar danckbahr gewesen, wan ich eine Schüßel Pinang, von der guten Sillah, jetzt hätte haben können.

Wir lagen die gantze Nacht auff denen Felsen, sahen den sichren Todt vor unsren Augen, rieffen zu GOtt, in tieffester Bedrengniß. Niemahls ist ein Christliches Gebett vergeebens, auch, wann es gantz fruchtlooß zu seyn scheinet. Der barmhertzige Vatter erhörete unser Winselen in der Einöde. Wir faßten neuen Muth, u. schlugen eine andere Richtung ein, damit wir kein Erlöösungs-Mittel verseumen mögten. Funden einige Wurtzeln, u. Kräutter, trancken aus den gefehrlichen Bächen, nicht wissend, ob Crocodillen darin seyen. In dem neherten wir uns wider der Küßte, aber an eim anderen Plazz.

Unterdessen wir also in der größten Gefahr schweebten, wurden wir am Uffer eines kleynen Fischer-Schiffgens gewahr, Canoa genannt, worüber wir uns zum höchsten erfreueten. In Kürtze entdekkten wir auch ein Fußpfad, welchem wir mit sonderbahrem Eiffer folgten. Bald hernach, funden wir eine kleyne Fischers-Hütte, in dem dikken Gebüsche, darinn war ein alter indianischer Einsideler, welcher sich in diser Wüßte vom Fischfang ernehrte. Da derselbe uns sah, erstarrte er gleichsahm für Schrekken, dan wir waren so durchauß erschöpfft, u. krafftloß, daß wir ähnlicher todten, alß lebendigen Menschen schienen; über dem hatte er (nach allem Vermuhten) noch niemals einige weisse Menschen gesehen. Einer von uns, Nahmens Karlsen, redte ihn auff's höfligste, in der malaischen Sprache an, erzehlte unser beklägliches Unglükk. Der Einsiedeler sezzte uns gedorrete Fische, u. Reiß vor, u. nöthigte uns zu essen. Wir bedanckten uns hertzlich, lobten GOtt für solche ohn-verhoffte Gnaade. Wir fiengen an zu eßen, jedoch fürsichtig, in Betrachtung, daß unser Inngeweyde von Faßten, gleichsahm verdörret war. Bezeigten uns recht dienstwillig, giengen, nach empfangener Belehrung, auff die Jagd, in eim kleynen Canoa, was uns herrlich glükkte. Bey disem guten Indianer bliben wir mehre Monathe, fiengen Fische, u. trokkneten sie auff denen Felsen, pflantzten ein wenig Reiß, u. litten keine Noth. Wurden aber mit jedem Tage trauriger, dan wir funden keine Hoffnung, von disem Orth hinweg, u. in andere Lender, oder in unser Vatterland, zu gelangen. Unsere Kleider fihlen gantz auß einander, unsere Haare u. Barth wurden immer lenger, Summa, man hette uns eher vor Indianer, oder vor Wilde u. Wald-Teuffel, alß vor etliche Christliche Persohnen angesehen. Offt genug sprach keiner ein eintziges Wort, saßen viel mehr gantz still bey einander, weineten sanfft, u. wussten keinen Trohst.

An einem Abend, da ein starker Sturmwind, u. Reegen war, lagen wir alle in der Hütte, konnten nicht schaffen, u. hatten ein kleynes Feuer angebrennt. Da stund einer auff, warff ein Stükk Holtz in die Gluth, u. sagte, jeder von uns soll seine Geschichte u. Erlebniß erzehlen, begann auch selber darmit, u. erzehlte alles, was er wusste. Darnach der Zweyte, darnach ich, u. habe in meinem Leben niemahls so viele, u. schröcklige Historien gehöret, alß an diesem Abend. Dann jeder von uns hatte vielerley erlidten, Schiff-Bruch, Gefahren, Hunger, Krankheyt, auch fremde Völker u. Stätte gesehen, in allen Lendern.

Als ich aber alle meine Sachen treulich hergezehlet hatte, fiehlen Beyde mit Worten auff mich her, u. rieffen, du Bösewicht, du Gottloßer Mensch, was hast du getahn, hast zwey mahl die Ehe gebrochen. Ich schrye wider, war trotzig, u. wolte nichts hören. Hernach ward ich aber sehr traurig, erkannte plözzlich meine Laßter, u. Verbrechen, kniete nider, weinte u. bettete heftig. Da knieeten auch die Zweye nebenst mir auff die Erde, wir klaagten laut, u. bahten inbrünnstig, daß wir wider von der Insul, u. unter Christen-Leute in unser Vatterland kommen mögten, maaßen wir so viel Armuth, Kummer u. Ungemachligkeyten erduldet hatten. Die Erkänntniß meiner Übeltahten drükkte mein Hertz alß wie ein Gebürge, ich baht meine Freundte, verzeyet mir meine Sünden, um welche GOtt uns alle so hart bestraffet. Da tröhsteten sie mich auff's liebligste, verzyen mir beyde, u. halffen mir recht mit Betten und Seuffzen.

Hin u. wider erforschten wir öffters dise Gegend, funden aber kein Ausweeg, oder Rettung, auch waagten wir nicht, in dem ärmlichen Canoa oder Böötgen weiters auff das Meer zu gehen. Zwei mahl erblikkten wir ein Schiff, da lobten wir GOtt, schryen u. winckten, zündten ein grosses Feuer an, war alles vergeebens. Warffen uns verzweyfflendt auff die Erde, vergoßen heisse Trehnen, Weh-klaageten. Und alß wir waren eine lange Zeyt dorten gewesen, so starb der alte Indianer, zu gröstem Schmertze, u. begruben ihn, bedenckend, wie das wir alle ihm allein unser Leben schuldig waren. Sezzten auch ein Ebenhöltzerne Taffel auff das Grab, maaßen in disem Lande viel solche Höltzer funden werden.
In unserer Noth, dann keiner von uns lenger in diser frembden, u. wilden Gegend bleyben wolte, stiegen wir nach vielen hertzlichen Gebetten in das kleyne Canoa, wol wissent, daß wir geringe Hoffnung hetten, lebendig über das Meer zu kommen; wolten es dennoch versuchen, weill sonsten keine andere Rettung war. Allso begaben uns, in das Schiffgen, nahmen trokkene Fische, u. Reiß, u. Sagouw zu Eßen mitt, hatten ein kleynes Seegel auff gezogen. So fuhren wir in das weite Meer hinauß, war aber keine Aussicht, an ein ander Land zu faren, hofften aber und vermeynten, wir mögten eim anderen Schiff begeegnen, das uns, in seinem bey sich habenden Boot, abhohlen u. erlösen dörfte.
Alß wir zwey Tage geseegelt u. gerudert hatten, sahen wir ungeheure, schwartze u. braune Wolcken entstehen, welches Waßerziehende Wolcken waren, alß welche das Waßer auß der See an sich reissen, auch Waßer-Hoose genennet. Bey disem greuligen Anblikk verlohren wir allen Muht, warffen uns in dem Bohte nider, klaagten u. rieffen umb Hülffe. Und GOtt erbarmete sich, in Seiner Gnaade, u. sendete ein engellendisches Schiff. Jedoch kaum hatten wir dises Werckzeug Seiner Barmhertzigkeyt entdekkt, da fihl eine Wolcke auff uns, mit einem ohn-beschreyblichen Sturm, u. Getöse, so daß das Canoa umbher gewirblet, u. zu underst gekerrt, u. gantz in kleyne Stükke geschlagen u. zertrümmert ward. Und ich hörete meinen Freundt Köllen laut ruffen, Jezzt sey GOtt uns gnädig, wir sind alle des Todes!
In solcher, eusserster Angst, u. Todesgefahr, sezzte das frembde Schiff ein Ruder-Booth hinauß, mit fünff Männern, die erret-

teten uns mit Gefahr des eygenen Leibes, aber nur mich u. den Köllen. Der dritte, nahmens Karlsen, war schon ertruncken, u. war die Wellen-Stürtzung so gross, daß wir nichts mehr von ihm sehen konnten. Wir beyde waren völlig erschöpfft, wurden auff das Schiff transportiert, welches ein engellendisches Fluyt-Schiff war. Danckten disen Leuten von Hertzen, knyeten nider, lobten GOtt. Sofort wurden wir in ein Bette gebracht, bekamen Wein u. Artzneyen, u. am nächsten Tag war ich wider gantz bey Krefften gekommen. Da gieng ich auff dem engellendischen Schiff herumb. Aber plözzlich erschrakk ich auff das hefftigste, dan bey denen Passagiren erblikkte ich meine Sillah, welche ich vordem auff Amboina treu-looß verlaßen hatte. Sie erkannte mich aber nicht wider, maaßen mein Bahrt biß an den Gürttel hieng, auch war mein Gesicht schwartz u. wild geworden, u. hette mich, wie auch meinen Kameraden, Niemand for ein Christen-Menschen angesehen. Verhielt mich allso gantz stille, versteckte mich vor ihr.

Seyne Mayestet der König von Engelland war aber zu diser Zeyt nicht im Frieden mit denen Niederlendern, diser maaßen konnte das Schiff nicht in Batavia zu Haven gehen. Ich erzehlete dem Haubtmann alles, was uns widerfahren, u. ergangen war, u. fihlen alle, auch eynige fürneme Persohnen, in ein nicht geringes Erstaunen, auch Mittleiden, alß sie dis alles erfuhren. Da bat ich den Haubtmann gantz hertzlich, nemet mich biß nach dem Cap mitt, wo meine Heimath ist, erboht auch freywillig meine Dienste. Diser gute Herr gab mir Erlaubniß, schikkte mich allso gleich in eine Kammer, befal mich zu scheeren, u. wider in etwas zu einem Menschen, wie zuvor, zu machen. Danach hatte ich lengst Verlangen gehabt, gehorchte dennoch wider-willig, dann ich fürchtete, daß mich alsdann die Sillah wieder kennen werd. Hatte große Furcht vor diesem indianischen Mähdgen. Gehorchte aber, u. sie kannte mich nicht, dann mein Eusseres sich so sehr verwechslet hatte.

Auff diser grossen, u. überauß gefehrlichen Reisse, geschah uns noch viel Widerwertigkeyt u. Unglükk, was ich verschweygen will, maaßen schon so lang, u. vielerley berichtet, u. geschriben habe, damit ich mehr alß genug getahn. Kamen endlich an das Cap, u. ich sahe den Taffel-Berg nach so langer Zeyt wider, weynte hefftig, wußte auch nicht, ob mein Weib, u. meine

Freundte noch bey Leben seyen, zitterte sehr. Nam mit vielem Danksagen Abschiedt, küsste u. umarmbte den guten Köllen, in großer Treue u. Schmertz. Dann gieng ich auff das Land, war fünff Jahre fort gewesen. In der Statt kannte mich Niemand, war da eine grosse Strasse neu erbaut, viele andere Verwechslungen, u. Neuigkeyten nicht zu rechnen. Ich lieff durch die Statt, u. alle Gassen, alß were ich ein Frembder, u. hette selbe noch nie erblikkt. Darnach gieng ich auff das Feldt, auff der selbigen Strasse, darauff vor fünff Jaren ich war hinweg gefüret, weinte von großer Freude, u. Bangigkeyt. Da sah ich, daß meine Lendereyen u. Besizz in beßten Stand waren, auch Wein u. Maiß, u. sehnete mich von Hertzen, dises wider zu besizzen, auch mein theures Weib wider zu sehen, u. an mein Busem zu drükken.
Nach einiger Zeyt erreichte ich mein Hauß, musste still stehen, vor Angst und Zittern. Da hörete ich viele, klähgliche u. jämmerliche Töne, Weinen, u. Geschrey, in dem Hauße, wusste nicht, was es sey. In dem ich noch allso stand, u. mich nicht getrauete, gieng auff einmal das Tohr auff, u. trat mein Weib herauß, weinte hefftig, sahe mich aber nicht. Da gieng ich zu ihr hin, u. strekkte meine Hand hin. Da rieff sie, wer bistu? Ich sagte, siehe mich an, ich bin dein Gemal, u. bin fünff Jar auff Reissen gewesen! Da kennte sie mich auch, u. erschröckte sich. Fragte ich, Weib warum weinstu so, u. bist traurig? Sie hieß mich aber schweygen, füret mich in das Hauß, fürete mich aber nicht in die Stuben, sondern in ein Magazin, auf dem oberen Booden. Da verschloß sie die Tühre auff das sorgfeltigste, befal mir, daß ich alle meine gehabte Begegniße treulich, u. wahrhafftig erzehlete. Ich erzehlete ihr alles, nur daß ich, auß mehren guten Ursachen, nichts von der Sillah aussagte, noch von dem Opium. Sie sagte, warum hastu mir nicht geschrieben? Hernacher weinte sie wieder auff's Neue, sagte, höre mich an!
Da erzehlte sie mir alles, was geschehen war. Sie hatte aber zwey Jar auff mich geharret, in guter Treue, alßdann hatte sie ein andren Mann genommen. Der selbige hiess nahmens Ehlers, dem gehörte nun mein Weib, u. Hoff u. Guth, u. alles, was zu vorigen Zeyten, war mein Eygenthum gewesen. Aber jezzt lag diser Hr. Ehlers im Sterben, darum hatte die Frau so laut geklaagt, u. geschluchtzet. Sie sagte, bleybe hier verstekkt, biß er gestorben ist. Und ich blieb in dem Magazin verborgen, fünff

Tage u. Nächte, in grosser Bedrengniß u. Jammer; lobete aber den HErrn in meinem Hertzen, vor Seine wunderbahrliche, gnädige Führungen, dankete ihm mit grossem Fleisse. Da nam ER bald den Hrn. Ehlers zu sich, in Seine Himmlische Wohnungen.

Hernacher gieng ich mit Sorgfalt auß diser schlechten Kammer hervor, zog ein schönes Kleidt an, war wider gäntzlich ein Ehe-Mann, u. reicher Herr, worden, hertzete mein frommes Weib mit Freuden, tröhstete sie, in ihrem Kummer. Fihl herentgegen niemahlen in die vorige Laßter zurükk, als Hoch-Muth, u. wüßte Völlerey, lebte in guten Züchten. Darinnen helffe mir GOtt fürders in Seiner ohn-erschöpfflichen Gnaade. Amen. HErr hilff, o HErr, lass wol gelingen! Amen. *(1905)*

# Der Schlossergeselle

Ich war damals zwischen sechzehn und siebzehn Jahre alt. Als ich mit meinem ersten Lehrjahr in der mechanischen Werkstätte fertig war, trat ein neuer Geselle namens Zbinden bei uns ein. Er war auf der Wanderschaft und nahm, obwohl es im schönsten Frühling war, die Arbeit, die unser Meister ihm bot, willig an.
Als er mit dem Handwerksgruß hereintrat, fiel uns gleich seine Haltung auf. Sie gefiel uns nicht. Die Schlosser und gar die Maschinenbauer verleugneten damals auf Wanderschaft selten den Stolz ihrer Zunft; sie zeigten gern im Auftreten etwas Schneidiges, auch Schnoddriges, wußten auch zu reden und sich hinzustellen. Dieser aber kam herein wie ein armer Sünder, sagte kein Wort als den alten Handwerksgruß »Fremder Schlosser spricht um Arbeit zu« und blickte nur den Meister an, ohne uns Kollegen auch nur zuzunicken. Und als er eingestellt wurde, ging er gleich in der ersten Viertelstunde ins Geschirr, noch ehe ihm ein Imbiß angeboten worden war. Wie gesagt, er gefiel uns nicht.
Er hieß Zbinden und stammte, glaube ich, aus dem Solothurnischen, kam aber nicht von dort, er war schon lange Zeit im Reich auf Arbeit. Jetzt kam er von Frankfurt her und war vier Wochen unterwegs, hatte aber noch einen zweiten Anzug und sogar Bargeld. Sein Arbeits- und Wanderbüchlein war tadellos in Ordnung, er hatte sogar noch ein Zeugnis von der Lehrlingsprüfung. Wie alt er war, konnte man ihm schwer ansehen. Ich schätzte etwa siebenundzwanzig, wenn er auch älter aussah. Er hatte nämlich, wie man das bei Querköpfen manchmal sieht, junge Gebärden und ein altes Gesicht. Es gibt ja solche.
Meinem Freund Christian war der Zbinden vom ersten Tag an ein Dorn im Auge.
»Sag was du willst«, sagte er zu mir, »der Fremde ist ein Duckmäuser, ich kenne die Sorte. Fehlt nur, daß er es gegen uns mit dem Alten hält. Und wenn er mittwochs zu den Pietisten in die Stunde läuft, so soll's mich nicht wundern.«
Das stimmte nun und stimmte auch nicht. Wenigstens ging der Neue nicht zu den Pietisten. Am ersten Abend wurde er, wie es der Brauch ist, von uns eingeladen und ging auch mit in den

»Schwanen«. Aber um halb zehn Uhr stand er auf, zahlte seine zwei Glas Hanauer und ging heim. Der Christian, als er um elf Uhr ins Bett ging, sah ihn gerade noch ein Buch weglegen, in dem er gelesen hatte.

»Die, die so nachts lesen«, sagte Christian, »und dann das Buch verstecken, wenn man kommt, das sind mir grade die Rechten.«

Auch ich war seiner Meinung. Zu was soll die Leserei nachts noch gut sein? Das Tagblatt und die Mechanikerzeitung konnte er beim Vesper und über Mittag in der Werkstatt lesen.

Beim Schmieden stand er einmal dem Christian ungeschickt im Weg.

»Mach Platz, du Heimtücker!« rief Christian ihm zu.

»Ich stehe gut, stell du dich anders«, sagte der Zbinden.

Der Christian wurde gleich wild. »Jetzt gehst weg!« schrie er, »oder du kriegst den Hammer auf den Schädel.«

Da wurde der Zbinden blaß und ging weg. Als dann ausgeschmiedet war, ging er zu Christian hin und sagte: »Du, das hättest du nicht sagen sollen. Nimm's zurück.«

»Einen Dreck nehm ich zurück«, lachte der Christian.

»Nimm's zurück! Es könnte dir leid tun.«

Jetzt war mein guter Freund aber zornig. »Leid tun?« schrie er ihn an. »Du Hinterrückser, du Schleicher! Wenn's dir bei uns nicht gefällt, kannst ja gehen, es hält dich keiner!«

Von da an war der Schweizer noch stiller als schon zuvor, und wir mochten ihn alle nicht leiden.

Um diese Zeit trat beim Dreher Kusterer ein neuer Geselle ein, und weil der Dreher uns öfter Holzrollen und Modellteile lieferte, lernten wir den Gesellen auch bald kennen. Da sagte er einmal zu mir: »Du, seit wann habt ihr denn den Kerl da, den Zbinden?«

»Seit April«, sagte ich.

»So so. Da habt ihr aber einen Schönen erwischt.«

»So, warum denn?«

»Ein Verhältnis hat er gehabt mit der Frau vom Werkführer, und erwischt haben sie ihn, und rausgeschmissen haben sie ihn. Mit einer verheirateten Frau!«

Ich war damals noch unschuldig und hatte nicht gewußt, daß

solche Sachen passieren können. Ich glaubte es auch nicht beim erstenmal und erzählte die dumme Geschichte nicht weiter. Ein Lehrling muß das Maul halten können. Aber bald wußten es auch die andern. Und der Christian schoß natürlich gleich los damit.

Eines Morgens, der Meister war gerade nicht da, traf er mit Zbinden am Schleifstein zusammen.

»Drehstahl schleifen?« fragte der Christian und lachte.

»Nein, bloß den Meißel da«, sagte der Zbinden.

Da lachte der Christian noch lauter, so daß wir nun alle zuhörten, und fragte: »Du, Zbinden, ist sie recht schön gewest, die Frau vom Werkführer?«

Der andere fuhr zusammen. Dann fragte er: »Von was redest du?«

»Tu nicht so«, lachte der Christian, »man kennt deine Streiche schon. Aber hier haben wir keinen Werkführer, dem du die Frau verführen kannst.«

Da hob der Zbinden seinen Arm auf und sah aus, wie wenn er jetzt den Christian augenblicklich niederschlagen würde, denn stark genug war er dazu. Der Christian floh schnell zurück und ließ ihn in Ruhe.

Nun wäre es gut gewesen, und vielleicht hätte mein Freund Christian genug gehabt und nie mehr so etwas gesagt. Aber der Zbinden, der Teufel muß ihn geritten haben, tut wieder etwas ganz Unbegreifliches: er kommt mittags in der Eßzeit her und sagt ganz süß: »Es tut mir leid, Christian, daß ich dich erschreckt habe. Sei so gut und rede nichts mehr von diesen Sachen, sonst gibt es noch ein Unglück.«

Für den Augenblick sagte der Christian vor Erstaunen gar nichts. Er sah aber natürlich den Gesellen jetzt nur noch ganz verächtlich an. So oft er konnte, machte er Witze über ihn, und wir lachten dann alle mit, während Zbinden an seinem Schraubstock stehenblieb und bloß auf die Zähne biß, weil er ja alles hören konnte. Nur einmal wartete er am Feierabend vor der Werkstatt auf mich und sagte dann zu mir: »Es wäre besser, du würdest nicht auch mitlachen, wenn der Christian so wüst redet! Du weißt ja nicht, was du tust, und du weißt auch nicht, wie es mir tut. Weißt du, der Christian ist selber kein guter Mensch, und was der höhnt und witzelt, das spür ich nicht. Aber du bist

noch nicht verdorben, und du bist auch noch Lehrbub, von dir hör ich's nicht gern.«
Ich begriff ihn gar nicht. Er war Gesell und ich war Lehrbub. Er hätte mich ruhig hauen dürfen, kein Hahn hätte danach gekräht. Aber so wunderlich ist er gewesen.
Am Abend las er immer. Zuerst ging er spazieren, und im Anfang dachten wir, er laufe zu einem Mädchen, aber er ging nur allein vor die Stadt hinaus, und dann, wenn er wiederkam, setzte er sich in der Kammer hin und las. Der Meister wollte schimpfen, aber Zbinden zahlte das Erdöl selber. Zwei von seinen Büchern hatte der Seiffert einmal gesehen, die waren beide von Tolstoi. Der Seiffert erzählte es uns, und der Christian sagte: »So so, von Tolstoi? Also für das braucht der Lump sein Geld.«
Dennoch wollte der Christian jetzt diese Bücher auch selber sehen, aber sie wurden immer eingeschlossen. Nur das Neue Testament lag manchmal da.
»Das schließt er nicht ein«, sagte der Christian, »das legt er natürlich offen hin, der scheinheilige Bruder. Der wird viel in der Bibel lesen!«
Da war es an einem heißen Abend, daß der Fremde spazierenging und vergessen hatte, seinen Koffer abzuschließen. Der Christian ging wieder in seine Kammer und stöberte: da fand er alles offen und machte sich darüber her. Außer den Büchern von Tolstoi kam eine Gedichtsammlung und eine Schreibmappe zum Vorschein, ferner ein Buch »Der Weg zur Erkenntnis oder Licht aus dem Osten«. In dem Gedichtbuch stand auf dem ersten Blatt ein Vers geschrieben und darunter: »Zur Erinnerung an unsere Herbstabende. Mathilde.« In der Mappe waren ein paar Briefe, auch mit Mathilde unterschrieben, und eine Photographie dieser Frau, die sehr fein aussah, aber nicht mehr ganz jung. Ich sah das Bild später dann selbst. Der Christian schaute sich alles gut an, dann nahm er einen Bleistift, machte ihn naß und schrieb etwas Unanständiges auf die Rückseite der Photographie.
Am andern Tag konnte er es nicht lassen, den Zbinden mit seiner Entdeckung aufzuziehen. »Du«, sagte er ihm, »das sind sicher recht schöne Herbstabende gewesen, mit Mathilde?«
Da hatte ihn der andere schon an der Gurgel. »Satan du!« schrie er laut, und wir glaubten, er wolle ihn umbringen. Aber dann

ließ er ihn plötzlich los und sagte nur: »Das war dein letztes wüstes Wort, Christian. Wenn ich noch so eins von dir höre, bist du kaputt.« Und stieß ihn weg. Wenn er ihn nur geprügelt hätte! Aber nein, er schluckte immer alle Wut in sich hinein.

Abends ging dann die Wüstenei vollends los. Der Zbinden setzte sich, ganz gegen alle Gewohnheit, in eine Wirtschaft und trank. Dann kam er spät heim, die andern lagen alle schon im Bett. Wahrscheinlich hat er da noch seinen Koffer aufgemacht und das Bild angesehen und Christians Zote darauf entdeckt.

Gleich darauf kam er in die Kammer gestürmt, wo neben Seiffert der Christian lag. Er war noch wach, und als der Fremde so wütend auf sein Bett losstürmte, zog er sich schnell die Decke über den Kopf. Der Zbinden hatte ein starkes Stänglein Schmiedeeisen in Händen, mit dem schlug er zweimal aus aller Kraft auf den Versteckten los. Dann schrie er so laut auf, daß der Seiffert davon aufwachte, und lief davon, zur Kammer und zum Haus hinaus.

Jetzt kam alles auf die Beine. Der Christian, wie sich zeigte, war ohne Besinnung; er hatte aber bloß ein Schlüsselbein gebrochen. Nach vierzehn Tagen lief er schon wieder herum. Aber den Zbinden fand man erst nach zwei Tagen, im hintern Stadtwald. Dort saß er, wie wenn er müde wäre, im Gebüsch auf dem Moosboden, aber er atmete nicht mehr. Er hatte sich beide Pulsadern aufgeschnitten.

Von da an ging meine Freundschaft mit Christian immer mehr auseinander, und er ging auch bald auf Wanderschaft, obwohl der Sommer schon fast zu Ende war. *(1905)*

# Heumond

Das Landhaus Erlenhof lag nicht weit vom Wald und Gebirge in der hohen Ebene.
Vor dem Hause war ein großer Kiesplatz, in den die Landstraße mündete. Hier konnten die Wagen vorfahren, wenn Besuch kam. Sonst lag der viereckige Platz immer leer und still und schien dadurch noch größer, als er war, namentlich bei gutem Sommerwetter, wenn das blendende Sonnenlicht und die heiße Zitterluft ihn so anfüllten, daß man nicht daran denken mochte, ihn zu überschreiten.
Der Kiesplatz und die Straße trennten das Haus vom Garten. »Garten« sagte man wenigstens, aber es war vielmehr ein mäßig großer Park, nicht sehr breit, aber tief, mit stattlichen Ulmen, Ahornen und Platanen, gewundenen Spazierwegen, einem jungen Tannendickicht und vielen Ruhebänken. Dazwischen lagen sonnige, lichte Rasenstücke, einige leer und einige mit Blumenrondells oder Ziersträuchern geschmückt, und in dieser heiteren, warmen Rasenfreiheit standen allein und auffallend zwei große einzelne Bäume.
Der eine war eine Trauerweide. Um ihren Stamm lief eine schmale Lattenbank, und ringsum hingen die langen, seidig zarten, müden Zweige so tief und dicht herab, daß es innen ein Zelt oder Tempel war, wo trotz des ewigen Schattens und Dämmerlichtes eine stete, matte Wärme brütete.
Der andere Baum, von der Weide durch eine niedrig umzäunte Wiese getrennt, war eine mächtige Blutbuche. Sie sah von weitem dunkelbraun und fast schwarz aus. Wenn man jedoch näher kam oder sich unter sie stellte und emporschaute, brannten alle Blätter der äußeren Zweige, vom Sonnenlicht durchdrungen, in einem warmen, leisen Purpurfeuer, das mit verhaltener und feierlich gedämpfter Glut wie in Kirchenfenstern leuchtete. Die alte Blutbuche war die berühmteste und merkwürdigste Schönheit des großen Gartens, und man konnte sie von überallher sehen. Sie stand allein und dunkel mitten in dem hellen Graslande, und sie war hoch genug, daß man, wo man auch vom Park aus nach ihr blickte, ihre runde, feste, schöngewölbte Krone mitten im blauen Luftraum stehen sah, und je heller und blen-

dender die Bläue war, desto schwärzer und feierlicher ruhte der Baumwipfel in ihr. Er konnte je nach der Witterung und Tageszeit sehr verschieden aussehen. Oft sah man ihm an, daß er wußte, wie schön er sei und daß er nicht ohne Grund allein und stolz weit von den anderen Bäumen stehe. Er brüstete sich und blickte kühl über alles hinweg in den Himmel. Oft auch sah er aber aus, als wisse er wohl, daß er der einzige seiner Art im Garten sei und keine Brüder habe. Dann schaute er zu den übrigen, entfernten Bäumen hinüber, suchte und hatte Sehnsucht. Morgens war er am schönsten, und auch abends, bis die Sonne rot wurde, aber dann war er plötzlich gleichsam erloschen, und es schien an seinem Orte eine Stunde früher Nacht zu werden als sonst überall. Das eigentümlichste und düsterste Aussehen hatte er jedoch an Regentagen. Während die anderen Bäume atmeten und sich reckten und freudig mit hellerem Grün erprangten, stand er wie tot in seiner Einsamkeit, vom Wipfel bis zum Boden schwarz anzusehen. Ohne daß er zitterte, konnte man doch sehen, daß er fror und daß er mit Unbehagen und Scham so allein und preisgegeben stand.

Früher war der regelmäßig angelegte Lustpark ein strenges Kunstwerk gewesen. Als dann aber Zeiten kamen, in welchen den Menschen ihr mühseliges Warten und Pflegen und Beschneiden verleidet war und niemand mehr nach den mit Mühe hergepflanzten Anlagen fragte, waren die Bäume auf sich selber angewiesen. Sie hatten Freundschaft untereinander geschlossen, sie hatten ihre kunstmäßige, isolierte Rolle vergessen, sie hatten sich in der Not ihrer alten Waldheimat erinnert, sich aneinandergelehnt, mit den Armen umschlungen und gestützt. Sie hatten die schnurgeraden Wege mit dickem Laub verborgen und mit ausgreifenden Wurzeln an sich gezogen und in nährenden Waldboden verwandelt, ihre Wipfel ineinander verschränkt und festgewachsen, und sie sahen in ihrem Schutze ein eifrig aufstrebendes Baumvolk aufwachsen, das mit glatteren Stämmen und lichteren Laubfarben die Leere füllte, den brachen Boden eroberte und durch Schatten und Blätterfall die Erde schwarz, weich und fett machte, so daß nun auch die Moose und Gräser und kleinen Gesträuche ein leichtes Fortkommen hatten.

Als nun später von neuem Menschen herkamen und den einstigen Garten zu Rast und Lustbarkeit gebrauchen wollten, war er ein kleiner Wald geworden. Man mußte sich bescheiden. Zwar wurde der alte Weg zwischen den zwei Platanenreihen wiederhergestellt, sonst aber begnügte man sich damit, schmale und gewundene Fußwege durch das Dickicht zu ziehen, die heidigen Lichtungen mit Rasen zu besäen und an guten Plätzen grüne Sitzbänke aufzustellen. Und die Leute, deren Großväter die Platanen nach der Schnur gepflanzt und beschnitten und nach Gutdünken gestellt und geformt hatten, kamen nun mit ihren Kindern zu ihnen zu Gast und waren froh, daß in der langen Verwahrlosung aus den Alleen ein Wald geworden war, in welchem Sonne und Winde ruhen und Vögel singen und Menschen ihren Gedanken, Träumen und Gelüsten nachhängen konnten.

Paul Abderegg lag im Halbschatten zwischen Gehölz und Wiese und hatte ein weiß und rot gebundenes Buch in der Hand. Bald las er darin, bald sah er übers Gras hinweg den flatternden Bläulingen nach. Er stand eben da, wo Frithjof über Meer fährt, Frithjof der Liebende, der Tempelräuber, der von der Heimat Verbannte. Groll und Reue in der Brust, segelt er über die ungastliche See, am Steuer stehend; Sturm und Gewoge bedrängen das schnelle Drachenschiff, und bitteres Heimweh bezwingt den starken Steuermann.
Über der Wiese brütete die Wärme, hoch und gellend sangen die Grillen, und im Innern des Wäldchens sangen tiefer und süßer die Vögel. Es war herrlich, in dieser einsamen Wirrnis von Düften und Tönen und Sonnenlichtern hingestreckt in den heißen Himmel zu blinzeln, oder rückwärts in die dunkeln Bäume hineinzulauschen, oder mit geschlossenen Augen sich auszurecken und das tiefe, warme Wohlsein durch alle Glieder zu spüren. Aber Frithjof fuhr über Meer, und morgen kam Besuch, und wenn er nicht heute noch das Buch zu Ende las, war es vielleicht wieder nichts damit, wie im vorigen Herbst. Da war er auch hier gelegen und hatte die Frithjofsage angefangen, und es war auch Besuch gekommen, und mit dem Lesen hatte es ein Ende gehabt. Das Buch war dageblieben, er aber ging in der Stadt in seine Schule und dachte zwischen Homer und Tacitus beständig an das angefangene Buch und was im Tempel geschehen würde, mit dem Ring und der Bildsäule.

Er las mit neuem Eifer, halblaut, und über ihm lief ein schwacher Wind durch die Ulmenkronen, sang das Gevögel und flogen die gleißenden Falter, Mücken und Bienen. Und als er zuklappte und in die Höhe sprang, hatte er das Buch zu Ende gelesen, und die Wiese war voll Schatten, und am hellroten Himmel erlosch der Abend. Eine müde Biene setzte sich auf seinen Ärmel und ließ sich tragen. Die Grillen sangen noch immer. Paul ging schnell davon, durchs Gebüsch und den Platanenweg und dann über die Straße und den stillen Vorplatz ins Haus. Er war schön anzusehen, in der schlanken Kraft seiner sechzehn Jahre, und den Kopf hatte er mit stillen Augen gesenkt, noch von den Schicksalen des nordischen Helden erfüllt und zum Nachdenken genötigt.

Die Sommerstube, wo man die Mahlzeiten hielt, lag zuhinterst im Hause. Sie war eigentlich eine Halle, vom Garten nur durch eine Glaswand getrennt, und sprang geräumig als ein kleiner Flügel aus dem Hause vor. Hier war nun der eigentliche Garten, der von alters her »am See« genannt wurde, wenngleich statt eines Sees nur ein kleiner, länglicher Teich zwischen den Beeten, Spalierwänden, Wegen und Obstpflanzungen lag. Die aus der Halle ins Freie führende Treppe war von Oleandern und Palmen eingefaßt, im übrigen sah es »am See« nicht herrschaftlich, sondern behaglich ländlich aus.

»Also morgen kommen die Leutchen«, sagte der Vater. »Du freust dich hoffentlich, Paul?«

»Ja, schon.«

»Aber nicht von Herzen? Ja, mein Junge, da ist nichts zu machen. Für uns paar Leute ist ja Haus und Garten viel zu groß und für niemand soll doch die ganze Herrlichkeit nicht da sein! Ein Landhaus und ein Park sind dazu da, daß fröhliche Menschen drin herumlaufen, und je mehr, desto besser. Übrigens kommst du mit solenner Verspätung. Suppe ist nicht mehr da.«

Dann wandte er sich an den Hauslehrer.

»Verehrtester, man sieht Sie ja gar nie im Garten. Ich hatte immer gedacht, Sie schwärmen fürs Landleben.«

Herr Homburger runzelte die Stirn.

»Sie haben vielleicht recht. Aber ich möchte die Ferienzeit doch möglichst zu meinen Privatstudien verwenden.«

»Alle Hochachtung, Herr Homburger! Wenn einmal Ihr Ruhm

die Welt erfüllt, lasse ich eine Tafel unter Ihrem Fenster anbringen. Ich hoffe bestimmt, es noch zu erleben.«
Der Hauslehrer verzog das Gesicht. Er war sehr nervös.
»Sie überschätzen meinen Ehrgeiz«, sagte er frostig. »Es ist mir durchaus einerlei, ob mein Name einmal bekannt wird oder nicht. Was die Tafel betrifft –«
»O, seien Sie unbesorgt, lieber Herr! Aber Sie sind entschieden zu bescheiden. Paul, nimm dir ein Muster!«
Der Tante schien es nun an der Zeit, den Kandidaten zu retten. Sie kannte diese Art von höflichen Dialogen, die dem Hausherrn so viel Vergnügen machten, und sie fürchtete sie. Indem sie Wein anbot, lenkte sie das Gespräch in andere Gleise und hielt es darin fest.
Es war hauptsächlich von den erwarteten Gästen die Rede. Paul hörte kaum darauf. Er aß nach Kräften und besann sich nebenher wieder einmal darüber, wie es käme, daß der junge Hauslehrer neben dem fast grauhaarigen Vater immer aussah, als sei er der Ältere.
Vor den Fenstern und Glastüren begannen Garten, Baumland, Teich und Himmel sich zu verwandeln, vom ersten Schauer der heraufkommenden Nacht berührt. Die Gebüsche wurden schwarz und rannen in dunkle Wogen zusammen, und die Bäume, deren Wipfel die ferne Hügellinie überschnitten, reckten sich mit ungeahnten, bei Tage nie gesehenen Formen dunkel und mit einer stummen Leidenschaft in den lichteren Himmel. Die vielfältige, fruchtbare Landschaft verlor ihr friedlich buntes zerstreutes Wesen mehr und mehr und rückte in großen, fest geschlossenen Massen zusammen. Die entfernten Berge sprangen kühner und entschlossener empor, die Ebene lag schwärzlich hingebreitet und ließ nur noch die stärkeren Schwellungen des Bodens durchfühlen. Vor den Fenstern kämpfte das noch vorhandene Tageslicht müde mit dem herabfallenden Lampenschimmer.
Paul stand in dem offenen Türflügel und schaute zu, ohne viel Aufmerksamkeit und ohne viel dabei zu denken. Er dachte wohl, aber nicht an das, was er sah. Er sah es Nacht werden. Aber er konnte nicht fühlen, wie schön es war. Er war zu jung und lebendig, um so etwas hinzunehmen und zu betrachten und und sein Genüge daran zu finden. Woran er dachte, das war

eine Nacht am nordischen Meer. Am Strande zwischen schwarzen Bäumen wälzt der düster lodernde Tempelbrand Glut und Rauch gen Himmel, an den Felsen bricht sich die See und spiegelt wilde rote Lichter, im Dunkel enteilt mit vollen Segeln ein Wikingerschiff.
»Nun, Junge«, rief der Vater, »was hast du denn heut wieder für einen Schmöker draußen gehabt?«
»O, den Frithjof!«
»So, so, lesen das die jungen Leute noch immer? Herr Homburger, wie denken Sie darüber? Was hält man heutzutage von diesem alten Schweden? Gilt er noch?«
»Sie meinen Esajas Tegner?«
»Ja, richtig, Esajas. Nun?«
»Ist tot, Herr Abderegg, vollkommen tot.«
»Das glaub ich gerne! Gelebt hat der Mann schon zu meinen Zeiten nicht mehr, ich meine damals, als ich ihn las. Ich wollte fragen, ob er noch Mode ist.«
»Ich bedaure, über Mode und Moden bin ich nicht unterrichtet. Was die wissenschaftlich-ästhetische Wertung betrifft –«
»Nun ja, das meinte ich. Also die Wissenschaft – –?«
»Die Literaturgeschichte verzeichnet jenen Tegner lediglich noch als Namen. Er war, wie Sie sehr richtig sagten, eine Mode. Damit ist ja alles gesagt. Das Echte, Gute ist nie Mode gewesen, aber es lebt. Und Tegner ist, wie ich sagte, tot. Er existiert für uns nicht mehr. Er scheint uns unecht, geschraubt, süßlich …«
Paul wandte sich heftig um.
»Das kann doch nicht sein, Herr Homburger!«
»Darf ich fragen, warum nicht?«
»Weil es schön ist! Ja, es ist einfach schön.«
»So? Das ist aber doch kein Grund, sich so aufzuregen.«
»Aber Sie sagen, es sei süßlich und habe keinen Wert. Und es ist doch wirklich schön.«
»Meinen Sie? Ja, wenn Sie so felsenfest wissen, was schön ist, sollte man Ihnen einen Lehrstuhl einräumen. Aber wie Sie sehen, Paul – diesmal stimmt Ihr Urteil nicht mit der Ästhetik überein. Sehen Sie, es ist gerade umgekehrt wie mit Thucydides. Den findet die Wissenschaft schön, und Sie finden ihn schrecklich. Und den Frithjof –«
»Ach, das hat doch mit der Wissenschaft nichts zu tun.«

»Es gibt nichts, schlechterdings nichts in der Welt, womit die Wissenschaft nicht zu tun hätte. – Aber, Herr Abderegg, Sie erlauben wohl daß ich mich empfehle.«
»Schon?«
»Ich sollte noch etwas schreiben.«
»Schade, wir wären gerade so nett ins Plaudern gekommen. Aber über alles die Freiheit! Also gute Nacht!«
Herr Homburger verließ das Zimmer höflich und verlor sich geräuschlos im Korridor.
»Also die alten Abenteuer haben dir gefallen, Paul?« lachte der Hausherr. »Dann laß sie dir von keiner Wissenschaft verhunzen, sonst geschieht's dir recht. Du wirst doch nicht verstimmt sein?«
»Ach, es ist nichts. Aber weißt du, ich hatte doch gehofft, der Herr Homburger würde nicht mit aufs Land kommen. Du hast ja gesagt, ich brauche in diesen Ferien nicht zu büffeln.«
»Ja, wenn ich das gesagt habe, ist's auch so, und du kannst froh sein. Und der Herr Lehrer beißt dich ja nicht.«
»Warum mußte er denn mitkommen?«
»Ja, siehst du, Junge, wo hätt er denn sonst bleiben sollen? Da, wo er daheim ist, hat er's leider nicht sonderlich schön. Und ich will doch auch mein Vergnügen haben! Mit unterrichteten und gelehrten Männern verkehren, ist Gewinn, das merke dir. Ich möchte unsern Herrn Homburger nicht gern entbehren.«
»Ach, Papa, bei dir weiß man nie, was Spaß und was Ernst ist!«
»So lerne es unterscheiden, mein Sohn. Es wird dir nützlich sein. Aber jetzt wollen wir noch ein bißchen Musik machen, nicht?«
Paul zog den Vater sogleich freudig ins nächste Zimmer. Es geschah nicht häufig, daß Papa unaufgefordert mit ihm spielte. Und das war kein Wunder, denn er war ein Meister auf dem Klavier, und der Junge konnte, mit ihm verglichen, nur eben so ein wenig klimpern.
Tante Grete blieb allein zurück. Vater und Sohn gehörten zu den Musikanten, die nicht gerne einen Zuhörer vor der Nase haben, aber gerne einen unsichtbaren, von dem sie wissen, daß er nebenan sitzt und lauscht. Das wußte die Tante wohl. Wie sollte sie es auch nicht wissen? Wie sollte ihr irgendein kleiner, zarter Zug an den beiden fremd sein, die sie seit Jahren mit Liebe umgab und behütete und die sie beide wie Kinder ansah.

Sie saß ruhend in einem der biegsamen Rohrsessel und horchte. Was sie hörte, war eine vierhändig gespielte Ouvertüre, die sie gewiß nicht zum erstenmal vernahm, deren Namen sie aber nicht hätte sagen können; denn so gern sie Musik hörte, verstand sie doch wenig davon. Sie wußte, nachher würde der Alte oder der Bub beim Herauskommen fragen: »Tante, was war das für ein Stück?« Dann würde sie sagen »von Mozart« oder »aus Carmen« und dafür ausgelacht werden, denn es war immer etwas anderes gewesen.

Sie horchte, lehnte sich zurück und lächelte. Es war schade, daß niemand es sehen konnte, denn ihr Lächeln war von der echten Art. Es geschah weniger mit den Lippen als mit den Augen; das ganze Gesicht, Stirn und Wangen glänzten innig mit, und es sah aus wie ein tiefes Verstehen und Liebhaben.

Sie lächelte und horchte. Es war eine schöne Musik, und sie gefiel ihr höchlich. Doch hörte sie keineswegs die Ouvertüre allein, obwohl sie ihr zu folgen versuchte. Zuerst bemühte sie sich herauszubringen, wer oben sitze und wer unten. Paul saß unten, das hatte sie bald erhorcht. Nicht daß es gehapert hätte, aber die oberen Stimmen klangen so leicht und kühn und sangen so von innen heraus, wie kein Schüler spielen kann. Und nun konnte sich die Tante alles vorstellen. Sie sah die zwei am Flügel sitzen. Bei prächtigen Stellen sah sie den Vater zärtlich schmunzeln. Paul aber sah sie bei solchen Stellen mit geöffneten Lippen und flammenden Augen sich auf dem Sessel höher recken. Bei besonders heiteren Wendungen paßte sie auf, ob Paul nicht lachen müsse. Dann schnitt nämlich der Alte manchmal eine Grimasse oder machte so eine burschikose Armbewegung, daß es für junge Leute nicht leicht war, an sich zu halten.

Je weiter die Ouvertüre vorwärtsgedieh, desto deutlicher sah das Fräulein ihre beiden vor sich, desto inniger las sie in ihren vom Spielen erregten Gesichtern. Und mit der raschen Musik lief ein großes Stück Leben, Erfahrung und Liebe an ihr vorbei.

Es war Nacht, man hatte einander schon »Schlaf wohl« gesagt, und jeder war in sein Zimmer gegangen. Hier und dort ging noch eine Tür, ein Fenster auf oder zu. Dann ward es still.

Was auf dem Lande sich von selber versteht, die Stille der Nacht, ist doch für den Städter immer wieder ein Wunder. Wer aus

seiner Stadt heraus auf ein Landgut oder in einen Bauernhof kommt und den ersten Abend am Fenster steht oder im Bett liegt, den umfängt diese Stille wie ein Heimatzauber und Ruheport, als wäre er dem Wahren und Gesunden nähergekommen und spüre ein Wehen des Ewigen.
Es ist ja keine vollkommene Stille. Sie ist voll von Lauten, aber es sind dunkle, gedämpfte, geheimnisvolle Laute der Nacht, während in der Stadt die Nachtgeräusche sich von denen des Tages so bitter wenig unterscheiden. Es ist das Singen der Frösche, das Rauschen der Bäume, das Plätschern des Baches, der Flug eines Nachtvogels, einer Fledermaus. Und wenn etwa einmal ein verspäteter Leiterwagen vorüberjagt oder ein Hofhund anschlägt, so ist es ein erwünschter Gruß des Lebens und wird majestätisch von der Weite des Luftraums gedämpft und verschlungen.
Der Hauslehrer hatte noch Licht brennen und ging unruhig und müde in der Stube auf und ab. Er hatte den ganzen Abend bis gegen Mitternacht gelesen. Dieser junge Herr Homburger war nicht, was er schien oder scheinen wollte. Er war kein Denker. Er war nicht einmal ein wissenschaftlicher Kopf. Aber er hatte einige Gaben, und er war jung. So konnte es ihm, in dessen Wesen es keinen befehlenden und unausweichlichen Schwerpunkt gab, an Idealen nicht fehlen.
Zur Zeit beschäftigten ihn einige Bücher, in welchen merkwürdig schmiegsame Jünglinge sich einbildeten, Bausteine zu einer neuen Kultur aufzutürmen, indem sie in einer weichen, wohllauten Sprache bald Ruskin, bald Nietzsche um allerlei kleine, schöne, leicht tragbare Kleinode bestahlen. Diese Bücher waren viel amüsanter zu lesen als Ruskin und Nietzsche selber, sie waren von koketter Grazie, groß in kleinen Nuancen und von seidig vornehmem Glanze. Und wo es auf einen großen Wurf, auf Machtworte und Leidenschaft ankam, zitierten sie Dante oder Zarathustra.
Deshalb war auch Homburgers Stirn umwölkt, sein Auge müde wie vom Durchmessen ungeheurer Räume und sein Schritt erregt und ungleich. Er fühlte, daß an die ihn umgebende schale Alltagswelt allenthalben Mauerbrecher gelegt waren und daß es galt, sich an die Propheten und Bringer der neuen Seligkeit zu halten. Schönheit und Geist würden ihre Welt durchfluten, und jeder Schritt in ihr würde von Poesie und Weisheit triefen.

Vor seinen Fenstern lag und wartete der gestirnte Himmel, die schwebende Wolke, der träumende Park, das schlafend atmende Feld und die ganze Schönheit der Nacht. Sie wartete darauf, daß er ans Fenster trete und sie schaue. Sie wartete darauf, sein Herz mit Sehnsucht und Heimweh zu verwunden, seine Augen kühl zu baden, seiner Seele gebundene Flügel zu lösen. Er legte sich aber ins Bett, zog die Lampe näher und las im Liegen weiter.
Paul Abderegg hatte kein Licht mehr brennen, schlief aber noch nicht, sondern saß im Hemd auf dem Fensterbrett und schaute in die ruhigen Baumkronen hinein. Den Helden Frithjof hatte er vergessen. Er dachte überhaupt an nichts Bestimmtes, er genoß nur die späte Stunde, deren reges Glücksgefühl ihn noch nicht schlafen ließ. Wie schön die Sterne in der Schwärze standen! Und wie der Vater heute wieder gespielt hatte! Und wie still und märchenhaft der Garten da im Dunkeln lag!
Die Juninacht umschloß den Knaben zart und dicht, sie kam ihm still entgegen, sie kühlte, was noch in ihm heiß und flammend war. Sie nahm ihm leise den Überfluß seiner Jugend ab, bis seine Augen ruhig und seine Schläfen kühl wurden, und dann blickte sie ihm lächelnd als eine gute Mutter in die Augen. Er wußte nicht mehr, wer ihn anschaue und wo er sei, er lag schlummernd auf dem Lager, atmete tief und schaute gedankenlos hingegeben in große, stille Augen, in deren Spiegel Gestern und Heute zu wunderlich verschlungenen Bildern und schwer zu entwirrenden Sagen wurden.
Auch des Kandidaten Fenster war nun dunkel. Wenn jetzt etwa ein Nachtwanderer auf der Landstraße vorüberkam und Haus und Vorplatz, Park und Garten lautlos im Schlummer liegen sah, konnte er wohl mit einem Heimweh herüberblicken und sich des ruhevollen Anblicks mit halbem Neide freuen. Und wenn es ein armer, obdachloser Fechtbruder war, konnte er unbesorgt in den arglos offenstehenden Park eintreten und sich die längste Bank zum Nachtlager aussuchen.

Am Morgen war diesmal gegen seine Gewohnheit der Hauslehrer vor allen andern wach. Munter war er darum nicht. Er hatte sich mit dem langen Lesen bei Lampenlicht Kopfweh geholt; als er dann endlich die Lampe gelöscht hatte, war das Bett schon zu warmgelegen und zerwühlt zum Schlafen, und nun stand er nüchtern und fröstelnd mit matten Augen auf. Er fühlte deutlicher als je die Notwendigkeit einer neuen Renaissance, hatte aber für den Augenblick zur Fortsetzung seiner Studien keine Lust, sondern spürte ein heftiges Bedürfnis nach frischer Luft. So verließ er leise das Haus und wandelte langsam feldeinwärts.

Überall waren schon die Bauern an der Arbeit und blickten dem ernst Dahinschreitenden flüchtig und, wie es ihm zuweilen scheinen wollte, spöttisch nach. Dies tat ihm weh, und er beeilte sich, den nahen Wald zu erreichen, wo ihn Kühle und mildes Halblicht umflossen. Eine halbe Stunde trieb er sich verdrossen dort umher. Dann fühlte er eine innere Öde und begann zu erwägen, ob es nun wohl bald einen Kaffee geben werde. Er kehrte um und lief an den schon warm besonnten Feldern und unermüdlichen Bauersleuten vorüber wieder heimwärts.

Unter der Haustür kam es ihm plötzlich unfein vor, so heftig und happig zum Frühstück zu eilen. Er wandte um, tat sich Gewalt an und beschloß, vorher noch gemäßigten Schrittes einen Gang durch die Parkwege zu tun, um nicht atemlos am Tisch zu erscheinen. Mit künstlich bequemem Schlenderschritt ging er durch die Platanenallee und wollte soeben gegen den Ulmenwinkel umwenden, als ein unvermuteter Anblick ihn erschreckte.

Auf der letzten, durch Holundergebüsche etwas versteckten Bank lag ausgestreckt ein Mensch. Er lag bäuchlings und hatte das Gesicht auf die Ellbogen und Hände gelegt. Herr Homburger war im ersten Schreck geneigt, an eine Greueltat zu denken, doch belehrte ihn bald das feste tiefe Atmen des Daliegenden, daß er vor einem Schlafenden stehe. Dieser sah abgerissen aus, und je mehr der Lehrersmann erkannte, daß er es mit einem vermutlich ganz jungen und unkräftigen Bürschlein zu tun habe, desto höher stiegen der Mut und die Entrüstung in seiner Seele. Überlegenheit und Mannesstolz erfüllten ihn, als er nach kurzem Zögern entschlossen nähertrat und den Schläfer wachschüttelte.

»Stehen Sie auf, Kerl! Was machen Sie denn hier?«

Das Handwerksbürschlein taumelte erschrocken empor und starrte verständnislos und ängstlich in die Welt. Er sah einen Herrn im Gehrock befehlend vor sich stehen und besann sich

eine Weile, was das bedeuten könne, bis ihm einfiel, daß er zu Nacht in einen offenen Garten eingetreten sei und dort genächtigt habe. Er hatte mit Tagesanbruch weiterwollen, nun war er verschlafen und wurde zur Rechenschaft gezogen.
»Können Sie nicht reden, was tun Sie hier?«
»Nur geschlafen hab ich«, seufzte der Angedonnerte und erhob sich vollends. Als er auf den Beinen stand, bestätigte sein schmächtiges Gliedergerüst den unfertig jugendlichen Ausdruck seines fast noch kindlichen Gesichts. Er konnte höchstens achtzehn Jahre alt sein.
»Kommen Sie mit mir!« gebot der Kandidat und nahm den willenlos folgenden Fremdling mit zum Hause hinüber, wo ihm gleich unter der Türe Herr Abderegg begegnete.
»Guten Morgen, Herr Homburger, Sie sind ja früh auf! Aber was bringen Sie da für merkwürdige Gesellschaft?«
»Dieser Bursche hat Ihren Park als Nachtherberge benützt. Ich glaubte, Sie davon unterrichten zu müssen.«
Der Hausherr begriff sofort. Er schmunzelte.
»Ich danke Ihnen, lieber Herr. Offen gestanden, ich hätte kaum ein so weiches Herz bei Ihnen vermutet. Aber Sie haben recht, es ist ja klar, daß der arme Kerl zum mindesten einen Kaffee bekommen muß. Vielleicht sagen Sie drinnen dem Fräulein, sie möchte ein Frühstück für ihn herausschicken? Oder warten Sie, wir bringen ihn gleich in die Küche. – Kommen Sie mit, Kleiner, es ist schon was übrig.«
Am Kaffeetisch umgab sich der Mitbegründer einer neuen Kultur mit einer majestätischen Wolke von Ernst und Schweigsamkeit, was den alten Herrn nicht wenig freute. Es kam jedoch zu keiner Neckerei, schon weil die heute erwarteten Gäste alle Gedanken in Anspruch nahmen.
Die Tante hüpfte immer wieder sorgend und lächelnd von einer Gaststube in die andere, die Dienstboten nahmen maßvoll an der Aufregung teil oder grinsten zuschauend, und gegen Mittag setzte sich der Hausherr mit Paul in den Wagen, um zur nahen Bahnstation zu fahren.

Wenn es in Pauls Wesen lag, daß er die Unterbrechungen seines gewohnten, stillen Ferienlebens durch Gastbesuche fürchtete, so war es ihm ebenso natürlich, die einmal Angekommenen nach seiner Weise möglichst kennenzulernen, ihr Wesen zu beobachten und sie sich irgendwie zu eigen zu machen. So betrachtete er auf der Heimfahrt im etwas überfüllten Wagen die drei Fremden mit stiller Aufmerksamkeit, zuerst den lebhaft redenden Professor, dann mit einiger Scheu die beiden Mädchen.

Der Professor gefiel ihm, schon weil er wußte, daß er ein Duzfreund seines Vaters war. Im übrigen fand er ihn ein wenig streng und ältlich, aber nicht zuwider und jedenfalls unsäglich gescheit. Viel schwerer war es, über die Mädchen ins reine zu kommen. Die eine war eben schlechthin ein junges Mädchen, ein Backfisch, jedenfalls ziemlich gleich alt wie er selber. Es würde nur darauf ankommen, ob sie von der spöttischen oder gutmütigen Art war, je nachdem würde es Krieg oder Freundschaft zwischen ihm und ihr geben. Im Grunde waren ja alle jungen Mädchen dieses Alters gleich, und es war mit allen gleich schwer zu reden und auszukommen. Es gefiel ihm, daß sie wenigstens still war und nicht gleich einen Sack voll Fragen auskramte.

Die andere gab ihm mehr zu raten. Sie war, was er freilich nicht zu berechnen verstand, vielleicht drei- oder vierundzwanzig und gehörte zu der Art von Damen, welche Paul zwar sehr gerne sah und von weitem betrachtete, deren näherer Umgang ihn aber scheu machte und meist in Verlegenheiten verwickelte. Er wußte an solchen Wesen die natürliche Schönheit durchaus nicht von der eleganten Haltung und Kleidung zu trennen, fand ihre Gesten und ihre Frisuren meist affektiert und vermutete bei ihnen eine Menge von überlegenen Kenntnissen über Dinge, die ihm tiefe Rätsel waren.

Wenn er genau darüber nachdachte, haßte er diese ganze Gattung. Sie sahen alle schön aus, aber sie hatten auch alle die gleiche demütigende Zierlichkeit und Sicherheit im Benehmen, die gleichen hochmütigen Ansprüche und die gleiche geringschätzende Herablassung gegen Jünglinge seines Alters. Und wenn sie lachten oder lächelten, was sie sehr häufig taten, sah es oft so unleidlich maskenhaft und verlogen aus. Darin waren die Backfische doch viel erträglicher.

Am Gespräch nahm außer den beiden Männern nur Fräulein Thusnelde – das war die ältere, elegante – teil. Die kleine blonde Berta schwieg ebenso scheu und beharrlich wie Paul, dem sie gegenübersaß. Sie trug einen großen, weich gebogenen, ungefärbten Strohhut mit blauen Bändern und ein blaßblaues, dünnes Sommerkleid mit losem Gürtel und schmalen weißen Säumen. Es schien, als sei sie ganz in den Anblick der sonnigen Felder und heißen Heuwiesen verloren.

Aber zwischenein warf sie häufig einen schnellen Blick auf Paul. Sie wäre noch einmal so gern mit nach Erlenhof gekommen, wenn nur der Junge nicht gewesen wäre. Er sah ja sehr ordentlich aus, aber gescheit, und die Gescheiten waren doch meistens die Widerwärtigsten. Da würde es gelegentlich so heimtückische Fremdwörter geben und auch solche herablassende Fragen, etwa nach dem Namen einer Feldblume, und dann, wenn sie ihn nicht wußte, so ein unverschämtes Lächeln, und so weiter. Sie kannte das von ihren zwei Vettern, von denen einer Student und der andere Gymnasiast war, und der Gymnasiast war eher der schlimmere, einmal bubenhaft ungezogen und ein andermal von jener unausstehlich höhnischen Kavaliershöflichkeit, vor der sie so Angst hatte.

Eins wenigstens hatte Berta gelernt, und sie hatte beschlossen, sich auch jetzt auf alle Fälle daran zu halten: weinen durfte sie nicht, unter keinen Umständen. Nicht weinen und nicht zornig werden, sonst war sie unterlegen. Und das wollte sie hier um keinen Preis. Es fiel ihr tröstlich ein, daß für alle Fälle auch noch eine Tante da sein würde; an die wollte sie sich dann zum Schutz wenden, falls es nötig werden sollte.

»Paul, bist du stumm?« rief Herr Abderegg plötzlich.

»Nein, Papa. Warum?«

»Weil du vergißt, daß du nicht allein im Wagen sitzt. Du könntest dich der Berta schon etwas freundlicher zeigen.«

Paul seufzte unhörbar. Also nun fing es an.

»Sehen Sie, Fräulein Berta, dort hinten ist dann unser Haus.«

»Aber Kinder, ihr werdet doch nicht Sie zueinander sagen!«

»Ich weiß, nicht, Papa – ich glaube doch.«

»Na, dann weiter! Ist aber recht überflüssig.«

Berta war rot geworden, und kaum sah es Paul, so ging es ihm nicht anders. Die Unterhaltung zwischen ihnen war schon wieder zu Ende, und beide waren froh, daß die Alten es nicht merkten. Es wurde ihnen unbehaglich, und sie atmeten auf, als der Wagen mit plötzlichem Krachen auf den Kiesweg einbog und am Hause vorfuhr.

»Bitte, Fräulein«, sagte Paul und half Berta beim Aussteigen. Damit war er der Sorge um sie fürs erste entledigt, denn im Tor stand schon die Tante, und es schien, als lächle das ganze Haus, öffne sich und fordere zum Eintritt auf, so gastlich froh und herzlich nickte sie und streckte die Hand entgegen und empfing eins um das andere und dann jedes noch ein zweites Mal. Die Gäste wurden in ihre Stuben begleitet und gebeten, recht bald und recht hungrig zu Tisch zu kommen.

Auf der weißen Tafel standen zwei große Blumensträuße und dufteten in die Speisengerüche hinein. Herr Abderegg tranchierte den Braten, die Tante visierte scharfäugig Teller und Schüsseln. Der Professor saß wohlgemut und festlich im Gehrock am Ehrenplatz, warf der Tante sanfte Blicke zu und störte den eifrig arbeitenden Hausherrn durch zahllose Fragen und Witze. Fräulein Thusnelde half zierlich und lächelnd beim Herumbieten der Teller und kam sich zu wenig beschäftigt vor, da ihr Nachbar, der Kandidat, zwar wenig aß, aber noch weniger redete. Die Gegenwart eines altmodischen Professors und zweier junger Damen wirkte versteinernd auf ihn. Er war im Angstgefühl seiner jungen Würde beständig auf irgendwelche Angriffe, ja Beleidigungen gefaßt, welche er zum voraus durch eiskalte Blicke und angestrengtes Schweigen abzuwehren bemüht war.

Berta saß neben der Tante und fühlte sich geborgen. Paul widmete sich mit Anstrengung dem Essen, um nicht in Gespräche verwickelt zu werden, vergaß sich darüber und ließ es sich wirklich besser schmecken als alle anderen.

Gegen das Ende der Mahlzeit hatte der Hausherr nach hitzigem Kampf mit seinem Freund das Wort an sich gerissen und ließ es sich nicht wieder nehmen. Der besiegte Professor fand nun erst Zeit zum Essen und holte maßvoll nach. Herr Homburger merkte endlich, daß niemand Angriffe auf ihn plane, sah aber nun zu spät, daß sein Schweigen unfein gewesen war, und glaubte sich von seiner Nachbarin höhnisch betrachtet zu wissen. Er senkte deshalb den Kopf so weit, daß eine leichte Falte unterm Kinn entstand, zog die Augenbrauen hoch und schien Probleme im Kopf zu wälzen.

Fräulein Thusnelde begann, da der Hauslehrer versagte, ein sehr

zärtliches Geplauder mit Berta, an welchem die Tante sich beteiligte.
Paul hatte sich inzwischen vollgegessen und legte, indem er sich plötzlich übersatt fühlte, Messer und Gabel nieder. Aufschauend erblickte er zufällig gerade den Professor in einem komischen Augenblick: er hatte eben einen stattlichen Bissen zwischen den Zähnen und noch nicht von der Gabel los, als ihn gerade ein Kraftwort in der Rede Abdereggs aufzumerken nötigte. So vergaß er für Augenblicke die Gabel zurückzuziehen und schielte großäugig und mit offenem Munde auf seinen sprechenden Freund hinüber. Da brach Paul, der einem plötzlichen Lachreiz nicht widerstehen konnte, in ein mühsam gedämpftes Kichern aus.
Herr Abderegg fand im Drang der Rede nur Zeit zu einem eiligen Zornblick. Der Kandidat bezog das Lachen auf sich und biß auf die Unterlippe. Berta lachte mitgerissen ohne weiteren Grund plötzlich auch. Sie war so froh, daß Paul diese Jungenhaftigkeit passierte. Er war also wenigstens keiner von den Tadellosen.
»Was freut Sie denn so?« fragte Fräulein Thusnelde.
»O, eigentlich gar nichts.«
»Und dich, Berta?«
»Auch nichts. Ich lache nur so mit.«
»Darf ich Ihnen noch einschenken?« fragte Herr Homburger mit gepreßtem Ton.
»Danke, nein.«
»Aber mir, bitte«, sagte die Tante freundlich, ließ jedoch den Wein alsdann ungetrunken stehen.
Man hatte abgetragen, und es wurden Kaffee, Kognak und Zigarren gebracht.
Paul wurde von Fräulein Thusnelde gefragt, ob er auch rauche.
»Nein«, sagte er, »es schmeckt mir gar nicht.«
Dann fügte er, nach einer Pause, plötzlich ehrlich hinzu: »Ich darf auch noch nicht.«
Als er das sagte, lächelte Fräulein Thusnelde ihm schelmisch zu, wobei sie den Kopf etwas auf die Seite neigte. In diesem Augenblick erschien sie dem Knaben charmant, und er bereute den vorher auf sie geworfenen Haß. Sie konnte doch sehr nett sein.

Der Abend war so warm und einladend, daß man noch um elf Uhr unter den leise flackernden Windlichtern im Garten draußen saß. Und daß die Gäste sich von der Reise müde gefühlt hatten und eigentlich früh zu Bett hatten gehen wollen, daran dachte jetzt niemand mehr.
Die warme Luft wogte in leichter Schwüle ungleich und träumend hin und wider, der Himmel war ganz in der Höhe sternklar und feuchtglänzend, gegen die Berge hin tiefschwarz und golden vom fiebernden Geäder des Wetterleuchtens überspannt. Die Gebüsche dufteten süß und schwer, und der weiße Jasmin schimmerte mit unsicheren Lichtern fahl aus der Finsternis.
»Sie glauben also, diese Reform unserer Kultur werde nicht aus dem Volksbewußtsein kommen, sondern von einem oder einigen genialen Einzelnen?«
Der Professor legte eine gewisse Nachsicht in den Ton seiner Frage.
»Ich denke es mir so –«, erwiderte etwas steif der Hauslehrer und begann eine lange Rede, welcher außer dem Professor niemand zuhörte.
Herr Abderegg scherzte mit der kleinen Berta, welcher die Tante Beistand leistete. Er lag voll Behagen im Stuhl zurück und trank Weißwein mit Sauerwasser.
»Sie haben den ›Ekkehard‹ also auch gelesen?« fragte Paul das Fräulein Thusnelde.
Sie lag in einem sehr niedriggestellten Klappstuhl, hatte den Kopf ganz zurückgelegt und sah geradeaus in die Höhe.
»Jawohl«, sagte sie. »Eigentlich sollte man Ihnen solche Bücher noch verbieten.«
»So? Warum denn?«
»Weil Sie ja doch noch nicht alles verstehen können.«
»Glauben Sie?«
»Natürlich.«
»Es gibt aber Stellen darin, die ich vielleicht besser als Sie verstanden habe.«
»Wirklich? Welche denn?«
»Die lateinischen.«
»Was Sie für Witze machen!«
Paul war sehr munter. Er hatte zu Abend etwas Wein zu trinken bekommen, nun fand er es köstlich, in die weiche, dunkle Nacht

hineinzureden, und wartete neugierig, ob es ihm gelänge, die elegante Dame ein wenig aus ihrer trägen Ruhe zu bringen, zu einem heftigeren Widerspruch oder zu einem Gelächter. Aber sie schaute nicht zu ihm herüber. Sie lag unbeweglich, das Gesicht nach oben, eine Hand auf dem Stuhl, die andre bis zur Erde herabhängend. Ihr weißer Hals und ihr weißes Gesicht hoben sich matt schimmernd von den schwarzen Bäumen ab.

»Was hat Ihnen denn im ›Ekkehard‹ am besten gefallen?« fragte sie jetzt, wieder ohne ihn anzusehen.

»Der Rausch des Herrn Spazzo.«

»Ach?«

»Nein, wie die alte Waldfrau vertrieben wird.«

»So?«

»Oder vielleicht hat mir doch das am besten gefallen, wie die Praxedis ihn aus dem Kerker entwischen läßt. Das ist fein.«

»Ja, das ist fein. Wie war es nur?«

»Wie sie nachher Asche hinschüttet –«

»Ach ja. Ja, ich weiß.«

»Aber jetzt müssen Sie mir auch sagen, was Ihnen am besten gefällt.«

»Im ›Ekkehard‹?«

»Ja, natürlich.«

»Dieselbe Stelle. Wo Praxedis dem Mönch davonhilft. Wie sie ihm da noch einen Kuß mitgibt und dann lächelt und ins Schloß zurückgeht.«

»Ja – ja«, sagte Paul langsam, aber er konnte sich des Kusses nicht erinnern.

Des Professors Gespräch mit dem Hauslehrer war zu Ende gegangen. Herr Abderegg steckte sich eine Virginia an, und Berta sah neugierig zu, wie er die Spitze der langen Zigarre über der Kerzenflamme verkohlen ließ. Das Mädchen hielt die neben ihr sitzende Tante mit dem rechten Arm umschlungen und hörte großäugig den fabelhaften Erlebnissen zu, von denen der alte Herr ihr erzählte. Es war von Reiseabenteuern, namentlich in Neapel, die Rede.

»Ist das wirklich wahr?« wagte sie einmal zu fragen.

Herr Abderegg lachte.

»Das kommt allein auf Sie an, kleines Fräulein. Wahr ist an einer Geschichte immer nur das, was der Zuhörer glaubt.«

»Aber nein?! Da muß ich Papa drüber fragen.«
»Tun Sie das!«
Die Tante streichelte Bertas Hand, die ihre Taille umfing.
»Es ist ja Scherz, Kind.«
Sie hörte dem Geplauder zu, wehrte die taumelnden Nachtmotten von ihres Bruders Weinglas ab und gab jedem, der sie etwa anschaute, einen gütigen Blick zurück. Sie hatte ihre Freude an den alten Herren, an Berta und dem lebhaft schwatzenden Paul, an der schönen Thusnelde, die aus der Gesellschaft heraus in die Nachtbläue schaute, am Hauslehrer, der seine klugen Reden nachgenoß. Sie war noch jung genug und hatte nicht vergessen, wie es der Jugend in solchen Gartensommernächten warm und wohl sein kann. Wieviel Schicksal noch auf alle diese schönen Jungen und klugen Alten wartete! Auch auf den Hauslehrer. Wie jedem sein Leben und seine Gedanken und Wünsche so wichtig waren! Und wie schön Fräulein Thusnelde aussah! Eine wirkliche Schönheit.
Die gütige Dame streichelte Bertas rechte Hand, lächelte dem etwas vereinsamten Kandidaten liebreich zu und fühlte von Zeit zu Zeit hinter den Stuhl des Hausherrn, ob auch seine Weinflasche noch im Eise stehe.
»Erzählen Sie mir etwas aus Ihrer Schule!« sagte Thusnelde zu Paul.
»Ach, die Schule! Jetzt sind doch Ferien.«
»Gehen Sie denn nicht gern ins Gymnasium?«
»Kennen Sie jemand, der gern hineingeht?«
»Sie wollen aber doch studieren?«
»Nun ja. Ich will schon.«
»Aber was möchten Sie noch lieber?«
»Noch lieber? – Haha –. Noch lieber möcht ich Seeräuber werden.«
»Seeräuber?«
»Jawohl, Seeräuber. Pirat.«
»Dann könnten Sie aber nimmer soviel lesen.«
»Das wäre auch nicht nötig. Ich würde mir schon die Zeit vertreiben.«
»Glauben Sie?«
»O gewiß. Ich würde –«
»Nun?«

»Ich würde – ach, das kann man gar nicht sagen.«
»Dann sagen Sie es eben nicht.«
Es wurde ihm langweilig. Er rückte zu Berta hinüber und half ihr zuhören. Papa war ungemein lustig. Er sprach jetzt ganz allein, und alles hörte zu und lachte.
Da stand Fräulein Thusnelde in ihrem losen, feinen englischen Kleide langsam auf und trat an den Tisch.
»Ich möchte gute Nacht sagen.«
Nun brachen alle auf, sahen auf die Uhr und konnten nicht begreifen, daß es wirklich schon Mitternacht sei.
Auf dem kurzen Weg bis zum Hause ging Paul neben Berta, die ihm plötzlich sehr gut gefiel, namentlich seit er sie über Papas Witze so herzlich hatte lachen hören. Er war ein Esel gewesen, sich über den Besuch zu ärgern. Es war doch fein, so des Abends mit Mädchen zu plaudern.
Er fühlte sich als Kavalier und begann zu bedauern, daß er sich den ganzen Abend nur um die andere gekümmert hatte. Die war doch wohl ein Fratz. Berta war ihm viel lieber, und es tat ihm leid, daß er sich heute nicht zu ihr gehalten hatte. Und er versuchte, ihr das zu sagen. Sie kicherte.
»O, Ihr Papa war so unterhaltend! Es war reizend.«
Er schlug ihr für morgen einen Spaziergang auf den Eichelberg vor. Es sei nicht weit und so schön. Er kam ins Beschreiben, sprach vom Weg und von der Aussicht und redete sich ganz in Feuer.
Da ging gerade Fräulein Thusnelde an ihnen vorüber, während er im eifrigsten Reden war. Sie wandte sich ein wenig um und sah ihm ins Gesicht. Es geschah ruhig und etwas neugierig, aber er fand es spöttisch und verstummte plötzlich. Berta blickte erstaunt auf und sah ihn verdrießlich werden, ohne zu wissen warum.
Da war man schon im Hause. Berta gab Paul die Hand. Er sagte gute Nacht. Sie nickte und ging.
Thusnelde war vorausgegangen, ohne ihm gute Nacht zu sagen. Er sah sie mit einer Handlampe die Treppe hinaufgehen, und indem er ihr nachschaute, ärgerte er sich über sie.

Paul lag wach im Bett und verfiel dem feinen Fieber der warmen Nacht. Die Schwüle war im Zunehmen, das Wetterleuchten zitterte beständig an den Wänden. Zuweilen glaubte er, es in weiter Ferne leise donnern zu hören. In langen Pausen kam und ging ein schlaffer Wind, der kaum die Wipfel rauschen machte.

Der Knabe überdachte halb träumend den vergangenen Abend und fühlte, daß er heute anders gewesen sei als sonst. Er kam sich erwachsener vor, vielmehr schien ihm die Rolle des Erwachsenen heute besser geglückt als bei früheren Versuchen. Mit dem Fräulein hatte er sich doch ganz flott unterhalten und nachher auch mit Berta.

Es quälte ihn, ob Thusnelde ihn ernstgenommen habe. Vielleicht hatte sie eben doch nur mit ihm gespielt. Und das mit dem Kuß der Praxedis mußte er morgen nachlesen. Ob er das wirklich nicht verstanden oder nur vergessen hatte?

Er hätte gern gewußt, ob Fräulein Thusnelde wirklich schön sei, richtig schön. Es schien ihm so, aber er traute weder sich noch ihr. Wie sie da beim schwachen Lampenlicht im Stuhl halb saß und halb lag, so schlank und ruhig, mit der auf den Boden niederhängenden Hand, das hatte ihm gefallen. Wie sie lässig nach oben schaute, halb vergnügt und halb müde, und der weiße schlanke Hals – im hellen, langen Damenkleid –, das könnte geradeso auf einem Gemälde vorkommen.

Freilich, Berta war ihm entschieden lieber. Sie war ja vielleicht ein wenig sehr naiv, aber sanft und hübsch, und man konnte doch mit ihr reden ohne den Argwohn, sie mache sich heimlich über einen lustig. Wenn er es von Anfang an mit ihr gehalten hätte, statt erst im letzten Augenblick, dann könnten sie möglicherweise jetzt schon ganz gute Freunde sein. Überhaupt begann es ihm jetzt leid zu tun, daß die Gäste nur zwei Tage bleiben wollten.

Aber warum hatte ihn, als er beim Heimgehen mit der Berta lachte, die andere so angesehen?

Er sah sie wieder an sich vorbeigehen und den Kopf umwenden, und er sah wieder ihren Blick. Sie war doch schön. Er stellte sich alles wieder deutlich vor, aber er kam nicht darüber hinweg – ihr Blick war spöttisch gewesen, überlegen spöttisch. Warum? Noch wegen des »Ekkehard«? Oder weil er mit der Berta gelacht hatte?

Der Ärger darüber folgte ihm noch in den Schlaf.

Am Morgen war der ganze Himmel bedeckt, doch hatte es noch nicht geregnet. Es roch überall nach Heu und nach warmem Erdstaub.

»Schade«, klagte Berta beim Herunterkommen, »man wird heute keinen Spaziergang machen können?«

»O, es kann sich noch den ganzen Tag halten«, tröstete Herr Abderegg.

»Du bist doch sonst nicht so eifrig fürs Spazierengehen«, meinte Fräulein Thusnelde.

»Aber wenn wir doch nur so kurz hier sind!«

»Wir haben eine Luftkegelbahn«, schlug Paul vor. »Im Garten. Auch ein Krocket. Aber Krocket ist langweilig.«

»Ich finde Krocket sehr hübsch«, sagte Fräulein Thusnelde.

»Dann können wir ja spielen.«

»Gut, nachher. Wir müssen doch erst Kaffee trinken.«

Nach dem Frühstück gingen die jungen Leute in den Garten; auch der Kandidat schloß sich an. Fürs Krocketspielen fand man das Gras zu hoch, und man entschloß sich nun doch zu dem andern Spiel. Paul schleppte eifrig die Kegel herbei und stellte auf.

»Wer fängt an?«

»Immer der, der fragt.«

»Also gut. Wer spielt mit?«

Paul bildete mit Thusnelde die eine Partei. Er spielte sehr gut und hoffte, von ihr dafür gelobt oder auch nur geneckt zu werden. Sie sah es aber gar nicht und schenkte überhaupt dem Spiel keine Aufmerksamkeit. Wenn Paul ihr die Kugel gab, schob sie unachtsam und zählte nicht einmal, wieviel Kegel fielen. Statt dessen unterhielt sie sich mit dem Hauslehrer über Turgenjew. Herr Homburger war heute sehr höflich. Nur Berta schien ganz beim Spiel zu sein. Sie half stets beim Aufsetzen und ließ sich von Paul das Zielen zeigen.

»König aus der Mitte!« schrie Paul. »Fräulein, nun gewinnen wir sicher. Das gilt zwölf.«

Sie nickte nur.

»Eigentlich ist Turgenjew gar kein richtiger Russe«, sagte der Kandidat und vergaß, daß es an ihm war zu spielen. Paul wurde zornig.

»Herr Homburger, Sie sind dran!«

»Ich?«

»Ja doch, wir warten alle.«
Er hätte ihm am liebsten die Kugel ans Schienbein geschleudert. Berta, die seine Verstimmung bemerkte, wurde nun auch unruhig und traf nichts mehr.
»Dann können wir ja aufhören.«
Niemand hatte etwas dagegen. Fräulein Thusnelde ging langsam weg, der Lehrer folgte ihr. Paul warf verdrießlich die noch stehenden Kegel mit dem Fuße um.
»Sollen wir nicht weiterspielen?« fragte Berta schüchtern.
»Ach, zu zweien ist es nichts. Ich will aufräumen.«
Sie half ihm bescheiden. Als alle Kegel wieder in der Kiste waren, sah er sich nach Thusnelde um. Sie war im Park verschwunden. Natürlich, er war ja für sie nur ein dummer Junge.
»Was nun?«
»Vielleicht zeigen Sie mir den Park ein wenig?«
Da schritt er so rasch durch die Wege voran, daß Berta außer Atem kam und fast laufen mußte, um nachzukommen. Er zeigte ihr das Wäldchen und die Platanenallee, dann die Blutbuche und die Wiesen. Während er sich beinahe ein wenig schämte, so grob und wortkarg zu sein, wunderte er sich zugleich, daß er sich vor Berta gar nicht mehr geniere. Er ging mit ihr um, wie wenn sie zwei Jahre jünger wäre. Und sie war still, sanft und schüchtern, sagte kaum ein Wort und sah ihn nur zuweilen an, als bäte sie für irgend etwas um Entschuldigung.
Bei der Trauerweide trafen sie mit den beiden andern zusammen. Der Kandidat redete noch fort, das Fräulein war still geworden und schien verstimmt. Paul wurde plötzlich gesprächiger. Er machte auf den alten Baum aufmerksam, schlug die herabhängenden Zweige auseinander und zeigte die um den Stamm laufende Rundbank.
»Wir wollen sitzen«, befahl Fräulein Thusnelde.
Alle setzten sich nebeneinander auf die Bank. Es war hier sehr warm und dunstig, die grüne Dämmerung war schlaff und schwül und machte schläfrig. Paul saß rechts neben Thusnelde.
»Wie still es da ist!« begann Herr Homburger.
Das Fräulein nickte.
»Und so heiß!« sagte sie. »Wir wollen eine Weile gar nichts reden.«
Da saßen alle vier schweigend. Neben Paul lag auf der Bank

Thusneldes Hand, eine lange und schmale Damenhand mit schlanken Fingern und feinen, gepflegten, mattglänzenden Nägeln. Paul sah beständig die Hand an. Sie kam aus einem weiten hellgrauen Ärmel hervor, so weiß wie der bis übers Gelenk sichtbare Arm, sie bog sich vom Gelenk etwas nach außen und lag ganz still, als sei sie müde.

Und alle schwiegen. Paul dachte an gestern abend. Da war dieselbe Hand auch so lang und still und ruhend herabgehängt und die ganze Gestalt so regungslos halb gesessen, halb gelegen. Es paßte zu ihr, zu ihrer Figur und zu ihren Kleidern, zu ihrer angenehm weichen, nicht ganz freien Stimme, auch zu ihrem Gesicht, das mit den ruhigen Augen so klug und abwartend und gelassen aussah.

Herr Homburger sah auf die Uhr.

»Verzeihen Sie, meine Damen, ich sollte nun an die Arbeit. Sie bleiben doch hier, Paul?«

Er verbeugte sich und ging.

Die andern blieben schweigend sitzen. Paul hatte seine Linke langsam und mit ängstlicher Vorsicht wie ein Verbrecher der Frauenhand genähert und dann dicht neben ihr liegen lassen. Er wußte nicht, warum er es tat. Es geschah ohne seinen Willen, und dabei wurde ihm so drückend bang und heiß, daß seine Stirn voll von Tropfen stand.

»Krocket spiele ich auch nicht gerne«, sagte Berta leise, wie aus einem Traum heraus. Durch das Weggehen des Hauslehrers war zwischen ihr und Paul eine Lücke entstanden, und sie hatte sich die ganze Zeit besonnen, ob sie herrücken solle oder nicht. Es war ihr, je länger sie zauderte, immer schwerer vorgekommen, es zu tun, und nun fing sie, nur um sich nicht länger ganz allein zu fühlen, zu reden an.

»Es ist wirklich kein nettes Spiel«, fügte sie nach einer langen Pause mit unsicherer Stimme hinzu. Doch antwortete niemand.

Es war wieder ganz still. Paul glaubte, sein Herz schlagen zu hören. Es trieb ihn, aufzuspringen und irgend etwas Lustiges oder Dummes zu sagen oder wegzulaufen. Aber er blieb sitzen, ließ seine Hand liegen und hatte ein Gefühl, als würde ihm langsam, langsam die Luft entzogen, bis zum Ersticken. Nur war es angenehm, auf eine traurige, quälende Art angenehm.

Fräulein Thusnelde blickte in Pauls Gesicht, mit ihrem ruhigen und etwas müden Blick. Sie sah, daß er unverwandt auf seine Linke schaute, die dicht neben ihrer Rechten auf der Bank lag.
Da hob sie ihre Rechte ein wenig, legte sie fest auf Pauls Hand und ließ sie da liegen.
Ihre Hand war weich, doch kräftig und von trockener Wärme. Paul erschrak wie ein überraschter Dieb und fing zu zittern an, zog aber seine Hand nicht weg. Er konnte kaum noch atmen, so stark arbeitete sein Herzschlag, und sein ganzer Leib brannte und fror zugleich. Langsam wurde er blaß und sah das Fräulein flehend und angstvoll an.
»Sind Sie erschrocken?« lachte sie leise. »Ich glaube, Sie waren eingeschlafen?«
Er konnte nichts sagen. Sie hatte ihre Hand weggenommen, aber seine lag noch da und fühlte die Berührung noch immer. Er wünschte, sie wegzuziehen, aber er war so matt und verwirrt, daß er keinen Gedanken oder Entschluß fassen und nichts tun konnte, nicht einmal das.
Plötzlich erschreckte ihn ein ersticktes, ängstliches Geräusch, das er hinter sich vernahm. Er wurde frei und sprang tiefatmend auf. Auch Thusnelde war aufgestanden.
Da saß Berta tiefgebückt an ihrem Platz und schluchzte.
»Gehen Sie hinein«, sagte Thusnelde zu Paul, »wir kommen gleich nach.«
Und als Paul wegging, setzte sie noch hinzu: »Sie hat Kopfweh bekommen.«
»Komm, Berta. Es ist zu heiß hier, man erstickt ja vor Schwüle. Komm, nimm dich zusammen! Wir wollen ins Haus gehen.«
Berta gab keine Antwort. Ihr magerer Hals lag auf dem hellblauen Ärmel des leichten Backfischkleidchens, aus dem der dünne, eckige Arm mit dem breiten Handgelenk herabhing. Und sie weinte still und leise schluckend, bis sie nach einer langen Weile rot und verwundert sich aufrichtete, das Haar zurückstrich und langsam und mechanisch zu lächeln begann.

Paul fand keine Ruhe. Warum hatte Thusnelde ihre Hand so auf seine gelegt? War es nur ein Scherz gewesen? Oder wußte sie, wie seltsam weh das tat? So oft er es sich wieder vorstellte, hatte er von neuem dasselbe Gefühl; ein erstickender Krampf vieler

Nerven oder Adern, ein Druck und leichter Schwindel im Kopf, eine Hitze in der Kehle und ein lähmend ungleiches, wunderliches Wallen des Herzens, als sei der Puls unterbunden. Aber es war angenehm, so weh es tat.

Er lief am Haus vorbei zum Weiher und in den Obstgängen auf und ab. Indessen nahm die Schwüle stetig zu. Der Himmel hatte sich vollends ganz bezogen und sah gewitterig aus. Es ging kein Wind, nur hin und wieder im Gezweig ein feiner, zager Schauer, vor dem auch der fahle, glatte Spiegel des Weihers für Augenblicke kraus und silbern erzitterte.

Der kleine alte Kahn, der angebunden am Rasenufer lag, fiel dem Jungen ins Auge. Er stieg hinein und setzte sich auf die einzige noch vorhandene Ruderbank. Doch band er das Schifflein nicht los: es waren auch schon längst keine Ruder mehr da. Er tauchte die Hände ins Wasser, das war widerlich lau.

Unvermerkt überkam ihn eine grundlose Traurigkeit, die ihm ganz fremd war. Er kam sich wie in einem beklemmenden Traume vor – als könnte er, wenn er auch wollte, kein Glied rühren. Das fahle Licht, der dunkel bewölkte Himmel, der laue dunstige Teich und der alte, am Boden moosige Holznachen ohne Ruder, das sah alles unfroh, trist und elend aus, einer schweren, faden Trostlosigkeit hingegeben, die er ohne Grund teilte.

Er hörte Klavierspiel vom Hause herübertönen, undeutlich und leise. Nun waren also die andern drinnen, und wahrscheinlich spielte Papa ihnen vor. Bald erkannte Paul auch das Stück, es war aus Griegs Musik zum »Peer Gynt«, und er wäre gern hineingegangen. Aber er blieb sitzen, starrte über das träge Wasser weg und durch die müden, regungslosen Obstzweige in den fahlen Himmel. Er konnte sich nicht einmal wie sonst auf das Gewitter freuen, obwohl es sicher bald ausbrechen mußte, und das erste richtige in diesem Sommer sein würde.

Da hörte das Klavierspiel auf, und es war eine Weile ganz still. Bis ein paar zarte, wiegend laue Takte aufklangen, eine scheue und ungewöhnliche Musik. Und nun Gesang, eine Frauenstimme. Das Lied war Paul unbekannt, er hatte es nie gehört, er besann sich auch nicht darüber. Aber die Stimme kannte er, die leicht gedämpfte, ein wenig müde Stimme. Das war Thusnelde. Ihr Gesang war vielleicht nichts Besonderes, aber er traf und reizte den Knaben ebenso beklemmend und quälend wie die Berührung ihrer Hand. Er horchte, ohne sich zu rühren, und während er noch saß und horchte, schlugen die ersten trägen Regentropfen lau und schwer in den Weiher. Sie trafen seine Hände und sein Gesicht, ohne daß er es spürte. Er fühlte nur, daß etwas Drängendes, Gärendes, Gespanntes um ihn her oder auch in ihm selber sich verdichte und schwelle und Auswege suche. Zugleich fiel ihm eine Stelle aus dem »Ekkehard« ein, und in diesem Augenblick überraschte und erschreckte ihn plötzlich die sichere Erkenntnis. Er wußte, daß er Thusnelde lieb habe. Und zugleich wußte er, daß sie erwachsen und eine Dame war, er aber ein Schuljunge, und daß sie morgen abreisen würde.

Da klang – der Gesang war schon eine Weile verstummt – die helltönige Tischglocke, und Paul ging langsam zum Hause hinüber. Vor der Türe wischte er sich die Regentropfen von den Händen, strich das Haar zurück und tat einen tiefen Atemzug, als sei er im Begriff, einen schweren Schritt zu tun.

»Ach, nun regnet es doch schon«, klagte Berta. »Nun wird also nichts daraus?«

»Aus was denn?« fragte Paul, ohne vom Teller aufzublicken.

»Wir hatten ja doch – – Sie hatten mir versprochen, mich heut auf den Eichelberg zu führen.«

»Ja so. Nein, das geht bei dem Wetter freilich nicht.«

Halb sehnte sie sich danach, er möchte sie ansehen und eine Frage nach ihrem Wohlsein tun, halb war sie froh, daß er's nicht tat. Er hatte den peinlichen Augenblick unter der Weide, da sie in Tränen ausgebrochen war, völlig vergessen. Dieser plötzliche Ausbruch hatte ihm ohnehin wenig Eindruck gemacht und ihn nur in dem Glauben bestärkt, sie sei doch noch ein recht kleines Mädchen. Statt auf sie zu achten, schielte er beständig zu Fräulein Thusnelde hinüber.

Diese führte mit dem Hauslehrer, der sich seiner albernen Rolle von gestern schämte, ein lebhaftes Gespräch über Sportsachen. Es ging Herrn Homburger dabei wie vielen Leuten; er sprach über Dinge, von denen er nichts verstand, viel gefälliger und glatter als über solche, die ihm vertraut und wichtig waren. Meistens hatte die Dame das Wort, und er begnügte sich mit Fragen, Nicken, Zustimmen und pausenfüllenden Redensarten. Die etwas kokette Plauderkunst der jungen Dame enthob ihn seiner gewohnten dickblütigen Art; es gelang ihm sogar, als er beim Weineinschenken daneben goß, selber zu lachen und die Sache leicht und komisch zu nehmen. Seine mit Schlauheit eingefädelte Bitte jedoch, dem Fräulein nach Tisch ein Kapitel aus einem seiner Lieblingsbücher vorlesen zu dürfen, wurde zierlich abgelehnt.

»Du hast kein Kopfweh mehr, Kind?« fragte Tante Grete.

»O nein, gar nimmer«, sagte Berta halblaut. Aber sie sah noch elend genug aus.

»O ihr Kinder!« dachte die Tante, der auch Pauls erregte Unsicherheit nicht entgangen war. Sie hatte mancherlei Ahnungen und beschloß, die zwei jungen Leutchen nicht unnötig zu stören, wohl aber aufmerksam zu sein und Dummheiten zu verhüten. Bei Paul war es das erstemal, dessen war sie sicher. Wie lang noch, und er würde ihrer Fürsorge entwachsen sein und seine Wege ihrem Blick entziehen! – O ihr Kinder!

Draußen war es beinahe finster geworden. Der Regen rann und ließ nach mit den wechselnden Windstößen, das Gewitter zögerte noch, und der Donner klang noch meilenfern.

»Haben Sie Furcht vor Gewittern?« fragte Herr Homburger seine Dame.

»Im Gegenteil, ich weiß nichts Schöneres. Wir könnten nachher in den Pavillon gehen und zusehen. Kommst du mit, Berta?«

»Wenn du willst, ja, gern.«

»Und Sie also auch, Herr Kandidat? – Gut, ich freue mich darauf. Es ist in diesem Jahr das erste Gewitter, nicht?«

Gleich nach Tisch brachen sie mit Regenschirmen auf, zum nahen Pavillon. Berta nahm ein Buch mit.

»Willst du dich denen nicht anschließen, Paul?« ermunterte die Tante.

»Danke, nein. Ich muß eigentlich üben.«

Er ging in einem Wirrwarr von quellenden Gefühlen ins Klavierzimmer. Aber kaum hatte er zu spielen begonnen, er wußte selbst nicht was, so kam sein Vater herein.

»Junge, könntest du dich nicht um einige Zimmer weiter verfügen? Brav, daß du üben wolltest, aber alles hat seine Zeit, und wir älteren Semester möchten bei dieser Schwüle doch gern ein wenig zu schlafen versuchen. Auf Wiedersehen, Bub!«

Der Knabe ging hinaus und durchs Eßzimmer, über den Gang und zum Tor. Drüben sah er gerade die andern den Pavillon betreten. Als er hinter sich den leisen Schritt der Tante hörte, trat er rasch ins Freie und eilte mit unbedecktem Kopf, die Hände in den Taschen, durch den Regen davon. Der Donner nahm stetig zu, und erste scheue Blitze rissen zuckend durch das schwärzliche Grau.

Paul ging um das Haus herum und gegen den Weiher hin. Er fühlte mit trotzigem Leid den Regen durch seine Kleider dringen. Die noch nicht erfrischte, schwebende Luft erhitzte ihn, so daß er beide Hände und die halbentblößten Arme in die schwer fallenden Tropfen hielt. Nun saßen die andern vergnügt im Pavillon beisammen, lachten und schwatzten, und an ihn dachte niemand. Es zog ihn hinüber, doch überwog sein Trotz; hatte er einmal nicht mitkommen wollen, so wollte er ihnen auch nicht hinterdrein nachlaufen. Und Thusnelde hatte ihn ja überhaupt nicht aufgefordert. Sie hatte Berta und Herrn Homburger mitzukommen aufgefordert und ihn nicht. Warum ihn nicht?

Ganz durchnäßt kam er, ohne auf den Weg zu achten, ans Gärtnerhäuschen. Die Blitze jagten jetzt fast ohne Pause herab und quer durch den Himmel in phantastisch kühnen Linien, und der Regen rauschte lauter. Unter der Holztreppe des Gärtnerschuppens klirrte es auf, und mit verhaltenem Grollen kam der große Hofhund heraus. Als er Paul erkannte, drängte er sich fröhlich und schmeichelnd an ihn. Und Paul, in plötzlich überwallender Zärtlichkeit, legte ihm den Arm um den Hals, zog ihn in den dämmernden Treppenwinkel zurück und blieb dort bei ihm kauern und sprach und koste mit ihm, er wußte nicht wie lang.

Im Pavillon hatte Herr Homburger den eisernen Gartentisch an die gemauerte Rückwand geschoben, die mit einer italienischen Küstenlandschaft bemalt war. Die heiteren Farben, Blau, Weiß und Rosa paßten schlecht in das Regengrau und schienen trotz der Schwüle zu frieren.

»Sie haben schlechtes Wetter für Erlenhof«, sagte Herr Homburger.

»Warum? Ich finde das Gewitter prächtig.«

»Und Sie auch, Fräulein Berta?«

»O, ich sehe es ganz gerne.«
Es machte ihn wütend, daß die Kleine mitgekommen war. Gerade jetzt, wo er anfing, sich mit der schönen Thusnelde besser zu verstehen.
»Und morgen werden Sie wirklich schon wieder reisen?«
»Warum sagen Sie das so tragisch?«
»Es muß mir doch leid tun.«
»Wahrhaftig?«
»Aber gnädiges Fräulein –«
Der Regen prasselte auf dem dünnen Dach und quoll in leidenschaftlichen Stößen aus den Mündungen der Traufen.
»Wissen Sie, Herr Kandidat, Sie haben da einen lieben Jungen als Schüler. Es muß ein Vergnügen sein, so einen zu unterrichten.«
»Ist das Ihr Ernst?«
»Gewiß. Er ist doch ein prächtiger Junge – Nicht, Berta?«
»O, ich weiß nicht, ich sah ihn ja kaum.«
»Gefällt er dir denn nicht?«
»Ja, das schon. – O ja.«
»Was stellt das Wandbild da eigentlich vor, Herr Kandidat? Es scheint eine Rivieravedute?«
Paul war nach zwei Stunden ganz durchnäßt und todmüde heimgekommen, hatte ein kaltes Bad genommen und sich umgekleidet. Dann wartete er bis die drei ins Haus zurückkehrten, und als sie kamen und als Thusneldes Stimme im Gang laut wurde, schrak er zusammen und bekam Herzklopfen. Dennoch tat er gleich darauf etwas, wozu er sich selber noch einen Augenblick zuvor den Mut nicht zugetraut hätte.
Als das Fräulein allein die Treppe heraufstieg, lauerte er ihr auf und überraschte sie im oberen Flur. Er trat auf sie zu und streckte ihr einen kleinen Rosenstrauß entgegen. Es waren wilde Heckenröschen, die er im Regen draußen abgeschnitten hatte.
»Ist das für mich?« fragte Thusnelde.
»Ja, für Sie.«
»Womit hab ich denn das verdient? Ich fürchtete schon, Sie könnten mich gar nicht leiden.«
»O, Sie lachen mich ja nur aus.«
»Gewiß nicht, lieber Paul. Und ich danke schön für die Blumen. Wilde Rosen, nicht?«
»Hagrosen.«

»Ich will eine davon anstecken, nachher.«
Dann ging sie weiter nach ihrem Zimmer.

Am Abend blieb man diesmal in der Halle sitzen. Es hatte schön abgekühlt, und draußen fielen noch die Tropfen von den blankgespülten Zweigen. Man hatte im Sinn gehabt zu musizieren, aber der Professor wollte lieber die paar Stunden noch mit Abderegg verplaudern. So saßen nun alle bequem in dem großen Raum, die Herren rauchten, und die jungen Leute hatten Limonadebecher vor sich stehen.
Die Tante sah mit Berta ein Album an und erzählte ihr alte Geschichten. Thusnelde war guter Laune und lachte viel. Den Hauslehrer hatte das lange erfolglose Reden im Pavillon stark mitgenommen, er war wieder nervös und zuckte leidend mit den Gesichtsmuskeln. Daß sie jetzt so lächerlich mit dem Büblein Paul kokettierte, fand er geschmacklos, und er suchte wählerisch nach einer Form, ihr das zu sagen.
Paul war der lebhafteste von allen. Daß Thusnelde seine Rosen im Gürtel trug und daß sie »lieber Paul« zu ihm gesagt hatte, war ihm wie Wein zu Kopf gestiegen. Er machte Witze, erzählte Geschichten, hatte glühende Backen und ließ den Blick nicht von seiner Dame, die sich seine Huldigung so graziös gefallen ließ. Dabei rief es im Grund seiner Seele ohne Unterlaß: »Morgen geht sie fort! Morgen geht sie fort!« und je lauter und schmerzlicher es rief, desto sehnlicher klammerte er sich an den schönen Augenblick, und desto lustiger redete er darauf los.
Herr Abderegg, der einen Augenblick herüberhorchte, rief lachend: »Paul, du fängst früh an!«
Er ließ sich nicht stören. Für Augenblicke faßte ihn ein drängendes Verlangen, hinauszugehen, den Kopf an den Türpfosten zu lehnen und zu schluchzen. Aber nein, nein!
Währenddessen hatte Berta mit der Tante »Du« gemacht und gab sich dankbar unter ihren Schutz. Es lag wie eine Last auf ihr, daß Paul allein von ihr nichts wissen wollte, daß er den ganzen Tag kaum ein Wort an sie gerichtet hatte, und müde und unglücklich überließ sie sich der gütigen Zärtlichkeit der Tante.
Die beiden alten Herren überboten einander im Aufwärmen von Erinnerungen und spürten kaum etwas davon, daß neben ihnen

junge unausgesprochene Leidenschaften sich kreuzten und bekämpften.
Herr Homburger fiel mehr und mehr ab. Daß er hin und wieder eine schwach vergiftete Pointe ins Gespräch warf, wurde kaum beachtet, und je mehr die Bitterkeit und Auflehnung in ihm wuchs, desto weniger wollte es ihm gelingen, Worte zu finden. Er fand es kindisch, wie Paul sich gehen ließ, und unverzeihlich, wie das Fräulein darauf einging. Am liebsten hätte er gute Nacht gesagt und wäre gegangen. Aber das mußte aussehen wie ein Geständnis, daß er sein Pulver verschossen habe und kampfunfähig sei. Lieber blieb er da und trotzte. Und so widerwärtig ihm Thusneldes ausgelassen spielerisches Wesen heute abend war, so hätte er sich doch vom Anblick ihrer weichen Gesten und ihres schwach geröteten Gesichtes jetzt nicht trennen mögen.
Thusnelde durchschaute ihn und gab sich keine Mühe, ihr Vergnügen über Pauls leidenschaftliche Aufmerksamkeiten zu verbergen, schon weil sie sah, daß es den Kandidaten ärgerte. Und dieser, der in keiner Hinsicht ein Kraftmensch war, fühlte langsam seinen Zorn in jene weibisch trübe, faule Resignation übergehen, mit der bis jetzt fast alle seine Liebesversuche geendet hatten. War er denn je von einem Weib verstanden und nach seinem Wert geschätzt worden? O, aber er war Künstler genug, um auch die Enttäuschung, den Schmerz, das Einsambleiben mit allen verborgensten Reizen zu genießen. Wenn auch mit zukkender Lippe, er genoß es doch; und wenn auch verkannt und verschmäht, er war doch der Held in der Szene, der Träger einer stummen Tragik, lächelnd mit dem Dolch im Herzen.

Man trennte sich erst spät. Als Paul in sein kühles Schlafzimmer trat, sah er durchs offene Fenster den beruhigten Himmel mit stillstehenden, milchweißen Flaumwölkchen bedeckt; durch ihre dünnen Flöre drang das Mondlicht weich und stark und spiegelte sich tausendmal in den nassen Blättern der Parkbäume. Fern über den Hügeln, nicht weit vom dunklen Horizont, leuchtete schmal und langgestreckt wie eine Insel ein Stück reinen Himmels feucht und milde, darin ein einziger blasser Stern.
Der Knabe blickte lange hinaus und sah es nicht, sah nur ein bleiches Wogen und fühlte reine, frisch gekühlte Lüfte um sich

her, hörte niegehörte, tiefe Stimmen wie entfernte Stürme brausen und atmete die weiche Luft einer anderen Welt. Vorgebeugt stand er am Fenster und schaute, ohne etwas zu sehen, wie ein Geblendeter, und vor ihm ungewiß und mächtig ausgebreitet, lag das Land des Lebens und der Leidenschaften, von heißen Stürmen durchzittert und von dunkelschwülem Gewölk verschattet.

Die Tante war die letzte, die zu Bett ging. Wachsam hatte sie noch Türen und Läden revidiert, nach den Lichtern gesehen und einen Blick in die dunkle Küche getan, dann war sie in ihre Stube gegangen und hatte sich beim Kerzenlicht in den altmodischen Sessel gesetzt. Sie wußte ja nun, wie es um den Kleinen stand, und sie war im Innersten froh, daß morgen die Gäste wieder reisen wollten. Wenn nur auch alles gut ablief! Es war doch eigen, so ein Kind von heut auf morgen zu verlieren. Denn daß Pauls Seele ihr nun entgleiten und mehr und mehr undurchsichtig werden müsse, wußte sie wohl, und sie sah ihn mit Sorge seine ersten, knabenhaften Schritte in den Garten der Liebe tun, von dessen Früchten sie selber zu ihrer Zeit nur wenig und fast nur die bitteren gekostet hatte. Dann dachte sie an Berta, seufzte und lächelte ein wenig und suchte dann lange in ihren Schubladen nach einem tröstenden Abschiedsgeschenk für die Kleine. Dabei erschrak sie plötzlich, als sie sah, wie spät es schon war.

Über dem schlafenden Haus und dem dämmernden Garten standen ruhig die milchweißen, flaumig dünnen Wolken, die Himmelsinsel am Horizont wuchs langsam zu einem weiten, reinen, dunkelklaren Felde, zart von schwachglänzenden Sternen durchglüht, und über die entferntesten Hügel lief eine milde, schmale Silberlinie, sie vom Himmel trennend. Im Garten atmeten die erfrischten Bäume tief und rastend, und auf der Parkwiese wechselte mit dünnen, wesenlosen Wolkenschatten der schwarze Schattenkreis der Blutbuche.

Die sanfte, noch von Feuchtigkeit gesättigte Luft dampfte leise gegen den völlig klaren Himmel. Kleine Wasserlachen standen auf dem Kiesplatz und auf der Landstraße, blitzten golden oder spiegelten die zarte Bläue. Knirschend fuhr der Wagen vor, und man stieg ein. Der Kandidat machte mehrere tiefe Bücklinge, die Tante nickte liebevoll und drückte noch einmal allen die Hände,

die Hausmädchen sahen vom Hintergrund des Flurs der Abfahrt zu.
Paul saß im Wagen Thusnelde gegenüber und spielte den Fröhlichen. Er lobte das gute Wetter, sprach rühmend von köstlichen Ferientouren in die Berge, die er vorhabe, und sog jedes Wort und jedes Lachen des Mädchens gierig ein. Am frühen Morgen war er mit schlechtem Gewissen in den Garten geschlichen und hatte in dem peinlich geschonten Lieblingsbeet seines Vaters die prächtigste halboffene Teerose abgeschnitten. Die trug er nun, zwischen Seidenpapier gelegt, versteckt in der Brusttasche und war beständig in Sorge, er könnte sie zerdrücken. Ebenso bang war ihm vor der Möglichkeit einer Entdeckung durch den Vater.
Die kleine Berta war ganz still und hielt den blühenden Jasminzweig vors Gesicht, den ihr die Tante mitgegeben hatte. Sie war im Grunde fast froh, nun fortzukommen.
»Soll ich Ihnen einmal eine Karte schicken?« fragte Thusnelde munter.
»O ja, vergessen Sie es nicht! Das wäre schön.«
Und dann fügte er hinzu: »Aber Sie müssen dann auch unterschreiben, Fräulein Berta.«
Sie schrak ein wenig zusammen und nickte.
»Also gut, hoffentlich denken wir auch daran«, sagte Thusnelde.
»Ja, ich will dich dann erinnern.«
Da war man schon am Bahnhof. Der Zug sollte erst in einer Viertelstunde kommen. Paul empfand diese Viertelstunde wie eine unschätzbare Gnadenfrist. Aber es ging ihm sonderbar; seit man den Wagen verlassen hatte und vor der Station auf und ab spazierte, fiel ihm kein Witz und kein Wort mehr ein. Er war plötzlich bedrückt und klein, sah oft auf die Uhr und horchte, ob der kommende Zug schon zu hören sei. Erst im letzten Augenblick zog er seine Rose hervor und drückte sie noch an der Wagentreppe dem Fräulein in die Hand. Sie nickte ihm fröhlich zu und stieg ein. Dann fuhr der Zug ab, und alles war aus.
Vor der Heimfahrt mit dem Papa graute ihm, und als dieser schon eingestiegen war, zog er den Fuß wieder vom Tritt zurück und meinte: »Ich hätte eigentlich Lust, zu Fuß heimzugehen.«
»Schlechtes Gewissen, Paulchen?«

»O nein, Papa, ich kann ja auch mitkommen.«
Aber Herr Abderegg winkte lachend ab und fuhr allein davon.
»Er soll's nur ausfressen«, knurrte er unterwegs vor sich hin, »umbringen wird's ihn nicht.« Und er dachte, seit Jahren zum erstenmal, an sein erstes Liebesabenteuer und war verwundert, wie genau er alles noch wußte. Nun war also schon die Reihe an seinem Kleinen! Aber es gefiel ihm, daß der Kleine die Rose gestohlen hatte. Er hatte sie wohl gesehen.
Zu Hause blieb er einen Augenblick vor dem Bücherschrank im Wohnzimmer stehen. Er nahm den Werther heraus und steckte ihn in die Tasche, zog ihn aber gleich darauf wieder heraus, blätterte ein wenig darin herum, begann ein Lied zu pfeifen und stellte das Büchlein an seinen Ort zurück.
Mittlerweile lief Paul auf der warmen Landstraße heimwärts und war bemüht, sich das Bild der schönen Thusnelde immer wieder vorzustellen. Erst als er heiß und erschlafft die Parkhecke erreicht hatte, öffnete er die Augen und besann sich, was er nun treiben solle. Da zog ihn die plötzlich aufblitzende Erinnerung unwiderstehlich zur Trauerweide hin. Er suchte den Baum mit heftig wallendem Verlangen auf, schlüpfte durch die tiefhängenden Zweige und setzte sich auf dieselbe Stelle der Bank, wo er gestern neben Thusnelde gesessen war und wo sie ihre Hand auf seine gelegt hatte. Er schloß die Augen, ließ die Hand auf dem Holze liegen und fühlte noch einmal den ganzen Sturm, der gestern ihn gepackt und berauscht und gepeinigt hatte. Flammen wogten um ihn, und Meere rauschten, und heiße Ströme zitterten sausend auf purpurnen Flügeln vorüber.
Paul saß noch nicht lange auf seinem Platz, so klangen Schritte, und jemand trat herzu. Er blickte verwirrt auf, aus hundert Träumen gerissen und sah den Herrn Homburger vor sich stehen.
»Ah, Sie sind da, Paul? Schon lange?«
»Nein, ich war ja mit an der Bahn. Ich kam zu Fuß zurück.«
»Und nun sitzen Sie hier und sind melancholisch.«
»Ich bin nicht melancholisch.«
»Also nicht. Ich habe Sie zwar schon munterer gesehen.«
Paul antwortete nicht.
»Sie haben sich ja sehr um die Damen bemüht.«
»Finden Sie?«

»Besonders um die eine. Ich hätte eher gedacht, Sie würden dem jüngeren Fräulein den Vorzug geben.«

»Dem Backfisch? Hm.«

»Ganz richtig, dem Backfisch.«

Da sah Paul, daß der Kandidat ein fatales Grinsen aufgesetzt hatte, und ohne noch ein Wort zu sagen, kehrte er sich um und lief davon, mitten über die Wiese.

Mittags bei Tisch ging es sehr ruhig zu.

»Wir scheinen ja alle ein wenig müde zu sein«, lächelte Herr Abderegg. »Auch du, Paul. Und Sie Herr Homburger? Aber es war eine angenehme Abwechslung, nicht?«

»Gewiß, Herr Abderegg.«

»Sie haben sich mit dem Fräulein gut unterhalten? Sie soll ja riesig belesen sein.«

»Darüber müßte Paul unterrichtet sein. Ich hatte leider nur für Augenblicke das Vergnügen.«

»Was sagst du dazu, Paul?«

»Ich? Von wem sprecht ihr denn?«

»Von Fräulein Thusnelde, wenn du nichts dagegen hast. Du scheinst einigermaßen zerstreut zu sein –«

»Ach, was wird der Junge sich viel um die Damen gekümmert haben«, fiel die Tante ein.

Es wurde schon wieder heiß. Der Vorplatz strahlte Hitze aus, und auf der Straße waren die letzten Regenpfützen vertrocknet. Auf ihrer sonnigen Wiese stand die alte Blutbuche, von warmem Licht umflossen, und auf einem ihrer starken Äste saß der junge Paul Abderegg, an den Stamm gelehnt und ganz von rötlich dunkeln Laubschatten umfangen. Das war ein alter Lieblingsplatz des Knaben, er war dort vor jeder Überraschung sicher. Dort auf dem Buchenast hatte er heimlicherweise im Herbst vor drei Jahren die »Räuber« gelesen, dort hatte er seine erste halbe Zigarre geraucht, und dort hatte er damals das Spottgedicht auf seinen früheren Hauslehrer gemacht, bei dessen Entdeckung sich die Tante so furchtbar aufgeregt hatte. Er dachte an diese und andere Streiche mit einem überlegenen, nachsichtigen Gefühl, als wäre das alles vor Urzeiten gewesen. Kindereien, Kindereien!

Mit einem Seufzer richtete er sich auf, kehrte sich behutsam im

Sitze um, zog sein Taschenmesser heraus und begann am Stamm zu ritzen. Es sollte ein Herz daraus werden, das den Buchstaben T umschloß, und er nahm sich vor, es schön und sauber auszuschneiden, wenn er auch mehrere Tage dazu brauchen sollte. Noch am selben Abend ging er zum Gärtner hinüber, um sein Messer schleifen zu lassen. Er trat selber das Rad dazu. Auf dem Rückweg setzte er sich eine Weile in das alte Boot, plätscherte mit der Hand im Wasser und suchte sich auf die Melodie des Liedes zu besinnen, das er gestern von hier aus hatte singen hören. Der Himmel war halb verwölkt, und es sah aus, als werde in der Nacht schon wieder ein Gewitter kommen. *(1905)*

# Aus den Erinnerungen eines alten Junggesellen

Das nachstehende Kapitel entstammt dem Nachlaß eines im Alter von neunzig Jahren gestorbenen Mannes, eines Sonderlings und Einspänners vielleicht, der aber bis in seine letzten Jahre im Herzen jung geblieben und mir ein verehrter, lieber Freund gewesen ist. Seine umfangreichen Aufzeichnungen sind so rein persönlich und so gar nicht aktuell, daß ich heute diesen typischen Abschnitt dem Druck übergebe. Vielleicht finden Freunde einer stillen, dankbaren und heiteren Lebensbetrachtung sympathische Züge darin, wie denn mir selbst der Umgang mit dem Verfasser nicht nur lieb und wertvoll, sondern in mancher Hinsicht fürs Leben bestimmend gewesen ist. H.H.

## *Meine Mutter*

Neben dem ganz eingesunkenen Hügel, dessen eisernes Kreuz meines Großvaters Namen trägt, liegt das schmale, mit Efeu überwachsene Grab, in das meine Mutter am 11. April des Jahres 1836 gelegt wurde. Sie soll lächelnd und lieblich im Sarg gelegen und ihre letzten Leidenstage soll sie wie einen Triumph der erlösten Seele begangen haben. Ich aber war damals in der Fremde, weit von Hause, und saß am Tag ihrer Beerdigung mit lustigen Kameraden im Wirtshaus; denn ich wußte noch nichts von ihrem Tode, dessen Kunde erst einen Tag später zu mir gelangte und bitteres Weh über mein unerfahrenes junges Gemüt brachte. Damals fühlte ich dunkel, daß mit ihr das beste Stück Heimat und Kindheit mir entrissen und in den tiefen Märchenbrunnen der Erinnerung und Sehnsucht gefallen sei. Ich fühle heute dasselbe, nur daß der Mutter seither noch viele Lieben und meine ganze Jugend nachfolgten, welches alles jetzt in goldenem Glanze fernab und unerreichbar liegt und mir beim Hinüberschauen das Herz mit wunderlich zartem Schmerz berückt.

O meine liebe Mutter! Ich habe von ihr ein kleines goldenes Medaillon mit meinem eigenen Haar darin, dem weichen lichtblonden eines Vierjährigen, dann noch zwei Bücher und ein paar Bilder, sonst nichts mehr als das Gefühl unverminderter Dankbarkeit und die Erinnerung an ihr überaus gütiges und edles Wesen. So will ich denn mir selbst zu einem Abendtrost das Wenige aufschreiben, das ich von ihr und zu ihren Ehren zu sagen weiß.

Als sich meine Mutter Charlotte, vermutlich ihrem Vater zuliebe, im Jahre 1800 zum erstenmal in ihrem Leben malen ließ, ist sie keinem Genie von Maler in die Hände gefallen, und das ist schade. Doch hat auch jener Handwerker oder Dilettant, der das blaßfarbene Aquarell damals anfertigte, die edle Form von Kopf, Hals und Schultern nicht ganz entstellen können. Ja, obwohl er die Fläche des Gesichts nicht zu modellieren verstand, blieb doch von der ungewöhnlichen Anmut und Lebendigkeit desselben ein Schimmer in seiner Arbeit zurück. Mit mehr Sorgfalt und Glück ist die Frisur à la Charlotte Corday, die rosaseidene Taille mit apfelgrünen Schulterschleifen und die schmale krause Rüsche, die den zarten Hals umschließt, zur Darstellung gekommen.

Das Urbild dieser schwächlichen Malerei war damals nicht nur der Stolz des Vaters, sondern auch Augenweide und umworbener Liebling der jungen Männerwelt, ebenso durch Schönheit und Witz wie durch ihren herrlichen Gesang stadtbekannt. Zu jener Zeit drängten sich im Hause des wohlhabenden Vaters bei zahlreichen Mittags- und Abendgesellschaften, musikalischen und literarischen Kränzchen die jungen Herren in farbigen Leibröcken, seidenen Westen und Wadenstrümpfen, mit Flötenetuis und Violinkästen, mit den neuesten Almanachen und Romanen um die schöne Tochter. Neben allen den inzwischen verschollenen Modepiècen wurden die süßen Sonaten Mozarts gespielt und wurde der Wilhelm Meister, der Titan, der Sternbald und der Alamontade gelesen. Man trieb, was eben Mode wurde, Kunstgeschichte nicht weniger als Physik, Theaterspielen so gut wie Schleiermachersche Religion. Bei allem Tändeln hatte die gut bürgerliche Geselligkeit jener Zeit eine seither völlig verschwundene wirkliche Eleganz, die im Vergleich mit heutigen Sitten oder Unsitten etwas fast Aristokratisches an sich hatte. Heute ist es guter Ton, daß reiche Leute sich Häuser in einer Art von Bauernstil bauen lassen, bald mehr englisch, bald mehr norwegisch; damals aber baute man noch Herrenhäuser, mit großem Entree und Lambris. Man legte Wert auf Geschmack in Kleidung, Sprache, Geste und Haltung – eine Sorgfalt, deren die heutige Welt zu ihrem Nachteil entraten zu können glaubt.

Meines Großvaters Haus war zwar nicht neu, aber mit seiner Louis-XV-Fassade und seinen festlich hohen Räumen herrschaftlich genug. Im Innern gab es Zimmer mit schweren polierten und eingelegten Möbeln, Büfetts mit imponierender Silbergalerie, Stuben mit schmalen hohen Spiegeln und schlanken, schweifbeinigen Spieltischen, oval gerahmten Porträts und muschelförmigen Genrestücken, Schlafgemächer mit hohen gewaltigen Bettladen aus Eichenholz, darüber an bronzierten Rahmen blaue Betthimmel hingen, Korridore mit schön geschmiedeten Wandleuchtern, mit Stukkatur am Plafond und Büsten auf den Konsolen. Dort bewegten sich neben perückentragenden und würdevollen Alten junge Herren mit natürlichem Haar, ausschweifend frisierte Damen, sauber livrierte Diener und haubentragende Mägde, über allen der Großvater selbst, den ich wohl bis in mein sechzehntes Jahr gekannt habe und der mir doch nun so alt und sagenhaft erscheint, als hätte ich nur von ihm gelesen oder sein Porträt einmal in einer Galerie des achtzehnten Jahrhunderts gesehen. Er trug einen kurzen gepuderten Zopf, dunkelblaue oder rostbraune Röcke, dunkle oder auch gelblichweiße Beinkleider, schwarze Wadenstrümpfe und zierliche Schuhe mit großen silbernen Schnallen.

Dem Umstand, daß meine Mutter anno 1803 eine freilich bald wieder aufgelöste Verlobung einging, verdanke ich das Vorhandensein eines zweiten, besseren Bildnisses, welches für den Bräutigam angefertigt wurde und zwar kein Meisterwerk, doch auch kein schlechtes Porträt ist. Der Maler war ein französischer Monsieur Barbéza, der sich als Bildnismaler und Zeichenlehrer im Lande herum ernährte. Das stark nachgedunkelte Ölbild zeigt meine Mutter in halber Figur, in einen leichten weißen Stoff gekleidet und hoch gegürtet, in der sorgfältig gemalten Hand ein paar Nelken lose haltend. Das Gesicht der damals Vierundzwanzigjährigen ist klein, vornehm und schön; namentlich blicken die etwas großen rehbraunen Augen mit den dunkelblonden, nicht hohen Brauen noch heute seelenvoll und jugendfrisch aus dem etwas trüb gewordenen Bilde heraus. Das

Kinn ist jugendlich weich und hat noch nicht den energisch schönen Umriß, wie ich ihn an ihr kannte.
Weshalb jene Verlobung zurückgehen mußte, konnte ich nie erfahren. Der Bräutigam, ein Herr Lukas Silber, war wenig älter als die Braut und aus reichem Hause. Vielleicht zeigte sich schon damals das Vermögen meines Großvaters nicht mehr fest begründet – wenn dieses der Grund zur Trennung war, so ist sie gewiß für beide kein Unglück gewesen. Lukas Silber kam einige Jahre später elend genug ums Leben, indem ihn bei Gelegenheit einer großen Einquartierung ein napoleonischer Dragoner überritt.
Mehr weiß ich von dem Leben im großväterlichen Hause nicht. Im Jahre 1808 brach der Wohlstand des Großvaters plötzlich und unheilbar zusammen. Die schönen Möbel wurden verkauft, das Haus bald darauf auch, und so hatten sowohl musikalische als literarische Abendgesellschaften ein Ende. Großvater nahm seine blauen und braunen Kostüme, seine Puderquaste und seinen silberbeschlagenen Spazierstock mit und blieb nicht nur der Tracht, sondern auch dem würdigen Anstand seiner bessern Jahre bis ans Ende treu. Er bezog ein paar kleine Zimmer bei Freunden und bezwang bis zu seinem Tode durch die Unwandelbarkeit seines zierlich vornehmen Auftretens die öffentliche Meinung, welche sonst verarmten Leuten die Achtung entzieht. Er wurde noch fast zwei Jahrzehnte lang auf der Straße ganz mit dem ehemaligen Respekt gegrüßt und bot dem Bürgermeister seine Dose mit derselben scherzhaften Höflichkeit an wie vormals, da er ihn noch allmonatlich einmal zum Souper bei sich gesehen hatte. In die häuslichen Entbehrungen aber, in den Mangel an Gesellschaft im eigenen Hause, an Bedienung und Equipage, an Raum und Komfort fügte er sich schlicht und ohne viel Murren. Und als er im Sommer 1827 in hohem Alter starb, zeigte sich die Achtung und Anhänglichkeit der Bürgerschaft in dem stattlichen Leichengefolge und in der Menge von schönen Kränzen, die den Sarg bedeckten. Ja, ein alter Freund hatte dem der Familie zugehörigen Ruheplatz auf dem Friedhof einen Raum für zwei Gräber zugekauft und umgittern lassen.
Dort ruht er nun, und neben ihm meine Mutter, und schon an jenem Tage, da ich als Knabe seiner Beerdigung beiwohnte, tat es mir leid, daß nicht auch ich später einmal daneben würde liegen

dürfen. Daß ich selber einmal so alt, ja älter als der verehrte Großvater werden sollte, dachte ich damals nicht.
Anno 1810 heiratete Charlotte einen hübschen, tüchtigen Schweizer, der sich seit kurzem als Kunstdrechsler und Elfenbeinschnitzer in der Stadt niedergelassen hatte. Ich war ihr erstes Kind und bin heute wie damals das einzige, da ich alle meine Geschwister überlebte. Trotz der ungünstigsten Zeitläufe brachte sich mein Vater durch seine Kunstfertigkeit und Erfindungsgabe nicht nur durch, sondern legte, als nur erst die schwierigsten Jahre überstanden waren, den Grund zu einem mehr als auskömmlichen Wohlstand. Er war ein feiner und kluger Mann, und meine Mutter nahm von den Traditionen ihrer glänzenden Jugendzeit so viel ins neue Leben mit, als eben tunlich und erfreulich schien, und so ward mir das Glück einer überaus heiteren Kindheit zuteil. Durch den Großvater und dessen Erzählungen mit der Heimatstadt verwachsen und mit dem festigenden Gefühl bürgerlicher Zugehörigkeit versehen, war ich doch nicht durch den Besitz unzähliger Verwandter beängstigt, der gutbürgerliche Häuser oft mit einem kleinlichen Familiengeist erfüllt und den Kindern die Freiheit der Entfaltung und des Anschlusses an die Mitwelt verkümmert. Die Mutter hatte keine Geschwister, der Vater alle Verwandten in weiter Ferne, und ich darf sagen, daß der Mangel an Tanten, Onkeln, Cousinen und Cousins unserm Hause und mir zu keinem Nachteil geriet.
Von meinem vierten oder fünften Lebensjahr an kann ich mir das Bild meiner Mutter aus eigener Erinnerung vorstellen, und dieses Bild hat mit jenen zierlichen Mädchenporträts wenig mehr gemein. Weit näher kommt ihm die schöne Kreidezeichnung, die mein Vater anno siebzehn gemacht hat. In kräftigen Linien tritt der Umriß des feinen Kopfes heraus, im Profil, von einer Fülle wolligen Haares überwallt, mit leichtem Lächeln nach vorn gesenkt, wie ich sie unzähligemal gesehen habe, wenn sie erzählend und scherzend über einer Näharbeit saß. Das Bildchen, zu dem mein Vater einen hübschen schmalen Rahmen geschnitzt hat, hängt in meinem Zimmer und ist von mir, ehe ich diese Zeilen schrieb, lang und aufmerksam betrachtet worden. Darüber geschah es, daß ich die Feder weglegte und im Anschauen des mütterlichen Bildnisses verloren, Zeit und Arbeit vergaß. Meine

Seele flog ins Reich der Heimat und Kinderzeit zurück und badete die bestaubten Flügel in der Flut von Frieden, dessen Glanz auch auf den geliebten Zügen des teuren Bildes liegt. Und nun, da ich erwache, liegt das rote Licht der Abendsonne im Zimmer, auf Wand, Diele und Tisch und auf meinen welken Händen. Wie lang ist das alles her – so lang, daß es mir wie eine ferne beglänzte Höhe erscheint, an welcher ich nichts Einzelnes unterscheiden kann und die mich doch mit dem Zauber einer mächtigen Sehnsucht anzieht, der ich keine Worte weiß ...

Unvergeßlich sind mir die Stunden, in denen ich zuerst den Gesang meiner Mutter hörte. Es wurden zuweilen des Abends einige Freunde ins Haus gebeten, denen ein Glas Wein vorgesetzt ward und mit denen die Eltern plauderten, Bilder besahen und musizierten. Mit den Kränzchen von ehemals hatte das nichts mehr zu tun, auch nahm keine einzige Exzellenz oder sonstige Standesperson daran teil, vielmehr waren es schlicht häusliche Freundschaftsabende und das Gläschen Wein die einzige Bewirtung. Nur ein ältlicher Buchdrucker, den mein Vater sehr hoch schätzte, verlangte jedesmal einen Bissen Brot oder Zwieback dazu, da er »den Wein nicht so trocken hinuntertrinken könne«. Ich kleiner Bursche wurde zu Bett gebracht, ehe die Gäste kamen. Dann ertönte nach einer Weile das kleine Klavier des Vaters, das mich trotz seines mageren Tones mächtig anzog. Und dann plötzlich erhob sich über die verschlungenen Töne des Instruments die Stimme meiner Mutter, klar, mächtig, weich und voll wie ein warmer Strom von Liebe und Schönheit. Ich stiller Lauscher lag in mein Bettlein gekauert, ohne Regung vor atemlosem Entzücken, das mich bei jedem neuen Einsatz wie ein Schauder überrann. Einmal duldete es mich vor Wonne nicht länger in den Kissen; ich stand auf, schlich leise durch die Schlafkammer und schmiegte mich im Hemd an die Stubentür, um keinen Ton zu verlieren. Zufällig ward ich entdeckt, von jenem Buchdrucker zu meiner Beschämung in die Stube gezerrt und von den Eltern ausgescholten. Mama war ungehalten, mich, der sonst ihr Stolz war, so als unartigen Störenfried im Hemd vor ihren Gästen stehen zu sehen und verbot mir solche Extravaganzen mit Nachdruck. Der Vater sagte nicht viel dazu, war aber vernünftig und gestattete mir in der Folge, diesen Singabenden wohlangekleidet als stummer Teilhaber beizuwohnen. Gewiß hat meine Mutter nie einen begeisterteren Zuhörer gehabt. Ihre Stimme, ein mäßig hoher Sopran, schwebt mir noch jetzt als etwas beglückend Schönes vor – nicht nur weil sie meine geliebte Mutter und weil diese Stimme mir Lehrer, Tröster und Prediger war, sondern ebenso ihrer prächtigen Reinheit und Wärme wegen, die in früher Kindheit mein Ohr verwöhnte und erzog. Meine Mutter sang noch in ihrem fünfzigsten Jahr große und schwierige Stücke fast ohne Ermüdung und traf auch schwierige Intervalle stets mit einer selbstverständlichen Sicherheit und Reinheit, an der die gute Schule das wenigste war.

Während der Vater mir manche realen Kenntnisse beibrachte und namentlich das Verständnis für bildende Kunst in mir erzog – er war selbst ein vortrefflicher Zeichner und Modelleur –, blieb die Pflege meiner kleinen bildsamen Seele fast ganz der Mutter überlassen. Die Gaben der Phantasie, der treuen Erinnerung, des musikalischen Gefühls, der Freude an Dichtwerken verdanke ich ihr und ihr auch das Wenige, was von religiöser Saat in meinem Gemüt Boden fand. Bei großer Weitherzigkeit und Duldung war sie von einem starken, unwandelbaren Gottesglauben erfüllt, der ihrem Wesen eine besondere, vielleicht nicht angeborene Milde gab und nicht nur ihr Leben, sondern mehr und mehr auch ihr Gesicht verklärte und heiligte. In ihren letzten Jahren, als ihr Haar zu ergrauen begann und die Furchen im Gesicht sich vertieften, nahm der gütige Zug um den Mund und der unwiderstehlich liebevolle Blick der braunen großen Augen noch immer zu, als besäße ihre gläubige Seele das Geheimnis der ewigen Jugend. In der monatelangen Krankheit, die ihrem Ende voranging und ihr schwere, ununterbrochene Qualen auferlegte, redete sie nie von sich selbst, klagte selten und nur vor den allernächsten Freunden, fragte regelmäßig nach allen entfernten Lieben und sorgte sich um sie; dabei war sie von einer so lebendigen Zuversicht erfüllt, daß selbst der Arzt und die gemietete Wärterin sie mit einer Art von Ehrfurcht bewunderten. Es war ihr ein Kummer, daß ich ihrem Glauben ferne stand, und heute noch würde sie meine Beichte mit schmerzlichem Lächeln aufnehmen und mich einen Heiden nennen, obwohl ich ihr das wesentlichste Stück meines Glaubens verdanke.

Der Tod meiner Mutter nämlich und meine späteren Erfahrungen haben mir den Glauben an die persönliche Fortdauer geschenkt. Als ich die Todesbotschaft erhielt, drohte mein ganzes Wesen aus dem Gleichgewicht zu kommen. Ich konnte mich in den Verlust durchaus nicht finden und lief verstört und elend umher. Aber da kam, nachdem der erste Jammer sich ausgeweint hatte, ein so durchdringendes Gefühl von der Existenz und Nähe der Verstorbenen über mich, daß ich wunderbar getröstet, mein gewohntes Leben wieder aufnehmen konnte. Und seither lebt sie mir, unsichtbar wohl, aber geliebt und liebend, und hat in mancher schweren Stunde ihre Hände über mich gehalten. Ich besitze mehr an ihr als an allen meinen lebenden Freunden, und sie allein hat noch Macht über mein altgewordenes und eigensinniges Herz, daß es zuweilen sich selbst überwindet und Gutes statt Bösem tut.
Dies alles sind keine Theorien und keine Schwärmereien; Verzückung und Aberglaube haben nichts damit zu tun, so wenig als die fröhliche Frömmigkeit meiner Mutter Schwärmerei gewesen ist. Sie war vielmehr das Realste, was es geben kann, nämlich die beglückende Macht eines starken, liebevollen Gemütes, das die Fäden seines Lebens und Mitgefühls über Tag und Nähe hinaus dem Ewigen verbunden wissen will.
Das ist in wenig Strichen ihr Bildnis, wie es mir vor Augen steht. Sie war nicht die leidenschaftlichste, aber die mächtigste und edelste Liebe meines langen Lebens, trotz Freundschaft und Frauendienst, und ihr gebührt das erste Blatt meiner Erinnerungen. Wenn ich aus so vielen Verirrungen und Leidenschaften immer wieder den Weg zu meinem gesunden Selbst zurückfand, so danke ich es ihr. Und wenn ich trotz aller Eigenliebe und Sonderlichkeit ein leidlich gesitteter Mensch geblieben und noch der Liebe zu meinen Mitmenschen fähig bin, ist es auch ihr Verdienst.
Außer jenen schon beschriebenen besitze ich noch ein viertes Bild von der Seligen. Das hängt nicht an der Wand, sondern ruht wohlverwahrt in einer eigenen kleinen Mappe und wird von mir nur selten und in feierlichen Stunden hervorgenommen. Etwa wenn ich stärker als sonst die Leiden des Greisenalters spüre und die stille Erscheinung des Schnitters Tod an mir vorübergeht. Es ist eine kleine Zeichnung von der Hand meines Vaters. Auf ei-

nigen nur leicht angedeuteten Kissen liegt die Mutter mit geschlossenen Augen tot, und über den schönen schmalen Zügen ruht Gottes Friede rein und wunderbar. Ich habe dies heilige Bild in Ehren gehalten und nicht durch die Gewohnheit häufiger Betrachtung entweiht. Es ruht still in seiner Mappe und Lade als ein sicherer Schatz, und ich habe es nie jemandem gezeigt. Wenn ich es je und je einmal ansehe, so ist es in feiertäglicher Stimmung. Dann aber ist mir, sie ruhe wirklich vor meinen Augen und warte mit stiller Gewißheit auf mich, der ich noch für Augenblicke diesseits weile …

Nun will ich noch ohne Zusammenhang einige Erinnerungen festzuhalten versuchen, die mir meine liebe Mutter in besonders klarem Lichte zeigen, kleine und wenig wichtige Erlebnisse und Szenen, die mir aber teuerer sind als das Gedächtnis mancher größeren, später und ohne sie erlebten Dinge.

### *Ein Gespräch*

Ich war zwanzig Jahre alt, hatte ein wenig Schelling gelesen, freilich noch mehr Romane und Schauspiele, und stritt gelegentlich mit der Mutter über Gegenstände ihres Glaubens. So auch an einem wundervollen Sommerabend im Garten. Der Vater saß lesend auf seiner Bank, indes ich mit allem Stolz eines jungen Philosophen gegen die Mutter meinen Unglauben ins Feld führte. Sie hörte meine Prahlereien geduldig an, bis ich schließlich sagte: »Und wenn es auch diese Art von Unsterblichkeit gäbe, was soll sie mir? Ich verzichte darauf!« Es war mein stärkster Satz, und ich war doch etwas bange, wie ihn die liebe Frau aufnehmen würde …

Aber siehe da, sie lachte. »Mein bester junger Herr«, sagte sie mit Zuversicht, »du bist wie einer, der während des Frühstücks aufs Mittagessen verzichten kann. Wenn er aber ein paar Stunden gehungert hat, kommt er still gegangen und ist froh, wenn er noch etwas kalte Küche vorfindet. Und wenn du auch dabei beharren und mit Gewalt verzichten wolltest, es hülfe dir nichts. In diesem deinem Leibe steckt nun einmal etwas, das weiterleben muß – du magst wollen oder nicht!«

Meine Mutter erzählte: Ich hatte heute nacht einen Traum. Unser Heiland ging mit mir eine lange stille Landstraße entlang, die langsam immer aufwärts führte und schließlich höher als alle Berge hinlief.

»Du willst doch mit mir in den Himmel kommen?« sagte er freundlich.

»O ja«, sagte ich und war froh; denn vor uns stand ein schöner großer Garten mit einem Heckenzaun und einem Gatter dran, und ich wußte, daß das der Himmel war.

»Aber kannst du auch schön singen?« fragte der Heiland. »Ohne das kannst du nicht hereinkommen!«

Da mußte ich ihm ein Lied vorsingen. Und ich sang also auch, aber keinen Choral, sondern eines von den Mozartschen. Er war zufrieden.

»Du singst ganz gut«, sagte er. »Warte jetzt nur ein klein wenig, ich muß vorher noch hineingehen und nach etwas sehen; aber ich komme bald und hole dich ab.«

Er ging durchs Gatter und war fort. Und ich saß nun da mutterseelenallein auf einem Prellstein und wartete. Es ging lang, und als mehr denn eine halbe Stunde verging, wurde ich recht ungeduldig.

Da höre ich jemand auf der Straße laufen. Ich wende mich um, da kommt der Herr Lukas Silber dahergelaufen und bleibt vor mir stehen. Er hatte ganz staubige Stiefel, und ich wunderte mich, daß er da war; denn er war ja doch von dem Dragoner zu Tod geritten worden.

»Hast du mich lieb, Charlotte?« fragte er und gab mir die Hand.

Ich war ganz erschrocken und sagte: »Nein, Lukas, das ist vorbei! Warum bist du mir auch damals untreu geworden? Ich kann dich nie mehr lieb haben!« – Da ging er langsam weg.

Gleich darauf hörte ich in dem Garten, der der Himmel war, Schritte herkommen und dachte: »Nun kommt endlich der Heiland und holt mich ab.« Indem aber ruft mir, Gott weiß woher, mein Vater, als ob er noch am Leben und ganz in der Nähe wäre: »Lottchen, komm doch schnell herüber; die Westenknöpfe wollen wieder nicht!«

»Ich kann nicht, Papa«, rief ich hastig; »gerade jetzt kommt der Heiland und holt mich ab!«
Da kam er denn auch wirklich wieder aus dem Garten hervor und ging auf mich zu. Nur schien er mir ein bißchen weniger froh als vorher zu sein.
»Komm jetzt nur!« sagte er und klopfte mir auf die Schulter. Aber gerade vor dem Gatter hält er noch einmal an und sagt: »Kannst du denn auch schön singen?«
»Ja«, sagte ich, »du hast mich ja vorhin gehört!«
»Ja, wahrhaftig«, antwortete er. »Nun, du könntest immerhin noch einmal singen; das schadet nichts.«
Ich besann mich nun, was ich singen sollte, und besann mich immer mehr; aber es fiel mir kein einziges Lied ein.
»Es will mir nichts einfallen«, sagte ich da.
»Nun«, meint der Heiland, »vielleicht kannst du das Lied: ›Blühe, liebes Veilchen‹ singen?«
Das kannte ich nun freilich und war froh. Aber wie ich nun frischweg singen will, ist es, als hätte ich einen Brocken im Hals, und ich bringe keinen Ton heraus.
»Wie ist denn das?« sagte nun der Heiland. »Ich dachte doch, du könntest singen?«
Ich wußte keine Antwort und konnte bloß weinen.
»Was ist denn passiert, solang ich fortgegangen war?« fragte er wieder und sah mich merkwürdig an.
»Nichts«, sagte ich. »Nur der Lukas war einen Augenblick da!«
Und nun mußte ich alles genau erzählen, auch daß mein Vater mich gerufen habe.
Da wurde der Heiland ganz traurig und sprach: »Nun kann ich dich nicht in den Himmel nehmen, du. Wenn ich dir auch den Lukas verzeihe, so hast du doch deinen Vater nach dir rufen hören und bist nicht gegangen, ihm zu helfen. Wir müssen warten, bis du liebreicher wirst und auch wieder singen kannst!«

## *Auf dem Siebenberg*

Das ist, wenn ich nicht irre, anno einunddreißig gewesen. Ich junger Tunichtgut trug stolz den ersten Schnauzbart und war so lange den hübschen Mädchen nachgelaufen, bis ich hängen blieb und in ein zierliches Dämchen von achtzehn Jahren zum Sterben verliebt war. Sie hieß Käthchen Stoll, war brünett und schwarzhaarig und hatte große, lebhafte Feueraugen. Meine Anbetung kam ihr gelegen; sie duldete mich um sich, ließ gelegentlich merken, daß es später nur einmal auf mich ankäme, um Ernst zu machen, und behandelte mich wie ein Hündlein, das man zum Spaß aufwarten läßt und wieder fortschickt. Diese Sache dauerte schon einige Wochen und fing an, mich unleidlich zu quälen. Ich dichtete viel und schlief wenig; ich war blaß, scheu und empfindlich wie ein bleichsüchtiger Backfisch und ließ sogar meine sonst täglich gebrauchte Angelrute liegen und verstauben.

Eines Tages nun forderte meine Mutter mich auf, mit ihr spazieren zu gehen. Gut, ich ging mit. Zu meiner Verwunderung war sie, sonst durchaus keine eifrige Fußgängerin, heute unermüdlich und marschierte viel weiter, als ihre Gewohnheit war. Wir kamen bis zum Fuß des Siebenberges, eines nahe der Stadt gelegenen Hügels, den man etwa an schönen Sonntagen aufsuchte. Mir schien es nun genug und ich wartete von Augenblick zu Augenblick auf die Umkehr: denn ich war scheußlicher Laune und zu keinerlei Gespräch aufgelegt.

»Ich glaube gar, du willst vollends auf den Siebenberg«, sagte ich schließlich mürrisch.

»Nun«, lachte meine Mutter fröhlich, »warum denn nicht? Es ist heut ein prächtiger Tag!«

In Wirklichkeit war das Wetter windig und zweifelhaft. Wir stiegen langsam und schweigend und brauchten fast eine Stunde, bis wir oben waren. Mama war denn auch ordentlich müde und mußte sich setzen.

»Warum mußten wir eigentlich gerade heute den weiten Weg machen?« fragte ich ruppig.

»Das will ich dir jetzt eben sagen, mein Sohn«, erklärte sie im behaglichsten Ton, als hätte sie mein gereiztes Wesen gar nicht bemerkt.

»Da drunten«, fuhr sie fort und deutete gegen die Stadt hin, »kann man nicht so recht miteinander reden, wie man wohl möchte, und ich habe Lust, heute einmal ordentlich in Ruhe mit dir zu sprechen.«

»Das klingt ja feierlich«, versuchte ich beklommen zu spotten.

»Feierlich? Ich wüßte nicht«, meinte sie unbeirrt. »Ich dachte nur, du hättest mir vielleicht etwas mitzuteilen, was du drunten vor Papa und den andern nicht sagen mochtest. Nicht?«

»Kein Gedanke!« lachte ich und wich ihrem Blick beharrlich aus.

»Na, sei vernünftig!« schmeichelte Mama. »Sieh mal, mein Sohn, hier ist der Siebenberg, und dort drunten ist die Stadt. Und dort ist dir etwas passiert, das am besten hier in freier Luft besprochen wird. Das wollen wir denn besorgen. Nachher, wenn wir wieder drunten sind, weiß keine Seele und wir selber nicht, was hier auf dem Berg besprochen wurde...«

Es entstand eine klägliche Pause.

»Also, was wolltest du mich fragen?« stieß ich endlich heraus.

»O, fragen wollte ich dich gar nichts! Ich weiß schon genug!«

»Wieso? Was denn?«

»Zum Beispiel, daß du heute recht grob bist und es schon seit einiger Zeit warst. Ferner, daß du nicht mehr angelst, sondern selber geangelt worden bist. Sodann, daß du lamentabel aussiehst und keinen Appetit hast. Schließlich und letztens, daß du in Käthchen Stoll verliebt bist und ihr wie ein Pudel nachläufst!«

»Woher weißt du das?«

»Was? Daß du grob warst?«

»Ach laß doch! Ich meine das mit der Stoll!«

»Richtig. Ja, das weiß ich eben!«

»Doch nicht von ihr – von ihr selber?«

Sie lachte.

»Nein, guter Junge; aber nimm an, jemand habe mir gesagt, du seiest in sie verliebt, lassest dich von ihr gängeln und solltest dich dessen schämen. Was sagtest du dazu? Ich möchte die Geschichte nun doch auch in deiner Auffassung hören.«

Da stand ich denn wie ein kleiner Junge, der seinen Napf verschüttet hat. Was tun? Ich bekannte mich freimütig zu meiner Liebe und sagte, ich fände daran nichts zu tadeln und würde zeitlebens dabei bleiben.

»So, das hoffte ich zu hören«, sagte die merkwürdige Frau zu meinem Erstaunen. »Jetzt mußt du aber auch bei deiner Noblesse bleiben und mir versprechen, daß du mit einem ernsthaften Antrag so lange wartest, bis du auf eigenen Füßen stehst.

Das ist nicht mehr, als ich von jedem ehrenhaften Liebhaber erwarte.«

»Gut«, sagte ich, »ich verspreche es. Aber unter der Bedingung, daß ich mit Käthchen wie bisher in Ehren verkehren darf und daß du mit niemand darüber redest...«

»Den Papa ausgenommen«, fiel sie ein.

»Den Papa ausgenommen, meinetwegen.«

Ich gab ihr die Hand und kam mir wie ein rechter Mann vor. Wir stiegen den Berg hinab und kamen ganz vergnügt daheim an, wo der Vater uns längst vermißt hatte.

Ich wunderte mich nun, daß die Mutter wirklich nie mehr auf diese Sache zu sprechen kam. Sie aber als eine kluge und scharfäugige Frau wußte von Anfang an, daß auf die Dauer Käthchen und ich gar nicht zusammen paßten und daß ich nur in Leichtsinn und knabenhafter Übereilung mich von den hübschen Augen des Mädchens hatte fangen lassen. Sie ließ ruhig meine eigene gesunde Natur walten und hatte nur den Druck des Geheimnisses, der die Leidenschaft verdoppelte, von mir nehmen und mich namentlich vor einer unüberlegten Verlobung bewahren wollen. Es verging kaum ein Vierteljahr, da war ich jener flüchtigen Verblendung ledig und hatte mich von Käthchen Stoll in allem Frieden getrennt.

Nun aber erlaubte ich mir eine scherzhafte Feier. Ich bestellte vor unser Haus einen hübschen Mietwagen und lud meine Mutter zu einer Spazierfahrt ein, was sie verwundert annahm. Der vorher instruierte Kutscher führte uns auf Umwegen auf den Siebenberg. Die Mutter tadelte anfangs meine Üppigkeit, schloß sich aber meiner ausgelassen fröhlichen Stimmung an und war voll versteckter Neugierde, was dies bedeute. Wir schwatzten darauf los und kamen oben so vergnügt wie zwei entlaufene Schulknaben an.

Droben ward ich plötzlich ernst, schickte den Kutscher beiseite und bat die Mutter, auf der Bank Platz zu nehmen. Sie saß am selben Fleck wie damals.

»Leider«, hob ich an, »muß ich dir eine traurige und für mich beschämende Mitteilung machen. Ich bedaure nun, daß ich unterwegs so lustig schien; es geschah weiß Gott mehr aus Verzweiflung...«

»Was soll nun das wieder sein?« rief Mama bestürzt.

»Die alte dumme Geschichte«, sagte ich traurig, »die wir schon einmal hier besprochen haben. Ich habe leider damals mehr versprochen, als ich werde halten können!«

»Mein, Junge! Und jetzt? Sprich, ich bitte dich!«

»Nun ja, es handelte sich doch um Käthchen Stoll, und ich sollte um sie anhalten, aber erst, wenn ich ein selbständiger Mann wäre?«

»Ja, ja.«

»Mutter«, fuhr ich düster fort, »diesen Antrag ...«

»Sprich, Kind, um Gottes willen! Weiter!«

»Diesen Antrag werde ich nie an sie richten – es sei denn, daß du absolut darauf bestündest ...«

In diesem Augenblick gab mir meine gute Mutter eine Ohrfeige und gleich darauf einen Kuß. Vergnügter als auf der Rückfahrt sind wir beide in unserm Leben nicht gewesen. *(1905)*

# Der Städtebauer

Es war, glaube ich, früher doch schöner als heute – früher, damit meine ich jene Jahre des Wartens und Hungerns, da unser einziger Besitz ein Paket ungedruckter Gedichte, abgewiesener Baupläne oder unleserlicher Artikel war. Jetzt sind wir Freunde von damals, soweit wir noch leben, alle »etwas geworden«, der eine Redakteur, der andere Professor, der dritte Zeichenlehrer und so weiter. Wir haben geheiratet, wir zahlen unsere Steuer und Miete und essen jeden lieben Tag satt und gut, wir genießen sogar das, was wir früher »Anerkennung« nannten und was so anders, so viel saurer und fader schmeckt als wirs uns damals träumten. Ja, wir sind zum Teil geradezu berühmte Herren geworden.

Damals! Damals waren wir noch Lumpen, aufgegebene und von inneren Missionaren aufgesuchte Verlorene, Stammgäste billiger Volksküchen und kleiner, namenloser Weinkneipen, Hungerleider und Schuldenmacher. Da gab es noch den »Klub der Entgleisten«, der obdachlos und von Gläubigern verfolgt von einem Wirtshäuslein ins andere flüchtete, um überall nach rasch erschöpftem Kredit wieder zu verschwinden. Wir waren Lumpen und Zigeuner, aber wir waren keine »*bohémiens*«, wir lagen nicht mit langen Locken und verlogenen Gesichtern in den Kaffeehäusern herum und spielten nicht im Interesse kleiner Anpumpereien die verkannten Genies. Denn so wüst wir zuzeiten auch taten, es war uns doch das Elendsein noch nicht zur Pose geworden, und jeder von uns saß in guten Stunden an seiner heimlichen Arbeit und verlor im stillen nie ganz die Zuversicht, er werde sich doch noch herausbeißen und die Welt zur Anerkennung zwingen.

Damals saß ich eines Abends in meiner kleinen, finsteren Stube und öffnete einen dicken Brief, in welchem mir eine Münchener Zeitschrift zwei Novellen und einige Gedichte mit freundlichstem Dank für die liebenswürdige Einsendung als leider nicht verwendbar zurückschickte. Es lag mir fern, dem Redakteur darob zu grollen, denn ich war an dergleichen gewöhnt, auch lebte in unserem Kreise die Anschauung, ein Gedicht müsse schon schandbar schlecht sein, um von einer beliebten und honorarzahlenden Zeitschrift aufgenommen zu werden. Mit etwas bitterem Stolz legte ich meine Manuskripte in die Schublade zurück, zu den anderen. Ich hatte an jenem Tage außer einem Teller Kartoffeln keinerlei leibliche Genüsse gehabt, und je länger ich meinen Zustand bedachte, desto notwendiger schien es mir, heute abend noch einen rechtschaffenen Schoppen Wein zu trinken. Im »Helm« stand ich aus üppigeren Zeiten her noch in Ansehen, ich hatte dort nur unbedeutende Zechschulden und beschloß, diese heute um ein kleines zu vermehren. So lief ich in den »Helm« und ahnte nicht, welcher Freude ich damit entgegen ging.

In der engen, altmodischen Elsässer Weinstube fand ich beim Eintreten den von mir bevorzugten Tisch auf seltsame Weise besetzt. Es saß an der Breitseite ein junger, schmaler Mensch und hatte vor sich die ganze Tischfläche mit gewaltigen Papierstükken bedeckt, auf denen er eifrig zeichnete. Die Blätter bestanden aus braunem Packpapier, und kaum hatte ich sie gesehen, so wußte ich woran ich war und klopfte dem Zeichner fröhlich auf die Schulter.

»Städtebauer, was tust du hier?«

Der Städtebauer zog zuerst eine Linie zu Ende, eh er aufblickte. Dann glänzten mich seine guten, großen Kinderaugen freundlich an.

»Ich arbeite da etwas«, sagte er schüchtern.

»Ja, das seh ich. Aber wo kommst du her? Ich dachte, du wärest jetzt ungefähr in Rom.«

»Ach Rom! Nach Rom hat michs nie gezogen, weißt du. Ich bin bis Mailand gekommen, und da waren meine Stiefel kaputt. Ein elendes Nest, das Mailand, weißt du, nichts als Kitsch. Ich kam auch mit dem Italienischen nicht recht zuweg.«

»Und da bist du umgekehrt?«

»Nun ja – das heißt, laß mich erst ausreden! Also Mailand war nichts. Aber da ist ja in der Nähe diese sogenannte Certosa, so zwischen Mailand und Pavia, bloß ein paar Stunden weit, mit einer furchtbar berühmten Fassade, sie soll das Schönste in ganz Oberitalien sein. Das wollte ich doch noch sehen. Ich lief also hin, die staubigste, flachste und langweiligste Landstraße der Welt, verirrte mich auch noch und kam also endlich in das Dorf. Torre heißt es, und die Certosa liegt so zehn Minuten davon. Na,

die Fassade – was soll ich sagen? Romanisch oder so, sagt man. Sie ist auch ganz gut, im Ganzen, aber sonst der reine Raritätenkasten, mit lauter solchen klassischen Figuren und Porträtreliefs und Ornamenten. Alles klein, zierlich, miniatürlich, und dahinter kommt dann eine protzige Kirche und das Kloster. Ich dachte, so ein Kloster in Italien, so ein großes, reiches, da muß schon was dran sein. Aber nichts! Ein Geschachtel und Gewinkel, Kreuzgänge wie Kasernenhöfe, groß und flach und tot und langweilig. Und ich hatte noch einen Franken gezahlt fürs Ansehen.« Er lachte ärgerlich.
»Da bin ich umgekehrt und über den Simplon heim. Es war ein Umweg, aber die Seen und all das malerische Zeug dort in Oberitalien hatte ich über. Im Wallis wars dann schön! Und jetzt bin ich wieder da.«
»Und sonst hast du von Italien nichts gesehen?«
»Nein, eigentlich nicht. Weißt du, die Architektur – das war mir verleidet, das meiste ist ja solche Renaissance. Und zu Fuß kommt man eben nicht recht vorwärts. Eins hätte ich gern gesehen, das Meer! Ich denke mir so eine Felsenküste, gelb und steil, es muß was drin stecken, etwas von Kampf und Versöhnung, Wucht, Stil. Aber es war noch weit, und dort um Genua herum ist doch alles versaut und verbaut mit Hotelnestern, da gab ichs lieber auf.«
»Ja. Und jetzt?«
»Ja so, ich will da Platz machen, daß wir trinken können.«
»Du hast schon wieder Arbeit vor?«
»Natürlich. Jetzt war ich doch zwölf Wochen unterwegs und kam zu nichts.«
»Was machst du denn Neues?«
»Ach, laß nur!«
»Nein, her damit! Wieder eine Stadt?«
»Mach doch keine Scherze, du! Ich kann ja schließlich nicht immer bloß Städte entwerfen.«
»Also was?«
Er lächelte und genierte sich, wie immer. Dann sagte er leise:
»Ein Kloster.«
»Herrgott, Mann! Ein Kloster!«
»Ja, warum nicht?«
»Warum nicht! Man baut doch keine Klöster mehr.«

»Nicht? Aber das wäre doch einerlei. Man könnte es ja als Schule oder so verwenden, als Universität oder Institut, nicht?«

»Kann schon sein.«

»Nicht wahr? – Siehst du, das Schönste wäre ja, eine ganze Stadt oder ein Dorf zu machen, aber dazu kommt man doch nie! Ein einzelnes Haus ist ja nichts! Nun wäre so etwas wie ein Kloster die einzige Möglichkeit. Da könnte man etwas Ganzes, Überlegtes und Abgeschlossenes bauen, einen durchdachten Komplex, wuchtig und eins aus dem andern.«

»Wie bist du denn darauf gekommen?«

»Nun, wir sprachen ja davon. Dort bei Mailand.«

»Bei der Certosa?«

»Ja freilich. Man kann so etwas viel schöner machen. Schade, daß du nichts von Grundrissen verstehst. Ich habe da einen, der macht mir eine Riesenfreude.«

»Wir sehen ihn später an. Jetzt könnten wir aber einen Elsässer trinken. Hast du Geld?«

»Geld? Eine Menge. Ich hatte ja dreihundert Mark für die Reise, weißt du!«

»Ist davon noch was übrig?«

»Wo solls denn geblieben sein? Ich habe mindestens noch hundert Mark im Sack.«

»Dann bestell nur einen Liter.«

Die Blätter wurden abgeräumt und weggelegt, der Liter fuhr auf, und wir stießen an. Da stieg mir des Geldes wegen doch ein Argwohn auf. Der Städtebauer hatte von einer Stipendienverwaltung ganz unerwartet dreihundert Mark zu einem Studienausflug bekommen. Aber nun hatte er ja nur eine Fußreise von zwölf Wochen gemacht, nichts studiert und außer der Certosa und Mailand nicht einmal etwas gesehen.

»Du, das gibt aber noch Stänkereien mit der Kommission«, warnte ich. »Du mußt doch Studien vorlegen.«

»Das tu ich auch. Morgen gehts dran.«

»Hast du denn unterwegs gezeichnet?«

»Das nicht. Aber ich weiß doch, wie so ein Renaissancepalast ausschaut! Was anderes wollen die Herren nicht. Da mach ich nun eben in aller Ruhe daheim eine kleine Mappe voll, ein paar malerische Ansichten, ein paar Portale, Gesimse, Ornamente und Fensterbögen, und das wird vorgelegt.«

Ich war beruhigt und wir tranken unsern Liter in Frieden, der Städtebauer ließ mir sogar eine Portion Schinken bringen, und als ich merken ließ, daß ich noch durstig sei, bestellte er, obwohl er selber gar kein Zecher war, ohne Widerrede auch den zweiten Liter. Der solide Elsässer glänzte matt in den fußlosen Gläsern, mein Freund war lebhaft geworden und kam ins Reden. Er packte seine Papierstücke wieder aus, legte sie nebeneinander und zeigte mir den Plan seines Klosters. Seine Kinderaugen glänzten, seine hageren Finger fuhren leidenschaftlich über den Grundriß und ließen in drastischen Gebärden den ganzen Bau vor mir aufwachsen. Zwei aneinander lehnende Kirchen, eine große und eine kleinere, bildeten die Mitte und schlossen von zwei Seiten den nicht sehr großen Kreuzgang ein. Vorhallen, Refektorien, Lehrsäle, Wohnungen, Wirtschaftsgebäude und zwei Brunnen schlossen sich an, zwei gewaltige Türme schützten und zierten den Eingang, und hinten schloß ein ummauerter Park das Ganze ab.

Solange wir über den Plänen saßen, wollte es mir selber unbegreiflich scheinen, daß man heutzutage keine Klöster mehr baue. Mein Freund entwickelte aber nicht nur seine Baupläne. Er sprach von dem Leben, das in einer solchen klosterartigen Kolonie möglich wäre, die er sich von Künstlern und Gelehrten mit ihren Schülern bevölkert dachte. Er träumte von universal gebildeten, reineren Menschen, von edleren Bündnissen und Freundschaften, von schönerer und zarterer Geselligkeit, von lebendigerer Arbeit und bunteren, freudevolleren Festen als man sie heute kennt.

Ich vergesse nie, wie er dabei leuchtete und wie zart und ernst und eifrig seine leise Stimme klang! Das waren die Stunden, in denen er wahrhaft lebte. Wieviel phantastisch ungeheure Pläne hatte er gezeichnet, von Städten, von Dörfern, von künstlichen Inseln und Lagunenbauten! Und alle waren nur aus dem Trieb entstanden, seinen Kulturidealen und Zukunftsträumen eine sichtbare Folie zu geben; sie waren nur Rahmen zu Traumbildern, nur beiläufige Illustrationen zu seinem Lebensgedanken. Und noch nie war ihm eingefallen, dem Weltlauf nachzugeben, sein Ideal zu beschneiden, seine Pläne aufs Mögliche und Nützliche zu reduzieren. Lieber litt er Not, lebte von Zeichnungen für Zeitschriften, von Aushilfstunden und gelegentlichen Beiträgen in Fachblättern, als daß er der Wirklichkeit nachgab und schlechthin Architekt wurde, wie er hätte sein sollen. Was lag ihm daran, »einzelne Häuser« zu bauen!

Wir blieben bis spät in die Nacht beisammen. Er erzählte von seiner Reise, von Fußwanderungen durch Waldtäler und über Hochpässe, von Art und Lebensweise der Leute in fremden Gegenden.

Dann trennten wir uns fröhlich, und als wir uns nach einiger Zeit wiedersahen, war der Rest seines kleinen Reichtums dahin und er lebte wieder in der alten Enge. Ich war zu ihm gekommen, um einen Kaffee zu erlangen, aber er hatte auch keinen mehr und wußte selbst noch nicht, wo er heute würde essen können. Etwas enttäuscht wollte ich weiter gehen, da hielt er mich am Arm zurück und nahm mir den Hut ab.

»Nein, Junge, so ganz leer sollst du doch nicht abziehen. Warte mal!«

Und er holte ein Buch, zwang mich zu sitzen und las mir ein paar schöne Seiten aus Wolfram von Eschenbachs Parzival vor.

Ich möchte wissen, wo alle seine Zeichnungen und Entwürfe hingekommen sind. Er selber starb früh und unter traurigen Umständen, und ich erfuhr es erst, als er schon unterm Boden war. Oft, wenn ich an jene schönen kecken Jahre denke, sehe ich ihn und höre seine eifrige Stimme und habe das Gefühl, er sei uns allen ein guter Geist gewesen. Auch jetzt noch, wenn ich müde und in Gefahr bin nachzugeben und unsere Hoffnungen von damals Träume zu schelten, brauche ich nur an ihn zu denken – dann weiß ich wieder, daß wir doch recht hatten und daß es besser ist, sich treu zu bleiben und Zukunftsstädte zu träumen, als »einzelne Häuser zu bauen«. *(1905)*

# Ein Erfinder

Mein Freund Konstantin Silbernagel stand mit allen Mädchen der Nachbarschaft gut, aber er hatte keinen Schatz. Wo er eine stehen und gehen sah, war er mit einem Gruß, mit einem Witz oder mit einer Freundlichkeit und vertraulichen Neckerei zur Hand, und die Mädchen standen dann, sahen ihm nach und hatten ihr Wohlgefallen an ihm; er hätte jede von ihnen haben können. Aber er wollte nicht. Und so oft in der Werkstatt von Mädeln und Liebesgeschichten die Rede war, zuckte er die Achseln, und wenn ihn einer von uns Mitgesellen fragte, was er davon halte, lachte er und meinte:

»Nur drauf los, nur drauf los, ihr Schlecker! Ich erleb's noch, daß ihr alle heiratet.«

»Ja, warum denn nicht«, rief da mancher, »ist denn Heiraten so ein Unglück?«

»Kannst's ja probieren. Aber ich nicht. Ich nicht!«

Wir lachten ihn oft darum aus, namentlich weil er ja kein Weiberfeind war. Einen Schatz hatte er freilich nie, aber wo im Vorübergehen ein kurzes Geschäker, ein leichtes Zugreifen und ein schnell gestohlener Kuß zu haben war, ließ der Silbernagel sich nichts entgehen. Auch glaubten wir nicht fehlzuraten, wenn wir annahmen, er habe irgendwo in der Ferne ein Mädel sitzen und werde wohl der erste von uns sein, dem es zum Heiraten reichte. Denn er verdiente gut und konnte Meister werden, sobald er wollte, auch hieß es, er habe ein fettes Sparkassenbuch.

Im übrigen war Konstantin ein Mensch, den alle gern hatten. Er ließ uns nie merken, daß er geschickter war und mehr verstand als wir Kollegen; nur wenn einer ihn um Rat fragte, half er gern und griff mit zu. Sonst war er wie ein Kind, leicht zum Lachen zu bringen und leicht zu rühren, launisch, aber harmlos, und ich habe nie gesehen, daß er etwa einen Lehrbuben geschlagen oder ungerechterweise angeschnauzt hätte.

Damals glaubte ich noch, es in der Maschinenschlosserei zu etwas Rechtem bringen zu können, und so schloß ich mich immer mehr an den Silbernagel an, der an Begabung und Erfahrung allen Kameraden weit überlegen war und es wohl auch leicht mit dem Meister aufgenommen hätte. Wenn man ihn arbeiten sah, dann ging einem recht die Lust am Handwerk auf, so leicht und fröhlich und unfehlbar ging ihm alles von der Hand. Er hatte stets nur feine Arbeit zu machen, bei der man nicht schlafen und dösen kann und immer alle Aufmerksamkeit beisammen haben muß, und er hat nie ein Stück verdorben. Die meiste Freude hatte er am Montieren neuer Maschinen; auch solche Konstruktionen, die er noch nie selber gearbeitet hatte, brachte er zusammen und in Gang wie ein Kinderspiel, und dabei sah er so edel und besonders aus, daß ich damals zum erstenmal recht begriff, was das heißt, daß der Geist den Stoff beherrscht und daß der Wille stärker ist als alle tote Masse.

Allmählich entdeckte ich denn auch, daß mein Kamerad Konstantin sich nicht mit der aufgetragenen Handarbeit begnügte. Es fiel mir auf, daß er zuzeiten nach Feierabend verschwunden war und sich nirgends zeigte, und bald kam ich dahinter, daß er dann in seinem gemieteten Stüblein in der Senfgasse saß und zeichnete. Anfangs meinte ich, er wolle sich üben und die Künste von der Abendschule nicht einrosten lassen, aber dann ging ich einmal hin, und da sah ich zufällig, daß er am Lösen einer Konstruktionsaufgabe war, und als ich weiter redete und fragte, erfuhr ich bald von ihm, daß er an einer Erfindung arbeite. Seitdem ich das wußte, kam ich in ein vertraulicheres Verhältnis zu ihm, und nach einiger Zeit kannte ich alle seine Geheimnisse. Er hatte zwei Maschinen erfunden, von denen eine erst auf dem Papier, die andere auch schon im Modell fertig war. Es war ein Vergnügen, seine Zeichnungen anzuschauen, so tadellos sauber und scharf waren sie ausgeführt.

Mein abendlicher Verkehr mit Konstantin erlitt eine Unterbrechung, als ich im Herbst die Fränze Brodbeck kennen lernte und ein Verhältnis mit ihr anfing. Damals fing ich wieder stark zu dichten an, was ich seit meiner Lateinschulzeit unterlassen hatte, und das hübsche, leichtsinnige Mädchen hat mich mehr gekostet, als sie vielleicht wert war, obwohl ich noch mit einem blauen Auge davon kam.

Eines Abends, nachdem ich lange weggeblieben war, kam ich wieder einmal zum Silbernagel auf seine Mansardenstube und sagte Grüßgott. Da schaute er mich bedenklich an und wusch mir wegen der Weibergeschichte gründlich den Kopf, so daß ich fast wieder fortgelaufen wäre. Aber ich blieb doch da, denn in seiner zornigen Rede war etwas vorgekommen, das meiner jungen Eitelkeit gewaltig schmeichelte.

»Du bist zu gut für so ein Weib«, hatte er gesagt, »und überhaupt zu gut für die Frauenzimmer. Ein großer Mechaniker wirst du nicht, wenn du das auch nicht gerne hörst. Aber etwas steckt in dir, das wird schon noch herauskommen, wenn du ihm nicht vorher mit Liebesgeschichten und dergleichen selber das Kreuz abdrehst.«

Und nun fragte ich ihn, warum er eigentlich so grimmig auf Liebe und Heiraten zu sprechen sei. Er sah mich eine Weile streng an, dann legte er los:

»Das kann ich dir gleich sagen. Zum Erzählen ist's zwar eigentlich nicht, es ist nur so eine Erfahrung oder eine Episode oder wie man das heißt. Aber du wirst es schon begreifen, wenn du nicht bloß mit den Ohrlappen zuhörst. Nämlich, ich bin einmal ganz nahe am Heiraten vorbeigestreift, und von dem hab' ich auf lang hinaus *multum* viel genug. Heiraten soll wer will, aber ich nicht. Ich nicht! Verstanden?

In Cannstatt bin ich zwei Jahre in Arbeit gestanden. War auch Gießerei dabei, ein schöner Betrieb, und viel zu lernen. Kurz vorher hatte ich ein Maschinelchen erfunden für Holzbearbeitung, Zapfen, Spunden und dergleichen, ganz nett, aber es war nicht praktisch, brauchte zu viel Kraft, und da hab' ich den ganzen Kram wieder kaputt gemacht. Jetzt wollte ich noch etwas Ordentliches lernen, und das tat ich auch, und nach ein paar Monaten fing ich schon wieder was an, die kleine Waschmaschine dort; die wird gut. Da wohnte ich bei einer Heizerswitwe, eine kleine Mansarde, und da bin ich fast jeden Abend gesessen und hab gezeichnet und gerechnet. Das war eine schöne Zeit. Du lieber Gott, was hat man sonst vom Leben, als daß man was schafft und aus seinem Kopf heraus was in die Welt setzen kann?

Aber im gleichen Haus hat eine gewohnt, eine Näherin, und die hieß Lene Kolderfinger und war eine schöne Figur, nicht groß, aber wohlgeschaffen und nett. Die kannte ich natürlich bald, und weil es in der Natur so ist, daß junge Burschen gern mit den Mädchen einen Spaß haben, lachte ich ihr zu und sagte ihr manchmal etwas Lustiges, und sie lachte wieder, und es ging nicht lang, da waren wir gute Bekannte und hatten ein Verhältnis miteinander. Und weil sie ein anständiges Mädchen war und mir nichts Unrechtes erlaubte, hingen wir um so fester aneinander. Am Feierabend sind wir in den Anlagen spazieren gegangen und am Sonntag auf ein Dorf ins Wirtshaus oder zum Tanzen. Einmal beim Regenwetter kam sie auch zu mir in mein Stüblein, und da zeigte ich ihr meine Zeichnungen zu der Waschmaschine und erklärte ihr alles, weil sie natürlich in solchen Sachen kuhdumm war. Und wie ich mitten im Reden und Erklären und ganz im Eifer war, da sah ich auf einmal, wie sie hinter der Hand gähnte und gar nicht aufs Papier hinschaute, sondern unter den Tisch auf ihre Stiefel. Da hörte ich plötzlich auf und tat die Zeichnungen in die Schublade, aber sie merkte gar nichts und fing gleich zu spielen und zu küssen an. Das war das erstemal, daß ich im Sinn drinnen mit ihr uneinig war und mich ärgerte.

Nachher dachte ich mir dann aber, warum soll das Mädchen sich um deine Zeichnerei bekümmern, wo sie doch nichts davon versteht. Nicht wahr? Und da nahm ich mich zusammen, und es war auch wirklich zuviel verlangt. Nun, das war also gut. Sie hatte mich gern, und lang dauerte es nicht, so fingen wir an, vom Heiraten zu reden. Meine Aussichten waren ja nicht schlecht, ich hätte es bald zum Aufseher bringen können, und die Lene hatte eine ordentliche Aussteuer beinander und auch noch ein paar hundert Mark Gespartes. Und seit wir einander das gesagt hatten und immer strenger ans Hochzeitmachen dachten, ist sie immer zärtlicher geworden, und auch ich hatte nichts anderes mehr im Kopf als meine Verliebtheit.

Über all dem Zeug bin ich natürlich nimmer ans Zeichnen gekommen, weil ich die ganze Zeit bei der Lene war und den Kopf ganz voll hatte von der Heiraterei. Es war auch ganz schön, und ich war recht glücklich, wie es einem Bräutigam ansteht, ließ mir Ausweispapiere aus meiner Heimat kommen und wartete eigentlich nur noch auf meine Aufbesserung im Geschäft; die konnte nimmer lang ausbleiben, vielleicht nur noch vier oder sechs Wochen.

Soweit war alles in Ordnung. Bis die Ausstellung eröffnet wurde. O Sternsakrament, Junge! Es war eine Gewerbeausstellung, nur ziemlich klein, und wurde an einem Sonntag eröffnet. Von der Fabrik hatte ich eine Eintrittskarte gekriegt und für die Lene hatte ich noch eine dazugekauft. Wir hatten Ermäßigung.

Da war großer Klimbim, kannst du dir denken. Musik und Spektakel und eine Masse Leute, ich habe dem Mädchen einen Sonnenschirm gekauft, aus einem Stoff wie Seide, in allen Farben, und da gingen wir herum und waren vergnügt. Im Freien spielte eine Militärkapelle aus Ludwigsburg, es war auch das schönste Wetter und alles voll. Später hab' ich sagen hören, sie hätten Defizit gemacht, aber das kann ich nicht glauben.
Wir liefen überall herum und sahen uns die Sachen an, und die Lene ist jeden Augenblick irgendwo stehengeblieben und ich mit. Da kamen wir auch an die Maschinen, und wie ich die sehe, fällt mir auf einmal ein, daß ich so viele Wochen lang nimmer an meiner Waschmaschine geschafft habe. Und auf einmal plagte es mich so stark, daß ich am liebsten gleich im Augenblick heimgelaufen wäre. Das kann man gar nicht erzählen, wie es mir da zu Mute war.
›Komm, laß die langweiligen Maschinen‹, sagte die Lene und wollte mich fortziehen.
Und wie sie da an meinem Arme zieht, kommt mir's auf einmal so vor, als müsse ich mich schämen und als wolle sie mich von allem fortzerren, was mir früher wichtig und lieb gewesen war. Ich spürte ganz deutlich, wie in einem Traum: entweder heiratest du und gehst inwendig kaputt oder du gehst wieder an deine Waschmaschine. Da sagte ich der Lene, ich wolle noch ein Weilchen hier in der Maschinenhalle bleiben, da zankte sie und ging dann allein weg.
Jawohl, Junge, so ist's und so war's. Am Abend saß ich wie ein Wilder am Zeichenbrett, am Montag morgens hab' ich in meiner Fabrik gekündigt, und vierzehn Tage drauf war ich schon weit fort. Und jetzt werden Maschinen gemacht, eine hab' ich schon im Kopf, und für die da krieg ich's Patent, so gewiß ich Silbernagel heiße.« *(1905)*

# Erinnerung an Mwamba

Seit das graue Wetter herrschte und seit der vergnügte, schwindsüchtige Engländer in Port Said ausgestiegen war, wurden uns die Tage lang, die vielen Tage und Wochen an Bord, eine dumme Melancholie und fade Zerstreuungssucht und eine gewisse Globetrotter-Verkommenheit kam auf, ungern denke ich an jene zwei oder drei Wochen.

Eines Tages standen wir wieder etwas fröstelnd auf Deck herum, horchten auf die See und auf das Stampfen der Maschine. Der Himmel war von dicht gedrängten, wolligen, bleigrauen Wolkenschichten bedeckt, das Meer umgab uns von allen Seiten, leise in langen Dünungen wogend, fahl und traurig.

Vor uns auf einer Tonne saß Mwamba, der Neger, dessen Amt an Bord es war, uns in faden Stunden etwas zu unterhalten durch Geschichtenerzählen und durch kleine Frechheiten, die er sagte, und durch sein drolliges Nigger-Englisch, das er absichtlich hie und da noch mit grotesken Fehlern schmückte. Er saß und rauchte Zigarren, wiegte sich im Takt der Maschine, rollte die Augen und erzählte in kleinen, geizigen Portionen. Für jede Geschichte bekam er eine Zigarre, was meistens gut bezahlt war, denn viele von seinen Geschichten taugten gar nichts, und unter anderen Umständen hätte kein Mensch ihm zugehört. So aber umstanden wir ihn zuhörend und ermunternd, alle gelangweilt, alle verdrießlich.

»Erzähle!« rief alle paar Minuten einer von uns und reichte ihm eine Zigarre.

»Danke, Herr. Ich erzähle. Ein Mann war krank und hatte Schmerzen in seinem Bauch, auf beiden Seiten, es tat ihm sehr weh. Er schrie immerfort, weil er Schmerzen hatte, dieser Mann. Da kam ein anderer Mann zu ihm, der brachte ihm zwei Pfund Affenschmalz. Und der kranke Mann aß das Affenschmalz auf. Es wurde ihm übel und er mußte erbrechen. Aber dann war er wieder ganz gesund.«

Er schwieg. Das war seine ganze Geschichte.

»Dummes Zeug erzählst du«, rief einer. »Hier, nimm, und jetzt erzähl uns was Besseres, etwas von deinen eigenen Streichen, weißt du.«

»Gut. Ich erzähle. Vor langer Zeit, als ich noch ein schlechter Mensch war, habe ich, Mwamba, manche Streiche verübt. Jetzt ist Mwamba gut, und erzählt den weißen Männern viele Geschichten. Als ich noch ein Knabe war, da wollte ich nicht gern Mais mahlen und nicht gern den Sack tragen. Das Arbeiten schien mir keine gute Sache zu sein. Mein Vater war unzufrieden und gab mir nichts zu essen. Da ging ich im Dorf herum und nahm dies und jenes, und die süße Milch trank ich heimlich aus den Gefäßen oder auch von den Ziegen, aus den Gefäßen trank ich sie listig, von ferne, ich saß im Versteck und sog sie durch ein trockenes Schilfrohr. Als ich elf Jahre alt war, hörte mein Vater von einem Dieb, der in einem anderen Dorf wohnte. Er war ein Meisterdieb, berühmt in seinem Gewerbe, und mein Vater beschloß, daß ich zu diesem Dieb kommen sollte, um sein Gewerbe zu lernen. Er brachte mich zu ihm und versprach ihm ein Lehrgeld zu geben, wenn er mich zu einem guten Dieb mache. Sie wurden einig, spuckten auf die Erde und schlugen einander auf den Rücken, und ich blieb bei dem Manne.«
Mwamba hielt inne, baumelte mit den Beinen und sah uns an.
»Weiter!« rief man ihm zu.
»Weiter, bitte«, sagte nun auch er, und streckte die Hand aus, bis ich eine kleine Münze darauf legte.
»Danke, Herr, Mwamba ist dankbar. Ich erzähle von dem Diebsmeister. Er war ein berühmter Meister, sagten die Leute. Ich blieb bei ihm, und er lehrte mich stehlen; aber ich lernte von ihm nichts Neues. Wir gingen umher und stahlen, aber oft ging es uns schlecht, und wir hatten wenig zu essen. Da liefen wir einmal umher und kamen auf den Weg, der durch den Wald führt. Wir sahen von fern einen Mann kommen, der eine Ziege am Strick hinter sich führte. Und wir verbargen uns an der Seite des Weges.
Der Meister seufzte sehr und sagte: ›Wenn ich nur die Ziege bekommen könnte! Aber wie sollte ich sie bekommen? Niemals wird die Ziege mein werden!‹ Da lachte ich ihn aus und sagte zu ihm: ›Ich werde machen, daß die Ziege dein wird.‹ Da war er froh und tröstete sich. Und ich sagte zu ihm: ›Gehe hinter diesem Mann auf der Straße, bis du sehen wirst, daß er sein Tier anbindet und stehen läßt. Dann stiehl es und treibe es schnell aus dem Wald.‹ Der Meister gehorchte mir. Ich aber ging in den Wald

hinein und versteckte mich, und als der Mann mit der Ziege kam, fing ich so an zu schreien wie ein Ziegenbock schreit. Der Mann hörte es und dachte, es habe sich ein Bock im Walde verlaufen, und um den Bock zu fangen, band er seine Ziege an einen Baum und verließ die Straße. Dann lockte ich ihn solange mit meinem Meckern im Walde, bis mein Meister die angebundene Ziege losgemacht und weggeführt hatte.
An einem entlegenen Orte traf ich den Diebsmeister an. Wir töteten unsere Ziege und zogen ihr das Fell ab, und da tat es mir leid, daß ich sie dem Meister überlassen und nicht für mich selbst gestohlen hatte. Alles ist wahr, was Mwamba sagt. Nun schickte mich der Meister an den Fluß hinüber, damit ich das Fleisch und das Fell wasche. Es war Abend geworden und dunkel. Und ich ging an den Fluß. Dort nahm ich das Ziegenfell und schlug mit einem Stock darauf los, daß es klatschte, und zugleich erhob ich ein lautes Jammergeschrei. Wollt ihr hören, wie Mwamba geschrien hat? Nicht? – Also nicht!
Mein Meister schrie herüber und fragte, was es gebe. Ich antwortete ihm klagend und rief um Hilfe und sagte, der Besitzer der Ziege sei mit noch einem Mann über mich hergefallen und drohe, mich tot zu schlagen, und er möge schnell kommen und mir helfen. Der Meister aber, als er das hörte, lief davon, um sich zu retten. Da brachte ich das Fell und das Fleisch der Ziege nach Hause zu meinem Vater.«
Er schwieg. Wir drängten ihn, weiter zu sprechen.
»Ich habe Durst«, sagte er. Ein Whisky wurde ihm versprochen.
»Ich fahre fort. Ich werde Whisky kriegen. O Herren, am folgenden Tag kam der Diebsmeister in unser Haus, um nach mir zu fragen. Als ich ihn kommen sah, bestrich ich mein Gesicht mit Ziegenblut und legte mich auf das Lager. Dann kam er und fragte, wie es mir ergangen sei, und ich beklagte mich sehr, aber das Fleisch hatten wir versteckt. Mein Vater sagte, er solle mich wieder mitnehmen. Aber der Meister klagte, er könne mir nichts zu essen geben, und ich habe ohnehin genug gelernt. Aber daß ich ihn auch um die Ziege betrogen hatte, wußte er nicht. Da bezahlte ihm mein Vater etwas Lehrgeld, aber nur die Hälfte von dem Vereinbarten, und wir hatten die Ziege, und der Meister ging in sein Dorf zurück.«

»Ist das deine ganze Geschichte, Mwamba?«
»Es ist alles. Ich habe erzählt. Ich bekomme einen Whisky.«
So erzählte der Schwarze, und wir hörten ihm zu, lachten ein wenig über seine Ziegengeschichte und schenkten ihm einen Whisky. Er sah lustig aus, wie er uns dankbar angrinste, seinen lächerlichen Melonenhut schwang und mit den gelb und braun karierten Beinen an der Tonne trommelte. Seine Schuhe waren von rotem Segeltuch mit lackierten Riemen. Strümpfe trug er nicht. Oft tat er mir leid. Oft schämte ich mich für ihn, und ebenso oft schämte ich mich für uns. Oft machte er sich sichtlich über uns lustig. Ach Mwamba, wie oft habe ich später an dich gedacht! Und wie oft noch trieb mich die Unrast in ferne Länder, und wie oft noch stieß ich auf die selbe Enttäuschung, daß auch Reise, Fremde und neue Bilderfülle nicht heilen kann, was die Heimat krank gemacht hat!
Wir nickten unserem Nigger zu, und jeder von uns meinte es wahrscheinlich im Herzen ein wenig besser, gab sich aber Mühe, dem guten Mwamba gegenüber jenen häßlichen Ton einzuhalten, in welchem Weiße mit Schwarzen in den Kolonien sprechen. Und wir reckten unsere faulen Glieder, schlenderten ein wenig an Deck auf und ab, rieben uns die kühlen Hände und starrten dann wieder lange schweigend und mißmutig in die öde Weite, auf den wollig bewölkten Himmel und das grauggläserne, fahl in der Ferne verdämmernde Meer. *(1905)*

# Das erste Abenteuer

Sonderbar, wie Erlebtes einem fremd werden und entgleiten kann! Ganze Jahre, mit tausend Erlebnissen, können einem verloren gehen. Ich sehe oft Kinder in die Schule laufen und denke nicht an die eigene Schulzeit, ich sehe Gymnasiasten und weiß kaum mehr, daß ich auch einmal einer war. Ich sehe Maschinenbauer in ihre Werkstätten und windige Kommis in ihre Büros gehen und habe vollkommen vergessen, daß ich einst die gleichen Gänge tat, die blaue Bluse und den Schreibersrock mit glänzigen Ellenbogen trug. Ich betrachte in der Buchhandlung merkwürdige Versbüchlein von Achtzehnjährigen, im Verlag Pierson in Dresden erschienen, und ich denke nicht mehr daran, daß ich auch einmal derartige Verse gemacht habe und sogar demselben Autorenfänger auf den Leim gegangen bin.
Bis irgend einmal auf einem Spaziergang oder auf einer Eisenbahnfahrt oder in einer schlaflosen Nachtstunde ein ganzes vergessenes Stück Leben wieder da ist und grell beleuchtet wie ein Bühnenbild vor mir steht, mit allen Kleinigkeiten, mit allen Namen und Orten, Geräuschen und Gerüchen. So ging es mir vorige Nacht. Ein Erlebnis trat wieder vor mich hin, von dem ich seinerzeit ganz sicher wußte, daß ich es nie vergessen würde, und das ich doch jahrelang spurlos vergessen hatte. Ganz so wie man ein Buch oder ein Taschenmesser verliert, vermißt und dann vergißt, und eines Tages liegt es in einer Schublade zwischen altem Kram und ist wieder da und gehört einem wieder.

Ich war achtzehnjährig und am Ende meiner Lehrzeit in der Maschinenschlosserei. Seit kurzem hatte ich eingesehen, daß ich es in dem Fache doch nicht weit bringen würde, und war entschlossen, wieder einmal umzusatteln. Bis sich eine Gelegenheit böte, dies meinem Vater zu eröffnen, blieb ich noch im Betrieb und tat die Arbeit halb verdrossen, halb fröhlich wie einer, der schon gekündigt hat und alle Landstraßen auf sich warten weiß.
Wir hatten damals einen Volontär in der Werkstatt, dessen hervorragendste Eigenschaft darin bestand, daß er mit einer reichen Dame im Nachbarstädtchen verwandt war. Diese Dame, eine

junge Fabrikantenwitwe, wohnte in einer kleinen Villa, hatte einen eleganten Wagen und ein Reitpferd und galt für hochmütig und exzentrisch, weil sie nicht an den Kaffeekränzchen teilnahm und statt dessen ritt, angelte, Tulpen züchtete und Bernhardiner hielt. Man sprach von ihr mit Neid und Erbitterung, namentlich seit man wußte, daß sie in Stuttgart und München, wohin sie häufig reiste, sehr gesellig sein konnte.

Dieses Wunder war, seit ihr Neffe oder Vetter bei uns volontierte, schon dreimal in der Werkstatt gewesen, hatte ihren Verwandten begrüßt und sich unsere Maschinen zeigen lassen. Es hatte jedesmal prächtig ausgesehen und großen Eindruck auf mich gemacht, wenn sie in feiner Toilette mit neugierigen Augen und drolligen Fragen durch den rußigen Raum gegangen war, eine große hellblonde Frau mit einem Gesicht so frisch und naiv wie ein kleines Mädchen. Wir standen in unseren öligen Schlosserblusen und mit unseren schwarzen Händen und Gesichtern da und hatten das Gefühl, eine Prinzessin habe uns besucht. Zu unseren sozialdemokratischen Ansichten paßte das nicht, was wir nachher jedesmal einsahen.

Da kommt eines Tags der Volontär in der Vesperpause auf mich zu und sagt: »Willst du am Sonntag mit zu meiner Tante kommen? Sie hat dich eingeladen.«

»Eingeladen? Du, mach keine dummen Witze mit mir, sonst steck' ich dir die Nase in den Löschtrog.« Aber es war Ernst. Sie hatte mich eingeladen auf Sonntagabend. Mit dem Zehnuhrzug konnten wir heimkehren, und wenn wir länger bleiben wollten, würde sie uns vielleicht den Wagen mitgeben.

Mit der Besitzerin eines Luxuswagens, der Herrin eines Dieners, zweier Mägde, eines Kutschers und eines Gärtners Verkehr zu haben, war nach meiner damaligen Weltanschauung einfach ruchlos. Aber das fiel mir erst ein, als ich schon längst mit Eifer zugesagt und gefragt hatte, ob mein gelber Sonntagsanzug gut genug sei.

Bis zum Samstag lief ich in einer heillosen Aufregung und Freude herum. Dann kam die Angst über mich. Was sollte ich dort sagen, wie mich benehmen, wie mit ihr reden? Mein Anzug, auf den ich immer stolz gewesen war, hatte auf einmal so viele Falten und Flecken, und meine Krägen hatten alle Fransen am Rand. Außerdem war mein Hut alt und schäbig, und

alles das konnte durch meine drei Glanzstücke – ein Paar nadelspitze Halbschuhe, eine leuchtend rote, halbseidene Krawatte und einen Zwicker mit Nickelrändern – nicht aufgewogen werden.
Am Sonntagabend ging ich mit dem Volontär zu Fuß nach Settlingen, krank vor Aufregung und Verlegenheit. Die Villa ward sichtbar, wir standen an einem Gitter vor ausländischen Kiefern und Zypressen, Hundegebell vermischte sich mit dem Ton der Torglocke. Ein Diener ließ uns ein, sprach kein Wort und behandelte uns geringschätzig, kaum daß er geruhte, mich vor den großen Bernhardinern zu schützen, die mir an die Hose wollten. Ängstlich sah ich meine Hände an, die seit Monaten nicht so peinlich sauber gewesen waren. Ich hatte sie am Abend vorher eine halbe Stunde lang mit Petroleum und Schmierseife gewaschen.
In einem einfachen, hellblauen Sommerkleid empfing uns die Dame im Salon. Sie gab uns beiden die Hand und hieß uns Platz nehmen, das Abendessen sei gleich bereit.
»Sind Sie kurzsichtig?« fragte sie mich.
»Ein klein wenig.«
»Der Zwicker steht Ihnen gar nicht, wissen Sie.« Ich nahm ihn ab, steckte ihn ein und machte ein trotziges Gesicht.
»Und Sozi sind Sie auch?« fragte sie weiter.
»Sie meinen Sozialdemokrat? Ja, gewiß.«
»Warum eigentlich?«
»Aus Überzeugung.«
»Ach so. Aber die Krawatte ist wirklich nett. Na, wir wollten essen. Ihr habt doch Hunger mitgebracht?«
Im Nebenzimmer waren drei Couverts aufgelegt. Mit Ausnahme der dreierlei Gläser gab es wider mein Erwarten nichts, was mich in Verlegenheit brachte. Eine Hirnsuppe, ein Lendenbraten, Gemüse, Salat und Kuchen, das waren lauter Dinge, die ich zu essen verstand, ohne mich zu blamieren. Und die Weine schenkte die Hausfrau selber ein. Während der Mahlzeit sprach sie fast nur mit dem Volontär, und da die guten Speisen samt dem Wein mir angenehm zu tun gaben, wurde mir bald wohl und leidlich sicher zumute.
Nach der Mahlzeit wurden uns die Weingläser in den Salon gebracht, und als mir eine feine Zigarre geboten und zu meinem

Erstaunen an einer rot und goldenen Kerze angezündet war, stieg mein Wohlsein bis zur Behaglichkeit. Nun wagte ich auch die Dame anzusehen, und sie war so fein und schön, daß ich mich mit Stolz in die seligen Gefilde der noblen Welt versetzt fühlte, von der ich aus einigen Romanen und Feuilletons eine sehnsüchtig vage Vorstellung gewonnen hatte.

Wir kamen in ein ganz lebhaftes Gespräch, und ich wurde so kühn, daß ich über Madames vorige Bemerkungen, die Sozialdemokratie und die rote Krawatte betreffend, zu scherzen wagte.

»Sie haben ganz recht«, sagte sie lächelnd. »Bleiben Sie nur bei Ihrer Überzeugung. Aber Ihre Krawatte sollten sie weniger schief binden. Sehen Sie, so –«

Sie stand vor mir und bückte sich über mich, faßte meine Krawatte mit beiden Händen und rückte an ihr herum. Dabei fühlte ich plötzlich mit heftigem Erschrecken, wie sie zwei Finger durch meine Hemdspalte schob und mir leise die Brust betastete. Und als ich entsetzt aufblickte, drückte sie nochmals mit den beiden Fingern und sah mir dabei starr in die Augen.

O Donnerwetter, dachte ich, und bekam Herzklopfen, während sie zurücktrat und so tat, als betrachte sie die Krawatte. Statt dessen aber sah sie mich wieder an, ernst und voll, und nickte langsam ein paarmal mit dem Kopf.

»Du könntest droben im Eckzimmer den Spielkasten holen«, sagte sie zu ihrem Neffen, der in einer Zeitschrift blätterte. »Ja, sei so gut.«

Er ging und sie kam auf mich zu, langsam, mit großen Augen.

»Ach du!« sagte sie leise und weich. »Du bist lieb.«

Dabei näherte sie mir ihr Gesicht, und unsre Lippen kamen zusammen, lautlos und brennend, und wieder, und noch einmal. Ich umschlang sie und drückte sie an mich, die große schöne Dame, so stark, daß es ihr weh tun mußte. Aber sie suchte nur nochmals meinen Mund, und während sie küßte, wurden ihre Augen feucht und mädchenhaft schimmernd.

Der Volontär kam mit den Spielen zurück, wir setzten uns und würfelten alle drei um Pralinés. Sie sprach wieder lebhaft und scherzte bei jedem Wurf, aber ich brachte kein Wort heraus und hatte Mühe mit dem Atmen. Manchmal kam unter dem Tisch ihre Hand und spielte mit meiner oder lag auf meinem Knie.

Gegen zehn Uhr erklärte der Volontär, es sei Zeit für uns zu gehen.
»Wollen Sie auch schon fort?« fragte sie mich und sah mich an.
Ich hatte keine Erfahrung in Liebessachen und stotterte, ja es sei wohl Zeit, und stand auf.
»Na, denn«, rief sie, und der Volontär brach auf. Ich folgte ihm zur Tür, aber eben als er über die Schwelle war, riß sie mich am Arm zurück und zog mich noch einmal an sich. Und im Hinausgehen flüsterte sie mir zu: »Sei gescheit, du, sei gescheit!« Auch das verstand ich nicht.
Wir nahmen Abschied und rannten auf die Station. Wir nahmen Billette, und der Volontär stieg ein. Aber ich konnte jetzt keine Gesellschaft brauchen. Ich stieg nur auf die erste Stufe, und als der Zugführer pfiff, sprang ich wieder ab und blieb zurück. Es war schon finstere Nacht.
Betäubt und traurig lief ich die lange Landstraße heim, an ihrem Garten und an dem Gitter vorbei wie ein Dieb. Eine vornehme Dame hatte mich lieb! Zauberländer taten sich vor mir auf, und als ich zufällig in meiner Tasche den Nickelzwicker fand, warf ich ihn in den Straßengraben.
Am nächsten Sonntag war der Volontär wieder eingeladen zum Mittagessen, aber ich nicht. Und sie kam auch nicht mehr in die Werkstatt.
Ein Vierteljahr lang ging ich noch oft nach Settlingen hinüber, sonntags oder spät abends, und horchte am Gitter und ging um den Garten herum, hörte die Bernhardiner bellen und den Wind durch die ausländischen Bäume gehen, sah Licht in den Zimmern und dachte: Vielleicht sieht sie mich einmal; sie hat mich ja lieb. Einmal hörte ich im Haus Klaviermusik, weich und wiegend, und lag an der Mauer und weinte.
Aber nie mehr hat der Diener mich hinaufgeführt und vor den Hunden beschützt, und nie mehr hat ihre Hand die meine und ihr Mund den meinen berührt. Nur im Traum geschah mir das noch einigemal, im Traum. Und im Spätherbst gab ich die Schlosserei auf und legte die blaue Bluse für immer ab und fuhr weit fort in eine andere Stadt. *(1905)*

# Liebesopfer

Drei Jahre arbeitete ich als Gehilfe in einer Buchhandlung. Anfangs bekam ich achtzig Mark im Monat, dann neunzig, dann fünfundneunzig, und ich war froh und stolz, daß ich mein Brot verdiente und von niemand einen Pfennig anzunehmen brauchte. Mein Ehrgeiz war, im Antiquariat vorwärtszukommen. Da konnte man wie ein Bibliothekar in alten Büchern leben, Wiegendrucke und Holzschnitte datieren, und es gab in guten Antiquariaten Stellen, die mit zweihundertfünfzig Mark und mehr bezahlt wurden. Allerdings, bis dahin war der Weg noch weit, und es galt zu arbeiten, zu arbeiten – –

Sonderbare Käuze gab es unter meinen Kollegen. Oft kam es mir vor, als sei der Buchhandel ein Asyl für Entgleiste jeder Art. Ungläubig gewordene Pfarrer, verkommene ewige Studenten, stellenlose Doktoren der Philosophie, unbrauchbar gewordene Redakteure und Offiziere mit schlichtem Abschied standen neben mir am Kontorpult. Manche hatten Weib und Kinder und liefen in trostlos abgetragenen Kleidern herum, andere lebten fast behaglich, die meisten aber haben es im ersten Drittel des Monats geschwollen, um die übrige Zeit sich mit Bier und Käse und prahlerischen Reden zu begnügen. Alle aber hatten aus glänzenderen Zeiten her Reste von feinen Manieren und gebildeter Redeweise bewahrt und waren überzeugt, sie seien nur durch unerhörtes Pech auf ihre bescheidenen Plätze heruntergekommen.

Sonderbare Leute, wie gesagt. Aber einen Mann wie den Columban Huß hatte ich doch noch nie gesehen. Er kam eines Tages bettelnd ins Kontor und fand zufällig eine geringe Schreiberstelle offen, die er dankbar annahm und über ein Jahr lang behielt. Eigentlich tat und sagte er nie etwas Auffallendes und lebte äußerlich nicht anders als andere arme Büroangestellte. Aber man sah ihm an, daß er nicht immer so gelebt hatte. Er konnte wenig über fünfzig sein und war schön gewachsen wie ein Soldat. Seine Bewegungen waren nobel und großzügig, und sein Blick war so, wie ich damals glaubte, daß Dichter ihn haben müssen.

Es kam vor, daß Huß mit mir ins Wirtshaus ging, weil er witterte, daß ich ihn heimlich bewunderte und liebte. Dann tat er überlegene Reden über das Leben und erlaubte mir, seine Zeche zu zahlen. Und folgendes sagte er mir eines Abends im Juli. Da ich Geburtstag hatte, war er mit mir zu einem kleinen Abendessen gegangen, wir hatten Wein getrunken und waren dann durch die warme Nacht flußaufwärts durch die Allee spaziert. Da stand unter der letzten Linde eine steinerne Bank, auf der streckte er sich aus, während ich im Grase lag. Und da erzählte er.

»Sie sind ein junger Dachs, Sie, und wissen noch nichts vom Leben in der Welt. Und ich bin ein altes Rindvieh, sonst würde ich Ihnen das nicht erzählen, was ich jetzt sage. Wenn Sie ein anständiger Kerl sind, behalten Sie es für sich und machen keinen Klatsch daraus. Aber wie Sie wollen.

Wenn Sie mich anschauen, sehen Sie einen kleinen Schreiber mit krummen Fingern und geflickten Hosen. Und wenn Sie mich totschlagen wollten, hätte ich nichts dagegen. An mir ist wenig mehr totzuschlagen. Und wenn ich Ihnen sage, daß mein Leben ein Sturmwind und eine Flamme gewesen ist, so lachen Sie nur, bitte! Aber Sie werden vielleicht auch nicht lachen, Sie junger Dachs, wenn Ihnen ein alter Mann in der Sommernacht ein Märchen erzählt.

Sie sind schon verliebt gewesen, nicht wahr? Einigemal, nicht wahr? Ja, ja. Aber Sie wissen noch nicht, was Lieben ist. Sie wissen es nicht, sage ich. Vielleicht haben Sie einmal eine ganze Nacht geweint? Und einen ganzen Monat schlecht geschlafen? Vielleicht haben Sie auch Gedichte gemacht und auch einmal ein bißchen mit Selbstmordgedanken gespielt? Ja, ich kenne das schon. Aber das ist nicht Liebe, Sie. Liebe ist anders.

Noch vor zehn Jahren war ich ein respektabler Mann und gehörte zur besten Gesellschaft. Ich war Verwaltungsbeamter und Reserveoffizier, war wohlhabend und unabhängig, ich hielt ein Reitpferd und einen Diener, wohnte bequem und lebte gut. Logensitze im Theater, Sommerreisen, eine kleine Kunstsammlung, Reitsport und Segelsport, Junggesellenabende mit weißem und rotem Bordeaux und Frühstücke mit Sekt und Sherry.

All das Zeug war ich jahrelang gewohnt, und doch entbehre ich es ziemlich leicht. Was liegt schließlich am Essen und Trinken, Reiten und Fahren, nicht wahr? Ein bißchen Philosophie, und

alles wird entbehrlich und lächerlich. Auch die Gesellschaft und der gute Ruf und daß die Leute den Hut vor einem ziehen, ist schließlich unwesentlich, wenn auch entschieden angenehm.
Wir wollten ja von der Liebe sprechen, he? Also was ist Liebe? Für eine geliebte Frau zu sterben, dazu kommt man ja heutzutage selten. Das wäre freilich das Schönste. – Unterbrechen Sie mich nicht, Sie! Ich rede nicht von der Liebe zu zweien, vom Küssen und Beisammenschlafen und Heiraten. Ich rede von der Liebe, die zum einzigen Gefühl eines Lebens geworden ist. Die bleibt einsam, auch wenn sie, wie man sagt, ›erwidert‹ wird. Sie besteht darin, daß alles Wollen und Vermögen eines Menschen mit Leidenschaft einem einzigen Ziel entgegenstrebt und daß jedes Opfer zur Wollust wird. Diese Art Liebe will nicht glücklich sein, sie will brennen und leiden und zerstören, sie ist Flamme und kann nicht sterben, ehe sie das letzte irgend Erreichbare verzehrt hat.
Über die Frau, die ich liebte, brauchen Sie nichts zu wissen. Vielleicht war sie wunderbar schön, vielleicht nur hübsch. Vielleicht ein Genie, vielleicht keines. Was liegt daran, lieber Gott! Sie war der Abgrund, in dem ich untergehen sollte, sie war die Hand Gottes, die eines Tages in mein unbedeutendes Leben griff. Und von da an war dies unbedeutende Leben groß und fürstlich, begreifen Sie, es war auf einmal nicht mehr das Leben eines Mannes von Stande, sondern eines Gottes und eines Kindes, rasend und unbesonnen, es brannte und loderte.
Von da an wurde alles lumpig und langweilig, was mir vorher wichtig gewesen war. Ich versäumte Dinge, die ich nie versäumt hatte, ich erfand Listen und unternahm Reisen, nur um jene Frau einen Augenblick lächeln zu sehen. Für sie war ich alles, was sie gerade erfreuen konnte, für sie war ich froh und ernst, gesprächig und still, korrekt und verrückt, reich und arm. Als sie bemerkte, wie es mit mir stand, hat sie mich auf unzählige Proben gestellt. Mir war es eine Lust, ihr zu dienen, sie konnte unmöglich etwas erfinden, einen Wunsch ausdenken, den ich nicht wie eine Kleinigkeit erfüllte. Dann sah sie ein, daß ich sie mehr liebte als irgendein anderer Mann, und es kamen stille Zeiten, in denen sie mich verstand und meine Liebe annahm. Wir sahen uns tausendmal, wir reisten zusammen, wir taten Unmögliches, um beisammen zu sein und die Welt zu täuschen.

Jetzt wäre ich glücklich gewesen. Sie hatte mich lieb. Und eine Zeitlang war ich auch glücklich, vielleicht.
Aber meine Bestimmung war nicht, diese Frau zu erobern. Als ich eine Weile jenes Glück genoß und keine Opfer mehr zu bringen brauchte, als ich ohne Mühe ein Lächeln und einen Kuß und eine Liebesnacht von ihr bekam, begann ich unruhig zu werden. Ich wußte nicht, was mir fehlte, ich hatte mehr erreicht, als meine kühnsten Wünsche jemals begehrt hatten. Aber ich war unruhig. Wie gesagt, meine Bestimmung war nicht, diese Frau zu erobern. Daß mir das geschah, war ein Zufall. Meine Bestimmung war, an meiner Liebe zu leiden, und als der Besitz der Geliebten anfing, dies Leiden zu heilen und zu kühlen, kam die Unruhe über mich. Eine gewisse Zeit hielt ich es aus, dann trieb es mich plötzlich weiter. Ich verließ die Frau. Ich nahm Urlaub und machte eine große Reise. Mein Vermögen war damals schon stark angegriffen, aber was lag daran? Ich reiste und kam nach einem Jahr zurück. Eine sonderbare Reise! Kaum war ich fort, so fing das frühere Feuer wieder an zu brennen. Je weiter ich fuhr und je länger ich fort war, desto peinigender kehrte meine Leidenschaft zurück, und ich sah zu und freute mich und reiste weiter, ein Jahr lang immerzu, bis die Flamme unerträglich geworden war und mich wieder in die Nähe meiner Geliebten nötigte.
Da stand ich dann, war wieder daheim und fand sie zornig und bitter gekränkt. Nicht wahr, sie hatte sich mir hingegeben und mich beglückt, und ich hatte sie verlassen! Sie hatte wieder einen Liebhaber, aber ich sah, daß sie ihn nicht liebte. Sie hatte ihn angenommen, um sich an mir zu rächen.
Ich konnte ihr nicht sagen oder schreiben, was es war, das mich von ihr weg und nun wieder zu ihr zurückgetrieben hatte. Wußte ich es selber? Also fing ich wieder an, um sie zu werben und zu kämpfen. Ich tat wieder weite Wege, versäumte Wichtiges und gab große Summen, um ein Wort von ihr zu hören oder um sie lächeln zu sehen. Sie entließ den Liebhaber, nahm aber bald einen andern, da sie mir nicht mehr traute. Dennoch sah sie mich zuzeiten gern. Manchmal in einer Tischgesellschaft oder im Theater sah sie über ihre Umgebung weg plötzlich zu mir herüber, sonderbar mild und fragend.
Sie hatte mich immer für sehr, sehr reich gehalten. Ich hatte

diesen Glauben in ihr geweckt und hielt ihn am Leben, nur um immer wieder etwas für sie tun zu dürfen, was sie einem Armen nicht erlaubt hätte. Früher hatte ich ihr Geschenke gemacht, das war nun vorüber, und ich mußte neue Wege finden, ihr Freude machen und Opfer bringen zu können. Ich veranstaltete Konzerte, in denen von Musikern, die sie schätzte, ihre Lieblingsstücke gespielt und gesungen wurden. Ich kaufte Logen auf, um ihr ein Premierenbillett anbieten zu können. Sie gewöhnte sich wieder daran, mich für tausend Dinge sorgen zu lassen.

Ich war in einem unaufhörlichen Wirbel von Geschäften für sie. Mein Vermögen war erschöpft, nun fingen die Schulden und Finanzkünste an. Ich verkaufte meine Gemälde, mein altes Porzellan, mein Reitpferd, und kaufte dafür ein Automobil, das zu ihrer Verfügung stehen sollte.

Dann war es so weit, daß ich das Ende vor mir sah. Während ich Hoffnung hatte, sie wiederzugewinnen, sah ich meine letzten Quellen erschöpft. Aber ich wollte nicht aufhören. Ich hatte noch mein Amt, meinen Einfluß, meine angesehene Stellung. Wozu, wenn es ihr nicht diente? So kam es, daß ich log und unterschlug, daß ich aufhörte, den Gerichtsvollzieher zu fürchten, weil ich Schlimmeres fürchten mußte. Aber es war nicht umsonst. Sie hatte auch den zweiten Liebhaber weggeschickt, und ich wußte, daß sie jetzt keinen mehr oder mich nehmen würde.

Sie nahm mich auch, ja. Das heißt, sie ging in die Schweiz und erlaubte mir, ihr zu folgen. Am folgenden Morgen reichte ich ein Gesuch um Urlaub ein. Statt der Antwort erfolgte meine Verhaftung. Urkundenfälschung, Unterschlagung öffentlicher Gelder. Sagen Sie nichts, es ist nicht nötig. Ich weiß schon. Aber wissen Sie, daß auch das noch Flamme und Leidenschaft und Liebeslohn war, geschändet und gestraft zu werden und den letzten Rock vom Leibe zu verlieren? Verstehen Sie das, Sie junger Verliebter?

Ich habe Ihnen ein Märchen erzählt, junger Mann. Der Mensch, der es erlebt hat, bin nicht ich. Ich bin ein armer Buchhalter, der sich von Ihnen zu einer Flasche Wein einladen läßt. Aber jetzt will ich heimgehen. Nein, bleiben Sie noch, ich gehe allein. Bleiben Sie!« *(1906)*

## Liebe

Herr Thomas Höpfner, mein Freund, ist ohne Zweifel unter allen meinen Bekannten der, der am meisten Erfahrung in der Liebe hat. Wenigstens hat er es mit vielen Frauen gehabt, kennt die Künste des Werbens aus langer Übung und kann sich sehr vieler Eroberungen rühmen. Wenn er mir davon erzählt, komme ich mir wie ein Schulbub vor. Allerdings meine ich zuweilen ganz im stillen, vom eigentlichen Wesen der Liebe verstehe er auch nicht mehr als unsereiner. Ich glaube nicht, daß er oft in seinem Leben um eine Geliebte Nächte durchwacht und durchweint hat. Er hat es jedenfalls selten nötig gehabt, und ich will es ihm gönnen, denn ein fröhlicher Mensch ist er trotz seiner Erfolge nicht. Vielmehr sehe ich ihn nicht selten von einer leichten Melancholie befangen, und sein ganzes Auftreten hat etwas resigniert Ruhiges, Gedämpftes, was nicht wie Sättigung aussieht.
Nun, das sind Vermutungen und vielleicht Täuschungen. Mit Psychologie kann man Bücher schreiben, aber nicht Menschen ergründen, und ich bin auch nicht einmal Psycholog. Immerhin scheint es mir zuzeiten, mein Freund Thomas sei nur darum ein Virtuos im Liebesspiel, weil ihm zu der Liebe, die kein Spiel mehr ist, etwas fehle, und er sei deshalb ein Melancholiker, weil er jenen Mangel an sich selber kenne und bedauere. – Lauter Vermutungen, vielleicht Täuschungen.
Was er mir neulich über Frau Förster erzählte, war mir merkwürdig, obwohl es sich nicht um ein eigentliches Erlebnis oder gar Abenteuer, sondern nur um eine Stimmung handelte, eine lyrische Anekdote.

Ich traf mit Höpfner zusammen, als er eben den »Blauen Stern« verlassen wollte, und überredete ihn zu einer Flasche Wein. Um ihn zum Spendieren eines besseren Getränkes zu nötigen, bestellte ich eine Flasche gewöhnlichen Mosel, den ich selber sonst nicht trinke. Unwillig rief er den Kellner zurück.
»Keinen Mosel, warten Sie!«
Und er ließ eine feine Marke kommen. Mir war es recht, und bei dem guten Wein waren wir bald im Gespräch. Vorsichtig

brachte ich die Unterhaltung auf die Frau Förster, eine schöne Frau von wenig über dreißig Jahren, die noch nicht sehr lange in der Stadt wohnte und im Ruf stand, viele Liebschaften gehabt zu haben.
Der Mann war eine Null. Seit kurzem wußte ich, daß mein Freund bei ihr verkehrte.
»Also die Förster«, sagte er endlich nachgebend, »wenn sie dich denn so heftig interessiert. Was soll ich sagen? Ich habe nichts mit ihr erlebt.«
»Gar nichts?«
»Na, wie man will. Nichts, was ich eigentlich erzählen kann. Man müßte ein Dichter sein.«
Ich lachte.
»Du hältst sonst nicht viel von den Dichtern.«
»Warum auch? Dichter sind meistens Leute, die nichts erleben. Ich kann dir sagen, mir sind im Leben schon tausend Sachen passiert, die man hätte aufschreiben sollen. Immer dachte ich, warum erlebt nicht auch einmal ein Dichter so was, damit es nicht untergeht. Ihr macht immer einen Mordslärm um Selbstverständlichkeiten, jeder Dreck reicht für eine ganze Novelle – –«
»Und das mit der Frau Förster? Auch eine Novelle?«
»Nein. Eine Skizze, ein Gedicht. Eine Stimmung, weißt du.«
»Also, ich höre.«
»Nun, die Frau war mir interessant. Was man von ihr sagt, weißt du. Soweit ich aus der Ferne beobachten konnte, mußte sie viel Vergangenheit haben. Es schien mir, sie habe alle Arten von Männern geliebt und kennengelernt und keinen lang ertragen. Dabei ist sie schön.«
»Was nennst du schön?«
»Sehr einfach, sie hat nichts Überflüssiges, nichts zuviel. Ihr Körper ist ausgebildet, beherrscht, ihrem Willen dienstbar. Nichts an ihm ist undiszipliniert, nichts versagt, nichts ist träge. Ich kann mir keine Situation denken, der sie nicht noch das äußerst Mögliche von Schönheit abgewinnen würde. Eben das zog mich an, denn für mich ist das Naive meist langweilig. Ich suche bewußte Schönheit, erzogene Formen, Kultur. Na, keine Theorien!«
»Lieber nicht.«

»Ich ließ mich also einführen und ging ein paarmal hin. Einen Liebhaber hatte sie zur Zeit nicht, das war leicht zu bemerken. Der Mann ist eine Porzellanfigur. Ich fing an, mich zu nähern. Ein paar Blicke über Tisch, ein leises Wort beim Anstoßen mit dem Weinglas, ein zu lang dauernder Handkuß. Sie nahm es hin, abwartend, was weiter käme. Also machte ich einen Besuch zu einer Zeit, wo sie allein sein mußte, und wurde angenommen.
Als ich ihr gegenübersaß, merkte ich schnell, daß hier keine Methode am Platz sei. Darum spielte ich *va banque* und sagte ihr einfach, ich sei verliebt und stehe zu ihrer Verfügung. Daran knüpfte sich ungefähr folgender Dialog:
›Reden wir von Interessanterem.‹
›Es gibt nichts, was mich interessieren könnte, als Sie, gnädige Frau. Ich bin gekommen, um Ihnen das zu sagen. Wenn es Sie langweilt, gehe ich.‹
›Nun denn, was wollen Sie von mir?‹
›Liebe, gnädige Frau!‹
›Liebe! Ich kenne Sie kaum und liebe Sie nicht.‹
›Sie werden sehen, daß ich nicht scherze. Ich biete Ihnen alles an, was ich bin und tun kann, und ich werde vieles tun können, wenn es für Sie geschieht.‹
›Ja, das sagen alle. Es ist nie etwas Neues in euren Liebeserklärungen. Was wollen Sie denn tun, das mich hinreißen soll? Würden Sie wirklich lieben, so hätten Sie längst etwas getan.‹
›Was zum Beispiel?‹
›Das müßten Sie selber wissen. Sie hätten acht Tage fasten können oder sich erschießen, oder wenigstens Gedichte machen.‹
›Ich bin nicht Dichter.‹
›Warum nicht? Wer so liebt, wie man einzig lieben sollte, der wird zum Dichter und zum Helden um ein Lächeln, um einen Wink, um ein Wort von der, die er lieb hat. Wenn seine Gedichte nicht gut sind, sind sie doch heiß und voll Liebe –‹
›Sie haben recht, gnädige Frau. Ich bin kein Dichter und kein Held, und ich erschieße mich auch nicht. Oder wenn ich das täte, so geschähe es aus Schmerz darüber, daß meine Liebe nicht so stark und brennend ist, wie Sie sie verlangen dürfen. Aber statt alles dessen habe ich eines, einen einzigen kleinen Vorzug vor jenem idealen Liebhaber: ich verstehe Sie.‹

›Was verstehen Sie?‹

›Daß Sie Sehnsucht haben wie ich. Sie verlangen nicht nach einem Geliebten, sondern Sie möchten lieben, ganz und sinnlos lieben. Und Sie können das nicht.‹

›Glauben Sie?‹

›Ich glaube es. Sie suchen die Liebe, wie ich sie suche. Ist es nicht so?‹

›Vielleicht.‹

›Darum können Sie mich auch nicht brauchen, und ich werde Sie nicht mehr belästigen. Aber vielleicht sagen Sie mir noch, ehe ich gehe, ob Sie einmal, irgend einmal, der wirklichen Liebe begegnet sind.‹

›Einmal, vielleicht. Da wir so weit sind, können Sie es ja wissen. Es ist drei Jahre her. Da hatte ich zum erstenmal das Gefühl, wahrhaftig geliebt zu werden.‹

›Darf ich weiter fragen?‹

›Meinetwegen. Da kam ein Mann und lernte mich kennen und hatte mich lieb. Und weil ich verheiratet war, sagte er es mir nicht. Und als er sah, daß ich meinen Mann nicht liebte und einen Günstling hatte, kam er und schlug mir vor, ich solle meine Ehe auflösen. Das ging nicht, und von da an trug dieser Mann Sorge um mich, bewachte uns, warnte mich und wurde mein guter Beistand und Freund. Und als ich seinetwegen den Günstling entließ und bereit war, ihn anzunehmen, verschmähte er mich und ging und kam nicht wieder. Der hat mich geliebt, sonst keiner.‹

›Ich verstehe.‹

›Also gehen Sie nun, nicht? Wir haben einander vielleicht schon zu viel gesagt.‹

›Leben Sie wohl. Es ist besser, ich komme nicht wieder.‹«

Mein Freund schwieg, rief nach einer Weile den Kellner, zahlte und ging. Und aus dieser Erzählung unter anderm schloß ich, ihm fehle die Fähigkeit zur richtigen Liebe. Er hatte es ja selber ausgesprochen. Und doch muß man den Menschen dann am wenigsten glauben, wenn sie von ihren Mängeln reden. Mancher hält sich für vollkommen, nur weil er geringe Ansprüche an sich stellt. Das tat mein Freund nicht, und es mag sein, daß gerade sein Ideal einer wahren Liebe ihn so hat werden lassen, wie er ist.

Vielleicht hat der kluge Mann mich auch zum besten gehabt, und möglicherweise war jenes Gespräch mit Frau Förster einfach seine Erfindung. Denn er ist ein heimlicher Dichter, so sehr er sich auch dagegen verwahrt.
Lauter Vermutungen, vielleicht Täuschungen. *(1906)*

# Brief eines Jünglings

Verehrte gnädige Frau!
Sie haben mich eingeladen, Ihnen einmal zu schreiben. Sie dachten, für einen jungen Mann mit literarischer Begabung müßte es köstlich sein, Briefe an eine schöne und gefeierte Dame schreiben zu dürfen. Sie haben recht, es ist köstlich.
Und außerdem haben Sie auch bemerkt, daß ich weit besser schreiben als sprechen kann. Also schreibe ich. Es ist für mich die einzige Möglichkeit, Ihnen ein kleines Vergnügen zu machen, und das möchte ich so gerne tun. Denn ich habe Sie lieb, gnädige Frau. Erlauben Sie mir, ausführlich zu sein! Es ist notwendig, weil Sie mich sonst mißverstehen würden, und es ist vielleicht berechtigt, weil dieser Brief an Sie mein einziger sein wird. Und nun genug der Einleitungen!

Als ich sechzehn Jahre alt war, sah ich mit einer sonderbaren und vielleicht frühreifen Schwermut die Freuden der Knabenzeit mir fremd werden und verlorengehen. Ich sah meinen kleinern Bruder Sandkanäle anlegen, mit Lanzen werfen und Schmetterlinge fangen und beneidete ihn um die Lust, die er dabei empfand und an deren leidenschaftliche Innigkeit ich mich noch so gut erinnern konnte. Mir war sie abhanden gekommen, ich wußte nicht wann und nicht warum, und an ihre Stelle war, da ich die Genüsse der Erwachsenen noch nicht recht teilen konnte, Unbefriedigtsein und Sehnsucht getreten.
Mit heftigem Eifer, aber ohne Ausdauer trieb ich bald Geschichte, bald Naturwissenschaften, machte eine Woche lang alltäglich bis in die Nacht hinein botanische Präparate und tat dann wieder vierzehn Tage lang nichts als Goethe lesen. Ich fühlte mich einsam und von allen Beziehungen zum Leben wider meinen Willen abgetrennt, und diese Kluft zwischen dem Leben und mir suchte ich instinktiv durch Lernen, Wissen, Erkennen zu überbrücken. Zum ersten Mal begriff ich unsern Garten als einen Teil der Stadt und des Tales, das Tal als einen Einschnitt im Gebirge, das Gebirge als ein deutlich begrenztes Stück der Erdoberfläche.
Zum ersten Mal betrachtete ich die Sterne als Weltkörper, die

Formen der Berge als notwendig entstandene Produkte der Erdkräfte, und zum ersten Mal erfaßte ich damals die Geschichte der Völker als einen Teil der Erdgeschichte. Ausdrücken und mit Namen nennen konnte ich das damals noch nicht, aber es war in mir und lebte.

Kurz, ich begann in jener Zeit zu denken. Also erkannte ich mein Leben als etwas Bedingtes und Begrenztes, und damit erwachte in mir jener Wunsch, den das Kind noch nicht kennt, der Wunsch, aus meinem Leben das möglichst Gute und Schöne zu machen. Vermutlich erleben alle jungen Leute annähernd dasselbe, aber ich erzähle es, als wäre es ein ganz individuelles Erleben gewesen, das es ja für mich auch war.

Unbefriedigt und von der Sehnsucht nach Unerreichbarem verzehrt, lebte ich einige Monate hin, fleißig und doch unstet, glühend und doch nach Wärme verlangend. Mittlerweile war die Natur klüger als ich und löste das peinliche Rätsel meines Zustandes. Eines Tages war ich verliebt und hatte unverhofft alle Beziehungen zum Leben wieder, stärker und mannigfaltiger als je vorher.

Seitdem habe ich größere und köstlichere Stunden und Tage gehabt, aber nie mehr solche Wochen und Monate, so warm und so erfüllt von einem stetig strömenden Gefühl. Die Geschichte meiner ersten Liebe will ich Ihnen nicht erzählen, es liegt nichts daran, und die äußeren Umstände hätten ebensogut ganz andere sein können. Aber das Leben, das ich damals lebte, möchte ich ein wenig zu schildern versuchen, wenn ich auch weiß, daß es mir nicht gelingen wird. Das hastige Suchen hatte ein Ende. Ich stand plötzlich mitten in der lebendigen Welt und war durch tausend wurzelnde Fasern mit der Erde und den Menschen verbunden. Meine Sinne schienen verändert, schärfer und lebhafter. Namentlich die Augen. Ich sah ganz anders als früher. Ich sah heller und farbiger, wie ein Künstler, ich empfand Freude am reinen Anschauen.

Der Garten meines Vaters stand in sommerlicher Pracht. Da standen blühende Gesträuche und Bäume mit dichtem Sommerlaub gegen den tiefen Himmel, Efeu wuchs die hohe Stützmauer hinan, und darüber ruhte der Berg mit rötlichen Felsen und blauschwarzem Tannenwald. Und ich stand und sah es an und war ergriffen davon, daß jedes Einzelne so wunderlich schön und lebendig, farbig und strahlend war. Manche Blumen wiegten sich auf ihren Stengeln so zart und blickten aus den farbigen Kelchen so rührend fein und innig, daß ich sie lieb hatte und sie genoß wie Lieder eines Dichters. Auch viele Geräusche, die ich früher nie beachtet hatte, fielen mir jetzt auf und sprachen zu mir und beschäftigten mich: der Laut des Windes in den Tannen und im Gras, das Läuten der Grillen auf den Wiesen, der Donner entfernter Gewitter, das Rauschen des Flusses am Wehr und die vielen Stimmen der Vögel. Abends sah und hörte ich die Schwärme der Fliegen im goldenen Spätlicht und lauschte den Fröschen am Teich. Tausend nichtige Dinge wurden mir auf einmal lieb und wichtig und berührten mich wie Erlebnisse. Zum Beispiel wenn ich morgens zum Zeitvertreib ein paar Beete im Garten begoß und die Erde und die Wurzeln so dankbar und gierig tranken. Oder ich sah einen kleinen blauen Schmetterling im Mittagsglanz wie betrunken taumeln. Oder ich beobachtete die Entfaltung einer jungen Rose. Oder ich ließ abends vom Nachen aus die Hand ins Wasser hängen und spürte das weiche laue Ziehen des Flusses an den Fingern.

Während die Pein einer ratlosen ersten Liebe mich plagte und während unverstandene Not, tägliche Sehnsucht und Hoffnung und Enttäuschung mich bewegten, war ich trotz Schwermut und Liebesangst doch jeden Augenblick im innersten Herzen glücklich. Alles, was um mich war, war mir lieb und hatte mir etwas zu sagen, es gab nichts Totes und keine Leere in der Welt. Ganz ist mir das nie mehr verlorengegangen, aber es ist auch nie mehr so stark und stetig wiedergekommen. Und das noch einmal zu erleben, es mir zueigen zu machen und festzuhalten, das ist jetzt meine Vorstellung vom Glück.

Wollen Sie weiter hören? Seit jener Zeit bis auf diesen Tag bin ich eigentlich immer verliebt gewesen. Mir schien von allem, was ich kennenlernte, doch nichts so edel und feurig und hinreißend wie die Liebe zu Frauen. Nicht immer hatte ich Beziehungen zu Frauen oder Mädchen, auch liebte ich nicht immer mit Bewußtsein eine bestimmte Einzelne, aber immer waren meine Gedanken irgendwie mit Liebe beschäftigt, und meine Verehrung des Schönen war eigentlich eine beständige Anbetung der Frauen.

Liebesgeschichten will ich Ihnen nicht erzählen. Ich habe einmal eine Geliebte gehabt, einige Monate lang, und ich habe gelegent-

lich einen Kuß und einen Blick und eine Liebesnacht halb ungewollt im Vorbeigehen geerntet, aber wenn ich wirklich liebte, war es immer unglücklich. Und wenn ich mich genau besinne, so waren die Leiden einer hoffnungslosen Liebe, die Angst und die Zaghaftigkeit und die schlaflosen Nächte eigentlich weit schöner als alle kleinen Glücksfälle und Erfolge.
Wissen Sie, daß ich sehr in Sie verliebt bin, gnädige Frau? Ich kenne Sie seit bald einem Jahr, wenn ich auch nur viermal in Ihr Haus gekommen bin. Als ich Sie zum ersten Mal sah, trugen Sie auf einer hellgrauen Bluse eine Brosche mit der Florentiner Lilie. Einmal sah ich Sie am Bahnhof in den Pariser Schnellzug steigen. Sie hatten ein Billett nach Straßburg. Damals kannten Sie mich noch nicht.
Dann kam ich mit meinem Freund zu Ihnen, ich war damals schon in Sie verliebt. Sie bemerkten es erst bei meinem dritten Besuch, an jenem Abend mit der Schubertmusik. Wenigstens schien es mir so. Sie scherzten zuerst über meine Ernsthaftigkeit, dann über meine lyrischen Ausdrücke, und beim Adieusagen waren Sie gütig und ein wenig mütterlich. Und das letzte Mal, nachdem Sie mir Ihre Sommeradresse genannt hatten, haben Sie mir erlaubt, Ihnen zu schreiben. Und das habe ich also heut getan, nach langem Überlegen.
Wie soll ich nun den Schluß finden? Ich sagte Ihnen ja, daß dieser erste Brief von mir auch mein letzter sein würde. Nehmen Sie meine Konfessionen, die vielleicht etwas Lächerliches haben, von mir als das einzige, was ich Ihnen geben und womit ich Ihnen zeigen kann, daß ich Sie hochschätze und liebe. Indem ich an Sie denke und mir gestehe, daß ich Ihnen gegenüber die Rolle des Verliebten sehr schlecht gespielt habe, fühle ich doch etwas von dem Wunderbaren, von dem ich Ihnen schrieb.
Es ist schon Nacht, die Grillen singen noch immer vor meinem Fenster im feuchten Grasgarten, und vieles ist wieder wie in jenem märchenhaften Sommer. Vielleicht, denke ich mir, darf ich das alles einst wieder haben und nochmals erleben, wenn ich dem Gefühl treu bleibe, aus dem ich diesen Brief geschrieben habe. Ich möchte auf das verzichten, was für die meisten jungen Leute aus dem Verliebtsein folgt und was ich selber mehr als genug kennengelernt habe – auf das halb echte, halb künstliche Spiel der Blicke und Gebärden, auf das kleinliche Benützen einer

Stimmung und Gelegenheit, auf das Berühren der Füße unterm Tisch und den Mißbrauch eines Handkusses.

Es gelingt mir nicht, was ich meine, richtig auszudrücken. Wahrscheinlich verstehen Sie mich trotzdem. Wenn Sie so sind, wie ich Sie mir gerne vorstelle, dann können Sie über mein konfuses Schreiben herzlich lachen, ohne mich darum geringzuschätzen. Möglich, daß ich selber einmal darüber lachen werde; heute kann ich es nicht und wünsche es mir auch nicht.

In treuer Verehrung Ihr ergebener B. *(1906)*

## Abschiednehmen

Lieber Theo!
Bitte, lies diesen Brief aufmerksam, auch wenn er ein wenig lang und eintönig ausfallen sollte, und sage niemand etwas von ihm. Wenn ich hinzufüge, daß es vermutlich mein letzter Brief an Dich sein wird, so soll Dich das nicht erschrecken, denn ich habe weder im Sinn zu sterben, noch Dir untreu zu werden.
Es ist eine recht peinliche Sache. Ich bin, um es gleich deutlich zu sagen, im Begriff blind zu werden. Vor acht Tagen war ich zum letztenmal in der Stadt beim Augenarzt, und seither weiß ich und muß mich damit abzufinden suchen, daß meine schwachen Augen längstens noch etwa ein Jahr vorhalten werden. Die Kur, die ich diesen Winter durchmachte, ist ohne Erfolg geblieben.
Nimm mir's nicht übel, daß ich nun gerade zu Dir komme! Klagen will ich ja nicht, aber ein bißchen darüber zu reden, ist mir doch ein Bedürfnis. Hier habe ich, wie Du weißt, niemand als meine Frau, und der wollte ich einstweilen nichts davon sagen. Wir hatten mein Augenleiden als eine vorübergehende Ermüdung betrachtet, und ich möchte ihr nun die Wahrheit nicht früher sagen, als bis ich selber mich einigermaßen darein gefunden habe. Sonst säßen wir einander gar zu trostlos gegenüber. Auch würde sie, wenn ich es ihr sagte, mir entweder einreden wollen, ich sehe zu schwarz und es sei nicht so schlimm, oder sie würde schon jetzt, noch vor der Zeit, mich mit Mitleid und Fürsorge wie einen Blinden behandeln, und beides wäre mir wahrscheinlich gleich unerträglich.
So suche ich Dich auf, um Dir von meinem Zustand und von den Gedanken, die mich zur Zeit beschäftigen, zu erzählen, so wie wir früher manche Erlebnisse geteilt und miteinander besprochen haben. Und da das Schreiben mir nun doch bald nicht mehr möglich sein wird, sollst Du der letzte sein, mit dem ich mich auf diese Art unterhalte.
Sorge sollst Du um mich nicht haben. Vielleicht werde ich ja auch später noch arbeiten können, mit Hilfe von Vorlesen, Diktieren usw., und auch wenn das nicht gehen sollte, werde ich doch nicht in Not geraten.

Bis jetzt habe ich nichts aufgeben müssen als das Lesen. Das war ja freilich sonst meine Hauptbeschäftigung, doch habe ich, Gott sei Dank, viel Schönes und Erbauliches im Kopf behalten und bin auch wohl nie so sehr Stubenhocker gewesen, daß ich ohne Bücher nimmer leben könnte. Bedauerlich ist es ja, und wenn ich an meinen vielen Büchern vorbeigehe, kann ich oft nicht widerstehen und nehme einen Band heraus, um mir eine halbe Stunde von meiner Frau vorlesen zu lassen. Natürlich darf ich das nicht allzu häufig tun, damit sie nicht merkt, wie es mit mir steht. Übrigens sind meine Augen noch immer so, daß ich selber noch lesen könnte; aber lang würde das doch nimmer dauern, so spare ich sie lieber für Wichtigeres.

Das ist es, wovon ich Dir eigentlich erzählen wollte. Ich lebe seit meiner Verurteilung hier wie einer, der Abschied nimmt. Ein merkwürdiger Zustand, der zu manchen Gedanken anregt und sonderbarerweise nicht nur Schmerzliches bringt. Du kennst unsere Gegend, unseren Hügel und mein Häuschen mit dem Blick auf das weite Kornland und die Wiesen. Das alles sehe ich mir jetzt an und merke, wie vieles mir doch in allen den Jahren davon unbekannt geblieben ist. Denn, nicht wahr, jetzt muß ich es alles recht gut und genau kennenlernen, um nachher nicht in einer Fremde leben zu müssen, sondern auch ohne Augen darin heimisch sein zu können. Ich gehe herum und bin oft verwundert, wie viel es zu sehen gibt, wenn man einmal wirklich trinkt, »was die Wimper hält«. Dabei genieße ich sogar noch eine vielleicht lächerliche Eitelkeit. Denn schau, ich kann mir nicht helfen, aber bei diesem Abschiednehmen und dieser letzten, gierigen Augenlust will es mir immer mehr so vorkommen, als sei ein rechter Künstler an mir verloren gegangen, als verstehe ich das Schauen ganz besonders. Oder vielleicht sehe ich jetzt, in meinem betrüblichen Ausnahmezustand, die Welt so an, wie ein Künstler sie immer sieht. Und daran habe ich, wenn auch unter Schmerzen, meine Freude.

Ein Haferfeld und ein Erlenbaum, von dem ich weiß, daß ich ihn in ein paar Monaten nimmer werde sehen können, sieht ganz anders aus, als er mir früher erschien. Alles und wieder alles, bis auf das Wurzelnetzwerk auf einem Lehmweg am Waldrand, hat auf einmal einen Wert, ist köstlich und eine Lust anzusehen. Jeder Buchenast und jeder fliegende Kiebitz ist schön und erstaunlich, drückt einen Schöpfungsgedanken aus, existiert, lebt, ist da und rechtfertigt durchs bloße Dasein seine Existenz, daß es ein Wunder und eine Freude ist. Und indem ich daran denke, daß diese Dinge mir alle bald entschwinden sollen, werden sie mir zu Bildern, verlieren ihre kurzweilige Zufälligkeit und wachsen zu Symbolen, werden Ideen und gewinnen den Ewigkeitswert von Kunstwerken. Das ist so seltsam und großartig, daß mir darüber die Furcht und das Jämmerliche meines Zustandes oft für Stunden ganz verloren geht. Manchmal sehe ich eine weite, vielfältige Landschaft so zusammengefaßt, so aufs Wesentliche vereinfacht, wie sie vielleicht nur ein großer Maler darstellen könnte. Und manchmal betrachte ich kleines Zeug, Gräser und Insekten, eine Baumrinde oder einen Kieselstein, und habe nicht weniger große Eindrücke davon, ich sehe Farben und studiere sie fast wie ein Maler, ich sehe Körper und genieße dieses ergreifende Schauen wie ein wertvolles Talent.

Häufig prüfe ich auch mein Bildergedächtnis, und wenn ich dabei auch unendlich viel Vergessenes mit Trauer verloren geben muß, so bin ich doch froh darüber, daß ich vieles ungewollt so gut bewahrt habe. Ich kann mir manches Dorf, durch das ich vor Jahren gewandert bin, noch als ein frisches Bild wieder vorstellen, und manchen Wald und manche schöne Stadt, und ich habe auch noch einen Tizian und ein paar Antiken und manche andere Kunstwerke unverloren im Gedächtnis. Ich weiß noch, wie die Fäden des Löwenzahnsamens aussehen, wenn sie im Wind segeln, und ich weiß noch von vielen fernen Jugendtagen her, wie damals die Morgensonne in einem Bergbach spiegelte, oder wie ein Gewitter aufzog, oder wie eine Reihe von Dorfmädchen abends Arm in Arm in der Gasse flanierte. Wenn das noch so gut sitzt und noch so lebendig ist, wird auch das, was ich jetzt noch aufnehmen kann, nicht gar so schnell verloren gehen, denke ich.

Freilich darf ich solche Proben mit meiner Umgebung noch nicht anstellen, wenn ich nicht mein bißchen Heiterkeit verlieren will. Wenn ich zuweilen meine Frau betrachte, ihre Gestalt, ihr Kleid, ihr Gesicht, ihre Hände, und dann zu grübeln anfange, wie wohl ihr Bildnis später hinter meinen erblindeten Augen leben wird, so verläßt mich alle Vernunft, und mein Schicksal kommt mir scheußlich dumm, sinnlos und grausam vor.

Aber davon wollte ich Dir nicht schreiben.
Ich will Dir lieber sagen, daß ich Dich und Deine Freundschaft, unsere vielen lieben Erinnerungen und alles das, was mir sonst in unzufriedenen Zeiten tröstlich gewesen ist, jetzt noch inniger empfinde und näher mit mir verwandt und verbunden weiß. Ich schaue jetzt, wie Du begreifen wirst, mit einer gewissen Angst nach Dingen aus, die einem erschütterten Leben zu Trost und neuen Kraftquellen werden können, und ich glaube, es gibt ihrer genug, um gegen die Verzweiflung aufzukommen. Da ich jetzt blind werden soll, scheint mir natürlich das Augenlicht und alles mit den Augen Genießbare besonders wertvoll und herrlich zu sein. Doch weiß ich immerhin, daß es noch anderes gibt.
Musik treibe ich jetzt gar nicht. Einmal bin ich nicht ruhig genug, dann beschäftigt mich auch jenes Abschiednehmen zu ausschließlich, und endlich möchte ich mir das für die Zeit sparen, wo ich es nötiger haben werde. Ich bin ja nur Dilettant und habe recht wenig Kenntnisse auf diesem Gebiet, aber ich kenne doch einiges, das mir auch in bösen Zeiten gut getan hat und teuer war, und das ich dorthinüber mitnehmen werde. Ein paar Sätze von Beethoven und namentlich auch ein paar Melodien von Schubert – an die denke ich, wie ein Schlafloser an Mophium denkt.
Außerdem gibt es ja noch so viel Feines und Schönes zu hören, ganz abgesehen von der Musik. Ich achte darauf jetzt besonders lebhaft. Ich suche Vögel am Gesang und bekannte Menschen an Gang und Stimme recht sicher erkennen zu lernen, ich horche nachts auf den Wind und denke mir, daß man gewiß aus seinem Ton zuweilen Wetter und Jahreszeit heraushören kann. Und ich freue mich, daß doch manches Angenehme auf Erden nur fürs Ohr und nicht für das Auge da ist, wie Nachtigallen, Zikaden usw.
Trotz allem beschäftige ich mich freilich vorwiegend mit den sichtbaren Dingen. Was man verlieren soll, schätzt man zehnfach, und was ich jetzt noch in meinem Auge spiegeln und mit dem Auge empfangen und mir zu eigen machen kann, das nehme ich wie eine Beute mit.
Als ich erfahren hatte, wie es mit mir stehe, und als die anfängliche Betäubung vorüber war, kam mir der Gedanke, eine größere Reise zu machen, vielleicht mit Dir, und noch einmal mit Bewußtsein und mit vollem Hunger mich an den Schönheiten

der Welt zu laben, noch einmal ins Hochgebirg und noch einmal nach Rom und noch einmal ans Meer zu gehen. Aber ich wäre doch schon ein Kranker gewesen, es hätte jemand für mich die Fahrpläne lesen und manche Dinge besorgen müssen, während ich hier noch immer ein freier Mann bin und keine verdächtige Hilfe brauche. Das kommt alles noch früh genug. Immerhin hätte ich Dich gern noch einmal recht angesehen, alter Theo, ehe die wirkliche Dämmerung beginnt. Nicht wahr, Du kommst dann, mir zuliebe? Jetzt ist es noch zu früh, es ließe sich vor meiner Frau doch nicht verbergen, daß wir ein peinliches Geheimnis haben. Aber sobald ich so weit bin, daß ich es ihr ohne Jammer sagen kann, mußt du kommen, gelt?
Nun habe ich meine Bitte vom Herzen. Und rede mit niemand davon, sonst habe ich die Anfragen und Kondolationen auf dem Hals. Es muß noch diese kleine Weile so aussehen, als sei es mit mir beim alten. Ich habe noch nicht einmal meine Zeitschriften abbestellt, und die Buchhändler schicken mir ihre Novitätenpakete noch wie immer zu.
Nun bin ich wieder ins Aktuelle geraten, und wollte doch nichts, als noch einmal in alter Weise schriftlich mit Dir plaudern. Falls Du meine Briefe aufbewahrt und zusammengelegt hast, wie ich Deine, muß es ein ganz stattliches Bündel sein. Es werden auch, hoffe ich, noch recht viele dazu kommen, denn später kann ich ja dann diktieren. Aber von den *manu propria* geschriebenen dürfte es der letzte, und mithin eine Art Autographenrarität sein. Genug denn, Du, und auch heute wieder wie immer treuen Dank für Deine Liebe. Dein alter Franz.

*(1906)*

# Eine Sonate

Frau Hedwig Dillenius kam aus der Küche, legte die Schürze ab, wusch und kämmte sich und ging dann in den Salon, um auf ihren Mann zu warten.
Sie betrachtete drei, vier Blätter aus einer Dürermappe, spielte ein wenig mit einer Kopenhagener Porzellanfigur, hörte vom nächsten Turme Mittag schlagen und öffnete schließlich den Flügel. Sie schlug ein paar Töne an, eine halbvergessene Melodie suchend, und horchte eine Weile auf das harmonische Ausklingen der Saiten. Feine, verhauchende Schwingungen, die immer zarter und unwirklicher wurden, und dann kamen Augenblicke, in denen sie nicht wußte, klangen die paar Töne noch nach oder war der feine Reiz im Gehör nur noch Erinnerung.
Sie spielte nicht weiter, sie legte die Hände in den Schoß und dachte. Aber sie dachte nicht mehr wie früher, nicht mehr wie in der Mädchenzeit daheim auf dem Lande, nicht mehr an kleine drollige oder rührende Begebenheiten, von denen immer nur die kleinere Hälfte wirklich und erlebt war. Sie dachte seit einiger Zeit an andere Dinge. Die Wirklichkeit selber war ihr schwankend und zweifelhaft geworden. Während der halbklaren, träumenden Wünsche und Erregungen der Mädchenzeit hatte sie oft daran gedacht, daß sie einmal heiraten und einen Mann und ein eigenes Leben und Hauswesen haben werde, und von dieser Veränderung hatte sie viel erwartet. Nicht nur Zärtlichkeit, Wärme und neue Liebesgefühle, sondern vor allem eine Sicherheit, ein klares Leben, ein wohliges Geborgensein vor Anfechtungen, Zweifeln und unmöglichen Wünschen. So sehr sie das Phantasieren und Träumen geliebt hatte, ihre Sehnsucht war doch immer nach einer Wirklichkeit gegangen, nach einem unbeirrten Wandeln auf zuverlässigen Wegen.
Wieder dachte sie darüber nach. Es war anders gekommen, als sie es sich vorgestellt hatte. Ihr Mann war nicht mehr das, was er ihr während der Brautzeit gewesen war, vielmehr sie hatte ihn damals in einem Licht gesehen, das jetzt erloschen war. Sie hatte geglaubt, er sei ihr ebenbürtig und noch überlegen, er könne mit ihr gehen bald als Freund, bald als Führer, und jetzt wollte es ihr häufig scheinen, sie habe ihn überschätzt. Er war brav, höflich,

auch zärtlich, er gönnte ihr Freiheit, er nahm ihr kleine häusliche Sorgen ab. Aber er war zufrieden, mit ihr und mit seinem Leben, mit Arbeit, Essen, ein wenig Vergnügen, und sie war mit diesem Leben nicht zufrieden. Sie hatte einen Kobold in sich, der nekken und tanzen wollte, und einen Träumergeist, der Märchen dichten wollte, und eine beständige Sehnsucht, das tägliche kleine Leben mit dem großen herrlichen Leben zu verknüpfen, das in Liedern und Gemälden, in schönen Büchern und im Sturm der Wälder und des Meeres klang. Sie war nicht damit zufrieden, daß eine Blume nur eine Blume und ein Spaziergang nur ein Spaziergang sein sollte. Eine Blume sollte eine Elfe, ein schöner Geist in schöner Verwandlung sein, und ein Spaziergang nicht eine kleine pflichtmäßige Übung und Erholung, sondern eine ahnungsvolle Reise nach dem Unbekannten, ein Besuch bei Wind und Bach, ein Gespräch mit den stummen Dingen. Und wenn sie ein gutes Konzert gehört hatte, war sie noch lang in einer fremden Geisterwelt, während ihr Mann längst in Pantoffeln umherging, eine Zigarette rauchte, ein wenig über die Musik redete und ins Bett begehrte.

Seit einiger Zeit mußte sie ihn nicht selten erstaunt ansehen und sich wundern, daß er so war, daß er keine Flügel mehr hatte, daß er nachsichtig lächelte, wenn sie einmal recht aus ihrem inneren Leben heraus mit ihm reden wollte.

Immer wieder kam sie zu dem Entschluß, sich nicht zu ärgern, geduldig und gut zu sein, es ihm in seiner Weise bequem zu machen. Vielleicht war er müde, vielleicht plagten ihn Dinge in seinem Amt, mit denen er sie verschonen wollte. Er war so nachgiebig und freundlich, daß sie ihm danken mußte. Aber er war nicht ihr Prinz, ihr Freund, ihr Herr und Bruder mehr, sie ging alle lieben Wege der Erinnerung und Phantasie wieder allein, ohne ihn, und die Wege waren dunkler geworden, da an ihrem Ende nicht mehr eine geheimnisvolle Zukunft stand.

Die Glocke tönte, sein Schritt erklang im Flur, die Türe ging, und er kam herein. Sie ging ihm entgegen und erwiderte seinen Kuß.

»Geht's gut, Schatz?«

»Ja, danke, und dir?«

Dann gingen sie zu Tisch.

»Du«, sagte sie, »paßt es dir, daß Ludwig heut abend kommt?«

»Wenn dir dran liegt, natürlich.«
»Ich könnte ihm nachher telefonieren. Weißt du, ich kann es kaum mehr erwarten.«
»Was denn?«
»Die neue Musik. Er hat ja neulich erzählt, daß er diese neuen Sonaten studiert hat und sie jetzt spielen kann. Sie sollen so schwer sein.«
»Ach ja, von dem neuen Komponisten, nicht?«
»Ja, Reger heißt er. Es müssen merkwürdige Sachen sein, ich bin schrecklich gespannt.«
»Ja, wir werden ja hören. Ein neuer Mozart wird's auch nicht sein.«
»Also heut abend. Soll ich ihn gleich zum Essen bitten?«
»Wie du willst, Kleine.«
»Bist du auch neugierig auf den Reger? Ludwig hat so begeistert von ihm gesprochen.«
»Nun, man hört immer gern was Neues. Ludwig ist vielleicht ein bißchen sehr enthusiastisch, nicht? Aber schließlich muß er von Musik mehr verstehen als ich. Wenn man den halben Tag Klavier spielt!«
Beim schwarzen Kaffee erzählte ihm Hedwig Geschichten von zwei Buchfinken, die sie heute in den Anlagen gesehen hatte. Er hörte wohlwollend zu und lachte.
»Was du für Einfälle hast! Du hättest Schriftstellerin werden können!«
Dann ging er fort, aufs Amt, und sie sah ihm vom Fenster aus nach, weil er das gern hatte. Darauf ging auch sie an die Arbeit. Sie trug die letzte Woche im Ausgabenbüchlein nach, räumte ihres Mannes Zimmer auf, wusch die Blattpflanzen ab und nahm schließlich eine Näharbeit vor, bis es Zeit war, wieder nach der Küche zu sehen.
Gegen acht Uhr kam ihr Mann und gleich darauf Ludwig, ihr Bruder. Er gab der Schwester die Hand, begrüßte den Schwager und nahm dann nochmals Hedwigs Hände.
Beim Abendessen unterhielten sich die Geschwister lebhaft und vergnügt. Der Mann warf hie und da ein Wort dazwischen und spielte zum Scherz den Eifersüchtigen. Ludwig ging darauf ein, sie aber sagte nichts dazu, sondern wurde nachdenklich. Sie fühlte, daß wirklich unter ihnen dreien ihr Mann der Fremde

war. Ludwig gehörte zu ihr, er hatte dieselbe Art, denselben Geist, die gleichen Erinnerungen wie sie, er sprach dieselbe Sprache, begriff und erwiderte jede kleine Neckerei. Wenn er da war, umgab sie eine heimatliche Luft; dann war alles wieder wie früher, dann war alles wieder wahr und lebendig, was sie von Hause her in sich trug und was von ihrem Mann freundlich geduldet, aber nicht erwidert und im Grunde vielleicht auch nicht verstanden wurde.
Man blieb noch beim Rotwein sitzen, bis Hedwig mahnte. Nun gingen sie in den Salon, Hedwig öffnete den Flügel und zündete die Lichter an, ihr Bruder legte die Zigarette weg und schlug sein Notenheft auf. Dillenius streckte sich in einen niederen Sessel mit Armlehnen und stellte den Rauchtisch neben sich. Hedwig nahm abseits beim Fenster Platz.
Ludwig sagte noch ein paar Worte über den neuen Musiker und seine Sonate. Dann war es einen Augenblick ganz stille. Und dann begann er zu spielen.
Hedwig hörte die ersten Takte aufmerksam an, die Musik berührte sie fremd und sonderbar. Ihr Blick hing an Ludwig, dessen dunkles Haar im Kerzenlicht zuweilen aufglänzte. Bald aber spürte sie in der ungewohnten Musik einen starken und feinen Geist, der sie mitnahm und ihr Flügel gab, daß sie über Klippen und unverständliche Stellen hinweg das Werk begreifen und erleben konnte.
Ludwig spielte, und sie sah eine weite dunkle Wasserfläche in großen Takten wogen. Eine Schar von großen, gewaltigen Vögeln kam mit brausenden Flügelschlägen daher, urweltlich düster. Der Sturm tönte dumpf und warf zuweilen schaumige Wellenkämme in die Luft, die in viele kleine Perlen zerstäubten. In dem Brausen der Wellen, des Windes und der großen Vogelflügel klang etwas Geheimes mit, da sang bald mit lautem Pathos bald mit feiner Kinderstimme ein Lied, eine innige, liebe Melodie.
Wolken flatterten schwarz und in zerrissenen Strähnen, dazwischen gingen wundersame Blicke in golden tiefe Himmel auf. Auf großen Wogen ritten Meerscheusale von grausamer Bildung, aber auf kleinen Wellen spielten zarte rührende Reigen von Engelbüblein mit komisch dicken Gliedern und mit Kinderaugen. Und das Gräßliche ward vom Lieblichen mit wach-

sendem Zauber überwunden, und das Bild verwandelte sich in ein leichtes, luftiges, der Schwere enthobenes Zwischenreich, wo in einem eigenen, mondähnlichen Lichte ganz zarte, schwebende Elfenwesen Luftreigen tanzten und dazu mit reinen, kristallenen, körperlosen Stimmen selig leichte, leidlos verwehende Töne sangen.

Nun aber wurde es, als seien es nicht mehr die engelhaften Lichtelfen selber, die im weißen Scheine sangen und schwebten, sondern als sei es ein Mensch, der von ihnen erzähle oder träume. Ein schwerer Tropfen Sehnsucht und unstillbares Menschenleid rann in die verklärte Welt des wunschlos Schönen, statt des Paradieses erstand des Menschen Traum vom Paradiese, nicht weniger glänzend und schön, aber von tiefen Lauten unstillbaren Heimwehs begleitet. So wird Menschenlust aus Kinderlust; das faltenlose Lachen ist dahin, die Luft aber ist inniger und schmerzlich süßer geworden.

Langsam zerrannen die holden Elfenlieder in das Meeresbrausen, das wieder mächtig schwoll. Kampfgetöse, Leidenschaft und Lebensdrang. Und mit dem Wegrollen einer letzten hohen Woge war das Lied zu Ende. Im Flügel klang die Flut in leiser, langsam sterbender Resonanz nach, und klang aus, und eine tiefe Stille entstand. Ludwig blieb in gebückter Haltung lauschend sitzen, Hedwig hatte die Augen geschlossen und lehnte wie schlafend im Stuhl.

Endlich stand Dillenius auf, ging ins Speisezimmer zurück und brachte dem Schwager ein Glas Wein.

Ludwig stand auf, dankte und nahm einen Schluck.

»Nun, Schwager«, sagte er, »was meinst du?«

»Zu der Musik? Ja, es war interessant, und du hast wieder großartig gespielt. Du mußt ja riesig üben.«

»Und die Sonate?«

»Siehst du, das ist Geschmackssache. Ich bin ja nicht absolut gegen alles Neue, aber das ist mir doch zu ›originell‹. Wagner laß ich mir noch gefallen – –«

Ludwig wollte antworten. Da war seine Schwester zu ihm getreten und legte ihm die Hand auf den Arm.

»Laß nur, ja? Es ist ja wirklich Geschmackssache.«

»Nicht wahr?« rief ihr Mann erfreut. »Was sollen wir streiten? Schwager, eine Zigarre?«

Ludwig sah etwas betroffen der Schwester ins Gesicht. Da sah er, daß sie von der Musik ergriffen war, und daß sie leiden würde, wenn weiter darüber gesprochen würde. Zugleich aber sah er zum erstenmal, daß sie ihren Mann schonen zu müssen glaubte, weil ihm etwas fehlte, das für sie notwendig und ihr angeboren war. Und da sie traurig schien, sagte er vor dem Weggehen heimlich zu ihr: »Hede, fehlt dir was?«
Sie schüttelte den Kopf.
»Du mußt mir das bald wieder spielen, für mich allein. Willst du?« Dann schien sie wieder vergnügt zu sein, und nach einer Weile ging Ludwig beruhigt heim.
Sie aber konnte diese Nacht nicht schlafen. Daß ihr Mann sie nicht verstehen könne, wußte sie, und sie hoffte, es ertragen zu können. Aber sie hörte immer wieder Ludwigs Frage: »Hede, fehlt dir was?« und dachte daran, daß sie ihm mit einer Lüge hatte antworten müssen, zum erstenmal mit einer Lüge.
Und nun, schien es ihr, hatte sie die Heimat und ihre herrliche Jugendfreiheit und alle leidlose, lichte Fröhlichkeit des Paradieses erst ganz verloren. *(1906)*

# Walter Kömpff

Über den alten Hugo Kömpff ist wenig zu sagen, als daß er in allem ein echter Gerbersauer von der guten Sorte war. Das alte, feste und große Haus am Marktplatz mit dem niedrigen und finsteren Kaufladen, der aber für eine Goldgrube galt, hatte er von Vater und Großvater übernommen und führte es im alten Sinne fort. Nur darin war er einen eigenen Weg gegangen, daß er seine Braut von auswärts geholt hatte. Sie hieß Kornelie und war eine Pfarrerstochter, eine hübsche und ernste Dame ohne das geringste bare Vermögen. Das Erstaunen und Reden darüber dauerte seine Weile, und wenn man die Frau auch später noch ein wenig seltsam fand, gewöhnte man sich doch zur Not an sie. Kömpff lebte in einer sehr stillen Ehe und bei guten Geschäftszeiten unauffällig nach der väterlichen Art dahin, war gutmütig und wohlangesehen, dabei ein vortrefflicher Kaufmann, so daß es ihm an nichts fehlte, was hierorts zum Glück und Wohlsein gehört. Zur rechten Zeit stellte sich ein Söhnlein ein und wurde Walter getauft; er hatte das Gesicht und den Gliederbau der Kömpffe, aber keine graublauen, sondern von der Mutter her, braune Augen. Nun war ein Kömpff mit braunen Augen freilich noch nie gesehen worden, aber genau betrachtet schien das dem Vater kein Unglück, und der Bub ließ sich auch nicht an wie ein aus der Art Geschlagener. Es lief alles seinen leisen, gesunden Gang, das Geschäft ging vortrefflich, die Frau war zwar immer noch ein wenig anders, als man gewohnt war, aber das war kein Schade, und der Kleine wuchs und gedieh und kam in die Schule, wo er zu den Besten gehörte. Nun fehlte dem Kaufmann noch, daß er in den Gemeinderat kam, aber auch das konnte nimmer lang auf sich warten lassen, und dann wäre seine Höhe erreicht und alles wie beim Vater und Großvater gewesen.

Es kam aber nicht dazu. Ganz wider die Kömpffsche Tradition legte sich der Hausherr schon mit vierundvierzig Jahren zum Sterben nieder. Es nahm ihn langsam genug hinweg, daß er alles Notwendige noch in Ruhe bestimmen und ordnen konnte. Und so saß denn eines Tages die hübsche dunkle Frau an seinem Bett, und sie besprachen dies und jenes, was zu geschehen habe und was die Zukunft etwa bringen könnte. Vor allem war natürlich

von dem Buben Walter die Rede, und in diesem Punkte waren sie, was sie beide nicht überraschte, keineswegs derselben Gesinnung und gerieten darüber in einen stillen, doch zähen Kampf. Freilich, wenn jemand an der Stubentüre gehorcht hätte, der hätte nichts von einem Streit gemerkt.
Die Frau hatte nämlich vom ersten Tage der Ehe an darauf gehalten, daß auch an unguten Tagen Höflichkeit und sanfte Rede herrsche. Mehr als einmal war der Mann, wenn er bei irgendwelchem Vorschlag oder Entschluß ihren stillen, aber festen Widerstand spürte, in Zorn geraten. Aber dann verstand sie ihn beim ersten scharfen Wort auf eine Art anzusehen, daß er schnell einzog und seinen Groll wenn nicht abtat, so doch in den Laden oder auf die Gasse trug und die Frau damit verschonte, deren Willen dann meistens ohne weitere Worte bestehen blieb und erfüllt wurde. So ging auch jetzt, da er schon nah am Tode war und seinem letzten und stärksten Wunsch ihr festes Andersmeinen gegenüberstand, das Gespräch in Maß und Zucht seine Bahn. Doch sah das Gesicht des Kranken so aus, als wäre es mühsam gebändigt und könne von Augenblick zu Augenblick die Haltung verlieren und Zorn oder Verzweiflung zeigen.
»Ich bin an mancherlei gewöhnt, Kornelie«, sagte er, »und du hast ja gewiß auch manchmal gegen mich recht gehabt, aber du siehst doch, daß es sich diesmal um eine andre Sache handelt. Was ich dir sage, ist mein fester Wunsch und Wille, der seit Jahren feststeht, und ich muß ihn jetzt deutlich und bestimmt aussprechen und darauf bestehen. Du weißt, daß es sich hier nicht um eine Laune handelt und daß ich den Tod vor Augen habe. Wovon ich sprach, das ist ein Stück von meinem Testament, und es wäre besser, du würdest es in Güte hinnehmen.«
»Es hilft nichts«, erwiderte sie, »soviel drüber zu reden. Du hast mich um etwas gebeten, was ich nicht gewähren kann. Das tut mir leid, aber zu ändern ist nichts daran.«
»Kornelie, es ist die letzte Bitte eines Sterbenden. Denkst du daran nicht auch?«
»Ja, ich denke schon. Aber ich denke noch mehr daran, daß ich über das ganze Leben des Buben entscheiden soll, und das darf ich so wenig, wie du es darfst.«
»Warum nicht? Es ist etwas, was jeden Tag vorkommt. Wenn ich gesund geblieben wäre, hätte ich aus Walter doch auch gemacht,

was mir recht geschienen hätte. Jetzt will ich wenigstens dafür sorgen, daß er auch ohne mich Weg und Ziel vor sich hat und zu seinem Besten kommt.«
»Du vergißt nur, daß er uns beiden gehört. Wenn du gesund geblieben wärst, hätten wir beide ihn angeleitet, und wir hätten es abgewartet, was sich als das Beste für ihn gezeigt hätte.«
Der kranke Herr verzog den Mund und schwieg. Er schloß die Augen und besann sich auf Wege, doch noch in Güte zum Ziel zu kommen. Allein er fand keine, und da er Schmerzen hatte und nicht sicher sein konnte, ob er morgen noch das Bewußtsein haben werde, entschloß er sich zum letzten.
»Sei so gut und bring ihn her«, sagte er ruhig.
»Den Walter?«
»Ja, aber sogleich.«
Frau Kornelie ging langsam bis an die Tür. Dann kehrte sie um.
»Tu es lieber nicht!« sagte sie bittend.
»Was denn?«
»Das, was du tun willst, Hugo. Es ist gewiß nicht das Rechte.«
Er hatte die Augen wieder zugemacht und sagte nur noch müde:
»Bring ihn her!«
Da ging sie hinaus und in die große, helle Vorderstube hinüber, wo Walter über seinen Schulaufgaben saß. Er war zwischen zwölf und dreizehn, ein zarter und gutwilliger Knabe. Im Augenblick war er freilich verscheucht und aus dem Gleichgewicht, denn man hatte ihm nicht verheimlicht, daß es mit dem Vater zu Ende gehe. So folgte er der Mutter verstört und mit einem inneren Widerstreben kämpfend in die Krankenstube, wo der Vater ihn einlud, neben ihm auf dem Bettrand zu sitzen.
Der kranke Mann streichelte die warme, kleine Hand des Knaben und sah ihn gütig an.
»Ich muß etwas Wichtiges mit dir sprechen, Walter. Du bist ja schon groß genug, also hör gut zu und versteh mich recht. In der Stube da ist mein Vater und mein Großvater gestorben, im gleichen Bett, aber sie sind viel älter geworden als ich, und jeder hat schon einen erwachsenen Sohn gehabt, dem er das Haus und den Laden und alles hat ruhig übergeben können. Das ist nämlich eine wichtige Sache, mußt du wissen. Stell dir vor, daß dein Urgroßvater und dann der Großvater und dann dein Vater jeder viele Jahre lang hier geschafft hat und Sorgen gehabt hat, damit

das Geschäft auch in gutem Stand an den Sohn komme. Und jetzt soll ich sterben und weiß nicht einmal, was aus allem werden und wer nach mir der Herr im Hause sein soll. Überleg dir das einmal. Was meinst du dazu?«

Der Junge blickte verwirrt und traurig vor sich nieder; er konnte nichts sagen und konnte auch nicht nachdenken, der ganze Ernst und die feierliche Befangenheit dieser sonderbaren Stunde in dem dämmernden Zimmer umgab ihn wie eine schwere, dicke Luft. Er schluckte, weil ihm das Weinen nahe war, und blieb in Trauer und Verlegenheit still.

»Du verstehst mich schon«, fuhr der Vater fort und streichelte wieder seine Hand. »Mir wär es sehr lieb, wenn ich nun ganz gewiß wissen könnte, daß du, wenn du einmal groß genug bist, unser altes Geschäft weiterführst. Wenn du mir also versprechen würdest, daß du Kaufmann werden und später da drunten alles übernehmen willst, dann wäre mir eine große Sorge abgenommen, und ich könnte viel leichter und froher sterben. Die Mutter meint –«

»Ja, Walter«, fiel die Frau Kornelie ein, »du hast gehört, was der Vater gesagt hat, nicht wahr? Es kommt jetzt ganz auf dich an, was du sagen willst. Du mußt es dir nur gut überlegen. Wenn du denkst, es wäre vielleicht besser, daß du kein Kaufmann wirst, so sag es nur ruhig; es will dich niemand zwingen.«

Eine kleine Weile schwiegen alle drei.

»Wenn du willst, kannst du hinübergehen, und es noch bedenken, dann ruf ich dich nachher«, sagte die Mutter. Der Vater heftete die Blicke fest und fragend auf Walter, der Knabe war aufgestanden und wußte nichts zu sagen. Er fühlte, daß die Mutter nicht dasselbe wolle wie der Vater, dessen Bitte ihm nicht gar so groß und wichtig schien. Eben wollte er sich abwenden, um hinauszugehen, da griff der Leidende noch einmal nach seiner Hand, konnte sie aber nicht erreichen. Walter sah es und wandte sich ihm zu, da sah er in des Kranken Blick die Frage und die Bitte und fast eine Angst, und er fühlte plötzlich mit Mitleid und Schrecken, daß er es in der Hand habe, seinem sterbenden Vater weh oder wohl zu tun. Dies Gefühl von ungewohnter Verantwortung drückte ihn wie ein Schuldbewußtsein, er zögerte, und in einer plötzlichen Regung gab er dem Vater die Hand und sagte leise unter hervorbrechenden Tränen: »Ja, ich verspreche es.«

Dann führte ihn die Mutter ins große Zimmer zurück, wo es nun auch zu dunkeln begann; sie zündete die Lampe an, gab dem Knaben einen Kuß auf die Stirn und suchte ihn zu beruhigen. Darauf ging sie zu dem Kranken zurück, der nun erschöpft tief in den Kissen lag und in einen leichten Schlummer sank. Die großgewachsene, schöne Frau setzte sich in einen Armstuhl am Fenster und suchte mit müden Augen in die Dämmerung hinaus, über den Hof und die unregelmäßigen, spitzigen Dächer der Hinterhäuser hinweg an den bleichen Himmel blickend. Sie war noch in guten Jahren und war noch eine Schönheit, nur daß an den Schläfen die blasse Haut gleichsam ermüdet war.
Sie hätte wohl auch einen Schlummer nötig gehabt, doch schlief sie nicht ein, obwohl alles an ihr ruhte. Sie dachte nach. Es war ihr eigen, daß sie entscheidende, wichtige Zeiten ungeteilt bis auf die Neige durchleben mußte, sie mochte wollen oder nicht. So hielt es sie auch jetzt, der Ermattung zum Trotz, mitten in dem unheimlich stillerregten, überreizten Lebendigsein dieser Stunden fest, in denen alles wichtig und ernst und unabsehbar war. Sie mußte an den Knaben denken und ihn in Gedanken trösten, und sie mußte auf das Atmen ihres Mannes horchen, der dort lag und schlummerte und noch da war und doch eigentlich schon nicht mehr hierher gehörte. Am meisten aber mußte sie an diese vergangene Stunde denken.
Das war nun ihr letzter Kampf mit dem Mann gewesen, und sie hatte ihn wieder verloren, obwohl sie sich im Recht wußte. Alle diese Jahre hatte sie den Gatten überschaut und ihm ins Herz gesehen in Liebe und in Streit, und hatte es durchgeführt, daß es ein stilles und reinliches Miteinanderleben war. Sie hatte ihn lieb, heute noch wie immer, und doch war sie immer allein geblieben. Sie hatte es verstanden, in seiner Seele zu lesen, aber er hatte die ihre nicht verstehen können, auch in Liebe nicht, und war seine gewohnten Wege gegangen. Er war immer an der Oberfläche geblieben mit dem Verstand wie mit der Seele, und wenn es Dinge gab, in denen es ihr nicht erlaubt und möglich war, sich ihm zu fügen, hatte er nachgegeben und gelächelt, aber ohne sie zu verstehen.
Und nun war das Schlimmste doch geschehen. Sie hatte über das Kind mit ihm nie ernstlich reden können, und was hätte sie ihm auch sagen sollen? Er sah ja nicht ins Wesen hinein. Er war über-

zeugt, der Kleine habe von der Mutter die braunen Augen und alles andere von ihm. Und sie wußte seit Jahren jeden Tag, daß das Kind die Seele von ihr habe und daß in dieser Seele etwas lebe, was dem väterlichen Geist und Wesen widersprach. Gewiß, er hatte viel vom Vater, er war ihm fast in allem ähnlich. Aber den innersten Nerv, dasjenige, was eines Menschen wahres Wesen ausmacht und geheimnisvoll seine Geschicke schafft, diesen Lebensfunken hatte das Kind von ihr, und wer in den innersten Spiegel seines Herzen hätte sehen können, in die leise wogende, zarte Quelle des Persönlichen und Eigensten, hätte dort die Seele der Mutter gespiegelt gefunden.

Behutsam stand Frau Kömpff auf und trat ans Bett, sie bückte sich zu dem Schlafenden und sah ihn an. Sie wünschte sich noch einen Tag, noch ein paar Stunden für ihn, um ihn noch einmal recht zu sehen. Er hatte sie nie ganz verstanden, aber ohne seine Schuld, und eben die Beschränktheit seiner kräftigen und klaren Natur, die auch ohne inneres Verstehen sich ihr so oft gefügt hatte, erschien ihr liebenswert und ritterlich. Überschaut hatte sie ihn schon in der Brautzeit, damals nicht ohne einen feinen Schmerz.

Später war der Mann in seinen Geschäften und unter seinen Kameraden freilich um ein weniges derber, gewöhnlicher und spießbürgerlich beschränkter geworden, als ihr lieb war, aber der Grund seiner ehrenhaft festen Natur war doch geblieben, und sie hatten ein Leben miteinander geführt, an dem nichts zu bereuen war. Nur hatte sie gedacht, den Knaben so zu leiten, daß er frei bleibe und seiner eingeborenen Art unbehindert folgen könne. Und jetzt ging ihr vielleicht mit dem Vater auch das Kind verloren.

Der Kranke konnte bis spät in die Nacht hinein schlafen. Dann erwachte er mit Schmerzen, und gegen Morgen hin war es deutlich zu sehen, daß er abnahm und die letzten Kräfte rasch verlor. Doch gab es dazwischen noch einen Augenblick, wo er klar zu reden vermochte.

»Du«, sagte er. »Du hast doch gehört, daß er es mir versprochen hat?«

»Ja, freilich. Er hat es versprochen.«

»Dann kann ich darüber ganz ruhig sein?«

»Ja, das kannst du.«
»Das ist gut. – Du, Kornelie, bist du mir böse?«
»Warum?«
»Wegen Walter.«
»Nein, du, gar nicht.«
»Wirklich?«
»Ganz gewiß. Und du mir auch nicht, nicht wahr?«
»Nein, nein. O du! Ich dank dir auch.«
Sie war aufgestanden und hielt seine Hand. Die Schmerzen kamen, und er stöhnte leise, eine Stunde um die andere, bis er am Morgen erschöpft und still mit halb offenen Augen lag. Er starb erst zwanzig Stunden später.

Die schöne Frau trug nun schwarze Kleider und der Knabe ein schwarzes Florband um den Arm. Sie blieben im Hause wohnen, der Laden aber wurde verpachtet. Der Pächter hieß Herr Leipolt und war ein kleines Männlein von einer etwas aufdringlichen Höflichkeit. Zu Walters Vormund war ein gutmütiger Kamerad seines Vaters bestimmt, der sich selten im Hause zeigte und vor der strengen und scharfblickenden Witwe einige Angst hatte. Übrigens galt er für einen vorzüglichen Geschäftsmann. So war fürs erste alles nach Möglichkeit wohlbestellt, und das Leben im Hause Kömpff ging ohne Störungen weiter.
Nur mit den Mägden, mit denen schon zuvor eine ewige Not gewesen war, haperte es wieder mehr als je, und die Witwe mußte sogar einmal drei Wochen lang selber kochen und das Haus besorgen. Zwar gab sie nicht weniger Lohn als andere Leute, sparte auch am Essen der Dienstboten und an Geschenken zu Neujahr keineswegs, dennoch hatte sie selten eine Magd lang im Hause. Denn während sie in vielem fast freundlich war und namentlich nie ein grobes Wort hören ließ, zeigte sie in manchen Kleinigkeiten eine kaum begreifliche Strenge. Vor kurzem hatte sie ein fleißiges, anstelliges Mädchen, an der sie sehr froh gewesen war, wegen einer winzigen Notlüge entlassen. Das Mädchen bat und weinte, doch war alles umsonst. Der Frau Kömpff war die geringste Ausrede oder Unoffenheit unerträglicher als zwanzig zerbrochene Teller oder verbrannte Suppen.
Da fügte es sich, daß die Holderlies nach Gerbersau heimkehrte. Die war längere Jahre auswärts in Diensten gewesen, brachte ein

ansehnliches Erspartes mit und war hauptsächlich gekommen, um sich nach einem Vorarbeiter aus der Deckenfabrik umzusehen, mit dem sie vorzeiten ein Verhältnis gehabt und der seit langem nicht mehr geschrieben hatte. Sie kam zu spät und fand den Ungetreuen verheiratet, was ihr so nahe ging, daß sie sogleich wieder abreisen wollte. Da fiel sie durch Zufall der Frau Kömpff in die Hände, ließ sich trösten und zum Dableiben überreden und ist von da an volle dreißig Jahre im Hause geblieben.

Einige Monate war sie als fleißige und stille Magd in Stube und Küche tätig. Ihr Gehorsam ließ nichts zu wünschen übrig, doch scheute sie sich auch gelegentlich nicht, einen Rat unbefolgt zu lassen oder einen erhaltenen Auftrag sanft zu tadeln. Da sie es verständiger und gebührlicher Weise und immer mit voller Offenheit tat, ließ die Frau sich darauf ein, rechtfertigte sich und ließ sich belehren, und so kam es allmählich, daß unter Wahrung der herrschaftlichen Autorität, die Magd zu einer Mitsorgerin und Mitarbeiterin herangedieh. Dabei blieb es jedoch nicht. Sondern eines Abends kam es wie von selber, daß die Lies ihrer Herrin am Tisch bei der Lampe und feierabendlichen Handarbeit ihre ganze sehr ehrbare, aber nicht sehr fröhliche Vergangenheit erzählte, worauf Frau Kömpff eine solche Achtung und Teilnahme für das ältliche Mädchen faßte, daß sie ihre Offenherzigkeit erwiderte und ihr selber manche von ihren streng behüteten Erinnerungen mitteilte. Und bald war es beiden zur Gewohnheit geworden, miteinander über ihre Gedanken und Ansichten zu reden.

Dabei geschah es, daß unvermerkt vieles von der Denkart der Frau auf die Magd überging. Namentlich in religiösen Dingen nahm sie viele Ansichten von ihr an, nicht durch Bekehrung, sondern unbewußt, aus Gewohnheit und Freundschaft. Frau Kömpff war zwar eine Pfarrerstochter, aber keine ganz orthodoxe, wenigstens galt ihr die Bibel und ihr angeborenes Gefühl weit mehr als die Norm der Kirche. Peinlich achtete sie darauf, ihr tägliches Tun und Leben stets im Einklang mit ihrer Ehrfurcht vor Gott und den ihr gefühlsmäßig innewohnenden Gesetzen zu halten. Dabei entzog sie sich den natürlichen Begebnissen und Forderungen des Tages nicht, nur bewahrte sie sich ein stilles Gebiet im Innern, wohin Begebnisse und Worte nicht

reichen durften und wo sie in sich selber ausruhen oder in unsicheren Lagen ihr Gleichgewicht suchen konnte.
Es konnte nicht ausbleiben, daß von den beiden Frauen und der Art des Zusammenhausens auch der kleine Walter beeinflußt wurde. Doch nahm ihn fürs erste die Schule zu sehr in Anspruch, als daß er viel für sonstige Gespräche und Belehrungen übrig gehabt hätte. Auch ließ ihn die Mutter gern in Ruhe, und je sicherer sie seines innersten Wesens war, desto unbefangener beobachtete sie, wie viele Eigenschaften und Eigentümlichkeiten des Vaters nach und nach in dem Kinde zum Vorschein kamen. Namentlich in der äußeren Gestalt wurde er ihm immer ähnlicher.
Aber wenn auch vorerst niemand etwas Besonderes an ihm fand, so war der Knabe doch von recht ungewöhnlicher Natur. So wenig die braunen Augen in sein Kömpffsches Familiengesicht paßten, so unverschmelzbar schienen in seinem Gemüt väterliches und mütterliches Erbteil nebeneinander zu liegen. Einstweilen spürte selbst die Mutter nur selten etwas davon. Doch war Walter nun schon in die späteren Kinderjahre getreten, in welchen allerlei Gärungen und seltsame Rösselsprünge vorkommen und wo die jungen Leute sich beständig zwischen empfindlicher Schamhaftigkeit und derbem Wildtun hin und wider bewegen. Da war es immerhin gelegentlich auffallend, wie schnell oft seine Erregungen wechselten und wie leicht seine Gemütsart umschlagen konnte. Ganz wie sein Vater fühlte er nämlich das Bedürfnis, sich dem Durchschnitt und herrschenden Ton anzupassen, war also ein guter Klassenkamerad und Mitschüler, auch von den Lehrern gern gesehen. Und doch schienen daneben andre Bedürfnisse in ihm mächtig zu sein. Wenigstens war es einmal, als besänne er sich auf sich selbst und lege eine Maske ab, wenn er sich von einem tobenden Spiel beiseite schlich und sich entweder einsam in seine Dachbodenkammer setzte oder mit ungewohnter, stummer Zärtlichkeit zur Mutter kam. Gab sie ihm dann gütig nach und erwiderte sein Liebkosen, so war er unknabenhaft gerührt und weinte sogar zuweilen. Auch hatte er einst an einer kleinen Rachehandlung der Klasse gegen den Lehrer teilgenommen und fühlte sich, nachdem er sich zuvor laut des Streiches gerühmt hatte, nachher plötzlich sehr zerknirscht, daß er aus eigenem Antrieb hinging und um Verzeihung bat.

Das alles war erklärlich und sah harmlos aus. Es zeigte sich dabei zwar eine gewisse Schwäche, aber auch das gute Herz Walters, und niemand hatte Schaden davon. So verlief die Zeit bis zu seinem fünfzehnten Jahr in Stille und Zufriedenheit für Mutter, Magd und Sohn. Auch Herr Leipolt gab sich um Walter Mühe, suchte wenigstens seine Freundschaft durch öfteres Überreichen von kleinen, für Knaben erfreulichen Ladenartikeln zu erwerben. Dennoch liebte Walter den allzu höflichen Ladenmann gar nicht und wich ihm nach Kräften aus.

Am Ende des letzten Schuljahrs hatte die Mutter eine Unterredung mit dem Söhnlein, wobei sie zu erkunden suchte, ob er auch wirklich entschlossen und ohne Widerstreben damit einverstanden sei, nun Kaufmann zu werden. Sie traute ihm eher Neigung zu weiteren Schul- und Studienjahren zu. Aber der Jüngling hatte gar nichts einzuwenden und nahm es für selbstverständlich hin, daß er jetzt ein Ladenlehrling werde. So sehr sie im Grunde darüber erfreut sein mußte und auch war, kam es ihr doch fast wie eine Art von Enttäuschung vor. Zwar gab es noch einen ganz unerwarteten Widerstand, indem der Junge sich hartnäckig weigerte, seine Lehrzeit im eignen Hause unter Herrn Leipolt abzudienen, was das einfachste und für ihn auch das leichteste gewesen wäre und bei Mutter und Vormund längst für selbstverständlich gegolten hatte. Die Mutter fühlte nicht ungern in diesem festen Widerstand etwas von ihrer eignen Art, sie gab nach, und es wurde in einem andern Kaufhaus eine Lehrstelle für den Knaben gefunden.

Walter begann seine neue Tätigkeit mit dem üblichen Stolz und Eifer, wußte täglich viel davon zu erzählen und gewöhnte sich schon in der ersten Zeit einige bei den Gerbersauer Geschäftsleuten übliche Redensarten und Gesten an, zu denen die Mutter freundlich lächelte. Allein dieser fröhliche Anfang dauerte nicht sehr lange.

Schon nach kurzer Zeit wurde der Lehrling, der anfangs nur geringe Handlangerdienste tun oder zusehen durfte, zum Bedienen und Verkaufen am Ladentisch herangezogen, was ihn zunächst sehr froh und stolz machte, bald aber in einen schweren Konflikt führte. Kaum hatte er nämlich ein paarmal selbständig einige Kunden bedient, so deutete sein Lehrherr ihm an, er möge vorsichtiger mit der Waage umgehen. Walter war sich

keines Versäumnisses bewußt und bat um eine genauere Anweisung.
»Ja, weißt du denn das nicht schon von deinem Vater her?« fragte der Kaufmann.
»Was denn? Nein, ich weiß nichts«, sagte Walter verwundert.
Nun zeigte ihm der Prinzipal, wie man beim Zuwägen von Salz, Kaffee, Zucker und dergleichen durch ein nachdrückliches letztes Zuschütten die Waage scheinbar zugunsten des Käufers niederdrücken müsse, indessen tatsächlich noch etwas am Gewicht fehle. Das sei schon deshalb notwendig, da man zum Beispiel am Zucker ohnehin fast nichts verdiene. Auch merke es ja niemand.
Walter war ganz bestürzt.
»Aber das ist ja unrecht«, sagte er schüchtern.
Der Kaufmann belehrte ihn eindringlich, aber er hörte kaum zu, so überwältigend war ihm die Sache gekommen. Und plötzlich fiel ihm die vorige Frage des Prinzipals wieder ein. Mit rotem Kopf unterbrach er zornig dessen Rede und rief: »Und mein Vater hat das nie getan, ganz gewiß nicht.«
Der Herr war unangenehm erstaunt, unterdrückte aber klüglich eine heftige Zurechtweisung und sagte mit Achselzucken: »Das weiß ich besser, du Naseweis. Es gibt keinen vernünftigen Laden, wo man das nicht tut.«
Der Junge war aber schon an der Tür und hörte nicht mehr auf den Mann, sondern ging in hellem Zorn und Schmerz nach Hause, wo er durch sein Erlebnis und seine Klagen die Mutter in nicht geringe Bestürzung brachte. Sie wußte, mit welcher gewissenhaften Ehrerbietung er seinen Lehrherrn betrachtet hatte und wie sehr es seiner Art widerstrebte, Auffallendes zu tun und Szenen zu machen. Aber sie verstand Walter diesmal sehr gut und freute sich trotz aller augenblicklichen Sorge, daß sein empfindliches Gewissen stärker als Gewohnheit und Rücksicht gewesen war. Sie suchte nun zunächst selbst den Kaufmann auf und sprach beruhigend mit ihm; dann mußte der Vormund zu Rate gezogen werden, dem nun wieder Walters Auflehnung unbegreiflich war und der durchaus nicht verstand, daß ihm die Mutter auch noch recht gebe. Auch er ging zum Prinzipal und sprach mit ihm. Dann schlug er der Mutter vor, den Jungen ein paar Tage in Ruhe zu lassen, was auch geschah. Doch war dieser

auch nach drei und nach vier und nach acht Tagen nicht zu bewegen, wieder in jenen Laden zu gehen. Und wenn wirklich jeder Kaufmann es nötig habe, zu betrügen, sagte er, so wolle er auch keiner werden.

Nun hatte der Vormund in einem weiter talaufwärts gelegenen Städtchen einen Bekannten, der ein kleines Ladengeschäft betrieb und für einen Frömmler und Stundenbruder galt, als welchen auch er ihn gering geschätzt hatte. Diesem schrieb er in seiner Ratlosigkeit, und der Mann antwortete in Bälde, er halte zwar sonst keinen Lehrling, sei aber bereit, Walter versuchsweise bei sich aufzunehmen. So wurde Walter nach Deltingen gebracht und jenem Kaufmann übergeben.

Der hieß Leckle und wurde in der Stadt »der Schlotzer« geheißen, weil er in nachdenklichen Augenblicken seine Gedanken und Entschlüsse aus dem linken Daumen zu saugen pflegte. Er war zwar wirklich sehr fromm und Mitglied einer kleinen Sekte, aber darum kein schlechter Kaufmann. Er machte sogar in seinem Lädchen vorzügliche Geschäfte und stand trotz seinem stets schäbigen Äußeren im Ruf eines wohlhabenden Mannes. Er nahm Walter ganz zu sich ins Haus, und dieser fuhr dabei nicht übel; denn war der Schlotzer etwas knapp und krittlig, so war Frau Leckle eine sanfte Seele voll unnötigen Mitleids und suchte, soweit es in der Stille geschehen konnte, den Lehrling durch Trostworte und Tätscheln und gute Bissen nach Kräften zu verwöhnen.

Im Leckleschen Laden ging es zwar genau und sparsam zu, aber nicht auf Kosten der Kunden, denen Zucker und Kaffee gut und vollwichtig zugewogen wurden. Walter Kömpff begann daran zu glauben, daß man auch als Kaufmann ehrlich sein und bleiben könne, und da es ihm an Geschick zu seinem Beruf nicht fehlte, war er selten einem Verweis seines strengen Lehrherrn ausgesetzt. Doch war die Kaufmannschaft nicht das einzige, was er in Deltingen zu lernen bekam. Der Schlotzer nahm ihn fleißig in die »Stunden« mit, die manchmal sogar in seinem Hause stattfanden. Da saßen Bauern, Schneider, Bäcker, Schuster beisammen, bald mit, bald ohne Weiber, und suchten den Hunger ihres Geistes und ihrer Gemüter an Gebet, Laienpredigt und gemeinschaftlicher Bibelauslegung zu stillen. Zu diesem Treiben steckt im dortigen Volk ein starker Zug, und es sind

meistens die besseren und höher angelegten Naturen, die sich ihm anschließen.
Im ganzen war Walter, ob ihm auch das Bibelerklären manchmal zu viel wurde, diesem Wesen von Natur nicht abgeneigt und brachte es öfters zu wirklicher Andacht. Aber er war nicht nur sehr jung, sondern auch ein Gerbersauer Kömpff; als ihm daher nach und nach auch einiges Lächerliche an der Sache aufstieß und als er immer öfter Gelegenheit hatte, andre junge Leute sich über sie lustig machen zu hören, da wurde er mißtrauisch und hielt sich möglichst zurück. Wenn es auffällig und gar lächerlich war, zu den Stundenbrüdern zu gehören, so war das nichts für ihn, dem trotz allen widerstrebenden Regungen das Verharren im bürgerlich Hergebrachten ein tiefes Bedürfnis war. Immerhin blieb von dem Stundenwesen und vom Geist des Lecklesehen Hauses genug an ihm hängen.
Er hatte sich schließlich sogar so eingewöhnt, daß er nach Abschluß seiner Lehrzeit sich scheute, fortzugehen, und trotz allen Mahnungen des Vormundes noch zwei volle Jahre bei dem Schlotzer blieb. Endlich nach zwei Jahren gelang es dem Vormund, ihn zu überzeugen, daß er notwendig noch ein Stück Welt und Handelschaft kennenlernen müsse, um später einmal sein eigenes Geschäft führen zu können. So ging denn Walter am Ende in die Fremde, ungern und zweifelnd, nachdem er zuvor seine Militärzeit abgedient hatte. Ohne diese rauhe Vorschule hätte er es vermutlich nicht lange im fremden Leben draußen ausgehalten. Auch so fiel es ihm nicht leicht, sich durchzubringen. An sogenannten guten Stellen fehlte es ihm freilich nicht, da er überall mit guten Empfehlungen ankam. Aber innerlich hatte er viel zu schlucken und zu flicken, um sich oben zu halten und nicht davonzulaufen. Zwar mutete ihm niemand mehr zu, beim Wägen zu mogeln, denn er war nun meist in den Kontors großer Geschäfte tätig, aber wenn auch keine beweisbaren Unredlichkeiten geschahen, kam ihm doch der ganze Umtrieb und Wettbewerb ums Geld oft unleidlich roh und grausam und nüchtern vor, besonders da er nun keinen Umgang mehr mit Leuten von des Schlotzers Art hatte und nicht wußte, wo er die unklaren Bedürfnisse seiner Phantasie befriedigen sollte.
Trotzdem biß er sich durch und fand sich allmählich mit müde

gewordener Ergebung darein, daß es nun einmal so sein müsse, daß auch sein Vater es nicht besser gehabt habe und daß alles mit Gottes Willen geschehe. Die geheime, sich selber nicht verstehende Sehnsucht nach der Freiheit eines klaren, in sich begründeten und befriedigten Lebens starb allerdings niemals in ihm ab, nur wurde sie stiller und glich ganz jenem feinen Schmerze, mit dem jeder tief veranlagte Mensch am Ende der Jünglingsjahre sich in die Ungenüge des Lebens findet.

Seltsam war es nun, daß es wieder die größte Mühe kostete, ihn nach Gerbersau zurückzubringen. Obwohl er einsah, daß es sein Schade sei, das heimische Geschäft länger als nötig in fremder Pacht zu lassen, wollte er durchaus nicht heimkommen. Es war nämlich, je näher diese Notwendigkeit rückte, eine wachsende Angst in ihn gefahren. Wenn er erst einmal im eigenen Haus und Laden saß, sagte er sich, dann gab es vollends kein Entrinnen mehr. Es graute ihm davor, nun auf eigne Rechnung Geschäfte zu treiben, da er zu wissen glaubte, daß das die Leute schlecht mache. Wohl kannte er manche große und kleine Handelsleute, die durch Rechtlichkeit und edle Gesinnung ihrem Stand Ehre machten und ihm verehrte Vorbilder waren; aber das waren sämtlich kräftige, scharfe Persönlichkeiten, denen Achtung und Erfolg von selbst entgegenzukommen schienen, und soweit kannte sich Kömpff, daß er wußte, diese Kraft und Einheitlichkeit gehe ihm völlig ab.

Fast ein Jahr lang zog er die Sache hin. Dann mußte er wohl oder übel kommen, denn Leipolts schon einmal verlängerte Pachtzeit war nächstens wieder abgelaufen, und dieser Termin konnte ohne erheblichen Verlust nicht versäumt werden.

Er gehörte schon nicht mehr ganz zu den Jungen, als er gegen Winteranfang mit seinem Koffer in der Heimat anlangte und das Haus seiner Väter in Besitz nahm. Äußerlich glich er nun fast ganz seinem Vater, wie derselbe zur Zeit seiner Verheiratung ausgesehen hatte. In Gerbersau nahm man ihn überall mit der ihm zukommenden Achtung als den heimkehrenden Erben und Herrn eines respektablen Hauses und Vermögens auf, und Kömpff fand sich leichter, als er gedacht hatte, in seine Rolle. Die Freunde seines Vaters gönnten ihm wohlwollende Grüße und hielten darauf, daß er sich ihren Söhnen anschließe. Die ehemaligen Schulkameraden schüttelten ihm die Hand, wünschten ihm Glück und führten ihn an die Stammtische im Hirschen und im Anker. Überall fand er durch das Vorbild und Gedächtnis seines Vaters nicht nur einen Platz offen, sondern auch einen unausweichlichen Weg vorgezeichnet und wunderte sich nur zuweilen, daß ihm ganz dieselbe Wertschätzung wie einst dem Vater zufiel, während er fest überzeugt war, daß jener ein ganz andrer Kerl gewesen sei.

Da Herrn Leipolts Pachtzeit schon beinahe abgelaufen war, hatte Kömpff in dieser ersten Zeit vollauf zu tun, sich mit den Büchern und dem Inventar bekannt zu machen, mit Leipolt abzurechnen und sich bei Lieferanten und Kunden einzuführen. Er saß oft nachts noch über den Büchern und war im stillen froh, gleich so viel Arbeit angetroffen zu haben, denn er vergaß darüber zunächst die tiefersitzenden Sorgen und konnte sich, ohne daß es auffiel, noch eine Zeitlang den Fragen der Mutter entziehen. Er fühlte wohl, daß für ihn wie für sie ein gründliches Aussprechen notwendig sei, und das schob er gern noch hinaus. Im übrigen begegnete er ihr mit einer ehrlichen, etwas verlegenen Zärtlichkeit, denn es war ihm plötzlich wieder klargeworden, daß sie doch der einzige Mensch in der Welt sei, der zu ihm passe und ihn verstehe und in der rechten Weise liebhabe.

Als endlich alles im Gange und der Pächter abgezogen war, als Walter die meisten Abende und auch den Tag über manche halbe Stunde bei der Mutter saß, erzählte und sich erzählen ließ, da kam ganz ungesucht und ungerufen auch die Stunde, in der Frau Kornelie sich das Herz ihres Sohnes erschloß und wieder wie zu seinen Knabenzeiten seine etwas scheue Seele offen vor sich sah. Mit wunderlichen Empfindungen fand sie ihre alte Ahnung bestätigt: ihr Sohn war, allem Anschein zum Trotz, im Herzen kein Kömpff und kein Kaufmann geworden, er stak nur, innerlich ein Kind geblieben, in der aufgenötigten Rolle und ließ sich verwundert treiben, ohne daß er lebendig mit dabei war. Er konnte rechnen, buchführen, einkaufen und verkaufen wie ein andrer, aber es war eine erlernte, unwesentliche Fertigkeit. Und nun hatte er die doppelte Angst, entweder seine Rolle schlecht zu spielen und dem väterlichen Namen Unehre zu machen oder am Ende in ihr zu versinken und schlecht zu werden und seine Seele ans Geld zu verlieren.

Es kam nun eine Reihe von stillen Jahren. Herr Kömpff merkte allmählich, daß die ehrenvolle Aufnahme, die er in der Heimatstadt gefunden hatte, zu einem Teil auch seinem ledigen Stande galt. Daß er trotz vielen Verlockungen älter und älter wurde, ohne zu heiraten, war – wie er selbst mit schlechtem Gewissen fühlte – ein entschiedener Abfall von den hergebrachten Regeln der Stadt und des Hauses. Doch vermochte er nichts dagegen zu tun. Denn es ergriff ihn mehr und mehr eine peinliche Scheu vor allen wichtigen Entschlüssen. Und wie hätte er eine Frau und gar Kinder behandeln sollen, er, der sich selber oft wie ein Knabe vorkam mit seiner Herzensunruhe und seinem mangelnden Zutrauen zu sich selber? Manchmal, wenn er am Stammtisch in der Honoratiorenstube seine Altersgenossen sah, wie sie auftraten und sich selber und einer den andern ernst nahmen, wollte es ihn wundern, ob diese wirklich alle in ihrem Innern sich so sicher und männlich gefestigt vorkamen, wie es den Anschein hatte. Und wenn das so war, warum nahmen sie ihn dann ernst, und warum merkten sie nicht, daß es mit ihm ganz anders stand?
Doch sah das niemand, kein Kunde im Laden und kein Kollege und Kamerad auf dem Markt oder beim Schoppen, außer der Mutter. Diese mußte ihn freilich genau kennen, denn bei ihr saß das große Kind immer wieder, klagend, Rat haltend und fragend, und sie beruhigte ihn und beherrschte ihn, ohne es zu wollen. Die Holderlies nahm bescheiden daran teil. Die drei merkwürdigen Leute, wenn sie abends beisammen waren, sprachen ungewöhnliche Dinge miteinander. Sein immerfort unruhiges Gewissen trieb den Kaufmann in neue und wieder neue Fragen und Gedanken, über die man zu Rate saß und aus der Erfahrung und aus der Bibel Aufschlüsse suchte und Anmerkungen machte. Der Mittelpunkt aller Fragen war der Übelstand, daß Herr Kömpff nicht glücklich war und es gern gewesen wäre.
Ja, wenn er eben geheiratet hätte, meinte die Lies seufzend. O nein, bewies der Herr, wenn er geheiratet hätte, wäre es eher noch schlimmer; er wußte viele Gründe dafür. Aber wenn er etwa studiert hätte, oder er wäre Schreiber oder Handwerker geworden. Da wäre es so und so gegangen. Und der Herr bewies, daß er dann wahrscheinlich erst recht im Pech wäre. Man pro-

bierte es mit dem Schreiner, Schullehrer, Pfarrer, Arzt, aber es kam auch nichts dabei heraus.

»Und wenn es auch vielleicht ganz gut gewesen wäre«, schloß er traurig, »es ist ja doch alles anders, und ich bin Kaufmann wie der Vater.«

Zuweilen erzählte Frau Kornelie vom Vater. Davon hörte er immer gern. Ja, wenn ich ein Mann wäre, wie der einer gewesen ist! dachte er dabei und sagte es auch bisweilen. Darauf lasen sie ein Bibelkapitel oder auch irgendeine Geschichte, die man aus der Bürgervereinsbibliothek dahatte. Und die Mutter zog Schlüsse aus dem Gelesenen und sagte: »Man sieht, die wenigsten Leute treffen es im Leben gerade so, wie es gut für sie wäre. Es muß jeder genug durchmachen und leiden, auch wenn man's ihm nicht ansieht. Der liebe Gott wird es schon wissen, zu was es gut ist, und einstweilen muß man es eben auf sich nehmen und Geduld haben.«

Dazwischen trieb Walter Kömpff seinen Handel, rechnete und schrieb Briefe, machte da und dort einen Besuch und ging in die Kirche, alles pünktlich und ordentlich, wie es das Herkommen erforderte. Im Lauf der Jahre schläferte ihn das auch ein wenig ein, doch niemals ganz; in seinem Gesicht stand immer etwas, was einem verwunderten und bekümmerten Sichbesinnen ähnlich sah.

Seiner Mutter war anfangs dies Wesen ein wenig beängstigend. Sie hatte gedacht, er würde vielleicht noch weniger zufrieden, aber mannhafter und entschiedener werden. Dafür rührte sie wieder die gläubige Zuversicht, mit der er an ihr hing und nicht müde wurde, alles mit ihr zu teilen und gemeinsam zu haben. Und wie die Zeiten dahinliefen und alles beim Gleichen blieb, gewöhnte sie sich daran und fand nicht viel Beunruhigendes mehr an seinem bekümmerten und ziellosen Wesen.

Walter Kömpff war nun nahe an vierzig und hatte nicht geheiratet und sich wenig verändert. In der Stadt ließ man sein etwas zurückgezogenes Leben als eine Junggesellenschrulle hingehen.

Daß in dies resignierte Leben noch eine Änderung kommen könnte, hätte er nie gedacht.

Sie kam aber plötzlich, indem Frau Kornelie, deren langsames Altern man kaum bemerkt hatte, auf einem kurzen Krankenlager vollends ganz weiß wurde, sich wieder aufraffte und wieder erkrankte, um nun schnell und still zu sterben. Am Totenbett, von dem der Stadtpfarrer eben weggegangen war, standen der Sohn und die alte Magd.

»Lies, geh hinaus«, sagte Herr Kömpff.

»Ach, aber lieber Herr –!«

»Geh hinaus, sei so gut!«

Sie ging hinaus und saß ratlos in der Küche. Nach einer Stunde klopfte sie, bekam keine Antwort und ging wieder. Und wieder kam sie nach einer Stunde und klopfte vergebens. Sie klopfte noch einmal.

»Herr Kömpff! O Herr!«

»Sei still, Lies!« rief es von drinnen.

»Und mit dem Nachtessen?«

»Sei still, Lies! Iß du nur!«

»Und Sie nicht?«

»Ich nicht. Laß jetzt gut sein! Gute Nacht!«

»Ja, darf ich denn gar nimmer hinein?«

»Morgen dann, Lies.«

Sie mußte davon abstehen. Aber nach einer schlaflosen Kummernacht stand sie morgens schon um fünf Uhr wieder da.

»Herr Kömpff!«

»Ja, was ist?«

»Soll ich gleich Kaffee machen?«

»Wie du meinst.«

»Und dann, darf ich dann hinein?«

»Ja, Lies.«

Sie kochte ihr Wasser und nahm die zwei Löffel gemahlenen Kaffee und Zichorie, ließ das Wasser durchlaufen, trug Tassen auf und schenkte ein. Dann kam sie wieder.

Er schloß auf und ließ sie hereinkommen. Sie kniete ans Bett und sah die Tote an und rückte ihr die Tücher zurecht. Dann stand sie auf und sah nach dem Herrn und besann sich, wie sie ihn anreden solle. Aber wie sie ihn ansah, kannte sie ihn kaum wieder. Er war blaß und hatte ein schmales Gesicht und machte große merkwürdige Augen, als wolle er einen durch und durch schauen, was sonst gar nicht in seiner Art war.

»Sie sind gewiß nicht wohl, Herr – –«

»Ich bin ganz wohl. Wir können ja jetzt Kaffee trinken.«

Das taten sie, ohne daß ein Wort gesprochen wurde.

Den ganzen Tag saß er allein in der Stube. Es kamen ein paar Trauerbesuche, die er sehr ruhig empfing und sehr bald und kühl wieder verabschiedete, ohne daß er jemand die Tote sehen ließ. Nachts wollte er wieder bei ihr wachen, schlief aber auf dem Stuhle ein und wachte erst gegen Morgen auf. Erst jetzt fiel es ihm ein, daß er sich schwarz anziehen müsse. Er holte selber den Gehrock aus dem Kasten. Abends war die Beerdigung, wobei er nicht weinte und sich sehr ruhig benahm. Desto aufgeregter war die Holderlies, die in ihrem weiten Staatskleid und mit rotgeweintem Gesicht den Zug der Weiber anführte. Über das nasse Sacktuch hinweg äugte sie fortwährend, vor Tränen blinzelnd, nach ihrem Herrlein hinüber, um das sie Angst hatte. Sie fühlte, daß dieses kalte und ruhige Gebaren nicht echt war und daß die trotzige Verschlossenheit und Einsiedlerei ihn verzehren müsse.

Doch gab sie sich vergebens Mühe, ihn seiner Erstarrung zu entreißen. Er saß daheim am Fenster und lief ruhelos durch die Zimmer. An der Ladentür verkündete ein Zettel, daß das Geschäft für drei Tage geschlossen sei. Es blieb aber auch am vierten und fünften Tag zu, bis einige Bekannte ihn dringend mahnten.

Kömpff stand nun wieder hinter dem Ladentisch, wog, rechnete und nahm Geld ein, aber er tat es, ohne dabei zu sein. An den Abenden der Bürgergesellschaft und der Hirschengäste erschien er nicht mehr, und man ließ ihn gewähren, da er ja in Trauer war. In seiner Seele war es leer und still. Wie sollte er nun leben? Eine tödliche Ratlosigkeit hielt ihn wie ein Krampf bestrickt, er konnte nicht stehen noch fallen, sondern fühlte sich ohne Boden im Leeren schweben.

Nach einiger Zeit begann es ihn unruhig zu treiben; er fühlte, daß irgend etwas geschehen müsse, nicht von außen her, sondern aus ihm selbst heraus, um ihn zu befreien. Damals fingen nun auch die Leute an, etwas zu merken, und die Zeit begann, in der Walter Kömpff zum bekanntesten und meistbesprochenen Mann in Gerbersau wurde.

Wie es scheint, hatte der sonderbare Kaufmann in diesen Zeiten, da er sein Schicksal der Reife nahe fühlte, ein starkes Bedürfnis nach Einsamkeit und ein Mißtrauen gegen sich selbst, das ihm gebot, sich von gewohnten Einflüssen zu befreien und sich eine eigene, abschließende Atmosphäre zu schaffen. Wenigstens fing er nun an, allen Verkehr zu meiden, und suchte sogar die treue Holderlies zu entfernen.

»Vielleicht kann ich dann die selige Mutter eher vergessen«, sagte er und bot der Lies ein beträchtliches Geschenk an, daß sie in Frieden abgehe. Die alte Dienerin lachte jedoch nur und erklärte, sie gehöre nun einmal ins Haus und werde auch bleiben. Sie wußte gut, daß ihm nicht daran gelegen war, seine Mutter zu vergessen, daß er vielmehr ihrem Andenken stündlich nachhing und keinen geringsten Gegenstand vermissen mochte, der ihn an sie erinnerte. Und vielleicht verstand die Holderlies ihres Herrn Gemütszustände ahnungsweise schon damals; jedenfalls verließ sie ihn nicht, sondern sorgte mütterlich für sein verwaistes Hauswesen.

Es muß nicht leicht für sie gewesen sein, in jenen Tagen bei dem Sonderling auszuharren. Walter Kömpff begann damals zu fühlen, daß er zu lange das Kind seiner Mutter geblieben war. Die Stürme, die ihn nun bedrängten, waren schon jahrelang in ihm gewesen, und er hatte sie dankbar von der Mutterhand beschwören und besänftigen lassen. Jetzt schien ihm aber, es wäre besser gewesen, beizeiten zu scheitern und neu zu beginnen, statt erst jetzt, da er nicht mehr bei Jugendkräften und durch jahrelange Gewohnheit hundertfach gefesselt und gelähmt war. Seine Seele verlangte so leidenschaftlich wie jemals nach Freiheit und Gleichgewicht, aber sein Kopf war der eines Kaufmanns, und sein ganzes Leben lief eine feste, glatte Bahn abwärts, und er wußte keinen Weg, aus diesem sicheren Gleiten sich auf neue, bergan führende Pfade zu retten.

In seiner Not besuchte er mehrmals die abendlichen Versammlungen der Pietisten. Eine Ahnung des Trostes und der Erbauung wachte dort zwar in ihm auf, doch mißtraute er heimlich der inneren Wahrhaftigkeit dieser Männer, die ganze Abende mit kleinlichen Versuchen einer untheologischen Bibelauslegung verbrachten, viel verbissenen Autodidaktenstolz an den Tag legten und selten recht einig untereinander waren. Es mußte eine Quelle des Vertrauens und der Gottesfreude geben, eine Möglichkeit der Heimkehr zur Kindeseinfalt und in Gottes Arme;

aber hier war sie nicht. Diese Leute hatten doch alle, so schien ihm, irgendeinmal einen Kompromiß geschlossen und hielten in ihrem Leben eine irgendeinmal angenommene Grenze zwischen Geistlichem und Weltlichem inne. Ebendas hatte Kömpff selber sein Leben lang getan, und eben das hatte ihn müde und traurig gemacht und ohne Trost gelassen.
Das Leben, das er sich dachte, müßte in allen kleinsten Regungen Gott hingegeben und von herzlichem Vertrauen erleuchtet sein. Er wollte keine noch so geringe Tätigkeit mehr verrichten, ohne dabei mit sich und mit Gott einig zu sein. Und er wußte genau, daß dies süße und heilige Gefühl ihm bei Rechnungsbuch und Ladenkasse niemals zuteil werden könnte. In seinem Sonntagsblättlein las er zuweilen von großen Laienpredigern und gewaltigen Erweckungen in Amerika, in Schweden oder Schottland, von Versammlungen, in denen Dutzende und Hunderte, vom Blitz der Erkenntnis getroffen, sich gelobten, fortan ein neues Leben im Geist und in der Wahrheit zu führen. Bei solchen Berichten, die er mit Sehnsucht verschlang, hatte Kömpff ein Gefühl, als steige Gott selber zuzeiten auf die Erde herab und wandle unter den Menschen, da oder dort, in manchen Ländern, aber niemals hier, aber niemals in seiner Nähe.
Die Holderlies erzählt, er habe damals jämmerlich ausgesehen. Sein gutes, ein wenig kindliches Gesicht wurde mager und scharf, die Falten tiefer und härter. Auch ließ er, der bisher das Gesicht glatt getragen hatte, jetzt den Bart ohne Pflege stehen, einen dünnen, farblos blonden Bart, wegen dem ihn die Buben auslachten. Nicht weniger vernachlässigte er seine Kleidung, und ohne die zähe Fürsorge der bekümmerten Magd wäre er schnell vollends zum Kindergespött geworden. Den ölfleckigen alten Ladenrock trug er meistens auch bei Tisch und auch abends, wenn er auf seine langen Spaziergänge ausging, von denen er oft erst gegen Mitternacht heimkam.
Nur den Laden ließ er nicht verkommen. Das war das letzte, was ihn mit der früheren Zeit und mit dem Althergebrachten verband, und er führte seine Bücher peinlich weiter, stand selber den ganzen Tag im Geschäft und bediente. Freude hatte er nicht daran, obwohl die Geschäfte erfreulich gingen. Aber er mußte eine Arbeit haben, er mußte sein Gewissen und seine Kraft an eine feste, immerwährende Pflicht binden, und wußte genau,

daß mit dem Aufgeben seiner gewohnten Tätigkeit ihm die letzte Stütze entgleiten und er rettungslos den Mächten verfallen würde, die er nicht weniger fürchtete als verehrte.

In kleinen Städtlein gibt es immer irgendeinen Bettler und Tunichtgut, einen alten Säufer oder entlassenen Zuchthäusler, der jedermann zum Spott und Ärgernis dient und als Entgelt für die spärliche Wohltätigkeit der Stadt den Kinderschreck und verachteten Auswürfling abgeben muß. Als solcher diente zu jenen Zeiten ein Alois Beckeler, genannt Göckeler, ein schnurriger, alter Taugenichts und weltkundiger Herumtreiber, der nach langen Landstreicherjahren hier hängengeblieben war. Sobald er etwas zu beißen oder zu trinken hatte, tat er großartig und gab in den Kneipen eine drollige Faulpelzerphilosophie zum besten, nannte sich Fürst von Ohnegeld und Erbprinz von Schlaraffia, bemitleidete jedermann, der von seiner Hände Arbeit lebte, und fand immer ein paar Zuhörer, die ihn protegierten und ihm manchen Schoppen zahlten.

Eines Abends, als Walter Kömpff einen seiner langen, einsamen und hoffnungslosen Spaziergänge unternahm, stieß er auf diesen Göckeler, welcher der Quere nach in der Straße lag und einen kleinen Nachmittagsrausch soeben ausgeschlafen hatte.

Kömpff erschrak zuerst, als er unvermutet den Daliegenden zu Gesicht bekam, auf den er im Halbdunkel beinahe getreten wäre. Doch erkannte er rasch den Vagabunden und rief ihn vorwurfsvoll an:

»He Beckeler, was macht Ihr da?«

Der Alte richtete sich auf, blinzelte vernügt und meinte: »Ja, und Ihr, Kömpff, was macht denn Ihr da, he?«

Dem so Angeredeten wollte es mißfallen, daß der Lump ihn weder mit Herr noch mit Sie titulierte.

»Könnt Ihr nicht höflicher sein, Beckeler?« fragte er gekränkt.

»Nein, Kömpff«, grinste der Alte, »das kann ich nicht, so leid mir's tut.«

»Und warum denn nicht?«

»Weil mir niemand was dafür gibt, und umsonst ist der Tod. Hat mir vielleicht der hochgeehrte Herr von Kömpff irgendeinmal was geschenkt oder zugewendet? O nein, der reiche Herr von Kömpff hat das noch nie getan, der ist viel zu fein und zu stolz, als daß er ein Aug auf einen armen Teufel könnte haben. Ist's so, oder ist's nicht so?«

»Ihr wißt gut, warum. Was fangt Ihr an mit einem Almosen? Vertrinken, weiter nichts, und zum Vertrinken hab ich kein Geld und geb auch keins.«

»So, so. Na, denn gute Nacht, und angenehme Ruhe, Bruderherz.«

»Wieso Bruderherz?«

»Sind nicht alle Menschen Brüder, Kömpff. He? Ist vielleicht der Heiland bloß für dich gestorben und für mich nicht?«

»Redet nicht so, mit diesen Sachen treibt man keinen Spaß.«

»Hab ich Spaß getrieben?«

Kömpff besann sich. Die Worte des Lumpen trafen mit seinen grüblerischen Gedanken zusammen und regten ihn wunderlich auf.

»Gut denn«, sagte er freundlich, »steht einmal auf. Ich will Euch gern etwas geben.«

»Ei, schau!«

»Ja, aber Ihr müßt mir versprechen, daß Ihr's nicht vertrinkt. Ja?«

Beckeler zuckte die Achseln. Er war heute in seiner freimütigen Laune.

»Versprechen kann ich's schon, aber Halten steht auf einem andern Blatt. Geld, wenn ich's nicht verbrauchen darf, wie ich will, ist so gut wie kein Geld.«

»Es ist zu Eurem Besten, was ich sage, Ihr dürft mir's glauben.«

Der Trinker lachte. »Ich bin jetzt vierundsechzig Jahre alt. Glaubt Ihr wirklich, daß Ihr besser wißt, was mir gut ist, als ich selber? Glaubt Ihr?«

Mit dem schon hervorgezogenen Geldbeutel in der Hand stand Kömpff verlegen da. Er war im Reden und Antwortenkönnen nie stark gewesen und fühlte sich diesem vogelfreien Menschen gegenüber, der ihn Bruderherz nannte und sein Wohlwollen verschmähte, hilflos und unterlegen. Schnell und fast ängstlich nahm er einen Taler heraus und steckte ihn dem Beckeler hin.

»Nehmt also ...«

Erstaunt nahm Alois Beckeler das große Geldstück hin, hielt es vors Auge und schüttelte den struppigen Kopf. Dann begann er, sich demütig, umständlich und beredt zu bedanken. Kömpff war über die Höflichkeit und Selbsterniedrigung, zu der ein Stück Geld den Philosophen vermocht hatte, beschämt und traurig und lief schnell davon.

Dennoch empfand er eine Erleichterung und kam sich vor, als hätte er eine Tat vollbracht. Daß er dem Beckeler einen Taler zum Vertrinken geschenkt hatte, war für ihn eine abenteuerliche Extravaganz, mindestens so kühn und unerhört, als wenn er selber das Geld verludert hätte. Er kehrte an diesem Abend so zeitig und zufrieden heim wie seit Wochen nicht mehr.

Für den Göckeler brach jetzt eine gesegnete Zeit an. Alle paar Tage gab ihm Walter Kömpff ein Stück Geld, bald eine Mark, bald einen Fünfziger, so daß das Wohlleben kein Ende nahm. Einmal, als er am Kömpffschen Laden vorüberkam, rief ihn der Herr herein und schenkte ihm ein Dutzend gute Zigarren. Die Holderlies war zufällig dabei und trat dazwischen.

»Aber Sie werden doch dem Lumpen nicht von den teuren Zigarren geben!«

»Sei ruhig«, sagte der Herr, »warum soll er's nicht auch einmal gut haben?«

Und der alte Taugenichts blieb nicht der einzige Beschenkte. Den einsamen Grübler befiel eine zunehmende Lust am Weggeben und Freudemachen. Armen Weibern gab er im Laden das doppelte Gewicht oder nahm kein Geld von ihnen, den Fuhrleuten gab er am Markttag überreiche Trinkgelder, und Bauernfrauen legte er gern bei ihren Einkäufen ein Extrapäckchen Zichorie oder eine Handvoll Korinthen in den Korb.

Das konnte nicht lange dauern, ohne aufzufallen. Zuerst bemerkte es die Holderlies, und sie machte dem Herrn schwere, unablässige Vorwürfe, die zwar erfolglos blieben, ihn aber nicht wenig beschämten und quälten, so daß er allmählich seine Verschwendungslust vor ihr verstecken lernte. Darüber wurde die treue Seele mißtrauisch und begann sich aufs Spionieren zu legen, und das alles brachte den Hausfrieden ins Wanken.

Nächst der Lies und dem Göckeler waren es die Kinder, denen des Kaufmanns sonderbare Freigebigkeit auffiel. Sie kamen immer öfter mit einem Pfennig daher, verlangten Zucker, Süßholz oder Johannisbrot und bekamen davon, soviel sie wollten. Und wenn die Lies aus Scham und der Beckeler aus Klugheit schwieg, die Kinder taten es nicht, sondern verbreiteten die Kunde von Kömpffs großartiger Laune in der ganzen Stadt.

Merkwürdig war es, daß er selber wider diese Freigebigkeit kämpfte und sich vor ihr fürchtete. Nachdem er tagsüber Pfunde verschenkt und verschwendet hatte, befiel ihn abends beim Geldzählen und beim Buchführen Entsetzen über diese liederliche, unkaufmännische Wirtschaft. Angstvoll rechnete er nach und versuchte seinen Schaden zu berechnen, sparte beim Bestellen und Einkaufen, forschte nach wohlfeilen Quellen, und alles nur, um andern Tages von neuem zu vergeuden und seine Freude am Geben zu haben. Die Kinder jagte er bald scheltend fort, bald belud er sie mit guten Sachen. Nur sich selber gönnte er nichts, er sparte am Haushalt und an der Kleidung, gewöhnte sich den Nachmittagskaffee ab und ließ das Weinfäßchen im Keller, als es leer war, nicht mehr füllen.

Die mißlichen Folgen ließen nicht lange auf sich warten. Kaufleute beschwerten sich mündlich und in groben Briefen bei ihm, daß er ihnen mit seinem sinnlosen Dreingeben und Schenken die Kunden weglocke. Manche solide Bürger und auch schon mehrere seiner Kunden vom Lande, die an seinem veränderten Wesen Anstoß nahmen, mieden seinen Laden und begegneten ihm, wo sie ihm nicht ausweichen konnten, mit unverhohlenem Mißtrauen. Auch stellten ihn die Eltern einiger Kinder, denen er Leckereien und Feuerwerk gegeben hatte, ärgerlich zur Rede. Sein Ansehen unter den Honoratioren, mit dem es schon einige Zeit her nicht glänzend mehr ausgesehen hatte, schwand dahin und ward ihm durch eine zweifelhafte Beliebtheit bei den Geringen und Armen doch nicht ersetzt. Ohne diese Veränderungen im einzelnen allzu schwer zu nehmen, hatte Kömpff doch das Gefühl eines unaufhaltsamen Gleitens ins Ungewisse. Es kam immer häufiger vor, daß er von Bekannten mit spöttischer oder mitleidiger Gebärde begrüßt wurde, daß auf der Straße hinter ihm gesprochen und gelacht ward, daß ernste Leute ihm mit Unbehagen auswichen. Die paar alten Herren, die zur Freundschaft seines Vaters gehört hatten und einigemal mit Vorwürfen, Rat und Zuspruch zu ihm gekommen waren, blieben bald aus und wandten sich ärgerlich von ihm ab. Und immer mehr verbreitete sich in der Stadt die Ansicht, Walter Kömpff sei im Kopf nimmer recht und gehöre bald ins Narrenhaus.

Mit der Kaufmannschaft war es jetzt zu Ende, das sah der gequälte Mann selber am besten ein. Aber ehe er die Bude endgültig zumachte, beging er noch eine Tat unkluger Großmut, die ihm viele Feinde machte.
Eines Montags verkündete er durch eine Anzeige im Wochenblatt, von heute an gebe er jede Ware zu dem Preis, den sie ihn selber koste.
Einen Tag lang war der Laden voll wie noch nie. Die feinen Leute blieben aus, sonst aber kam jedermann, um von dem offenbar übergeschnappten Händler seinen Vorteil zu ziehen. Die Waage kam den ganzen Tag nicht zum Stillstand, und das Ladenglöcklein schellte sich heiser. Körbe und Säcke voll spottbillig erworbener Sachen wurden fortgetragen. Die Holderlies war außer sich. Da ihr Herr nicht auf sie hörte und sie aus dem Laden verwies, stellte sie sich in der Haustür auf und sagte jedem Käufer, der aus dem Laden kam, ihre Meinung. Es gab einen Skandal über den andern, aber die verbitterte Alte hielt aus und suchte jedem, der nicht ganz dickfellig war, seinen wohlfeilen Einkauf ordentlich zu versalzen.
»Willst nicht auch noch zwei Pfennig geschenkt haben?« fragte sie den einen, und zum andern sagte sie: »Das ist nett, daß Ihr wenigstens den Ladentisch habt stehenlassen.«
Aber zwei Stunden vor Feierabend erschien der Bürgermeister in Begleitung des Amtsdieners und befahl, daß der Laden geschlossen werde. Kömpff weigerte sich nicht und machte sogleich die Fensterläden zu. Tags darauf mußte er aufs Rathaus und wurde nur auf seine Erklärung, daß er sein Geschäft aufzugeben entschlossen sei, mit Kopfschütteln wieder laufen gelassen.
Den Laden war er nun los. Er ließ seine Firma aus dem Handelsregister streichen, da er sein Geschäft weder verpachten noch verkaufen wollte. Die noch vorhandenen Vorräte, soweit sie dazu paßten, verschenkte er wahllos an arme Leute. Die Lies wehrte sich um jedes Stück und brachte Kaffeesäcke und Zuckerhüte und alles, wofür sie irgend Raum fand, für den Haushalt beiseite.
Ein entfernter Verwandter stellte den Antrag, Walter Kömpff zu

entmündigen, doch sah man nach längeren Verhandlungen davon ab, teils weil nahverwandte, namentlich minderjährige Erbberechtigte nicht vorhanden waren, teils weil Kömpff nach der Aufgabe seines Geschäfts unschädlich und der Bevogtung nicht bedürftig erschien.

Es sah aus, als kümmere sich keine Seele um den entgleisten Mann. Zwar redete man in der ganzen Gegend von ihm, meistens mit Hohn und Mißfallen, manchmal auch mit Bedauern; in sein Haus aber kam niemand, etwa nach ihm zu sehen. Es kamen nur mit großer Schnelligkeit alle Rechnungen, die noch offenstanden, denn man fürchtete, hinter der ganzen Geschichte stecke am Ende ein ungeschickt eingeleiteter Bankrott. Doch brachte Kömpff seine Bücher richtig und notariell zum Abschluß und zahlte alle Schulden bar. Freilich nahm dieses übereilte Abschließen nicht nur seine Börse, sondern noch mehr seine Kräfte unmäßig in Anspruch, und als er fertig war, fühlte er sich elend und dem Zusammenbrechen nahe.

In diesen bösen Tagen, als er nach einer überhitzten Arbeitszeit plötzlich vereinsamt und unbeschäftigt sich selbst überlassen blieb, kam wenigstens einer, um ihm zuzusprechen, das war der Schlotzer, Kömpffs ehemaliger Lehrherr aus Deltingen. Der fromme Handelsmann, den Walter früher noch einigemal besucht, nun aber seit Jahren nicht mehr gesehen hatte, war alt und weiß geworden, und es war eine Heldentat von ihm, daß er noch die Reise nach Gerbersau gemacht hatte.

Er trug einen langschößigen braunen Gehrock und führte ein ungeheueres, blau und gelb gemustertes Schnupftuch bei sich, auf dessen breitem Saum Landschaften, Häuser und Tiere abgebildet waren.

»Darf man einmal reinsehen?« fragte er beim Eintritt in die Wohnstube, wo der Einsame gerade müd und ratlos in der großen Bibel blätterte. Dann nahm er Platz, legte den Hut und das Schnupftuch auf den Tisch, zog die Rockschöße über den Knien zusammen und schaute seinem alten Lehrling prüfend in das blasse, unsichere Gesicht.

»Also Sie sind jetzt Privatier, hört man sagen?«

»Ich habe das Geschäft aufgegeben, ja.«

»So, so. Und darf man fragen, was Sie jetzt vorhaben? Sie sind ja, vergleichsweise gesprochen, noch ein junger Mann.«

»Ich wäre froh, wenn ich's wüßte. Ich weiß nur, daß ich nie ein rechter Kaufmann gewesen bin, drum hab ich aufgehört. Ich will jetzt sehen, was sich noch gutmachen läßt an mir.«

»Wenn ich sagen darf, was ich meine, so scheint mir, das sei zu spät.«

»Kann es zum Guten auch zu spät sein?«

»Wenn man das Gute kennt, nicht. Aber so ins Ungewisse den Beruf aufgeben, den man gelernt hat, ohne daß man weiß, was nun anfangen, das ist unrecht. Ja, wenn Sie das als junger Bursch getan hätten!«

»Es hat eben lang gebraucht, bis ich zum Entschluß gekommen bin.«

»Es scheint so. Aber ich meine, für so lange Entschlüsse ist das Leben zu kurz. Sehen Sie, ich kenne Sie doch ein wenig und weiß, daß Sie es schwer gehabt haben und nicht ganz ins Leben hineinpassen. Es gibt mehr solche Naturen. Sie sind Kaufmann geworden Ihrem Vater zulieb, nicht wahr? Jetzt haben Sie Ihr Leben verpfuscht und haben das, was Ihr Vater wollte, doch nicht getan.«

»Was sollte ich machen?«

»Was? Auf die Zähne beißen und aufrecht bleiben. Ihr Leben schien Ihnen verfehlt und war es vielleicht, aber ist es jetzt im Gleis? Sie haben ein Schicksal, das Sie auf sich genommen hatten, von sich geworfen, und das war feig und unklug. Sie sind unglücklich gewesen, aber Ihr Unglück war anständig und hat Ihnen Ehre gemacht. Auf das haben Sie verzichtet, nicht etwas Besserem zulieb, sondern bloß, weil Sie es müde waren. Ist es nicht so?«

»Vielleicht wohl.«

»Also. Und darum bin ich hergereist und sage Ihnen: Sie sind untreu geworden. Aber bloß zum Schelten hätte ich mit meinen alten Beinen den Weg hierher doch nicht gemacht. Drum sage ich, machen Sie's wieder gut, so bald wie möglich.«

»Wie soll ich das?«

»Hier in Gerbersau können Sie nicht wieder anfangen, das sehe ich ein. Aber anderswo, warum nicht? Übernehmen Sie wieder ein Geschäft, es braucht ja kein großes zu sein, und machen Sie Ihres Vaters Namen wieder Ehre. Von heut auf morgen geht's ja nicht, aber wenn Sie wollen, helfe ich suchen. Soll ich?«

»Danke vielmals, Herr Leckle. Ich will bedenken.«
Der Schlotzer nahm weder Trank noch Essen an und fuhr mit dem nächsten Zug wieder heim.
Kömpff war ihm dankbar, aber er konnte seinen Rat nicht annehmen.
In seiner Muße, an die er nicht gewöhnt war und die er nur schwer ertrug, machte der Exkaufmann zuweilen melancholische Gänge durch die Stadt. Dabei war es ihm jedesmal wunderlich und bedrückend, zu sehen, wie Handwerker und Kaufleute, Arbeiter und Dienstboten ihren Geschäften nachgingen, wie jeder seinen Platz und seine Geltung und jeder sein Ziel hatte, während er allein ziellos und unberechtigt umherging.
Der Arzt, den er wegen Schlafmangels um Rat fragte, fand seine Untätigkeit verhängnisvoll. Er riet ihm, sich ein Stückchen Land vor der Stadt draußen zu kaufen und dort Gartenarbeit zu tun. Der Vorschlag gefiel ihm, und er erwarb an der Leimengrube ein kleines Gut, schaffte sich Geräte an und begann eifrig zu graben und zu hacken. Treulich stach er seinen Spaten in die Erde und fühlte, während er sich in Schweiß und Ermüdung arbeitete, seinen verwirrten Kopf leichter werden. Aber bei schlechtem Wetter und an den langen Abenden saß er wieder grübelnd daheim, las in der Bibel und gab sich erfolglosen Gedanken über die unbegreiflich eingerichtete Welt und über sein elendes Leben hin. Daß er mit der Aufgabe seiner Geschäfte Gott nicht nähergekommen sei, spürte er wohl, und in verzweifelten Stunden kam es ihm vor, als sei Gott unerreichbar fern und sehe auf sein törichtes Gebaren mit Strenge und Spott herab.
Bei seiner Gartenarbeit fand er meistens einen zuschauenden Gesellschafter. Das war Alois Beckeler. Der alte Taugenichts hatte seine Freude daran, wie ein so reicher Mann sich plagte und abschaffte, während er, der Bettler, zuschaute und nichts tat. Zwischenein, wenn Kömpff ausruhte, hatten sie Diskurs über alle möglichen Dinge miteinander. Dabei spielte Beckeler je nach Umständen bald den Großartigen, bald war er kriechend höflich.
»Wollt Ihr nicht mithelfen?« fragte Kömpff etwa.
»Nein, Herr, lieber nicht. Sehen Sie, ich vertrage das nicht gut. Es macht einen dummen Kopf«
»Mir nicht, Beckeler.«

»Freilich, Ihnen nicht. Und warum? Weil Sie zu Ihrem Vergnügen arbeiten. Das ist Herrengeschäft und tut nicht weh. Außerdem sind Sie noch in guten Jahren, und ich bin ein Siebziger. Da hat man seine Ruhe wohl verdient.«
»Aber, neulich habt Ihr gesagt, Ihr wäret vierundsechzig, nicht siebzig«
»Hab ich vierundsechzig gesagt? Ja, das war im Dusel gesprochen. Wenn ich ordentlich getrunken habe, komm ich mir immer viel jünger vor.«
»Also seid Ihr wirklich siebzig?«
»Wenn ich's nicht bin, so kann wenig daran fehlen. Nachgezählt hab ich nicht.«
»Daß Ihr auch das Trinken nicht lassen könnt! Liegt's Euch denn nicht auf dem Gewissen?«
»Nein. Was das Gewissen anlangt, das ist bei mir gesund und mag was aushalten. Wenn nur sonst nichts fehlt, möcht ich leicht nochmal so alt werden.«
Es gab auch Tage, an denen Kömpff finster und ungesprächig war. Der Göckeler hatte dafür eine feine Witterung und merkte schon beim Herankommen, wie es mit dem närrischen Lustgärtner stehe. Dann blieb er, ohne hereinzutreten, am Zaun stehen und wartete etwa eine halbe Stunde, eine Art schweigende Anstandsvisite. Er lehnte stillvergnügt am Gartenzaun, sprach keinen Ton und betrachtete sich seinen sonderbaren Gönner, der seufzend hackte, grub, Wasser schleppte oder junge Bäume pflanzte. Und schweigend ging er wieder, spuckte aus, steckte die Hände in die Hosensäcke und grinste und zwinkerte lustig vor sich hin.
Schwere Zeiten hatte jetzt die Holderlies. Sie war allein in dem unbehaglich gewordenen Hause geblieben, besorgte die Stuben, wusch und kochte. Anfangs hatte sie dem neuen Wesen ihres Herrn böse Gesichter und grobe Worte entgegengesetzt. Dann war sie davon abgekommen und hatte beschlossen, den übel Beratenen eine Weile machen und laufen zu lassen, bis er müde wäre und wieder auf sie hören würde. So war es ein paar Wochen gegangen.
Am meisten ärgerte sie sein kameradschaftlicher Umgang mit dem Göckeler, dem sie die feinen Zigarren von damals nicht vergessen hatte. Aber gegen den Herbst hin, als wochenlang

Regenwetter war und Kömpff nicht in den Garten konnte, kam ihre Stunde. Ihr Herr war trübsinniger als je.
Da kam sie eines Abends in die Stube, hatte ihren Flickkorb mit und setzte sich unten an den Tisch, an dem der Hausherr beim Lampenlicht seine Monatsrechnung studierte.
»Was willst, Lies?« fragte er erstaunt.
»Dasitzen will ich und flicken, jetzt wo man wieder die Lampe braucht.«
»Du darfst schon.«
»So, ich darf? Früher, wie die Frau selig noch da war, hab ich immer meinen Platz hier gehabt, ungefragt.«
»Ja, ja.«
»Freilich, es ist ja seither manches anders worden. Mit den Fingern zeigen die Leute auf einen.«
»Wieso, Lies?«
»Soll ich Ihnen was erzählen?«
»Ja, also.«
»Gut. Der Göckeler, wissen Sie, was der tut? Am Abend sitzt er in den Wirtshäusern herum und verschwätzt Sie.«
»Mich? Wie denn?«
»Er macht Sie nach, wie Sie im Garten schaffen, und macht sich lustig darüber und erzählt, was Sie allemal mit ihm für Gespräche führen.«
»Ist das auch wahr, Lies?«
»Ob's wahr ist! Mit Lügen geb ich mich nicht ab, ich nicht. So macht's der Göckeler also, und dann gibt es Leute, die dabeisitzen und lachen und stacheln ihn an und zahlen ihm Bier dafür, daß er so von Ihnen redet.«
Kömpff hatte aufmerksam und traurig zugehört. Dann hatte er die Lampe von sich weggeschoben, so weit sein Arm reichte, und als die Lies nun aufschaute und auf eine Antwort wartete, sah sie mit wunderlichem Schrecken, daß er die Augen voll Tränen hatte.
Sie wußte, daß ihr Herr krank war, aber diese widerstandslose Schwäche hätte sie ihm nicht zugetraut. Sie sah nun auch plötzlich, wie gealtert und elend er aussah. Schweigend machte sie an ihrer Flickarbeit weiter und wagte nicht mehr aufzublicken, und er saß da, und die Tränen liefen ihm über die Wangen und durch den dünnen Bart. Die Magd mußte selber schlucken, um Herr

über ihre Bewegung zu bleiben. Bisher hatte sie den Herrn für überarbeitet, für launisch und kurios gehalten. Jetzt sah sie, daß er hilflos, seelenkrank und im Herzen wund war.

Die beiden sprachen an diesem Abend nicht weiter. Kömpff nahm nach einer Weile seine Rechnung wieder vor, die Holderlies strickte und stopfte, schraubte ein paarmal am Lampendocht und ging zeitig mit leisem Gruß hinaus.

Seit sie wußte, daß er so elend und hilflos war, verschwand der eifersüchtige Groll aus ihrem Herzen. Sie war froh, ihn pflegen und sanft anfassen zu dürfen, sie sah ihn auf einmal wieder wie ein Kind an, sorgte für ihn und nahm ihm nichts mehr übel.

Als Walter bei schönem Wetter wieder einmal in seinem Garten herumbosselte, erschien mit freudigem Gruß Alois Beckeler. Er kam durch die Einfahrt herein, grüßte nochmals und stellte sich am Rand der Beete auf

»Grüß Gott«, sagte Kömpff, »was wollt Ihr?«

»Nichts, nur einen Besuch machen. Man hat Sie lang nimmer draußen gesehen.«

»Wollt Ihr sonst etwas von mir?«

»Nein. Ja, wie meinen Sie das? Ich bin doch sonst auch schon dagewesen.«

»Es ist aber nicht nötig, daß Ihr wiederkommt.«

»Ja, Herr Kömpff, warum denn aber?«

»Es ist besser, wir reden darüber nicht. Geht nur, Beckeler, und laßt mir meine Ruhe.«

Der Göckeler nahm eine beleidigte Miene an.

»So, dann kann ich ja gehen, wenn ich nimmer gut genug bin. Das wird wohl auch in der Bibel stehen, daß man so mit alten Freunden umgehen soll.«

Kömpff war betrübt.

»Nicht so, Beckeler!« sagte er freundlich.

»Wir wollen im Guten voneinander, 's ist immer besser. Nehmt das noch mit, gelt.«

Er gab ihm einen Taler, den jener verwundert nahm und einsteckte.

»Also meinen Dank, und nichts für ungut! Ich bedank mich schön. Adieu, denn, Herr Kömpff, adieu denn!«

Damit ging er fort, vergnügter als je. Als er jedoch nach wenigen Tagen wiederkam und diesmal entschieden verabschiedet wurde, ohne ein Geschenk zu bekommen, ging er zornig weg und schimpfte draußen über den Zaun herein: »Sie großer Herr, Sie, wissen Sie, wo Sie hingehören? Nach Tübingen gehören Sie, dort steht das Narrenhaus, damit Sie's wissen.«

Der Göckeler hatte nicht unrecht. Kömpff war in den Monaten seiner Vereinsamung immer weiter in die Sackgasse seiner selbstquälerischen Spekulationen hineingeraten und hatte sich in seiner Verlassenheit in fruchtlosem Nachdenken aufgerieben. Als nun mit dem Einbrechen des Winters seine einzige gesunde Arbeit und Ablenkung, das Gartengeschäft, ein Ende hatte, kam er vollends nicht mehr aus dem engen, trostlosen Kreislauf seiner kränkelnden Gedanken heraus. Von jetzt an ging es schnell mit ihm bergab, wenn auch seine Krankheit noch Sprünge machte und mit ihm spielte.

Zunächst brachte das Müßigsein und Alleinleben ihn darauf, daß er immer wieder sein vergangenes Leben durchstöberte. Er verzehrte sich in Reue über vermeintliche Sünden früherer Jahre. Dann wieder klagte er sich verzweifelnd an, seinem Vater nicht Wort gehalten zu haben. Oft stieß er in der Bibel auf Stellen, von denen er sich wie ein Verbrecher getroffen fühlte.

In dieser qualvollen Zeit war er gegen die Holderlies weich und fügsam wie ein schuldbewußtes Kind. Er gewöhnte sich an, sie wegen Kleinigkeiten flehentlich um Verzeihung zu bitten, und brachte sie damit nicht wenig in Angst. Sie fühlte, daß sein Verstand am Erlöschen sei, und doch wagte sie es nicht, jemand davon zu sagen.

Eine Weile hielt sich Kömpff ganz zu Hause. Gegen Weihnachten hin wurde er unruhig, erzählte viel aus alten Zeiten und von seiner Mutter, und da die Ruhelosigkeit ihn wieder oft aus dem Hause trieb, fingen jetzt manche Unzuträglichkeiten an. Denn inzwischen hatte er seine Unbefangenheit den Menschen gegenüber verloren. Er merkte, daß er auffiel, daß man von ihm sprach und auf ihn zeigte, daß Kinder ihm nachliefen und ernste Leute ihm auswichen.

Nun fing er an, sich unsicher zu fühlen. Manchmal zog er vor Leuten, denen er begegnete, den Hut übertrieben tief. Auf andre trat er zu, bot ihnen die Hand und bat herzlich um Entschuldigung, ohne zu sagen wofür. Und einem Knaben, der ihn durch

Nachahmung seines Ganges verhöhnte, schenkte er seinen Spazierstock mit elfenbeinernem Griff.
Einem seiner früheren Bekannten und Kunden, der damals auf seine ersten kaufmännischen Torheiten hin sich von ihm entfernt hatte, machte er einen Besuch und sagte, es tue ihm leid, bitter leid, er möge ihm doch vergeben und ihn wieder freundlich ansehen.
Eines Abends, kurz vor Neujahr, ging er – seit mehr als einem Jahr zum erstenmal – in den Hirschen und setzte sich an den Honoratiorentisch. Er war früh gekommen und der erste Abendgast. Allmählich trafen die andern ein, und jeder sah ihn mit Erstaunen an und nickte verlegen, und einer um den andern kam, und mehrere Tische wurden besetzt. Nur der Tisch, an dem Kömpff saß, blieb leer, obwohl es der Stammtisch war. Da bezahlte er den Wein, den er nicht getrunken hatte, grüßte traurig und ging heim.
Ein tiefes Schuldbewußtsein machte ihn gegen jedermann unterwürfig. Er nahm jetzt sogar vor Alois Beckeler den Hut ab, und wenn Kinder ihn aus Mutwillen anstießen, sagte er Pardon. Viele hatten Mitleid mit ihm, aber er war der Narr und das Kindergespött der Stadt.

Man hatte Kömpff vom Arzt untersuchen lassen. Der hatte seinen Zustand als primäre Verrücktheit bezeichnet, ihn übrigens für harmlos erklärt und befürwortet, daß man den Kranken daheim und bei seinem gewohnten Leben lasse.
Seit dieser Untersuchung war der arme Kerl mißtrauisch geworden. Auch hatte er sich gegen die Entmündigung, die nun doch über ihn verfügt werden mußte, verzweifelt gesträubt. Von da an nahm seine Krankheit eine andere Form an.
»Lies«, sagte er eines Tages zur Haushälterin, »Lies, ich bin doch ein Esel gewesen. Aber jetzt weiß ich, wo ich dran bin.«
»Ja, und wie denn auf einmal?« fragte sie ängstlich, denn sein Ton gefiel ihr nicht.
»Paß auf, Lies, du kannst was lernen. Also nicht wahr, ein Esel hab ich gesagt. Da bin ich mein Leben lang gelaufen und hab mich abgehetzt und mein Glück versäumt um etwas, was es gar nicht gibt!«
»Das versteh ich nun wieder nicht.«

»Stell dir vor, einer hat von einer schönen, prächtigen Stadt in der Ferne gehört. Er hat ein großes Verlangen, dorthin zu kommen, wenn es auch noch so weit ist. Schließlich läßt er alles liegen, gibt weg, was er hat, sagt allen guten Freunden adieu und geht fort, immer fort und fort, tagelang und monatelang, durch dick und dünn, so lange er noch Kräfte hat. Und dann, wie er so weit ist, daß er nimmer zurück kann, fängt er an zu merken, daß das von der prächtigen Stadt in der Ferne ein Lug und Märchen war. Die Stadt ist gar nicht da und ist niemals dagewesen.«
»Das ist traurig. Aber das tut ja niemand, so was.«
»Ich, Lies, ich doch! Ich bin so einer gewesen, das kannst du sagen, wem du willst. Mein Leben lang, Lies.«
»Ist nicht möglich, Herr! Was ist denn das für eine Stadt?«
»Keine Stadt, das war nur so ein Vergleich, weißt du. Ich bin ja immer hier geblieben. Aber ich habe auch ein Verlangen gehabt und darüber alles versäumt und verloren. Ich habe ein Verlangen nach Gott gehabt – nach dem Herrgott, Lies. Den hab ich finden wollen, dem bin ich nachgelaufen, und jetzt bin ich so weit, daß ich nimmer zurück kann – verstehst du? Nimmer zurück. Und alles ist ein Lug gewesen.«
»Was denn? Was ist ein Lug gewesen?«
»Der liebe Gott, du. Er ist nirgends, es gibt keinen.«
»Herr, Herr, sagen Sie keine solche Sachen! Das darf man nicht, wissen Sie. Das ist Todsünde.«
»Laß mich reden. – Nein, still. Oder bist du dein Leben lang ihm nachgelaufen? Hast du hundert und hundert Nächte in der Bibel gelesen? Hast du Gott tausendmal auf den Knien gebeten, daß er dich höre, daß er dein Opfer annehme und dir ein klein wenig Licht und Frieden dafür gebe? Hast du das? Und hast du deine Freunde verloren – um Gott näher zu kommen, und deinen Beruf und deine Ehre hingeworfen, um Gott zu sehen? – Ich habe das getan, alles das und viel mehr, und wenn Gott lebendig wäre und hätte auch nur so viel Herz und Gerechtigkeit wie der alte Beckeler, so hätte er mich angeblickt.«
»Er hat Sie prüfen wollen.«
»Das hat er getan, das hat er. Und dann hätte er sehen müssen, daß ich nichts wollte als ihn. Aber er hat nichts gesehen. Nicht er hat mich geprüft, sondern ich ihn, und ich habe gefunden, daß er ein Märlein ist.«

Von diesem Thema kam Walter Kömpff nicht mehr los. Er fand beinahe einen Trost darin, daß er nun eine Erklärung für sein verunglücktes Leben hatte. Und doch war er seiner neuen Erkenntnis keineswegs sicher. Sooft er Gott leugnete, empfand er ebensoviel Hoffnung wie Furcht bei dem Gedanken, der Geleugnete könnte gerade jetzt ins Zimmer treten und seine Allgegenwart beweisen. Und manchmal lästerte er sogar, nur um vielleicht Gott antworten zu hören, wie ein Kind vor dem Hoftor Wauwau ruft, um zu erfahren, ob drinnen ein Hund ist oder nicht.

Das war die letzte Entwicklung in seinem Leben. Sein Gott war ihm zum Götzen geworden, den er reizte und dem er fluchte, um ihn zum Reden zu zwingen. Damit war der Sinn seines Daseins verloren, und in seiner kranken Seele trieben zwar noch schillernde Blasen und Traumgebilde, aber keine lebendigen Keime mehr. Sein Licht war ausgebrannt, und es erlosch schnell und traurig.

Eines Nachts hörte ihn die Holderlies noch spät reden und hin und wider gehen, ehe es in seiner Schlafstube ruhig wurde. Am Morgen gab er auf kein Klopfen Antwort. Und als die Magd endlich leise die Tür aufmachte und auf den Zehen in sein Zimmer schlich, schrie sie plötzlich auf und rannte verstört davon, denn sie hatte ihren Herrn an einem Kofferriemen erhängt aufgefunden.

Eine Zeitlang machte sein Ende die Leute noch viel reden. Aber wenige empfanden etwas von dem, was sein Schicksal gewesen war. Und wenige dachten daran, wie nahe wir alle bei dem Dunkel wohnen, in dessen Schatten Walter Kömpff sich verirrt hatte.

*(1906)*

# Casanovas Bekehrung

## I

In Stuttgart, wohin der Weltruf der luxuriösen Hofhaltung Karl Eugens ihn gezogen hatte, war es dem Glücksritter Jakob Casanova nicht gut ergangen. Zwar hatte er, wie in jeder Stadt der Welt, sogleich eine ganze Reihe von alten Bekannten wieder getroffen, darunter die Venetianerin Gardella, die damalige Favoritin des Herzogs, und ein paar Tage waren ihm in der Gesellschaft befreundeter Tänzer, Tänzerinnen, Musiker und Theaterdamen heiter und leicht vergangen. Beim österreichischen Gesandten, bei Hofe, sogar beim Herzog selber schien ihm gute Aufnahme gesichert. Aber kaum warm geworden, ging der Leichtfuß eines Abends mit einigen Offizieren zu Weibern, es wurde gespielt und Ungarwein getrunken, und das Ende des Vergnügens war, daß Casanova viertausend Louisdor in Marken verspielt hatte, seine kostbaren Uhren und Ringe vermißte und in jämmerlicher Verfassung sich im Wagen nach Hause bringen lassen mußte. Daran hatte sich ein unglücklicher Prozeß geknüpft, es war so weit gekommen, daß der Waghals sich in Gefahr sah, unter Verlust seiner gesamten Habe als Zwangssoldat in des Herzogs Regimenter gesteckt zu werden. Da hatte er es an der Zeit gefunden, sich dünn zu machen. Er, den seine Flucht aus den venetianischen Bleikammern zu einer Berühmtheit gemacht hatte, war auch seiner Stuttgarter Haft schlau entronnen, hatte sogar seine Koffer gerettet und sich über Tübingen nach Fürstenberg in Sicherheit gebracht.

Dort rastete er nun im Gasthaus. Seine Gemütsruhe hatte er schon unterwegs wieder gefunden; immerhin hatte ihn aber dies Mißgeschick stark ernüchtert. Er sah sich an Geld und Reputation geschädigt, in seinem blinden Vertrauen zur Glücksgöttin enttäuscht und ohne Reiseplan und Vorbereitungen über Nacht auf die Straße gesetzt.

Dennoch machte der bewegliche Mann durchaus nicht den Eindruck eines vom Schicksal Geschlagenen. Im Gasthof ward er seinem Anzug und Auftreten entsprechend als ein Reisender erster Klasse bewirtet. Er trug eine mit Steinen geschmückte goldene Uhr, schnupfte bald aus einer goldenen Dose, bald aus einer silbernen, stak in überaus feiner Wäsche, zartseidenen Strümpfen, holländischen Spitzen, und der Wert seiner Kleider, Steine, Spitzen und Schmucksachen war erst kürzlich von einem Sachverständigen in Stuttgart auf hunderttausend Franken geschätzt worden. Deutsch sprach er nicht, dafür ein tadelfreies Pariser Französisch, und sein Benehmen war das eines reichen, verwöhnten, doch wohlwollenden Vergnügungsreisenden. Er machte Ansprüche, sparte aber auch weder an der Zeche noch an Trinkgeldern.

Nach einer überhetzten Reise war er abends angekommen. Während er sich wusch und puderte, wurde ihm auf seine Bestellung ein vorzügliches Abendessen bereitet, das ihm nebst einer Flasche Rheinwein den Rest des Tages angenehm und rasch verbringen half. Darauf ging er zeitig zur Ruhe und schlief ausgezeichnet bis zum Morgen. Erst jetzt ging er daran, Ordnung in seine Angelegenheiten zu bringen.

Nach dem Frühstück, das er während des Ankleidens zu sich nahm, klingelte er, um Tinte, Schreibzeug und Papier zu bestellen. In Bälde erschien ein hübsches Mädchen mit guten Manieren und stellte die verlangten Sachen auf den Tisch. Casanova bedankte sich artig, zuerst in italienischer Sprache, dann auf französisch, und es zeigte sich, daß die hübsche Blonde diese zweite Sprache verstand.

»Sie können kein Zimmermädchen sein«, sagte er ernst, doch freundlich. »Gewiß sind Sie die Tochter des Hoteliers.«

»Sie haben es erraten, mein Herr.«

»Nicht wahr? Ich beneide Ihren Vater, schönes Fräulein. Er ist ein glücklicher Mann.«

»Warum denn, meinen Sie?«

»Ohne Zweifel. Er kann jeden Morgen und Abend der schönsten, liebenswürdigsten Tochter einen Kuß geben.«

»Ach, geehrter Herr! Das tut er ja gar nicht.«

»Dann tut er Unrecht und ist zu bedauern. Ich an seiner Stelle wüßte ein solches Glück zu schätzen.«

»Sie wollen mich in Verlegenheit bringen.«

»Aber Kind! Seh' ich aus wie ein Don Juan? Ich könnte Ihr Vater sein, den Jahren nach.«

Dabei ergriff er ihre Hand und fuhr fort: »Auf eine solche Stirne den Kuß eines Vaters zu drücken, muß ein Glück voll Rührung sein.«

Er küßte sie sanft auf die Stirn.

»Gestatten Sie das einem Manne, der selbst Vater ist. Übrigens muß ich Ihre Hand bewundern.«

»Meine Hand?«

»Ich habe Hände von Prinzessinnen geküßt, die sich neben den Ihren nicht sehen lassen dürften. Bei meiner Ehre!«

Damit küßte er ihre Rechte. Er küßte sie zuerst leise und achtungsvoll auf den Handrücken, dann drehte er sie um und küßte die Stelle des Pulses, darauf küßte er jeden Finger einzeln.

Das rot gewordene Mädchen lachte auf, zog sich mit einem halb spöttischen Knicks zurück und verließ das Zimmer.

Casanova lächelte und setzte sich an den Tisch. Er nahm einen Briefbogen und setzte mit leichter, eleganter Hand das Datum darauf: »Fürstenberg, 6. April 1760.« Dann begann er nachzudenken. Er schob das Blatt beiseite, zog ein kleines silbernes Toilettenmesserchen aus der Tasche des samtnen Gilets und feilte eine Weile an seinen Fingernägeln.

Alsdann schrieb er rasch und mit wenigen Pausen einen seiner flotten Briefe. Er galt jenen Stuttgarter Offizieren, die ihn so schwer in Not gebracht hatten. Darin beschuldigte er sie, sie hätten ihm im Tokayer einen betäubenden Trank beigebracht, um ihn dann im Spiel zu betrügen und von den Dirnen seiner Wertsachen berauben zu lassen. Und er schloß mit einer schneidigen Herausforderung. Sie möchten sich binnen drei Tagen in Fürstenberg einfinden, er erwarte sie in der angenehmen Hoffnung, sie alle drei im Duell zu erschießen und dadurch seinen Ruhm in Europa zu verdoppeln.

Diesen Brief kopierte er in drei Exemplaren und adressierte sie einzeln nach Stuttgart. Während er dabei war, klopfte es an der Tür. Es war wieder die hübsche Wirtstochter. Sie bat sehr um Entschuldigung, wenn sie störe, aber sie habe vorher das Sandfaß mitzubringen vergessen. Ja, und da sei es nun, und er möge entschuldigen.

»Wie gut sich das trifft!« rief der Kavalier, der sich vom Sessel erhoben hatte. »Auch ich habe vorher etwas vergessen, was ich nun gutmachen möchte.«

»Wirklich? Und das wäre?«

»Es ist eine Beleidigung Ihrer Schönheit, daß ich es unterließ, Sie auch noch auf den Mund zu küssen. Ich bin glücklich, es nun nachholen zu können.«
Ehe sie zurückweichen konnte, hatte er sie um das Mieder gefaßt und zog sie an sich. Sie kreischte und leistete Widerstand, aber sie tat es mit so wenig Geräusch, daß der erfahrene Liebhaber seinen Sieg sicher sah. Mit einem feinen Lächeln küßte er ihren Mund, und sie küßte ihn wieder. Er setzte sich in den Sessel zurück, nahm sie auf den Schoß und sagte ihr die tausend zärtlich neckischen Worte, die er in drei Sprachen jederzeit zur Verfügung hatte. Noch ein paar Küsse, ein Liebesscherz und ein leises Gelächter, dann fand die Blonde es an der Zeit, sich zurückzuziehen.
»Verraten Sie mich nicht, Lieber. Auf Wiedersehn!«
Sie ging hinaus. Casanova pfiff eine venetianische Melodie vor sich hin, rückte den Tisch zurecht und arbeitete weiter. Er versiegelte die drei Briefe und brachte sie dem Wirt, daß sie per Eilpost wegkämen. Zugleich tat er einen Blick in die Küche, wo zahlreiche Töpfe überm Feuer hingen. Der Gastwirt begleitete ihn.
»Was gibt's heute Gutes?«
»Junge Forellen, gnädiger Herr.«
»Gebacken?«
»Gewiß, gebacken.«
»Was für Öl nehmen Sie dazu?«
»Kein Öl, Herr Baron. Wir backen mit Butter.«
»Ei so. Wo ist denn die Butter?«
Sie wurde ihm gezeigt, er roch daran und billigte sie.
»Sorgen Sie täglich für ganz frische Butter, so lange ich da bin. Auf meine Rechnung natürlich.«
»Verlassen Sie sich darauf.«
»Sie haben eine Perle von Tochter, Herr Wirt. Gesund, hübsch und sittsam. Ich bin selbst Vater, das schärft den Blick.«
»Es sind zwei, Herr Baron.«
»Wie, zwei Töchter? Und beide erwachsen?«
»Gewiß. Die Sie bedient hat, war die Ältere. Sie werden die andere bei Tisch sehen.«
»Ich zweifle nicht, daß sie Ihrer Erziehung nicht weniger Ehre machen wird als die Ältere. Ich schätze an jungen Mädchen

nichts höher als Bescheidenheit und Unschuld. Nur wer selbst Familie hat, kann wissen, wie viel das sagen will und wie sorgsam die Jugend behütet werden muß.«

Die Zeit vor der Mittagstafel widmete der Reisende seiner Toilette. Er rasierte sich selbst, da sein Diener ihn auf der Flucht aus Stuttgart nicht hatte begleiten können. Er legte Puder auf, wechselte den Rock und vertauschte die Pantoffeln mit leichten, feinen Schuhen, deren goldene Schnallen die Form einer Lilie hatten und aus Paris stammten. Da es noch nicht ganz Essenszeit war, holte er aus einer Mappe ein Heft beschriebenes Papier, an dem er mit dem Bleistift in der Hand sogleich zu studieren begann.

Es waren Zahlentabellen und Wahrscheinlichkeitsrechnungen. Casanova hatte in Paris den arg zerrütteten Finanzen des Königs durch Inszenierung von Lottobüros aufgeholfen und dabei ein Vermögen verdient. Sein System zu vervollkommnen und in geldbedürftigen Residenzen, etwa in Berlin oder Petersburg einzuführen, war eine von seinen hundert Zukunftsplänen. Rasch und sicher überflog sein Blick die Zahlenreihen, vom deutenden Finger unterstützt, und vor seinem inneren Auge balancierten Summen von Millionen und Millionen.

Bei Tische leiteten die beiden Töchter die Bedienung. Man aß vorzüglich, auch der Wein war gut, und unter den Mitgästen fand Casanova wenigstens einen, mit dem ein Gespräch sich lohnte. Es war ein mäßig gekleideter, noch junger Schöngeist und Halbgelehrter, der ziemlich gut italienisch sprach. Er behauptete, auf einer Studienreise durch Europa begriffen zu sein und zur Zeit an einer Widerlegung des letzten Buches von Voltaire zu arbeiten.

»Sie werden mir Ihre Schrift senden, wenn sie gedruckt ist, nicht wahr? Ich werde die Ehre haben, mich mit einem Werk meiner Mußestunden zu revanchieren.«

»Es ist mir eine Ehre. Darf ich den Titel erfahren?«

»Bitte. Es handelt sich um eine italienische Übersetzung der Odyssee, an der ich schon längere Zeit arbeite.«

Und er plauderte fließend und leichthin viel Geistreiches über Eigentümlichkeit, Metrik und Poetik seiner Muttersprache, über Reim und Rhythmus, über Homer und Ariosto, den göttlichen Ariosto, von dem er etwa zehn Verse deklamierte.

Doch fand er daneben auch noch Gelegenheit, den beiden hübschen Schwestern etwas Freundliches zu sagen. Und als man sich vom Tisch erhob, näherte er sich der Jüngeren, sagte ein paar respektvolle Artigkeiten und fragte sie, ob sie wohl die Kunst des Frisierens verstehe. Als sie bejahte, bat er sie, ihm künftig morgens diesen Dienst zu erweisen.
»O, ich kann es ebensogut«, rief die Ältere.
»Wirklich? Dann wechseln wir ab.« Und zur Jüngeren: »Also morgen nach dem Frühstück, nicht wahr?«
Nachmittags schrieb er noch mehrere Briefe, namentlich an die Tänzerin Binetti in Stuttgart, die seiner Flucht assistiert hatte und die er nun bat, sich um seinen zurückgebliebenen Diener zu bekümmern. Dieser Diener hieß Leduc, galt für einen Spanier und war ein Taugenichts, aber von großer Treue, und Casanova hing mehr an ihm, als man bei seiner Leichtfertigkeit für möglich gehalten hätte.
Einen weiteren Brief schrieb er an seinen holländischen Bankier und einen an eine ehemalige Geliebte in London. Dann fing er an zu überlegen, was weiter zu unternehmen sei. Zunächst mußte er die drei Offiziere erwarten, sowie Nachrichten von seinem Diener. Beim Gedanken an die bevorstehenden Pistolenduelle wurde er ernst und beschloß, morgen sein Testament nochmals zu revidieren. Wenn alles gut abliefe, gedachte er auf Umwegen nach Wien zu gehen, wohin er manche Empfehlungen hatte.
Nach einem Spaziergang nahm er seine Abendmahlzeit ein, dann blieb er lesend in seinem Zimmer wach, da er um elf Uhr den Besuch der älteren Wirtstochter erwartete.

Ein warmer Föhn blies um das Haus und führte kurze Regenschauer mit. Casanova brachte die beiden folgenden Tage ähnlich zu wie den vergangenen, nur daß jetzt auch das zweite Mädchen ihm öfters Gesellschaft leistete. So hatte er neben Lektüre und Korrespondenz genug damit zu tun, der Liebe froh zu werden und beständig drohende Überraschungs- und Eifersuchtsszenen zwischen den beiden Blonden umsichtig zu verhüten. Er verfügte weise abwägend über die Stunden des Tages und der Nacht, vergaß auch sein Testament nicht und hielt seine schönen Pistolen mit allem Zubehör bereit.
Allein die drei geforderten Offiziere kamen nicht. Sie kamen

nicht und schrieben nicht, am dritten Wartetag so wenig wie am zweiten. Der Abenteurer, bei dem der erste Zorn längst abgekühlt war, hatte im Grunde nicht viel dagegen. Weniger ruhig war er über das Ausbleiben Leducs, seines Dieners. Er beschloß, noch einen Tag zu warten. Mittlerweile entschädigten ihn die verliebten Mädchen für seinen Unterricht in der ars amandi dadurch, daß sie ihm, dem endlos Gelehrigen, ein wenig Deutsch beibrachten.

Am vierten Tage drohte Casanovas Geduld ein Ende zu nehmen. Da kam, noch ziemlich früh am Vormittag, Leduc auf keuchendem Pferde dahergesprengt, von den kotigen Vorfrühlingswegen über und über bespritzt. Froh und gerührt hieß ihn sein Herr willkommen und Leduc begann, noch ehe er über Brot, Schinken und Wein herfiel, eilig zu berichten.

»Vor allem, Herr Ritter«, begann er, »bestellen Sie Pferde und lassen Sie uns noch heute die Schweizer Grenze erreichen. Zwar werden keine Offiziere kommen, um sich mit Ihnen zu schlagen, aber ich weiß für sicher, daß Sie hier in Bälde von Spionen, Häschern und bezahlten Mördern würden belästigt werden, wenn Sie dableiben. Der Herzog selber soll empört über Sie sein und Ihnen seinen Schutz versagen. Also eilen Sie!«

Casanova überlegte nicht lange. In Aufregung geriet er nicht, das Unheil war ihm zu anderen Zeiten schon weit näher auf den Fersen gewesen. Doch gab er seinem Spanier recht und bestellte Pferde für Schaffhausen.

Zum Abschiednehmen blieb ihm wenig Zeit. Er bezahlte seine Zeche, gab der älteren Schwester einen Schildpattkamm zum Andenken und der jüngeren das heilige Versprechen, in möglichster Bälde wiederzukommen, packte seine Reisekoffer und saß, kaum drei Stunden nach dem Eintritt seines Leduc, schon mit diesem im Postwagen. Tücher wurden geschwenkt und Abschiedsworte gerufen, dann bog der wohlbespannte Eilwagen aus dem Hof auf die Straße und rollte schnell auf der nassen Landstraße davon.

## II

Angenehm war es nicht, so Hals über Kopf ohne Vorbereitungen in ein wildfremdes Land entfliehen zu müssen. Auch mußte Leduc dem Betrübten mitteilen, daß sein schöner, vor wenigen Monaten gekaufter Reisewagen in den Händen der Stuttgarter geblieben sei. Dennoch kam er gegen Schaffhausen hin wieder in gute Laune, und da die Landesgrenze überschritten und der Rhein erreicht war, nahm er ohne Ungeduld die Nachricht entgegen, daß zur Zeit in der Schweiz die Einrichtung der Extraposten noch nicht bestehe.

Es wurden also Mietpferde zur Weiterreise nach Zürich bestellt, und bis diese bereit waren, konnte man in aller Ruhe eine gute Mahlzeit einnehmen.

Dabei versäumte der weltgewandte Reisende nicht, sich in aller Eile einigermaßen über Lebensart und Verhältnisse des fremden Landes zu unterrichten. Es gefiel ihm wohl, daß der Gastwirt hausväterlich an der Wirtstafel präsidierte und daß dessen Sohn, obwohl er den Rang eines Hauptmanns bei den Reichstruppen besaß, sich nicht schämte, aufwartend hinter seinem Stuhl zu stehen und ihm die Teller zu wechseln. Dem raschlebigen Weltbummler, der viel auf erste Eindrücke gab, wollte es scheinen, er sei in ein gutes Land gekommen, wo unverdorbene Menschen sich eines schlichten, doch behaglichen Lebens erfreuten. Auch fühlte er sich hier vor dem Zorn des Stuttgarter Tyrannen geborgen und witterte, nachdem er lange Zeit an Höfen verkehrt und in Fürstendiensten gestanden hatte, lüstern die Luft der Freiheit.

Rechtzeitig fuhr der bestellte Wagen vor, die beiden stiegen ein und weiter ging es, einem leuchtend gelben Abendglanz entgegen, nach Zürich.

Leduc sah seinen Herrn in der nachdenksamen Stimmung der Verdauungsstunde im Polster lehnen, wartete längere Zeit, ob er etwa ein Gespräch beliebe, und schlief dann ein. Casanova achtete nicht auf ihn.

Er war, teils durch den Abschied von den Fürstenbergerinnen, teils durch das gute Essen und die neuen Eindrücke in Schaffhausen, wohlig gerührt und im Ausruhen von den vielen Erregungen dieser letzten Wochen fühlte er mit leiser Ermattung, daß er doch nicht mehr jung sei. Zwar hatte er noch nicht das Gefühl, daß der Stern seines glänzenden Zigeunerlebens sich zu neigen beginne. Doch gab er sich Betrachtungen hin, die den Heimatlosen stets früher befallen als andere Menschen, Betrachtungen über das unaufhaltsame Näherrücken des Alters und des Todes. Er hatte sein Leben ohne Vorbehalt der unbeständigen Glücksgöttin anvertraut, und sie hatte ihn bevorzugt und verwöhnt, sie hatte ihm mehr gegönnt als tausend Nebenbuhlern. Aber er wußte genau, daß Fortuna nur die Jugend liebt, und die Jugend war flüchtig und unwiederbringlich, er fühlte sich ihrer nicht mehr sicher und wußte nicht, ob sie ihn nicht vielleicht schon verlassen habe.

Freilich, er war nicht mehr als fünfunddreißig Jahre alt. Aber er hatte vierfältig und zehnfältig gelebt. Er hatte nicht nur hundert Frauen geliebt, er war auch in Kerkern gelegen, hatte qualvolle Nächte durchwacht, Tage und Wochen im Reisewagen verlebt, die Angst des Gefährdeten und Verfolgten gekostet, dann wieder aufregende Geschäfte betrieben, erschöpfende Nächte mit heißen Augen an den Spieltischen aller Städte verbracht, Vermögen gewonnen und verloren und zurückgewonnen. Er hatte Freunde und Feinde, die gleich ihm als kühne Heimatlose und Glücksjäger über die Erde irrten, in Not und Krankheit, Kerker und Schande geraten sehen. Wohl hatte er in fünfzig Städten dreier Länder Freunde und Frauen, die an ihm hingen, aber würden sie sich seiner erinnern wollen, wenn er je einmal krank, alt und bettelnd zu ihnen käme?«

»Schläfst du, Leduc?«

Der Diener fuhr auf.

»Was beliebt?«

»In einer Stunde sind wir in Zürich.«

»Kann schon sein.«

»Kennst du Zürich?«

»Nicht besser als meinen Vater, und den hab' ich nie gesehen. Es wird eine Stadt sein wie andere, jedoch vorwiegend blond, wie ich sagen hörte.«

»Ich habe genug von den Blonden.«

»Ei so. Seit Fürstenberg wohl? Die zwei haben Ihnen doch nicht weh getan?«

»Sie haben mich frisiert, Leduc.«

»Frisiert?«
»Frisiert. Und mir Deutsch beigebracht, sonst nichts.«
»War das zu wenig?«
»Keine Witze jetzt! – Ich werde alt, du.«
»Heute noch?«
»Sei vernünftig. Es wäre auch für dich allmählich Zeit, nicht?«
»Zum Altwerden, nein. Zum Vernünftigwerden, ja, wenn es mit Ehren sein kann.«
»Du bist ein Schwein, Leduc.«
»Mit Verlaub, das stimmt nicht. Verwandte fressen einander nicht auf, und mir geht nichts über frischen Schinken. Der in Fürstenberg war übrigens zu stark gesalzen.«
Diese Art von Unterhaltung war nicht, was der Herr gewollt hatte. Doch schalt er nicht, dazu war er zu müde und in zu milder Stimmung. Er schwieg nur und winkte lächelnd ab. Er fühlte sich schläfrig und konnte seine Gedanken nimmer beisammen halten. Und während er in einen ganz leichten, halben Schlummer sank, glitt seine Erinnerung in die Zeiten der ersten Jugend zurück. Er träumte in lichten, verklärten Farben und Gefühlen von einer Griechin, die er einst als blutjunger Fant im Schiffe vor Ancona getroffen hatte, und von seinen ersten, phantastischen Erlebnissen in Konstantinopel und auf Korfu.
Darüber eilte der Wagen weiter und rollte, als der Schläfer emporfuhr, über Steinpflaster und gleich darauf über eine Brücke, unter welcher ein schwarzer Strom rauschte und rötliche Lichter spiegelte. Man war in Zürich vor dem Gasthaus zum Schwert angekommen.
Casanova war im Augenblicke munter. Er reckte sich und stieg aus, von einem höflichen Wirt empfangen.
»Also Zürich«, sagte er vor sich hin. Und obwohl er gestern noch die Absicht gehabt hatte, nach Wien zu reisen und nicht im mindesten wußte, was ungefähr er in Zürich treiben solle, blickte er fröhlich um sich, folgte dem Gastwirt ins Haus und suchte sich ein bequemes Zimmer mit Vorraum im ersten Stockwerk aus.
Nach dem Abendessen kehrte er bald zu seinen früheren Betrachtungen zurück. Je geborgener und wohler er sich fühlte, desto bedenklicher kamen ihm nachträglich die Bedrängnisse vor, denen er soeben entronnen war. Sollte er sich freiwillig

wieder in solche Gefahren begeben? Sollte er, nachdem das stürmische Meer ihn ohne sein Verdienst an einen friedlichen Strand geworfen hatte, sich ohne Not noch einmal den Wellen überlassen?

Wenn er genau nachrechnete, betrug der Wert seines Besitzes an Geld, Kreditbriefen und fahrender Habe ungefähr hunderttausend Taler. Das genügte für einen Mann ohne Familie, sich für immer ein stilles und bequemes Leben zu sichern.

Mit diesen Gedanken legte er sich zu Bett und erlebte in einem langen ungestörten Schlafe eine Reihe friedvoll glücklicher Träume. Er sah sich als Besitzer eines schönen Landsitzes, frei und heiter lebend, fern von Höfen, Gesellschaft und Intrigen, in immer neuen Bildern voll ländlicher Anmut und Frische.

Diese Träume waren so schön und so gesättigt von reinem Glücksgefühl, daß Casanova das Erwachen am Morgen fast schmerzlich ernüchternd empfand. Doch beschloß er sofort, diesem letzten Wink seiner guten Glücksgöttin zu folgen und seine Träume wahr zu machen. Sei es nun, daß er sich in der hiesigen Gegend ankaufe, sei es, daß er nach Italien, Frankreich oder Holland zurückkehren würde, jedenfalls wollte er von heute an auf Abenteuer, Glücksjagd und äußeren Lebensglanz verzichten und sich so bald wie möglich ein ruhiges, sorglos unabhängiges Leben schaffen.

Gleich nach dem Frühstück befahl er Leduc die Obhut über seine Zimmer und verließ allein und zu Fuß das Hotel. Ein lang nicht mehr gefühltes Bedürfnis zog den Vielgereisten seitab auf das Land zu Wiesen und Wald. Bald hatte er die Stadt hinter sich und wanderte ohne Eile den See entlang. Milde, zärtliche Frühlingsluft wogte lau und schwellend über graugrünen Matten, auf denen erste gelbe Blümlein strahlend lachten und an deren Rande die Hecken voll rötlich warmer, strotzender Blattknospen standen. Am feuchtblauen Himmel schwammen weich geballte, lichte Wolken hin, und in der Ferne stand über den mattgrauen und tannenblauen Vorbergen weiß und feierlich der zackige Halbkreis der Alpen.

Einzelne Ruderboote und Frachtkähne mit großem Dreiecksegel waren auf der nur schwach bewegten Seefläche unterwegs, und am Ufer führte ein guter, reinlicher Weg durch helle, meist aus Holz gebaute Dörfer. Fuhrleute und Bauern begegneten dem Spaziergänger, und manche grüßten ihn freundlich. Das alles ging ihm lieblich ein und bestärkte seine tugendhaften und klugen Vorsätze. Am Ende einer stillen Dorfstraße schenkte er einem weinenden Kinde eine kleine Silbermünze, und in einem Wirtshaus, wo er nach beinahe dreistündigem Gehen Rast hielt und einen Imbiß nahm, ließ er den Wirt leutselig aus seiner Dose schnupfen.

Casanova hatte keine Ahnung, in welcher Gegend er sich nun befinde, und mit dem Namen eines wildfremden Dorfes wäre ihm auch nicht gedient gewesen. Er fühlte sich wohl in der leise durchsonnten Luft. Von den Strapazen der letzten Zeit hatte er sich genügend ausgeruht, auch war sein ewig verliebtes Herz zur Zeit still und hatte Feiertag, so wußte er im Augenblick nichts Schöneres, als dieses sorglose Lustwandeln durch ein fremdes, schönes Land. Da er immer wieder Gruppen von Landleuten begegnete, hatte es mit dem Verirren keine Gefahr.

Im Sicherheitsgefühl seiner neuesten Entschlüsse genoß er nun den Rückblick auf sein bewegtes Vagantenleben wie ein Schauspiel, das ihn rührte oder belustigte, ohne ihn doch in seiner jetzigen Gemütsruhe zu stören. Sein Leben war gewagt und oft liederlich gewesen, das gab er sich selber zu, aber nun er es so im Ganzen überblickte, war es doch ohne Zweifel ein hübsch buntes, flottes und lohnendes Spiel gewesen, an dem man Freude haben konnte.

Indessen führte ihn, da er anfing ein wenig zu ermüden, der Weg in ein breites Tal zwischen hohen Bergen. Eine große, prächtige Kirche stand da, an die sich weitläufige Gebäude anschlossen. Erstaunt bemerkte er, daß das ein Kloster sein müsse, und freute sich, unvermutet in eine katholische Gegend gekommen zu sein.

Er trat entblößten Hauptes in die Kirche und nahm mit zunehmender Verwunderung Marmor, Gold und kostbare Stickereien wahr. Es wurde eben die letzte Messe gelesen, die er mit Andacht anhörte. Darauf begab er sich neugierig in die Sakristei, wo er eine Anzahl Benediktinermönche sah. Der Abt, erkenntlich durch das Kreuz vor der Brust, war dabei und erwiderte den Gruß des Fremden durch die höfliche Frage, ob er die Sehenswürdigkeiten der Kirche betrachten wolle.

Gern nahm Casanova an und wurde vom Abte selbst in Begleitung zweier Brüder umhergeführt und sah alle Kostbarkeiten und Heiligtümer mit der diskreten Neugier des gebildeten Reisenden an, ließ sich die Geschichte und Legenden der Kirche erzählen und war nur dadurch ein wenig in Verlegenheit gebracht, daß er nicht wußte, wo er eigentlich sei und wie Ort und Kloster heiße.

»Wo sind Sie denn abgestiegen?« fragte schließlich der Abt.

»Nirgends, Hochwürden. Zu Fuß von Zürich her angekommen, trat ich sogleich in die Kirche.«

Der Abt, über den frommen Eifer des Wallfahrers entzückt, lud ihn zu Tisch, was jener dankbar annahm. Nun, da der Abt ihn für einen bußfahrenden Sünder hielt, der weite Wege gemacht, um hier Trost zu finden, konnte Casanova vollends nicht mehr fragen, wo er sich denn befinde. Übrigens sprach er mit dem geistlichen Herrn, da es mit dem Deutschen nicht so recht gehen wollte, lateinisch.

»Unsere Brüder haben Fastenzeit«, fuhr der Abt fort, »da habe ich ein Privileg vom heiligen Vater Benedikt dem Vierzehnten, das mir gestattet, täglich mit drei Gästen auch Fleischspeisen zu essen. Wollen Sie gleich mir von dem Privilegium Gebrauch machen, oder ziehen Sie es vor zu fasten?«

»Es liegt mir fern, hochwürdiger Herr, von der Erlaubnis des Papstes wie auch von Ihrer gütigen Einladung keinen Gebrauch zu machen. Es möchte arrogant aussehen.«

»Also speisen wir!«

Im Speisezimmer des Abtes hing wirklich jenes päpstliche Breve unter Glas gerahmt an der Wand. Es waren zwei Couverts aufgelegt, zu denen ein Bedienter in Livree sogleich ein drittes fügte.

»Wir speisen zu dreien, Sie, ich und mein Kanzler. Da kommt er ja eben.«

»Sie haben einen Kanzler?«

»Ja. Als Abt von Maria-Einsiedeln bin ich Fürst des römischen Reiches und habe die Verpflichtungen eines solchen.«

Endlich wußte also der Gast, wo er hingeraten sei, und freute sich, das weltberühmte Kloster unter so besonderen Umständen und ganz unverhofft kennengelernt zu haben. Indessen nahm man Platz und begann zu tafeln.

»Sie sind Ausländer?« fragte der Abt.

»Venetianer, doch schon seit längerer Zeit auf Reisen.«
Daß er verbannt sei, brauchte er ja einstweilen nicht zu erzählen.
»Und reisen Sie weiter durch die Schweiz? Dann bin ich gerne bereit, Ihnen einige Empfehlungen mitzugeben.«
»Ich nehme das dankbar an. Ehe ich jedoch weiterreise, wäre es mein Wunsch, eine vertraute Unterredung mit Ihnen haben zu dürfen. Ich möchte Ihnen beichten und Ihren Rat über manches, was mein Gewissen beschwert, erbitten.«
»Ich werde nachher zu Ihrer Verfügung stehen. Es hat Gott gefallen, Ihr Herz zu erwecken, so wird er auch Frieden für das Herz haben. Der Menschen Wege sind vielerlei, doch sind nur wenige so weit verirrt, daß ihnen nicht mehr zu helfen wäre. Wahre Reue ist das erste Erfordernis der Umkehr, wenn auch die echte, gottgefällige Zerknirschung noch nicht im Zustand der Sünde, sondern erst in dem der Gnade eintreten kann.«
So redete er eine Weile weiter, während Casanova sich mit Speise und Wein bediente. Als er schwieg, nahm jener wieder das Wort.
»Verzeihen Sie meine Neugierde, Hochwürdiger, aber wie machen Sie es möglich, um diese Jahreszeit so vortreffliches Wild zu haben?«
»Nicht wahr? Ich habe dafür ein Rezept. Wild und Geflügel, die Sie hier sehen, sind sämtlich sechs Monate alt.«
»Ist es möglich?«
»Ich habe eine Einrichtung, mittels der ich die Sachen so lange vollkommen luftdicht abschließe.«
»Darum beneide ich Sie.«
»Bitte. Aber wollen Sie gar nichts vom Lachs nehmen?«
»Wenn Sie ihn mir eigens anbieten, gewiß.«
»Ist er doch eine Fastenspeise!«
Der Gast lachte und nahm vom Lachs.

## III

Nach Tisch empfahl sich der Kanzler, ein stiller Mann, und der Abt zeigte seinem Gast das Kloster. Alles gefiel dem Venetianer sehr wohl. Er begriff, daß ruhebedürftige Menschen

das Klosterleben erwählen und sich darin wohlfühlen konnten. Und schon begann er zu überlegen, ob dies nicht auch für ihn am Ende der beste Weg zum Frieden des Leibes und der Seele sei.
Einzig die Bibliothek befriedigte ihn wenig.
»Ich sehe da«, bemerkte er, »zwar Massen von Folianten, aber die neuesten davon scheinen mir mindestens hundert Jahre alt zu sein, und lauter Bibeln, Psalter, theologische Exegese, Dogmatik und Legendenbücher. Das alles sind ja ohne Zweifel vortreffliche Werke –«
»Ich vermute es«, lächelte der Prälat.
»Aber Ihre Mönche werden doch auch andere Bücher haben, über Geschichte, Physik, schöne Künste, Reisen und dergleichen.«
»Wozu? Unsere Brüder sind fromme, einfache Leute. Sie tun ihre tägliche Pflicht und sind zufrieden.«
»Das ist ein großes Wort. – Aber dort hängt ja, sehe ich eben, ein Bildnis des Kurfürsten von Köln.«
»Der da im Bischofsornat, jawohl.«
»Sein Gesicht ist nicht ganz gut getroffen. Ich habe ein besseres Bild von ihm. Sehen Sie!«
Er zog aus einer inneren Tasche eine schöne Dose, in deren Deckel ein Miniaturporträt eingefügt war. Es stellte den Kurfürsten als Großmeister des deutschen Ordens vor.
»Das ist hübsch. Woher haben Sie das?«
»Vom Kurfürsten selbst.«
»Wahrhaftig?«
»Ich habe die Ehre, sein Freund zu sein.«
Mit Wohlgefallen nahm er wahr, wie er zusehends in der Achtung des Abtes stieg, und steckte die Dose wieder ein.
»Ihre Mönche sind fromm und zufrieden, sagten Sie. Das möchte einem beinahe Lust nach diesem Leben erwecken.«
»Es ist eben ein Leben im Dienst des Herrn.«
»Gewiß, und fern von den Stürmen der Welt.«
»So ist es.«
Nachdenklich folgte er seinem Führer und bat ihn nach einer Weile, nun seine Beichte anzuhören, damit er Absolution erhalten und morgen die Kommunion nehmen könne.
Der Herr führte ihn zu einem kleinen Pavillon, wo sie eintraten.

Der Abt setzte sich und Casanova wollte niederknien, doch gab jener das nicht zu.
»Nehmen Sie einen Stuhl«, sagte er freundlich, »und erzählen Sie mir von Ihren Sünden.«
»Es wird lange dauern.«
»Bitte, beginnen Sie nur. Ich werde aufmerksam sein.«
Damit hatte der gute Mann nicht zuviel versprochen. Die Beichte des Chevaliers nahm, obwohl er möglichst gedrängt und rasch erzählte, volle drei Stunden in Anspruch. Der hohe Geistliche schüttelte anfangs ein paar Mal den Kopf oder seufzte, denn eine solche Kette von Sünden war ihm doch noch niemals vorgekommen, und er hatte eine unglaubliche Mühe, die einzelnen Frevel so in der Geschwindigkeit einzuschätzen, zu addieren und im Gedächtnis zu behalten. Bald genug gab er das völlig auf und horchte nur mit Erstaunen dem fließenden Vortrag des Italieners, der in zwangloser, flotter, fast künstlerischer Weise sein ganzes Leben erzählte. Manchmal lächelte der Abt und manchmal lächelte auch der Beichtende, ohne jedoch innezuhalten. Seine Erzählung führte in fremde Länder und Städte, durch Krieg und Seereisen, durch Fürstenhöfe, Klöster, Spielhöllen, Gefängnis, durch Reichtum und Not, sie sprang vom Rührenden zum Tollen, vom Harmlosen zum Skandalösen, vorgetragen aber wurde sie nicht wie ein Roman und nicht wie eine Beichte, sondern unbefangen, ja manchmal heiter-geistreich und stets mit der selbstverständlichen Sicherheit dessen, der Erlebtes erzählt und weder zu sparen noch dick aufzutragen braucht.
Nie war der Abt und Reichsfürst besser unterhalten worden. Besondere Reue konnte er im Ton des Beichtenden nicht wahrnehmen, doch hatte er selbst bald vergessen, daß er als Beichtvater und nicht als Zuschauer eines aufregenden Theaterstücks hier sitze.
»Ich habe Sie nun lang genug belästigt«, schloß Casanova endlich. »Manches mag ich vergessen haben, doch kommt es ja wohl auf ein wenig mehr oder minder nicht an. Sind Sie ermüdet, Hochwürden?«
»Durchaus nicht. Ich habe kein Wort verloren.«
»Und darf ich die Absolution erwarten?«
Noch ganz benommen sprach der Abt die heiligen Worte aus,

durch welche Casanovas Sünden vergeben waren und die ihn des Sakramentes würdig erklärten.

Jetzt wurde ihm ein Zimmer angewiesen, damit er die Zeit bis morgen in frommer Betrachtung ungestört verbringen könnte. Den Rest des Tages verwendete er dazu, sich den Gedanken ans Mönchwerden zu überlegen. So sehr er Stimmungsmensch und rasch im Ja- oder Neinsagen war, hatte er doch zuviel Selbsterkenntnis und viel zu viel rechnende Klugheit, um sich nicht voreilig die Hände zu binden und des Verfügungsrechts über sein Leben zu begeben.

Er malte sich also sein zukünftiges Mönchsdasein bis in alle Einzelheiten aus und entwarf einen Plan, um sich für jeden möglichen Fall einer Reue oder Enttäuschung offene Tür zu halten. Den Plan wandte und drehte er um und um, bis er ihm vollkommen erschien, und dann brachte er ihn sorgfältig zu Papier.

In diesem Schriftstück erklärte er sich bereit, als Novize in das Kloster Maria-Einsiedeln zu treten. Um jedoch Zeit zur Selbstprüfung und zum etwaigen Rücktritt zu behalten, erbat er ein zehnjähriges Noviziat. Damit man ihm diese ungewöhnlich lange Frist gewähre, hinterlegte er ein Kapital von zehntausend Franken, das nach seinem Tode oder Wiederaustritt aus dem Orden dem Kloster zufallen sollte. Ferner erbat er sich die Erlaubnis, Bücher jeder Art auf eigene Kosten zu erwerben und in seiner Zelle zu haben; auch diese Bücher sollten nach seinem Tode Eigentum des Klosters werden.

Nach einem Dankgebet für seine Bekehrung legte er sich nieder und schlief gut und fest als einer, dessen Gewissen rein wie Schnee und leicht wie eine Feder ist. Und am Morgen nahm er in der Kirche die Kommunion.

Der Abt hatte ihn zur Schokolade eingeladen. Bei dieser Gelegenheit übergab Casanova ihm sein Schriftstück mit der Bitte um eine günstige Antwort.

Jener las das Gesuch sogleich, beglückwünschte den Gast zu seinem Entschluß und versprach, ihm nach Tisch Antwort zu geben.

»Finden Sie meine Bedingungen zu selbstsüchtig?«

»O nein, Herr Chevalier, ich denke, wir werden wohl einig werden. Mich persönlich würde das aufrichtig freuen. Doch muß ich Ihr Gesuch zuvor dem Konvent vorlegen.«

»Das ist nicht mehr als billig. Darf ich Sie bitten, meine Eingabe freundlich zu befürworten?«

»Mit Vergnügen. Also auf Wiedersehn bei Tische!«

Der Weltflüchtige machte nochmals einen Gang durchs Kloster, sah sich die Brüder an, inspizierte einige Zellen und fand alles nach seinem Herzen. Freudig lustwandelte er durch Einsiedeln, sah Wallfahrer mit einer Fahne einziehen und Fremde in Züricher Mietwagen abreisen, hörte nochmals eine Messe und steckte einen Taler in die Almosenbüchse.

Während der Mittagstafel, die ihm diesmal ganz besonders durch vorzügliche Rheinweine Eindruck machte, fragte er, wie es mit seinen Angelegenheiten stehe.

»Seien Sie ohne Sorge«, meinte der Abt, »obwohl ich Ihnen im Augenblick noch keine entscheidende Antwort habe. Der Konvent will noch Bedenkzeit.«

»Glauben Sie, daß ich aufgenommen werde?«

»Ohne Zweifel.«

»Und was soll ich inzwischen tun?«

»Was Sie wollen. Gehen Sie nach Zürich zurück und erwarten Sie dort unsere Antwort, die ich Ihnen übrigens persönlich bringen werde. Heut über vierzehn Tage muß ich ohnehin in die Stadt, dann suche ich Sie auf, und wahrscheinlich werden Sie dann sogleich mit mir hierher zurückkehren können. Paßt Ihnen das?«

»Vortrefflich. Also heut über vierzehn Tage. Ich wohne im Schwert. Man ißt dort recht gut; wollen Sie dann zu Mittag mein Gast sein?«

»Sehr gerne.«

»Aber wie komme ich heute nach Zürich zurück? Sind irgendwo Wagen zu haben?«

»Sie fahren nach Tisch in meiner Reisekutsche.«

»Das ist allzuviel Güte. –«

»Lassen Sie doch! Es ist schon Auftrag gegeben. Sehen Sie lieber zu, sich noch ordentlich zu stärken. Vielleicht noch ein Stückchen Kalbsbraten?«

Kaum war die Mahlzeit beendet, so fuhr des Abtes Wagen vor. Ehe der Gast einstieg, gab ihm jener noch zwei versiegelte Briefe an einflußreiche Züricher Herren mit. Herzlich nahm Casanova von dem gastfreien Herrn Abschied, und mit dankbaren Gefühlen fuhr er in dem sehr bequemen Wagen durch das lachende Land und am See entlang nach Zürich zurück.

Als er vor seinem Gasthaus vorfuhr, empfing ihn der Diener Leduc mit unverhohlenem Grinsen.

»Was lachst du?«

»Na, es freut mich nur, daß Sie in dieser fremden Stadt schon Gelegenheit gefunden haben, sich volle zwei Tage außer dem Haus zu amüsieren.«

»Dummes Zeug. Geh jetzt und sag dem Wirt, daß ich vierzehn Tage hier bleibe und für diese Zeit einen Wagen und einen guten Lohndiener haben will.«

Der Wirt kam selber und empfahl einen Diener, für dessen Redlichkeit er sich verbürgte. Auch besorgte er einen offenen Mietwagen, da andere nicht zu haben waren.

Am folgenden Tage gab Casanova seine Briefe an die Herren Orelli und Pestalozzi persönlich ab. Sie waren nicht zu Hause, machten ihm aber beide nach Mittag einen Besuch im Hotel und luden ihn für morgen und übermorgen zu Tisch und für heute abend ins Konzert ein. Er sagte zu und fand sich rechtzeitig ein.

Das Konzert, das einen Taler Eintrittsgeld kostete, gefiel ihm gar nicht. Namentlich mißfiel ihm die langweilige Einrichtung, daß Männer und Frauen abgesondert je in einem Teil des Saales saßen. Sein scharfes Auge entdeckte unter den Damen mehrere Schönheiten, und er begriff nicht, warum die Sitte ihm verbiete, ihnen den Hof zu machen. Nach dem Konzert wurde er den Frauen und Töchtern der Herren vorgestellt und fand besonders in Fräulein Pestalozzi eine überaus hübsche und liebenswürdige Dame. Doch enthielt er sich jeder leichtfertigen Galanterie.

Obwohl ihm dies Benehmen nicht ganz leicht fiel, schmeichelte es doch seiner Eitelkeit. Er war seinen neuen Freunden in den Briefen des Abtes als ein bekehrter Mann und angehender Büßer vorgestellt worden und er merkte, daß man ihn mit fast ehrerbietiger Achtung behandelte, obwohl er meist mit Protestanten verkehrte. Diese Achtung tat ihm wohl und ersetzte ihm teilweise das Vergnügen, das er seinem ernsten Auftreten opfern mußte.

Und dieses Auftreten gelang ihm so gut, daß er bald sogar auf der

Straße mit einer gewissen Ehrerbietung gegrüßt wurde. Ein Geruch von Askese und Heiligkeit umwehte den merkwürdigen Mann, dessen Leumund so wechselnd war wie sein Leben.
Immerhin konnte er es sich nicht versagen, vor seinem Rücktritt aus dem Weltleben dem Herzog von Württemberg noch einen unverschämt gesalzenen Brief zu schreiben. Das wußte ja niemand. Und es wußte auch niemand, daß er manchmal im Schutz der Dunkelheit abends ein Haus aufsuchte, in dem weder Mönche wohnten noch Psalmen gesungen wurden.

## IV

Die Vormittage widmete der fromme Herr Chevalier dem Studium der deutschen Sprache. Er hatte einen armen Teufel von der Straße aufgelesen, einen Genuesen namens Giustiniani. Der saß nun täglich in den Morgenstunden bei Casanova und brachte ihm Deutsch bei, wofür er jedesmal sechs Franken Honorar bekam.
Dieser entgleiste Mann, dem sein reicher Schüler übrigens die Adresse jenes Hauses verdankte, unterhielt seinen Gönner hauptsächlich dadurch, daß er über Mönchtum und Klosterleben in allen Tonarten schimpfte und lästerte. Er wußte nicht, daß sein Schüler im Begriffe stand, Benediktinerbruder zu werden, sonst wäre er zweifellos vorsichtiger gewesen. Casanova nahm ihm jedoch nichts übel. Der Genuese war vor Zeiten Kapuzinermönch gewesen und der Kutte wieder entschlüpft. Nun fand der merkwürdige Bekehrte ein Vergnügen darin, den armen Kerl seine klosterfeindlichen Ergüsse vortragen zu lassen.
»Es gibt aber doch auch gute Leute unter den Mönchen«, wandte er etwa einmal ein.
»Sagen Sie das nicht! Keinen gibt es, keinen einzigen! Sie sind ohne Ausnahme Tagdiebe und faule Bäuche.«
Sein Schüler hörte lachend zu und freute sich auf den Augenblick, in dem er das Lästermaul durch die Nachricht von seiner bevorstehenden Einkleidung verblüffen würde.
Immerhin begann ihm bei dieser stillen Lebensweise die Zeit etwas lang zu werden, und er zählte die Tage bis zum vermutlichen Eintreffen des Abtes mit Ungeduld. Nachher, wenn er

dann im Klosterfrieden säße und in Ruhe seinem Studium obläge, würden Langeweile und Unrast ihn schon verlassen. Er plante eine Homerübersetzung, ein Lustspiel und eine Geschichte Venedigs und hatte, um einstweilen doch etwas in diesen Sachen zu tun, bereits einen starken Posten gutes Schreibpapier gekauft.

So verging ihm die Zeit zwar langsam und unlustig, aber sie verging doch, und am Morgen des 23. April stellte er aufatmend fest, daß dies sein letzter Wartetag sein sollte, denn andern Tages stand die Ankunft des Abtes bevor.

Er schloß sich ein und prüfte noch einmal seine weltlichen wie geistlichen Angelegenheiten, bereitete auch das Einpacken seiner Sachen vor und freute sich, endlich dicht vor dem Beginn eines neuen, friedlichen Lebens zu stehen. An seiner Aufnahme in Maria-Einsiedeln zweifelte er nicht, denn nötigenfalls war er entschlossen, das versprochene Kapital zu verdoppeln. Was lag in diesem Falle an zehntausend Franken?

Gegen sechs Uhr abends, da es im Zimmer leis zu dämmern begann, trat er ans Fenster und schaute hinaus. Er konnte von dort den Vorplatz des Hotels und die Limmatbrücke übersehen.

Eben fuhr ein Reisewagen an und hielt vor dem Gasthaus. Casanova schaute neugierig zu. Der Kellner sprang herzu und öffnete den Schlag. Heraus stieg eine in Mäntel gehüllte ältere Frau, dann noch eine, hierauf eine dritte, lauter matronenhaft ernste, ein wenig säuerliche Damen.

»Die hätten auch anderswo absteigen dürfen«, dachte der am Fenster.

Aber diesmal kam das schlanke Ende nach. Es stieg eine vierte Dame aus, eine hohe schöne Figur in einem Kostüm, das damals viel getragen und Amazonenkleid genannt wurde. Auf dem schwarzen Haar trug sie eine kokette, blauseidene Mütze mit einer silbernen Quaste.

Casanova stellte sich auf die Zehen und schaute vorgebeugt hinab. Es gelang ihm, ihr Gesicht zu sehen, ein junges, schönes, brünettes Gesicht mit schwarzen Augen unter stolzen, dichten Brauen. Zufällig blickte sie am Hause hinauf, und da sie den im Fenster Stehenden gewahr wurde und seinen Blick auf sich gerichtet fühlte, seinen Casanovablick, betrachtete sie ihn einen kleinen Augenblick mit Aufmerksamkeit – einen kleinen Augenblick.

Dann ging sie mit den andern ins Haus. Der Chevalier eilte in sein Vorzimmer, durch dessen Glastür er auf den Korridor schauen konnte. Richtig kamen die Viere, und als letzte die Schöne in Begleitung des Wirtes die Treppe herauf und an seiner Türe vorbei. Die Schwarze, als sie sich unversehens von demselben Manne fixiert sah, der sie soeben vom Fenster aus angestaunt hatte, stieß einen leisen Schrei aus, faßte sich aber sofort und eilte kichernd den anderen nach.

Casanova glühte. Seit Jahren glaubte er nichts Ähnliches gesehen zu haben.

»Amazone, meine Amazone!« sang er vor sich hin und warf seinen Kleiderkoffer ganz durcheinander, um in aller Eile große Toilette zu machen. Denn heute mußte er unten an der Tafel speisen, mit den Neuangekommenen! Bisher hatte er sich im Zimmer servieren lassen, um sein weltfeindliches Auftreten zu wahren. Nun zog er hastig eine Sammethose, neue weißseidene Strümpfe, eine goldgestickte Weste, den Gala-Leibrock und seine Spitzenmanschetten an. Dann klingelte er dem Kellner.

»Sie befehlen?«

»Ich speise heute an der Tafel, unten.«

»Ich werde es bestellen.«

»Sie haben neue Gäste?«

»Vier Damen.«

»Woher?«

»Aus Solothurn.«

»Spricht man in Solothurn französisch?«

»Nicht durchwegs. Aber diese Damen sprechen es.«

»Gut. – Halt, noch was. Die Damen speisen doch unten?«

»Bedaure. Sie haben das Souper auf ihr Zimmer bestellt.«

»Da sollen doch dreihundert junge Teufel! Wann servieren Sie dort?«

»In einer halben Stunde.«

»Danke. Gehen Sie!«

»Aber werden Sie nun an der Tafel essen oder –?«

»Gottesdonner, nein! Gar nicht werde ich essen. Gehen Sie.«

Wütend stürmte er im Zimmer auf und ab. Es mußte heut abend etwas geschehen. Wer weiß, ob die Schwarze nicht morgen schon weiterfuhr. Und außerdem kam ja morgen der Abt. Er wollte ja Mönch werden. Zu dumm! Zu dumm!

Aber es wäre seltsam gewesen, wenn der Lebenskünstler nicht doch eine Hoffnung, einen Ausweg, ein Mittel, ein Mittelchen gefunden hätte. Seine Wut dauerte nur Minuten. Dann sann er nach. Und nach einer Weile schellte er den Kellner wieder herauf.

»Was beliebt?«

»Ich möchte dir einen Louisdor zu verdienen geben.«

»Ich stehe zu Diensten, Herr Baron.«

»Gut. So geben Sie mir Ihre grüne Schürze.«

»Mit Vergnügen.«

»Und lassen Sie mich die Damen bedienen.«

»Gerne. Reden Sie bitte mit Leduc, da ich unten servieren muß, habe ich ihn schon gebeten, mir das Aufwarten da oben abzunehmen.«

»Schicken Sie ihn sofort her. – Werden die Damen länger hierbleiben?«

»Sie fahren morgen früh nach Einsiedeln, sie sind katholisch. Übrigens hat die Jüngste mich gefragt, wer Sie seien.«

»Gefragt hat sie? Wer ich sei? Und was haben Sie ihr gesagt?«

»Sie seien Italiener, mehr nicht.«

»Gut. Seien Sie verschwiegen!«

Der Kellner ging und gleich darauf kam Leduc herein, aus vollem Halse lachend.

»Was lachst du, Schaf.«

»Über Sie als Kellner.«

»Also weißt du schon. Und nun hat das Lachen ein Ende oder du siehst nie mehr einen Sou von mir. Hilf mir jetzt die Schürze umbinden. Nachher trägst du die Platten herauf und ich nehme sie dir unter der Tür der Damen ab. Vorwärts!«

Er brauchte nicht lange zu warten. Die Kellnerschürze über der Goldweste umgebunden, betrat er das Zimmer der Fremden.

»Ist's gefällig, meine Damen?«

Die Amazone hatte ihn erkannt und schien vor Verwunderung starr. Er servierte tadellos und hatte Gelegenheit, sie genau zu betrachten und immer schöner zu finden. Als er einen Kapaun künstlerisch tranchierte, sagte sie lächelnd: »Sie servieren gut. Dienen Sie schon lange hier?«

»Sie sind gütig, darnach zu fragen. Erst drei Wochen.«
Als er ihr nun vorlegte, bemerkte sie seine zurückgeschlagenen, aber noch sichtbaren Manschetten. Sie stellte fest, daß es echte Spitzen seien, berührte seine Hand und befühlte die feinen Spitzen. Er war selig.
»Laß das doch!« rief eine der älteren Frauen tadelnd, und sie errötete. Sie errötete! Kaum konnte Casanova sich halten.
Nach der Mahlzeit blieb er, so lange er irgendeinen Vorwand dazu fand, im Zimmer. Die drei Alten zogen sich ins Schlafkabinett zurück, die Schöne aber blieb da, setzte sich wieder und fing zu schreiben an.
Er war endlich mit dem Aufräumen fertig und mußte schlechterdings gehen. Doch zögerte er in der Türe.
»Auf was warten Sie noch?« fragte die Amazone.
»Gnädige Frau, Sie haben die Stiefel noch an und werden schwerlich mit ihnen zu Bett gehen wollen.«
»Ach so, Sie wollen sie ausziehen? Machen Sie sich nicht so viel Mühe mit mir!«
»Das ist mein Beruf, gnädige Frau.«
Er kniete vor ihr auf den Boden und zog ihr, während sie scheinbar weiterschrieb, die Schnürsenkel auf, langsam und sorglich.
»Es ist gut. Genug, genug! Danke.«
»Ich danke vielmehr Ihnen.«
»Morgen abend sehen wir uns ja wieder, Herr Kellner.«
»Sie speisen wieder hier?«
»Gewiß. Wir werden vor Abend von Einsiedeln zurück sein.«
»Danke, gnädige Frau.«
»Also gute Nacht, Kellner.«
»Gute Nacht, Madame. Soll ich die Stubentür schließen oder auflassen?«
»Ich schließe selbst.«
Das tat sie denn auch, als er draußen war, wo ihn Leduc mit ungeheurem Grinsen erwartete.
»Nun?« sagte sein Herr.
»Sie haben Ihre Rolle großartig gespielt. Die Dame wird Ihnen morgen einen Dukaten Trinkgeld geben. Wenn Sie mir aber den nicht überlassen, verrate ich die ganze Geschichte.«
»Du kriegst ihn schon heute, Scheusal.«

Am folgenden Morgen fand er sich rechtzeitig mit den geputzten Stiefeln wieder ein. Doch erreichte er nicht mehr, als daß die Amazone sich diese wieder von ihm anziehen ließ.
Er schwankte, ob er ihr nicht nach Einsiedeln nachfahren sollte. Doch kam gleich darauf ein Lohndiener mit der Nachricht, der Herr Abt sei in Zürich und werde sich die Ehre geben, um zwölf Uhr mit dem Herrn Chevalier allein auf seinem Zimmer zu speisen.
Herrgott, der Abt! An den hatte der gute Casanova nicht mehr gedacht. Nun, mochte er kommen. Er bestellte ein höchst luxuriöses Mahl, zu dem er selber in der Küche einige Anweisungen gab. Dann legte er sich, da er vom Frühaufstehen müde war, noch zwei Stunden aufs Bett und schlief.
Am Mittag kam der Abt. Es wurden Höflichkeiten gewechselt und Grüße ausgerichtet, dann setzten sich beide zu Tisch. Der Prälat war über die prächtige Tafel entzückt und vergaß über den guten Platten für eine halbe Stunde ganz seine Aufträge. Endlich fielen sie ihm wieder ein.
»Verzeihen Sie«, sagte er plötzlich, »daß ich Sie so ungebührlich lange in der Spannung ließ! Ich weiß gar nicht, wie ich das so lang vergessen konnte.«
»O bitte.«
»Nach allem, was ich in Zürich über Sie hörte – ich habe mich begreiflicherweise ein wenig erkundigt –, sind Sie wirklich durchaus würdig, unser Bruder zu werden. Ich heiße Sie willkommen, lieber Herr, herzlichst willkommen. Sie können nun über Ihre Tür schreiben: *Inveni portum. Spes et fortuna valete!*«
»Zu deutsch: Lebe wohl, Glücksgöttin; ich bin im Hafen! Der Vers stammt aus Euripides und ist wirklich sehr schön, wenn auch in meinem Falle nicht ganz passend.«
»Nicht passend? Sie sind zu spitzfindig.«
»Der Vers, Hochwürden, paßt nicht auf mich, weil ich nicht mit Ihnen nach Einsiedeln kommen werde. Ich habe gestern meinen Vorsatz geändert.«
»Ist es möglich?«
»Es scheint so. Ich bitte Sie, mir das nicht übel zu nehmen und in aller Freundschaft noch dies Glas Champagner mit mir zu leeren.«

»Auf Ihr Wohl denn! Möge Ihr Entschluß Sie niemals reuen! Das Weltleben hat auch seine Vorzüge.«
»Die hat es, ja.«
Der freundliche Abt empfahl sich nach einer Weile und fuhr in seiner Equipage davon. Casanova aber schrieb Briefe nach Paris und Anweisungen an seinen Bankier, verlangte auf den Abend die Hotelrechnung und bestellte für morgen einen Wagen nach Solothurn. *(1906)*

# Maler Brahm

Unter den Verehrern der schönen Sängerin Lisa war Reinhard Brahm, der bekannte Maler, jedenfalls der merkwürdigste.
Als er Lisa kennen lernte, war er vierundvierzig Jahre alt und hatte seit mehr als zehn Jahren das Leben eines weltfremden Einsiedlers geführt. Nach einigen Jahren zielloser Bummelei und unruhiger Genußsucht war er in eine asketische Einsamkeit untergetaucht, und im Kampf um seine Kunst schien ihm jedes Verhältnis zum täglichen Leben verlorengegangen zu sein. Fieberhaft arbeitend, vergaß er Geselligkeit und Gespräch, versäumte Mahlzeiten, ließ sein Äußeres verwahrlosen und war bald genug vergessen. Indessen malte er verzweifelt. Er malte fast nichts andres als die Stunde der Dämmerung, das Untergehen der Formen, den Kampf der Umrisse mit der vernichtenden Finsternis.
Er malte eine kaum mehr sichtbare Flußbrücke, auf der eben die erste Laterne aufflammte. Er malte eine Pappel, die im Abenddämmern verschwand und nur noch mit dem äußersten Wipfel in den matten Späthimmel stand. Und schließlich malte er eine Vorstadtstraße bei Einbruch der Herbstnacht, ein ungemein schlichtes Bild von dunkler Gewalt. Damit wurde er bekannt, und von da an galt er für einen Meister, doch schien er sich wenig daraus zu machen.
Immerhin kamen nun öfters Menschen zu ihm, und da er kein Talent zum Grobsein hatte, geriet er langsam und mit Widerstreben allmählich wieder in eine kleine, doch recht auserlesene Geselligkeit, an welcher er meist schweigend teilnahm. Sein Atelier blieb für jedermann verschlossen. Nun war ihm vor einigen Wochen Lisa begegnet, und der schon ein wenig alternde Einsiedler hatte sich in die merkwürdige Schönheit mit später Leidenschaft verliebt. Sie war etwa fünfundzwanzigjährig, schlank und von ausgesprochen keltischer Schönheit.
So kühl und hochmütig die verwöhnte Sängerin war, das Außerordentliche dieser Liebe begriff sie doch und wußte es zu schätzen. Ein Mann mit berühmtem Namen, der für unnahbar und fast apathisch galt, war in sie verliebt.
Sie fragte ihn, ob sie sein Atelier sehen dürfe. Und er lud sie ein.

Er empfing sie in dem Raum, den in zehn Jahren außer ihm und dem Diener niemand betreten hatte. Studien und Bilder, die er niemand gezeigt hatte, besah sie mit ihrem klugen, aparten, hochmütigen Gesicht.
»Gefällt Ihnen etwas davon?« fragte Brahm.
»O, alles.«
»Sie verstehen es? Ich meine, Sie begreifen, um was mir zu tun war? Es sind ja schließlich nur Bilder, aber ich habe mich viel damit geplagt ...«
»Die Bilder sind wundervoll.«
»Nun, die paar Bilder! Dafür, daß ein halbes Leben an sie verbraucht worden ist, sind sie recht wenig. Ein halbes Leben! Aber einerlei –«
»Sie können stolz sein, Herr Brahm.«
»Stolz? Das ist viel gesagt. Befriedigt sein wäre schon viel. Aber man ist nie zufrieden. Die Kunst befriedigt nie. Doch, wie gesagt, gefällt Ihnen etwas davon? Ich möchte es Ihnen nämlich gern schenken.«
»Was denken Sie? Ich könnte ja nicht –«
»Fräulein Lisa, alle diese Sachen hab' ich doch nur für mich selber gemalt. Es war niemand da, dem ich damit eine Freude hätte machen wollen. Und nun sind Sie da, und gerade Ihnen würde ich gern eine kleine Freude machen, ein kleiner Gruß – verstehen Sie – ein Künstler dem andern. Darf ich das wirklich nicht? Es wäre doch schade.« Verwundert gab sie nach, und noch am gleichen Tage schickte er ihr das Bild mit der Pappel, seinen Liebling.
Von da an verkehrte er bei ihr. Er besuchte sie je und je, und zuweilen bat er sie, ihm etwas zu singen. Dann war er einmal gekommen und in der Hilflosigkeit seiner Leidenschaft zudringlich geworden. Sie hatte die Entrüstete gespielt, er war darauf demütig und traurig geworden und hatte um Verzeihung gebeten, fast unter Tränen, und seither beherrschte und quälte sie ihn mit allen Launen einer Schönheit, die hundert Verehrer hat. Und seither wußte er, daß die, die er liebte, ihm nicht ähnlich war, nicht eine einfache und gute Natur wie er, nicht eine ehrliche und unverbogene Künstlerseele wie er, sondern ein Weib voll launischer Eitelkeit, eine Komödiantin. Aber er liebte sie, und mit jedem Flecken, den er an ihr wahrnehmen mußte,

wuchs sein Schmerz, wuchs aber auch seine Liebe. Er mied sie zuweilen, aber nur um sie zu schonen, und behandelte sie im übrigen mit einer ungewandten, aber rührenden Rücksicht und Zartheit. Und sie ließ ihn warten. Während sie ihn im persönlichen Umgang sich fern hielt und quälte, behandelte sie ihn vor andern doch wie einen begünstigten Verehrer, und er wußte nicht, geschah das aus Eitelkeit oder aus uneingestandener Neigung. Es kam vor, daß sie in irgendeiner Gesellschaft unvermutet »lieber Brahm« zu ihm sagte, seinen Arm nahm und vertraulich mit ihm tat. In ihm stritt dann Dankbarkeit mit Mißtrauen. Ein paarmal tat sie ihm auch schön und sang ihm zu Hause vor. Dann hatte er, wenn er ihr die Hand küßte und Dank sagte, Tränen in den Augen. Das ging ein paar Wochen. Dann wurde es Brahm zuviel. Die unwürdige Rolle eines dekorativen Verehrers wurde ihm zum Ekel. Mißmut machte ihm die Arbeit unmöglich, und leidenschaftliche Erregung raubte ihm den Schlaf. Eines Herbstabends packte er Malgerät und Wäsche in einen Koffer und reiste am folgenden Morgen fort. In einem oberrheinischen Dorfe stieg er im Wirtshaus ab. Tagsüber wanderte er am Rhein entlang und auf den Hügeln umher, abends saß er am Wirtstisch vor einem Glas Landwein und rauchte eine Zigarre um die andre.

Nach acht und nach zehn Tagen hatte er noch immer nicht begonnen zu arbeiten. Dann zwang er sich und spannte eine Leinwand auf. Aber zwei, drei angefangene Studien warf er wieder weg. Es ging nicht. Die einseitige, asketische Hingabe an die Arbeit, das gespannte, einsame Lauern auf verschwimmende Linien, brechende Lichter, aufgelöste Formen, die ganze einsiedlerische Künstlerschaft vieler Jahre war erschüttert, unterbrochen, vielleicht verloren. Es gab nun andres, was ihn beschäftigte, andres, wovon er träumte, andres, wonach er begehrte. Es mochte Menschen geben, die sich teilen konnten, deren Fähigkeiten und Leben vielfältig war; er aber hatte nur eine Seele, nur eine Liebe, nur eine Kraft.

Die Sängerin war zufällig allein zu Hause, als Reinhart Brahm sich melden ließ. Sie erschrak, als er hereinkam und ihr die Hand entgegenstreckte. Er sah alt und vernachlässigt aus, und als sie seinem leidend glühenden Blick begegnete, sah sie ein, daß es gefährlich gewesen war, mit diesem Menschen zu spielen.

»Sie sind zurück, Herr Brahm?«

»Ja, ich bin gekommen, um mit Ihnen zu reden, Fräulein Lisa. Verzeihen Sie, ich hätte es gern vermieden, aber es geht nun doch nicht anders. Ich muß Sie bitten, mich anzuhören.«

»Nun denn, wenn Sie darauf bestehen. Obschon –«

»Danke. Meine Sache ist bald erzählt. Sie wissen, daß ich Sie liebe. Ich habe Ihnen früher einmal gesagt, daß ich nicht mehr ohne Sie leben könnte. Jetzt weiß ich, daß das wahr ist. Ich habe inzwischen den Versuch gemacht, ohne Sie zu leben. Ich kehrte zu meiner Arbeit zurück. Zehn Jahre lang, ehe ich Sie kannte, habe ich gemalt, nichts getan als gemalt. Das wollte ich nun wieder tun, still sein und malen, nichts denken und nichts begehren, als Bilder zu malen. Und es ist nicht gegangen.«

»Nicht gegangen?«

»Nein. Es fehlte am Gleichgewicht, verstehen Sie. Früher war das Malen mein Einziges, meine Sorge und meine Liebe, meine Sehnsucht und meine Befriedigung. Es schien mir, mein Leben wäre schön und reich genug, wenn es mir gelänge, noch eine Anzahl Bilder von der Art zu malen, die kein andrer machen könnte. Darum war meine Arbeit gut. Und jetzt geht mein Verlangen nach anderem. Jetzt weiß ich nichts zu wünschen als Sie, und es gibt nichts, was ich nicht für Sie gern hingäbe. Darum bin ich nochmals gekommen, Lisa. Wenn Sie mir gehören wollten, wäre mir das bißchen Malerei einerlei. – Geben Sie mir also eine Antwort! So wie es war, kann es nicht bleiben. Ich biete mich Ihnen an, wie Sie mich wollen. Wenn Sie nicht heiraten mögen, dann ohne Heirat. Das liegt bei Ihnen.«

»Also ein Heiratsantrag!«

»Wenn Sie wollen, ja. Ich bin nicht mehr jung, aber ich habe nie in meinem Leben geliebt. Was ich von Wärme und Sorge und Treue zu geben habe, gehört Ihnen allein. – Ich bin reich. –«

»O –«

»Verzeihen Sie. Ich meine nur, ich brauche nicht vom Malen zu leben. Lisa, verstehen Sie mich wirklich nicht? Sehen Sie nicht, daß ich mein Leben in Ihre Hand lege? Sagen Sie mir ein Wort!«

Es entstand ein peinliches Schweigen. Sie wagte nicht, ihn anzusehen, sie hielt ihn für halb krank. Endlich redete sie, schonend und freundlich. Aber er verstand beim ersten Wort. Sie stellte ihm vor, wie sehr er sie überrascht habe, wie wichtig seine Frage auch für ihr ganzes Leben sei, sie redete ihm zu wie einem ungestümen Knaben, dem man einen Herzenswunsch nicht mit einem Wort abschlagen will. Er lächelte.

»Sie sind so gütig«, sagte er. »Nicht wahr, Sie haben Angst für mich, und auch ein wenig Angst vor mir?«

Betroffen sah sie ihn an. Er fuhr fort.

»Ich danke Ihnen, Fräulein Lisa. Sie wollten nicht so geradezu Nein sagen. Aber ich habe schon verstanden. Also danke schön, und leben Sie wohl!«

Sie wollte ihn zurückhalten.

»Nein«, sagte er, »lassen Sie nur! Ich gehe nicht, um Gift zu nehmen. Wirklich nicht. Leben Sie wohl!«

Sie gab ihm die Hand. Er hielt sie fest, führte sie an die Lippen, ohne sich zu bücken, besann sich einen Augenblick, gab sie dann plötzlich frei und ging hinaus. Im Gang gab er sogar dem Mädchen ein Trinkgeld.

Brahm hatte nun eine schwere Zeit. Er wußte genau, daß nur Arbeit ihn ins Leben zurückführen konnte, aber lange Zeit verzweifelte er daran, je wieder die selbstlose Vergessenheit seiner guten Jahre zu gewinnen. In jenem Dorf am Oberrhein hatte er sich eingemietet und strich in der Gegend umher, sah immer wieder in den vom Herbstnebel bis zur Unwirklichkeit verwischten Uferstrichen und Baumgruppen künftige Bilder und konnte doch keine paar Stunden stillsitzen und das vergessen, was er durchaus vergessen wollte. Gesellschaft hatte er nicht, er hätte bei seinen sonderlinghaften Einsiedlergewohnheiten auch nichts mit ihr anzufangen gewußt.

Eines Abends, nachdem er in trostlosem Hinbrüten seine gewohnte Flasche Wein getrunken hatte, fürchtete er das frühe Zubettgehen und ließ sich, ohne viel dabei zu denken, eine zweite Flasche geben. Mit schweren Gliedern legte er sich dann ziemlich berauscht nieder, schlief wie ein Stein und erwachte spät am andern Tage mit einem sonderbar ungewohnten Gefühl müder Willenlosigkeit, das ihn den halben Tag verträumen ließ.

Zwei Tage später, als das alte Leidwesen wieder mächtig werden wollte, probierte er dasselbe Mittel, und dann mehrmals wieder. Eines Tages spannte er, trotz der nassen Kühle, draußen eine neue Leinwand auf. Eine Reihe Studien entstand. Große Pakete aus Karlsruhe und München kamen an, Sendungen von Kartons, Holztafeln, Farben. Innerhalb sechs Wochen wurde nahe beim Stromufer ein primitives Atelier gebaut. Und bald nach Weihnachten war ein großes Bild fertig, »Erlen im Nebel«, und gilt jetzt für eines der besten Werke des Malers.
Auf diese erregte, köstlich fieberische Arbeitszeit folgte ein Rückschlag. Tagelang trieb sich Brahm draußen herum, bei Schnee und Sturm, um schließlich irgendwo in einer Dorfschenke nach einer stillen Zecherei betrunken ins Bett geschafft zu werden. Tagelang lag er auch im Atelier auf ein paar Decken, mit wüstem Kopf und voll Jammer und Ekel.
Aber im Frühjahr malte er wieder.
So trieb er es nun Jahr um Jahr. Öfters gelang es ihm, wochenlang müßig zu sein und doch zu arbeiten. Dann kam wieder ein Umfall. Und schließlich brachte er einmal, nach einem zornig vertrunkenen Tage, eine kalte Märznacht auf dem freien Feld zu, erkältete sich schwer und starb einsam und schlecht verpflegt. Er war schon begraben, als auf die Notiz einer Zeitung hin ein Verwandter hergereist kam, um nach ihm zu sehen. Unter den Bildern, die er hinterließ, war ein merkwürdiges Selbstporträt aus seiner letzten Zeit. Ein gründlich und rücksichtslos studierter Kopf, häßlich verwahrloste Züge eines alternden Trinkers, leicht grinsend, und ein unentschlossen trauriger Blick. Aus irgendeinem Grunde hatte Brahm jedoch über das fertig ausgeführte, gewiß nicht ohne peinliche Selbstironie gemalte Bild kreuzweis zwei dicke rote Pinselstriche gezogen. *(1906)*

# Eine Fußreise im Herbst

## *Seeüberfahrt*

Ein sehr kühler Abend, feucht, ungastlich und früh dunkelnd. Auf einem steilen Sträßlein, zum Teil lehmiger Hohlweg, war ich vom Berge herabgestiegen und stand am Seeufer allein und fröstelnd. Nebel rauchte jenseits von den Hügeln, der Regen hatte sich erschöpft, und es fielen nur noch einzelne Tropfen, kraftlos und vom Winde vertrieben.

Am Strande lag ein flaches Boot halb auf den Kies gezogen. Es war gut imstande, sauber gemalt, kein Wasser am Boden, und die Ruder schienen ganz neu zu sein. Daneben stand eine Wartehütte aus Tannenbrettern, unverschlossen und leer. Am Türpfosten hing ein altes messingenes Horn, mit einer dünnen Kette befestigt. Ich blies hinein. Ein zäher, unwilliger Ton kam heraus und flog träge dahin. Ich blies noch einmal, länger und stärker. Dann setzte ich mich ins Boot und wartete, ob jemand käme.

Der See war nur leicht bewegt. Ganz kleine Wellen schlugen mit schwächlichem Klatschen an die dünnen Bootswände. Mich fror ein wenig, und ich wickelte mich fest in meinen weiten, regenfeuchten Mantel, steckte die Hände unter die Achseln und betrachtete die Seefläche.

Eine kleine Insel, dem Anschein nach nur ein stattlicher Felsen, ragte in der Seemitte schwärzlich aus dem bleifarbenen Wasser. Ich würde, wenn sie mein wäre, einen Turm darauf bauen lassen, mit wenigen Zimmern und quadratischem Grundriß. Ein Schlafzimmer, ein Wohnzimmer, ein Eßzimmer und eine Bibliothek.

Dann würde ich einen Wärter hineinsetzen, der müßte alles in Ordnung halten und jede Nacht im obersten Zimmer Licht brennen. Ich aber würde weiterreisen und wüßte nun zu jeder Zeit eine Zuflucht und Ruhestätte auf mich warten. In fernen Städten würde ich jungen Frauen von meinem Turm im See erzählen.

»Ist auch ein Garten dabei?« würde vielleicht eine fragen. Und ich: »Ich weiß nicht mehr, ich war so lange nimmer dort. Wollen Sie, daß wir hinreisen?«

Sie würde lachen, und der Blick ihrer hellbraunen Augen würde sich plötzlich verändern. Möglich auch, daß ihre Augen blau sind oder schwarz, und ihr Gesicht und Nacken bräunlich, und ihr Kleid dunkelrot mit Pelzbesätzen.
Wenn es nur nicht so kühl gewesen wäre! Eine Verdrießlichkeit wuchs in mir herauf.
Was geht mich die schwarze Felseninsel an? Sie ist lächerlich klein, wenig besser als ein Vogeldreck, und man könnte auf ihr überhaupt nicht bauen. Wozu auch, bitte? Und was liegt daran, ob eine junge Frau, die ich mir erdenke und der ich möglicherweise, falls sie wirklich existierte, mein Turmschloß zeigen würde, falls ich eines hätte – ob diese junge Frau blond ist oder braun und ob ihr Kleid einen Pelzbesatz hat oder Spitzen oder gewöhnliche Litzen? Wären mir Litzen etwa nicht gut genug?
Gott bewahre, ich gab den Pelzbesatz, den Turm und die Insel preis, rein um des Friedens willen. Meine Verdrießlichkeit kassierte die Bilder mürrisch, schwieg und nahm zu statt ab.
»Bitte«, fragte sie nach einer Weile wieder, »wozu sitzt du eigentlich hier, an einem weltfremden Ort, in der Nässe am Strand und frierst?«
Da knirschte der Kies, und eine tiefe Stimme rief mich an. Es war der Fährmann.
»Lang gewartet?« fragte er, während ich ihm das Boot ins Wasser schieben half.
»Gerade lang genug, scheint mir. Jetzt also los!«
Wir hängten zwei Paar Ruder ein, stießen ab, drehten und probierten den Takt aus, dann arbeiteten wir schweigend mit starken Schlägen. Mit dem Erwärmen der Glieder und mit der flotten, taktfesten Bewegung kam ein anderer Geist in mir auf und machte dem fröstelnd trägen Unmut ein rasches Ende.
Der Schiffsmann war graubärtig, groß und mager. Ich kannte ihn, er hatte mich vor Jahren mehrmals gerudert; doch erkannte er mich nicht wieder.
Wir hatten eine halbe Stunde zu rudern, und während wir unterwegs waren, ward es vollends Nacht. Mein linkes Ruder rieb in seiner Öse bei jedem Zuge mit rostig knarrendem Ton, unter dem Vorderteil des Bootes schlug das schwache Gewoge unregelmäßig mit hohlem Geräusch an den Schiffsboden. Ich hatte

zuerst den Mantel, dann auch noch die Jacke ausgezogen und neben mich gelegt, und als wir uns dem jenseitigen Ufer näherten, war ich leicht in Schweiß geraten.

Jetzt spielten vom Strande her Lichter auf dem dunkeln Wasser, zuckten springend in gebrochenen Linien und blendeten mehr, als sie leuchteten. Wir stießen ans Land, der Fährmann warf seine Bootskette um einen dicken Pfahl. Aus dem schwarzen Torbogen trat der Zöllner mit einer Laterne. Ich gab dem Schiffsmann seinen kleinen Lohn, ließ den Zöllner an meinem Mantel schnuppern und zog mir die Hemdärmel unter der Jacke zurecht.

Im Augenblick, da ich wegging, fiel mir der vergessene Name des Schiffers wieder ein. »Gut Nacht, Hans Leutwin«, rief ich ihm zu und ging davon, während er, die Hand vorm Auge, mir erstaunt und brummend nachglotzte.

### *Im Goldenen Löwen*

In dem alten Städtlein, das ich nun vom Seegestade her durch einen hohen Torbogen betrat, begann erst eigentlich meine Lustreise. In diesen Gegenden hatte ich vorzeiten eine Weile gelebt und mancherlei Sanftes und Herbes erfahren, wovon ich jetzt da oder dort noch einen Nachklang anzutreffen hoffte.

Ein Gang durch nächtige Straßen, von erleuchteten Fenstern her spärlich bestrahlt, an alten Giebelformen und Vortreppen und Erkern vorüber. In der schmalen, krummen Maiengasse hielt mich vor einem altmodischen Herrenhause ein Oleanderbaum mit ungestümer Mahnung fest. Ein Feierabendbänklein vor einem andern Hause, ein Wirtsschild, ein Laternenpfahl taten dasselbe, und ich war erstaunt, wieviel längst Vergessenes in mir doch nicht vergessen war. Zehn Jahre hatte ich das Nest nimmer gesehen, und nun wußte ich plötzlich alle Geschichten jener merkwürdigen Jünglingszeit wieder.

Da kam ich auch am Schloß vorbei, das stand mit schwarzen Türmen und wenigen roten Fenstervierecken kühn und verschlossen in der regnerischen Herbstnacht. Damals als junger Kerl ging ich abends selten dran vorüber, ohne daß ich mir im obersten Turmzimmer eine Grafentochter einsam weinend

dachte und schlich mich mit Mantel und Strickleiter über halsbrechenden Mauern, bis an ihr Fenster empor.
»Mein Retter«, stammelte sie freudig erschrocken.
»Vielmehr Ihr Diener«, antwortete ich mit einer Verbeugung. Dann trug ich sie sorgsam die ängstlich schaukelnde Leiter hinab – ein Schrei, der Strick war gerissen – ich lag mit gebrochenem Bein im Graben, und neben mir rang die Schöne ihre schlanken Hände.
»O Gott, was nun? Wie soll ich Ihnen helfen?«
»Retten Sie sich, Gnädigste, ein treuer Knecht wartet Ihrer bei der hintern Pforte.«
»Aber Sie?«
»Eine Kleinigkeit, seien Sie unbesorgt! Ich bedaure nur, Sie für heute nicht weiter begleiten zu können.«
Es hatte seither, wie ich aus der Zeitung wußte, im Schloß gebrannt; doch sah man, wenigstens jetzt bei Nacht, keine Spuren davon, es war alles wie früher. Ich betrachtete mir den Umriß des alten Gebäudes eine kleine Weile, dann bog ich in die nächste Gasse ein. Und da hing auch noch derselbe groteske Blechlöwe im Schild des ehrwürdigen Wirtshauses. Hier beschloß ich einzukehren und um Nachtlager zu fragen.
Ein gewaltiger Lärm schlug mir aus dem weiten Portal entgegen, Musik, Geschrei, Hin und Wider der Dienerschaft, Gelächter und Pokulieren, und im Hof standen abgeschirrte Wagen, an denen Kränze und Girlanden aus Tannenreis und Papierblumen hingen. Beim Eintreten fand ich den Saal, die Wirtsstube und sogar noch das Nebenzimmer von einer fröhlichen Hochzeitsgesellschaft besetzt. An ein ruhiges Abendessen, eine beschaulich erinnerungsselige Dämmerstunde beim einsamen Schoppen und ein frühes, friedliches Schlafengehen war da nicht zu denken.
Indem ich die Saaltüre öffnete, drang ein ausgesperrter kleiner Hund zwischen meinen Beinen durch in den Raum, ein schwarzer Spitzerhund, und stürzte mit wütendem Freudengebell unter den Tischen hindurch seinem Herrn entgegen, den er sogleich erblickt hatte, denn er stand gerade aufrecht an der Tafel und hielt eine Rede.
»– und also, meine verehrten Herrschaften«, rief er mit rotem Gesicht und überlaut, da fuhr wie ein Sturm der Hund an ihm

hinauf, kläffte freudig und unterbrach die Rede. Gelächter und Scheltworte erklangen durcheinander, der Redner mußte seinen Hund hinausbringen, die verehrten Herrschaften grinsten schadenfroh und tranken einander zu. Ich drückte mich beiseite, und als der Herr des Spitzerhundes wieder an seinem Platz und wieder in seiner Rede war, hatte ich das Nebenzimmer erreicht, legte Hut und Mantel weg und setzte mich ans Ende eines Tisches.

An vortrefflichen Speisen fehlte es heute nicht. Und schon während ich am Hammelbraten arbeitete, erfuhr ich von meinem Tischnachbarn das Nötigste über die Hochzeit. Das Paar war mir nicht bekannt, wohl aber eine große Zahl der Gäste – Gesichter, die mir vor Jahren vertraut gewesen waren und die mich nun, viele schon im halben Rausch, beim Schein der Lampen umgaben, mehr oder minder verändert und gealtert. Einen feinen Bubenkopf mit ernsten Augen, mager und zart geschnitten, sah ich wieder – erwachsen, lachend, schnurrbärtig, eine Zigarre im Mund, und ehemalige junge Burschen, denen das Leben um einen Kuß und die Welt um einen Narrenstreich feil gewesen war, staken nun in Backenbärten, hatten die Hausfrau bei sich und regten sich in Philistergesprächen über Bodenpreise und Änderungen des Eisenbahnfahrplans auf.

Alles war verändert und doch noch lächerlich kenntlich, und am wenigsten verändert war erfreulicherweise die Wirtsstube und der gute weiße Landwein. Der floß noch wie je so herb und freudig, blinkte gelblich im fußlosen Glase und weckte in mir das schlummernde Gedächtnis zahlreicher Kneipnächte und Kneipenstreiche. Mich aber kannte niemand wieder, und ich saß im Getümmel und nahm am Gespräch teil als ein zufällig hereinverschlagener Fremder.

Gegen Mitternacht, nachdem auch ich einen Becher oder zwei über den Durst genossen hatte, gab es einen Streit. Um eine Bagatelle, die ich schon am andern Tag vergessen hatte, ging es los, hitzige Worte klangen, und drei, vier halbberauschte Männer schrien zornig auf mich ein. Da hatte ich genug und stand auf.

»Danke, meine Herren, an Händeln liegt mir nichts. Übrigens sollte der Herr da sich nicht so unnötig erhitzen, er hat ja ein Leberleiden.«

»Woher wissen Sie das?« rief er noch barsch, aber verblüfft.
»Ich sehe es Ihnen an, ich bin Arzt. Sie sind fünfundvierzig Jahre alt, nicht wahr?«
»Stimmt.«
»Und haben vor etwa zehn Jahren eine schwere Lungenentzündung durchgemacht?«
»Herrgott, ja. An was sehen Sie denn das?«
»Ja, das sieht man eben, wenn man geübt ist. Also gute Nacht, Ihr Herren!«
Sie grüßten alle ganz höflich, der Leberleidende machte sogar eine Verbeugung. Ich hätte ihm auch noch seinen Vor- und Zunamen und den seiner Frau sagen können, ich kannte ihn gut und hatte früher manches Feierabendgespräch mit ihm gehabt.
In meiner Schlafkammer wusch ich mir das heiße Gesicht, schaute vom Fenster über die Dächer weg auf den blassen See hinüber und ging dann zu Bett. Eine Zeitlang hörte ich noch dem langsam abnehmenden Festlärmen zu, dann überkam mich die Müdigkeit, und ich schlief bis zum Morgen.

## *Sturm*

Am verstürmten Himmel trieben zerfaserte Wolkenbänder, grau und lila, und ein heftiger Wind empfing mich, als ich am nächsten Vormittag nicht zu früh meine Weiterreise antrat. Bald war ich oben auf dem Hügelkamm und sah das Städtchen, das Schloß, die Kirche und den kleinen Bootshafen eng und spielzeughaft am Gestade unter mir liegen. Schnurrige Geschichten aus der Zeit meines früheren Hierseins fielen mir ein und machten mich lachen. Das konnte ich brauchen, denn je näher ich dem Ziel meiner Wanderung rückte, desto befangener und schwüler wurde mir, ohne daß ich es mir gestehen mochte, das Herz.
Das Gehen in der kühlen sausenden Luft tat mir wohl. Ich hörte dem ungestümen Wind zu und sah im Vorwärtsschreiten auf dem Gratsteig mit aufregender Wonne die Landschaft weiter und gewaltiger werden. Von Nordost her hellte der Himmel auf, dorthinüber war die Aussicht frei und zeigte lange, bläuliche Gebirgszüge in großartiger Ordnung aufgebaut.
Der Wind nahm zu, je höher ich kam. Er sang herbstlich toll, mit

Stöhnen und mit Lachen, fabelhafte Leidenschaften andeutend, neben denen unsere nur Kindereien wären. Er schrie mir niegehörte, urweltliche Worte ins Ohr, wie Namen alter Götter. Er strich über den ganzen Himmel hinweg die irrenden Wolkentrümmer zu parallelen Streifen aus, in deren Linie etwas widerwillig Gebändigtes lag und unter welchen die Berge sich zu bükken schienen.

Dem Brausen der Lüfte und dem Anblick der weiten Bergländer wich die leise Befangenheit und Bänglichkeit meiner Seele. Daß ich einem Wiedersehen mit meiner Jugendzeit und einem Kreise noch ungewisser Erregungen entgegenging, war nicht mehr so wichtig und beherrschend, seit Weg und Wetter mir lebendig geworden waren.

Bald nach Mittag stand ich ausruhend auf dem höchsten Punkte des Höhenweges, und mein Blick flog suchend und bestürzt über das ungeheuer ausgebreitete Land hinweg. Grüne Berge standen da und weiter entfernt blaue Waldberge und gelbe Felsberge, tausendfach gefaltete Hügelgelände, dahinter das Hochgebirg mit jähen Steinzacken und bleichen Schneepyramiden. Zu Füßen in seiner ganzen Fläche der große See, meerblau mit weißen Wellenschäumen, zwei vereinzelte flüchtige Segel darauf, geduckt hingleitend, an den grün und braunen Ufern lodernd gelbe Weinberge, farbige Wälder, blanke Landstraßen, Bauerndörfer in Obstbäumen, kahlere Fischerdörfer, hell und dunkel getürmte Städte. Über alles weg bräunliche Wolken fegend, dazwischen Stücke eines tief klaren, grünblau und opalfarben durchleuchteten Himmels, Sonnenstrahlen fächerförmig aufs Gewölk gemalt. Alles bewegt, auch die Bergreihen wie hinflutend und die ungleich beleuchteten Alpengipfel jäh, unstet und springend.

Mit dem Sturm- und Wolkentreiben flog auch mein Fühlen und Begehren ungestüm und fiebernd über die Weite, ferne Schneezacken umarmend und flüchtig in hellgrünen Seebuchten rastend. Alte, betörende Wandergefühle liefen wechselnd und farbig wie Wolkenschatten über meine Seele, Empfindung der Trauer über Versäumtes, Kürze des Lebens und Fülle der Welt, Heimatlosigkeit und Heimatsuchen, wechselnd mit einem hinströmenden Gefühl der völligen Loslösung von Raum und Zeit.

Langsam verrannen die Wogen, sangen und schäumten nicht mehr, und mein Herz wurde still und ruhte unbewegt, wie ein Vogel in großen Höhen.
Da sah ich mit Lächeln und wiederkehrender Wärme Straßenkrümmen, Waldkuppen und Kirchtürme der vertrauten Nähe; das Land meiner schönen Jünglingsjahre blickte mich unverändert mit den alten Augen an. Wie ein Soldat auf seiner Landkarte den Feldzug von damals aufsucht und überliest, von Rührung so sehr wie vom Gefühl der Geborgenheit erwärmt, las ich in der herbstfarbenen Landschaft die Geschichte vieler wundervoller Torheiten und die schon fast zur Sage verklärte Geschichte einer gewesenen Liebe.

### *Erinnerungen*

In einem ruhigen Winkel, wo mir ein breiter Felsen den Sturm abhielt, aß ich zu Mittag, Schwarzbrot, Wurst und Käse. – Nach ein paar Stunden Bergaufmarsch bei starkem Winde der erste Biß in ein belegtes Brot – das ist eine Lust, fast die einzige, die noch das ganze durchdringend Köstliche, bis zur Sättigung Beglückende der echten Knabenfreuden hat.
Morgen werde ich vielleicht an der Stelle im Buchenwald vorüberkommen, an der ich den ersten Kuß von Julie bekam. Auf einem Ausflug des Bürgervereins Konkordia, in den ich Julies wegen eingetreten war. Am Tag nach jenem Ausflug trat ich wieder aus.
Und übermorgen vielleicht, wenn es glückt, werde ich sie selber wiedersehen. Sie hat einen wohlhabenden Kaufmann namens Herschel geheiratet, und sie soll drei Kinder haben, von denen eins ihr auffallend gleicht und auch Julie heißt. Mehr weiß ich nicht, es ist auch mehr als genug.
Aber ich weiß noch genau, wie ich ihr ein Jahr nach meiner Abreise aus der Fremde schrieb, daß ich keine Aussicht auf Stellung und Geldverdienst habe und daß sie nicht auf mich warten möge. Sie schrieb zurück, ich solle mir und ihr das Herz nicht unnötig schwer machen; sie werde da sein, wenn ich wiederkäme, sei es bald oder spät. Und ein halbes Jahr später schrieb sie doch wieder und bat sich frei, für jenen Herschel, und im Leid

und Zorn der ersten Stunde schrieb ich keinen Brief, sondern telegraphierte ihr mit meinem letzten Geld, vier oder fünf geschäftsmäßige Worte. Die gingen übers Meer und waren nicht zu widerrufen.

Es geht so närrisch im Leben zu! War es Zufall oder Schicksalshohn, oder kam es vom Mut der Verzweiflung – kaum lag das Liebesglück in Scherben, da kam Erfolg und Gewinn und Geld wie hergezaubert, da war das nimmer Erhoffte im Spiel erreicht und war doch wertlos. Das Schicksal hat Mucken, dachte ich, und vertrank mit Kameraden in zwei Tagen und Nächten eine Brusttasche voll Banknoten.

Doch an diese Geschichten dachte ich nicht lange, als ich nach der Mahlzeit mein leeres Wurstpapier dem Winde hinwarf und, in den Mantel gewickelt, Mittagsrast hielt. Ich dachte lieber an meine damalige Liebe und an Julies Gestalt und Gesicht, das schmale Gesicht mit den noblen Brauen und großen dunkeln Augen. Und dachte lieber an den Tag im Buchenwald, wie sie langsam und widerstrebend mir nachgab und dann bei meinen Küssen zitterte und dann endlich wiederküßte und ganz leise, wie aus einem Traum hervor, lächelte, während noch Tränen an ihren Wimpern glänzten.

Vergangene Dinge! Das Beste daran war aber nicht das Küssen und nicht das abendliche Zusammenpromenieren und Heimlichtun. Das Beste war die Kraft, die mir aus jener Liebe floß, die fröhliche Kraft, für sie zu leben, zu streiten, durch Feuer und Wasser zu gehen. Sich wegwerfen können für einen Augenblick, Jahre opfern können für das Lächeln einer Frau, das ist Glück. Und das ist mir unverloren.

Pfeifend stand ich auf und ging weiter.

Als die Straße jenseits vom Hügelkamm abwärts sank und ich genötigt war, vom Anblick der Seeweite Abschied zu nehmen, lag eben die Sonne, schon dem Untergehen nah, im Kampf mit trägen, gelben Wolkenmassen, die sie langsam umschleierten und verschlangen. Ich hielt inne und schaute rastend den fabelhaften Vorgängen am Himmel zu:

Hellgelbe Lichtbündel strahlten vom Rande einer schweren Wolkenbank in die Höhe und gegen Osten. Rasch entzündete sich der ganze Himmel gelbrot, glühend purpurne Streifen durchschnitten den Raum, zur gleichen Zeit wurden alle Berge dunkelblau, an den Seeufern brannte das rötlich welke Ried wie Heidefeuer. Dann verschwand alles Gelb, und das rote Licht wurde warm und milde, spielte paradiesisch um traumzarte, hingehauchte Schleierwölkchen und lief in tausend feinen Adern rosenrot durch mattgraue Nebelwände, deren Grau sich langsam mit dem Rot zu einem unsäglich schönen Lilaton vermischte. Der See wurde tiefblau und nahezu schwarz, die Untiefen in der Nähe der Ufer traten hellgrün mit scharfen Rändern hervor.

Als der fast schmerzlich schöne Farbenkampf erlosch, dessen Feuer und rapide Flüchtigkeit an großen Horizonten immer etwas hinreißend Kühnes hat, wandte ich mich landeinwärts und blickte erstaunt in eine schon völlig abendklare, gekühlte Tälerlandschaft. Unter einem großen Nußbaum trat ich auf eine bei der Lese vergessene Frucht, hob sie auf und schälte mir die frische, lichtbraune, feuchte Nuß heraus. Und als ich sie zerbiß und den scharfen Geruch und Geschmack verspürte, überraschte mich unversehens eine Erinnerung. Wie von einem Stück Spiegelglas ein Lichtstrahl reflektiert und in einen dunkeln Raum geworfen wird, so blitzt oft mitten im Gegenwärtigen, durch eine Nichtigkeit entzündet, ein vergessenes, längst gewesenes Stückchen Leben auf, erschreckend und unheimlich.

Das Erlebnis, an das ich in jenem Augenblick nach vielleicht zwölf oder mehr Jahren zum erstenmal wieder dachte, war mir ebenso peinlich wie teuer. Als ich mit etwa fünfzehn Jahren auswärts in einem Gymnasium war, besuchte mich eines Tages im Herbst meine Mutter. Ich hielt mich sehr kühl und stolz, wie es mein Gymnasiastenhochmut forderte, und tat ihr mit hundert Kleinigkeiten weh. Andern Tages reiste sie wieder ab, kam aber vorher noch ans Schulhaus und wartete unsere Morgenpause ab. Als wir lärmend aus den Klassenzimmern hervorbrachen, stand sie bescheiden und lächelnd draußen, und ihre schönen gütigen Augen lachten mir schon von weitem entgegen. Mich aber genierte die Gegenwart meiner Herren Mitschüler, darum ging ich ihr nur langsam entgegen, nickte ihr leichthin zu und trat so auf, daß sie ihre Absicht, mir einen Abschiedskuß und Segen zu geben, aufgeben mußte. Betrübt, aber tapfer lächelte sie mich an, und plötzlich lief sie schnell über die Straße zur Bude eines Fruchthändlers, kaufte ein Pfund Nüsse und gab mir die Tüte in die Hand. Dann ging sie fort, zur Eisenbahn, und ich sah sie mit ihrer kleinen altmodischen Ledertasche um die Straßenecke verschwinden. Kaum war sie mir aus den Augen, so tat mir alles bitter leid, und ich hätte ihr meine törichte Bubenroheit unter Tränen abbitten mögen. Da kam einer meiner Kameraden vorbei, mein Hauptrivale in Angelegenheiten des savoir vivre. »Bonbons von Mamachen?« fragte er boshaft lächelnd. Ich, sofort wieder stolz, bot ihm die Tüte an, und da er nicht annahm, verteilte ich alle Nüsse, ohne eine für mich zu behalten, an die Kleinen von der vierten Klasse.

Zornig biß ich auf meine Nuß, warf die Schalen ins schwärzliche Laub, das den Boden bedeckte, und wanderte auf der bequemen Straße unter einem grünblau und golden verhauchenden Späthimmel hin zu Tal und bald darauf an herbstgelben Birken und fröhlichen Vogelbeerbüschen vorbei in die bläuliche Dämmerung junger Tannenstände und dann in die tiefen Schatten eines hohen Buchenwaldes hinein.

### *Das stille Dorf*

Zwei Stunden später am Abend hatte ich mich, nach langem, sorglosem Schlendern, in einem Gewimmel schmaler, finsterer Waldwege verlaufen und suchte, je dunkler und kühler es wurde, desto ungeduldiger nach einem Ausgang. Mich geradeaus durch den Laubwald zu schlagen, ging nicht an, der Wald war dicht und der Boden stellenweise sumpfig, auch wurde es allmählich stockfinster.

Stolpernd und müde tastete ich in der wunderlichen Aufregung des nächtlichen Verirrtseins weiter. Häufig blieb ich stehen, um zu rufen und dann lang zu lauschen. Es blieb alles still, und die kühle Feierlichkeit und dichte Schwärze des lautlosen Waldinnern umgab mich von allen Seiten, wie Vorhänge von dickem Sammet. So töricht und eitel es war, machte mir doch der Gedanke Freude, daß ich um ein Wiedersehen mit einer fast vergessenen Geliebten in dem fremdgewordenen Land mich durch Wald und Nacht und Kälte schlage. Ich fing leise meine alten Liebeslieder zu singen an:

Mein Blick erstaunt und muß sich senken,
mein Herz schließt alle Tore zu,
dem Wunder heimlich nachzudenken –
so schön bist du!

Dazu war ich durch Länder gewandert und hatte mir in langen Kämpfen den Leib und die Seele voll Narben geholt, um nun die alten dummen Verse zu singen und den Schatten lang verblaßter Knabentorheiten nachzulaufen! Aber es machte mir nicht wenig Freude, und während ich mühsam den gewundenen Pfad verfolgte, sang ich weiter, dichtete und phantasierte, bis ich müde ward und still weiterlief. Suchend tastete ich an dicke Buchenstämme, die von Efeuästen umklammert waren und deren Zweige und Wipfel unsichtbar im Finstern schwammen. So ging es noch eine halbe Stunde, und ich begann endlich kleinlaut zu werden. Da erlebte ich etwas unvergeßlich Köstliches.

Urplötzlich war der Wald zu Ende, und ich stand zwischen den letzten Stämmen hoch an einer steilen Bergwand, und unter mir schlief ein weites Waldtal in der Nachtbläue, und mitten darin zu meinen Füßen lag still und heimlich mit sechs, sieben kleinen rotleuchtenden Fenstern ein Dörflein. Die niederen Häuser, von denen ich fast nur die breiten, leise schimmernden Schindeldächer sah, lehnten sich eng aneinander, in einer leichten Biegung, und zwischen ihnen lief schmal und dunkel die schattige Gasse, und an ihrem Ende stand ein großer Dorfbrunnen. Weiter oben, am halben Berge gegenüber, lag allein zwischen vielen dämmernden Kirchhofskreuzen die Kapelle. In ihrer Nähe lief auf einem steilen Hügelweg bergan ein Mann mit einer Laterne.

Und drunten im Dörflein, in irgendeinem Hause, sangen ein paar Mädchen mit kräftigen, hellen Stimmen ein Lied.

Ich wußte nicht, wo ich war und wie das Dorf heiße, und ich nahm mir vor, auch nicht danach zu fragen.

Mein bisheriger Weg verlor sich am Waldrand bergaufwärts, so stieg ich behutsam ohne Pfad durch steile Weiden hinab, dem Dorf entgegen. Ich geriet in Gärten und auf schmale Steinstaffeln, fiel über eine Stützmauer und mußte schließlich einen Zaun überklettern und durch den seichten Bach springen, dann aber war ich im Dorf und trat am ersten Gehöft vorbei in die krumme, schlafende Gasse. Bald fand ich das Wirtshaus, das hieß »zum Ochsen« und war noch nicht geschlossen.

Das Erdgeschoß war still und dunkel, aus dem gepflasterten Flur führte eine alte verschwenderisch gebaute Treppe mit bauchigen Geländersäulen, von einer am Strick aufgehängten Laterne erleuchtet, empor in einen Fliesengang und zur Gästestube. Diese war reichlich groß, und der von einer Hängelampe beschienene Tisch beim Ofen, an dem drei Bauern vor ihren Weingläsern saßen, lag wie eine Lichtinsel in dem halbdunkeln, großen Raum.

Der Ofen war geheizt, ein würfelförmiges Gebäude mit dunkelgrünen Kacheln; in den Kacheln spiegelte warm das matte Lampenlicht, unterm Ofen lag ein schwarzer Hund und schlief. Die Wirtin sagte »Grüß Gott«, als ich hereinkam, und einer von den Bauern schaute prüfend her.

»Was ist das für einer?« fragte er zweifelnd.

»Weiß nicht«, sagte die Wirtin.

Ich setzte mich an den Tisch, grüßte und ließ Wein kommen. Es gab nur Heurigen, einen hellroten jungen Most, der schon stark im Reißen war und mir prächtig warm machte. Dann fragte ich nach einem Nachtlager.

»Das ist so eine Sache«, meinte die Frau und zuckte die Achseln. »Wir haben schon ein Zimmer, freilich, aber da ist gerade heut ein Herr drin. Es wäre auch ein zweites Bett in der Stube, aber der Herr schläft schon. Wenn Sie hinaufgehen und mit ihm reden wollen –?«

»Nicht gern. Und sonst gibt's keinen Platz?«

»Platz schon, aber kein Bett mehr.«

»Und wenn ich mich da zum Ofen lege?«

»Ja, wenn Sie das wollen, freilich. Ich geb Ihnen dann eine Decke, und wir legen ein paar Scheiter nach, so müssen Sie nicht frieren.«

Nun ließ ich mir Eier kochen und eine Wurst geben, und während des Essens fragte ich, wie weit ich noch von meinem Reiseziel sei.

»Sagen Sie, wie lang geht man von hier nach Ilgenberg?«

»Fünf Stunden. Der Herr droben, der die Stube hat, will morgen auch wieder hinüber. Er ist dort daheim.«

»So so. Und was treibt er denn hier?«

»Holz kaufen. Er kommt jedes Jahr.«
Die drei Bauern mischten sich nicht in unser Gespräch. Es waren, dachte ich mir, die Waldbesitzer und Fuhrleute, mit denen der Ilgenberger Händler den Holzkauf abgeschlossen hatte. Mich hielten sie offenbar für einen Geschäftemacher oder Beamten und trauten mir nicht. So ließ ich sie auch in Ruhe.
Kaum hatte ich gegessen und lehnte mich im Sessel zurecht, da fing der Mädchengesang von vorher plötzlich wieder an, ganz laut und nahe. Sie sangen das Lied von der schönen Gärtnersfrau, und beim dritten Vers stand ich auf und ging an die Küchentür und klinkte leise auf. Da saßen zwei junge Dirnen und eine ältere Magd am weißen tannenen Tisch bei einem Kerzenstumpf, hatten einen Berg Bohnen zum Ausschoten vor sich und sangen. Wie die ältere aussah, weiß ich nicht mehr. Aber von den jungen war die eine rötlichblond, breit und blühend, und die zweite war eine schöne Braune mit ernstem Gesicht. Sie hatte die Zöpfe in einem sogenannten »Nest« rund um den Kopf gewunden und sang selbstvergessen mit einer hellen Kinderstimme vor sich hin, während das sich spiegelnde Kerzenflämmlein in ihren Augen blitzte.
Als sie mich in der Tür stehen sahen, lachte die Alte, die Rötliche schnitt eine Fratze, und die Braune sah mir eine Weile ins Gesicht, dann senkte sie den Kopf, wurde ein wenig rot und sang lauter. Sie fingen gerade einen neuen Vers an, und ich fiel mit ein, so gut ich es vermochte. Dann holte ich meinen Wein herüber, nahm einen dreibeinigen Schemel her und setzte mich singend mit an den Küchentisch. Die Rotblonde schob mir eine Handvoll Bohnen zu, und ich half denn mit aushülsen.
Als alle die vielen Strophen ausgesungen waren, sahen wir einander an und mußten lachen, was der Braunen überaus prächtig zu Gesichte stand. Ich bot ihr mein Glas hin, doch nahm sie es nicht an.
»Sie sind aber eine Stolze«, sagte ich betrübt. »Sind Sie denn etwa von Stuttgart?«
»Nein. Warum von Stuttgart?«
»Weil es heißt:

Stuegert isch e schöne Stadt,
Stuegert lit im Tale,
wo's so schöne Mädle hat,
aber so brutale.«

»Er ist ein Schwab«, sagte die Alte zur Blonden.
»Ja, er ist einer«, bestätigte ich. »Und Sie sind vom Oberland, wo die Schlehen wachsen.«
»Kann sein«, meinte sie und kicherte.
Ich sah aber immer die Braune an, und ich setzte aus Bohnen den Buchstaben M zusammen und fragte sie, ob sie so heiße. Sie schüttelte den Kopf, und ich machte nun ein A. Da nickte sie, und ich begann nun zu raten.
»Agnes?«
»Nein.«
»Anna?«
»Nichts.«
»Adelheid?«
»Auch nicht.«
Und soviel ich riet, es war alles falsch; sie aber wurde ganz fröhlich darüber und rief schließlich: »O, Sie Unvernunft!« Als ich sie dann sehr bat, sie möchte mir jetzt ihren Namen sagen, schämte sie sich eine kleine Zeit, dann sagte sie schnell und leise: »Agathe« und wurde rot dabei, wie wenn sie ein Geheimnis preisgegeben hätte.
»Sind Sie auch ein Holzhändler?« fragte die Blonde.
»Nein, das nicht. Seh ich denn so aus?«
»Oder ein Geometer, nicht?«
»Auch nicht. Warum soll ich Geometer sein?«
»Warum? Darum.«
»Ihr Schatz wird einer sein, gelt?«
»Mir wär's schon recht.«
»Singen wir noch eins, zum Schluß?« fragte die Schöne, und während die letzten Schoten uns durch die Finger gingen, sangen wir das Lied »Steh ich in finstrer Mitternacht«. Als das zu Ende war, standen die Mädchen auf und ich auch.
»Gut Nacht«, sagte ich zu jeder und gab jeder die Hand, und zu der Braunen sagte ich: »Gut Nacht, Agathe.«
In der Wirtsstube brachen jetzt auch die drei Rauhbeine auf. Sie

nahmen keinerlei Notiz von mir, tranken langsam ihre Reste aus und zahlten nichts, waren also jedenfalls für diesen Abend die Gäste des Ilgenbergers gewesen.
»Gute Nacht auch«, sagte ich, als sie gingen, bekam aber keine Antwort und schlug hinter den Dickköpfen die Türe zu. Gleich darauf kam die Wirtin mit Pferdedecken und einem Bettkissen. Wir bauten aus der Ofenbank und drei Stühlen ein leidliches Nachtlager, und zum Trost teilte die Frau mir beim Weggehen mit, das Übernachten solle mich nichts kosten. Das war mir auch recht.
Halb ausgekleidet und mit meinem Mantel zugedeckt, lag ich am Ofen, der noch wohlig wärmte, und dachte an die braune Agathe. Ein Vers aus einem alten frommen Liede, das ich in Kinderzeiten oft mit meiner Mutter gesungen hatte, fiel mir ein:

Schön sind die Blumen,
schöner sind die Menschen
in der schönen Jugendzeit – – –

So eine war Agathe, schöner als Blumen und doch mit ihnen verwandt. Es gibt überall, in allen Ländern, einzelne solche Schönheiten, doch sind sie nicht allzu häufig, und so oft ich eine sah, hat es mir wohlgetan. Sie sind wie große Kinder, so scheu wie zutraulich, und haben in ihren ungetrübten Augen den Blick eines schönen Tieres oder einer Waldquelle. Man sieht sie an und hat sie lieb, ohne ihrer zu begehren, und während man sie ansieht, will es einem weh tun, daß diese feinen Bilder der Jugend und Menschenblüte auch einmal altern und vergehen müssen.
Bald schlief ich ein, und es mag von der Ofenwärme gekommen sein, daß mir träumte, ich liege am Felsgestade einer südlichen Insel, spüre die heiße Sonne auf meinem Rücken brennen und sähe einem braunen Mädchen zu, das allein in einer Barke seewärts ruderte und langsam ferner und kleiner wurde.

Erst als der Ofen erkaltet war und mir die Füße starr wurden, wachte ich frierend auf, und da war es auch schon Morgen, und nebenzu in der Küche hörte ich jemand den Herd anheizen. Draußen lag, zum erstenmal in diesem Herbst, ein dünner Reif auf den Wiesen. Ich war vom harten Liegen steif und mitgenommen, aber gut ausgeschlafen. In der Küche, wo die alte Magd mich begrüßte, wusch ich mich am Wasserstein und bürstete meine Kleider aus, die gestern bei dem windigen Wetter sehr staubig geworden waren.

Kaum saß ich in der Stube beim heißen Kaffee, da kam der Gast aus der Stadt herein, grüßte höflich und setzte sich zu mir an den Tisch, wo schon für ihn gedeckt war. Er tat aus einer flachen Reiseflasche ein wenig alten Kirschgeist in seine Tasse und bot auch mir davon an.

»Danke«, sagte ich, »ich trinke keinen Schnaps.«

»Wirklich? Sehen Sie, ich muß es tun, weil ich die Milch sonst nicht vertragen kann, leider. Jeder hat ja so seine Bresten.«

»Na, wenn Ihnen sonst nichts fehlt, dürfen Sie nicht klagen.«

»Gewiß, ja. Ich klage auch nicht. Es liegt mir fern –«

Er gehörte zu den Leuten, denen es ein Bedürfnis ist, sich ohne Ursache zu entschuldigen. Im übrigen machte er einen anständigen Eindruck, etwas zu höflich, aber intelligent und offen. Gekleidet war er kleinstädtisch, sehr solid und sauber, aber schwerfällig.

Auch er musterte mich, und da er mich in Kniehosen sah, fragte er, ob ich auf dem Veloziped gekommen sei.

»Nein, zu Fuß.«

»So, so. Eine Fußtour, ich verstehe. Ja, der Sport ist eine schöne Sache, wenn man Zeit hat.«

»Sie haben Holz gekauft?«

»O, eine Kleinigkeit, nur für den eigenen Bedarf.«

»Ich dachte, Sie wären Holzhändler.«

»Nein, doch nicht. Ich habe ein Tuchgeschäft. Das heißt einen Tuchladen, wissen Sie.«

Wir aßen Butterbrot zum Kaffee, und während er sich Butter nahm, fielen mir seine wohlgebildeten langen und schmalen Hände auf.

Den Weg nach Ilgenberg schätzte er auf sechs Stunden. Er hatte seinen Wagen da und lud mich freundlich zum Mitfahren ein, doch nahm ich nicht an. Ich fragte nach Fußwegen und bekam leidliche Auskunft. Dann rief ich die Wirtin und zahlte meine kleine Zeche, steckte Brot in die Tasche, sagte dem Kaufmann Adieu und ging die Treppe hinab und durch den gepflasterten Flur in den kalten Morgen hinaus.

Vor dem Hause stand des Tuchhändlers Gefährt, eine leichte zweisitzige Kutsche, und eben zog ein Knecht den Gaul aus dem Stall, ein kleines fettes Rößlein, das weiß und rötlich wie eine Kuh gefleckt war.

Der Weg führte talaufwärts, eine Strecke den Bach entlang, dann ansteigend gegen die Waldhöhen. Indem ich allein dahinmarschierte, fiel mir ein, daß ich im Grunde alle meine Wege so einsam gemacht habe, und nicht nur die Spaziergänge, sondern alle Schritte meines Lebens. Freunde und Verwandte, gute Bekannte und Liebschaften waren ja immer dabei, aber sie umfaßten mich nie, erfüllten mich nie, rissen mich nie in andere Bahnen, als die ich selber einschlug. Vielleicht ist jedem Menschen, er sei wie er wolle, wie einem geschleuderten Ball seine Wurfbahn vorgezeichnet, und er folgt einer längst bestimmten Linie, während er das Schicksal zu zwingen oder zu hänseln meint. Jedenfalls aber ruht das »Schicksal« in uns und nicht außer uns, und damit bekommt die Oberfläche des Lebens, das sichtbare Geschehen, eine gewisse Unwichtigkeit. Was man gewöhnlich schwer nimmt und gar tragisch nennt, wird dann oft zur Bagatelle. Und dieselben Leute, die vor dem Anschein des Tragischen in die Knie sinken, leiden und gehen unter an Dingen, die sie nie beachtet haben.

Ich dachte: was treibt mich jetzt, mich freien Mann, nach dem Städtlein Ilgenberg, wo Häuser und Menschen mich nichts mehr angehen und wo ich kaum anderes als Enttäuschung und vielleicht Leid zu finden hoffen kann? Und ich sah mir selber verwundert zu, wie ich ging und ging und zwischen Humor und Bangigkeit hin und wider schwankte.

Es war ein schöner Morgen, die herbstliche Erde und Luft vom ersten Winterduft gestreift, dessen herbe Klarheit mit dem Steigen des Tages abnahm. Große Starenzüge strichen in keilförmiger Ordnung mit lautem Schwirren über die Felder. Im Tale zog langsam die Herde eines Wanderschäfers hin, und mit ihrem leichten Staub vermischte sich der dünne blaue Rauch aus des Schäfers Pfeife. Das alles, samt den Bergzügen, farbigen Waldrücken und weidenbestandenen Bachläufen stand in der glasklaren Luft frisch wie ein gemaltes Bild, und die Schönheit der Erde redete ihre leise, sehnsüchtige Sprache, unbekümmert wer sie höre.

Das ist mir immer wieder sonderbar, unbegreiflich und hinreißender als alle Fragen und Taten des Tages und Menschengeistes: wie ein Berg sich in den Himmel reckt und wie die Lüfte lautlos in einem Tale ruhen, wie gelbe Birkenblätter vom Zweige gleiten und Vogelzüge durch die Bläue fahren. Da greift einem das ewig Rätselhafte so beschämend und so süß ans Herz, daß man allen Hochmut ablegt, mit dem man sonst über das Unerklärliche redet, und daß man doch nicht erliegt, sondern alles dankbar annimmt und sich bescheiden und stolz als Gast des Weltalls fühlt.

Am Saum des Waldes flog mit lautklatschendem Flügelschlag ein Wildhuhn vor mir aus dem Unterholz. Braune Brombeerblätter an langen Ranken hingen über den Weg herein, und auf jedem Blatt lag seidig der durchsichtig dünne Reif, silbrig flimmernd wie die feinen Härchen auf einem Stück Sammet.

Als ich nach längerem Steigen im Wald eine Höhe und eine aussichtsreiche freie Halde erreichte, kannte ich mich bald wieder in der Landschaft aus. Den Namen des Dörfleins, in dem ich genächtigt hatte, wußte ich aber nicht und habe auch nicht nach ihm gefragt.

Mein Weg führte am Rand des Waldes weiter, der hier die Wetterseite hatte, und ich fand meine Kurzweil an den kühnen, bedeutungsvoll grotesken Formen der Stämme, Äste und Wurzeln. Nichts kann die Phantasie stärker und inniger beschäftigen. Zuerst herrschen meistens komische Eindrücke vor: Fratzen, Spottgestalten, und Karikaturen bekannter Gesichter werden in Wurzelverschlingungen, Erdspalten, Astgebilden, Laubmassen erkennbar. Dann ist das Auge geschärft und sieht, ohne zu suchen, ganze Heere von wunderlichen Formen. Das Komische verschwindet, denn alle diese Gebilde stehen so entschlossen, keck und unverrückbar da, daß ihre schweigende Schar bald Gesetzmäßigkeit und ernste Notwendigkeit verkündet. Und endlich werden sie unheimlich und anklagend. Es ist nicht anders, der wandelbare und maskentragende Mensch erschrickt, sobald er ernsthaft zusieht, vor den Zügen jedes natürlich Gewachsenen.

## *Ilgenberg*

Das Dorf, das ich nach zwei Stunden auf Fußwegen erreichte, hieß Schluchtersingen und war mir von einem früheren Besuch her bekannt. Als ich durch die Dorfgasse schritt, sah ich vor einem neugebauten Gasthof einen Wagen stehen und erkannte sofort das Gefährt des Kaufmanns aus Ilgenberg und sein kleines, sonderbar geflecktes Pferd.

Er selber trat gerade aus der Türe, um wieder einzusteigen, als er mich daherkommen sah. Sogleich grüßte er lebhaft und winkte mir zu.

»Ich habe hier noch Geschäfte gehabt, fahre jetzt aber direkt nach Ilgenberg. Wollen Sie nicht mitkommen? Das heißt, wenn Sie nicht lieber zu Fuß gehen.«

Er sah so gutmütig aus, und mein Verlangen nach dem Ziel meiner Reise war allmählich so gespannt, daß ich annahm und einstieg. Er gab dem Hausknecht ein Trinkgeld, nahm die Zügel und fuhr los. Der Wagen lief leicht und bequem auf der guten Straße, und mir tat nach tagelangem Fußgängertum das herrschaftliche Gefühl des Fahrens wohl.

Wohl tat mir auch, daß der Kaufmann keine Versuche machte, mich auszufragen. Ich wäre sonst sogleich wieder ausgestiegen. Er fragte nur, ob ich auf einer Erholungsreise sei und ob ich die Gegend schon kenne.

»Wo steigt man denn jetzt in Ilgenberg am besten ab?« fragte ich.

»Früher war der Hirschen gut; der Besitzer hieß Böliger.«

»Der lebt nimmer. Die Wirtschaft hat jetzt ein Fremder, ein Bayer, und sie soll zurückgegangen sein. Doch will ich das nicht beschwören, ich hab's vom Hörensagen.«

»Und wie ist's mit dem Schwäbischen Hof? Da war seinerzeit einer namens Schuster drauf.«

»Der ist noch da, und das Haus gilt für gut.«

»Dann will ich dort einkehren.«

Mehrmals machte mein Begleiter Miene, sich mir vorzustellen, doch ließ ich es nicht dazu kommen. So fuhren wir durch den lichten, farbigen Tag.

»Es geht so doch ringer als zu Fuß«, meinte der Ilgenberger.

»Aber zu Fuß ist es gesünder.«

»Wenn man gute Stiefel hat. Übrigens ist Ihr Gaul ein lustiger Patron, mit seinen Flecken.«

Er seufzte ein wenig und lachte dann.

»Fällt's Ihnen auch auf? Freilich, die Flecken sind gespäßig. In der Stadt haben sie ihn mir ›die Kuh‹ getauft, und man soll die Leute spotten lassen, aber es ärgert mich doch.«

»Gehalten ist das Tier gut.«

»Nicht wahr? Es geht ihm nichts ab. Sehen Sie, ich hab das Rößlein gern. Jetzt spitzt es schon die Ohren, weil wir von ihm reden. Es ist sieben Jahr alt.«

In der letzten Stunde redeten wir wenig mehr. Mein Begleiter schien ermüdet, und mir nahm der Anblick der mit jedem Schritt vertrauter werdenden Gegend alle Gedanken gefangen. Ein bang-köstliches Gefühl, Orte der Jugendzeit wiederzusehen! Erinnerungen blitzen in verwirrender Menge auf, man lebt ganze Entwicklungen in traumhafter Sekundeneile wieder durch, unwiederbringlich Verlorenes blickt uns heimatlich und schmerzlich an.

Eine schwache Erhöhung, über die unser Wagen im Trabe lief, öffnete den Blick auf die Stadt. Zwei Kirchen, ein Mauerturm, der hohe Rathausgiebel lachten aus dem Gewirr der Häuser, Gassen und Gärten herüber. Daß ich den humoristischen Zwiebelturm einmal mit Rührung und klopfendem Herzen begrüßen würde, hätte ich damals nicht gedacht. Er schielte mich mit seinem heimlichen Kupferglanz behaglich an, als kenne er mich noch und als habe er schon ganz andere Ausreißer und Weltstürmer als bescheidene und stille Leute heimkommen sehen.

Noch sah ich die unvermeidlichen Veränderungen, Neubauten und Vorstadtstraßen nicht, alles sah aus wie vorzeiten, und mich überfiel beim Anblick die Erinnerung wie ein heißer Südsturm. Unter diesen Türmen und Dächern hatte ich die märchenhafte Jugendzeit gelebt, sehnsuchtsvolle Tage und Nächte, wunderbare schwermütige Frühlinge und lange, in der schlecht geheizten Mansarde verträumte Winter. In diesen Gartensträßchen war ich nachts in Liebeszeiten brennend und verzweifelnd umhergewandert, den heißen Kopf voll von abenteuerlichen Plänen. Und hier war ich glücklich gewesen über den Gruß eines Mädchens und über die ersten schüchternen Gespräche und Küsse unserer Liebe.

»Ja, es zieht sich noch«, sagte der Kaufmann, »aber in zehn Minuten sind wir daheim.«

Daheim! dachte ich. Du hast gut reden.

Garten um Garten, Bild um Bild glitt an mir vorüber, Dinge, an die ich nie mehr gedacht hatte und die mich nun empfingen, als sei ich nur für Stunden fortgewesen. Ich hielt es nimmer im Wagen aus.

»Bitte, halten Sie einen Augenblick, ich gehe von hier vollends zu Fuß hinein.«

Etwas erstaunt zog er die Zügel an und ließ mich absteigen. Ich hatte ihm schon gedankt und die Hand gedrückt und wollte gehen, da hustete er und sagte: »Vielleicht sehen wir uns noch, wenn Sie im Schwäbischen Hof wohnen wollen. Darf ich um Ihren Namen bitten?«

Zugleich stellte er sich vor. Er hieß Herschel und war, ich konnte nicht zweifeln, Julies Mann.

Ich hätte ihn am liebsten erschlagen, doch nannte ich meinen Namen, zog den Hut und ließ ihn weiterfahren. Also das war Herr Herschel. Ein angenehmer Mann, und wohlhabend. Wenn ich an Julie dachte, was für ein stolzes und prächtiges Mädchen sie gewesen war und wie sie meine damaligen phantastisch kühnen Ansichten und Lebenspläne verstanden und geteilt hatte, dann würgte es mich im Hals. Mein Zorn war augenblicks verflogen. Gedankenlos in tiefer Traurigkeit ging ich durch die alte, kahle Kastanienallee in das Städtchen hinein.

Im Gasthaus war gegen früher alles ein wenig feiner und modern geworden, es gab sogar ein Billard und vernickelte Serviettenbehälter, die wie Globusse aussahen. Der Wirt war noch derselbe, Küche und Keller waren einfach und gut geblieben. Im alten Hof stand noch der schlanke Ahornbaum und lief noch der zweiröhrige Trogbrunnen, in deren kühler Nachbarschaft ich manche warme Sommerabende bei einem Bier vertrödelt hatte.

Nach dem Essen machte ich mich auf und schlenderte langsam

durch die wenig veränderten Straßen, las die alten wohlbekannten Namen auf den Ladenschildern, ließ mich rasieren, kaufte einen Bleistift, sah an den Häusern hinauf und strich an den Zäunen hin durch die ruhigen Gartenwege der Vorstadt. Eine Ahnung beschlich mich, daß meine Ilgenberger Reise eine große Torheit gewesen sei, und doch schmeichelten mir Luft und Boden heimatlich und wiegten mich in schöne Erinnerungen. Ich ließ keine einzige Gasse unbesucht, stieg auf den Kirchturm, las die ins Gebälk des Glockenstuhls geschnitzten Lateinschülernamen, stieg wieder hinunter und las die öffentlichen Anschläge am Rathaus, bis es anfing zu dunkeln.
Dann stand ich auf dem unverhältnismäßig großen, öden Marktplatz, schritt die lange Reihe der alten Giebelhäuser ab, stolperte über Vortreppen und Pflasterlücken und hielt am Ende vor dem Herschelschen Hause an. Am kleinen Laden wurden gerade die Rolläden heruntergelassen, im ersten Stockwerk hatten vier Fenster Licht. Ich stand unschlüssig da und schaute am Haus hinauf, müde und beklommen. Ein kleiner Junge marschierte den Platz herauf und pfiff den Jungfernkranz; als er mich dastehen sah, hörte er zu pfeifen auf und sah mich beobachtend an. Ich schenkte ihm zehn Pfennig und hieß ihn weitergehen. Dann kam ein Lohndiener und bot sich mir an.
»Danke«, sagte ich, und plötzlich hatte ich den Glockenzug in der Hand und schellte kräftig.

## *Julie*

Die schwere Haustür ging zögernd auf, im Spalt erschien das Gesicht einer jungen Dienstmagd. Ich fragte nach dem Hausherrn und wurde eine dunkle Treppe hinaufgeführt. Im Gang oben brannte ein Öllicht, und während ich meine angelaufene Brille abnahm, kam Herschel heraus und begrüßte mich.
»Ich wußte, daß Sie kommen würden«, sagte er halblaut.
»Wie konnten Sie das wissen?«
»Durch meine Frau. Ich weiß, wer Sie sind. Aber legen Sie, bitte, ab. Hier, wenn ich bitten darf. – Es ist mir ein Vergnügen. O, bitte. So, ja.«
Es war ihm offenbar nicht sonderlich wohl, und mir auch nicht.

Wir traten in ein kleines Zimmer, wo auf dem weißgedeckten Tisch eine Lampe brannte und zum Abendessen serviert war.
»Hier also. Meine Bekanntschaft von heute morgen, Julie. Darf ich vorstellen, Herr – –«
»Ich kenne Sie«, sagte Julie und erwiderte meine Verbeugung durch ein Nicken, ohne mir die Hand zu geben.
»Nehmen Sie Platz.«
Ich saß auf einem Rohrsessel, sie auf dem Diwan. Ich sah sie an. Sie war kräftiger, schien aber kleiner als früher. Ihre Hände waren noch jung und fein, das Gesicht frisch, aber voller und härter, noch immer stolz, aber gröber und glanzlos. Ein Schimmer von der ehemaligen Schönheit war noch vorhanden, an den Schläfen und in den Bewegungen der Arme, ein leiser Schimmer – –
»Wie kommen Sie denn nach Ilgenberg?«
»Zu Fuß, gnädige Frau.«
»Haben Sie Geschäfte hier?«
»Nein, ich wollte nur die Stadt wieder einmal sehen.«
»Wann waren Sie denn zuletzt hier?«
»Vor zehn Jahren. Sie wissen ja. Übrigens fand ich die Stadt nicht allzusehr verändert.«
»Wirklich? Sie hätte ich kaum wiedererkannt.«
»Ich Sie sofort, gnädige Frau.«
Herr Herschel hustete.
»Wollen Sie nicht zum Abendessen bei uns vorliebnehmen?«
»Wenn es Sie nicht stört –«
»Bitte sehr, nur ein Butterbrot.«
Es gab jedoch kalten Braten mit Gallerte, Bohnensalat, Reis und gekochte Birnen. Getrunken wurde Tee und Milch. Der Hausherr bediente mich und machte ein wenig Konversation. Julie sprach kaum ein Wort, sah mich aber zuweilen hochmütig und mißtrauisch an, als möchte sie herausbringen, warum ich eigentlich gekommen sei. Wenn ich es nur selber gewußt hätte!
»Haben Sie Kinder?« fragte ich, und nun wurde sie ein wenig gesprächiger. Schulsorgen, Krankheiten, Erziehungssorgen, alles im besseren Philisterstil.
»Ein Segen ist ja die Schule trotz alledem doch«, sagte Herschel dazwischen.
»Wirklich? Ich dachte immer, ein Kind sollte möglichst lange ausschließlich von den Eltern erzogen werden.«

»Man sieht, Sie selber haben keine Kinder.«
»Ich bin nicht so glücklich.«
»Aber Sie sind verheiratet?«
»Nein; Herr Herschel, ich lebe allein.«
Die Bohnen würgten mich, sie waren schlecht entfädet.
Als das Essen abgetragen war, schlug der Mann eine Flasche Wein vor, was ich nicht ablehnte. Wie ich gehofft hatte, ging er selber in den Keller, und ich blieb eine Weile mit der Frau allein.
»Julie«, sagte ich.
»Was beliebt?«
»Sie haben mir noch nicht einmal die Hand gegeben.«
»Ich hielt es für richtiger –«
»Wie Sie wollen. – Es freut mich zu sehen, daß es Ihnen gut geht. Es geht Ihnen doch gut?«
»O ja, wir können zufrieden sein.«
»Und damals – sagen Sie mir, Julie, denken Sie nie mehr an damals?«
»Was wollen Sie von mir? Lassen wir doch die alten Geschichten ruhen! Es ist gekommen, wie es kommen mußte und wie es für uns alle gut war, meine ich. Sie haben schon damals nicht recht nach Ilgenberg hereingepaßt, mit allen Ihren Ideen, und es wäre nicht das Richtige gewesen –«
»Gewiß, Julie. Ich will nichts Geschehenes ungeschehen wünschen. Sie sollen nicht an mich denken, gewiß nicht, aber an alles andere, was dazumal schön und lieb war. Es ist doch unsere Jugendzeit gewesen, und die wollte ich noch einmal aufsuchen und ihr ins Auge sehen.«
»Bitte, reden Sie von anderem. Für Sie mag es anders sein, aber für mich liegt zuviel dazwischen.«
Ich sah sie an. Alle Schönheit von damals hatte sie verlassen, sie war nur noch Frau Herschel.
»Allerdings«, sagte ich grob und hatte nichts dagegen, als nun der Mann mit zwei Flaschen Wein zurückkam.
Es war schwerer Burgunder, und Herschel, der sichtlich kein Weintrinker war, begann schon beim zweiten Glase anders zu werden. Er fing an, seine Frau mit mir zu necken. Als sie nicht darauf einging, lachte er und stieß sein Glas an meines.
»Zuerst wollte sie Sie gar nicht ins Haus haben«, vertraute er mir an.

Julie stand auf.
»Entschuldigen Sie, ich muß nach den Kindern sehen. Das Mädel ist nicht ganz wohl.«
Damit ging sie hinaus, und ich wußte, sie würde nicht zurückkommen. Ihr Mann machte zwinkernd die zweite Flasche auf.
»Sie hätten das vorher nicht sagen dürfen«, warf ich ihm vor.
Er lachte nur.
»Lieber Gott, so grätig ist sie schließlich nicht, daß sie das übelnimmt. Trinken Sie doch! Oder schmeckt Ihnen der Wein nicht?«
»Der Wein ist gut.«
»Nicht wahr? Ja, sagen Sie, wie war denn das nun damals mit Ihnen und meiner Frau? Kindereien, was?«
»Kindereien. Doch tun Sie besser, nicht davon zu reden.«
»Gewiß – freilich – ich will ja nicht indiskret sein. Zehn Jahre ist es her, nicht?«
»Verzeihen Sie, ich muß es vorziehen, jetzt zu gehen.«
»Warum denn schon?«
»Es ist besser. Vielleicht sehen wir uns ja morgen noch.«
»Na, wenn Sie durchaus gehen wollen –. Warten Sie, ich leuchte Ihnen. Und wann kommen Sie morgen?«
»Nach Mittag, denke ich.«
»Also gut, zum schwarzen Kaffee. Ich begleite Sie ins Hotel. Nein, ich bestehe darauf. Wir können ja dort noch etwas zusammen nehmen.«
»Danke, ich will zu Bett, ich bin müde. Empfehlen Sie mich Ihrer Frau, bis morgen.«
Vor der Haustür schob ich ihn ab und ging allein davon, über den großen Marktplatz und durch die stillen dunkeln Straßen. Ich lief noch lange in der kleinen Stadt herum, und wenn von irgendeinem alten Dach ein Ziegel gefallen wäre und hätte mich erschlagen, so wäre es mir auch recht gewesen. Ich Narr! Ich Narr!

## *Nebel*

Am Morgen wachte ich zeitig auf und beschloß, sogleich weiterzuwandern. Es war kalt, und ein Nebel lag so dicht, daß man kaum über die Straße sah. Frierend trank ich Kaffee, bezahlte Zeche und Nachtlager und ging mit langen Schritten in die dämmernde Morgenstille hinein.

Rasch erwarmend, ließ ich Stadt und Gärten hinter mir und drang in die schwimmende Nebelwelt. Das ist immer wunderlich ergreifend zu sehen, wie der Nebel alles Benachbarte und scheinbar Zusammengehörige trennt, wie er jede Gestalt umhüllt und abschließt und unentrinnbar einsam macht. Es geht auf der Landstraße ein Mann an dir vorbei, er treibt eine Kuh oder Ziege oder schiebt einen Karren oder trägt ein Bündel, und hinter ihm her trabt wedelnd sein Hund. Du siehst ihn herkommen und sagst grüß Gott, und er dankt; aber kaum ist er an dir vorbei und du wendest dich und schaust ihm nach, so siehst du ihn alsbald undeutlich werden und spurlos ins Graue hinein verschwinden. Nicht anders ist es mit den Häusern, Gartenzäunen, Bäumen und Weinberghecken. Du glaubtest die ganze Umgebung auswendig zu kennen und bist nun eigentümlich erstaunt, wie weit jene Mauer von der Straße entfernt steht, wie hoch dieser Baum und wie niedrig jenes Häuschen ist. Hütten, die du eng benachbart glaubtest, liegen einander nun so fern, daß von der Türschwelle der einen die andere dem Blick nicht mehr erreichbar ist. Und du hörst in nächster Nähe Menschen und Tiere, die du nicht sehen kannst, gehen und arbeiten und Rufe ausstoßen. Alles das hat etwas Märchenhaftes, Fremdes, Entrücktes, und für Augenblicke empfindest du das Symbolische darin erschreckend deutlich. Wie ein Ding dem andern und ein Mensch dem andern, er sei wer er wolle, im Grunde unerbittlich fremd ist, und wie unsere Wege immer nur für wenige Schritte und Augenblicke sich kreuzen und den flüchtigen Anschein der Zusammengehörigkeit, Nachbarlichkeit und Freundschaft gewinnen.

Verse fielen mir ein, und ich sagte im Gehen leise vor mich hin:

Seltsam, im Nebel zu wandern!
Einsam ist jeder Busch und Stein,
Kein Baum sieht den andern,
Jeder ist allein.

Voll von Freunden war mir die Welt,
Als noch mein Leben licht war;
Nun, da der Nebel fällt,
Ist keiner mehr sichtbar.

Wahrlich, keiner ist weise,
Der nicht das Dunkel kennt,
Das unentrinnbar und leise
Von allen ihn trennt.

Seltsam, im Nebel zu wandern!
Leben ist Einsamsein.
Kein Mensch kennt den andern,
Jeder ist allein. *(1906)*

## In einer kleinen Stadt

Esser werden nicht alt. So wohl der Notar Trefz mit seinen sechzig Jahren aussah und so sehr er am Leben hing, eines Mittags im Mai traf ihn der Schlag, und am nächsten Morgen trug schon der Leichenbitter mit seinem Gehilfen die Nachricht von seinem Tode durch die erstaunte Stadt. »Ja lieber Gott, der Trefz«, hieß es überall. »Man darf doch keinem mehr trauen. Überhaupt, die alten guten Bürgersleute sterben halt allmählich weg, erst voriges Jahr noch der Schiffwirt, und jetzt der Notar Trefz!«

An diesem Vormittag hatte es die Witwe nicht ruhig. Zwei alte Freundinnen, die ihr beizustehen gekommen waren, brachten die verzagte Frau durch die Aufzählung aller Verpflichtungen und alles dessen, was durchaus nicht vergessen werden durfte, in Verwirrung und taten selber wenig als reden und trösten. Und eben dieses wäre entbehrlich gewesen, denn die Frau Notarin hatte keinen Grund, untröstlich zu sein, und war es auch nicht. Aber sie war vom schnellen Erleben betäubt, von den plötzlich entstandenen Witwenpflichten und Trauersorgen beängstigt und bewegte sich in der ungewohnten Freiheit nur schüchtern und traumbefangen, während nebenan im Schlafzimmer ihr Tyrann und Quälgeist stillelag, dessen Tod und Ungefährlichkeit sie immer wieder für Augenblicke vergaß und dessen ärgerlich befehlende Stimme wieder zu hören sie immerzu gewärtig war. Erschrocken und beklommen ging sie hin und wider, und so lebhaft es im Hause war, schien es ihr doch seltsam still zu sein. Der Notar war nicht leicht gestorben. Als ein kräftiger und stolzgesinnter Mensch, der sein Leben lang befohlen hatte und an gute Tage gewöhnt war, hatte er sich dem Tod nicht ohne Groll und Fluchen ergeben und war schließlich in wahrer Verzweiflung gestorben, da er nicht einsah, warum er nun, wo die wahrhaft guten Zeiten der Altersruhe bevorstanden, mitten aus seinem Leben und Besitz hinweg solle. Obwohl seine laute Stimme schon gebrochen und sein Blick schon getrübt war, hatte er bis zum letzten Augenblick gezürnt und gescholten und sein Weib für alles verantwortlich gemacht.

Im Erdgeschoß des zweistöckigen schönen Hauses war es feierlich still. Dort lag die Amtsstube des Verstorbenen, die nun

geschlossen war, und der Gehilfe und der Lehrling gingen in Sonntagskleidern, verlegen-froh über den unerwartet eingetroffenen Feiertag, in der Stadt spazieren.
Die ganze Stadt wußte nun von dem Todesfall, und wer über den oberen Markt ging, unterließ es nicht, aufmerksam und neugierig nach dem Trauerhause zu schauen, das seit Jahrzehnten dastand und das alle tausendmal gesehen hatten und an dem heute doch jeder einen Schein von Ungewohntem, von Feierlichkeit und großem Ereignis wahrnehmen konnte. Im übrigen war an dem Haus nichts Auffallendes zu bemerken als die geschlossenen Läden des Erdgeschosses, die ihm etwas halbschlafend Sonntägliches gaben. Die helle, beinahe sommerliche Sonne schien klar und weiß auf den Marktplatz und auf die Häuser, auf die Brunnen und Bänke, und malte treulich neben jeden Fensterladen, neben jede Vortreppe, jedes Scharreisen einen kleinen Schatten. Der große Neufundländerhund von der oberen Apotheke hatte seinen vornehmen Platz neben dem alten, vorgeneigten Prellstein an der Marktecke inne, an den Läden des Buchhändlers und des Hutmachers waren die neumodischen Markisen herabgelassen, hoch vom Bühel herab aus den Schulhäusern klang Knabengesang dünn und leicht durch die fröhliche Luft.

Gegen Mittag, noch ehe die Schulen sich auftaten und den sonnigen, stillen Platz überfluteten, kam um die Ecke vom Flusse her ein Mann oder Herr in gutem Anzug mit einer hellbraunen Ledertasche in der Hand in ruhigem Schritte gegangen, schaute blinzelnd den lichten Platz hinauf, rückte spielend am steifen Hut und schritt sicher über den ganzen Markt dem Trefzischen Hause zu, in dessen Tor er verschwand. Im kühlen Flur rüttelte er an beiden Türen und schien ärgerlich darüber, daß keiner der Angestellten da war. Dann stieg er rasch die Treppe empor, läutete an der Glastüre und trat, als ihm aufgemacht war, sogleich ins Wohnzimmer, das eben erst von den beiden Trösterinnen verlassen war. Er nahm den Hut vom blonden Kopfe, blickte um sich und rief: »Mama, wo bist du denn?«
»Gleich, gleich!« rief sie von hinten her. »Ach grüß Gott, Hermann!«
»Grüß Gott.«

Er nahm die Hand, die sie ihm entgegengestreckt hatte, und nach einem verlegenen Husten fragte er mit veränderter, leiser Stimme: »Lebt er noch?«
Die Frau, die seit dem frühen Morgen im Zeuge und noch zu keinem Seufzer gekommen war, sank plötzlich auf einen Sessel, brach in Tränen aus und schüttelte den kleinen Kopf. Verwirrt und etwas unmutig tat der Sohn ein paar Schritte. Die Frau war schnell wieder aufrecht.
»Willst du zu ihm?« fragte sie.
»Nachher. Wann ist er denn – –?«
»Heut nacht, oder eigentlich, es war schon Morgen.« Und da sie ihn ärgerlich werden sah, fügte sie schnell hinzu: »Ich habe dir gleich nochmals telegraphiert.«
»So, so«, sagte er. »Ja, ich will einmal hinübergehen. Ist er im Schlafzimmer?«
Sie ging mit ihm, und als sie das verdunkelte Schlafzimmer betraten, nahm sie seine Hand. Leise führte sie ihn zu des Vaters Bett, wo er schweigend stehenblieb, und stieß alsdann einen Fensterladen auf. Da kam ein Streifen von goldenem Tageslicht in die Düsternis und schien bis zum Lager des Toten hinüber. Dieser lag steif mit geradegerichteten Gliedern und festem Gesicht, und der Sohn beugte sich über ihn. Er fühlte, daß ihm nun eine Traurigkeit wohl anstünde, und er hätte gern eine Träne gezeigt. Doch als er eine kleine Zeit in das väterliche Gesicht geblickt hatte, fand er es seinem eigenen so ähnlich, daß ihm war, er sehe sich selber alt und tot, und darüber faßte ihn ein Grauen, so daß er einige Zeit bewegungslos verharrte und den Blick nicht von dem Toten trennen konnte. Darauf ging er behutsam, zog den Laden wieder zu und winkte der Mutter, hinauszukommen.
Das heutige Mittagessen im Hause Trefz war nicht bedeutend, und der Sohn, der seines Vaters Natur hatte, mußte an sich halten, um nicht ein Wort des Tadels zu sagen. Und die Witwe spürte es und merkte wohl, daß sie statt des alten Tyrannen, der drüben lag, nun einen jungen habe. Freilich, sie konnte wegziehen, konnte sich losmachen, niemand konnte sie zwingen, die Magd im Hause zu bleiben. Allein sie wußte wohl, sie würde doch bleiben und das alte Leben würde weitergehen, nicht besser und nicht schlimmer. Wer einmal nachgegeben und ein hal-

bes Leben lang einen fremden Willen über sich gehabt hatte, der muß stärker im Rückgrat sein als die Frau Trefz, wenn er nochmals ein eigenes und freies Leben beginnen will.
Nach Tisch kam Besuch. Zuerst der Aktuar Kleinschmied, dann der Oberamtmann. Gegen den Aktuar benahm sich der Herr Dr. Trefz freundlich, doch würdevoll, für den Oberamtmann aber hüllte er sich in Verbindlichkeit und feine Lebensart. Er war gesonnen, seine Zugehörigkeit zum obersten Rang der städtischen Gesellschaft von allem Anfang an zu betonen.
Am späteren Nachmittag erschienen, noch immer mit schwarzen Röcken angetan, der Gehilfe und der Schreiberknabe, die der Doktor hatte holen lassen. Sie mußten im Hinterstüblein die soeben vom Drucker gekommenen Todesanzeigen falzen, in schwarzrandige Umschläge stecken und adressieren. Sie taten ihre Feiertagsröcke ab, arbeiteten in Hemdärmeln und taten widerwillig und beschämt ihre Pflicht, wie Hündlein, die einen unerlaubten Ausgang taten und nun zurückgepfiffen, sich ihrer Abhängigkeit erinnern. Unwillig durchlas der Gehilfe den ersten Trauerbogen, der ihm in die Finger kam: »Nach Gottes unerforschlichem Ratschluß entschlief heute früh gegen sechs Uhr unser heißgeliebter Gatte und Vater, Schwager und Oheim Anton Friedrich Trefz, Notar« usw.
Wenn der feierlich traurige Ton dieser Trauerbotschaft nicht völlig echt war, so waren es dafür auch die Kundgebungen der Besucher und Tröster nicht alle. Man wußte wohl, daß die kleine verblühte Frau Notar es unter dem harten Regiment des seligen Trefz nicht herrlich gehabt habe, und man wußte ebensowohl, wie günstig der unerwartet frühe Hingang des Vaters für die Pläne und Aussichten des Jungen war. Der war dreißig Jahre alt und hätte eigentlich der Mitarbeiter und Teilhaber seines Alten werden sollen. Aber der junge Trefz hatte an der Universität studiert und fühlte sich seinem altmodischen und weniger gebildeten Vater so sehr überlegen, daß die beiden nicht miteinander hatten auskommen können. So war der Sohn, künftiger Zeiten harrend, einstweilen fern von der Heimat im Büro eines Advokaten untergeschlüpft und hatte darauf gewartet, daß sein Vater alt werde und ihn doch noch brauchen und holen müsse. Stattdessen konnte er nun, weit über die blühendsten Hoffnungen hinaus, sich geradezu ins warme Nest setzen.

Überaus prächtig war das Begräbnis des Notars am dritten Tag nach seinem Tode. Es gab wohl keinen, der den Verstorbenen geliebt hatte. Aber die Teilnahme und Neugier der Menschen drängen sich gerne zu so raschen, unerwarteten Todesfällen. Der gesunde, wenig nachdenkende Bürger, wenn er vernimmt, es sei der und der ganz plötzlich weggestorben, zuckt zusammen und fühlt, es könnte wohl auch ihm einmal so gehen. Er tritt zum Nachbar, sagt: »Weißt du schon?« und knüpft an den Todesfall ernsthaft einige gangbare Betrachtungen über die Hinfälligkeit des menschlichen Lebens.

Die meisten aber waren zum Begräbnis gekommen, weil sie heimlich fühlten, daß der Notar Trefz eine von den guten, weithin sichtbaren, unentbehrlichen Figuren ihrer Vaterstadt gewesen war. Es gibt in jeder Stadt ein Dutzend solche, ohne die man sich die Gasse und das Rathaus und die Kegelbahn gar nicht denken möchte, Männer von auffallender großer Statur mit großen Bärten, oder glattrasierte vornehme Gesichter, oder spitze, hagere Alte mit Schnupfdosen und Stöcken. Es sind nicht immer die tüchtigsten und für das gemeine Wohl besorgtesten Männer, aber es sind Charakterfiguren, deren Erscheinung zum Bilde der Stadt gehört, deren Anblick befriedigt und deren Gruß man schätzt. Ein solcher war Trefz gewesen, zudem ein demokratischer Parteimann und Besitzer eines stattlichen Vermögens. So kam es, daß seine Allernächsten wenig um ihn zu trauern fanden, während er der ganzen Stadt zu fehlen schien und niemand bei der Beerdigung eines so bedeutenden Mannes fehlen wollte.

Die bescheidene Mutter hatte kein Auge dafür, sie wünschte bang und ermüdet sich aus dem Lärm und Geschäft und Redenmüssen dieser Trauertage heraus. Desto stolzer blickte der junge Dr. Trefz auf die gewaltige Zahl der Leidtragenden und nahm den seinem Vater und seinem Haus dargebrachten Ehrenzoll wie ein Feldherr entgegen, zuerst heimlich vom Fenster aus, dann öffentlich und kühn, als er neben der Mutter feierlich hinter dem Sarge her aus dem Hause trat. Der Leichenwagen war glänzend geschmückt und der Sarg mit Kränzen ganz bedeckt. Angesichts der Menge und des langsam anziehenden und hinwegfahrenden Sargwagens fing die Witwe still zu weinen an, der Dekan trat an ihre Seite, und der Zug begann sich feierlich zu entfalten, während noch der halbe Markt voll Wartender stand.

Der nächste Weg zum Kirchhof wäre der durch die Kronengasse gewesen, aber diese war gar steil, und es sah auch weit besser aus, daß der Zug, eine Schneckenlinie um den Ort seines Entstehens beschreibend, sich über den ganzen langen Marktplatz hin entwickelte, dessen mäßige Schräge das Übersehen erleichterte. Als der reichlich geschmückte Leichenwagen unten gegen die Gerbergasse hin um die Marktecke schwenkte, blickte der hinterherschreitende junge Notar einen Augenblick zurück und weidete sein ernstes Auge am Anblick des großen Platzes, der rings vom wogenden Trauerzuge umschritten und von schwarzer Feierlichkeit erfüllt war. Im Zuge schritten die Männer voran, fast alle mit Zylinderhüten bekleidet, deren manche sich im Sonnenschein ihrer Blankheit erfreuten, während andre, ältere von vergessenen Formen, in ihrer wohlmeinenden Rauheit dem spiegelnden Licht trotzten und nur die vordrängenden Büschel ihrer Hasenhaare leise silbern erschimmern ließen.
Beim Durchwandeln des Kirchhofeinganges an der grasigen Mauer vorbei fing die Witwe abermals zu weinen an. Es erging ihr wie den meisten, daß hier beim Eintritt in die kühle Feierabendluft der Gräberstatt und beim Rauschen des vermoosten Friedhofbrunnens manche frühere Gänge zum selben traurigen Ziele ihr einfielen, vom Gang hinter dem Sarg der Großmutter her bis zu dem mit dem eigenen Kinde.

Hoch über dieser ganzen Feierlichkeit aber, auf halber Höhe des Berges im Grase, lag derjenige, dem wir die meisten unserer Gerbersauer Kenntnisse verdanken, der junge Hermann Lautenschlager, und sah der ganzen Sache nachdenklich zu. Er nahm, trotz seiner Aufmerksamkeit für alle heimischen Ereignisse, selten an ihnen selber teil, da er sich unter vielen Leuten nicht wohlfühlte, auch mangelten ihm die für solche Gelegenheiten vom Brauche geforderten Kleider, die er sich als ein einsam lebender Mensch ohne Familie lediglich der Begräbnisse wegen nicht kaufen mochte. Desto genauer beobachtete er, was zu seinen Füßen vorging, und war vielleicht der einzige, der die ganze Bedeutung dieser Vorgänge kannte. Denn er liebte seine kleine Stadt und wußte wohl, was jeder alte Weißbart und jeder grünschillernde alte Gehrock in einem solchen Gemeinwesen bedeuteten. So nahm er an dem Begräbnis des alten Trefz in seiner Weise herzlich teil und hätte, wäre es darauf angekommen, wohl mehr als jeder andre Mitbürger dafür gegeben, den prächtigen Herrn wieder lebendig in den Straßen wandeln zu sehen. Es tat ihm leid um diese vortreffliche Figur, und da er sie dem Leben verloren wußte, tat er das Seine, sie dem Andenken zu retten, und zeichnete den Notar Trefz aus dem Gedächtnis in sein Taschenbuch, worin schon viele solche Figuren standen und wandelten. Er nahm bei dieser Gelegenheit, da er den Alten fertig hatte, auch gleich den Jungen vor, der ihm in seiner Würde und ansehnlichen Trauer kaum minder gefiel. Er zeichnete mit leichten Strichen, die ihm keine Arbeit waren, die breite Gestalt vom glänzenden Zylinder bis zu dem Faltenwurf der schwarzen Hose, vergaß auch den leichten Fettwulst am saftigen Nacken nicht und nicht das dicke, etwas schweinerne Augenlid; ja er tat diesen auszeichnenden Besonderheiten so viel Ehre an, daß sie bald die Hauptsache an dem Manne zu sein schienen. Und da nun die ganze Figur trotz der ernsttraurigen Haltung etwas durchaus Frohes, ja Feistglückliches erhalten hatte, gab er dem so gezeichneten Manne statt des Gesangbuches eine ungeheure Pfingstrose in die Hand. Es wird später Zeit sein, dem Zeichner diese Neigung zu gelegentlichen Roheiten näher anzumerken.

Inzwischen verlief unten im schattigen Gottesacker die schöne Feier mit allem Glanze. Es sprachen, nach der Rede des Dekans, der Stadtschultheiß und der Vorstand des demokratischen Gesangvereins, es sprach der Senior des Gemeinderates, und wer irgend sich zu den Berechtigten zählen durfte, versäumte die feierliche Handlung nicht, an das offene Grab zu treten, hinabzublicken und eine kleine Handvoll Tannenzweige hinunter zu werfen, worauf er mit erschütterten Mienen zurücktrat, um sich die grünen Nadeln vom Gehrock zu wischen. Manche zeigten in diesem Tun eine bedeutende Übung und Beherrschung der Formen, manche hatten auch Unglück und stolperten oder trugen die aufgerafften Zweige wieder mit sich hinweg. Der alte Seelsorger sah dem allem in seiner Güte ernsthaft zu, legte der Witwe tröstlich die Hand auf den Arm und er sah bald den Augenblick, zum Schlußverse zu ermahnen, der aus so vielen alten und jungen Kehlen schön und mächtig emporstieg und sich in der lauen Mailuft leise berganwärts verlor.

Für den in seiner grünen Höhe verweilenden Hermann Lautenschlager war es nun ein schöner Anblick, die dunkle Menge in Haufen und zögernden Gruppen den Friedhof verlassen und über den Brühel und die Brücke hin sich stadteinwärts verlieren zu sehen. Gar manche von den Trauergängern nahmen den Anlaß wahr, die Gräber der eigenen Angehörigen zu besuchen und noch ein wenig in dem vertrauten Raume zwischen den schiefen, grünen Mauern zu verweilen. Alte Frauen bückten sich über frische oder verwahrloste Kreuze, Kinder tasteten auf Grabsteinen den alten Inschriften nach, junge Frauen bogen an lieben Gräbern eine Rosenranke und einen verwilderten Efeuzweig zurecht und kamen darüber ins Gespräch mit dem Friedhofsgärtner, der sich während der Feier verloren hatte, nun aber wieder in der grünen Schürze mit dem Grasrechen seiner Tätigkeit oblag.

Schön war es auch zu sehen, wie nach dem Verlaufen der letzten Zögerer der alte Kirchhof wieder in seine schattige Ruhe versank, wie über dem frischen, gelben Grabhügel der Gärtner die vielen Kränze ordnete, wie die Meisen und Amseln zurückkehrten und der grüne Winkel sein altes, verzaubert schlafendes Aussehen wiedergewann. Auch der Brühel, die Brühelstraße und die untere Brücke lagen jetzt wieder in ihrer Stille; die Kastanien, schon zum Blühen gerüstet, hatten ihr Vogelleben in den Ästen und ihre schweren Schatten um sich her.

Lautenschlager war mit seiner heutigen Arbeit zufrieden und sonnte sich an seinem Grashang, sah über die spitzgieblige, steilgebaute Stadt und das enge Wiesental hinweg und blätterte zwischenein in seinem Taschenbuch, worin er das Leben dieser Stadt aufzuzeichnen pflegte. Der junge Mensch war sonderbarerweise einer von den ganz wenigen Gerbersauern, die von ihren Mitbürgern mit Mißtrauen und fast mit Gehässigkeit betrachtet wurden und nicht richtig mit ihnen zu leben und zu reden verstanden, obwohl er seine Heimatstadt besser kannte und mehr liebte als irgendeiner. Schon daß er ein Künstler geworden war, paßte der Stadt nicht; doch verzieh man es ihm, da er neuerdings als Zeichner in großen Zeitschriften einen gewissen Namen gewonnen hatte. Warum er aber, da er nun doch mit seiner Kunst Glück zu haben schien, immer hier daheim saß, statt in Neapel oder Spanien viel schönere Gegenden zu malen oder in Kunststädten mit seinesgleichen zu leben, das verstand man nicht und deutete daran mit Mißtrauen. Ferner schuf er sich Verächter und bittere Feinde dadurch, daß er seit mehreren Jahren keine großen, schönen Bilder mit Burgen und Rittern mehr malte, wie er früher mehrere hier ausgestellt hatte, sondern statt dessen nichts anderes trieb als die Winkel seiner Vaterstadt und die Figuren ihrer Bürger auf kleine Blätter zu zeichnen. Das Schlimmste freilich war aber, daß er diese Figuren mit einer leisen, grausamen Übertreibung ins Komische zog und schon ganze Reihen von grotesken Philisterkarikaturen, deren jede man in Gerbersau wohl kannte, in Blättern veröffentlicht hatte. Jeder Betroffene zwar hatte sich getröstet und dadurch gerettet gefühlt, daß bald nach ihm selber sein Nachbar daran gekommen war; aber man fand diese ganz unwürdige Tätigkeit weder für den Maler noch für die Stadt ehrenvoll und konnte diese seltsame Art von Anhänglichkeit und Heimatliebe nicht begreifen. Es war auch schwer mit ihm umzugehen. Oft sprach er wochenlang kaum mit einem Menschen und trieb sich in der Gegend umher, dann erschien er plötzlich wieder bei einem Abendschoppen, tat freundschaftlich und schien gar nicht zu wissen, wie wenig man ihn liebte.

In Wirklichkeit wußte er das wohl. Er wußte genau, daß Behagen und Gleichberechtigung für ihn hier in der Bürgerschaft niemals zu finden waren, daß seine Freuden und Gedanken niemand verstand und daß man seine Karikaturen für die Missetaten des Vogels ansah, der sein eigenes Nest beschmutzt. Dennoch kehrte er, so oft er es eine Zeitlang mit dem Leben anderwärts versucht hatte, immer wieder nach Gerbersau zurück. Er liebte die Stadt, er liebte die Landschaft, er liebte diese enggiebligen, alten Häuser und klobig gepflasterten Gassen, er liebte diese Bürger und ihre Frauen und Kinder, die Alten und Jungen, die Reichen und Armen. Hier in der Vaterstadt gab es keinen Stein und kein Gesicht, keinen Gruß und keine Gebärde, die er nicht im Innersten verstand. Hier hatte er seit frühen Knabenjahren gelernt, Menschen zu beobachten und die vielfältigen, lieben Wunderlichkeiten des Lebens mit Aufmerksamkeit zu betrachten, hier wußte er von jedem Hause und jeder Person hundert Geschichten, hier war alles kleinste Leben bis in die letzte Falte hinein ihm vertraut und durchsichtig. Er hatte auch an anderen Orten gelebt und Menschen und Städte angeschaut,

er war in Rom und München und Paris gewesen, hatte sich an den Umgang mit gereisten und verwöhnten Menschen gewöhnt, deren hier keine zu finden waren. Er hatte auch in Rom und in Paris gezeichnet, und manches gute Blatt, aber nirgends ging sein Bleistift jeder launigen Geringfügigkeit so treu und aufmerksam und so beglückt nach, nirgends gewannen die Blätter einen so reinen, gesättigten Ausdruck, sprachen nirgends so rein und innig die besondere Mundart des Ortes. Er wußte nicht genau, wieviel Gerbersauer Philistertum in ihm selber stecke, doch wußte er wohl, daß seine unerbittliche und liebevolle Kenntnis des hiesigen Lebens gerade das war, was ihn von den Mitbürgern schied und ihnen fremd machte. Um es kurz zu sagen: sein ganzes Tun hier war Selbstbeobachtung und Selbstironie, und wenn er den alten Herrn Tapezierer Linkenheil oder den jungen Friseur Wackenhut karikierte, so schnitt er mit jedem Striche weit mehr ins eigene Fleisch als in das des Gezeichneten. Und so war dieser Sonderling von Künstler, der den Ruf eines erdkräftigen Autochthonen und naiven Heimatkünstlers besaß, in aller Heimlichkeit ein ganz verdorbener Mensch, da er sich über einen schönen und zufriedenen Lebenszustand lustig machte, den er im Herzen liebte und beneidete. Er hatte die feindselige Abneigung gegen alles intellektuelle Treiben, das nur die Gewohnheitssünder desselben Lasters haben.
Dieser junge Mann, der träg auf seiner Matte lag und das schöne, heitere Flußtal betrachtete, war dieses Genusses gar nicht wert, und doch war er leider der einzige Gerbersauer, der dieses selben Genusses wirklich fähig war. Und indem er die Karikatur des jungen Trefz nochmals begutachtete, blieb ihm nicht verborgen, daß dieser Mann ein ebenso echter und gesunder Gerbersauer war wie er selbst ein entarteter, und daß es der Zweck und der Wille der Natur sei, an diesem Orte Wesen zu erzeugen und zu hegen, die dem jungen Notarssohne glichen und nicht dem zeichnenden Ironiker. Und wenn er jeden Prellstein der Stadt aufs treulichste abzeichnete, er konnte sich mit alledem niemals das urtümliche Heimatrecht erwerben, das er heimlich entbehrte und das der Notar zu jeder Stunde seines Lebens besaß und unbedenklich ausübte.

Dem jungen Lautenschlager konnte, als heimlichem Beobachter und Chronisten des Lebens seiner Stadt, nicht verborgen bleiben, was ohnehin von der Bürgerschaft beachtet und viel besprochen wurde, daß nämlich der junge Dr. Trefz, noch über die Erbschaft des väterlichen Ansehens hinaus, mit Eifer darauf bedacht war, in der Vaterstadt Ehre zu gewinnen. Er übernahm seines Vaters Notariatsgeschäft. Das alte messingene Schildlein mit dem väterlichen Namen ließ er wegmachen und hängte dafür ein großes Emailschild mit seinem eigenen Namen auf, wobei er auf den Zusatz des Doktortitels verzichtete. Einige Kollegen und Mißgönner schlossen daraus, dieser Titel stehe dem Sohne Trefz überhaupt nicht zu; doch fand sich niemand, der das untersucht hätte, und die seit Jahren daran gewöhnte Bürgerschaft redete nach wie vor den studierten Notar mit dem schönen Ehrentitel an.
Mochte er nun Doktor sein oder nicht, jedenfalls nahm er seine Sache in die Hand wie ein Mann, der Pläne hat und nicht gesonnen ist, auf den kleinsten davon zu verzichten. Vor allem gab er sich Mühe, seine bedeutende gesellschaftliche Stellung von allem Anfang an zu betonen und zu sichern. Das war nun keineswegs leicht und forderte manches Opfer, denn es gehörte zur Erbschaft seines Alten nicht nur das schöne Haus, Gut und Amt, sondern auch der alte Ruf eines heimlichen Königs in der demokratischen Partei, den jedermann bereit war, auch dem Sohn zu gönnen. Der aber neigte im Herzen weit mehr zur Beamtenschaft hinüber, er wäre sehr gern Reserveoffizier geworden und hätte die Laufbahn eines Richters eingeschlagen, wäre er davon nicht kurzerhand durch seinen Vater abgehalten worden. Nun stand er am Scheideweg, heimlich voll Sehnsucht nach der Welt der Titel und Orden, von der Umgebung jedoch wie von der eigenen Vergangenheit auf eine bürgerliche Rolle hingewiesen. Diese wählte er denn auch und tat nichts dagegen, daß jedermann die achtundvierziger Taten seines Großvaters und die vielen Wahlreden seines seligen Vaters als ein selbstverständliches Guthaben auf seine Person übertrug. Dagegen gab er in seinem Auftreten eine unwandelbare Achtung vor Macht und Ehre kund, entfaltete eine mäßige, doch strenge Eleganz in der Kleidung und drückte nicht jede Hand, die sein Vater gedrückt hatte. Er wohnte bei der Mutter und genoß so den Vorteil, von Anfang

an als Herr einer standesgemäßen Haushaltung dazustehen, wie er denn auch Besuche meist mit der Mutter gemeinsam machte und empfing. Ohne das Geschäft irgend zu vernachlässigen, tat er allen Anforderungen der Trauerzeit Genüge und brachte jedes Opfer, das die Sitte verlangte.
So lenkte Hermann Trefz die Augen seiner Mitbürger auf sich und umgab sich mit der schützenden Mauer eines tadellosen Rufes, während seine große und breite Gestalt gleich der seines Vaters Achtung gebot und baldige Unentbehrlichkeit ahnen ließ.
Mancher Altersgenosse sah mit Neid zu, wie er von Tag zu Tag gedieh und Glück hatte. Man sah: dies war ein Mann, dessen Weg zu städtischen und gesellschaftlichen Ehren führte, zur Mitgliedschaft vieler Vereinsvorstände und Ausschüsse, zum Hauptmann der Feuerwehr, zum Gemeinderat und vielleicht noch weiter hinauf. Neidlose Zuschauer hatten ihre Wonne an diesem Aufstieg eines künftigen Großen und genossen in seinem Anblick den Glanz der Heimat, sie empfanden diesen Sieger als ihresgleichen, als einen glänzenden Vertreter ihrer Rasse und Art, und bei dem großen Kreis dieser Gutgesinnten ward er mit den Jahren, wie es einst sein Vater gewesen war, zum Symbol und schönen Ausdruck echten Gerbersauertums.

Bedauerlicherweise ergab sich zwischen ihm und dem Künstler Lautenschlager, der ihn schätzte und beinahe bewunderte, kein freundschaftliches Verhältnis. Die beiden waren nahezu Altersgenossen, sie kannten sich von den Schuljahren her und hatten sich bei den seltenen Anlässen, da sie einander etwa wieder begegnet waren, geduzt und als Schulkameraden begrüßt. Nun aber, da Trefz diesen Menschen zum Mitbürger haben und ihm täglich auf der Gasse begegnen sollte, trat eine tiefe Abneigung gegen ihn zutage, wie er sie kaum gegen einen andern Landsmann empfand. Er hatte eine Begrüßung mit ihm vermieden und ihn, so oft sie sich unterwegs begegneten, mit gemessenem Gruß abgetan, und Lautenschlager war darauf eingegangen, er hatte genau in derselben Weise zurückgegrüßt, sogar mit einer Note von Hochachtung, aber er hatte dabei seinen kühlen, untersuchenden Malerblick nicht abstellen können, und eben dieser Blick war dem Notar im Herzen zuwider. Er fand ihn spöttisch oder doch zu prüfend und heimlich überlegen, obwohl er nicht so gemeint war, und er stellte sich öffentlich ohne Rückhalt zu denen, die den Künstler als einen meinetwegen begabten, aber verbummelten und nicht ernstzunehmenden Menschen bezeichneten.

Nun geschah es an einem Wintertag kurz vor Weihnachten, daß Dr. Trefz zur gewohnten Stunde den kleinen Salon des Barbiers Ölschläger betrat, sich in seinen Sessel niederließ und, da es Sonnabend war, den an diesem Tage stets aus der Hauptstadt eintreffenden »Hans Sachs« verlangte, ein beliebtes Witzblatt, das zu halten in den guten Familien nicht wohl anging, das die jüngeren Herren aber im Wirtshaus oder beim Friseur zu finden und zu betrachten gewohnt waren. Der Barbier, der dem vornehmen Kunden zuliebe einen Reisenden, dessen Bedienung er eben begonnen, dem Gehilfen überlassen hatte, riß lächelnd den grauen Papierumschlag von einer daliegenden Postsendung, schälte das Witzblatt heraus und übergab es dem Doktor. »Sie sind der erste, der es liest, Herr Doktor, es ist erst vor zehn Minuten angekommen.«

Trefz, dem diese Viertelstunde beim Friseur immer eine erwünschte Ruhepause war, legte seine Zigarette auf den Rand des marmornen Tisches und entfaltete, während Ölschläger ihm die Serviette umband, mit Behagen den neuen ›Hans Sachs‹. Der Barbier arbeitete behende mit Seifenpinsel und Schale, stets bedacht, den Gast nicht zu stören, und dieser beschaute mit Vergnügen das Titelblatt, das einen bekannten Politiker als Wöchnerin karikiert darstellte. Weiter kam eine Gerichtsszene, die einen wider das Witzblatt schwebenden Prozeß darstellte und worin die Figur des Hans Sachs als Verurteilter zu sehen war, jämmerlich nach gefallenem Spruch sich zum Henker wendend, der ihn grinsend erwartete. Und wieder kam ein politisches Blatt, und dann kam eine Seite, darunter stand ›Eleganz in Krähwinkel‹ und kaum hatte Trefz das Blatt übersehen, so faltete er es zusammen und steckte es in seine Tasche. Der Barbier, über die heftige Bewegung erschrocken, wich mit dem Rasiermesser vorsichtig zurück und erlaubte sich einen fragenden Blick.

Herr Trefz aber erklärte sich nicht. Nur beim Weggehen bat er um die Erlaubnis, das Blatt mitzunehmen, die der Meister wohl oder übel gewähren mußte. Die Zeichnung aber, die von diesem

Augenblick an den Notar, den Barbier und die Stadt interessierte, stellte den Dr. Trefz dar, im Gehrock dekorativ allein in weißer Fläche stehend, in der linken Hand eine große Pfingstrose, in der rechten den Zylinderhut haltend. Als Witz war diese Zeichnung weiter nicht bedeutend, sie zeigte nur leise angedeutet in einigen komischen Falten einen stillen Widerstreit der sehr tadellosen Kleidung mit dem Körperbau und den Bewegungen ihres Trägers, dieser selbst aber war als Typus feister Bürgerlichkeit schön und lustig, mit mehr Liebe als Bosheit dargestellt, und das Blatt war von Hermann Lautenschlager gezeichnet.
Die Stadt hatte nun wieder eine Gelegenheit, sich über den frivolen Künstler zu erzürnen und dabei verschwiegen sich über den Streich zu freuen, der diesmal einen Angesehenen und Allbekannten traf, und die Nummer des ›Hans Sachs‹ ging überall von Hand zu Hand, wo der Betroffene nicht in der Nähe war. Dieser selbst bekam nichts davon zu hören und konnte mit aller Bemühung nicht feststellen, welches die Meinung der Mitbürger über die Ungeheuerlichkeit sei. Denn wagte er es, im Gespräch darauf leise anzuspielen, so wollte man entweder gar nichts wissen, oder man lächelte leicht und tat so, als sei diese Sache doch nicht wert, daß davon gesprochen werde.
Dennoch reiste Trefz eines Tages nach der Hauptstadt, unter Mitnahme der schlimmen Zeichnung, und sprach bei einem angesehenen Rechtsanwalt vor, der ihn kollegial empfing und dem er seinen Wunsch mitteilte, den Zeichner dieses ehrenrührigen Bildes wegen gerichtlich zu belangen. Der Rechtsanwalt lächelte ganz leicht, als er das Blatt betrachtete, und sagte: »Ja, das habe ich auch gesehen. Übrigens ein prachtvoller Zeichner. Und Sie meinen also, er habe Sie persönlich in beleidigender Absicht karikiert? Ein gewisser Anklang von Ähnlichkeit ist ja vorhanden, gewiß. Aber das kann für Sie ebensogut eine Ehre sein. Der Reichskanzler ist schon zwanzigmal im ›Hans Sachs‹ karikiert worden und hat noch nie geklagt.«
Der Anwalt schloß damit, daß er von der Klage ernstlich abriet, und Trefz als kluger Mann sah wohl, daß er durch öffentliches Verhandeln die Sache nicht besser machen könne. So ließ er davon ab, behielt aber im Herzen einen bitteren Haß gegen den schändlichen Maler, dessen höflichen Gruß er von nun an nicht mehr erwiderte. Mehrmals noch nahm der Künstler beim Be-

gegnen seinen Hut vor dem Doktor ab, bald ehrfurchtsvoll, bald ironisch, dann gab auch er es auf, mit dem Manne in ein Verhältnis zu kommen, und ließ ihn laufen.

Es war Hochsommer geworden, und die in dem engen, tiefen Flußtal unbeweglich hängende Schwüle machte den empfindlichen Maler so krank, daß er tagelang zu Hause liegenblieb und kaum zu den Mahlzeiten ausging. Er litt häufig an solchen Depressionen, die ihn manchmal zum Wein in die Gasthäuser und zu einem recht unfeinen Zecherleben, manchmal auch auf ziellose Ausflüge ins Gebirge trieben, von welchen er verwahrlost und abgerissen wiederzukehren pflegte, und diese Unregelmäßigkeiten hatten viel zu seinem schlechten Ruf beigetragen.
Nach einigen schlaflosen Nächten und mutlos kranken Tagen raffte Lautenschlager sich eines Abends auf und verließ seine Wohnung in der hochgelegenen Vorstadt. Er trug seinen gewöhnlichen leichten Sommeranzug und hatte einen alten Lodenkragen auf dem Arm, dazu eine große blecherne Botanisierbüchse auf dem Rücken, und in der Hand einen altmodischen, seltsamen Spazierstock, den er von seinem Vater geerbt hatte und der, von oben bis unten aus einem gelben starken Holz geschnitzt, einen auf einem Bein stehenden schlanken Storch darstellte, welcher den Kopf nach unten bog und den spitzen Schnabel nachdenklich auf die Brust gedrückt hielt.
Mit dieser Ausrüstung hatte der Sonderling seit seinen einsamen und unbehüteten Jugendjahren viele seiner schönsten und auch übelsten Zeiten hingebracht. Stock und Blechbüchse, Mantel und Wanderhut waren ihm Freund und voll von Erinnerungen. Langsam und schwerfällig stieg er an den letzten Häusern der Stadt vorüber bergan und ins Freie, wo er bald im abendlichen Walde verschwand.
Er ging nicht den Wegen nach, sondern quer durch Wald und Schluchten, die er von Kind auf kannte, und im Bergansteigen fühlte er mit dem Tannengeruch und Abendwind tröstlich die Erinnerungen an hundert solche Waldnächte heraufsteigen. Aufatmend sah er von der letzten Höhe auf die Stadt zurück, wie sie klein und gedrückt in ihrem engen Kessel lag, und er wußte wie jedesmal: ob seine Flucht ihn bis in ferne Länder oder nur bis zum nächsten Hügelzug führen werde, ob sie Tage oder Wochen

dauerte, er würde doch wieder heimkehren, in Gerbersau leben und alle Kraft seines armen und unzufriedenen Lebens daran setzen, diese wunderliche Stadt und ihre Bürger abzuzeichnen. Auf die Wanderung aber hatte er keinerlei Malzeug und nicht einmal ein Skizzenbuch mitgenommen.
Während der zwei Wochen, die er ausblieb, ging in Gerbersau mancherlei vor, das ihn zu anderen Zeiten interessiert hätte. Unter anderem beging die Witwe Kimmerlen in der Diakonengasse ihre längst bekannte Quartalsfeier. Diese Frau lebte seit dem Tode ihres Mannes als Besitzerin eines kleinen Hauses in auskömmlichen, ja reichlichen Verhältnissen, die sie jedoch aus Vorsicht und anerzogener Sklaventugend nicht genoß. Vielmehr vermietete sie das Haus bis auf drei Zimmer und lebte wie eine arme Frau oder Dienstmagd, mit Waschen und anderen niederen Arbeiten beschäftigt und in alten, geringen Kleidern gehend. Sie war jedoch eine Art von Quartalsäuferin und bekam einigemal im Jahre ihren Anfall, wobei sie sich in plötzlich ausbrechendem Leichtsinn ihrer vergnüglichen Umstände erinnerte, die schönen Kleider ihrer besten Tage hervorsuchte und sich in eine Art von Dame verwandelte. Sie blieb alsdann am Morgen herrschaftlich lange liegen, legte dann die feinen Kleider an und frisierte sich mit Hoffart, darauf bereitete sie ein gutes Mittagsmahl und legte sich nach diesem auf dem Kanapee eine Stunde oder zwei zur Ruhe. Gestärkt trat sie sodann den Weg nach dem Keller an, trug zwei oder drei Flaschen Wein herauf und setzte in der sonntäglichen Suppenschüssel eine Bowle an, die sie reichlich zuckerte und stundenlang mit öfterem Kosten betreute, bis der höchste Wohlgeschmack erreicht war. Mit dieser Bowle setzte sie sich nun auf einen guten Platz am Fenster in den Lehnstuhl, trank langsam den Vorrat aus und schaute dazu hochmütig auf die Straße hinab, wo häufig die Kinder sich ansammelten, um sie bei ihrem einsamen Tun zu beobachten, wie sie dasaß, zuweilen ein Glas leerte und mit dem einbrechenden Abend allmählich rot und starr im Gesicht wurde. War die Schüssel leer, so war das Tagwerk beendet und die Witwe suchte ohne Licht ihr Lager auf, um den folgenden Tag genau auf dieselbe Weise zu beginnen und hinzubringen, bis sie genug hatte und mit Seufzen zum gewohnten ärmlichen Leben zurückkehrte. Lautenschlager hatte sie einmal gezeichnet, wie sie starr und gespenstisch an ih-

rem Fenster saß, schön gekleidet und hoch frisiert, einsam mit der großen Bowle beschäftigt. Er hatte eine Vorliebe für die sonderbare Frau, deren geheime Leiden und Fehler er wohl zu verstehen glaubte, und hatte sich schon oft vorgenommen, einmal bei ihr Wohnung zu nehmen und sie besser kennenzulernen. Es war aber nie dazu gekommen, denn der Künstler hatte zwar schon seit Jahren im Sinn, seine bisherige Wohnung zu verlassen, und hatte auch mehrmals gekündigt, war aber am Ende doch immer sitzengeblieben, wo er schon seit Jahren saß. Der Dr. Trefz wurde während Lautenschlagers Abwesenheit in den Gemeinderat gewählt. Es hatte ihm wenig Mühe gemacht, das zu erreichen, eine andere Sache aber beschäftigte ihn zur Zeit sehr stark.

Es lebten in Gerbersau, neben anderen Nachklängen versunkener Zeiten, auch einige Reste des uralten Zunftwesens fort. Die Mehrzahl der alten Zünfte freilich war eingeschlafen oder in gewöhnliche Vereine verwandelt worden. Zwei wirkliche Zünfte aber waren noch vorhanden, direkte Erben solcher mittelalterlicher Institutionen. Davon war es die eine, die »Zunft zu den Färbern«, die dem Notar so viel zu denken und zu wünschen gab. Diese Zunft war vor Jahrhunderten eine patrizische und sehr vornehme gewesen, im Lauf der Zeiten aber nahezu ausgestorben, so daß sie zur Zeit nur noch aus drei ziemlich bejahrten Herren bestand, die zufällig alle drei Hagestolze waren. Diese drei hielten nach altem Brauch mehrmals im Jahr Zusammenkünfte, gaben jährlich ein Zunftessen und einen Fastnachtsball und hatten in ihrem eigenen Hause, das im übrigen vermietet war, eine besondere Zunftstube bewahrt, wo am alten Getäfel die Bildnisse, Wappen und Andenken verschollener Geschlechter hingen und wo die drei Spätlinge bei ihren seltenen Zusammenkünften an einem gewaltigen, eichenen Tische saßen, der Raum für dreißig Gedecke bot. Das Aussterben der Färberzunft war eine vielbesprochene Sache in Gerbersau, denn diese Gemeinschaft besaß außer ihrem Haus ein stattliches Vermögen, dessen jährliche Zinsen teils an die Erhaltung des Hauses und der Zunftstube, teils an den Ball und das berühmte üppige Jahresmahl, teils an Armenspenden und Unterstützungsgelder verwendet wurden; beim einstmaligen Aufhören der Zunft aber sollte das gesamte Kapital samt dem Haus der Stadt zufallen.

Dies unnütz lagernde Vermögen nun, dessen Zinsen auf eine so

wenig zeitgemäße Art vergeudet wurden und dessen Verwaltung zu einem Teil in seinen Händen lag, hatte dem Notar Trefz längst in die Augen gestochen. Seit langem hatte er die Gesetze der Färberzunft studiert und eine Liste der wenigen Familien angelegt, deren Angehörige dort aufnahmefähig waren. Hielt man sich genau an den Wortlaut der Urkunden, so gab es zur Zeit außer den drei Mitgliedern in der ganzen Stadt nur einen einzigen Mann, dem das Recht des Beitrittes zugestanden wäre. Das war der reiche Fabrikant Werner, der aus Stolz sowohl, um nicht des Interesses an den Zunftgeldern verdächtigt zu werden, wie auch aus Abneigung gegen die derzeitigen Mitglieder auf sein Recht verzichtet hatte.
Dem Notar wollte es nun seltsam und ungeheuerlich scheinen, daß das uralte, schöne Zunftvermögen so lächerlich brachliege und die Zinsen von drei launigen Junggesellen alljährlich leichtfertig vergeudet wurden. Er hegte längst den Plan, sich den Zutritt zur Zunft zu ermöglichen und alsdann Ordnung in deren Angelegenheiten zu bringen. Als Beirat in der Vermögensverwaltung kannte er die drei Zünftler wohl und hatte Gelegenheit gehabt zu beobachten, daß ihr Anführer der jüngste von ihnen, der ledige Rentier Julius Dreiß war. Der hatte, entgegen der soliden Art seiner alten Familie, nicht nur nicht geheiratet und sehr früh sich als berufloser Privatmann zur Ruhe gesetzt, sondern leider auch seit seiner Knabenzeit eine Neigung zu Wohlleben und Bequemlichkeit an den Tag gelegt, welche in Gerbersau niemand gewillt war als ein Talent zu betrachten, und die man ihm nur darum halb und halb verzieh, weil er ein spaßiger Herr war und das besaß, was die Gerbersauer einen goldenen Humor nannten.
Diesem Julius Dreiß suchte sich der Dr. Trefz nun bei jeder Gelegenheit zu nähern und zu befreunden. Dreiß hatte nichts dagegen und ließ sich die Freundlichkeiten des geachteten Mannes gerne gefallen, doch meinte er schon nach kurzer Zeit, diese Aufmerksamkeiten nicht mehr der Anziehungskraft seiner Person zuschreiben zu dürfen, sondern sah als Ziel der Trefzischen Bemühungen die Aufnahme in die Färberzunft und die Teilnahme an deren schönem Besitztum sich verbergen. Von dem Augenblick dieser Entdeckung an machte sich Dreiß ein Vergnügen daraus, den durchschauten Notar mehr und mehr mit

einer gönnerhaften Leutseligkeit zu behandeln, die den Doktor zwar zuweilen aufs äußerste reizte, die er aber in Geduld ertrug. Häufig sah man die beiden Herren im Nebenzimmer des Adlers bei einer Flasche Pfälzer oder bei einem Kaffee und Kartenspiel zusammensitzen, den Doktor aufmerksam und schmeichlerisch um Dreißens Gunst bemüht, den frohen Junggesellen in wohlgespielter Ahnungslosigkeit.

Das Schauspiel dieser eigentümlichen Freundschaft zwischen dem korrekten, stolzen Notar und dem als Witzbold bekannten Zünftler dauerte lange genug, daß auch Hermann Lautenschlager sich dessen noch erfreuen konnte.

Der Maler kehrte eines Tages, da der Hochsommer sich abgekühlt hatte, mit sonnverbranntem Gesicht und staubigen Kleidern aus seiner Verwilderung heim. Wohlgemut zog er durch die Salzgasse und über den Marktplatz in der Heimat ein, suchte seine ebenfalls verstaubte und verwahrloste Wohnung auf und packte vor allem die große blecherne Botanisierbüchse aus. Der Hohlraum dieser Büchse war in zwei Hälften geteilt. In der einen waren Nachthemd, Schwamm, Seife und Zahnbürste des Wanderers untergebracht, die andre war erfüllt von einem geheimnisvollen Überfluß und Reichtum an Glasfläschchen, Korken, Papierschachteln, Wattepäckchen und anderen wunderlichen Geräten, zwischen denen einige auf Schnüre gezogene Kränze von getrockneten Apfelschnitzen auffielen. Alle diese Dinge legte der Maler sorglos beiseite, dann zog er aus den Brusttaschen seines Mantels und Rockes mehrere Schachteln, die er mit einer zärtlichen, juwelierhaften Sorglichkeit in die Finger nahm und der Reihe nach öffnete.

Da zeigte sich dann in den Schachteln, auf feine Nadeln gespießt, die gesamte Beute des sommerlichen Wanderzuges, ein paar Dutzend neu gefangener Schmetterlinge und Käfer, und einen um den andern hob Lautenschlager an seiner Nadel bedächtig heraus, drehte ihn begutachtend vor seinen Augen und legte ihn zur weiteren Behandlung beiseite. Dabei ging in seinem scharfen Malerblick eine knabenhafte Freude und beglückte Kindlichkeit auf, die niemand dem einsamen und oft boshaften Menschen zugetraut hätte, und über sein mageres, ironisches Gesicht lief wie Morgenlicht ein leiser Glanz von Güte und Dankbarkeit.

Wie es ein jeder rechte Künstler nötig hat, er sei sonst von welcher Art er möge, so hatte auch Lautenschlager durch alles Gestrüpp seines unbefriedigten und flackernden Lebens sich einen Weg bewahrt, auf dem er jederzeit für Augenblicke in das Land seiner Kinderjahre zurückkehren konnte, wo für ihn wie für jeden Menschen Morgenglanz und Quelle aller Kräfte verborgen lag, und das er niemals ohne Andacht betrat. Für ihn war es der zauberhafte Farbenschmelz frischer Schmetterlingsflügel und golden gleißender Käferschilder, der ihm mit Schlüsseln der Erinnerung das Paradiestor öffnete und dessen Anblick seinen Augen für Stunden die Frische und dankbare Empfänglichkeit der Knabenzeiten wiedergab.
Vorsichtig trug er seinen Schatz in das kleine Nebenzimmer, wo in zwei großen Wandschränken seine ganze Insektensammlung aufbewahrt ruhte und dessen Arbeitstisch mit Spannbrettern, Nadelkartons, Steckkissen, Papierstreifen, Pinzetten, Scheren, Benzingläschen, kleinsten Zangen und anderen Werkzeugen eines wohlausgerüsteten Insektensammlers bedeckt war. Er ging sogleich daran, die gespießten Käfer in die Kästen der Sammlung einzureihen, die Schmetterlinge aber mit geduldiger Sorgfalt auf Spannbrettern auszuspannen. Da blickten ihn entfaltet die wunderbaren Flügel an, braune und graue, wollige mit matt gepuderten Farben, silbern weiße mit kristallenen Adern und frohfarbige mit metallen leuchtendem Email. Für seine Augen waren diese Schmetterlingsflügel das Schönste von allem, was ein Auge sehen kann, wie andre empfängliche Menschen etwa Blumen oder Moose oder die Farben der Meeresoberfläche allem anderen Augengenuß vorziehen, und bei ihrem Anblick gewann er das, was ihm seit Jahren fehlte, für Augenblicke wieder, nämlich das kindlich zufriedene Wohlgefallen an den Gegenständen der Natur, das Gefühl von Zugehörigkeit und Schöpfungsnähe, das man nur im Lieben und genauen Verstehen natürlicher Dinge zu finden vermag.
Als indessen der Abend kam, versorgte er seine Beute in einigen Blechkästen zwischen befeuchteten Papierblättern, um sie geschmeidig zu erhalten, dann holte er sich eine Flasche Wein aus dem Keller, Brot und Käse nebenan im Laden, aß auf dem Fensterbrett sitzend mit dem Blick auf die abendliche Gasse und zündete sodann die kleine Studierlampe an. Über ein volles

Skizzenbuch gebeugt, ging er künftigen Arbeitsplänen nach, wie ja solche gute Stunden nach der Heimkehr von einer befreienden Wanderung oft die besten Gedankenbringer sind.

In seinem Skizzenbuch fand sich die Gestalt des Dr. Trefz vier- oder fünfmal wieder, sie war ihm unvermeidlich geworden, und er fühlte mit Befriedigung, daß er in ihr den reinen Typ des Gerbersauer Philisters gefunden habe. Indem nun seine Gedanken, an keinem vereinzelten Bilde haftend und durch die friedliche Abendbeschäftigung gegen das Tal der Jugenderinnerungen gerichtet, die heimatlichen Figuren liebevoll umspielten, stand plötzlich mit überraschender Deutlichkeit das Bild des jungen Trefz vor ihm auf, wie er als Schulknabe gewesen war, ja er vermochte sich seiner noch aus der Zeit zu erinnern, da der jetzige Notar die ersten Hosen getragen hatte.

Oft schon hatte der Maler bis zur Verzweiflung darunter gelitten, daß eine zähe Anhänglichkeit ihn immer wieder und wieder nötigte, die kleinbürgerliche Welt seiner Vaterstadt in einzelnen Figuren festzuhalten, ohne daß es ihm je gelungen war, in einer irgendwie abschließenden Arbeit diese Welt für immer zu bezwingen und sich vom Hals zu schaffen, und mehrmals im Laufe der Jahre hatten ihn Pläne beschäftigt, die darauf zielten, ihn in einer gesteigerten Leistung von diesem Zwang zu befreien. Nun stand ein solcher Plan ungesucht vor seiner Vorstellung, aus hundert Quellen der Beobachtung und Erinnerung bis in Kinderjahre zurück genährt und bestimmt, verlockend und schwierig, und er griff alsbald mit ganzer Seele danach.

Der Baumeister, der nach mühsamen Versuchen im guten Augenblick den klaren Grundriß des Hauses, das er bauen will, gefunden hat, und der Musiker, dem aus zwanzig wirren Skizzenblättern plötzlich das Gefüge einer Symphonie schön und organisch entgegenblickt, fühlt augenblicks alle Kräfte seines Wesens nach dieser Aufgabe hin drängen, sie sei groß oder klein, und sieht sich von einem süß quälenden Fieber ergriffen, das nicht zu stillen ist als durch die Vollendung des im Innern geschauten Werkes, und diese Ergriffenheit und quälende Begierde ist von derselben Art und aus derselben Quelle wie die Liebe eines jungen Mannes zu einer Frau. Gesteigert und überklar stehen Entschlüsse da wie Träume, in welchen unerfüllte heimliche Wünsche in der Tiefe des Unbewußten ihre Erlösung fin-

den. So war der Zustand des Malers, als er beim Schein der Lampe ungesucht seinen Plan vor sich stehen sah. Er wollte in einer Reihe von Zeichnungen das Epos des Gerbersauer Bürgers erzählen, und dieser Bürger mußte der Notar Trefz sein.
Man sollte ihn sehen, wie er als Neugeborner seinem Papa dargereicht, vom Stadtpfarrer getauft, als Dreijähriger mit der ersten Hose geschmückt, als Sechsjähriger zur Schule gebracht wurde. Er sollte vom ersten Apfeldiebstahl bis zur ersten Liebschaft, von der Taufe bis zur Konfirmation und Hochzeit, er sollte als Schüler, als halbreifer Gymnasiast, als Student, als Kandidat, als Bräutigam, als Gemeinderat und Beamter, als Redner und als Jubilar, als Vereinsvorstand und schließlich als Bürgermeister dargestellt werden, stets derselbe Trefz, der Typus des strebsamen Bürgers, der mit großer Energie und großem Stolze kleinen Zielen nachgeht und sie alle erreicht, der beständig zu tun hat und niemals fertig und niemals begnügt ist und doch von der ersten Hose bis zum Begräbnis derselbe bleibt, dessen Unersetzlichkeit jeder tief empfindet und der doch als tröstlichen Ersatz einen Nachwuchs hinterläßt, in welchem von der Nasenwurzel bis zum Fuß, von der Mundart bis zur Denkart der aus Urzeiten heraufgezüchtete Typ des Vaters wohlerhalten und bedeutsam fortgebildet erscheint.
Als Hermann Lautenschlager, von der großen Idee bewegt und nach keinem Schlaf verlangend, ziemlich spät in guter Laune noch den Adler aufsuchte und sich zu einem Schoppen Traminer setzte, sah er dort den Dr. Trefz bei seinem neuen Freunde Julius Dreiß sitzen und hatte seine Freude an ihm, als sei er sein Eigentum und laufe lediglich zu seiner Belustigung auf der Welt umher. Trefz hatte sich bei seinem Eintreten verstimmt abgewandt. Desto vergnügter begrüßte ihn der Herr Dreiß, ja er bat, als merke er nichts von Trefzens Abneigung, den Ankömmling aufs freundschaftlichste, an seinem Tisch Platz zu nehmen.
Der Maler fühlte einen Augenblick Lust, die Einladung anzunehmen und den gekränkten Jugendfreund in Verlegenheit zu bringen. Doch war er in allzu versöhnlicher Stimmung, als daß er es getan hätte.
»Die Herren haben miteinander zu reden«, sagte er dankend, »und ich bleibe ohnehin nicht lang. Prosit, Herr Dreiß!«
»Prosit, Herr Lautenschlager«, rief Dreiß herüber. »Ihre letzten

Zeichnungen haben uns allen einen Heidenspaß gemacht – nicht wahr, Herr Doktor?«
Trefz gab keine Antwort. Er sog mißvergnügt an seinem Wein und spürte zum erstenmal eine Ahnung davon, daß dieser unsympathische Julius Dreiß ein Bundesgenosse des widerlichen Malers sei und daß beide, ohne es gerade zu wissen und zu wollen, seine Feinde seien. Und in der Tat kam Dreiß mit dem Maler zur Zeit recht häufig zusammen, und was der Notar heut abend mit Dreiß geplaudert hatte, kam morgen schon zu Lautenschlagers Ohren.

Als der Sommer zu Ende ging, begann Dr. Trefz auf die Früchte seines freundschaftlichen Umganges mit Herrn Dreiß ungeduldig zu werden. Er lud den Freund zu einem Sonntagsausflug ein und eröffnete ihm in der Goldenen Krone zu Krüglingen bei einer Flasche Affenthaler seine geheimen Wünsche.
»Sehen Sie«, sagte er eindringlich, »es wäre doch unverantwortlich, eine so altehrwürdige Vereinigung wie Ihre Färberzunft einfach aussterben zu lassen, nur weil von den eigentlich zunftfähigen Familien keine Nachkommenschaft mehr da ist. Sie sollten den einen und andern tüchtigen Mann zulassen, der Leben und Regsamkeit in die Zunft brächte, sich der Geschäfte annähme und die Geselligkeit anregte. So bin ich zum Beispiel, wie Sie wissen, mit einem Teil der Verwaltung Ihres Zunftvermögens betraut und habe einen Einblick in Ihre Geschäfte. Als Mitglied der Zunft nun würde ich nicht nur auf die Gebühren verzichten, die ich für die kleine Arbeit der Verwaltung anzusprechen habe; ich würde auch den etwas altmodischen Gang Ihrer Geschäfte zu verbessern wissen und die Rentabilität Ihrer Kapitalien bedeutend erhöhen können. Überhaupt, da ich in der letzten Zeit das Vergnügen hatte, Sie näher kennenzulernen und in einen so freundschaftlichen Umgang mit Ihnen zu kommen, wäre es mir eine Freude, auch Ihrer Zunft mit anzugehören, und ich darf doch wohl hoffen, daß mein Aufnahmegesuch Ihre Befürwortung fände?«
»Gewiß«, antwortete Dreiß nachdenklich, »aber Sie werden ja wohl wissen, welches die Vorbedingungen einer Aufnahme sind. Meines Wissens sind Sie mit keiner von den zunftberechtigten Familien nahe genug verwandt.«

»Das weiß ich«, gab Trefz ohne weiteres zu. »Aber immerhin ist meine Mutter eine Rothfuß und mit den Dreißen Ihres Stammes vervettert. Und außerdem weiß ich, daß im Laufe der Jahrhunderte zweimal die Zunftmitgliedschaft an Nichtberechtigte verliehen worden ist. Einmal sogar an einen Auswärtigen, der sich das Bürgerrecht nur erkauft hatte. Sie können doch nicht im Ernst eines Zufalls wegen Ihre ganze Zunft eingehen lassen.«
»Das haben wir auch nicht im Sinn. Zunächst sind wir noch drei lebende Mitglieder, mit deren Absterben es ja nicht so sehr pressiert. Und schließlich wäre das Aufhören der Zunft gar kein so großes Unglück. Einen rechten Sinn hat sie doch schon lange nicht mehr, und bei ihrer Auflösung ginge ihr Vermögen an die Stadt über, die es schon brauchen könnte. Wir zahlen Steuern genug, da würde eine kleine Aufbesserung nichts schaden.«
Das konnte Trefz als Mitglied des Gemeinderats nicht leugnen. Er wiederholte nur, wie schade es wäre, wenn man eine so alte und schöne Institution müßte erlöschen sehen, und bat, den andern seinen Antrag um Aufnahme zu überbringen.
Darauf nun hatte Dreiß schon lange gewartet. Er versprach eine schnelle Antwort und freute sich, diesen Philister in seinen Händen zu wissen und ihm einen Denkzettel zu geben. Denn als Philister erschien ihm der Notar, obwohl Dreiß selber kein kleinerer war. Er hatte als bequemer Junggeselle eine Abneigung gegen alle Streber und Umtriebler, es war jedoch nur seine Trägheit und seine Lust am Witzemachen, die ihn seine tüchtigeren Mitbürger als Philister verachten ließ. In den Jahren seiner Zugehörigkeit zur Zunft hatte er dort das große Wort geführt und sich namentlich als Veranstalter des jährlichen Fastnachtsfestes hervorgetan, und da ihn sonst keine Arbeit oder Sorge beschäftigte, war ihm das Spaßmachen allmählich zum Beruf geworden.
Nun war in der Zunft eine lange Weile nichts richtig Lustiges mehr passiert, und Dreiß begrüßte diesen Anlaß zu einem Narrenstreich mit Freuden. Gleich allen Müßiggängern und unernsten Menschen war ihm nichts willkommener, als gelegentlich einen andern von sich abhängig zu sehen und seine zufällige Macht zu mißbrauchen. So berief er alsbald eine Zunftsitzung ein, die er im Einverständnis mit den gleichgültigen Mitgliedern zu einem schönen, festlichen Abendessen gestaltete. Von einem

Kellner sorgfältig bedient, unter demütiger Leitung des Hirschwirtes, saßen die drei nichtsnutzigen Junggesellen an dem zehnmal zu großen Zunfttische beisammen, aßen, was ihnen gut schien, und tranken Rotwein dazu, hatten die alten silbernen Becher der Väter vor sich stehen und kamen sich drollig und wichtig vor. In einer lustigen Rede erzählte Dreiß von dem Anliegen des Dr. Trefz, worüber wenig Verwunderung entstand, da ähnliche Gesuche nicht eben selten an sie gelangten. Statt jedoch den Antragsteller einfach und sachlich abzuweisen, beschloß Dreiß ihn erst ein wenig zum besten zu halten, und der Maler Lautenschlager gab ihm vortreffliche Ratschläge dazu. Und so erhielt denn nach einigen Tagen der Notar ein feierliches Schreiben von der Färberzunft, worin er bedeutet wurde, sein Anliegen schriftlich mit ausführlicher Begründung und unter Beifügung eines übersichtlichen Stammbaumes zu wiederholen. Die Aufforderung war übrigens so höflich abgefaßt, daß der Notar trotz einer leisen Witterung des Gegenteils sie ernstnahm und mit der Herstellung einer schönen Kopie seines Stammbaumes viele fleißige Abendstunden hinbrachte.
Diesen Stammbaum samt einem langen Schreiben ließ er dem ehrenwerten Vorstande der Zunft übergeben und wartete sodann eine gute Weile vergebens auf Antwort, indessen die Zunftherren den Anlaß zu mehreren Sitzungen, Frühstücken und kleinen Gelagen wahrnahmen.
Endlich aber bekam Trefz einen zierlichen, prachtvoll kalligraphierten Brief mit dem schweren Zunftsiegel. Begierig schloß er sich in seiner Schreibstube ein, entfaltete und las, und war selbst jetzt noch einen Augenblick im Ungewissen, ob es sich um Ernst oder Spaß handle. Dann aber wurde ihm klar, daß er zum Narren gehabt worden sei, und es gab fortan in Gerbersau keinen heftigeren Gegner der Zunft als ihn. Das Schreiben hatte gelautet:
»Hochgeehrter Herr Doktor!
Ihr Antrag ist der wohledlen Zunft von Färbern zu Händen gekommen und fühlen wir die Ehre wohl, die uns damit angetan wird. Mit großem Vergnügen wären wir bereit, Ihrem werten Ansuchen zu entsprechen, wenn nicht früher gefaßte Entschließungen uns dies leider erschweren würden.
Unsre wohledle Zunft von Färbern besteht, wie Ihnen wohl

bekannt, zur Zeit aus nur drei Mitgliedern, welche alle drei sich des Ehestandes enthalten haben, so daß nach ihrem einstigen Ableben die Zunft erlischt und ihre Habe der Stadt Gerbersau zufällt. Dies ist unser aller Meinung und Wille, und was nun Ihre werte Anfrage betrifft, so sind wir mit Freuden bereit, Sie, hochgeehrter Herr, in unsre Zunft aufzunehmen, wenn wir die Gewißheit haben, daß hierdurch unsere früheren Absichten nicht geschädigt werden.

Wir haben daher die Ehre Ihnen mitzuteilen, daß Ihrer Aufnahme nichts entgegensteht, sofern Sie bei erfolgendem Eintritt sich schriftlich und eidlich verpflichten, niemals in den Ehestand zu treten. Sollte diese einzige Bedingung Ihren Beifall nicht haben, so müßten wir allerdings zu unserem Bedauern auf die Ehre verzichten, die Ihr Beitritt uns andernfalls bedeuten würde.«

Seit im ›Hans Sachs‹ seine von Lautenschlager gezeichnete Karikatur erschienen war, hatte Trefz einen solchen Ärger nicht mehr erlebt. Den Gruß des Herrn Dreiß, der ihm andern Tags begegnete und mit dem freundlichsten Lächeln den Hut zog, hätte er am liebsten mit einem Faustschlag beantwortet.

*Hier endet das Manuskript*
*(1906/07)*

## Nachwort des Herausgebers

Das erzählerische Werk von Hermann Hesse – rechnet man seine Märchen und Legenden hinzu – ist kaum weniger facetten- und umfangreich als das seiner Romane. Wie diese umfaßt es vier Bände unserer Gesamtausgabe. Doch kaum die Hälfte der hier versammelten Erzählungen hat der Dichter selbst in die 1952/57 von ihm besorgte Ausgabe seiner Gesammelten Schriften aufgenommen. Denn manches ist Fragment geblieben, anderes schien ihm der Überlieferung nicht würdig. Von den insgesamt 106 erzählerischen Arbeiten (außer den in dem Band der *Jugendschriften* enthaltenen Texten), sind die meisten zuerst in Zeitungen und Zeitschriften veröffentlicht worden (siehe den Quellennachweis am Ende des Bandes). Nur eine Auswahl davon hat Hesse in seine Erzählbände *Diesseits* (1907), *Nachbarn* (1908), *Umwege* (1912), *Klingsors letzter Sommer* (1920), *Kleine Welt* (1933) und *Fabulierbuch* (1935) einbezogen. Andere Erzählungen erschienen gemeinsam mit Betrachtungen und autobiographischen Schilderungen in Sammelbänden wie *Am Weg* (1915), *Kleiner Garten* (1919), *Sinclairs Notizbuch* (1923), *Bilderbuch* (1926), *Späte Prosa* (1951) und *Beschwörungen* (1955). Zwei weitere, eigens als Erzählbände konzipierte Sammlungen sind nie erschienen. So vermerkt das umfangreiche handschriftliche Verzeichnis »Auswärts angebotene Manuskripte«, das Hesse vom Dezember 1901 bis Mai 1962 führte und das sich (mit Ausnahme der Jahrgänge 1906 bis Juni 1910) erhalten hat, am 3. 5. 1902 das Manuskript eines Novellenbandes »Spiegelungen«, das er damals ohne Erfolg dem Leipziger Verlag Seemann gesandt hatte. Auch ein Band »Kleine Erzählungen« mit 26 Geschichten, die Hesse 1924 zusammenstellte, konnte nicht realisiert werden. Einige dieser Arbeiten wurden drei Jahre nach dem Tod des Dichters von seiner Witwe Ninon Hesse in dem Band *Prosa aus dem Nachlaß* 1965 veröffentlicht, anderes in den 1973 erschienen Sammelausgaben *Die Erzählungen* und *Gesammelte Erzählungen*, 1977.

Die vorliegende auf Vollständigkeit bedachte Edition berücksichtigt auch die vielen anderen, nur in Zeitungen und Zeitschriften (oft unter verschiedenen Titeln) veröffentlichten Arbeiten und acht weitere unvollendet gebliebene Geschichten, die vorwiegend aus Hesses zweiter Lebenshälfte stammen. Daß sie Fragment blieben, dafür gab es triftige Gründe, denn seit dem Ersten Weltkrieg hatte sich vieles geändert und differenziert in seinem Leben und Weltbild. Mit dem unbefangenen Schildern der Vorkriegsjahre war es vorbei. Der selbstkritische *Blick ins Chaos* (Titel eines 1920 erschienen Bändchens mit seinen Dostojewski-Essays) brachte ihm bisher unerreichte erzählerische Freiheiten, aber auch Komplikationen und Widerstände, die sich nicht mehr in der Kurzform der Erzählung, sondern eher in größeren epischen Zusammenhängen, in Tagebüchern oder Bekenntnisschriften wie »Kurgast« und »Nürnberger Reise« meistern ließen.

So ist es nicht verwunderlich, daß der größte Teil von Hesses Erzählungen zwischen 1900 und 1914 entstand und nur ein knappes Drittel in den Jahrzehnten danach. Obwohl in diesen letzten Zeitraum so bedeutende Novellen wie »Kinderseele«, »Klein und Wagner« und »Klingsors letzter Sommer« fallen, die man wie *Unterm Rad*, *Demian* und *Der Steppenwolf* als Seelenbiographien bezeichnen könnte, sind die Erzählungen aus Hesses erster Lebenshälfte, die sich mit Außenseitern, sperrigen Originalen und widersprüchlichen Persönlichkeiten befassen, thematisch ungleich reicher. Ein Bilderbogen der unterschiedlichsten Naturelle und Schicksale wird darin ausgebreitet, der nicht nur die Vielfalt menschlicher Verhaltensweisen spiegelt, sondern zugleich ein unwiederbringliches Stück deutscher Vergangenheit. Wohl nirgendwo sonst findet man das Leben, die Sprachen und Sitten der fahrenden Handwerksleute und gleichzeitig den Umbruch der vorindustriellen Welt im süddeutsch-alemannischen Raum am Ende des 19. Jahrhunderts vom Agrar- und Handwerkeralltag zum Fabrikzeitalter derart eindringlich und anschaulich dargestellt wie in diesen Kleinstadtschilderungen. Hier ist der Lokalgeist so gegenwärtig, daß man sich nicht nur in die Zeit vor der Jahrhundertwende zurückversetzt, sondern zugleich einbezogen fühlt in einen Reichtum zwischenmenschlicher Beziehungen, der mittlerweile in den betonierten Einzelzellen unserer Ballungszentren fast ganz verlorengegangen ist. Man kannte einander nicht bloß vom Hörensagen, sondern wie Menschen sich kennen, die aufeinander angewiesen sind. Aber noch stärker treten auch die Schattenseiten der provinziellen Nähe: Klatschsucht, Mißgunst, Engherzigkeit und Aversionen gegen alles Andersartige hervor.

Beginnend mit autobiographischen, zumeist in Ich-Form erzählten Reminiszenzen aus Hesses Maulbronner Seminaristenzeit (»Erwin«), und Kindheitserinnungen (»Der Kavalier auf dem Eise«, »Der Hausierer«, »Ein Knabenstreich«), die er zuerst einem »Calwer Tagebuch« anvertraut hat, kehren seine späten Erzählungen aus den vierziger und fünfziger Jahren (»Der Bettler«, »Unterbrochene Schulstunde« und »Ein Maulbronner Seminarist«) auf komplexerer Entwicklungsstufe wieder zu diesen Anfängen zurück. Dazwischen liegt ein vielgestaltiger Kosmos voll erlebter, erfundener oder durch Identifikation vergegenwärtigter literarischer und historischer Stoffe, der Hesse, auch quantitativ, als einen der produktivsten Erzähler seiner Generation ausweist.

Thematisch könnte man dieses Werk sechs unterschiedlichen, sich gelegentlich überschneidenden Gruppen zuordnen. Die ergiebigste entfällt auf die in seinem Geburtsstädtchen Calw spielenden Geschichten. Es sind teils autobiographische, teils nach dem Leben gezeichnete Milieu- und Charakterstudien aus dem Alltag einer schwäbischen Kleinstadt, die Gerbersau genannt wird, nach den Gerbereibetrieben, die noch in Hesses Kindheit das Hauptgewerbe im Ort waren und die Ufer des heimatlichen Flüßchens Nagold besiedelten. Man hat diese Geschichten immer wieder mit Gottfried Kellers Erzählungen *Die Leute aus Seldwyla* (1856) verglichen, was auf die anschaulichen und oft humorvollen Genrebilder dieser Schilderungen zwar zutrifft, nicht aber auf den Ortsnamen, der bei Gottfried Keller weniger eindeutig lokalisierbar ist wie Hesses Gerbersau. Doch gemeinsam ist ihnen, daß Seldwyla wie Gerbersau uns merkwürdig vertraut vorkommen, obwohl sie auf keiner Landkarte zu finden sind. Die Realität wird zur Fiktion, der geographische Ort zum Prototyp, der für Hesse ein »Vorbild und Urbild aller Menschenheimaten und Menschengeschicke« war.

Den zweitgrößten Teil der Erzählungen bilden erfundene Geschichten, die oft eine Idee oder Maxime (wie z. B. bei »Innen und außen« oder »Der Waldmensch«), zuweilen aber auch Denkwürdigkeiten, die Hesse der Presse entnommen hat (wie

z. B. bei »Der Wolf« oder »Pater Matthias«) in eine Handlung kleiden. Fast ebenso umfangreich ist die Gruppe der zumeist von einem Ich-Erzähler vorgetragenen Begebenheiten, welche authentische Erlebnisse aus den unterschiedlichsten Lebensabschnitten des Verfassers schildern (u. a. »Eine Billardgeschichte«, »Autorenabend«, »Haus zum Frieden«, »Kaminfegerchen«). Einer vierten Gruppe liegen zwar auch reale Anlässe und Erfahrungen zugrunde, doch wurden sie fiktional verfremdet, intensiviert oder dramatisch zugespitzt (wie in »Wenkenhof«, »Taedium vitae«, »Heumond«, »Klein und Wagner«). Weniger umfangreich ist der Typus jener Erzählungen, die kulturgeschichtliche oder literarische Themen zum Leben erwekken (wie u. a. »Casanovas Bekehrung«, »Aus dem Briefwechsel eines Dichters«, »Im Presselschen Gartenhaus«). Der letzte und kleinste Themenkreis reaktiviert Episoden, die Hesse von seinen ersten Italienreisen mitgebracht hat (wie »Der lustige Florentiner«, »Der Erzähler«).
Seine frühen Erzählbücher *Diesseits* (1907), *Nachbarn* (1908) und *Umwege* (1912) erreichten bis 1921 zahlreiche Auflagen – *Diesseits*: 28, *Nachbarn*: 16, *Umwege*: 18. Danach verzichtete der Autor lange Zeit auf weitere Neuauflagen und unterzog die Erzählungen einer Überarbeitung, die vorwiegend aus Kürzungen bestand, um sie 1930 und 1933 in zwei definitiven Sammelbänden *Diesseits* und *Kleine Welt* in die Reihe seiner »Gesammelten Werke in Einzelausgaben« einbeziehen zu können. Für diese revidierten Ausgaben entfernte er die Erzählungen »Karl Eugen Eiselein« und »Garibaldi« (aus *Nachbarn*) sowie »Pater Matthias« (aus *Umwege*), die künftig zu Hesses Lebzeiten nie mehr erschienen. Statt dessen wurden in die definitive Ausgabe von *Diesseits* die Erzählung »Robert Aghion« und in die Sammlung *Kleine Welt* die Erzählungen »Schön ist die Jugend« und »Der Zyklon« aufgenommen. 1935 folgte in der Reihe der Gesammelten Werke in Einzelausgaben u. d. T. *Fabulierbuch* noch ein weiterer Band mit zumeist frühen, dort erstmals in Buchform zusammengefaßten Erzählungen, Märchen und Legenden aus den Jahren 1903 bis 1926.
Durch den chronologischen Abdruck, der auch die von Hesse nicht publizierten und die nur in Zeitungen und Zeitungen veröffentlichten Erzählungen einbezieht, ergeben sich in der Ab-

folge der Texte Veränderungen gegenüber der Anordnung, wie der Autor selbst sie in den Bänden *Diesseits*, *Nachbarn* und *Umwege* vorgenommen hat. Sie wurden von ihm nicht streng chronologisch, sondern eher nach thematischen Kriterien angeordnet. *Diesseits* enthält Erzählungen, worin mehr oder weniger verfremdet authentische Erlebnisse aus seiner Jugend geschildert werden, Begebenheiten also, die »diesseits« des Erwachsenenalters liegen. In *Nachbarn* dagegen tritt das autobiographische Element zurück, indem fast ausschließlich Schicksale und Charaktere aus seiner Heimatstadt dargestellt werden. Das gilt auch für die späteren Erzählungen, die Hesse 1912 in dem Sammelband *Umwege* aufgenommen hat. Diese Trennung von jugendlichen Selbstportraits und Fremdportraits hat Hesse auch später nach der Revision seiner Erzählungen für die erweiterten Ausgaben von *Diesseits* (1930) und *Kleine Welt* (1933) in etwa beibehalten.
Unsere Gesamtausgabe bringt die von Hesse bearbeiteten Texte in der von ihm revidierten Version, die von ihm weggelassenen im Wortlaut ihrer ersten Buchfassung. Bei Erzählungen, die der Autor nicht in seine Bücher aufgenommen hat, war die Entscheidung schwieriger, da eine ganze Reihe der nur in Zeitungen und Zeitschriften veröffentlichten Geschichten von ihm mehrfach und unter teilweise leicht voneinander abweichenden Titeln bearbeitet wurde. Hier galt es unter den vom Verfasser autorisierten Varianten die prägnanteste Version herauszufinden und die zahlreichen, von den Redaktionen willkürlich gekürzten oder mit eigenen Titeln versehenen Nachdrucke auszusondern. Es gibt Erzählungen, die zu Hesses Lebzeiten unter verschiedenen Titeln bis zu dreißigmal in deutschen, schweizerischen, Wiener und Prager Blättern nachgedruckt wurden und auf deren Redaktion, Publikationszeitpunkt und -ort der Autor besonders dann keinen Einfluß mehr hatte, wenn ihr Vertrieb von einer der literarischen Agenturen wie z. B. »Vierzehn Federn«, Berlin, oder dem Feuilletonvertrieb von Cecilie Tandler, Wien, solchen Blättern angeboten wurde, mit denen Hesse in keinem direkten Kontakt stand.
Die Erzählungen werden hier in der Reihenfolge ihrer Entstehung abgedruckt, wobei sich geringfügige Abweichungen zwischen den vom Herausgeber ermittelten Entstehungsdaten und Hesses eigenen Datierungen ergaben. In einem Brief an einen sei-

ner ersten Biographen, Hans Rudolf Schmidt, schrieb Hesse dazu am 18. 1. 1925: »Jahresangaben kommen in meinem sonst guten Gedächtnis kaum vor, und ich sehe mein Leben nie historisch an, sondern als Märchen, in dem keine Zahlen vorkommen.«

Nahezu die Hälfte aller Erzählungen Hesses sind Erinnerungen an Kindheit und Schuljahre, an die Spannung zwischen Domestizierung und Freiheit, zwischen Gemeinschaft und Individuation, Neugierde und Tabus, instinktiven und althergebrachten Verhaltensmustern. Sie schildern Begebenheiten, die in einem Alter erlebt wurden, in welchem die Psychoanalyse die nachhaltigsten und für die spätere Entwicklung der Persönlichkeit entscheidendenden Prägungen zu suchen gelernt hat. Hesse selbst hat es so formuliert: »Der Mensch erlebt das, was ihm zukommt, nur in der Jugend, in seiner ganzen Schärfe und Frische, so bis zum dreizehnten, vierzehnten Jahr und davon zehrt er sein Leben lang.« (*Roßhalde*)

Die ersten fünfzehn Jahre seiner schriftstellerischen Tätigkeit könnte man wie Marcel Proust geradezu »à la recherche du temps perdu« als ein Aufarbeiten und möglichst genaues Rekonstruieren dieser frühen Eindrücke bezeichnen. Erst nachdem sie gestaltet und aus den halbbewußten Speichern der Erinnerung befreit, ins Bild und Bewußtsein der Gegenwart übersetzt waren, erwies sich die Basis als tragfähig genug für künftige Entwicklungen und Metamorphosen. Doch hat Hesses intensive Beschäftigung mit Themen der Kindheit, Pubertät und Entwicklung auch noch andere Gründe. Pubertät, also Notwendigkeit und Bereitschaft zu Wandlung, Entfaltung und Emanzipation war für ihn nichts Einmaliges, auf ein bestimmtes Alter Festgelegtes, sondern geradezu eine Grunddisposition. Seine gesamte Biographie und somit auch seine schriftstellerische Entwicklung und Wirkung stand unter diesem Vorzeichen, das sein späterer Verleger Peter Suhrkamp einmal so beschrieben hat: »Es gibt unter den lebenden Autoren kaum einen, der so oft seinen eigenen Leichnam hinter sich begrub und jedesmal auf einer anderen Stufe wieder neu anfing. Und jedesmal geschah das aus einer wirklichen und ehrlichen Not heraus, und wenn man die ganze Existenz dann überblickt, so ist sie doch eine Einheit geblieben.«

Obwohl ein knappes Drittel der Erzählungen in Hesses Geburtsstadt spielen, hat er keineswegs seine ganze Kindheit dort zugebracht. Sein drittes bis achtes Lebensjahr verbrachte er in Basel, wohin sein Vater, der Theologe Johannes Hesse (1847-1916), im April 1881 von der evangelischen Missionsgesellschaft berufen wurde, um dort ein Missionsmagazin herauszugeben und einen Lehrauftrag zu übernehmen. Erst im Juli 1886 kehrte die Familie wieder nach Calw zurück. Hermann Hesse war damals gerade neun Jahre alt geworden und verbrachte dort, unterbrochen von längeren Aufenthalten in der Lateinschule von Göppingen, dem Maulbronner Seminar, den Heilanstalten von Boll und Stetten sowie einer neunmonatigen Gymnasialzeit in Cannstatt insgesamt nur noch drei Jahre. Dennoch wurde Calw für ihn, was das französische Provinzstädtchen Illiers für Marcel Proust oder was die Metropolen Dublin und Prag für James Joyce bzw. Kafka bedeuteten: Schauplatz der frühesten Eindrücke und Erlebnisse, Nährboden für ein Lebenswerk, das im Lokalen das Überregionale, im Zeitgebundenen das zeitlos Menschliche sichtbar macht. Das ländliche Städtchen an der Nagold, auf der in Hesses Kindheit noch Flöße aus Schwarzwälder Tannenstämmen mit dem Bestimmungsziel Holland befördert wurden, seine nahen Wälder, die Brücken, Schleusen und Schilfufer waren ein in sich geschlossener Mikrokosmos, ebenso schwäbisch wie international. Denn in dieser kleinen Welt standen den fahrenden Händlern, den Flößern und Landstreichern die Seßhaften gegenüber, und Hesses schwäbischer, doch als Missionarstochter in Indien geborener Mutter der baltische Vater mit russischer Staatsangehörigkeit. In diesen multikulturellen Kraftfeldern ist er aufgewachsen und hat nicht erst in den »Gerbersau«-Erzählungen, sondern bereits in *Unterm Rad*, später in der Landstreichergeschichte *Knulp*, in *Demian* und dem für *Das Glasperlenspiel* vorgesehenen »Schwäbischen Lebenslauf« ein Bild seiner Vaterstadt überliefert, dessen topographische Anschaulichkeit ebenso besticht wie die psychologische. Was dort an »Märchenduft von Heimat«, an Lokalkolorit und unverwechselbar schwäbischem Aroma eingefangen ist, von der lichtlosen Winkelwelt der Falkengasse mit ihren feuchten Fluren, schadhaften Dachrinnen, geflickten Fenstern und Türen, den Hinterhöfen mit ihren Scheunen, Pferdefuhrwerken, Mansarden, Speichern, Flaschenzügen, Kellern und Mostpressen, den Lohgruben der Gerber, den Stellfallen der Flößer bis hin zu den Stuben der Kleinstadtnoblesse, den Missions- und Mäßigkeitsvereinen der pietistischen Stundenbrüder oder dem Frauenzimmer-Liederkranz-»Frohsinn«, das alles wird mit derselben Hingabe und Anschaulichkeit überliefert wie die durch solche Verhältnisse geprägte Zoologie der Einwohner und ihrer Gewerbe. Da gibt es noch Seiler und Sattler, Steinhauer und Scherenschleifer, Seifensieder, Korb- und Hutmacher, Küfer, Flaschner und Fuhrleute, Brunnenmacher, Taglöhner und Winkelreiniger. Sie alle, ob sie nun Joseph Giebenrath, Andreas Sauberle, Hans Dierlamm, Friedrich Trefz, Karl Hürlin, Stefan Finkenbein, Karl Schlotterbeck oder Präzeptor Brüstlein heißen, sind dort in ihrer Eigenart verewigt. Und ihre in diesen Geschichten mehr oder weniger abgewandelten Namen kann man noch heute bei einem Gang über den Calwer Friedhof wiederfinden.

Hesse wußte um die Vergänglichkeit, den fortschreitenden Verfall und die Unwiederbringlichkeit dieser »kleinen Welt« vor der Jahrhundertwende, und er hat nicht geruht, bis sie so komplett und lebensnah wie möglich festgehalten war. Noch im Alter von mehr als achtzig Jahren schrieb er an seine Calwer Cousine Fanny Schiler: »Das Wiederauftauchen einer versunkenen Kindheitserinnerung schätze ich höher als das Ausgraben von sechs Römerlagern.« Dennoch hat seine Art der Überlieferung nichts Nostalgisches. Keine heile (weil vergangene) Welt wird darin verklärt, noch weniger werden die Verhältnisse simplifiziert zur Beförderung einer politischen Tendenz. Diese ist zwar immanent, aber so unaufdringlich, daß es überflüssig ist, sein Diktum zu bemühen: »Ich bin immer für die Unterdrückten gewesen, gegen die Unterdrücker«, um die Wahl seiner Stoffe zu charakterisieren. Eine Welt von Handwerkern, Lehrlingen, Fabrikarbeitern, Verkäufern, Dienstmägden, Fuhrleuten, Hausierern, Asylinsassen, Schiffbrüchigen, Exzentrikern und Ausrangierten wird geschildert, weil er sich als ihresgleichen fühlte, wahre Prachtexemplare von »Proletariern«, jedoch in naturalistischem Wildwuchs: »Ich habe zum Leben der Kleinen und Anspruchslosen«, schrieb Hesse 1912 in einem Brief, »von Kind auf ein halb humoristisches, halb neidisches Verhältnis, das mich immer wieder locken wird … ein Lehrbub, der seinen ersten Sonntagsrausch erlebt, und ein Ladenmädel, das sich verliebt,

sind mir, offen gestanden, eigentlich ganz ebenso interessant wie ein Held oder Künstler oder Politiker oder Faust, denn sie leben nicht auf den Gipfeln seltener Ausnahmeexistenzen, sondern atmen die Luft aller und stehen allen Dingen näher, auf denen das natürliche menschliche Leben ruht und aus denen wir in schlechten Zeiten den Trost der Gemeinsamkeit und Zugehörigkeit schöpfen ... so habe ich zu dem Kreis der Bescheidenen, Umfriedeten, in enge feste Verhältnisse Beschränkten eine sehnsüchtige Liebe behalten ... oft scheint mir, es gäbe überhaupt nur Nebenfiguren, den Faust und Hamlet inbegriffen ... wie ja wir Ungläubigen auch die Unsterblichkeit nicht mehr in der Tasche tragen und sie doch verehren und an ihr teilzuhaben meinen, indem wir sie überindividuell sehen.« Auch ohne ideologische Absicht sind diese Erzählungen gesellschaftskritisch. Das zeigen die Reaktionen der Calwer Zeitgenossen, die kaum weniger gereizt waren als z. B. die der Bürger Lübecks auf das Personal von Thomas Manns *Buddenbrooks:* »Wenn der Verfasser der Buddenbrooks«, schrieb Friedrich Mann 1912 in einer Lübecker Zeitung, »in karikierender Weise seine allernächsten Verwandten in den Schmutz zieht und deren Lebensschicksale eklatant preisgibt, so wird jeder rechtdenkende Mensch finden, daß dieses verwerflich ist. Ein trauriger Vogel, der sein eigenes Nest beschmutzt.« In merkwürdiger Parallele dazu lesen wir in Hesses 1907 entstandener Erzählung »In einer kleinen Stadt«: »Er wußte wohl, daß man seine Karikaturen für die Missetaten des Vogels ansah, der sein eigenes Nest beschmutzt ... daß seine unerbittliche und liebevolle Kenntnis des hiesigen Lebens gerade das war, was ihn von seinen Mitbürgern schied ... doch wenn er den alten Tapezierer Linkenheil oder den jungen Friseur Wackenhut karikierte, so schnitt er mit jedem Strich weit mehr ins eigene Fleisch als in das des Gezeichneten.«
Kein Wunder, daß es in den Pressereaktionen auf Hesses Erzählbände nicht an Stimmen fehlt, welche seine »proletarischen« Protagonisten beanstandet oder von der »skandalösen Harmlosigkeit« des Verfassers gesprochen haben. In einem Brief vom Dezember 1908 an Helene Welti rechtfertigt sich Hesse: »Namentlich aber wollen sie [die Kritiker] meine Stoffe nicht gelten lassen und meinen, ich solle von Herrenmenschen und Genies erzählen, nicht von Gemüshändlern und Idioten. Da freut es

mich, daß Sie mich gelten lassen und es verstehen, daß in meiner scheinbaren Bescheidenheit auch Stolz liegt und daß der Verzicht auf das Glänzende seine Gründe hat.« Durchschaut haben das in der großspurigen Belle Époque des letzten deutschen Kaisers nur wenige, und Stimmen wie die von Carl Busse (über die Geschichten des Erzählbandes *Umwege* 1912) waren an der Tagesordnung: »Warum mißbraucht ein Dichter seine guten Gaben dazu, in aller Ausführlichkeit einen Menschen zu entwickeln, dessen höchstes Ziel im Bartkratzen und Zöpfeflechten besteht? Man fragt sich händeringend, was der Erzähler eigentlich an den dürftigen Philistern findet, mit deren billigen Zielen er uns vertraut macht!« Aber es gab auch andere Stimmen, wohl am treffendsten unter Hesses Zeitgenossen war die von Max Herrmann-Neiße. In der Berliner Wochenschrift »Die Literarische Welt« schrieb er am 5. 5. 1933 anläßlich der Sammlung *Kleine Welt*: »Die deutsche Kleinstadt der Vorkriegszeit wird hier von einem gleicherweise zärtlichen wie wahrheitsstrengen Kenner gemalt, als der krause, unterschiedliche, nicht ganz ungefährliche, im Grunde doch fruchtbare Gottes-Tiergarten, der sie damals war. Mit ihren Käuzen und kleinen Abenteurern, soliden und wurmstichigen Geschöpfen, geachteten und zweifelhaften Existenzen, mit Schreibern, Handlungsgehilfen, Missionsanwärtern, Friseuren, Pfarrerstöchtern und Gerichtsvollzieherwitwen, Vereinsausflügen, Schützenfesten und Schmierentheater ... mit Griff in die Portokasse, Entgleisung und Selbstmord. Auch mit aller gegenseitigen Belauerung, Verlästerung, mit Bosheit, Klatschsucht, säuerlicher Selbstgerechtigkeit und grausamem Unverständnis ... Menschen, Eigengewächse leben hier noch mit ungehetzter, ausführlicher Selbständigkeit ihr unverwechselbares, wesentliches Einzelschicksal. Das kann harmonisch mit dem subalternen Alltagsglück einer Verlobung enden, aber auch im Gefängnis ... auch mit dem Verlust des seelischen Gleichgewichtes und völliger Verzweiflung am Sinn des Daseins. Denn die Himmel und Höllen dieser kleinen Welt sind nicht weniger hoch und tief als die Abgründe anspruchsvollerer Zonen. Und die Tragödien und Komödien des Lebens haben allenthalben ihre dunkle Glut, ihr vielfältiges Funkeln, ihre immerwährende Bedeutung, ihre Würde und Wirklichkeit, wenn ein echter Dichter sie aufzuspüren und zu gestalten weiß.«

Dieser erste Band deckt sich, was die Zeitspanne betrifft, aus der die Geschichten stammen, mit Hesses frühester Erzählsammlung *Diesseits*, die freilich nur eine Auswahl von Arbeiten aus den Jahren 1903 bis 1906 enthielt. *Diesseits*, »Meiner lieben Frau Mia gewidmet«, enthielt die Texte »Aus Kinderzeiten«, »Die Marmorsäge«, »Heumond«, »Der Lateinschüler« und »Eine Fußreise im Herbst«. Doch war die 1907 erschienene Sammlung kaum halb so umfangreich wie der vorliegende Band.

Die erste vollendete Erzählung Hermann Hesses ist aller Wahrscheinlichkeit nach »Erwin«. Sie ist uns in einer undatierten Handschrift und einer Schreibmaschinen-Transkription von Ninon Hesse überliefert, der Druckvorlage für eine Einzelausgabe, die 1965 in der Reihe der Oltener Liebhaberdrucke in einer Auflage von 760 Exemplaren erschien. In ihrem kurzen Nachwort schreibt die Herausgeberin: »Das Manuskript der Erzählung ›Erwin‹ fand sich im Nachlaß Hermann Hesses, es ist bisher noch niemals veröffentlicht worden. Die Erzählung, die vermutlich 1907 oder 1908 geschrieben wurde, berichtet von der Zeit und Welt, die in ›Unterm Rad‹ (1903) geschildert ist. Die Gestalt des Freundes und seiner Mutter erinnern von Ferne an ›Demian‹ und Frau Eva. Aber der Durchbruch zu ›Demian‹ erfolgte erst im Jahre 1916.« Sowohl graphologische als auch inhaltliche Anhaltspunkte weisen darauf hin, daß diese Erzählung früher, möglicherweise schon nach Abschluß von Hesses Buchhandelslehre in Tübingen oder nach seinem Umzug, also in Basel, entstanden sein könnte. Hesse war damals gerade 22 Jahre alt und hatte kurz zuvor, im Juni 1899, sein erstes Prosabuch die Traumdichtungen von *Eine Stunde hinter Mitternacht* veröffentlicht, auf deren Symbolismus und Ästhetizismus auch die poetischen Vorlieben des lungenkranken Erwin hinweisen. Nach einem vermutlich 1895 entstandenen Vorläufer-Fragment »Die Fremde« (siehe *Jugendschriften* SW 1, S. 86f.) wendet sich Hesse hier erstmals seiner Maulbronner Seminarzeit zu, Erfahrungen, die drei Jahre später in *Unterm Rad* ihre definitive Gestalt finden sollten. Manches, wie die Begegnung des Ich-Erzählers Hermann mit Erwin am herbstlichen Weiher, scheint Passagen aus *Unterm Rad* vorwegzunehmen, in dessen drittem Ka-

pitel sich Hans Giebenrath und Hermann Heilner am selben Ort treffen und anfreunden, oder die Episode mit den Spott-Epigrammen an der Tür des Waschsaales, die im vierten Kapitel des Romans wiederkehren. Anderes, wie die Beschreibung des Klosters, des Seminars, der Schulkameraden und ihrer Beschäftigungen, gibt neue Details, die sich mit den überlieferten biographischen Dokumenten aus Hesses Kindheit und Jugend decken, wie z. B. sein in Maulbronn geführtes »großes Heft, in welches ich die Helden, die uns täglich aus Livius und dem Geschichtsunterricht bekannt wurden, mit Bleistift und Wasserfarben nach Art der Moritatenbilder karikierte.« Dieses Heft ist erhalten und kann noch heute in Maulbronn besichtigt werden. Wie Hesse selbst flieht auch der Ich-Erzähler aus dem Seminar. Dagegen verweist die Hermes-Büste, die Erwin ihm schenkt, auf Hesses Tübinger Jahre, wo er sich für sein Zimmer in der Herrenbergerstraße einen Gipsabguß der Hermes-Büste des Praxiteles anschaffte. Auch einen Schulfreund Erwin hat es gegeben, doch nicht in Hesses Maulbronner Jahren, sondern im Gymnasium von Cannstatt. Er hieß Erwin Moser und hat über jene Jahre berichtet (vgl. *Hermann Hesse in Augenzeugenberichten*, Frankfurt am Main, 1987 u. 1991). Es ist nicht ausgeschlossen, daß der Dichter bei der Wahl des Namens an ihn gedacht hat.
Erzählungen wie »Der Novalis«, »Eine Rarität«, »Karl Eugen Eiselein« und »Casanovas Bekehrung« wenden sich literarischen Themen zu. »Der Novalis«, die Geschichte eines Büchersammlers, ist wohl um die Jahrhundertwende in Basel entstanden und enthält gleichfalls autobiographische Elemente. Im Nachwort zu einer Einzelausgabe dieses Titels schrieb Hesse im Frühjahr 1940: »Ich habe mich [im ersten Kapitel] dieser Erzählung als einen Bibliophilen bezeichnet, der ich damals und noch lange nachher wirklich war und habe mir damals ... meine alten Tage als die eines einsamen Hagestolzen vorgestellt, dessen einzige Liebe und einziger Umgang die Bücher sind. Dies nun hat das Leben anders gefügt, und von den seltenen alten Büchern, von denen in der Einleitung meiner Erzählung die Rede ist, etwa von den Italienern der Renaissance in Aldus-Drucken, ist heute nichts mehr in meinem Besitz; ja, ich muß sogar bekennen, daß der zweibändige Novalis, den ich in Tübingen erwarb und von dem meine Erzählung handelt, längst nicht mehr mir gehört ...

mein Leben sieht nun ziemlich anders aus, als ich mir es damals phantasierend ausmalte. Wenn ich aber auch heute mich nicht mehr einen eigentlichen Bibliophilen und in seine Bücher verliebten Sammler nennen darf, so kann ich doch meine jugendliche Bücherliebhaberei nicht belächeln, sie gehört unter den Leidenschaften, die ich im Leben kennen lernte, nicht nur zu den harmlosen und hübschen, sondern auch zu den fruchtbaren.« In sechs Kapiteln wird der Weg, den diese Novalis-Ausgabe von 1837 bis zur Jahrhundertwende genommen hat, anhand der Lebensgeschichte ihrer sechs Besitzer geschildert, wobei vor allem der Käufer der Ausgabe, der sich »seit kurzem teils durch Rezensionen, teils durch kleinere Zeitschriftenartikel am literarischen Leben beteiligte«, an den Verfasser erinnert. Denn zur Zeit der Niederschrift begann mit ersten Buchbesprechungen für die Basler »Allgemeine Zeitung« Hesses lebenslange Rezensententätigkeit. Seine früheste, einem einzelnen Dichter gewidmete Besprechung vom 21. 1. 1900 galt denn auch Novalis und der ersten Gesamtausgabe dieses Dichters, die 1898 (herausgegeben von Carl Meißner) bei Eugen Diederichs in Leipzig erschienen war. Doch gilt für das Autobiographische in dieser wie in den meisten von Hesses Erzählungen, was der Dichter im September 1948 an seinen Sohn Heiner schrieb: »Übrigens wäre es natürlich unvorsichtig, das Ich des Erzählers mit meiner Person gleichzusetzen. Auch [Peter] Camenzind erzählt ja seine Geschichte selbst und [Josef] Knecht seine Lebensläufe, und an jedem bin ich beteiligt, aber keiner ist Ich.« »Der Novalis« ist einer der Texte, die Hesse in keinen seiner Erzählbände aufgenommen hat. Erst 1952 wurde diese Geschichte gemeinsam mit *Eine Stunde hinter Mitternacht* und *Hermann Lauscher* von ihm unter der Rubrik »Frühe Prosa« in die geschlossene Ausgabe seiner *Gesammelten Dichtungen* und deren erweiterte Nachauflage *Gesammelte Schriften* (1957) einbezogen.
Die 1902 entstandene Kurzgeschichte »Eine Rarität« schildert ebenfalls die Schicksale eines Buches. Es geht um den lyrischen Erstling eines später durch Lustspiele bekannt gewordenen Dichters. Dieses von allen Verlegern abgelehnte und vom Verfasser schließlich auf eigene Kosten gedruckte Gedichtbändchen erfährt eine späte, tragikomische Karriere. Sie entspricht genau dem Werdegang von Hesses literarischem Debüt, dem schmalen,

in 600 Exemplaren erschienenen Bändchen »Romantische Lieder«, deren wenige noch vorhandene Exemplare schon zu seinen Lebzeiten, insbesondere aber nachdem er den Nobelpreis erhalten hatte, als kostbare Raritäten gehandelt wurden. Auch die Kapriolen des Marktes, die das Bändchen nach Hesses Tod erlebte, »seit einige amerikanische Sammler danach fahnden«, sind in der Geschichte vorweggenommen, ja sogar die Prognose von einem Reprint als Faksimile-Druck hat sich erfüllt in Form eines originalgetreuen Nachdrucks der Erstausgabe, der 1977, anläßlich des 100. Geburtstages von Hesse, in Japan erschien. Beachtenswert ist auch Hesses Feststellung, daß sein Ruhm als »Lustspieldichter« dies bewirkt haben soll, zeigt es doch Hesses Verhältnis zur Öffentlichkeit, die, im Gegensatz zu ihm selbst, seine Romane, die er hier auf der Ebene von Lustspielen einordnet, ungleich höher schätzte als seine Lyrik. Mit schönem Understatement heißt es in einer »Literarischen Grabschrift«, die er sich als Dreißigjähriger notierte: »Hier ruht der Lyriker H. Er wurde zwar als solcher nicht anerkannt, dafür aber als Unterhaltungsschriftsteller stark überschätzt.«

Die Erzählung »Karl Eugen Eiselein«, vermutlich kurz vor *Unterm Rad* Ende 1903 in Calw entstanden, spielt wie ein Großteil des Romans vor Ort, im hier erstmals auftauchenden fiktiven »Gerbersau«. Man könnte diese Erzählung als eine selbstkritische Variante zu *Unterm Rad* verstehen, da der junge Eiselein Züge des genialischen Hermann Heilner aufweist, und nicht (wie der überforderte Hans Giebenrath) an seiner Umwelt zerbricht. Als Hesse diese Satire auf das literarische Ästhetentum schrieb, war er selber gerade erst den Versuchungen entronnen, denen Karl Eugen Eiselein auf den Leim geht. »Daß er zum Dichter und nur zum Dichter geboren sei«, glaubt der junge Karl Eugen ebenso früh wie der 12jährige Hesse zu wissen. Doch im Gegensatz zu diesem vergeudet Karl Eugen seine Zeit als Bohèmien. Modisch wie er sich kleidet, gilt auch in der Literatur seine Vorliebe dem letzten Schrei, der symbolistischen Moderne. So preziös seine Gedichte, so prekär werden seine Schulden. Getreu seinen Vorbildern George, Hofmannsthal, d'Annunzio und Maeterlinck, bemüht er sich »um die Pflege einer priesterlich reinen, feiertäglichen Sprache«, bis diese Höhenflüge im Alltag des väterlichen Lebensmittelladens wieder

Grund unter den Füßen finden. Während Eiseleins Manuskript »Das Tal der bleichen Seelen« nicht über die ersten Seiten hinausgekommen ist, vermochte Hesse seine *Stunde hinter Mitternacht* zu vollenden und damit ein für allemal das schöngeistige Schwelgen in artifiziellen Traumgefilden abzulegen. Weitere lokale, lebensgeschichtliche und verwandtschaftliche Bezüge, so z. B. zum Werdegang von Hesses Halbbruder Theo Isen(=Eisen)berg, der sich zum Sänger berufen fühlte, doch schließlich als Apotheker resignieren mußte, erfährt man aus Siegfried Greiners Buch *Hermann Hesse. Jugend in Calw*, Thorbecke, Sigmaringen 1981.

Die amüsante, zu Hesses Lebzeiten nie in Buchform veröffentlichte Erzählung »Casanovas Bekehrung« greift eine Episode aus Giacomo Casanovas *Geschichte meines Lebens* (1774ff.) auf. Es ist seine Flucht vor Offizieren des württembergischen Herzogs Karl Eugen, die den venezianischen Abenteurer 1791 in Spielschulden verwickelt hatten. Hesses Erzählung hält sich ziemlich genau an die Schilderung aus dem sechsten Band von Casanovas Memoiren, worin die ihm vertrauten Stationen der Reise von Stuttgart über Tübingen, Donaueschingen (= Fürstenberg), Schaffhausen nach Zürich und Einsiedeln festgehalten werden. Manche der in den Lebenserinnerungen nur angedeuteten Szenen, wie der Flirt des galanten Virtuosen der Gefühle mit den Wirtstöchtern in Fürstenberg, werden von Hesse mit humorvoller Detailfreude ausgemalt. Sie tragen dazu bei, daß sich die Erzählung mit ihren psychologischen Finessen nicht selten pikanter liest als das Original, zumal Hesse den Routinier des Liebesspiels, »dem zur Liebe, die kein Spiel mehr ist, etwas fehlt«, mit der Phantasie des Asketen ähnlich detailkundig zu portraitieren vermag wie die barocke Lebensfreude des Fürstabtes von Kloster Einsiedeln, dessen Fastenspeise aus delikaten Waldschnepfen und Lachsforellen besteht. Dieser heitere, dem galanten Charmeur und gerissenen Lebenskünstler wie angegossene Erzählton ist selten bei Hesse, da ihm seine eigenen Themen solch kokette Ausdrucksformen nur ausnahmsweise erlauben.

Die frühesten der in Hesses Heimatstadt spielenden Erzählungen sind die vier Kurzgeschichten »Der Kavalier auf dem Eise«, »Erlebnis in der Knabenzeit«, »Der Hausierer« und »Ein Knabenstreich«. Sie wurden in den Winterwochen vor Hesses erster Italienreise (25. 3.-19. 5. 1901) in einem »Calwer Tagebuch« festgehalten, als er nach langer Abwesenheit wieder einmal seine Eltern besuchte. Es sind Erinnerungen an Begebenheiten, die er vor Ort erlebt hatte, so z. B. sein erstes, damals zwölf Jahre zurückliegendes Liebesabenteuer, als er gleichfalls in einem Winter (1889/90) beim Eislaufen unter der Nikolausbrücke mit Emma Meier, dem für ihn schönsten Mädchen der Stadt, zusammengestoßen war. Diese fast gleichaltrige Tochter eines Kupferschmiedes hieß in Wirklichkeit Emma Widmaier und wurde 1891 mit Hesse konfirmiert.

Die traurige Geschichte vom Schlosserbuben Mohrle, »Erlebnis in der Knabenzeit«, greift noch ein halbes Jahr weiter zurück und schildert Hesses erste Begegnung mit dem Tod am Beispiel des kaum zehnjährigen Mitschülers Hermann Mohr, der im Juni 1899 an einer Hirnhautentzündung gestorben ist.

Eine ähnlich aufwühlende Erfahrung beschreibt die 1903/04 entstandene und aller Wahrscheinlichkeit 1883, also noch in Hesses Vorschulzeit in Basel spielende Geschichte »Aus Kinderzeiten«. Angesichts der frühlingshaften Aufbruchstimmung in der Natur überkommt den Ich-Erzähler die Erinnerung an den Frühling eines Menschenlebens, dem es nicht vergönnt war, sich zu entfalten. Eine spröde Zärtlichkeit durchzieht diese Erzählung von den Erlebnissen mit dem phantasievollen Spielkameraden Brosi. Autobiographische Anhaltspunkte, außer der wirklichkeitsgetreuen Schilderung seiner Mutter, der Erwähnung seines jüngeren Bruders und des familieneigenen Papageis (der als Geschenk eines Afrika-Missionars nicht schon in Basel, sondern erst ab 1891 in Calw zum kurzweiligen Mitglied der Hesse-Familie wurde) sind bisher noch nicht nachweisbar. Die einzige bis heute auffindbare Äußerung des Verfassers dazu ist die Bemerkung, daß »Aus Kinderzeiten« ihm persönlich die wichtigste Geschichte in *Diesseits* sei.

Von den grusligen Erfahrungen mit einem fahrenden Händler, der Seife, Schuhwichse und Putzpulver feilbot, berichtet die Geschichte »Der Hausierer«. Es handelt sich dabei um ein Original aus dem benachbarten Bad Liebenzell, das zum Zeitpunkt, als Hesse die Erinnerung aufschrieb, noch lebte. Auch in *Unterm Rad* ist von diesem Mann die Rede, der in Wirklichkeit

Christian Friedrich Hartmann hieß und erst sechs Jahre später starb. Der Spitzname »Hotte Hotte« geht auf die Peitsche zurück, mit der er zu knallen pflegte, um sich Kinder vom Hals zu halten, die ihn verspotteten. In seinen hohen Schaftstiefeln soll er ein langes Messer getragen haben, mit dem er zuweilen auch drohte. Ein Foto dieses kleinwüchsigen Mannes, dessen meist von einem Schlapphut bedeckter Wasserkopf, der fast ohne Hals zwischen den Schultern saß, hat sich in Hesses Nachlaß erhalten.
Ebenso verbürgt ist der mutwillige »Knabenstreich« an dem aus dem pietistischen Korntal stammenden Calwer Gemischtwarenhändler Samuel Leukardt (1842-1922). Der Heimatforscher Siegfried Greiner konnte noch eine Augenzeugin ausfindig machen, die sich an diese Begebenheit aus dem Jahr 1889 erinnerte.
Von seinen ersten Italienreisen zurückgekehrt, schrieb Hesse die Geschichten »Der lustige Florentiner« und »Der Erzähler«. In der 1902 festgehaltenen Posse vom lustigen Florentiner finden wir das wohl eindrucksvollste Fest wieder, das der Dichter kurz zuvor in Florenz erlebt hatte, den sogenannten »Wagenschuß«, die Beförderung einer raketengetriebenen Heilig-Geist-Taube in das Kircheninnere, womit alljährlich vor dem Florentiner Dom das Osterfest eingeleitet wird. In den Tagebüchern seiner beiden ersten Italienreisen, insbesondere aber der Schilderung »Lo scoppio del carro« von 1901 (vgl. *Jugendschriften* SW 1, S. 576ff.), hat er ausführlich davon berichtet. Auch das Erlebnis mit dem Portrait, das der Maler Costa von jenem »lustigen Florentiner« gemalt hat, mit dem sich der Ich-Erzähler dann plötzlich leibhaftig konfrontiert sah, ist authentisch. Am 13. 4. 1901 hat Hesse diese Episode in seinem ersten italienischen Reisetagebuch festgehalten (vgl. SW 11).
Die in der Art von Boccaccios *Decamerone* geschilderte Rahmengeschichte »Der Erzähler« spielt ebenfalls in Florenz, aller Wahrscheinlichkeit nach in der nahe gelegenen Certosa di Val d' Ema, die Hesse damals besuchte und wo er den greisen Herrn Piero (eine damalige Entsprechung des großen italienischen Novellisten) nach einem Abendessen beim Abt des Klosters vor zwei Besuchern aus Rom und Venedig eine schmerzhafte Liebesgeschichte fabulieren läßt. Die 1903 entstandene Erzählung war das erste Ergebnis von Hesses intensiver Beschäftigung mit

Boccaccio, über den er ein Jahr später eine Monographie verfaßte (vgl. *Jugendschriften* SW 1, S. 593ff.) und dessen *Decamerone* er mit einem großen Essay in der »Frankfurter Zeitung« anläßlich einer 1904 im Insel-Verlag erschienenen bibliophilen Neuausgabe des Buches gewürdigt hat.
Auch die Erzählungen »Grindelwald« (1902), »Eine Billardgeschichte« (1902), »Wenkenhof« (1902), »Der Wolf« (1903) und »Der Städtebauer« (1905) entstanden in den Jahren, die auf Hesses Umzug von Tübingen nach Basel folgten, wo er seine Ausbildung zunächst in der Buchhandlung Reich, danach im Antiquariat Wattenwyl fortsetzte. Sie verarbeiten Eindrücke, die er in seiner spärlich bemessenen Freizeit teils vor Ort, teils bei Wochenendfahrten in die nähere Umgebung gewann.
In die Gletscherwelt des Berner Oberlandes führte ihn ein Winterausflug, den er Ende Januar 1902 mit seinem fünf Jahre jüngeren Bruder Hans unternahm. Der Gasthof Bellary in Grindelwald verwahrt noch heute ein Übernachtungsverzeichnis, worin sich der 24jährige Buchhandelsgehilfe am 1. 2. 1902 mit der Berufsbezeichnung: »Schriftsteller« eingetragen hat. Das Haus kommt als »Villa Bellary« in der Erzählung »Grindelwald« vor. Jedoch gibt es für einen real existierenden englischen Freund, den lungenkranken Globetrotter Petrus Ogilvie, der den Erzähler damals in das Nobelhotel »Bär« eingeladen hat, bisher keine Anhaltspunkte, obwohl die Ich-Erzählung, in welcher der Verfasser sogar mit seinem eigenen Namen auftritt, dies nahelegen könnte. Die Beschreibung des damals vorwiegend von englischen Gästen besuchten Luftkurortes, des Kontrastes zwischen der weißen Einsamkeit des Hochgebirgswinters, neben der sich der Trödel der Andenkenauslagen so deplaciert ausnimmt, und der Lichteffekte auf den Gletschern der mächtigen Massive des Wetterhorns, des Mettenberges und Eigers, die das Hochgebirgstal umschließen, ist auf eine Weise vergegenwärtigt, daß man sich geradezu hineinversetzt fühlt. Auch der parallel zu der Erzählung entstandene kleine Gedichtzyklus »Hochgebirgswinter« (Aufstieg, Berggeist, Grindelwald, Schlittenfahrt, vgl. *Die Gedichte*, SW 10) knüpft an dieses Erlebnis an.
Die kenntnisreiche und mit allerlei Fachausdrücken durchsetzte »Billardgeschichte« dagegen spielt wieder in Basel, im damaligen Gasthaus »Storchen«, das, wie das »Metropol«, ein Mekka

für Billardfreunde gewesen sein muß. Hesses Chef, der Antiquar E. von Wattenwyl, zählte zu ihnen und noch manch anderer seiner Kollegen und Freunde, deren spezielle Spieltechniken Hesse damals in einem gereimten »Billard-ABC für Basel« festgehalten hat (vgl. *Die Gedichte*, SW 10). Er selber frönte dieser Passion noch lange Zeit mit solcher Leidenschaft, daß man den gewaltsamen Ausgang der in dieser Geschichte dargestellten psychologischen Konstellation nachvollziehen kann.

Einen weiteren Einblick in Hesses Basler Lehrjahre gibt die 1905 im Rückblick geschriebene Schilderung »Der Städtebauer«. Erwähnt wird darin der »Klub der Entgleisten«, für den Hesse damals ein poetisches Clubbuch anlegte, das »unserem toten Bruder Verlaine« gewidmet war. Bei der Gestalt des Städtebauers dachte er vermutlich an den jungen Architekten Hans Drach. Mit ihm und dem fünf Jahre älteren Rathausbaumeister Heinrich Jennen teilte Hesse vom Oktober 1899 bis April 1900 eine Wohngemeinschaft in der Basler Holbeinstraße (siehe »Das Rathaus«, *Jugendschriften* SW 1). Das Stammlokal der beiden ist das ehemalige, später auch im *Steppenwolf* (»als Stahlhelm«) vorkommende »Restaurant Helm« am Basler Fischmarkt. Die architektonischen Träume des Städtebauers, die sich abheben von der Anlage der Certosa di Pavia (ein Kartäuserkloster, das Hesse im März 1901 besucht hatte), wirken wie eine Vorwegnahme seiner Vorstellungen vom Aussehen der Landschulzentren seiner Gelehrtenprovinz Kastalien, die Hesse dreißig Jahre später im *Glasperlenspiel* skizzieren wird.

Die märchenhafte Spukgeschichte »Wenkenhof« spielt in einem Nebengebäude des gleichnamigen in Riehen bei Basel gelegenen barocken Gutshofes, dem Landsitz des Basler Staatsarchivars Dr. Rudolf Wackernagel. Zu seinen Gesellschaften waren Hesse und seine Architektenfreunde häufig eingeladen. Er hat auf dem »Riehenhof« (so nennt er das Gebäude in *Hermann Lauscher* und in der Erstfassung des *Gertrud*-Romans) mitunter auch übernachtet, wenn es abends zu spät wurde, um noch in die fünf Kilometer entfernte Stadt zurückzulaufen. Die auf dem Tisch der Gastgeber aufgeschlagene Geschichte der *Prinzessin Brambilla* von E. T. A. Hoffman mit Kupferstichen von Jacques Callot mag den Ich-Erzähler zu jenem eifersüchtigen Traum von dem nach Mitternacht um die schöne Pianistin werbenden Vor-

fahren des Gastgebers angeregt haben, der dann auf so unsanfte Weise hinauskomplimentiert wird.
Die anrührende und besonders häufig in Schullesebüchern gedruckte Geschichte »Der Wolf« enddämonisiert die angebliche Bestialität dieses in Mitteleuropa fast ausgerotteten Tieres, indem sie den Menschen »wölfischer« als den Wolf darstellt. Ort der Handlung ist der 1600 Meter hohe Chasseral-Gebirgszug bei St. Imier (St. Immer) nordwestlich von Neuchâtel. Die Erzählung entstand, wie Hesse 1955 auf Anfrage einer Schulklasse berichtete, »aus zwei Anlässen. Erstens fuhr ich damals um 1900 als junger Mann zuweilen mit Kameraden im Winter für einen Sonntag von Basel in den Jura; einige eisig glitzernde Mondnächte in den verschneiten Wäldern sind mir noch jetzt im Gedächtnis. Und dann las ich, ein Jahr oder zwei später in der Zeitung vom Auftauchen einiger Wölfe im westlichen Jura und daß einer von den Bauern erschlagen worden sei. Das sind die einfachen Tatsachen.« Durch seine Identifikation mit dem verfolgten Einzelgänger gibt Hesse der Pressenotiz eine neue Dimension, welche seine eigene, die künftige *Steppenwolf*-Problematik vorwegnimmt.
In der zwei Jahre nach seiner Heirat und dem gleichzeitigen Umzug an den Bodensee geschriebenen Kurzgeschichte »Liebesopfer« blickt er zurück auf seine Antiquariats-Lehrzeit in Basel. In diesem Beruf, »einem Asyl für Entgleiste jeder Art«, hatte er durch einen älteren Kollegen, am Abend seines Geburtstages im Juli, von einer Spielart der Liebe erfahren, die ein ganzes Leben auf den Kopf stellte. Die im selben Jahr 1906 entstandenen Geschichten »Liebe«, »Brief eines Jünglings«, »Nocturne Es-Dur« »Eine Sonate« und »Eine Fußreise im Herbst« variieren dieses Thema, das ihm damals durch seine Ehe wieder zum Problem geworden war (siehe auch die beiden Frühfassungen des Romans *Gertrud*, SW 2). Denn das Erreichte, auch und gerade in der Liebe, befriedigte Hesse nicht so sehr wie der Reiz des Unerreichbaren. Zu lieben und abgewiesen zu werden, aber auch der freiwillige Verzicht gehören in diesen Geschichten zusammen. Nur die Leidenschaft selbst, als erhöhtes Lebensgefühl, zählt. Die Vorahnung einer späteren Enttäuschung oder die Angst vor einer Erniedrigung des Ideals sind stärker als der Wunsch nach Erfüllung, wie in der Erzählung »Eine Sonate«, worin die gefürchtete Resignation

aus dem Blickwinkel einer Frau geschildert wird. Hedwig Dillenius ertappt sich bei einer Lüge, damit die Entbehrungen, die sie in der Ehe erleidet, nicht nach außen dringen. Zum Gefühl des Mangels tritt das der Scham.

Die traumhafte, wie hingetuscht wirkende Impression, die bei Klängen von Chopins »Nocturne Es-Dur« Erinnerungen des Erzählers an seine Mutter weckt, der sie auf die Pianistin projiziert, greift zurück auf Hesses Elisabeth-Erlebnis aus seinen Basler Jahren (vgl. »Das Tagebuch 1900« von *Hermann Lauscher*, den ersten Roman *Der Dichter. Ein Buch der Sehnsucht* und »Briefe an Elisabeth«, SW 1), ein Motiv, das Hesse 1906 bis 1909 in den verschiedenen Fassungen des *Gertrud*-Romans wieder aufgreifen wird.

Auch der 1906 aufgezeichnete fiktive Bericht über »Eine Fußreise im Herbst« endet mit einer Ernüchterung. Der Ich-Erzähler begibt sich darin auf eine sentimentale Reise, um nach zehnjähriger Abwesenheit zu sehen, was aus der stolzen und prächtigen Julie geworden ist, die seine »damaligen phantastisch kühnen Ansichten und Lebenspläne verstanden und geteilt hatte«. Er trifft auf eine gesetzte verheiratete Frau, deren ehemaliger Charme fast ganz verblüht ist, die ihn am liebsten gar nicht empfangen hätte und mit »Sie« anredet, um dann von nichts anderem als ihren Kindern, deren Krankheiten sowie Schul- und Erziehungssorgen zu plaudern. Der Frühnebel, der ihn bei seiner Abreise umgibt und der »alles Benachbarte und scheinbar Zusammengehörige trennt«, paßt zu dieser Erfahrung mit Julie (die den Vornamen von Hesses im *Hermann Lauscher* als »Lulu« vorkommende, ledig gebliebene Jugendliebe Julie Hellmann trägt). Doch unauslöschlich bleibt die Erinnerung an das, was er dieser Liebe damals verdankte: »die fröhliche Kraft, für sie zu leben, zu streiten, durch Feuer und Wasser zu gehen. Sich wegwerfen können für das Lächeln einer Frau, das ist Glück und das ist mir unverloren.«

Die 1902 und 1903 entstandenen Erzählungen »Peter Bastians Jugend« und »Hans Amstein« gehören noch nicht in den engeren Kreis der »Gerbersau«-Geschichten, wenngleich sie im selben Umfeld spielen. In »Peter Bastians Jugend« werden die Lokalitäten noch unverfremdet bei ihrem wirklichen Namen genannt. Der Ich-Erzähler aus dem nahe bei Calw gelegenen

Bergstädtchen Zavelstein verbringt seine Schulzeit und Lehrjahre in Hesses Heimatstadt, bevor er sein abenteuerliches Wanderleben als Schlossergeselle beginnt. In der Erzählung »Hans Amstein« dagegen ist nur von einem »steinigen Schwarzwaldnest« die Rede. Da Hesse die im renommierenden Tonfall einer Studentengesellschaft vorgetragene Geschichte nicht selbst erlebt hat, sondern aus Schilderungen seiner Mutter kannte, sind dort die lokalen Bezüge undeutlicher.

»Peter Bastians Jugend«, das ergiebigste der Fragmente seiner »Geschichten um Quorm« (vgl. *Jugendschriften* SW 1, S. 578ff.), entstand »in der Zeit des *Peter Camenzind*«, wie Hesse in einer Vorbemerkung zur Maschinenabschrift der Erzählung bemerkt, die er 1927 an »Velhagen & Klasings Monatshefte« sandte. Peter Bastian sei parallel dazu, »ja eigentlich in Konkurrenz mit ihm entstanden, denn erst als ich endgültig auf den Peter Bastian verzichtete, war es mir möglich, den Camenzind fertig zu schreiben«. Diese Erzählung, fährt er fort, sei aber weniger ein Bruder des Camenzind »als vielmehr ein Vorläufer des *Knulp*. Die Figur des Landstreichers Quorm sollte, nach meinem damaligen Plan, die Hauptfigur des Buches werden. Was mit ihr gemeint war, habe ich im *Knulp* viele Jahre später dargestellt.« Das zeigt auch das im Typoskript fehlende Ende des Fragmentes, das mit den Sätzen abschließt: »Nämlich das war ihm wichtiger als alles andere: frei zu sein und gehen zu können, wohin es ihm paßte. Lange hielt er es nirgends aus. Es gab Orte, die er so liebte, wie man sonst wohl ein Weib liebhat; diese besucht er oft und immer wieder, aber nach wenig Tagen war er immer schon wieder aus der Gegend.« Die bis ins Mittelalter zurückreichenden Bräuche der wandernden Handwerksgesellen, ihre Eigenarten und das Rotwelsch ihrer Sprache sind darin – kurz bevor das Industriezeitalter diesen Traditionen ein Ende setzte – noch einmal ähnlich eindringlich festgehalten wie in den Schilderungen des Kesselschmiedes und Arbeiterdichters Heinrich Lersch (1889-1936). Doch nicht nur an den 1915 erschienenen *Knulp* erinnert die Erzählung. Auch Züge des künftigen Max Demian werden in den Schulepisoden mit Bastians Widersacher und künftigem Freund Otto Renner vorweggenommen, welche sehr anschaulich die von Kraftproben bestimmte Hierarchie unter Schülern darstellt. Hesses Kommentar für die Redaktion von

»Velhalgen & Klasings Monatsheften«, welche die Erzählung dann doch nicht publizierte, schließt mit dem Satz: »Wenn ich dieses Fragment heute veröffentliche, so tue ich es besonders aus dem Grunde, weil darin ein Stück deutschen Volkstums, das Handwerk und das Handwerksburschentum geschildert wird, das zu meiner Knaben- und Jünglingszeit noch nahezu in den selben Formen und mit den selben Bräuchen lebendig war wie vorher Jahrhunderte lang, während es inzwischen untergegangen ist.«

Die Rahmenerzählung »Hans Amstein« greift auf Konstellationen zurück, die Hesse, wie oben erwähnt, nur vom Hörensagen kannte. Laut den Recherchen von Siegfried Greiner kam zwei Jahre vor Hesses Geburt eine in Indien geborene Engländerin in sein Elternhaus, die in Wirklichkeit nicht Salome, sondern Bessie Thomas hieß. Das damals 17 Jahre alte Mädchen soll so attraktiv gewesen sein, daß es allen Männern den Kopf verdrehte und dies auf eine Weise ausnützte, daß Hesses Großvater Hermann Gundert »die teuflische Person« nach einem Jahr wieder loszuwerden versuchte. Noch auf der Rückreise habe sie »hoch amüsiert« den Antrag eines leichtsinnigen englischen Hauptmannes erhalten, ihn sogar geheiratet, dann aber selbst schlechte Erfahrungen gemacht. Daß Salome, wie es am Ende der Erzählung heißt, »keinen leichten Weg gehabt« habe, trifft auch auf Bessie Thomas zu. »Denn sie lebte jahrelang ... von ihrem Mann getrennt und die fünf Stief- und ihre fünf leiblichen Kinder waren auf viele Orte verteilt.« (Siegfried Greiner, a.a.O., S. 73) Die Gestalt des Medizinstudenten Hans Amstein (nach einem Sekretär der Basler Mission benannt, den Hesse kannte) und sein trauriges Schicksal ist erfunden in dieser den gefährlichen Typus der biblischen Salome aktualisierenden Geschichte.

Zu den ersten ausführlicheren Erzählungen aus der »Kleinen Welt« von Gerbersau gehören neben *Unterm Rad* und »Karl Eugen Eiselein« die Geschichten »Der Lateinschüler«, »Garibaldi«, »Die Marmorsäge«, »In der alten Sonne«, »Walter Kömpff« und »In einer kleinen Stadt«. Wie »Peter Bastian« aus Zavelstein muß auch »Der Lateinschüler« Karl Bauer als Pensionär in die nächstgrößere Stadt ziehen, um ein Gymnasium besuchen zu können. Wichtiger freilich als die Schule ist ihm seine erste Liebe zu Tine, einem Mädchen, das ihm an Alter und

Reife überlegen ist. Wie behutsam das Mädchen den Lateinschüler aus der Traumwolke einer unerfüllbaren Liebe befreit (unter der lebensklugen Protektion einer bravourös gezeichneten herzensguten Magd), ist mit so viel Einfühlungsvermögen geschildert, daß man den Erfolg dieser Erzählung als eine der populärsten deutschen Liebesgeschichten versteht.
Die Erinnerung an den wunderlichen Calwer Nachbarn »Garibaldi«, die sich 1904 beim Gespräch zweier Fahrgäste im Abteil eines Zuges nach Konstanz entzündet, ist weniger eine Erzählung als ein Gedenkblatt von der Art, wie sie Hesse 1937 in einem gleichnamigen Sammelband vorgelegt hat. Denn außer den Personennamen ist kaum etwas darin erfunden. »Garibaldi«, dieses bereits im fünften Kapitel von *Unterm Rad* vorkommende etwas unheimliche Calwer Original mit dem Blick eines gefangenen Raubvogels, das der zehnjährige Hesse von dem Fenster seines Zimmers aus beobachten konnte, hat ihn bis in die Träume hinein verfolgt. Dieser Garibaldi, in der Erzählung Schorsch Großjohann genannt, hieß in Wirklichkeit Georg Großhans, war als Tagelöhner bei der Straßenreinigung beschäftigt und wurde von Hesses Mutter, seiner Statur und Barttracht wegen, nach dem italienischen Freiheitshelden (1807-1882) benannt. Ob er für den Tod des in der Nagold ertrunkenen Mühlenbauers verantwortlich war, den Hesse Anfang Dezember 1890 am Rahen der Spitalmühle hängen sah, bleibt offen in dieser nur einmal, in den Sammelband *Nachbarn* (1908) aufgenommenen Charakterstudie.
Die wohl bekannteste von Hesses frühen Erzählungen, »In der alten Sonne«, verdankt ihren Erfolg dem Humor ihres 26jährigen Verfassers. Man merkt ihr das Vergnügen an, das sie ihm gemacht haben muß. Die Geschichte von den Armenhäuslern, antwortete Hesse 1908 auf eine Umfrage von »Westermanns Monatsheften«, habe ihm mehr zu denken gegeben und mehr Freude gemacht als das meiste, was er bisher geschrieben habe. Am Beispiel einiger Obdachloser – Insassen des zum Armenasyl umfunktionierten ehemaligen Gasthauses »Zur alten Sonne« – schildert Hesse das tragikomische Zusammenleben solcher von der Gesellschaft ausrangierter Existenzen. Hier stoßen zunächst nur zwei, dann vier mehr oder weniger schrullige Alte mit extrem verschiedenen Vorgeschichten und konträren Tempera-

menten aufeinander: ein arbeitsscheuer Kleinfabrikant, ein alkoholsüchtiger Seiler, der in seinem Schwachsinn glückliche Holdria und der lebensfrohe Landstreicher Finkenbein. Jämmerlichkeit, Bosheit, Dünkel und Starrsinn, die das kleine Asyl zu einer Zweiparteien-Gesellschaft machen, werden ohne jegliche moralische Wertung wie Naturkräfte dargestellt, die sich nach ihren eigenen Gesetzen ausleben müssen. Die Sympathie liegt auf Finkenbein, der sich als freier Mann wieder auf Wanderschaft begibt und wie sein späterer Vetter *Knulp* diesen Zwängen zu entrinnen vermag.

Von den Ursachen, warum ein Mensch zum Sonderling und Außenseiter werden kann, handelt die Geschichte »Walter Kömpff«. Sie schildert das tragische Schicksal eines gutwilligen jungen Mannes, der daran gehindert wird, seine eigentlichen Talente zu entfalten. Er wird zum Opfer der Erwartungen seines Vaters, der ihm noch auf dem Sterbebett das Versprechen abverlangt, die berufliche Familientradition fortzusetzen und sein Geschäft zu übernehmen. Bei dieser Problematik, der Hesse selber in seiner Jugend ausgesetzt war und die er dank seines Eigen-Sinns nur mit knapper Not zu bewältigen vermochte, konnte er zu keiner souverän humorvollen Erzählhaltung wie in der Geschichte von den Sonnenbrüdern finden. Walter Kömpff, der für das Kaufmannsgewerbe nicht geschaffen ist, wird darüber immer wunderlicher und im Kontakt mit den pietistischen Stundenbrüdern auf merkwürdige Weise religiös und »geisteskrank«. Da seine Mitbürger ihn für verrückt halten, kommt er vollends aus der Balance und nimmt sich das Leben. In der Erstfassung des Manuskriptes hieß die Erzählung »Der letzte Kömpff vom Markt«, ein Hinweis, daß der Autor dabei an den Sohn eines Kaufmannes dachte, der bis 1887 Inhaber eines Ladens im Erdgeschoß seines Geburtshauses am Calwer Marktplatz gewesen war. Das Schicksal dieses unfreiwilligen Krämers (sein wirklicher Name war Emil Dreiß) nimmt Hesse zum Anlaß, um damit einmal mehr die Bedeutung der Selbstbestimmung, ein Leitmotiv vieler seiner Schriften, vor Augen zu führen.

Die nicht in Gerbersau, sondern in einer Marmorschleiferei an dem nur wenige Kilometer entfernten Sattelbach (in Wirklichkeit dem Flüßchen Teinach) spielende Erzählung »Die Marmorsäge« schildert einen ähnlichen Konflikt am Beispiel einer

jungen Frau. Wieder ist einem Menschen, hier der Tochter des Inhabers der Marmorsäge, die Freiheit genommen, ihre Zukunft selbst zu gestalten, da sie einem Gutsverwalter versprochen ist, zu dem ihr Vater in einem Abhängigkeitsverhältnis steht. Ohne davon zu wissen, verliebt sich der 24jährige Ich-Erzähler, der noch dazu mit jenem Gutsverwalter befreundet ist, in das Mädchen, und dieser genießt das Schauspiel in der Gewißheit, daß Helene ihm ohnehin sicher ist. Da auch Helene den Ich-Erzähler liebt, gerät sie darüber in solche Bedrängnis, daß sie schließlich aus Angst vor ihrem Vater keinen anderen Ausweg sieht, als Selbstmord zu begehen. Faktische Anhaltspunkte, ob sich die Geschichte in Wirklichkeit so abgespielt hat, konnten bisher noch nicht nachgewiesen werden, wenngleich sie, wie alle gut erfundenen Erzählungen, so realitätsnah geschildert ist wie die Topographie ihres Schauplatzes. Die Marmorschleiferei und mehrere Sägemühlen an der Teinach bestehen noch heute.
Die letzte »Gerbersau«-Geschichte dieses Bandes »In einer kleinen Stadt« zeigt so programmatisch wie keine andere, welche Bedeutung die Schicksale in dieser kleinen Welt für ihn hatten. Um so merkwürdiger ist es, daß Hesse diese »unveröffentlichte Romanhälfte« nur ein einziges Mal für Velhagen & Klasings Monatshefte zum Druck freigab. Der Zeichner Hermann Lautenschlager, dessen Reputation weit über Gerbersau hinausreicht, da seine Arbeiten in überregionalen Blättern, ja sogar von dem in der Hauptstadt erscheinenden »Hans Sachs« (einer an den »Simplicissimus« erinnernden Revue) veröffentlicht werden, wird seiner Heimat zum Ärgernis, weil er sein Talent nicht weltläufigen Themen zuwendet, sondern es in einer seltsamen Art von Anhänglichkeit und Heimatliebe am Ort und den Charakteren seiner Herkunft erprobt. »Obwohl er seine Heimatstadt besser kannte und mehr liebte« als irgendeiner, gilt er dort als Nestbeschmutzer. Die Gestalt des gleichaltrigen Karrieristen und späteren Notars Trefz, mit dem er aufgewachsen war, wird ihm zum Inbegriff der kleinbürgerlichen Enge seiner Vaterstadt. Trefz ist einer jener Philister, die ihm von klein auf zu schaffen machten und die er so lange darstellen muß, bis es ihm gelingt, »sie mit einer abschließenden Arbeit für immer zu bezwingen und sich vom Hals zu schaffen«. Bis dies möglich war, sollte auch für Hesse noch eine beträchtliche Zeit vergehen.

In den Umkreis von Gerbersau gehören weitere vier Kurzgeschichten, welche Begebenheiten überliefern, die Hesse im Verlauf der fünfzehn Monate seiner Schlosserlehre in der Turmuhrenfabrik von Heinrich Perrot erlebt hat. Die ausführlichsten dieser Darstellungen stehen in den letzten beiden Kapiteln von *Unterm Rad* und in der Erzählung »Hans Dierlamms Lehrzeit« (1907). Aber auch die vier kurzen Ich-Erzählungen »Aus der Werkstatt«, »Der Schlossergeselle«, »Ein Erfinder« und »Das erste Abenteuer« geben ein anschauliches Bild vom Alltag der damaligen Handwerksbetriebe, von den Spannungen und Kraftproben zwischen Meistern, Gesellen und Lehrjungen, von ihren Eigenarten und Konflikten. Nie wieder ist Hesse in so engen Kontakt mit dem arbeitenden Volk gekommen, wie damals, als er, der Klosterschule entlaufen, nach Abschluß der mittleren Reife an einem Cannstatter Gymnasium zurückgekehrt in seine Heimatstadt und dort von den ehemaligen Schulkameraden als »Landexamensschlosser« verspottet, sich 17jährig in diesem Handwerkermilieu zu behaupten versuchte.
Auf die Frage Erika Manns nach dem Verhältnis zwischen Dichtung und Wahrheit in der Schlossergeschichte »Das erste Abenteuer« antwortete Hesse am 3. 6. 1958: »Mit der Erzählung von jenem jugendlichen Liebeserlebnis ist es so: sie ist wahr und erlebt, aber die Personen sind vertauscht: nicht die Dame der Erzählung war es, die mir Avancen machte, sondern eine andere Frau und die liebte ich nicht.«
Liebesgeschichten sind auch die Erzählungen »Heumond« und »Maler Brahm«. In »Heumond« werden zwei Sommerferientage im Leben eines 16jährigen Schülers geschildert, die ihn mehr verändern als ganze Monate gleichgültigen Alltags. Dieser wird unterbrochen durch den Besuch der gleichaltrigen Berta, die sich in Paul, und ihrer aparten Begleiterin, in die sich gleichfalls Paul verliebt. Damit entstehen Kraftfelder, worin »unausgesprochene Leidenschaften sich kreuzen und bekämpfen«. Ohne zueinander finden zu können, erfahren die Beteiligten zum ersten Mal ein Gefühl, »wobei der ganze Leib brannte und fror zugleich ... aber es war angenehm, so weh es tat«. »Das Seelische«, schrieb Heinrich Wiegand 1930 in einer Rezension, werde in dieser kunstvoll mit derselben Szene einsetzenden und schließenden Erzählung »mit Proust'schem Raffinement in Ara-

besken der Landschaft und Witterung aufgelöst«. Schauplatz der Geschichte ist nicht Calw, sondern Bad Boll, wo der kurz zuvor ausgerissene Maulbronner Seminarist im Heil- und Erweckungszentrum des Pfarrers Blumhardt von seinem Eigensinn kuriert werden sollte. Dort lernte er zwei junge Baltinnen, eine davon 30jährig, namens Tiesenhausen, kennen. In einem an die Witwe des befreundeten Sinologen Richard Wilhelm gerichteten Brief vom 24. 5. 1944 erinnert sich Hesse: »Boll war einer der großen Eindrücke und eines der großen Erlebnisse für mich in jenen Jahren, wo man Eindrücke und Erlebnisse noch voll und wirksam in sich aufnimmt, wo sie zu dauernden Vorstellungen, fast zu Urbildern werden. Ich habe einmal, in der Erzählung ›Heumond‹, Boll zwar in ein Privathaus verwandelt, aber das Lokale und den humanen Boller Geist doch mit hineingenommen, und wenn ich heut an Boll denke, wo ich als 15Jähriger, glaube ich, zuletzt gewesen bin, dann geht mir das reale Boll von damals mit dem Haus und Garten meiner Erzählung wunderlich durcheinander.«

Die tragische Geschichte des »Maler Brahm«, ein Künstler, der durch die Liebe zu einer Sängerin den Halt in seiner Arbeit verliert und seine innere Balance auf neue Weise erst dann wiederfindet, als er endlich die Aussichtslosigkeit seiner Neigung erkennt, ist trotz ihrer Kürze eine eindringliche Parabel über die Entstehungsbedingungen von Kunst. Dieser Maler ist – wie der glücklichere Held in der dreizehn Jahre später entstandenen Novelle »Klingsors letzter Sommer« – ein Besessener und Vorläufer des Expressionisten Klingsor. Auch sein Schaffen endet mit einem furiosen Selbstportrait.

Eine Hommage an seine eigene Mutter, die der Dichter einen neunzigjährigen Freund aufzeichnen läßt, ist das Kapitel »Aus den Erinnerungen eines alten Junggesellen«, das Hesse, wie früher den *Hermann Lauscher*, als fiktiver Herausgeber dem Druck übergibt. Diese Memoiren spielen im 18. Jahrhundert und beginnen mit einer Reminiszenz des Verfassers, der wie Hesse selbst an der Beerdigung seiner Mutter nicht teilgenommen hat. Beim Betrachten der vier von ihr erhaltenen Portraitgemälde und -zeichnungen schildert der Neunzigjährige jene Erinnerungen an diese so fromme wie lebenskluge Frau, die sich ihm besonders eingeprägt haben: u. a. einen ihrer pietistischen Träume, ihren Kummer über die Ungläubigkeit ihres Sohnes und wie sie es angestellt hatte, ihn vor einem vorschnellen Verlöbnis zu bewahren. Auch hier durchdringen sich Autobiographisches und Erfundenes zu einer Stimmigkeit, von deren etwas nostalgischer Sentimentalität sich Hesse durch die Rolle des Herausgebers distanziert.

Jeder Leser von *Unterm Rad*, der Novelle »Der Zyklon« oder der Hexameterdichtung »Der lahme Knabe« erinnert sich an die dort beschriebenen Sommerferien und die Leidenschaft des Erzählers für das Angeln. Die 1904 entstandene, nach einer Formulierung aus dem »Sonnengesang« des hl. Franz von Assisi benannte Schilderung »Sor aqua« (Schwester Wasser) ist eine Laudatio auf das Wasser in allen seinen Erscheinungsformen. Auch hier blickt ein alter Mann zurück auf seine zumeist erfreulichen Erfahrungen mit dem feuchten Element, dem er als Schwimmer, Segler, Ruderer, vor allem aber als Angler so sehr verfallen war, daß er bereits nach fünfzehn Jahren seinen Beruf aufgab, um die schönsten Gewässer in aller Herren Länder kennenzulernen. Drei seiner Anglererlebnisse gibt er dabei zum besten, den Fang eines Karpfen im Elsaß, eine Forellenjagd im Schwarzwald und ein Erlebnis beim Lachsfang am Oberrhein.

Autobiographischen Hintergrund hat auch die kurze, in Briefform gekleidete Geschichte »Abschiednehmen«. 1901/02 mußte sich Hesse wegen unerträglicher Augenschmerzen einer Operation unterziehen, wobei seine zu engen Tränenkanäle aufgeschlitzt wurden. Dieser Eingriff erwies sich als kontraproduktiv. Denn die Folge waren beidseitige Bügelmuskelkrämpfe und Neuralgien in der oberen Gesichtshälfte, die periodisch wiederkehrten und dazu führten, daß er monatelang weder lesen noch schreiben konnte. So fiel es ihm leicht, sich in die Lage eines Menschen zu versetzen, der befürchten muß, sein Augenlicht einzubüßen, wie der Ich-Erzähler, der kurz vor seiner Erblindung zehnfach zu schätzen beginnt, was er verlieren soll.

Die kurze Reisegeschichte über einen geschäftstüchtigen Anekdotenerzähler »Erinnerung an Mwamba«, deren Niederschrift man auf den ersten Blick in die Jahre 1911/12 datieren möchte, als Hesse seine erste und einzige längere Schiffsreise über Port Said durch den Suez-Kanal nach Indonesien unternahm, ist – wie sein Datennotizbuch unwiderleglich ausweist – bereits 1905 entstanden. Also schon lange vor Antritt dieser Exkursion nimmt er in der Phantasie »die fade Zerstreuungssucht und Melancholie« vorweg, welche die Passagiere bereits in Port Said auf dieser wochenlangen Seefahrt befällt und die er sechs Jahre später in seinem Reisetagebuch (SW 11) noch anschaulicher festhalten wird. Sogar sein Fazit ist dasselbe: »... daß auch Reise, Fremde und neue Bilderfülle nicht heilen kann, was die Heimat krank gemacht hat.« Denn diese Expedition nach Ostindien (dem heutigen Malaysia) war für Hesse in der Tat u. a. ein Ausbruchs- und Distanzierungsversuch vor der ihm mittlerweile allzu bürgerlich vorkommenden Rolle als Hausbesitzer und Familienvater nach sechsjähriger Ehe.

Zur selben Zeit, also bereits im Jahre 1905, entstand auch die Posse von »Anton Schievelbeyn's Ohn-freywilliger Reisse nachher Ost-Indien« in der Art der Reisebeschreibungen aus dem 17. Jahrhundert, die Hesse als ein stilistisches Spiel und einen literarischen Spaß bezeichnet hat.

Noch zwanzig Jahre später plante er einen Sammelband mit dem Titel »Orientreisen« herauszugeben. Im Nachwort zu dieser niemals erschienenen Anthologie nennt er die Quellen, die ihn vermutlich auch zur Niederschrift der »Schievelbeyn«-Moritat angeregt hatten:

»Diarium, oder Tage-Buch über Dasjenige, so sich Zeit einer neunjährigen Reise zu Wasser und Lande, meistenteils im Dienst der vereinigten geoktroyerten Niederländischen Ost-Indianischen Compagnie, besonders in denselbigen Ländern täglich begeben und zugetragen.« Von Johann von der Behr. Jena, anno 1668.

Walter Schultzen, »Gedenckwürdige Reis nach Ostindien getahn«, Amsterdam 1676.

»Neue Reisbeschreibung nacher Jerusalem undt Dem H[eiligen] Landte«, geschrieben durch Laurentium Slisansky. Anno 1662.

Über den Stil dieser Berichte bemerkt Hesse in seinem Nachwort: »Alle diese Reisebücher des 17. Jahrhunderts haben gemeinsam die Abenteuerlust und Reisefreude jener Zeit der großen Entdeckungen und der beginnenden Ausbeutung der indischen Welt durch Europa, sie haben auch gemeinsam den Stil des Barock, einen gewandten, schmissigen und selbstbewußten Stil.

Zu diesem Stil scheint mir, als besonderer Duft, die Schreibweise jener Zeit zu gehören, und so habe ich diese Stücke völlig in der Orthographie der Originale wiedergegeben.«
Die Handlung beginnt in Südafrika und schildert die unfreiwilligen Abenteuer eines Siedlers in der Kap-Provinz, die damals von der niederländischen Handelskompagnie besetzt war. Dank der Tüchtigkeit seiner Frau ist der Farmer Anton Schievelbeyn so wohlhabend, träge und leichtsinnig geworden, daß seine resolute Gattin keinen anderen Ausweg sieht, als ihn bei Nacht und Nebel auf ein Schiff nach Java verfrachten zu lassen, auf daß er wieder nüchtern werde, das Arbeiten und den Ernst des Lebens kennenlerne. Diese Moritat, aufgezeichnet in der barocken Orthographie und drastischen Sprache eines Abraham a Santa Clara, hat Hesse unter dem Titel »Der verbannte Ehemann« kurz vor seiner eigenen Ostindien-Reise auch als Komische Oper in fünf Akten bearbeitet (siehe SW 9). Eine Einzelausgabe der Erzählung erschien 1914 als Münchner Liebhaberdruck des Bachmair Verlages. Erst 1935 hat Hesse sie in das *Fabulierbuch* aufgenommen und damit in den Kontext seiner »Gesammelten Werke in Einzelausgaben« einbezogen. Drei Jahre später gab er dem damals 22jährigen, staaten- und mittellosen Emigranten Peter Weiss (1916-1982) den Auftrag (um ihm finanziell über die Monate seiner Schweizer Aufenthaltsbewilligung hinwegzuhelfen), die Erzählung zu illustrieren. Diese Bilderhandschrift erschien erstmals 1977 gemeinsam mit dem Opernlibretto *Der verbannte Ehemann* unter diesem Titel.
Trotz des in diesem Nachwort unternommenen Versuches, Hesses frühe Erzählungen (in notgedrungener Kürze) eher in thematischen Zusammenhängen als streng chronologisch zu charakterisieren, bringt unsere Ausgabe die Texte in der Reihenfolge ihrer Entstehung. Denn nur so wird das aufschlußreiche Wechselspiel sichtbar, das sowohl autobiographische Einblicke in die Entwicklung des Verfassers als auch in die themengeschichtliche Genese seines Erzählwerkes erlaubt.

*Frankfurt am Main im Februar 2001* *Volker Michels*

*Erwin*: Geschrieben um 1899/1900. Manuskript im Deutschen Literaturarchiv, Marbach am Neckar. Erstdruck im Sommer 1965 als achter »Oltener Liebhaberdruck« in 765 numerierten Exemplaren, herausgegeben von Ninon Hesse.

*Der Novalis*. Aus den Papieren eines Bücherliebhabers: Geschrieben um 1900. Erstdruck in »März«, München vom März 1907. Erstmals in Buchform u.d.T. »Ein altes Buch. Aus den Papieren eines Altmodischen« in der Anthologie »Sieben Schwaben«. Ein neues Dichterbuch. Eingeleitet von Theodor Heuß. Erste Separatausgabe als sechste Veröffentlichung der Oltener Bücherfreunde in 1221 numerierten Exemplaren 1940. Aufgenommen in H. Hesse, »Frühe Prosa«. Frankfurt am Main 1960.

*Der Kavalier auf dem Eise*: Geschrieben im Februar 1901. Aus seinem [»Calwer Tagebuch«]. Manuskript im Deutschen Literaturarchiv, Marbach a. N. Erstdruck in »Rheinisch-Westfälische Zeitung«, Essen vom 29. 12. 1901. Unter verschiedenen Titeln (»Emma Meier«, »Auf dem Eise«) in Zeitungen und Zeitschriften mehrfach veröffentlicht. Erstmals in Buchform u.d.T. »Auf dem Eise« in H. Hesse, »Die Kunst des Müßiggangs«. Kurze Prosa aus dem Nachlaß. Herausgegeben von Volker Michels. Frankfurt am Main 1973.

*Erlebnis in der Knabenzeit*: Geschrieben im Februar 1901. Aus seinem [»Calwer Tagebuch«]. Manuskript im Deutschen Literaturarchiv, Marbach. Erstdruck in »Rheinisch-Westfälische Zeitung«, Essen vom 5. 1. 1902. Unter verschiedenen Titeln (»Aus der Knabenzeit«, »Knabenerlebnis«, »Knabe und Tod«, »Erinnerung an einen Mohrle«) mehrfach in Zeitungen und Zeitschriften veröffentlicht. Erstdruck u.d.T. »Der kleine Mohr«. Unter verschiedenen Titeln mehrfach veröffentlicht. U.d.T. »Der Mohrle« aufgenommen in H. Hesse, »Gedenkblätter«, Berlin 1937.

*Der Hausierer*: Geschrieben im Februar 1901 u.d.T. »Hotte Hotte Putzpulver«. Aus seinem [»Calwer Tagebuch«]. Manuskript im Deutschen Literaturarchiv, Marbach. Erstdruck in »Rheinisch-Westfälische Zeitung«, Essen vom 20. 4. 1902. Unter verschiedenen Titeln (»Aus der Knabenzeit«, »Eine Gestalt aus der Kinderzeit«, »Eine Gestalt aus der Kindheit«, »Der Zwerg aus der Falkengasse«, »Der alte Hausierer«, »Jugenderinnerung«, »Begegnung mit Hotte Hotte Putzpulver«, »Der Knabe und der Alte«) in Zeitungen und Zeitschriften mehrfach veröffentlicht. Erstmals in Buchform u.d.T. »Eine Gestalt aus der Kindheit« in H. Hesse, »Am Weg«, Verlag Reuß & Itta, Konstanz 1915.

*Ein Knabenstreich*: Geschrieben im März 1901 u.d.T. »Der Sammetwedel«. Aus seinem [»Calwer Tagebuch«]. Manuskript im Deutschen Literaturarchiv, Marbach. Erstdruck u.d.T. »Aus der Knabenzeit: Der Sammetwedel« in »Rheinisch-Westfälische Zeitung«, Essen vom 6. 4. 1902. Unter verschiedenen Titeln (»Ein Knabenstreich«, »Schneeberger Schnupftabak«, »Sammetwedel und sein Schnupftabak«) in Zeitungen und Zeitschriften mehrfach veröffentlicht. Erstmals in Buchform in H. Hesse, »Die Kunst des Müßiggangs«, a.a.O. 1973.

*Grindelwald*: Geschrieben 1902. Manuskript im Deutschen Literaturarchiv, Marbach. Erstdruck in »Die Zeit«, Wien vom 19. 3. 1904. Aufgenommen in H. Hesse, »Gesammelte Erzählungen«. Bd. 4 (»Innen und Außen«). Frankfurt am Main 1977.

*Eine Rarität*: Geschrieben 1902. Erstdruck u.d.T. »Das Büchlein«. Eine Geschichte für Bibliophile in »Österreichische Rundschau«, Wien vom 8. 6. 1905. Unter verschiedenen Titeln mehrfach in Zeitungen und Zeitschriften gedruckt. Erstmals in Buchform in H. Hesse, »Die Kunst des Müßiggangs«, a.a.O. 1973.

*Der lustige Florentiner*: Geschrieben 1902. Erstdruck u.d.T. »Ercole Aglietti« in »Schwäbischer Merkur«, Stuttgart vom 24. 9. 1904. Erstmals in Buchform in H. Hesse, »Gesammelte Erzählungen«. Bd. 4 (»Innen und Außen«). Frankfurt am Main 1977.

*Eine Billardgeschichte*: Geschrieben um 1902. Erstdruck in »Neues Wiener Tagblatt« vom 10. 6. 1906. Erstmals in Buchform in H. Hesse, »Gesammelte Erzählungen«. Bd. 4 (»Innen und Außen«). Frankfurt am Main 1977.

*Wenkenhof. Eine romantische Jugenddichtung*: Geschrieben um 1902. Manuskript im Deutschen Literaturarchiv, Marbach. Erstdruck u.d.T. »Eine Nacht auf Wenkenhof« in »Jugend«, München vom Januar 1905 . Unter verschiedenen Titeln (»Das

Landgut«, »In einem alten Landhaus«, »Das alte Landgut«, »Eine sommerliche Spukgeschichte«, »Eine Nacht auf dem Wenkenhof«) in Zeitungen und Zeitschriften mehrfach gedruckt. Erstmals in Buchform in H. Hesse, »Gesammelte Erzählungen«. Bd. 1 (»Aus Kinderzeiten«). Frankfurt am Main 1977.

*Peter Bastians Jugend*: Geschrieben 1902. Manuskript im Deutschen Literaturarchiv, Marbach. Erstdruck in H. Hesse, »Prosa aus dem Nachlaß«. Herausgegeben von Ninon Hesse. Frankfurt am Main 1965.

*Der Wolf*: Geschrieben im Januar 1903 u.d.T. »Ein Untergang«. Typoskript u.d.T. »Wolf im Jura« im Deutschen Literaturarchiv, Marbach. Erstdruck in »Rheinisch-Westfälische Zeitung«, Essen vom 17. 7. 1904. Unter verschiedenen Titeln (»Des Wolfes Ende«, »Wolf im Jura«, »Der Wolf im Chasseral«) mehrfach in Zeitungen und Zeitschriften gedruckt. Erstmals in Buchform in H. Hesse, »Am Weg«. Konstanz 1915.

*Hans Amstein*: Geschrieben im Juli 1903. Typoskript im Deutschen Literaturarchiv, Marbach. Erstdruck in »Die Neue Rundschau«, Berlin vom September 1904. Erstmals in Buchform in H. Hesse, »Zwei jugendliche Erzählungen«. Siebzigste Publikation der Oltener Bücherfreunde in 750 Exemplaren, Pfingsten 1956.

*Der Erzähler*: Geschrieben 1903. Erstdruck u.d.T. »Des Herrn Piero Erzählung von den zwei Küssen« in »Die Schweiz«, Zürich vom November 1904. Erstmals in Buchform in H. Hesse, »Fabulierbuch«. Berlin 1935.

*Karl Eugen Eiselein*: Geschrieben 1903. Erstdruck in »Neue Zürcher Zeitung« vom 27.-31. 12. 1903. U.d.T. »Ein Dichter« in »Neues Wiener Tagblatt« vom 2.-4. 10. 1906. Erstmals in Buchform in H. Hesse, »Nachbarn«. Erzählungen. Berlin 1908.

*Aus Kinderzeiten*: Geschrieben Herbst 1903. Manuskript im Deutschen Literaturarchiv, Marbach. Erstdruck in »Die Rheinlande«, Düsseldorf vom August 1904. Erstmals in Buchform in H. Hesse, »Diesseits«. Berlin 1907.

*Die Marmorsäge*: Geschrieben im Dezember 1903. Manuskript im H. Hesse-Editionsarchiv, Volker Michels, Offenbach am Main. Erstdruck in »Über Land und Meer«, Stuttgart vom September 1904. Erstmals in Buchform in H. Hesse, »Diesseits«. Erzählungen. Berlin 1907.

*In der alten Sonne*: Geschrieben im Januar/Februar 1904. Manuskript u.d.T. »Sonnenbrüder« im Deutschen Literaturarchiv, Marbach. Erstdruck in »Süddeutsche Monatshefte«, München vom Mai/Juni 1905. Erstmals in Buchform in H. Hesse, »Nachbarn«. Berlin 1908.

*Garibaldi*: Geschrieben 1904. Erstdruck in »Die Neue Rundschau«, Berlin vom Dezember 1904. Erstmals in Buchform in H. Hesse, »Nachbarn«. Berlin 1908.

*Aus der Werkstatt*: Geschrieben 1904. Typoskript im Deutschen Literaturarchiv, Marbach. Erstdruck in »Neue Freie Presse«, Wien vom 25. 12. 1904. Unter verschiedenen Titeln (»Eine Schlossergeschichte«, »In der Werkstatt«) mehrfach Zeitungen und Zeitschriften nachgedruckt. Erstmals in Buchform in H. Hesse, »Prosa aus dem Nachlaß«, a.a.O. 1965.

*Sor Aqua*: Geschrieben 1904. Erstdruck im »März«, München vom Januar 1907. Unter Titeln wie »Der alte Angler« und »Angelsport« sind außerdem etwa fünf weitere Nachdrucke überliefert. Erstmals in Buchform (zusammen mit *Hans Amstein*) in H. Hesse, »Zwei jugendliche Erzählungen«, a.a.O. 1957.

*Nocturno Es-Dur*: Geschrieben 1904. Erstdruck in »Frankfurter Zeitung« vom 25. 12. 1904. Erstmals in Buchform in H. Hesse, »Kleiner Garten«, Tal-Verlag, Wien 1919.

*Der Lateinschüler*: Geschrieben Januar bis Juli 1905. Manuskript im Deutschen Literaturarchiv, Marbach. Erstdruck in »Über Land und Meer«, Stuttgart vom Juni 1906. Erstmals in Buchform in H. Hesse, »Diesseits«. Berlin 1907.

*Anton Schievelbeyn's Ohn-freywillige Reisse nacher Ost-Indien*: Geschrieben 1905. Erstdruck in »Die Schweiz«, Zürich vom Oktober 1905. Unter verschiedenen Titeln (»Die Ostindienreise«. Ein Manuskript aus dem 17. Jahrhundert) in Zeitungen und Zeitschriften mehrfach gedruckt. 1914 erschien im Münchner Bachmair Verlag eine bibliophil ausgestattete Broschur dieser Erzählung in 750 Exemplaren. Erstmals in Buchform in H. Hesse, »Fabulierbuch«. Berlin 1935.

*Der Schlossergeselle*: Geschrieben 1905. Typoskript im Deutschen Literaturarchiv, Marbach. Erstdruck in »Simplicissimus«, München vom 11. 4. 1905. Unter verschiedenen Titeln (»Der fremde Schlosser«, »Der Eisendreher erzählt«, »Geselle Zbinden«, »Der scheinheilige Bruder«, »Der fremde Geselle«) in Zeitungen und Zeitschriften mehrfach gedruckt. Erstmals in Buchform in H. Hesse, »Prosa aus dem Nachlaß«, a.a.O. 1965.

*Heumond*: Geschrieben 1905. Manuskript in der Österreichischen Nationalbibliothek, Wien (Sammlung Stefan Zweig). Erstdruck in »Die Neue Rundschau«, Berlin vom April 1905. Erstmals in Buchform in H. Hesse, »Diesseits«. Berlin 1907.

*Aus den Erinnerungen eines alten Junggesellen*: Geschrieben 1905. Manuskript im Deutschen Literaturarchiv, Marbach. Erstdruck u.d.T. »Aus den Erinnerungen eines Neunzigjährigen« in »Neue Freie Presse«, Wien vom 23. 4. 1905. Erstmals in Buchform in H. Hesse, »Gesammelte Erzählungen«. Bd. 4 (»Innen und Außen«). Frankfurt am Main 1977.

*Der Städtebauer*: Geschrieben 1905. Erstdruck in »Neue Freie Presse«, Wien vom 31. 3. 1905. Erstmals in Buchform in H. Hesse, »Gesammelte Erzählungen«. Bd. 4 (»Innen und Außen«). Frankfurt am Main 1977.

*Ein Erfinder*: Geschrieben 1905. Typoskript im Deutschen Literaturarchiv, Marbach. Erstdruck in »Neue Freie Presse«, Wien vom 11. 6. 1905. Unter verschiedenen Titeln (»Silbernagel«, »Freund Silbernagel«, »Kamerad Silbernagel«, »Der Geselle Konstantin«) in Zeitungen und Zeitschriften mehrfach nachgedruckt. Erstmals in Buchform in H. Hesse, »Gesammelte Erzählungen«. Bd. 4 (»Innen und Außen«). Frankfurt am Main 1977.

*Erinnerung an Mwamba*: Geschrieben 1905. Erstdruck u.d.T. »Mwamba« in »Neues Wiener Tagblatt« vom 7. 1. 1906. Unter verschiedenen Titeln (u.a. »Der Nigger«) in Zeitungen und Zeitschriften mehrfach nachgedruckt. Erstmals in Buchform in H. Hesse, »Gesammelte Erzählungen«. Bd. 4 (»Innen und Außen«). Frankfurt am Main 1977.

*Das erste Abenteuer*: Geschrieben 1905. Typoskript im Deutschen Literaturarchiv, Marbach. Erstdruck in »Simplicissimus«, München vom 12. 3. 1906. Unter verschiedenen Titeln (»Erlebnis«, »Liebe wie im Traum«, »Mit achtzehn Jahren«, »Achtzehnjährig«, »Liebes-Erlebnis«) in Zeitungen und Zeitschriften mehrfach nachgedruckt. Erstmals in Buchform in H. Hesse, »Die Kunst des Müßiggangs«, a.a.O. 1973.

*Liebesopfer*: Geschrieben 1906. Erstdruck im »Simplicissimus-Kalender«, München 1907. Erstmals in Buchform in H. Hesse, »Die Kunst des Müßiggangs«, a.a.O. 1973.
*Liebe*: Geschrieben 1906. Erstdruck in »Neue Freie Presse«, Wien vom 15. 4. 1906. Erstmals in Buchform in H. Hesse, »Die Kunst des Müßiggangs«, a.a.O. 1973.
*Brief eines Jünglings*: Typoskript im Deutschen Literaturarchiv, Marbach. Erstdruck in »Simplicissimus«, München u.d.T. »Ein Brief« vom 2. 7. 1906. Erstmals in Buchform in H. Hesse, »Die Kunst des Müßiggangs«, a.a.O. 1973.
*Abschiednehmen*: Erstdruck in »Simplicissimus«, München vom 7. 9. 1906. Hier erstmals in Buchform.
*Eine Sonate*: Geschrieben 1906. Typoskript im Deutschen Literaturarchiv, Marbach. Erstdruck in »Simplicissimus«, München vom 4. 3. 1907. Erstmals in Buchform in H. Hesse, »Die Kunst des Müßiggangs«, a.a.O. 1973.
*Walter Kömpff*: Geschrieben 1906. Erstdruck u.d.T. »Der letzte Kömpff vom Markt« in »Über Land und Meer«, Stuttgart vom Dezember 1907 bis Januar 1908. Erstmals in Buchform in H. Hesse, »Nachbarn«. Berlin 1908.
*Casanovas Bekehrung*: Erstdruck in »Süddeutsche Monatshefte«, München vom April 1906. Erstmals in Buchform in H. Hesse, »Legenden«. Frankfurt am Main 1975.
*Maler Brahm*: Typoskript im Deutschen Literaturarchiv, Marbach. Erstdruck in »Simplicissimus«, München vom 22. 12. 1906. Erstmals in Buchform in H. Hesse, »Gesammelte Erzählungen«, Bd. 4 (»Innen und Außen«), a.a.O. 1974.
*Eine Fußreise im Herbst*: Geschrieben im Herbst 1906. Erstdruck der später bearbeiteten Fassung u.d.T. »Ein Reiseabend« in »Neue Freie Presse«, Wien vom 12. 10. 1905 und u.d.T. »Aus einem Reisetagebuch« in »Neues Wiener Tagblatt« vom 19. 11. 1905. Die vorliegende Version in »Die Rheinlande«, Düsseldorf vom Februar-März 1906. Erstmals in Buchform in H. Hesse, »Diesseits«. Berlin 1907.
*In einer kleinen Stadt*: Eine unvollendete Romanhälfte: Geschrieben vermutlich 1906/07. Erstdruck in »Velhagen & Klasings Monatsheften«, Braunschweig vom Januar 1918. Erstmals in Buchform in H. Hesse, »Die Erzählungen«. Frankfurt am Main 1973.

## Inhalt

Hermann Hesse
Sämtliche Werke in 20 Bänden

*Band 1:* Jugendschriften

*Band 2:* Peter Camenzind, Unterm Rad, Gertrud

*Band 3:* Roßhalde, Knulp, Demian, Siddhartha

*Band 4:* Der Steppenwolf, Narziß und Goldmund, Die Morgenlandfahrt

*Band 5:* Das Glasperlenspiel

*Band 6:* Die Erzählungen I

*Band 7:* Die Erzählungen II

*Band 8:* Die Erzählungen III

*Band 9:* Märchen, Legenden, Nachdichtungen, Dramatische Versuche, Idyllen

*Band 10:* Die Gedichte

*Band 11:* Autobiographische Schriften: Wanderung, Kurgast, Nürnberger Reise, Tagebücher

*Band 12:* Selbstzeugnisse und Gedenkblätter

*Band 13:* Die Betrachtungen I

*Band 14:* Die Betrachtungen II

*Band 15:* Politische Schriften

*Band 16:* Die Welt im Buch I

*Band 17:* Die Welt im Buch II

*Band 18:* Die Welt im Buch III

*Band 19:* Die Welt im Buch IV

*Band 20:* Die Welt im Buch V

